I0741363

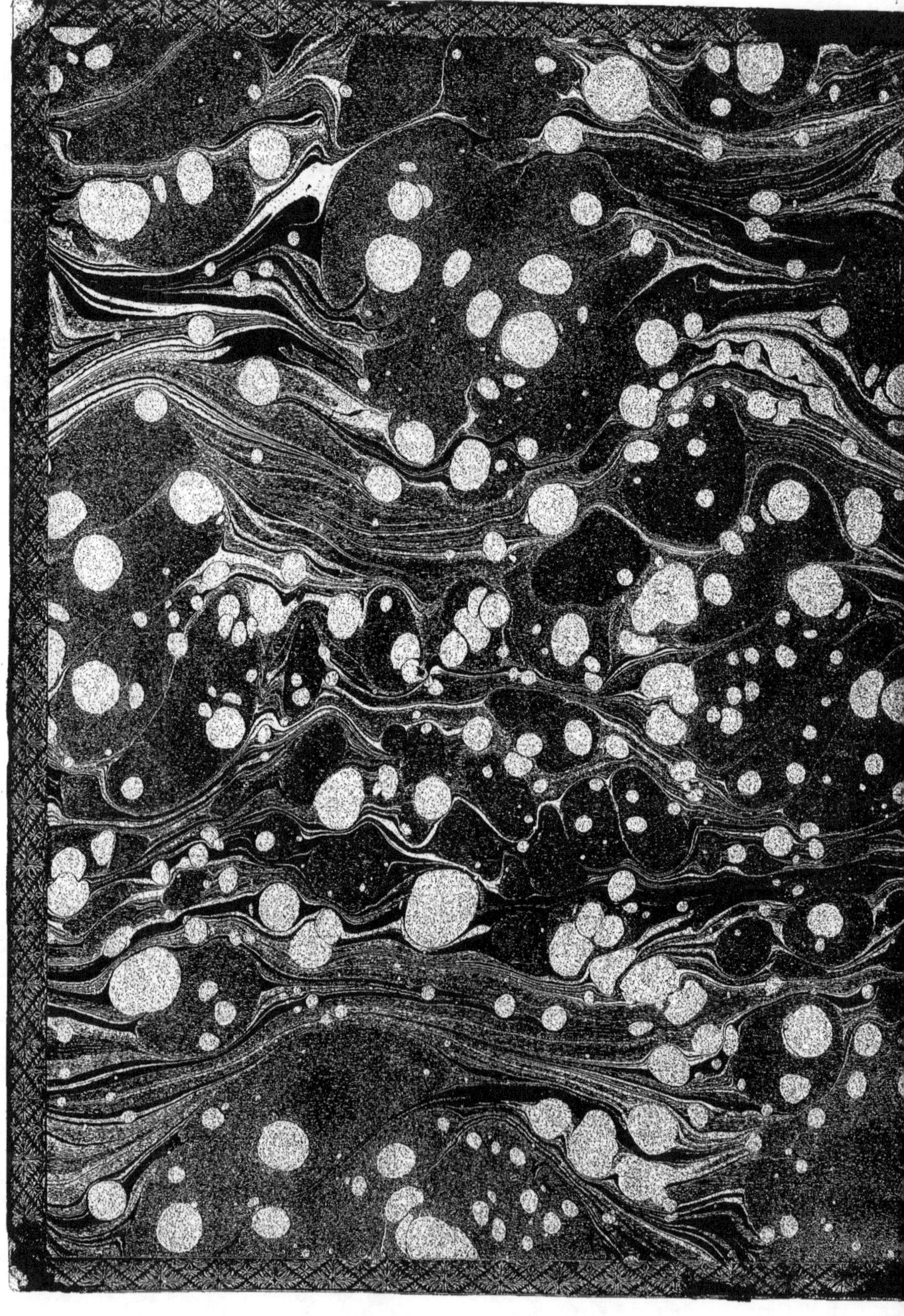

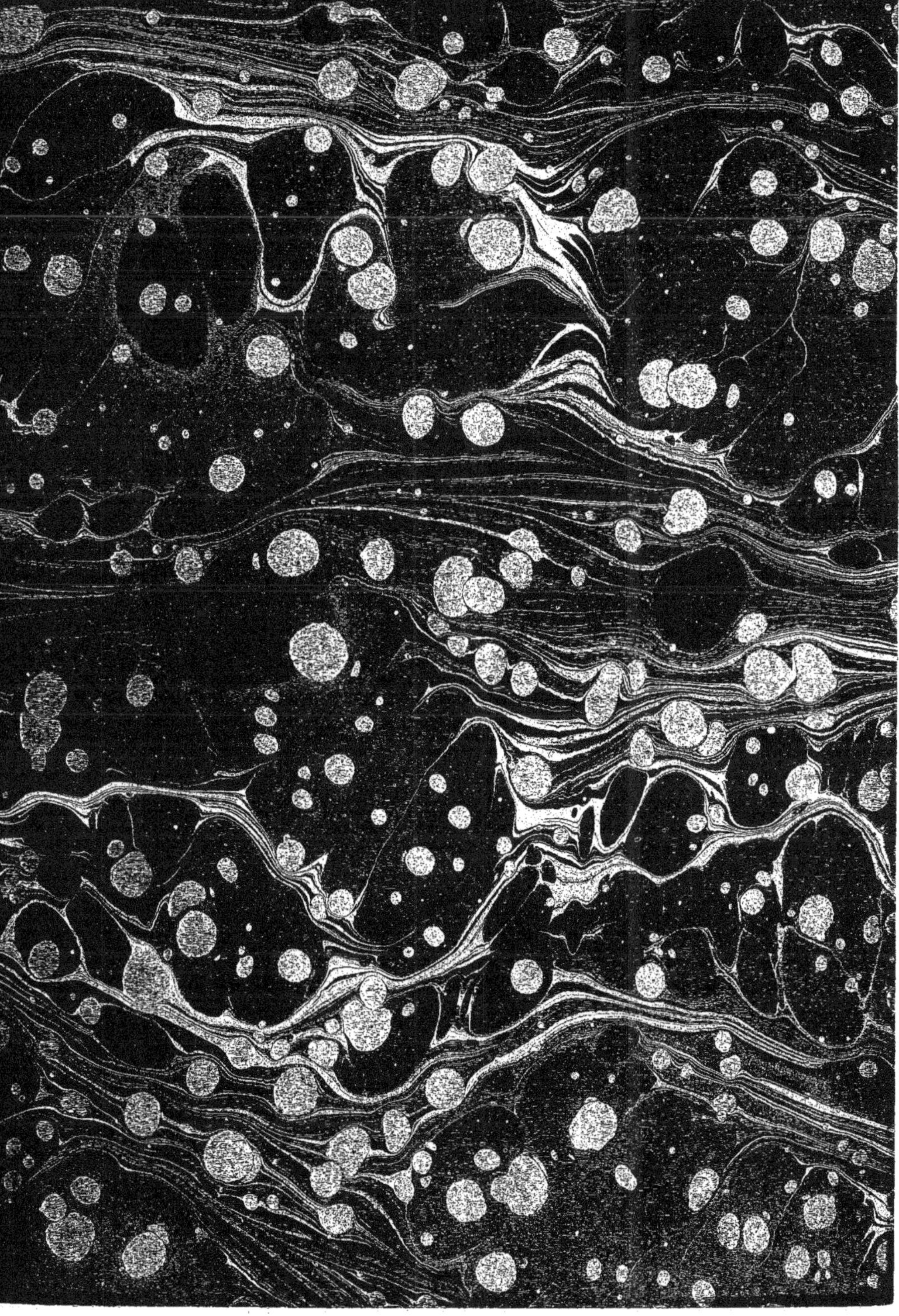

I.K.⁷ Réserve
6091

TABLEAU

HISTORIQUE ET PITTORESQUE

DE PARIS.

TABLEAU

HISTORIQUE ET PITTORESQUE

DE PARIS,

DEPUIS LES GAULOIS JUSQU'A NOS JOURS.

PAR M. ****.

Miratur molem....,.. magalia quondam.

Æneid, lib. 1.

TOME PREMIER.

A PARIS,

Chez H. NICOLLE, à la librairie stéréotype, rue des Petits-Augustins, n° 15.

Et chez LE NORMANT, rue des Prêtres-Saint-Germain-l'Auxerrois, n° 17.

DE L'IMPRIMERIE DES FRÈRES MAME.

1808.

AVERTISSEMENT.

Il y a plus de deux siècles qu'on écrit sur Paris et ses antiquités. Ce sujet a fait naître une foule d'ouvrages où toutes les recherches semblent avoir été épuisées ; et cependant il reste encore un bon livre à faire sur cette cité célèbre, un livre sinon plus savant, du moins plus utile et mieux conçu que tous ceux qui ont été faits jusqu'à présent.

Paris peut être considéré sous les rapports divers de ses antiquités, de ses mœurs, de ses coutumes, de ses institutions politiques, civiles et religieuses, des révolutions qu'il a éprouvées, des faits historiques dont il a été le théâtre, des monuments des arts qu'il renferme, etc. L'ensemble de ces rapports dans ce qu'ils ont de plus curieux et de plus important peut seul constituer une description intéressante d'une ville que tous les peuples, toutes les classes de la société sont avides de connoître ; et jusqu'ici cependant aucun de ceux qui en ont écrit l'histoire ne l'a conçue sur ce plan général, n'en a même rempli quelques parties à la fois d'une manière satisfaisante.

On ne connoît sur Paris aucun livre qui ait été écrit avant le règne de François Ier. A cette époque (1) un libraire, nommé *Corrozet*, publia un ouvrage ayant pour titre : *La Fleur des antiquités, singularités et excellences de la ville de Paris.* Ce livre fut réimprimé environ cinquante ans après, avec quelques augmentations, par un autre libraire, nommé *Bonfons*. Il n'a maintenant d'autre mérite que celui de son ancienneté.

Ces deux premiers historiens manquoient de lumières et de critique. Un religieux bénédictin de Saint-Germain-des-Prés, dom Jacques du

____

(1) 1532.

Breul, revit leur travail, consulta les titres, fit des recherches, corrigea leurs erreurs, et perfectionnant cette informe ébauche, en fit un livre nouveau (1), qu'il fit paroître au commencement du dix-septième siècle. On trouve dans cet ouvrage des renseignements précieux, et qui ont été d'une grande utilité à ceux qui ont écrit après lui; cependant, sans compter que Paris a entièrement changé de face depuis cette époque, son livre contient encore beaucoup d'erreurs, qu'il étoit d'ailleurs impossible d'éviter, parceque la matière étoit trop vaste pour qu'un seul homme pût d'abord tout débrouiller et tout arranger.

Ces premiers ouvrages donnèrent naissance à des compilations, à des abrégés plus ou moins médiocres qui n'apprenoient rien de nouveau. Une dispute qui s'éleva quelques années après, entre deux savants (2) sur nos anciennes églises,

______

(1) *Théâtre des antiquités de Paris*, in-4°., 1612. L'auteur y ajouta un supplément en 1614; il fut réimprimé avec quelques additions en 1639.

(2) MM. de Valois et de Launoy.

sans éclaircir beaucoup la question qu'ils traitoient, répandit quelques nouvelles lumières sur
les antiquités de Paris. Pendant ce temps, Henri
Sauval, avocat au parlement, travailloit à nous
donner des connoissances plus exactes et plus
etendues sur un sujet aussi important. Il recueillit,
dans les dépôts publics et dans les archives particulières, une quantité prodigieuse de documents
et de titres sur l'état ancien et moderne de la
ville de Paris, les lut, les dépouilla avec une
patience infatigable, mais n'eut ni le temps ni
peut-être le talent de les mettre en ordre, de les
comparer, de les vérifier. Il en est résulté que
son immense recueil n'est qu'un amas informe
de matériaux confondus ensemble, et dont il est
impossible d'user sans y apporter les plus grandes
précautions. Il est plein de répétitions, de détails
fatigants, de trivialités, inexact dans les faits,
peu judicieux dans les réflexions; et ses erreurs
sur une foule de matières, principalement sur
l'appréciation des monuments, sont telles,

qu'elles seroient insupportables aujourd'hui aux personnes même les moins éclairées.

Cependant tant d'éléments divers, amassés par ce laborieux écrivain, pouvoient servir à construire un édifice régulier, et il n'étoit besoin que d'un esprit sage et patient qui sût choisir et ordonner pour en tirer une bonne histoire de Paris. Félibien et Lobineau, deux religieux bénédictins, l'entreprirent avec succès, mais plutôt en érudits qu'en littérateurs. Leur compilation est exacte, méthodique, mais sèche et minutieuse; les grands et les petits évènements y sont racontés du même style, avec la même prolixité; et ces récits diffus et monotones ne peuvent être lus que par des savants. Saint-Foix, au contraire, dans ses Essais sur Paris, a moins voulu faire une description exacte de cette ville, que produire, à l'occasion de quelques uns de ses quartiers, de quelques rues, qu'il trouve tout simple de présenter par ordre alphabétique, des opinions nouvelles et bizarres, des traits hardis, satiriques et licencieux. Son livre, qui eut beaucoup de succès dans un temps où un esprit de mutinerie et d'insolence contre toute autorité étoit un moyen sûr de réussir, passe à présent, avec juste raison, pour l'ouvrage d'un homme qui joignoit à une imagination vive et quelquefois originale, un jugement faux et une inexpérience complète sur les grandes questions de morale et de politique qu'il a l'audace de traiter à chaque instant. C'est de tous les écrivains sur Paris celui que nous aurons le plus souvent occasion de combattre et de réfuter (1).

La topographie ancienne et moderne de cette ville a été plus heureusement traitée, et le commissaire Delamare, dans son Traité de la police, après lui Jaillot, dans ses Recherches sur Paris, nous ont donné, sur cette partie si essentielle, tous les renseignements qu'il est possible de désirer; mais ils ne sont point sortis de la sécheresse de leurs travaux sur la position des lieux et

____

(1) Il nous fournira aussi quelquefois des détails exacts et curieux.

des monuments, et leurs ouvrages ne sont encore que de bons matériaux pour celui qui voudra écrire une histoire de Paris. Toutefois ici finit la liste des écrivains (1) qu'il nous est permis de citer. Après eux viennent en foule des compilateurs sans jugement, sans goût, sans la moindre critique, qui ramassent indistinctement tout ce qu'ont recueilli leurs devanciers, et en composent des rapsodies, dont pas une ne mérite l'honneur d'être nommée (2).

Nous ne craignons donc pas de le dire, il n'existe pas encore un seul ouvrage où Paris soit considéré sous tous les rapports qui peuvent le faire bien connoître, où la description de ses monuments soit accompagnée d'une critique (3)

(1) MM. Crévier et Lebeuf ont donné, l'un l'Histoire de l'Université, l'autre celle du Diocèse de Paris. Ces deux ouvrages, le premier sur-tout, sont très estimables, mais leurs auteurs ne peuvent être rangés au nombre des historiens de Paris.

(2) Piganiol de la Force, quoiqu'il manque très souvent de critique, mérite cependant quelque exception. Il faut en excepter aussi *le Guide des Voyageurs à Paris*, par M. Thiéry. Le style de cette compilation est au-dessous du médiocre; elle est pleine de faux jugements et de mauvais goût; mais les recherches y sont exactes et fort étendues.

(3) Il paroît dans ce moment, et par livraison, un livre qui a pour

judicieuse sur leur véritable mérite ; où les faits historiques, se liant aux peintures de mœurs, soient présentés dans cette juste mesure qui les rend curieux et attachants : on ne trouve dans aucun (Jaillot excepté) une marche claire et méthodique ; aucun n'a donné un tableau bien ordonné des diverses révolutions que cette ville célèbre a éprouvées ; enfin, la plupart manquent de planches gravées, sans lesquelles cependant toute description de ce genre n'est point complètement intelligible, ou, s'ils en offrent quelques unes, elles sont inexactes et d'une mauvaise exécution.

Sous ce rapport du moins nous avons la certitude de l'emporter sur tous ceux qui nous ont précédés. Les gravures qui enrichissent cet ouvrage donnent, sans aucune comparaison,

titre : *Description de Paris et de ses édifices.* Cet ouvrage, rédigé par un architecte distingué, est accompagné de petites gravures très bien exécutées, qui donnent les plans et les élévations géométriques des principaux monuments ; mais il n'a point la forme d'une histoire de Paris, et l'auteur s'y renfermant uniquement dans ce qui a rapport à son art, n'a effectivement écrit que pour les architectes et autres artistes.

les vues les plus fidèles et les plus agréables
qu'on ait encore faites des divers monuments et
des aspects les plus magnifiques de cette grande
capitale ; ces vues pittoresques, dans lesquelles
les objets sont présentés au milieu de tous les
accessoires qui en font, en quelque sorte, la
physionomie, seront accompagnées de vignettes
et culs-de-lampe où l'on retrouve les détails
importants que le point de vue du dessin n'a
pas permis de développer ; et chaque fois que
l'heureuse situation des lieux et les principales
divisions de Paris ont pu nous le permettre, nous
en offrons des vues générales, dans lesquelles on
pourra saisir la position respective de tous les
édifices dont nous donnons ensuite la description
particulière. Six plans de cette ville présentent
un tableau complet des accroissements successifs
qu'elle a éprouvés depuis les Gaulois jusqu'à nos
jours, et une dernière carte la fait voir renfermant dans sa clôture actuelle toutes les enceintes
graduelles qui, de siècle en siècle, ont étendu

Tome I. 2

ses limites. La division par quartiers suivie par Jaillot nous ayant semblé la meilleure, c'est elle que nous avons adoptée en cherchant encore à la perfectionner, et ce plan a produit (1) quarante à cinquante cartes nouvelles, dans lesquelles chaque quartier est représenté avec la plus grande exactitude de détails. Une telle réunion, qui n'existe nulle part, formera la topographie de Paris la plus complète qu'on ait publiée jusqu'à ce jour.

Quant à la partie littéraire, sans oser nous flatter d'avoir fait un travail entièrement satisfaisant, nous nous contenterons de dire que, voyant les défauts de ceux qui nous ont précédés, nous avons mis tous nos soins à les éviter; nous avons fait en sorte de ne tomber ni dans la prolixité des uns, ni dans la sécheresse des autres, ni dans le désordre plus ou moins grand que l'on remarque dans tous. Si nous avons été assez

---

(1) Plusieurs quartiers, et principalement ceux qui renferment les faubourgs, exigeront deux ou trois cartes.

heureux pour y parvenir, comme nous travaillons sur un meilleur plan, et que nous trouvons dans un art auxiliaire des ressources qu'aucun d'eux n'a suffisamment employées, peut-être aurons-nous élevé un monument qui ne sera pas tout-à-fait indigne d'une ville aussi célèbre.

Cependant nous avons eu à surmonter des difficultés qui n'existoient pas pour ceux qui ont écrit avant nous sur Paris; tous ont composé leurs ouvrages avant la révolution, et jusqu'à ce moment, toutes les époques, toutes les parties d'un si vaste tableau se lient ensemble par des gradations naturelles et par un enchaînement de faits non interrompus. Ce sont les mêmes institutions, les mêmes lois; c'est le même peuple; et les monuments détruits sont expliqués par ceux qui les ont remplacés. La révolution la plus extraordinaire, par le mouvement le plus rapide et le plus violent dont l'histoire ait jamais fait mention, change en un moment ce peuple, ses institutions, ses mœurs, ses lois, détruit ses

monuments, ou leur donne une destination tout-
à-fait étrangère, et finit, après quinze ans
d'agitations, par en faire un peuple nouveau qui
a perdu, comme par enchantement, le plus
grand nombre de ses traditions. Deux situations
si différentes, ou, pour mieux dire, si opposées, ne peuvent être confondues sans qu'il en
résulte un chaos dont il seroit impossible de
sortir; et cependant, des changements si prodigieux, des destructions si nombreuses ont eu
une telle influence sur le Paris d'autrefois, qu'il
est impossible d'en rendre l'histoire intelligible
à ceux qui ne connoissent que celui d'à présent,
sans mêler quelquefois ensemble des éléments
qu'il est si difficile de mettre dans une véritable
harmonie.

L'ancienne division par quartiers (1) que nous
avons adoptée nous conduit naturellement, et
dans nos descriptions et dans nos recherches

---

(1) Nous suivrons, pour l'ordre des quartiers, la déclaration du roi
de 1702.

historiques, depuis le commencement de la monarchie jusqu'à l'époque de la révolution : en faisant connoître tous les monuments qui existoient alors, nous indiquons, par de courtes notes, ceux dont elle a causé la destruction. Nous citons avec exactitude les monuments nouveaux qu'elle a produits, et qui se trouvent mêlés avec les anciens, en donnant seulement la date de leur création ; de cette manière, la description de Paris sous la monarchie ne se confond point avec la description qui en reste à faire depuis l'époque nouvelle.

Cette dernière description devient ensuite le sujet de plusieurs livraisons supplémentaires, dans lesquelles un nouveau plan de cette ville la présente divisée en ses douze municipalités, telle qu'elle est, ou plutôt telle qu'elle doit être, après les grands travaux que l'on poursuit sans relâche pour son embellissement. A la suite de ce plan se trouvent les vues pittoresques de tous les monuments qui s'élèvent de toutes parts, et

qui sont consacrés à rappeler cette époque extraordinaire. Telle est la marche que nous nous
sommes tracée, et nous n'avons pu trouver
que ce moyen pour tout décrire et ne rien
confondre.

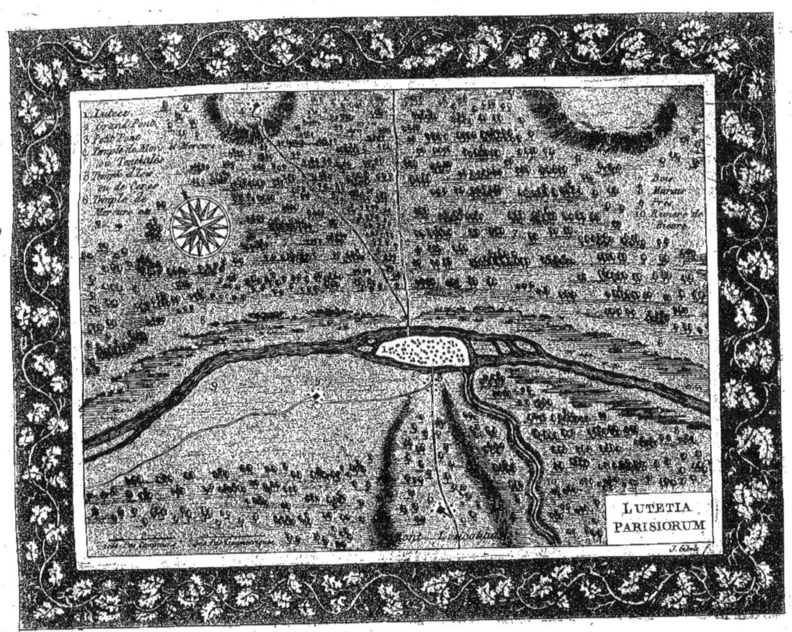

DISCOURS PRÉLIMINAIRE.

On a vu de puissants monarques, conquérants ou législateurs, élever tout à coup des villes superbes, et depuis devenues fameuses, soit qu'ils fussent séduits par les avantages que présentoient les lieux pour y établir le centre de leur gouvernement, soit qu'ils n'eussent d'autres vues que celle de donner un nouvel éclat à leur nom en l'attachant à d'aussi grands monuments. L'antiquité nous offre plusieurs exemples de ces prodigieuses entreprises; c'est ainsi que furent fondées Alexandrie et Constantinople; et le commencement du siècle dernier fut sur-tout mémorable par l'exécution hardie d'un semblable projet. Un souverain législateur, sous le ciel le plus rigoureux, et au milieu d'un marais jusqu'alors impraticable, jeta les fondements d'une ville (1) qui, dans moins de cinquante ans, s'est couverte de palais magnifiques, de monuments publics d'une grandeur toute royale, et rivalise déjà, en étendue et en beauté, avec les villes les plus florissantes de l'Europe.

Mais de tels évènements sont rares, et les capitales des empires n'ont point ordinairement des commencements aussi illustres. Dans l'origine des sociétés, un concours de circonstances fait que telle ville qui, d'abord, n'étoit ni plus puissante ni plus remarquable que celles qui l'environnoient, remporte sur ses voisins des avantages qui lui en assujettissent plusieurs, ou, par sa position, semble offrir une retraite plus sûre au premier conquérant qui s'élève au milieu de ces petites peuplades barbares. L'État s'agrandit, et ses richesses s'accumulent dans cette ville; les ressorts du gouvernement

____

(1) Pétersbourg.

se multiplient ; des communications s'établissent avec les peuples policés ; l'opulence fait naître le luxe, et le luxe appelle les arts ; la population s'accroît, les mœurs se polissent, les monuments s'élèvent ; alors la grande cité, parvenue à son dernier degré de splendeur, décline insensiblement par ce retour inévitable des choses d'ici-bas, et finit par des ruines après avoir commencé par des cabanes.

La ville la plus fameuse des temps anciens, Rome, eut des commencements aussi misérables. Paris qui, dans nos temps modernes, tient parmi les peuples le même rang que Rome occupoit dans l'antiquité, Paris, dont la célébrité, déjà si grande depuis plusieurs siècles, devient incomparable par les évènements inouis, uniques dans l'histoire, dont il est le théâtre depuis vingt ans, ne fut, dans son origine, qu'une habitation de sauvages, comme la reine du monde n'avoit été d'abord qu'un repaire de brigands, et son origine, sur laquelle on s'est vainement épuisé en recherches, est même tout-à-fait inconnue. Aucune des hypothèses imaginées à ce sujet ne peut supporter le moindre examen, parcequ'aucune ne repose sur des monuments qui jouissent de quelque autorité ; et généralement toutes les origines des peuples barbares se confondent dans cette obscurité impénétrable (1), résultat

____

(1) Les Gaulois, bien qu'ils eussent quelque connoissance de l'écriture, ne vouloient rien écrire de leur histoire et des mystères de leur religion ; ils les faisoient apprendre

nécessaire de leur profonde ignorance. Nous nous garderons donc bien de rappeler ici l'histoire de ce fils d'Hector échappé à l'embrasement de Troie, et mille autres contes non moins puérils, tels, par exemple, que celui d'un monstre né en Franconie, que de vieux légendaires historiques ont présenté sérieusement comme le premier fondateur de l'ancienne *Lutèce*. Cette suite imaginaire de rois que d'autres savants presqu'aussi peu sensés ont jugé à propos de faire régner dans les Gaules, depuis *Samothès*, fils de *Japhet*, jusqu'au Troyen *Francus*, qu'ils assurent gravement avoir succédé à *Rémus*, son beau-père, dernier roi de la race d'Hercule, nous semble également ridicule, et indigne d'occuper un seul instant des esprits raisonnables.

Ce qu'il y a de très certain, c'est que la ville de Paris est une des plus anciennes des Gaules, et cette obscurité même de son origine en est une preuve aussi glorieuse qu'incontestable. Jules-César, qui en a parlé le premier, la nomme *Lutetia*, et la présente comme la ville principale des peuples qu'il désigne sous le nom de *Parisiens*. Strabon et Ptolomée en font mention, d'après lui, sous les noms de *Loucototia* et *Loucotetia*, ce qui a donné lieu à diverses étymologies également fausses et fabuleuses. Les noms de *Lutèce* et de *Paris* ne sont ni grecs ni latins; ils

---

de mémoire à leurs enfants, et eux-mêmes ne les savoient que par les traditions et les chants guerriers de leurs ancêtres.

sont celtiques, et il y a grande apparence que nous en ignorerons toujours la véritable signification.

Cependant, lorsque le général romain vint dans les Gaules, cette capitale des Parisiens n'étoit encore qu'un amas de chétives cabanes (1) renfermées dans une île au milieu de la Seine (2). Cette île, connue aujourd'hui sous le nom de quartier de la Cité, communiquoit avec la terre ferme au moyen de deux ponts de bois. Les deux rives du fleuve, maintenant couvertes d'édifices somptueux, et d'une population si nombreuse et si animée, n'étoient alors que d'affreuses forêts, qu'entouroient des marais fétides, et dont les solitudes étoient consacrées à des divinités sanguinaires (3). Car les anciens Gaulois

---

(1) Leurs maisons étoient construites de bois et de terre, couvertes de paille et de chaume, et sans cheminées. Ils se servoient de fourneaux pour faire cuire leurs aliments et pour se garantir du froid, usage qu'ils ont conservé long-temps, et qui subsistoit encore du temps de l'empereur Julien. Vers ce même temps, ils commençoient à élever des figuiers autour de la ville, et y cultivoient des vignes, qui produisoient d'excellent vin. (Jul. Misopog).

(2) *Lutetia oppidum est Parisiorum positum in insulâ fluminis Sequanœ*. César C.

(3) Ils adoroient Mars *, Isis, Cybèle et d'autres divinités du paganisme. Le collège des prêtres d'Isis étoit à *Issi*; et l'église de Saint-Vincent, depuis Saint-Germain-des-Prés, fut bâtie sur les ruines de son temple. Mercure ou Pluton (car c'étoit le même chez les Gaulois), avoit le sien sur le mont *Leucotitius*, sur lequel s'élèvent maintenant les Carmélites de la rue Saint-Jacques; et vers l'endroit où est Saint-Eustache, il existoit un édifice consacré à Cybèle. Tous ces temples n'étoient, avant les Romains, que des bocages, et ces Dieux avoient alors d'autres noms.

* Le temple de ce Dieu étoit à *Montmartre* qui en a retenu le nom. Cependant Hilduin qui écrivoit sous le règne de Louis le Débonnaire, l'appelle aussi *Mons Martyrum* d'après une ancienne tradition qui veut que S. Denis et ses compagnons aient souffert le martyre en cet endroit.

n'avoient point de temples, et ils ne commencèrent à en bâtir que sous la domination des Romains. Des bois obscurs et mystérieux étoient les sanctuaires redoutables des Dieux qu'ils adoroient, et ces horribles enceintes furent souvent arrosées de sang humain par leurs druides.

Les Parisiens ont été célèbres parmi les peuples de leur nation pour leur courage et leur haine de toute domination étrangère; et lorsque César, maître d'une grande partie des Gaules, voulut subjuguer leur ville capitale, son lieutenant Labiénus, qu'il avoit chargé de cette expédition, y trouva une résistance à laquelle il ne s'attendoit pas : ces braves insulaires, craignant d'être forcés dans leur retraite, prirent la résolution héroïque de mettre le feu à leurs habitations, et marchèrent au-devant de l'ennemi, sous la conduite de Camulogène, vieux guerrier plein de bravoure et d'expérience. Le Romain, aussi courageux et plus habile, les trompa par une fausse marche, prit une position avantageuse dans la plaine qui est au-dessous de Meudon, et là les força à recevoir la bataille. La victoire y fut long-temps disputée, et ce peuple s'y défendit avec une opiniâtreté qui tenoit du désespoir; mais enfin la valeur aveugle fut forcée de céder au courage soutenu de la science militaire. Les Parisiens furent vaincus, le plus grand nombre y perdit la vie, et Camulogène justifia leur choix en périssant avec eux.

César, maître de Paris, ordonna aux Gaulois de la rebâtir; et considérant la situation avantageuse de cette ville au milieu d'un fleuve qui séparoit la Gaule celtique de la belgique (1), situation qui pouvoit en faire un point de jonction très avantageux pour les deux provinces, s'il leur prenoit envie de se révolter; n'ayant point oublié, d'ailleurs, la résistance vigoureuse que lui avoient opposée ses premiers habitants, il résolut de la faire entourer de murailles, de la fortifier, et d'y entretenir continuellement une garnison romaine. Il l'embellit en outre d'une grande quantité d'édifices, et la remit dans un état tellement florissant, que peu de temps après elle put secouer le joug, pour entrer dans la ligue des villes qui se réunirent au fameux Vercingentorix, dans l'espoir d'affranchir les Gaules du pouvoir de l'étranger. César, qui depuis sa première conquête ne parle que cette seule fois de la ville de Paris, dit qu'elle envoya huit mille hommes à l'assemblée des peuples confédérés. Ce fut là, comme on sait, le dernier effort des Gaulois pour la liberté; et la défaite de leur innombrable armée sous les murs d'Alexia les assujettit sans retour aux Romains.

Dès ce moment cette vaste contrée, dépouillée pour toujours de ses coutumes et de ses lois, se vit soumise à

______

(1) Boëce, qui écrivoit peu de siècles après ce grand évènement, et qui étoit sénateur romain, dit: *Lutetiam Cæsar usque adeò œdificiis adauxit, tamque fortiter mœnibus cinxit, ut Julii Cæsaris civitas vocetur.*

la même forme de gouvernement que les autres provinces
de la république, et chaque ville fut traitée (1) suivant
le degré de haine ou d'affection qu'elle avoit témoigné
pour le vainqueur. Ce fut principalement sur la Gaule
celtique que les Romains crurent devoir appesantir leur
joug. A l'exception de quelques villes qui furent épar-
gnées, ils la soumirent toute entière au tribut, et Paris,
qui avoit opposé une si longue résistance, fut au nombre
de ces cités appelées *vectigales* ou tributaires. Avec les
lois romaines s'introduisit aussi la langue latine parmi les
peuples conquis, et l'ancien langage celtique se perdit
peu à peu. Quant à la religion, elle resta la même : vainqueurs et vaincus étoient également plongés dans les
ténèbres du paganisme. Toutefois les sacrifices humains
furent abolis, et ce fut un des bienfaits qu'apporta à ces
nations barbares la police des Romains.

Un auteur (2) a avancé, sans autorité suffisante, que
les deux forteresses, connues sous le nom de grand et
de petit Châtelet, qui, des deux côtés de la rivière,

---

(1) Ils mirent entre ces villes de grandes distinctions : quelques unes furent regardées
comme *alliées* ; il y en eut qui furent honorées du nom de *colonies*, d'autres de celui
de *municipales* ; ils établirent des *préfectures*, au milieu des peuples les plus mutins, et
toutes les villes qui avoient fortement résisté furent réduites à la condition des *vectigales*.

(2) Le commissaire Delamare. Le nom de *Chambre de César* qu'a conservé une
des chambres du grand Châtelet, et l'inscription *Tributum Cæsaris* qu'on lisoit
sous l'arcade, lui avoient fait adopter cette opinion, soutenue d'ailleurs avant lui par
divers historiens de Paris. Lorsque nous parlerons en détail de ce monument, nous
donnerons les raisons qui nous déterminent à la rejeter.

défendoient la tête des ponts, étoient un ouvrage de
César. Cette opinion a été victorieusement combattue: les
Romains fortifièrent sans doute Paris lorsqu'ils y eurent
entièrement établi leur domination ; mais ils durent
employer, pour s'y maintenir, le genre de fortification
qui étoit en usage dans toutes les villes de leur vaste
empire. Il est donc probable qu'ils élevèrent de chaque
côté de la Seine deux tours en bois, l'une à la tête du
pont, l'autre à l'entrée de la Cité; ces tours durent
avoir une circonférence suffisante pour contenir les machines de guerre et les soldats nécessaires à leur défense;
et le passage de Boëce, déjà cité, prouve que l'île elle-même
étoit entourée de murs et flanquée de tours. Il est naturel
aussi de penser que Paris, comme toutes les villes de
l'Empire, eut des temples, des places, des édifices publics,
et que, tranquille sous la protection d'un gouvernement
aussi puissant, elle commença à étendre ses faubourgs
sur les deux rives du fleuve. Toutefois il est impossible
de donner aucun renseignement sur l'état de sa topographie intérieure pendant la domination des Romains,
ni sur les accroissements progressifs qu'elle put alors
éprouver; car il n'est plus question de Paris dans les
historiens pendant près de quatre siècles, jusqu'à l'empereur Julien, qui y passa plusieurs hivers, avant et
après son expédition contre les Allemands. L'affection

qu'il portoit à cette ville, qu'il appelle *sa chère Lutèce*, le séjour qu'y firent après lui les empereurs Valentinien et Gratien, donnent lieu de croire que dès-lors elle possédoit tout ce qui étoit nécessaire pour loger des empereurs et cette suite nombreuse d'officiers de toute espèce dont ils étoient sans cesse accompagnés, un palais, des thermes, une place d'armes, des arènes, un cirque, un amphithéâtre; mais si l'on considère les dimensions de l'île qui composoit la ville proprement dite, on se convaincra facilement qu'il est impossible que de tels édifices (1) aient existé dans un si petit espace. Ammien Marcellin, quoique fort embrouillé dans tout ce qu'il dit sur Paris, le fait cependant entendre assez clairement; les débris du palais des Thermes en sont une preuve encore plus incontestable, et leur construction toute romaine donne l'idée d'un grand et magnifique édifice. A-t-il été élevé avant Julien? est-ce lui qui l'a fait bâtir? C'est une question qu'il est impossible de décider, et d'ailleurs peu important d'éclaircir, puisqu'enfin de tout ce qui existoit alors à Paris du temps des Romains, si l'on en excepte les ruines de cette salle des Thermes, et celles d'un aqueduc qui y

---

(1) On ne peut douter qu'il n'y ait eu un palais dans l'île même ; mais aucun de nos historiens ne nous apprend ni quand ni comment il fut bâti, ni quel étoit alors son usage. Nous y reviendrons incessamment.

portoit les eaux d'Arcueil, il ne reste plus absolument le moindre vestige.

Lorsque les Francs envahirent les Gaules , Childéric fut, dit-on, le premier de leurs rois qui chassa les Romains de Paris (1), et Clovis, qu'on peut regarder comme le véritable fondateur de la monarchie, en fit le siège de son Empire (2); mais ce fut dans le palais des empereurs qu'il établit sa résidence , et non dans l'intérieur de la cité, car les Français d'alors avoient un grand mépris pour ceux qui habitoient les villes. Ce mépris barbare, le préjugé non moins absurde qui les portoit à n'honorer aucune autre profession que celle des armes, les dévastations qu'ils commirent en pénétrant dans le pays conquis, les guerres sanglantes que Clovis fut forcé d'entreprendre et de soutenir pour former son établissement, le partage de ses conquêtes après sa mort, et les nouvelles capitales que fit naître cette division impolitique , toutes ces causes réunies empêchèrent Paris de s'agrandir sous la première race. Sous la seconde, on le voit presque abandonné:

---

(1) « Paris étoit dès-lors une ville commerçante, dit le président Hénault, et les « *Nautæ Parisiaci* étoient une compagnie de négociants » , mais il se trompe lorsqu'il ajoute *qu'on y venoit de tout l'Orient, les Syriens sur-tout , qui donnèrent leur nom à la rue des Arcis.* Cette étymologie est fausse ; nous donnerons ailleurs sur ce corps des *Nautæ Parisiaci* tous les renseignements les plus exacts qu'il a été possible de se procurer jusqu'à présent.

(2) *Egressus Clodoveus a Turonis Parisios venit , ibique cathedram regni constituit.* Greg. Tur., Hist. Franc., lib. 1.

Tome *I.* 4

Pepin, Charlemagne, Louis-le-Débonnaire, Charles-le-Chauve n'y demeurèrent qu'en passant; et vers la fin de cette époque fatale, cette ville, assiégée sans cesse par les Normands, deux fois prise et saccagée par ces ennemis acharnés, après avoir soutenu glorieusement un troisième siège, où elle étoit menacée de sa destruction entière, se trouva réduite, par la dévastation et l'incendie de ses faubourgs, à cette enceinte entourée d'eau, qui avoit été l'habitation des premiers Gaulois.

Ce n'est donc que sous le gouvernement plus ferme et moins troublé des rois de la troisième race, que Paris a commencé à prendre, par degrés, ces accroissements qui l'ont amené enfin au point où nous le voyons. C'est à cette époque seulement que ses faubourgs du Nord et du Midi, composés de quelques maisons éparses, d'églises et de couvents isolés, commencèrent à se réunir par des constructions intermédiaires, furent renfermés dans des enceintes qui s'accrurent presque de siècle en siècle, et formèrent enfin ces deux parties nouvelles de Paris, connues sous le nom de la *Ville* et de l'*Université*, dont l'ensemble immense, renfermé dans sa dernière enceinte sous le règne de Louis XVI, compose cette ville superbe que l'on admire aujourd'hui.

Toutes les topographies qui ont été faites de l'ancien Paris s'accordent à présenter Philippe-Auguste comme auteur de la première enceinte de Paris, hors de la cité. Cependant, avant ce roi, il existoit déjà une clôture du côté du nord, qu'un historien (1), d'ailleurs exact et judicieux, a prétendu être un ouvrage des Romains. Cette opinion a été victorieusement combattue, et tout porte à croire que cette clôture, dont il est fait mention dans une ancienne charte, et dont il restoit encore quelques vestiges dans le dix-septième siècle, n'a été élevée que sous les derniers rois de la seconde race. « Alors, dit Félibien, « tout le terrain où est à présent la ville étoit couvert d'une « forêt. » La tour octogone qui subsistoit encore dans le siècle dernier au coin du cimetière des Innocents, servoit, dit-on, de corps-de-garde contre les bandes de voleurs dont cette forêt étoit infestée, et contre les incursions subites des Normands, qui s'y embusquoient par troupes détachées, et qui, plus d'une fois, en étoient sortis, pour se précipiter dans la place de Grève, piller le port et emmener des esclaves. La muraille fut sans doute construite dans la même intention, et pour une plus grande sûreté. Les Juifs qui, à cette époque de la fin de la seconde race, reparoissent en France, obtinrent la permission de bâtir dans cette enceinte (2) où se trouvoit une

---

(1) Le Commissaire Delamare.

(2) Les maisons qu'ils construisirent formèrent, dit-on, ces rues sales et étroites de Saint-Bon, de la Tacherie, du Pet-au-Diable, et autres adjacentes.

grande étendue de terrains vagues et de cultures, qu'ils acquirent sans doute à grands frais ; et dès le commencement de la troisième race, on voit qu'ils y avoient des écoles et une synagogue. Ce qui ne leur avoit point été cédé fut long-temps désert, et ce ne fut que sous le règne de Louis-le-Jeune qu'on commença à élever des maisons dans Champeaux (1) et aux environs de Sainte-Opportune, qu'on appeloit auparavant l'*Ermitage de Notre-Dame-des-Bois*, parceque cette église étoit à l'entrée de la forêt.

« Entre le boulevard et la rivière au nord, dit Saint-
« Foix, depuis le terrain où est à présent l'Arsenal
« jusqu'au bout des Tuileries, représentons-nous donc
« les restes d'un bois marécageux, de petits champs, des
« *cultures* (2), des haies, des fossés et quatre ou cinq
« bourgs (3) plus ou moins éloignés les uns des autres ;

______

(1) Quartier des Halles.

(2) Les rues Culture-Sainte-Catherine et Culture-Saint-Gervais (on prononçoit *Coulture*) s'appellent ainsi de ce mot, qui signifie des endroits propres à être cultivés. Il y avoit une grande quantité de ces terrains appartenant à des églises, à des abbayes, tant au-dedans de Paris qu'au-dehors, la Coulture-Saint-Éloi, la Coulture du Temple, celle de Saint-Martin, celle de Saint-Lazare, celle de Saint-Magloire, etc., etc.

(3) Au nord, du côté de la ville, le bourg Thiboust, les bourgs l'Abbé et Beaubourg, et l'ancien et le nouveau bourg Saint-Germain-l'Auxerrois. Ils furent en partie renfermés dans l'enceinte que fit faire Philippe-Auguste, et qui fut achevée en 1121. Les rues de ces bourgs en ont toujours conservé les noms. Le commissaire Delamare convient qu'ils étoient séparés de Paris et de ses faubourgs par des prés, des marais et des terres labourées ; on peut juger par là du peu d'étendue des faubourgs.   (*Note de* SAINT-FOIX.)

« quelques rues bien boueuses autour du Grand-Châtelet
« et de la Grève; un grand pont (*le pont au Change*),
« pour arriver dans une petite île (*la Cité*), qui n'étoit
« habitée que par des prêtres, quelques marchands et
« des ouvriers; un autre pont (*le Petit-Pont*), pour en
« sortir du côté du midi; et au-delà de ce pont et du
« Petit-Châtelet, trois ou quatre cents maisons (1) éparses
« çà et là sur le bord de la rivière et dans les vignes qui
« couvroient la montagne Sainte-Geneviève : tel étoit
« Paris sous nos premiers rois de la troisième race; et je
« crois que, si l'on veut réfléchir sur les mœurs de ce
« temps-là, et sur les causes de ses accroissements dans
« la suite, on conviendra qu'il ne devoit pas être plus
« grand ni plus considérable. Tous ces tribunaux que
« nous voyons aujourd'hui, et dont les dépendances
« sont si nombreuses, n'existoient point encore; le
« roi, le comte ou le vicomte écoutoient les parties,
« jugeoient sommairement, ou bien ordonnoient le
« combat si le cas étoit trop embarrassant. Il n'y avoit
« point aussi de collèges; l'évêque et les chanoines en-
« tretenoient quelques écoles, auprès de la cathédrale,

____

(1) Les premiers faubourgs, du temps des Romains, furent élevés du côté de l'Université. Saint-Ouen et Frédégaire font aussi mention de deux faubourgs bâtis également de ce côté; l'un qui environnoit l'église Saint-Vincent, depuis Saint-Germain-des-Prés; l'autre, qui étoit situé près de Saint-Pierre, depuis Sainte-Geneviève.

« pour ceux qui se destinoient à la cléricature. Les nobles
« se piquoient d'ignorance, et souvent ne savoient pas
« signer leur nom: ils vivoient sur leurs terres ; et s'ils
« étoient obligés de passer trois ou quatre jours à la ville,
« ils affectoient de paroître toujours bottés pour qu'on
« ne les prît pas pour des *villains*. Dix hommes suffisoient
« pour la perception des impôts; il n'y avoit que deux
« portes : et sous Louis-le-Gros, les droits de la porte du
« Nord ne rapportoient que douze francs par an (1). Les
« arts les plus nécessaires ne se présentoient pas même à
« l'imagination, et l'on peut juger des divertissements et
« des spectacles par la grossièreté des mœurs; enfin rien

---

(1) La livre *numéraire* de France doit son institution à Charlemagne; ce fut lui
qui fit tailler, dans une livre d'argent, vingt pièces qu'on nomma sols, et dans un
de ces sols, douze pièces qu'on nomma deniers; en sorte que la livre d'alors, comme
celle d'aujourd'hui, étoit composée de deux cent quarante deniers. Les sols et les
deniers ont été d'argent fin jusqu'au règne de Philippe Ier, père de Louis-le-Gros;
on y mêla un tiers de cuivre en 1103, moitié dix ans après, les deux tiers sous
Philippe-le-Bel, et les trois quarts sous Philippe de Valois. Cet affoiblissement a été
porté au point que vingt sols, qui, avant le règne de Philippe Ier, faisoient une livre
réelle d'argent, n'en renferment pas aujourd'hui le tiers d'une once. On prétend que
Charlemagne étoit aussi riche, avec un million de revenu, que Louis XV avec
soixante-douze millions. Vingt-quatre livres de pain blanc coûtoient un denier sous
le règne de Charlemagne : ce denier étoit d'argent fin sans alliage. On peut voir,
par la valeur qu'il auroit dans ce temps-ci, si le pain et les autres denrées étoient
plus ou moins chères alors qu'à présent. Douze livres, du temps de Louis-le-Gros,
feroient, je crois, environ douze fois trente-quatre livres de ce temps-ci.

(*Note de* SAINT-FOIX.)

Suger, abbé de Saint-Denis, et ministre d'état de Louis-le-Gros et de Louis-le-Jeune,
se glorifie, dans le livre qu'il a écrit sur son administration, d'avoir élevé les produits
de cette porte de douze francs à cinquante.

« dans Paris ne pouvoit engager l'étranger à y venir,
« l'homme industrieux à s'y établir. »

L'établissement de l'Université (1), sous Louis-le-Jeune,
fut une des premières causes de l'agrandissement de
Paris. La protection éclatante que Philippe-Auguste, son
successeur, accorda à cette institution, l'estime singulière
qu'il faisoit des savants, et les distinctions flatteuses dont
il les honoroit, rendirent bientôt les écoles de Paris célèbres dans toute l'Europe. On y accourut des provinces
et des pays étrangers ; et le quartier appelé depuis
l'*Université*, se peupla tellement, que la multitude des
étudiants égaloit celle des citoyens. Ce prince, qui, parmi
les grands projets qu'il avoit conçus, mettoit au premier
rang l'embellissement de sa capitale, la fit entourer de
murs, et dans cette clôture (la première dont on puisse
parler avec certitude), non seulement il renferma une
partie des bourgs déjà existants, mais encore une grande
quantité de terrains vagues, dans lesquels il excita ses
sujets à bâtir, par tous les avantages et les encouragements
qu'il put imaginer. La noblesse et le clergé l'aidèrent

(1) Les écoles de Paris étoient, de temps immémorial, autour du parvis de Notre-
Dame, et dépendoient du chapitre de cette église. Sous Louis-le-Jeune, la foule des
étudiants devint si grande, à cause du mérite et de la réputation des maîtres qui
professoient alors, qu'il fut permis à plusieurs facultés d'aller s'établir au-delà de la
rivière. En 1244 cette permission devint générale et sans restriction pour tous ceux
qui se livroient à l'enseignement des sciences.

puissamment dans des vues si utiles, et dans moins de quarante ans, ces places vides et désertes furent couvertes d'édifices. Philippe-le-Bel augmenta encore l'importance et la population de Paris, en rendant le parlement sédentaire; et par la défense qu'il fit du duel en matière civile, les gens de lois se multiplièrent presque autant que les étudiants.

Cependant de nouveaux faubourgs s'étoient formés hors des murs. Les guerres désastreuses qui survinrent avec les Anglais, à qui leurs possessions sur le continent donnoient la facilité de pénétrer jusque dans le cœur du royaume, et d'en insulter à tous moments la capitale, obligèrent de pourvoir à la sûreté tant de la ville que des dehors. Les conjonctures dans lesquelles on se trouvoit étoient si pressantes, que d'abord on se contenta de creuser autour une double enceinte de fossés. Charles V, parvenu au trône, ordonna bientôt une nouvelle clôture du côté de la ville, depuis le bord de la rivière où est maintenant l'Arsenal, jusqu'au-delà du Louvre, et les derniers faubourgs furent renfermés dans cette seconde enceinte; ces nouveaux accroissements obligèrent de bâtir deux autres ponts, pour la communication des quartiers.

Jusqu'au règne de François Ier, on ne voit aucune entreprise nouvelle pour l'accroissement de Paris. Ce roi, restaurateur des lettres et des arts, reprit tous les projets qui avoient été conçus pour l'embellissement d'une ville déjà si peuplée et si florissante. Il n'agrandit pas son enceinte, mais il augmenta ses dehors, et y éleva des monuments d'architecture qui sont encore au nombre des plus excellents qu'elle possède. Le vieux Louvre abattu fut remplacé par un édifice magnifique et régulier; de nouvelles rues s'ouvrirent sur les débris d'une quantité de vieilles constructions; bientôt après Charles IX fit bâtir le château des Tuileries; le Pont-Neuf, commencé sous Henri III, fut achevé par Henri IV, et ce roi fut le premier qui orna Paris de places décorées d'une architecture uniforme; mais toutes ces constructions nouvelles furent faites dans l'ancienne enceinte, qui resta toujours la même jusqu'à Louis XIII. Sous ce prince, une nouvelle muraille fut élevée depuis la porte Saint-Denis, qu'on plaça alors à l'endroit où nous la voyons aujourd'hui, jusqu'à l'extrémité du faubourg Saint-Honoré; et le château des Tuileries se trouva renfermé dans cette troisième enceinte.

Alors la tyrannie féodale, si difficile à vaincre, et combattue sans relâche par les princes de la troisième race, venoit d'expirer, et l'autorité royale n'avoit plus désormais d'obstacles à vaincre. Par un bienfait de la Providence, Louis XIV naquit pour achever ce monument de grandeur et de force dont l'administration vigoureuse du cardinal de Richelieu avoit jeté les premiers fondements. Bientôt

Paris n'eut plus d'enceinte ; ses portes furent changées en arcs de triomphe, et ses fossés, comblés et plantés d'arbres, devinrent des promenades. Des places immenses, des rues superbes, des temples, des édifices publics naquirent de tous côtés, comme par enchantement ; le chef-d'œuvre de l'architecture française, le Louvre, fut bâti ; le dôme des Invalides s'éleva ; tous les arts, protégés par un si grand prince, prirent un nouvel essor, et furent consacrés à embellir les monuments de sa puissance et de sa grandeur ; enfin la ville de Paris, sous un gouvernement dont le caractère politique et religieux peut être regardé comme la perfection de la monarchie, et par conséquent de la société, eut toute la majesté du souverain dont elle étoit la résidence, et c'est assez dire qu'elle étoit déjà la plus belle ville du monde (1).

Elle s'est encore agrandie et embellie sous ses deux successeurs. Sous Louis XVI, les faubourgs immenses qui environnoient les boulevards furent réunis dans une

---

(1) A tant d'éclat et de prospérité, il faut joindre l'avantage d'une des plus belles positions qu'il soit possible d'imaginer. Paris, presqu'entièrement situé dans une plaine, environné de campagnes cultivées, de bois, de prairies, de vallées, de collines, que couvrent une foule de châteaux, de maisons de plaisance, de bourgs, de villages, et dont les productions sont chaque jour étalées dans ses marchés, reçoit encore, au moyen du grand fleuve qui le traverse, les tributs des provinces les plus fertiles de la France. L'Yonne, la Marne, l'Oise, l'Aisne, un grand nombre de canaux qui s'y jettent, les lui apportent continuellement, et la Seine elle même, facile à remonter, la fait jouir de toutes les richesses de la Normandie et de l'Océan.

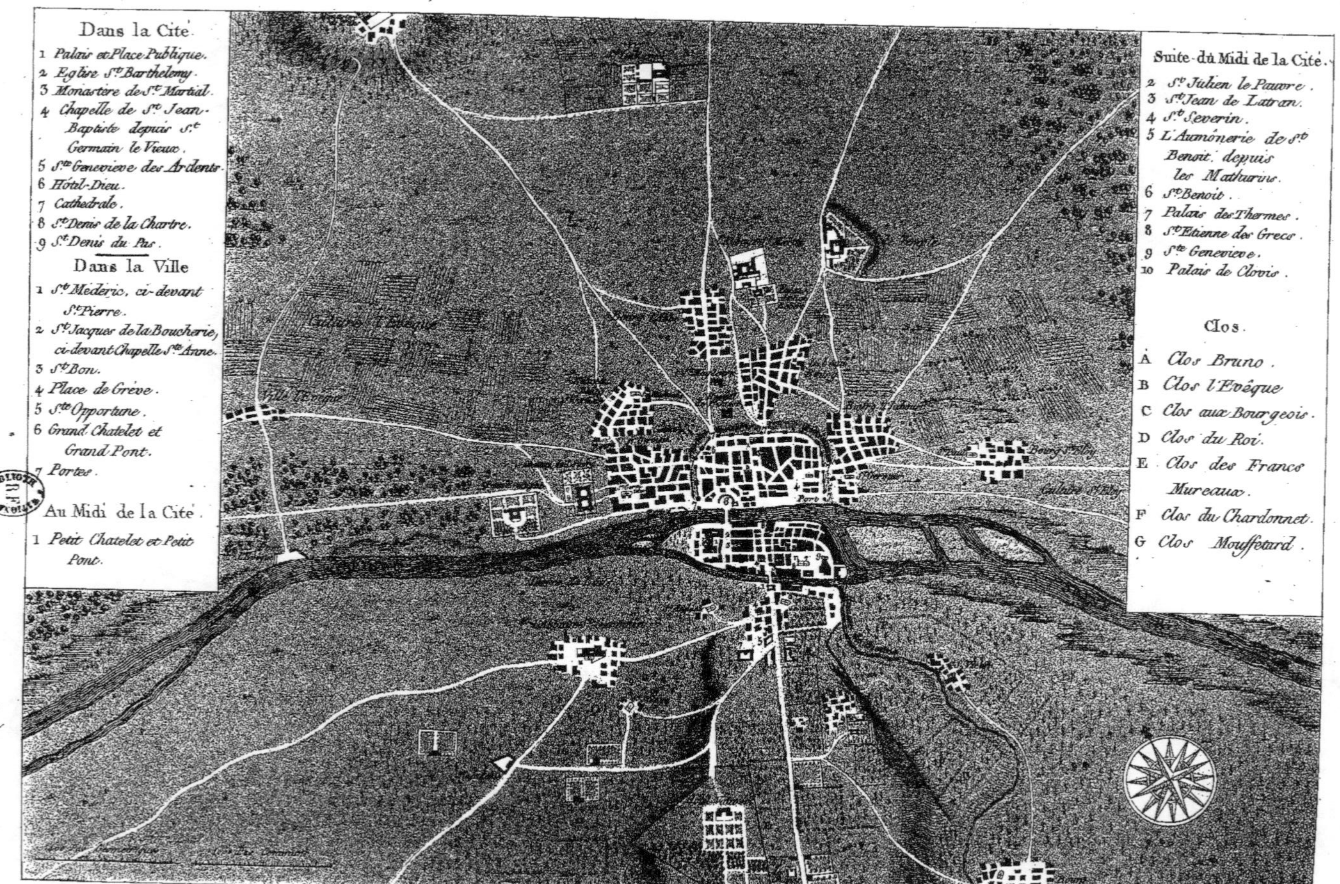

1er. PLAN DE LA VILLE DE PARIS. Son étendue, les Bourgs et Cultures dont elle étoit environnée sous le Regne de LOUIS VII, dit le jeune.

nouvelle enceinte, qui renferme aujourd'hui toute cette immense cité, et qui sera probablement la dernière (1).

ENCEINTES DE PARIS.

En rejetant cette opinion qu'il y avoit, du côté de la *ville*, une première enceinte bâtie par les Romains, nous sommes convenus cependant que cette enceinte avoit réellement existé. En effet, des titres qui remontent jusqu'au règne de Lothaire en indiquent le circuit, et l'on en voyoit encore des débris long-temps après le règne de Philippe-Auguste.

Cette enceinte, dont on ignore l'auteur (2), et qui subsistoit encore du temps de Louis-le-Jeune, commençoit à peu près à la porte de Paris (3), continuoit le long de la rue Saint-Denis jusqu'à la rue des Lombards où il y avoit une porte, passoit ensuite entre cette rue et la rue Trousse-Vache, jusqu'au cloître Saint-Méderic; il y avoit là une seconde porte dont il existoit encore un jambage sous Charles V. La muraille tournoit ensuite par la rue de la Verrerie, entre les rues Bardubec et des Billettes, descendoit rue des Deux-Portes, traversoit la rue de la Tixeranderie et le cloître Saint-Jean, proche duquel étoit une troisième porte, et finissoit sur le bord de la rivière, entre Saint-Jean et Saint-Gervais (4). Le midi

---

(1) Cette ville occupe aujourd'hui environ deux lieues de diamètre sur six de circonférence.

(2) Il est probable qu'elle fut élevée après cette dernière et furieuse attaque des Normands, à laquelle les habitants de Paris opposèrent une si longue et si belle résistance; on voulut préserver d'une nouvelle invasion les faubourgs que ces barbares avoient déjà tant de fois saccagés, et dont les plus considérables étoient du côté de la *ville*.

(3) On voudra bien observer qu'on se sert ici de noms de rues, de couvents et de maisons dont une partie n'existoit point alors. Les cartes même qui offrent la position exacte des principaux monuments ne peuvent donner une idée satisfaisante des rues, dont plusieurs ont changé de nom deux ou trois fois dans un siècle, dont quelques unes ont été comblées et couvertes d'édifices, tandis que de nouvelles étoient percées à côté. Il n'y a aucun moyen d'éclaircir des choses dont on a perdu toutes les traces; et, du reste, il est ici peu intéressant de le faire.

(4) Les murs de cette ancienne clôture subsistoient encore proche la porte des Baudets, du temps de Saint-Louis. (DELAMARE.)

dé la Cité, dit depuis le quartier de l'Université, n'étoit point encore entouré de murs.

ENCEINTE SOUS PHILIPPE-AUGUSTE.

Les choses étoient en cet état, lorsque Philippe-Auguste forma le projet vraiment royal de renfermer dans une nouvelle enceinte tous les bourgs, toutes les cultures éparses autour de l'ancienne ville, et de faire ainsi de Paris une des plus grandes et des plus belles villes du monde. Cette entreprise coûta vingt ans de travaux continuels; car non seulement on éleva une muraille du côté du nord, mais encore les maisons qui, au midi, étoient éparses autour du petit Châtelet, furent pour la première fois environnées d'une enceinte.

La nouvelle muraille, au nord, passoit près du Louvre, le laissant en dehors (1); traversoit les rues Saint-Honoré et des Deux-Ecus, l'emplacement de l'hôtel de Soissons, les rues Coquillière, Montmartre, Montorgueil, le terrain où est à présent la halle aux cuirs, les rues Française, Saint-Denis, Bourg-l'Abbé, Saint-Martin; continuoit le long de la rue Grenier-Saint-Lazare; traversoit la rue Beaubourg, la rue Saint-Avoye, et passant sur le terrain des Blancs-Manteaux, et ensuite entre les rues des Francs-Bourgeois et des Rosiers, alloit aboutir au bord de la rivière, à travers les bâtiments de la maison professe des Jésuites et le couvent de l'*Ave Maria*, où l'on voyoit encore, il n'y a pas long-temps, des restes de ses murailles. Elle avoit huit portes principales : la première, près du Louvre, au bord de la rivière; la seconde, à l'endroit où est maintenant l'église de l'Oratoire; la troisième, vis-à-vis de Saint-Eustache, entre la rue Plâtrière (2) et la rue du Jour; la quatrième, rue Saint-Denis, appelée la Porte-aux-Peintres; la cinquième, rue Saint-Martin, au coin de la

----

(1) Saint Foix et Delamare.
(2) Depuis J. J. Rousseau.

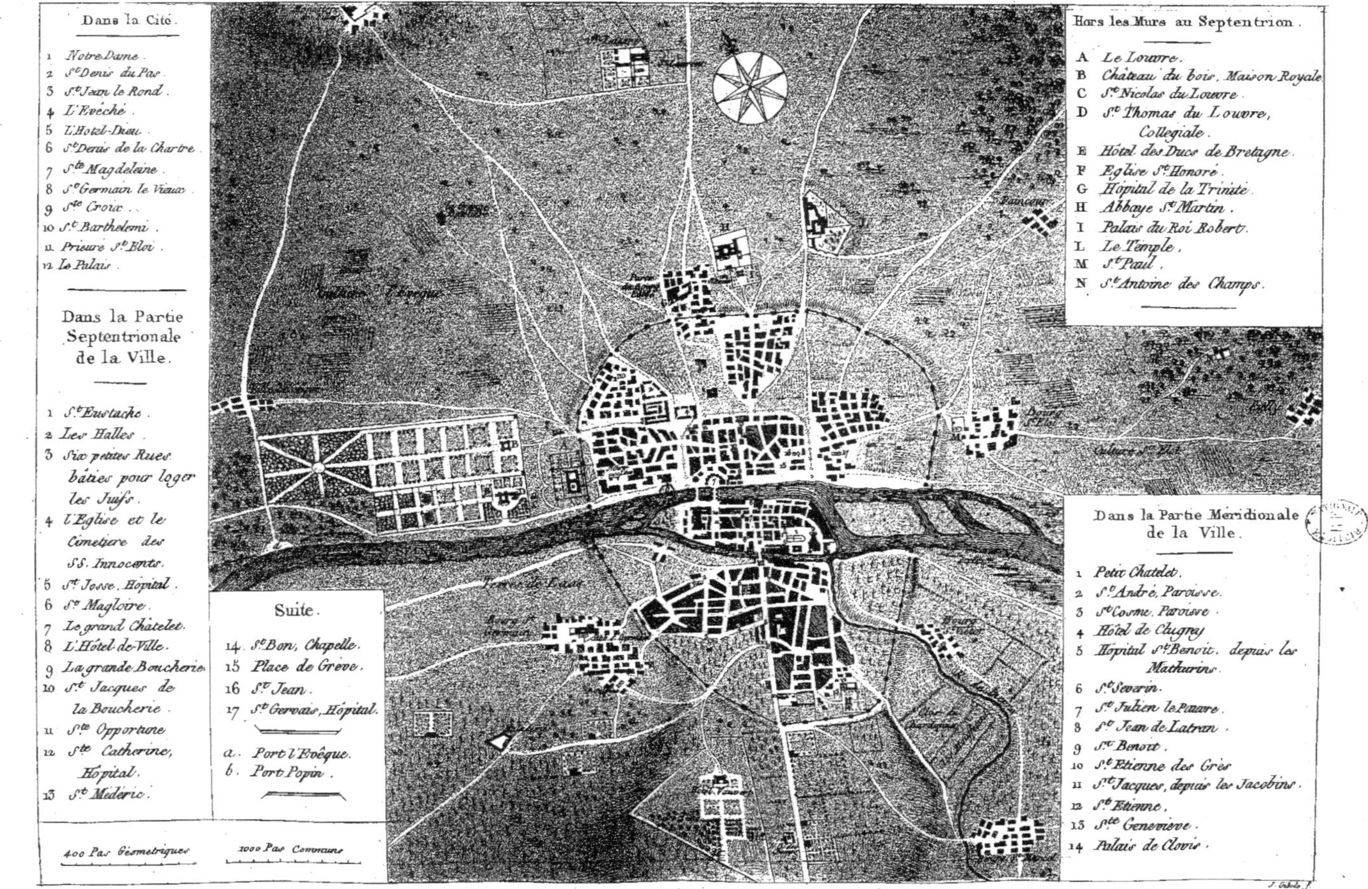

DEUXIÈME PLAN DE LA VILLE DE PARIS, son accroissement et l'état où elle étoit sous PHILIPPE AUGUSTE.

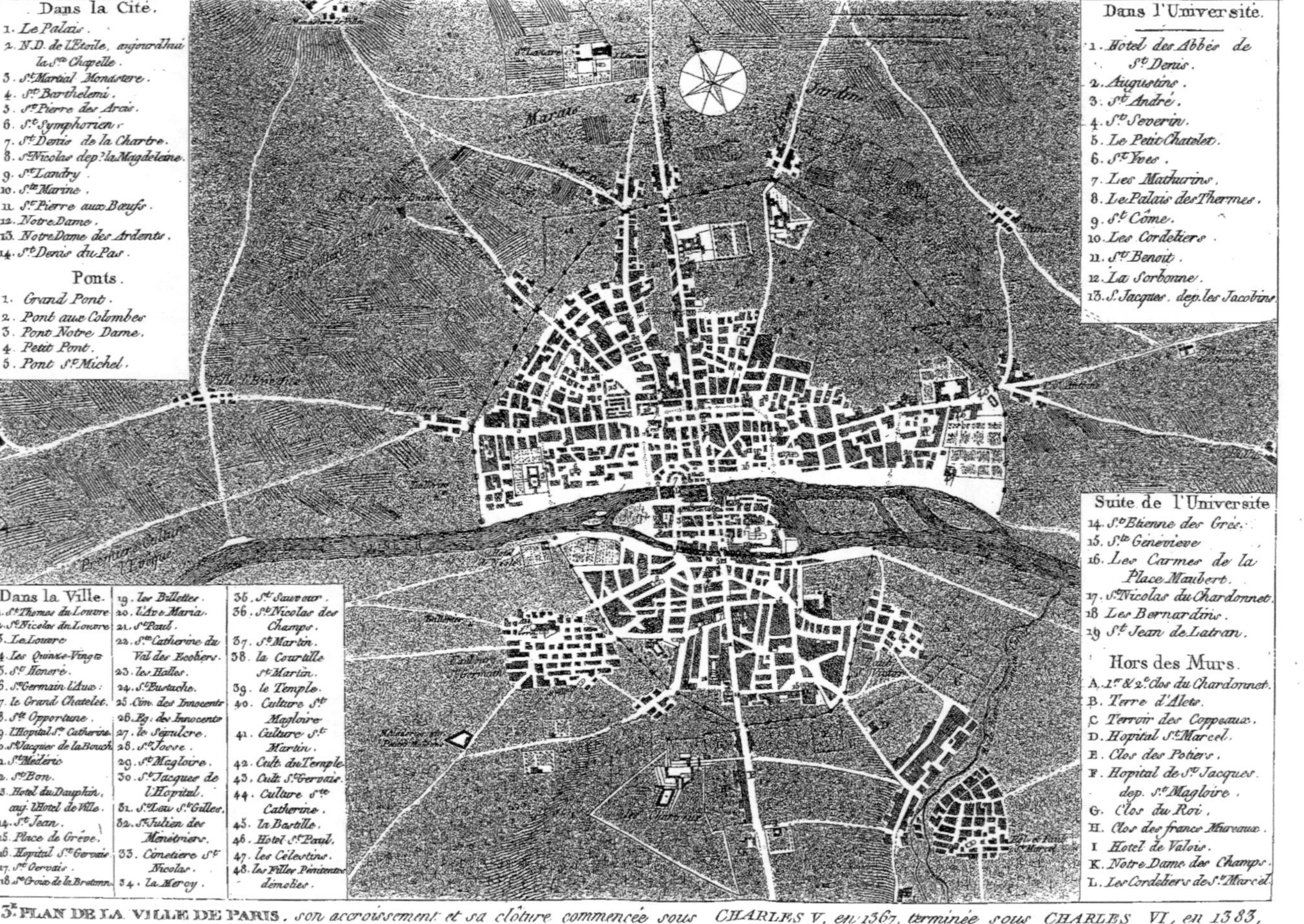

3e. PLAN DE LA VILLE DE PARIS, son accroissement et sa clôture commencée sous CHARLES V. en 1367, terminée sous CHARLES VI, en 1383.

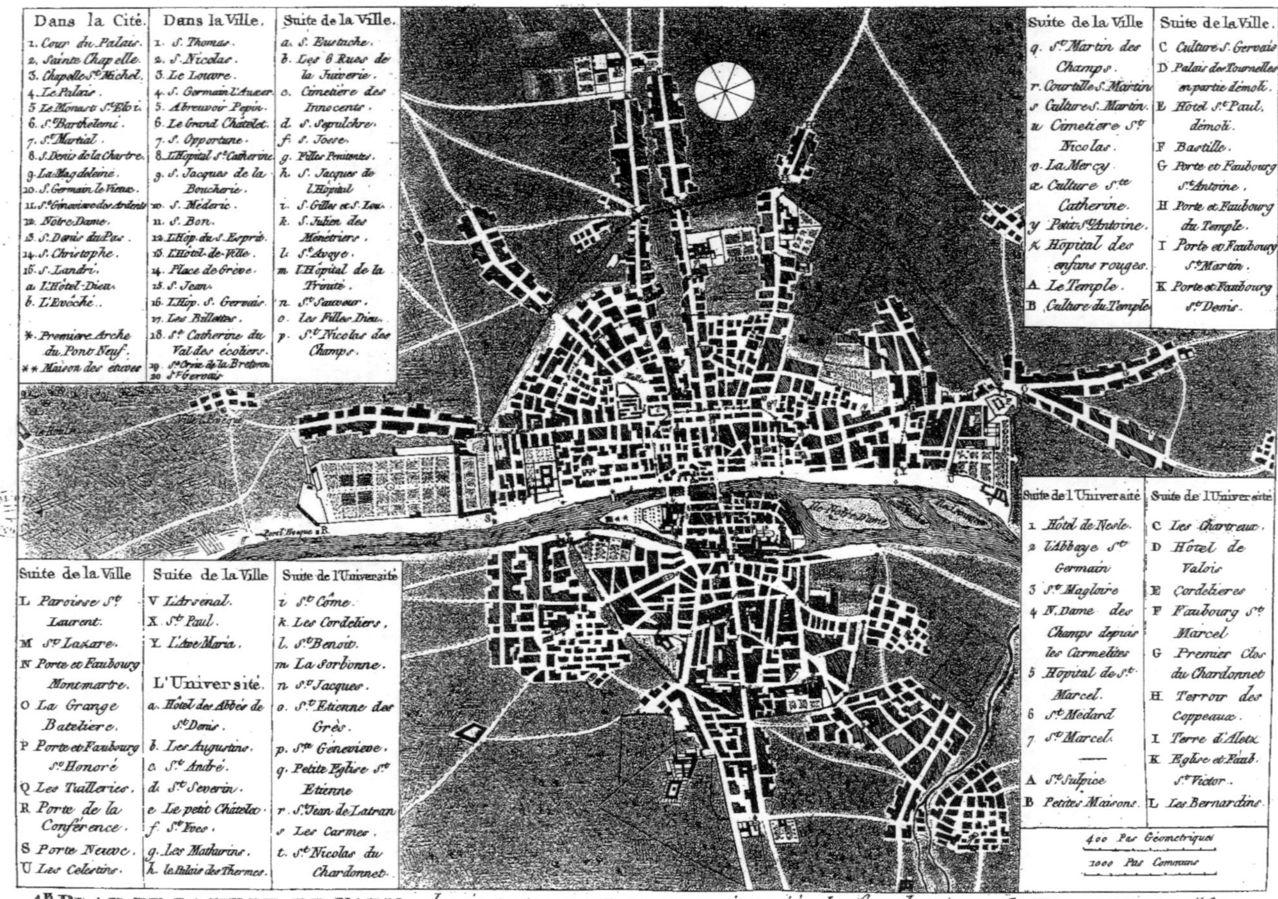

4.E PLAN DE LA VILLE DE PARIS depuis CHARLES VII en 1412. jusqu'à la fin du Règne de HENRI III en 1589.

rue Grenier-Saint-Lazare, la sixième, appelée la porte Barbette (1), entre le couvent des Blancs-Manteaux et la rue des Francs-Bourgeois; la septième, près de la maison professe des Jésuites; et la huitième, au bord de la rivière, entre le port Saint-Paul et le Pont-Marie (2).

Du côté de la rivière, au midi, l'autre moitié de cette enceinte, qui commençoit à la porte Saint-Bernard, est à peu près tracée (3) par les rues des Fossés-Saint-Bernard, des Fossés-Saint-Victor, des Fossés-Saint-Michel ou rue Saint-Hyacinthe, des Fossés-M.-le-Prince, des Fossés-Saint-Germain ou rue de la Comédie Française, et des Fossés-de-Nesle, à présent rue Mazarine. Il y avoit sept portes dans ce circuit : la porte Saint-Bernard ou de la Tournelle; les portes Saint-Victor, Saint-Marcel et Saint-Jacques (4); la porte Gibard, d'Enfer ou de Saint-Michel, au haut de la rue de la Harpe; la porte de Buci (5), au haut de la rue Saint-André-des-Arcs, vis-à-vis de la rue Contrescarpe; et la porte de Nesle, où est à présent le collège des Quatre-Nations. Dans la rue des Cordeliers, il y eut encore une porte appelée la porte Saint-Germain; et lorsque la rue Dauphine (6) fut bâtie, on en fit une vis-à-vis de l'autre bout de la rue Contrescarpe, et qu'on appela la porte Dauphine (7).

ENCEINTE SOUS CHARLES V ET CHARLES VI.

La perte de la bataille de Poitiers et la prison du roi Jean faisant

---

(1) Du nom d'une famille de Paris.

(2) Il y avoit en outre sept autres portes moins grandes, dites fausses portes, sans compter les portes particulières, que plusieurs personnes de distinction, dont les maisons étoient accolées aux murailles, obtinrent la permission de faire percer dans leur enclos, pour pouvoir sortir plus facilement de la ville.

(3) Nous disons *à peu près tracée;* il est aisé de se figurer où passoit précisément cette enceinte, en pensant que ces rues ont été bâties sur les fossés, et que ces fossés étoient devant les murailles.

(4) Abattues en 1684.

(5) Ainsi nommée de Simon de Buci, le premier qui ait porté le titre de premier président.

(6) Maintenant rue de Thionville.

(7) Abattues l'une et l'autre en 1672.

appréhender que les Anglais ne pénétrassent jusqu'au cœur de la France ; le dauphin songea à fortifier la capitale du côté du midi ; il ne changea rien à l'enceinte de Philippe-Auguste, parceque les nouveaux faubourgs s'y trouvèrent si petits qu'il ne jugea pas à propos de les mettre à couvert ; il se contenta de les ruiner, pour empêcher l'ennemi de s'y loger ; et le rempart déjà existant fut entouré d'un fossé. Du côté du nord, les faubourgs étant beaucoup plus considérables et plus près des murs, il fut résolu de les renfermer dans les nouvelles fortifications. C'étoient d'abord de simples fossés, qui furent depuis changés en murailles flanquées de tours. Cette entreprise, commencée sous Charles V, ne fut achevée que sous Charles VI son successeur.

Nous avons dit que l'enceinte précédente aboutissoit d'un côté entre le port Saint-Paul et le Pont-Marie, vis-à-vis la rue de l'Étoile ; ce prince la fit reculer jusqu'à l'endroit où est l'arsenal ; et les portes Saint-Antoine (1), Saint-Martin et Saint-Denis furent placées où nous les voyons aujourd'hui. Depuis la porte Saint-Denis, ces nouveaux murs continuoient le long de la rue de Bourbon (2), traversoient les rues du Petit-Carreau et Montmartre, la place des Victoires, l'hôtel de Toulouse, le jardin du Palais-Royal, la rue Saint-Honoré près l'ancien hospice des Quinze-Vingts, et alloient finir au bord de la rivière, par la rue Saint-Nicaise. Aux quatre extrémités de l'enceinte générale, comme à celle de Philippe-Auguste, il y avoit quatre grosses tours : la tour *du Bois*, près du Louvre ; la tour de *Nesle*, où est le collège des Quatre-Nations ; la tour de la *Tournelle*, près de la porte Saint-Bernard ; et la tour de *Billi*, près des Célestins. Elles défendoient, des deux côtés de la rivière, l'entrée et la sortie de Paris par de grosses chaînes attachées d'une tour à l'autre, et

---

(1) Cette porte a été abattue quelque temps avant la révolution.

(2) Maintenant rue d'Aboukir.

qui traversoient la Seine, portées sur des bateaux placés de distance en distance. L'approche de l'île Saint-Louis étoit défendue par un fort (1).

Jusqu'à Louis XIII, ces enceintes ne furent point augmentées; cependant la ville s'accrut considérablement, tant par les constructions qui s'élevèrent par degrés dans les terrains vagues (2) qu'on y avoit renfermés, que par (3) les nouveaux faubourgs qui se formèrent à ses portes. Ces faubourgs s'étoient tellement étendus, que, sous Henri II, on commença à s'en inquiéter, et à craindre l'excessive grandeur de Paris. Une ordonnance du roi défendit de bâtir davantage dans ses environs, et le projet fut formé de construire une nouvelle muraille qui renfermeroit définitivement cette ville dans ses dernières limites. Le plan en fut arrêté au conseil en 1550, et des bornes furent plantées du côté de l'Université; mais cette entreprise resta sans exécution.

La seule addition qui fut faite alors aux fortifications de Paris, fut la construction d'un rempart qui commençoit au bord de la rivière, au-dessous de la Bastille, et se prolongeoit jusques au-delà de la porte Saint-Antoine; François Ier avoit déjà tenté plusieurs fois ce travail, lorsque les guerres qu'il avoit à soutenir contre l'empereur lui faisoient craindre que les armées d'Allemagne, qui venoient jusques en Picardie, n'insultassent sa capitale, et il ne l'avoit point achevé. Cette fortification, plus solidement construite que les autres, subsistoit encore dans ces derniers

---

(1) Cette île, sur laquelle on n'éleva des maisons que sous le règne de Henri IV, est formée de la réunion de deux îles, dont la plus grande se nommoit anciennement l'*île Notre-Dame*, et la plus petite l'*île aux Vaches*.

(2) Au commencement du règne de Henri IV, les îles Saint-Louis et du Palais n'étoient encore que des prairies. Une partie des environs du Temple étoit en terres labourables, et le parc du palais des Tournelles, au quartier Saint-Antoine, en friche et inhabité.

(3) Les guerres qui désolèrent la France sous les règnes qui précédèrent ce prince, ayant mis dans la nécessité d'augmenter les tailles, plusieurs habitants de la campagne vinrent s'établir à Paris; ce qui engagea les propriétaires des terres qui environnoient ses murs à élever de nouvelles constructions, et on accrut ainsi les faubourgs. (DELAMARE.)

temps. C'étoit une courtine flanquée de bastions, et bordée de larges fossés à fond de cuve.

Sous Charles IX., la porte Neuve, qui étoit près du Louvre, fut reculée jusque derrière les Tuileries, et un nouveau bastion fut construit à cette place, pour y élever une clôture nouvelle, laquelle auroit renfermé dans la ville ce château et la partie du quartier Saint-Honoré, qui, depuis la rue Saint-Nicaise, où étoit encore l'ancienne porte, étoit alors appelée faubourg Saint-Honoré. Toutefois cette portion de clôture ne fut achevée que sous Henri III, qui fit continuer les nouveaux murs depuis le bastion de la porte Neuve, nommée depuis porte de la Conférence, jusqu'à l'extrémité de ce faubourg, en traversant le terrain ou est maintenant la place Louis XV (1).

ENCEINTE SOUS LOUIS XIII.

L'île (2) du Palais, l'île Notre-Dame, le marais du Temple, ayant été couverts d'édifices sous le règne précédent, il ne restoit plus de grands vides dans Paris ; mais il y avait encore un grand espace hors des murs, entre les faubourgs Saint-Honoré et Montmartre, qui n'étoit rempli que de *cultures*, et demandoit à être renfermé dans la ville pour en rendre l'enceinte plus régulière. Dès le temps de Charles IX on avoit projeté de le faire, et des fossés avoient été creusés ; cependant, jusques en 1630, les murs de la ville passoient encore de ce côté sur le terrain où est à présent la place des Victoires. Les rues des Petits-Champs et des Bons-Enfants y aboutissoient, et ce quartier étoit même si retiré, qu'on y voloit en plein jour, et qu'on l'appeloit le quartier *Vide-Gousset* (3). Les bâtiments du Palais-Royal, que le cardinal de Richelieu avoit

---

(1) Aujourd'hui place de la Concorde.
(2) A la pointe occidentale de la Cité.
(3) La rue qui aboutit du carrefour des Petits-Pères à la place des Victoires en a conservé le nom.

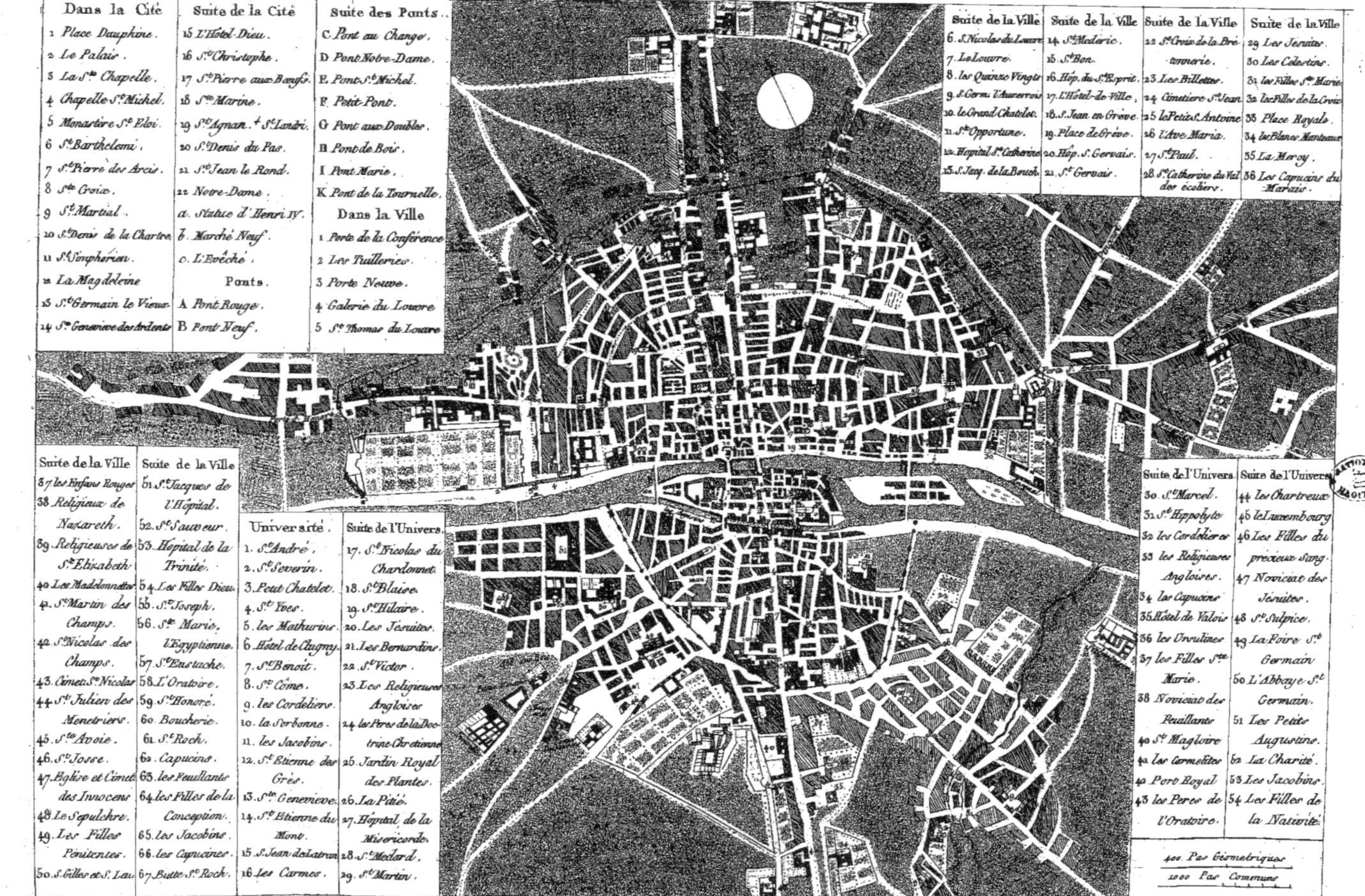

Dans la Cité
1 Place Dauphine.
2 Le Palais.
3 La Ste Chapelle.
4 Chapelle St Michel.
5 Monastère St Eloi.
6 St Barthelemi.
7 St Pierre des Arcis.
8 Ste Croix.
9 St Martial.
10 St Denis de la Chartre.
11 St Simphorien.
12 La Magdeleine
13 St Germain le Vieux.
14 Ste Geneviève des Ardents.

Suite de la Cité
15 L'Hôtel-Dieu.
16 St Christophe.
17 St Pierre aux Bœufs.
18 Ste Marine.
19 St Agnan. + St Landri.
20 St Denis du Pas.
21 St Jean le Rond.
22 Notre-Dame.
a. Statue d'Henri IV.
b. Marché Neuf.
c. L'Evêché.
Ponts.
A Pont Rouge.
B Pont Neuf.

Suite des Ponts.
C Pont au Change.
D Pont Notre-Dame.
E Pont St Michel.
F Petit-Pont.
G Pont aux Doubles.
H Pont de Bois.
I Pont Marie.
K Pont de la Tournelle.
Dans la Ville
1 Porte de la Conférence
2 Les Tuilleries.
3 Porte Neuve.
4 Galerie du Louvre
5 St Thomas du Louvre

Suite de la Ville
6. St Nicolas du Louvre
7. Le Louvre.
8. les Quinze Vingts
9. St Germ. l'Auxerrois
10. le Grand Chatelet.
11. Ste Opportune.
12. Hôpital Ste Catherine
13. St Jacq. de la Bouch.

Suite de la Ville
14. St Mederic.
15. St Bon.
16. Hôp. du St Esprit.
17. L'Hôtel-de-Ville.
18. St Jean en Grève.
19. Place de Grève.
20. Hôp. S. Gervais.
21. St Gervais.

Suite de la Ville
22. Ste Croix de la Bré-
tonnerie.
23. Les Billettes.
24. Cimetière St Jean.
25. le Petit St Antoine
26. L'Ave Maria.
27. St Paul.
28. Ste Catherine du Val
des écoliers.

Suite de la Ville
29. Les Jésuites.
30. Les Célestins.
31. Les Filles Ste Marie.
32. les Filles de la Croix
33. Place Royale.
34. les Blancs Manteaux.
35. La Mercy.
36. Les Capucins du
Marais.

Suite de la Ville
37. les Enfans Rouges
38. Religieux de
Nazareth.
39. Religieuses de
Ste Elizabeth
40. Les Madelonnettes
41. St Martin des
Champs.
42. St Nicolas des
Champs.
43. Cimet. St Nicolas
44. St Julien des
Menetriers.
45. Ste Avoie.
46. St Josse.
47. Eglise et Cimet.
des Innocens
48. Le Sepulchre.
49. Les Filles
Pénitentes.
50. S. Gilles et S. Lau.

Suite de la Ville
51. St Jacques de
l'Hôpital.
52. St Sauveur.
53. Hôpital de la
Trinité.
54. Les Filles Dieu.
55. St Joseph.
56. Ste Marie.
l'Egyptienne.
57. St Eustache.
58. L'Oratoire.
59. St Honoré.
60. Boucherie.
61. St Roch.
62. Capucins.
63. les Feuillants
64. les Filles de la
Conception.
65. les Jacobins.
66. les Capucines.
67. Butte St Roch.

Université.
1. St André.
2. St Severin.
3. Petit Chatelet.
4. St Yves.
5. les Mathurins.
6. Hôtel de Clugny.
7. St Benoit.
8. St Côme.
9. les Cordeliers.
10. la Sorbonne.
11. les Jacobins.
12. St Etienne des
Grés.
13. Ste Geneviève.
14. St Etienne du
Mont.
15. St Jean de Latran
16. les Carmes.

Suite de l'Univers.
17. St Nicolas du
Chardonnet.
18. St Blaise.
19. St Hilaire.
20. Les Jésuites.
21. Les Bernardins.
22. St Victor.
23. Les Religieuses
Angloises
24. les Pères de la Doc-
trine Chrétienne
25. Jardin Royal
des Plantes.
26. La Pitié.
27. Hôpital de la
Misericorde.
28. St Medard.
29. St Martin.

Suite de l'Univers.
30. St Marcel.
31. St Hippolyte
32. les Cordeliers
33. les Religieuses
Angloises.
34. les Capucins
35. Hôtel de Valois
36. les Ursulines
37. les Filles Ste
Marie.
38. Noviciat des
Feuillants
39. St Magloire
40. les Carmelites
41. Port Royal
42. les Pères de
l'Oratoire.

Suite de l'Univers.
44. Les Chartreux
45. le Luxembourg
46. Les Filles du
precieux sang.
47. Noviciat des
Jésuites.
48. St Sulpice.
49. La Foire St
Germain
50. L'Abbaye St
Germain.
51. Les Petits
Augustins.
52. La Charité.
53. Les Jacobins.
54. Les Filles de
la Nativité.

400 Pas Géométriques
1000 Pas Commune

5E. PLAN DE LA VILLE DE PARIS, sous HENRI III et LOUIS XIII, depuis 1589, jusqu'en 1643.

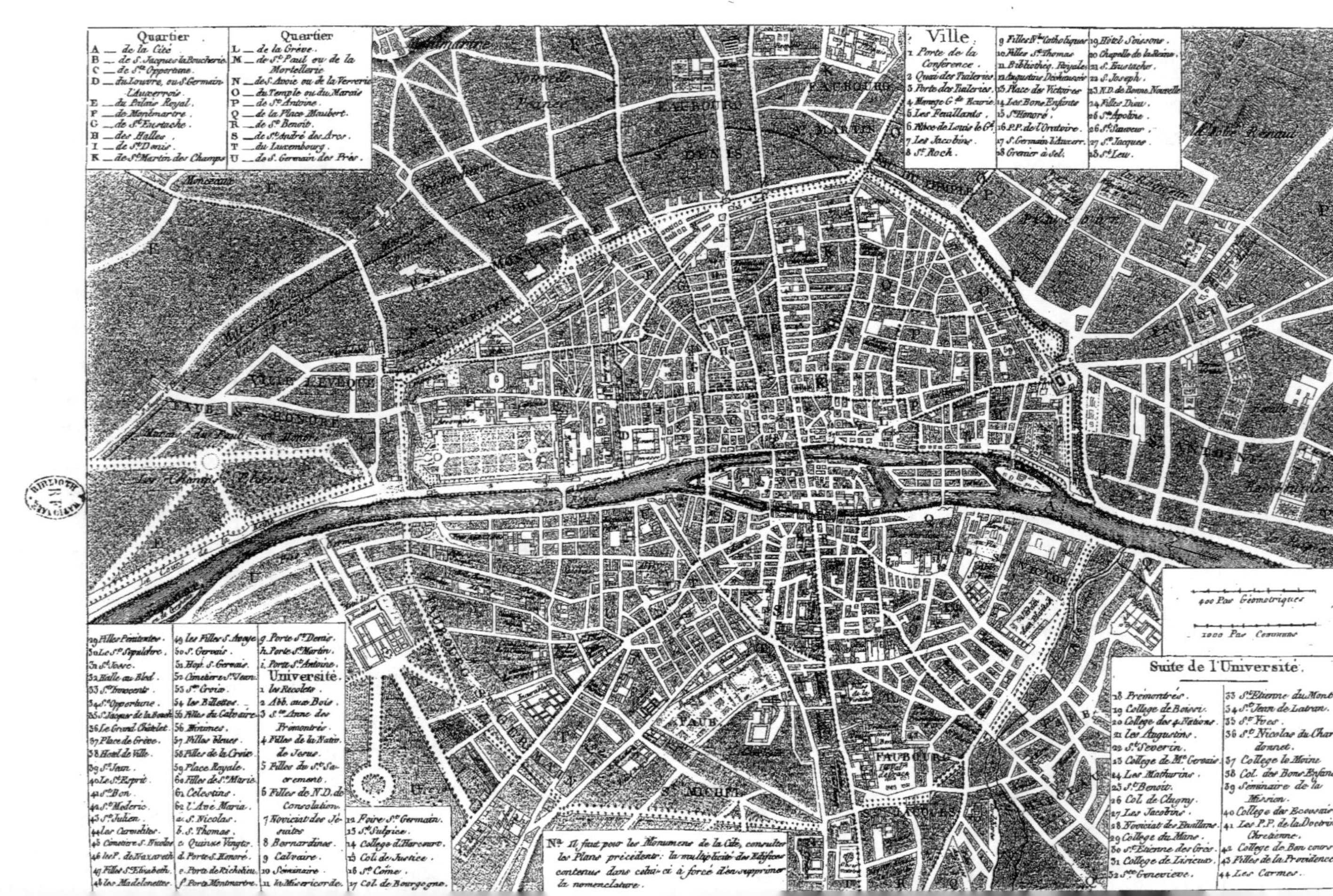
Quartier
A — de la Cité
B — de S. Jacques la Boucherie.
C — de S.te Opportune.
D — du Louvre, ou S. Germain l'Auxerrois.
E — du Palais Royal.
F — de Montmartre.
G — de S.t Eustache.
H — des Halles.
I — de S.t Denis.
K — de S.t Martin des Champs

Quartier
L — de la Grève.
M — de S.t Paul ou de la Mortellerie
N — de S. Avoie ou de la Verrerie.
O — du Temple ou du Marais.
P — de S.t Antoine.
Q — de la Place Maubert.
R — de S.t Benoit.
S — de S.t André des Arcs.
T — du Luxembourg.
U — de S. Germain des Prés.

Ville.
1 Porte de la Conférence.
2 Quai des Tuileries.
3 Porte des Tuileries.
4 Manège G.de Ecurie.
5 Les Feuillants.
6 Abbé de Louis le G.d.
7 Les Jacobins.
8 S.t Roch.
9 Filles S.te Catholiques.
10 Filles S.t Thomas.
11 Bibliothec. Royale.
12 Augustins Déchaussés.
13 Place des Victoires.
14 Les Bons Enfans.
15 S.t Honoré.
16 P.P. de l'Oratoire.
17 S. Germain l'Auxerr.
18 Grenier à Sel.
19 Hôtel Soissons.
20 Chapelle de la Reine.
21 S. Eustache.
22 S. Joseph.
23 N.D. de Bonne Nouvelle.
24 Filles Dieu.
25 S.te Apoline.
26 S.t Sauveur.
27 S.t Jacques.
28 S.t Leu.

29 Filles Pénitentes.
30 Le S.t Sepulchre.
31 S.t Josse.
32 Halle au Bled.
33 S.ts Innocents.
34 S.te Opportune.
35 S.t Jacques de la Bouch.
36 Le Grand Châtelet.
37 Place de Grève.
38 Hotel de Ville.
39 S.t Jean.
40 Le S.t Esprit.
41 S.t Bon.
42 S.t Mederic.
43 S.t Julien.
44 Les Carmelites.
45 Cimetiere S.t Nicolas.
46 les P. de Nazareth.
47 Filles S.t Elisabeth.
48 les Madelonettes.
49 les Filles S.te Avoye.
50 S. Gervais.
51 Hop. S. Gervais.
52 Cimetiere S.t Jean.
53 S.te Croix.
54 les Billettes.
55 Filles du Calvaire.
56 Minimes.
57 Filles bleues.
58 Filles de la Croix.
59 Place Royale.
60 Filles de S.te Marie.
61 Celestins.
62 L'Ave Maria.
a. S. Nicolas.
b. S. Thomas.
c. Quinze Vingts.
d. Porte S.t Honoré.
e. Porte de Richelieu.
f. Porte Montmartre.
g. Porte S.t Denis.
h. Porte S.t Martin.
i. Porte S.t Antoine.

Université.
1 les Recolets.
2 Abb. aux Bois.
3 S.te Anne des Prémontrés.
4 Filles de la Nativ. de Jesus.
5 Filles du S.t Sacrement.
6 Filles de N.D. de Consolation.
7 Noviciat des Jésuites
8 Bernardines.
9 Calvaire.
10 Seminaire
11 la Misericorde.
12 Foire S.t Germain.
13 S.t Sulpice.
14 College d'Harcourt.
15 Col. de Justice.
16 S.t Côme.
17 Col. de Bourgogne.

400 Pas Géométriques
1000 Pas Communs

Suite de l'Université.
18 Prémontrés
19 College de Boivi.
20 College de 4 Nations
21 les Augustins
22 S.t Severin
23 College de M.r Gervais
24 les Mathurins
25 S.t Benoit
26 Col. de Clugny
27 les Jacobins
28 Noviciat des Feuillans
29 College du Mans
30 S.t Etienne des Grés
31 College de Lizieux
32 S.te Geneviève
33 S.t Etienne du Mont.
34 S.t Jean de Latran.
35 S.t Yves.
36 S.t Nicolas du Char-donnet.
37 College le Moine.
38 Col. des Bons Enfans.
39 Seminaire de la Mission.
40 College des Ecossais.
41 les P.P. de la Doctrine Chretienne.
42 College de Bon cours.
43 Filles de la Providence.
44 les Carmes.

N.b Il faut pour les Monumens de la Cité, consulter les Plans précédents: la multiplicité des Edifices contenus dans celui-ci a forcé d'en supprimer la nomenclature.

fait commencer en 1629, occasionnèrent une nouvelle enceinte : la porte Saint-Honoré, qui étoit où est à présent le marché des Quinze-Vingts, fut reculée, en 1631, jusqu'à cet emplacement qui garde (1) encore son nom, et se joignit ainsi aux fortifications qui, sous Henri III, avoient été élevées pour entourer le château des Tuileries; depuis cette porte on bâtit de nouveaux remparts dont les boulevarts actuels nous tracent à peu près le contour. Une nouvelle porte fut construite à l'extrémité du faubourg Montmartre, à plus de deux cents toises de l'ancienne, et l'enceinte continuée derrière la Ville-Neuve alla aboutir à la porte Saint-Denis. Pendant ce temps, le quartier de l'Université recevoit de grands accroissements par les bâtiments qui s'élevoient de toutes parts, principalement au faubourg Saint-Germain.

Ce fut la dernière enceinte fortifiée de la ville de Paris. Nous avons déjà dit que Louis XIV en fit abattre les remparts ; Louis XV et Louis XVI y réunirent les nouveaux faubourgs; et, sous le règne de ce dernier roi, elle fut entourée de la clôture que nous voyons aujourd'hui.

QUARTIERS DE PARIS.

Les accroissements successifs dont nous venons d'offrir le tableau mirent dans la nécessité de diviser Paris en divers quartiers, pour pouvoir y maintenir plus facilement l'ordre et la police. Au dixième siècle on n'en comptoit que quatre ; il y en avoit déjà huit sous le règne de Philippe-Auguste. Sous Charles V et Charles VI on se vit forcé de faire une nouvelle division qui en doubla le nombre; Henri III y ajouta un dix-septième quartier. Enfin, depuis cette époque jusqu'à la fin du règne de Louis XIV, cette grande cité n'ayant cessé d'être l'objet principal des affections de ses souverains, et acquérant chaque jour une étendue plus

____

(1) Vis-à-vis la rue Royale.

considérable, une déclaration du roi, donnée en 1702, établit une dernière division en vingt quartiers, dont elle détermina les limites : les allées d'arbres qui avoient remplacé les anciennes murailles permirent alors d'unir Paris avec ses faubourgs. Ces nouvelles parties de la ville, encore remplies de marais et de cultures, se couvrirent bientôt d'édifices, et renfermées maintenant dans sa dernière enceinte, elles en sont devenues les quartiers les plus brillants ou les plus populeux.

Voici les vingt quartiers de Paris dans l'ordre où les a établis la déclaration du roi (1).

1er Quartier. La Cité.	11e Quartier. La Grève.
2e ————— Saint-Jacques-de-la-Boucherie.	12e ————— Saint-Paul, ou la Mortellerie.
3e ————— Sainte-Opportune.	13e ————— Sainte-Avoie, ou la Verrerie.
4e ————— Le Louvre, ou Saint-Germain-l'Auxerrois	14e ————— Le Temple, ou le Marais.
5e ————— Le Palais-Royal.	15e ————— Saint-Antoine.
6e ————— Montmartre.	16e ————— La place Maubert.
7e ————— Saint-Eustache.	17e ————— Saint-Benoît.
8e ————— Les Halles.	18e ————— Saint André-des-Arcs.
9e ————— Saint-Denis.	19e ————— Le Luxembourg.
10e ————— Saint-Martin-des-Champs.	20e ————— Saint-Germain-des-Prés.

---

(1) Donnée le 12 décembre 1702, et enregistrée le 5 janvier 1703.

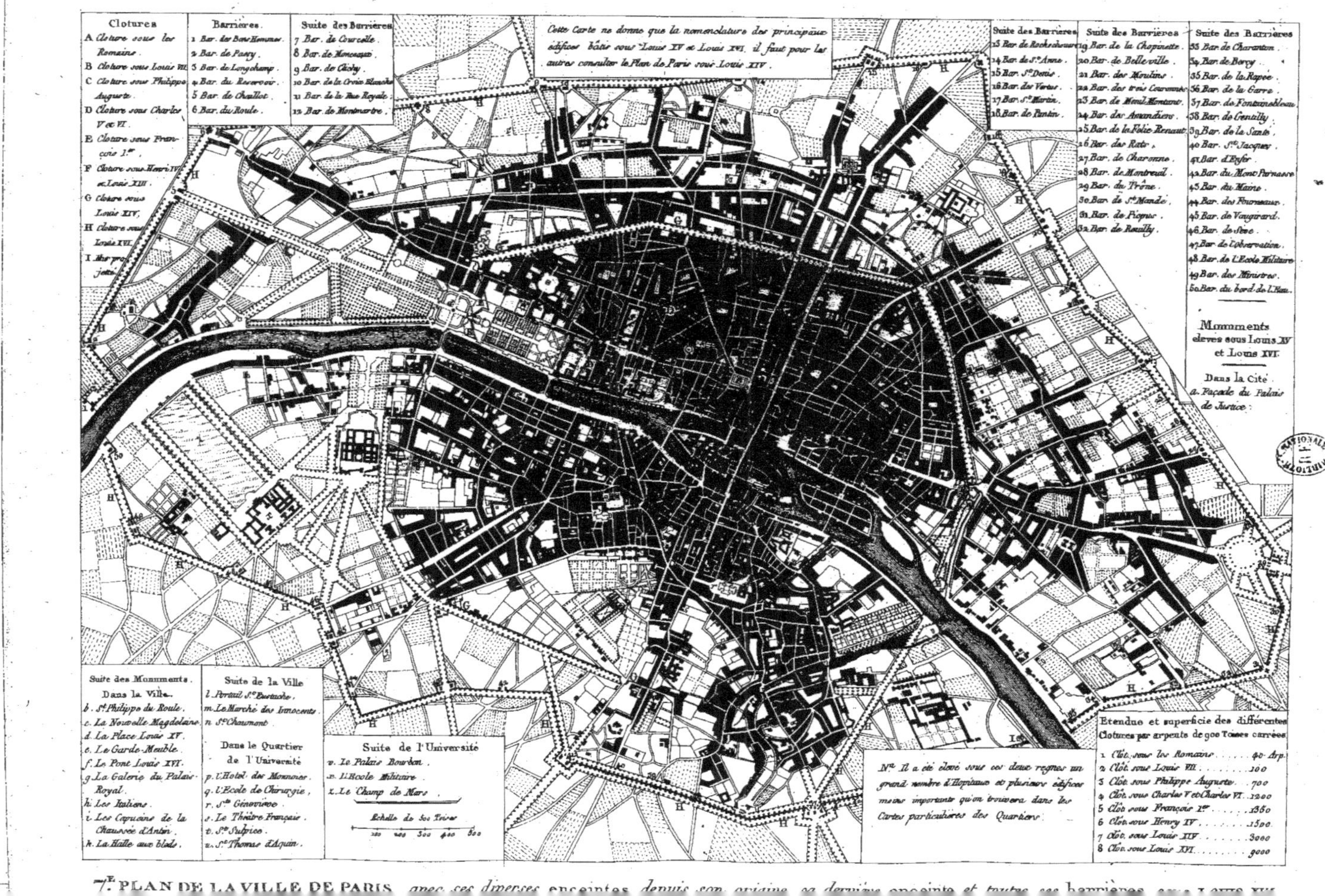

Clotures
A Cloture sous les Romaine.
B Cloture sous Louis VII.
C Cloture sous Philippe Auguste.
D Cloture sous Charles V et VI.
E Cloture sous François 1.er
F Cloture sous Henri IV et Louis XIII.
G Cloture sous Louis XIV.
H Cloture sous Louis XVI.
I Mur projetté.

Barrieres.
1 Bar. des Bons Hommes.
2 Bar. de Passy.
3 Bar. de Longchamp.
4 Bar. du Reservoir.
5 Bar. de Chaillot.
6 Bar. du Roule.

Suite des Barrieres.
7 Bar. de Courcelle.
8 Bar. de Monceaux.
9 Bar. de Clichy.
10 Bar. de la Croix Blanche.
11 Bar. de la Rue Royale.
12 Bar. de Montmartre.

Cette Carte ne donne que la nomenclature des principaux édifices bâtis sous Louis XV et Louis XVI, il faut pour les autres consulter le Plan de Paris sous Louis XIV.

Suite des Barrieres.
13 Bar. de Rochechouart.
14 Bar. de Ste Anne.
15 Bar. St Denis.
16 Bar. des Vertus.
17 Bar. St Martin.
18 Bar. de Pantin.

Suite des Barrieres.
19 Bar. de la Chopinette.
20 Bar. de Belleville.
21 Bar. des Moulins.
22 Bar. des trois Couronnes.
23 Bar. de Menil Montant.
24 Bar. des Amandiers.
25 Bar. de la Folie Renaut.
26 Bar. des Rats.
27 Bar. de Charonne.
28 Bar. de Montreuil.
29 Bar. du Trône.
30 Bar. de St Mandé.
31 Bar. de Picpus.
32 Bar. de Reuilly.

Suite des Barrieres.
33 Bar. de Charenton.
34 Bar. de Bercy.
35 Bar. de la Rapée.
36 Bar. de la Garre.
37 Bar. de Fontainebleau.
38 Bar. de Gentilly.
39 Bar. de la Santé.
40 Bar. St Jacques.
41 Bar. d'Enfer.
42 Bar. du Mont Parnasse.
43 Bar. du Maine.
44 Bar. des Fourneaux.
45 Bar. de Vaugirard.
46 Bar. de Seve.
47 Bar. de l'Observation.
48 Bar. de l'Ecole Militaire.
49 Bar. des Ministres.
50 Bar. du bord de l'Eau.

Monuments eleves sous Louis XV et Louis XVI.
Dans la Cité.
a. Façade du Palais de Justice.

Suite des Monuments.
Dans la Ville.
b. St Philippe du Roule.
c. La Nouvelle Magdelaine.
d. La Place Louis XV.
e. Le Garde-Meuble.
f. Le Pont Louis XVI.
g. La Galerie du Palais Royal.
h. Les Italiens.
i. Les Capucins de la Chaussée d'Antin.
k. La Halle aux blés.

Suite de la Ville
l. Portail St Eustache.
m. Le Marché des Innocents.
n. St Chaumont.

Dans le Quartier de l'Université
p. l'Hôtel des Monnoies.
q. l'Ecole de Chirurgie.
r. Ste Geneviève.
s. Le Théâtre Français.
t. St Sulpice.
u. St Thomas d'Aquin.

Suite de l'Université
v. Le Palais Bourbon.
x. L'Ecole Militaire.
z. Le Champ de Mars.

Echelle de 500 Toises.
100 200 300 400 500

N.B. Il a été élevé sous ces deux regnes un grand nombre d'Hôpitaux et plusieurs édifices moins importants qu'on trouvera dans les Cartes particulières des Quartiers.

Etendue et superficie des différentes Clotures par arpents de 900 Toises carrées.
1 Clôt. sous les Romains .... 40 Arp.
2 Clôt. sous Louis VII 100
3 Clôt. sous Philippe Auguste 700
4 Clôt. sous Charles V et Charles VI 1200
5 Clôt. sous François 2.e 1350
6 Clôt. sous Henry IV 1500
7 Clôt. sous Louis XIV 3000
8 Clôt. sous Louis XVI 9000

7.e PLAN DE LA VILLE DE PARIS avec ses diverses enceintes depuis son origine, sa dernière enceinte et toutes ses barrières sous Louis XVI

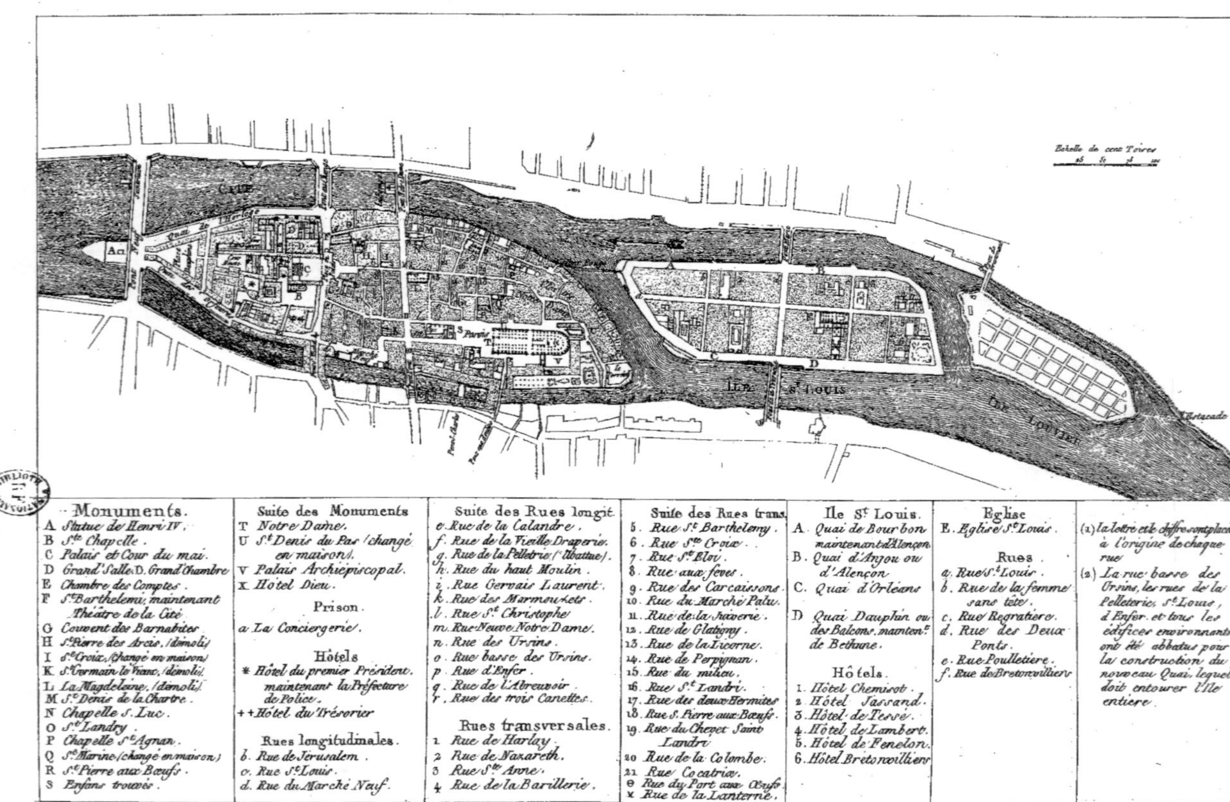

Monuments.

A. Statue de Henri IV.
B. S.te Chapelle.
C. Palais et Cour du mai.
D. Grand'Salle.D. Grand Chambre.
E. Chambre des Comptes.
F. S.t Barthelemi, maintenant Théâtre de la Cité.
G. Couvent des Barnabites.
H. S.t Pierre des Arcis, (démoli).
I. S.te Croix, (changé en maison).
K. S.t Germain le Vieux, (démoli).
L. La Magdeleine, (démoli).
M. S.t Denis de la Chartre.
N. Chapelle S. Luc.
O. S.t Landry.
P. Chapelle S.t Agnan.
Q. S.te Marine (changé en maison).
R. S.t Pierre aux Bœufs.
S. Enfans trouvés.

Suite des Monuments

T. Notre Dame.
U. S.t Denis du Pas (changé en maisons).
V. Palais Archiépiscopal.
X. Hôtel Dieu.

Prison.

a. La Conciergerie.

Hôtels

* Hôtel du premier Président, maintenant la Préfecture de Police.
++ Hôtel du Trésorier

Rues longitudinales.

b. Rue de Jérusalem.
c. Rue S.t Louis.
d. Rue du Marché Neuf.

Suite des Rues longit.

e. Rue de la Calandre.
f. Rue de la Vieille Draperie.
g. Rue de la Pelleterie (abattue).
h. Rue du haut Moulin.
i. Rue Gervais Laurent.
k. Rue des Marmouzets.
l. Rue S.t Christophe.
m. Rue Neuve Notre Dame.
n. Rue des Ursins.
o. Rue basse des Ursins.
p. Rue d'Enfer.
q. Rue de l'Abreuvoir.
r. Rue des trois Canettes.

Rues transversales.

1. Rue de Harlay.
2. Rue de Nazareth.
3. Rue S.te Anne.
4. Rue de la Barillerie.

Suite des Rues trans.

5. Rue S.t Barthelemy.
6. Rue S.te Croix.
7. Rue S.t Eloi.
8. Rue aux fèves.
9. Rue des Carcaissons.
10. Rue du Marché Palu.
11. Rue de la Saverie.
12. Rue de Glatigny.
13. Rue de la Licorne.
14. Rue de Perpignan.
15. Rue du milieu.
16. Rue S.t Landri.
17. Rue des deux Hermites.
18. Rue S. Pierre aux Bœufs.
19. Rue du Chevet Saint Landri.
20. Rue de la Colombe.
21. Rue Cocatrix.
e. Rue du Port aux Œufs.
x. Rue de la Lanterne.

Ile S.t Louis.

A. Quai de Bourbon maintenant d'Alençon.
B. Quai d'Anjou ou d'Alençon.
C. Quai d'Orléans.
D. Quai Dauphin ou des Balcons, mainten.t de Bethune.

Hôtels.

1. Hôtel Chemisot.
2. Hôtel Jassand.
3. Hôtel de Tessé.
4. Hôtel de Lambert.
5. Hôtel de Fenelon.
6. Hôtel Bretonvilliers.

Eglise

E. Eglise S.t Louis.

Rues

a. Rue S.t Louis.
b. Rue de la femme sans tête.
c. Rue Regratière.
d. Rue des Deux Ponts.
e. Rue Poulletière.
f. Rue de Bretonvilliers

(1) La lettre et le chiffre sont placés à l'origine de chaque rue

(2) La rue basse des Ursins, les rues de la Pelleterie, S.t Louis, d'Enfer, et tous les édifices environnants ont été abbatus pour la construction du nouveau Quai, lequel doit entourer l'Ile entière

PLAN DU QUARTIER DE LA CITÉ.

TABLEAU

HISTORIQUE ET PITTORESQUE

DE PARIS.

QUARTIER DE LA CITÉ.

Ce quartier comprend les îles du Palais, de la Cité, Saint-Louis et Louvier, depuis la pointe orientale de l'île Louvier jusqu'à la pointe occidentale de l'île du Palais, avec tous les ponts qui y aboutissent, y compris la culée du Pont-au-Change.

CEUX qui n'ont point pénétré dans l'histoire des modernes habitants des Gaules s'étonneront sans doute que la ville capitale d'un aussi grand royaume que la France ait été pendant une si longue suite de siècles dans un tel état de foiblesse et de misère, que, loin de prendre de l'accroissement, on la voit au contraire devenir, à certaines (1) époques, plus misérable encore qu'elle n'avoit été. Ils ne s'étonneront pas moins de la voir sortir tout à coup de cette détresse et de cette obscurité, s'accroître, s'embellir avec une rapidité prodigieuse, et devenir enfin, sous un petit nombre de rois, la première et la plus belle des cités.

Ces deux différents états, dont le brusque passage est si remarquable, s'expliquent facilement par le changement qui se fit dans l'ordre politique,

---

(1) Un moine de Fleuri-sur-Loire, nommé Asdrevald, déplorant le triste état auquel les incursions des Normands avoient réduit Paris, dit que cette ville n'étoit plus alors qu'*un monceau de cendres.*

changement qui n'a commencé que sous la troisième (1) dynastie, et dont l'effet fut d'élever au rang des peuples civilisés, des barbares qui, depuis si long-temps, croupissoient stupidement et sembloient même se complaire dans leur barbarie. Cet heureux changement, que nous avons déjà indiqué, n'est autre chose que le triomphe de l'autorité monarchique sur la police féodale, qui, à quelques variations près, étendoit sa tyrannie sur l'Europe entière.

Un royaume étoit alors plutôt un établissement militaire qu'une institution civile. Les grands, qui, lors de la conquête, avoient obtenu des rois des concessions de terres, gratuites et révocables à volonté, parvinrent par degrés à les rendre héréditaires dans leurs familles, et se firent en même temps une propriété des dignités temporaires que leurs services leur avoient fait obtenir. Leur audace augmentant avec le succès, ils finirent par rompre tous les liens de la subordination politique, et chaque fief devint une espèce de petite principauté, dans laquelle un chef orgueilleux et féroce s'arrogeoit tous les droits qu'il avoit usurpés sur son souverain. Non seulement les communications naturelles entre les diverses parties de l'État furent détruites par de telles usurpations, mais des guerres intestines s'allumèrent de tous côtés par les jalousies qui naquirent bientôt entre ces tyrans subalternes; et l'Europe entière se couvrit de forteresses et de châteaux, qui s'élevoient moins pour défendre les habitants contre les invasions de l'étranger, que pour protéger les hostilités domestiques qui désoloient l'intérieur de l'État. Au milieu d'une aussi furieuse anarchie, les rois, dépouillés de presque toutes leurs prérogatives, loin de voir les villes qu'ils avoient choisies pour leurs capitales devenir le centre d'action de la monarchie, et le rendez-vous de tous ceux qui pouvoient accroître son éclat par leur rang et par leurs richesses, étoient souvent insultés dans ces mêmes villes par des vassaux plus puissants qu'eux, et que ce fatal système autorisoit à braver et même à combattre leur autorité.

Ce fut sur-tout sous la seconde race qu'éclatèrent les funestes effets de cette absurde politique, que le caractère fier et indépendant, naturel à toutes les peuplades guerrières sorties de la Germanie, avoit déjà

---

(1) *Sur la fin de la deuxième race*, dit Mézerai, *le royaume étoit tenu selon les lois des fiefs, se gouvernant comme un grand fief plutôt que comme une monarchie;* aussi le même auteur appelle-t-il la troisième race *le temps des grandes polices.* C'est en effet sous la troisième race que nos rois ont recouvré l'autorité qui étoit presque anéantie sous la fin de la deuxième. (HÉNAULT.)

préparée sous les Mérovingiens : en effet, si l'on voit, à cette première époque, l'autorité des rois moins contestée par les grands, il ne faut pas croire que leur soumission fût l'effet d'un respect salutaire pour les principes de la monarchie ; mais alors il s'agissoit de s'établir dans une terre que d'autres barbares leur disputoient, et leur intérêt personnel se confondoit dans celui du chef avec lequel ils combattoient. Les Francs attaquèrent d'abord les Germains qui partageoient les Gaules avec eux; Clovis y détruisit la domination des Visigots, et ses enfants s'emparèrent du royaume des Bourguignons ; mais dès que cette famille fut parvenue à dominer seule dans cette vaste contrée, la politique funeste, qui fit partager la monarchie à la mort de chaque roi, alluma des guerres continuelles entre des frères avides et jaloux. La race de Clovis ayant commencé à dégénérer, les maires du palais usurpèrent l'autorité, et cette usurpation amena des dissensions et des guerres nouvelles. Une confusion horrible bouleversa l'Empire français, et dans ce désordre général, chacun put méconnoître une autorité qui n'avoit plus la force ni de protéger, ni de punir. La main vigoureuse de Charlemagne rassembla un moment ces parties éparses d'un grand État, et leur imprima le mouvement et la vie ; mais, à sa mort, la féodalité, qui avoit pris naissance sous les derniers descendants de Clovis, reprit une force nouvelle dans un Empire bientôt déchiré, partagé de nouveau en plusieurs royaumes, et gouverné par des rois non moins foibles que ceux qui avoient précédé ce grand homme. En cela ces barbares ne faisoient que suivre les mœurs et les institutions qu'ils avoient apportées de leurs forêts, et dont l'influence se ranimoit en eux chaque fois que la violence de leur caractère cessoit d'être comprimée.

Depuis cette époque jusqu'au onzième siècle, l'histoire n'offre, dans toute l'Europe, qu'un tableau de crimes et de malheurs, qu'une suite de guerres atroces et insensées : à ces calamités domestiques se joignirent les incursions des Normands qui désoloient les campagnes, saccageoient les villes, massacroient leurs habitants ou les emmenoient en esclavage, sans qu'aucun pouvoir fût assez fort pour les repousser; car chaque seigneur ne songeoit qu'à se maintenir contre ses voisins ou à les dépouiller; et les rois mal secourus, souvent même contrariés dans leurs desseins par ces insolents vassaux, étoient forcés de contempler tristement les désastres de leur pays et d'abandonner leur peuple à toute l'horreur de sa destinée.

Elle étoit en effet la plus affreuse qu'il soit possible d'imaginer : presque tous les hommes employés à la culture des terres étoient esclaves des seigneurs, qui avoient sur eux le droit de vie et de mort, et qui les considéroient à peu près comme une portion de leur bétail (1). La condition des hommes libres qui se livroient au même genre de travail étoit encore plus misérable; et il leur étoit tellement impossible d'échapper à l'oppression que les possesseurs des fiefs exerçoient sur eux, que la plupart cherchoient à se défaire de leur liberté (2) comme d'un fardeau, dans l'espérance d'être moins maltraités par un maître, qui dès-lors avoit un intérêt plus immédiat à leur conservation. Ceux qui, parmi ces hommes libres, exerçoient d'autres professions, se réfugioient dans les villes, et formoient ainsi des associations dont le but étoit de diminuer les effets d'une aussi insupportable tyrannie; mais cette résistance contre l'oppression fut

---

(1) Les esclaves ne pouvoient exiger de leur maître que la subsistance et le vêtement. Tous les profits de leur travail lui appartenoient. PORTGIESS, liv. 2, ch. 10. ROBERTS, note 9, *Hist. de Charles V.*

Le droit de vie et de mort que ce maître avoient sur eux n'étoit pas encore entièrement aboli au douzième siècle. PORTGIESS, liv. 2, ch. 1. ROBERTS, *ibid.* Pour les fautes les plus légères, il étoit permis de les appliquer à la torture dans le commencement, il étoit défendu aux esclaves de se marier : les deux sexes pouvoient se mêler ensemble, et même on les y invitoit. *Ibid.*, chap. 2.

Les villains (*villani*) étoient, ainsi que les serfs, attachés à la glèbe ou à une métairie, et passoient comme eux à celui qui devenoit l'acquéreur de la terre, avec cette différence que les villains, après avoir payé à leurs maîtres une rente fixe pour le champ qu'ils cultivoient, jouissoient des fruits de leur travail et de leur industrie, tandis que tout ce qui provenoit des serfs appartenoit au seigneur. DUCANGE, V. *Servus* et *Villanus.* ROBERTS, *idem.*

(2) La dernière classe des personnes employées à l'agriculture étoit celle des hommes libres. Les écrivains du moyen âge les distinguent par différents noms, tels que *arimanni, conditionales, originarii, tributales.* Il y a lieu de croire que c'étoient des personnes qui possédoient quelque petit bien en franc-aleu, et qui en outre cultivoient quelque ferme appartenante à des voisins plus riches, en payant un revenu fixe et en s'obligeant à quelques redevances.

Malgré l'énorme différence qui se trouvoit entre cette dernière classe et les autres, l'esprit de tyrannie des grands propriétaires des terres étoit si ardent, les occasions qu'ils avoient d'opprimer ceux qui s'étoient établis dans leur territoire, et de rendre leur condition insupportable, étoient si fréquentes, que plusieurs hommes libres renoncèrent par désespoir à leur liberté, et se soumirent volontairement, en qualité d'esclaves, à leurs tyrans. Les formes de cette soumission, connue alors sous le nom d'*obnoxatio*, ont été conservées par MARCULFE, liv. 2; c. 28. (ROBERTS, *Charles V*, introd., n. 9.)

insuffisante et précaire, tant qu'elle manqua de la protection des souverains légitimes; et, jusqu'à ce que nos rois eussent reconquis leurs droits, il leur fut impossible d'établir au milieu des communes ces principes positifs de police et de législation, qui font la sûreté et la prospérité des citoyens.

L'époque des croisades fut celle de l'affoiblissement de la tyrannie féodale et du retour de l'autorité monarchique; quelque temps avant, la succession au trône avoit cessé d'être divisée, et ce fut seulement alors que Paris devint vraiment la capitale du royaume. Bien que décorée de ce titre dès le commencement de la monarchie, cette ville n'avoit été jusque-là que l'habitation passagère de rois toujours troublés dans sa possession; et même, vers la fin de la seconde race, ils en avoient été entièrement dépossédés par les comtes qui la gouvernoient. Enfin tel étoit à cette époque l'avilissement de l'autorité royale, que Lothaire, l'un des derniers princes de cette race infortunée des Carlovingiens, réduit, ou peu s'en faut, à la seule ville de Laon, fut presque toujours le simple spectateur des guerres que les grands vassaux se faisoient entre eux.

On peut donc comprendre maintenant pourquoi la ville de Paris, au commencement de la troisième dynastie, étoit encore, comme du temps de César, renfermée dans la cité proprement dite; elle avoit, sur les deux rives du fleuve, et dès la fin de la première race, quatre abbayes considérables aux quatre points cardinaux et presqu'à une égale distance : Saint-Laurent à l'orient, Sainte-Géneviève au midi, Saint-Germain-des-Prés au couchant, et Saint-Germain-l'Auxerrois vers le nord. Autour de ces monastères, s'élevoient les habitations des serfs et autres personnes qui en dépendoient, et ce fut là l'origine de ces faubourgs qui depuis ont tant contribué à l'embellissement et à l'agrandissement de cette capitale. Quant à la Cité, voici à peu près l'idée qu'on doit s'en faire : la Cathédrale au levant, le grand et le petit Châtelet au nord et au midi, et le Palais des rois ou des comtes au couchant, en faisoient les quatre extrémités. On y voyoit aussi un palais pour l'évêque et une place publique ou marché. Des rues étroites et sales, des maisons (1) construites en bois, des églises d'une

---

(1) Paris ayant été brûlé six fois, et les historiens n'ayant laissé aucune tradition sur les édifices de ce temps-là, on ignore entièrement non seulement quelle étoit la forme de leur construction, mais encore quelles étoient les matières qui y étoient employées. A peine savons-nous comment cette ville étoit bâtie il y a deux ou trois siècles. Cependant ces nombreux incendies

architecture lourde et gothique, remplissoient l'intervalle qui séparoit les grands édifices. Ces églises, dont plusieurs étoient des monastères, avoient des enclos assez considérables ; et si l'on considère que l'île entière, bien qu'elle ait été agrandie par la réunion de deux autres petites îles qui étoient à sa pointe occidentale, n'a aujourd'hui que cinq cents toises de long sur cent quarante, dans sa plus grande largeur, on pourra juger qu'elle contenoit alors une bien foible population (1). En effet, quoiqu'on eût déjà abattu plusieurs vieilles églises avant la révolution, cet étroit espace renfermoit encore la cathédrale, le palais archiépiscopal, le palais de justice, dix paroisses, deux hôpitaux, deux communautés d'hommes, quatre chapelles, un marché, quatre places publiques, une bibliothèque et une prison. La plupart des églises ont été détruites ; d'autres, à moitié ruinées, ont changé de destination ; mais les principaux monuments, qui sont au nombre des plus remarquables de Paris, n'ont éprouvé aucune dégradation.

---

portent à croire que toutes les maisons étoient en bois; et, sous Henri IV, elles étoient encore formées de charpentes couvertes d'un enduit de plâtre. On cite, comme une chose remarquable, que, sous Louis XII, les maisons du pont Notre-Dame étoient bâties en briques.

(1) Il est impossible de donner à ce sujet aucun renseignement exact. Le premier recensement dont parlent les historiens fut fait, en 1323, sous Philippe-le-Bel, et alors Paris s'étoit fort étendu sur les deux rives de la Seine.

VUE DU PONT NEUF ET DE LA CITÉ prise de la Galerie d'Apollon.

LE PONT-NEUF.

Paris, renfermé dans l'enceinte étroite d'une île, défendu par sa situation et par les fortifications qui l'environnoient, fut, pendant plusieurs siècles, une des places les plus fortes du royaume (1). Abbon nous apprend qu'en 886, lors de la dernière attaque des Normands, cette ville étoit encore entourée de murailles et flanquée de tours grandes et petites. Toutes ces tours étoient en bois.

Ce fut au moyen de ces fortifications déjà détruites par les Normands, et rétablies par Charles le Chauve, qu'elle put soutenir contre ces hordes barbares ce dernier siège si mémorable et qui devint le sujet d'une épopée (2). On n'y entroit alors que par le Grand et le Petit-Pont. Quelques historiens ont prétendu que le même roi avoit fait construire, à l'extrémité occidentale de la Cité, un nouveau pont qui fut détruit pendant le siège même, et que remplaça le *Pont-aux-Colombes*, ainsi appelé parcequ'on y vendoit des oiseaux. Ce dernier pont existoit encore dans le dix-septième siècle; mais on ignore la date de sa construction, et il est très incertain qu'il ait succédé à celui de Charles-le-Chauve, sur lequel on n'a d'ailleurs que des renseignements très obscurs. Tout ce qu'on sait de ce *Pont-aux-Colombes*, c'est que ses piles étoient en maçonnerie, et portoient un plancher de bois; il aboutissoit d'un côté au quai de la Mégisserie, et de l'autre à celui de l'Horloge. Ayant été détruit par la violence des glaces,

---

(1) Sous le règne de Lothaire, l'évêque d'Aleth (aujourd'hui Saint-Malo), craignant la profanation des reliques de son église par les Normands qui infestoient alors tout le royaume, résolut de les apporter à Paris, alors le seul lieu de sûreté qu'il y eût en France. Les ecclésiastiques et les moines de Bagneux et de Dol, craignant également pour leurs reliques, conçurent le même dessein, et se joignirent à ce prélat pour faire le voyage de Paris. (Félib.)

(2) Le moine *Abbon* est l'auteur de ce poëme. Il étoit Normand lui-même, et avoit été témoin de ce siège qu'il décrit avec une grande exactitude de détails. Son ouvrage, écrit en latin barbare, est loin d'être un chef-d'œuvre de poésie, mais doit être regardé comme un monument historique extrêmement curieux; il contient environ douze cents vers divisés en deux livres, et fut composé vers la fin du neuvième siècle.

Tome I.

on le reconstruisit, et l'on y plaça des moulins, ce qui lui fit donner le nom de *Pont-aux-Meuniers*. S'étant écroulé une seconde fois en 1596, Charles Marchand, capitaine des trois cents arquebusiers et archers de la ville, proposa de le faire reconstruire à ses dépens, sous la condition qu'il porteroit son nom. Sa proposition fut acceptée, et il obtint des lettres-patentes à ce sujet. Ce pont fut achevé en 1609, et procura une commodité au public par le passage qui fut ménagé au milieu, et dont il ne jouissoit pas auparavant; car le *Pont-aux-Meuniers* étant possédé à titre de cens, étoit fermé à ses deux extrémités, et ne s'ouvroit que pour l'usage de ceux qui l'habitoient. Le pont *Marchand* fut détruit en 1621 par un incendie. Le Grand-Pont, après avoir changé plusieurs fois de nom, a maintenant celui de *Pont-au-Change ;* le Petit-Pont a conservé le sien.

Ces deux derniers ponts étoient encore, dans le quatorzième siècle, les seuls points de communication entre la Cité et les autres parties de la ville. Les divers ponts qui y aboutissent maintenant furent élevés à différentes époques, jusque vers le milieu du dix-septième siècle ; et parmi ces utiles monuments, le Pont-Neuf est, sans contredit, le plus considérable et le plus magnifique.

L'île de la Cité n'a pas toujours été telle qu'elle est aujourd'hui ; elle finissoit anciennement à l'endroit où est la rue de Harlay. Le jardin du palais s'étendoit jusqu'à cette extrémité, et là, un petit bras de rivière le séparoit de deux îles, dont la plus grande, sur laquelle fut construite depuis la place Dauphine, se nommoit l'île *aux Bureaux* (1). La plus petite, située du côté de Saint-Germain-l'Auxerrois, étoit appelée l'île *à la Gourdaine*, et l'on y voyoit un moulin à eau qui fut, sous François II, employé au service de la monnoie ; à la pointe de l'île *aux Bureaux*, il y avoit une maison ou hôtel des *Étuves*. Ces deux îles furent réunies à celle de la Cité, long-temps avant qu'on pensât à élever le Pont-Neuf, et changèrent alors leur nom en celui d'*île du Palais*.

---

(1) Jaillot prouve sans réplique que tous les historiens de Paris se sont trompés, en appelant la plus grande de ces îles l'*île aux Treilles*, et la plus petite l'*île de Bucy* ou *du Pasteur aux Vaches*. Ces noms appartenoient à des îles ou atterrissements que la Seine avoit formés plus bas, parcequ'alors elle n'étoit pas retenue comme elle l'est aujourd'hui. Ces îles ont disparu, soit qu'elles aient été emportées par la violence des débordements, soit qu'en construisant les quais, on les ait détruites pour laisser un cours plus libre à la navigation.

Jusqu'au règne de Henri III, il n'y avoit point encore de bâtiments considérables dans le faubourg Saint-Germain, et tous les palais des princes, ainsi que les hôtels des grands seigneurs, étoient dans le quartier de la ville où le voisinage des maisons royales les avoit attirés. Vers ce temps, on commença à ouvrir quelques rues nouvelles dans ce faubourg, entre autres celle du Colombier, et l'on y bâtit plusieurs belles maisons que des personnes de la cour habitèrent. A cette même époque, la partie de la *ville* qu'on nommoit alors le faubourg Saint-Honoré se couvrit aussi de magnifiques hôtels, jusqu'à la nouvelle clôture commencée de ce côté sous Charles IX. Il en résulta que les relations entre ces deux grands quartiers de Paris devinrent beaucoup plus fréquentes qu'auparavant, et qu'on sentit davantage l'incommodité d'une communication qui ne pouvoit se faire que par le pont Saint-Michel ou par bateau. Pour la rendre plus facile, le roi résolut de faire bâtir un nouveau pont à la pointe de l'île du Palais : la première pierre en fut posée le 31 mai 1578, du côté des Augustins, et l'on commença dès-lors à y travailler; mais l'ouvrage étoit encore peu avancé, lorsque les guerres civiles forcèrent à le suspendre.

Il ne fut achevé que sous le règne suivant. Henri IV, conquérant et pacificateur de son royaume, au milieu des grands et utiles projets qu'il formoit pour le bien de son peuple, n'oublia point l'embellissement de sa capitale, et mit au nombre des premières constructions qu'il y fit exécuter, la continuation des travaux du Pont-Neuf ; ils furent achevés en 1604.

Ce pont, qui diffère des ponts (1) modernes par la courbe de ses arcs et par sa construction en dos d'âne, que les architectes d'alors jugeoient nécessaires pour la solidité, étoit justement regardé, il y a cinquante ans, comme un des plus beaux de l'Europe. Il avoit été commencé sur les dessins et sous la direction d'un célèbre architecte nommé Androuet du Cerceau (2); ce fut Guillaume Marchand qui le termina. Il est porté sur douze arcades de plein cintre, qui se partagent inégalement des deux côtés de la pointe de l'île du Palais. On en compte sept sur le grand cours de l'eau, cinq sur le bras de la Seine du côté des Augustins, et la partie de l'île à laquelle ils aboutissent contient encore l'espace de deux arcades.

---

(1) Dans ceux-ci on a surbaissé les arcs, ce qui donne plus d'élégance, sans nuire à la solidité.
(2) Ce fut lui qui donna les dessins de la galerie du Louvre.

Au-dessus des arches règne une double corniche d'un pied et demi de large, soutenue par des mascarons d'un assez bon travail. Ce pont a plus de cent quarante-quatre toises de longueur : sa largeur est de douze , qu'on a partagées en trois parties, dont les dimensions n'ont pas toujours été les mêmes. Celle du milieu qui sert au passage des voitures, n'avoit autrefois que cinq toises de largeur : des deux côtés s'élevoient pour les gens de pied des trottoirs qui s'étendoient sur les demi-lunes que forment les piles du pont; et dans ces espaces, vides alors, on tendoit les jours ouvriers de misérables tentes qui interceptoient la belle vue qu'offre Paris de ce côté, et embarrassoient le passage. Lors des réparations qui furent faites en 1776 , les trottoirs furent baissés et rétrécis, et l'on construisit des boutiques en pierre de taille dans les demi-lunes (1).

La pointe de l'île du Palais située vis-à-vis la place Dauphine forme une espèce de môle carré, qu'on appeloit, avant la révolution, *place de Henri IV*, et au milieu duquel étoit placée la statue équestre de ce grand monarque. C'est le premier monument de ce genre qu'on eût encore élevé à nos souverains. Avant cette époque, si l'on faisoit la statue d'un roi, c'étoit pour la placer sur son tombeau, au portail de quelque église ou de quelque maison royale qu'il avoit fait bâtir ou réparer. Cette statue y fut placée (2) en 1614, sous la régence de Marie de Médicis. Elle étoit posée sur un piédestal de marbre blanc; aux quatre coins étoient attachés des trophées d'armes et des esclaves en bronze, de grandeur naturelle, le tout soutenu par un soubassement de marbre bleu turquin. La figure du roi, exécutée par un sculpteur français, nommé Dupré, étoit autrefois assez estimée, et le seroit peu aujourd'hui. Le style en étoit mesquin, et l'attitude manquoit de noblesse et de mouvement. Les quatre figures d'esclaves qui furent enlevées lorsqu'on renversa la statue, et qu'on a pu voir longtemps sous le vestibule de l'entrée du Muséum, étoient également dépourvues de caractère dans les formes et dans l'expression. On critiquoit le cheval, parcequ'il sembloit trop gros pour la statue : c'étoit cependant

---

(1) Le produit de la location de ces boutiques qui sont au nombre de vingt, avoit été donné par Louis XVI à l'académie de Saint-Luc, pour être employé au paiement des pensions des pauvres veuves de cette académie.

(2) Renversée le 11 août 1792.

un ouvrage d'un style bien supérieur à tout le reste ; mais il n'avoit été fait ni à Paris ni pour Henri IV. *Jean de Bologne*, sculpteur italien, en étoit l'auteur, et le grand-duc de Toscane, Ferdinand, le lui avoit commandé dans le dessein d'y placer ensuite sa propre statue, car alors ces grands monuments de bronze n'étoient point fondus d'un seul jet. Le prince et l'artiste étant morts avant que l'ouvrage fût achevé, Cosme II fit terminer le cheval par *Pietro Tacca*, et l'envoya en présent à Marie de Médicis, veuve de Henri IV, et régente du royaume Le vaisseau sur lequel on l'avoit embarqué fit naufrage sur les côtes de Normandie, comme il alloit entrer dans le port du Havre, et le cheval dont il étoit chargé resta un an entier au fond de la mer. Il en fut enfin retiré à grands frais et transporté à Paris en 1614. Un sculpteur nommé *Francheville*, exécuta les figures d'esclaves, ainsi que les bas-reliefs qui ornent le piédestal.

La première pierre en fut posée par Louis XIII le 2 juin 1614, et l'on éleva la statue le 23 août suivant. Cependant le monument entier ne fut achevé qu'en 1635, sous le ministère du cardinal de Richelieu qui en ordonna les inscriptions (1). Elles expliquoient le sujet des bas-reliefs, lesquels

---

(1) Inscription sur la table principale du piédestal :

ERRICO IV. *Galliarum imperatori*, *Navar. R. Ludovicus XIII*, *filius ejus opus incho. et intermissum pro dignitate pietatis et Imperii pleniùs et ampliùs absolvit.* Emin. D. C. RICHELIUS *commune votum populi promovit, super illust. viri* de Bullion, Bouthillier, P. Ærarii F. *faciendum curaverunt.* M. DC. XXXV.

Sur la table au-dessous :

Quisquis hæc leges, ita legito: uti optimo Regi precaberis exercitum fortem, populum fidelem, imperium securum et annos de nostris. B. B. F.

Sur la table du côté du faubourg Saint-Germain.

PREMIÈRE INSCRIPTION.

Genio Galliarum S. et invictissimo R. qui Arquensi prælio magnas conjuratorum copias parvá manu fudit.

DEUXIÈME INSCRIPTION.

Victori triumphatori feretrio, Perduelles ad Evariacum cæsi, malis vicinis indignantibus et faventibus clementiss. imper. Hispano duci optima reliquit.

Sur la table du côté du Pont-Royal :

N. M. *Regis rerum humanarum optimi, qui sine cæde urbem ingressus, vindicatá rebellione, extinctis factionibus, Gallias optatá pace composuit.*

Enfin sur la table du côté de la Samaritaine :

Ambianum Hispanorum fraude intercepta, Errici M. virtute asserta, Ludovicus XIII, M. P. F. iisdem ab hostibus fraude ac scelere tentatus, semper justitiá et fortitudine superior fuit.

Sur la table au-dessous :

Mons omnibus ante se ducibus regibusque frustrà petitus Errici M. felicitate sub imperium redactus, ad æternam securitatem ac gloriam Gallici nominis.

représentoient les principales actions du roi. On voyoit dans ceux de la droite la prise d'Amiens, et celle de Mont-Mélian en Savoie ; ceux de la gauche offroient les batailles d'Arques et d'Ivry, et sur la partie qui faisoit face au Pont-Royal, on avoit représenté l'entrée triomphante de ce monarque dans Paris le 22 mars 1594.

Ce fut sur le Pont-Neuf et devant la statue de Henri IV qu'une populace effrénée, après avoir exercé mille indignités sur le cadavre de *Concini*, si connu sous le nom de maréchal d'Ancre, vint en brûler les restes défigurés. Cet Italien, que la faveur de Marie de Médicis avoit élevé au comble du pouvoir et des grandeurs, gouvernoit l'État sous le nom de cette foible princesse. Il abusa de sa faveur, et ses violences, ainsi que les hauteurs de sa femme, la fameuse *Galigaï*, excitèrent le mécontentement des grands, firent naître des troubles dans l'État, et causèrent enfin sa perte. Le duc de Luynes qui avoit une influence entière sur Louis XIII, persuada à ce prince de sortir enfin de tutelle, et de faire arrêter son insolent ministre. L'*Hopital-Vitry*, chargé d'exécuter cet ordre, demanda à *Concini* son épée de la part du roi, et, sur son refus de la rendre, le fit tuer à coups de pistolet sur le pont-levis du Louvre le 4 avril 1617. Il est remarquable que cette même populace, qui exhuma son cadavre et l'outragea avec une si excessive fureur, avoit cependant beaucoup aimé ce seigneur, qui, avant les troubles, lui donnoit des fêtes, des tournois, des carrousels, dans lesquels il brilloit, disent quelques mémoires du temps, *étant beau cavalier et adroit à tous les exercices*. Un tel exemple montre pour la millième fois ce qu'est le peuple (1) et sa faveur ; cependant tant de preuves accumulées n'empêcheront point de malheureux insensés de la rechercher encore ; et généralement les leçons de l'histoire seront toujours perdues pour les passions des hommes.

Sur la grille de fer qui renfermoit ce monument, étoit l'inscription qui suit :

Ludovicus XIII. P. F. F. imperii, virtutis et fortunæ obsequentiss. hæres, J. L. D. D. Richelius C. vir supra titulos et concilia omnium retrò principum, opus absolvendum censuit. N. N. II. VV. de Bullion, Bouthillier, S. A. P. dignitati et regno pares, ære, ingenio, curá, difficillimis temporibus. P. P.

(1) Ce monument lui-même est une preuve plus frappante encore de l'inconstance de la multitude, et du mépris que méritent également sa haine et son amour. Pendant près de deux siècles, le souvenir de Henri IV fut cher au peuple de Paris, et sa statue étoit pour ce peuple l'objet d'une sorte de culte. Dans les premiers jours de la révolution, on l'avoit vu forcer les passants à s'agenouiller devant l'image de ce bon roi : environ deux ans après, il l'abattit avec des cris de rage, comme celle du plus affreux des tyrans.

Par un contraste assez piquant, la mort de ce ministre peut prouver encore que la faveur des princes, moins dangereuse sans doute, n'est cependant guère plus solide que celle de la multitude. La reine-mère, qui paroissoit si attachée à *Concini*, fut la première instruite de ce tragique évènement, et sa douleur parut d'abord égale à la surprise dont elle fut frappée; mais cette princesse montra bien qu'elle étoit plus occupée de la perte prochaine de son autorité que de celle de son favori. En effet, comme elle paroissoit plongée dans les plus tristes réflexions, on eut l'imprudence de venir lui témoigner l'embarras où l'on étoit d'annoncer à la maréchale que son mari avoit été tué, et de la prier de prendre ce soin. Ce discours la choqua fort : « J'ai bien autre chose à faire présentement, répondit-elle ; qu'on « ne me parle plus de ces gens-là ; et si l'on ne peut dire à la maréchale « que son mari est mort, il faut le lui chanter aux oreilles. »

Statue équestre d'Henri IV

LA SAMARITAINE.

Près la seconde arche du Pont-Neuf, du côté du Louvre, s'élève sur une charpente le bâtiment de la Samaritaine. Ce petit monument renferme une pompe qui distribue l'eau, par divers canaux, au Louvre, aux Tuileries et au Palais-Royal. On ignore l'époque de sa construction, que quelques historiens attribuent à Henri III ; mais il est plus probable qu'il fut l'ouvrage de son successeur. Quoi qu'il en soit de ce fait historique peu important à vérifier, cet édifice qui tomboit en ruines au commencement du siècle dernier, fut détruit en 1712, et rétabli aussitôt au même endroit et dans une forme plus élégante. Il est composé de trois étages, dont le second est au niveau du pont. Les faces latérales sont percées de cinq croisées ; sur la face principale, et dans un enfoncement en forme d'arcade, on a placé le cadran d'une horloge à carillon. Au-dessous étoit, avant la révolution, un groupe en plomb doré qui représentoit Jésus-Christ, et la Samaritaine auprès du puits de Jacob. Ce puits étoit figuré par un bassin dans lequel tomboit une nappe d'eau sortant d'une coquille.

Les deux figures, plus grandes que nature et d'une exécution assez médiocre, étoient de deux sculpteurs de l'Académie, *Bertrand* et *Frémin*. On lisoit au-dessous l'inscription suivante, tirée de l'Écriture :

Fons hortorum,
Puteus aquarum viventium.

Cette inscription très heureuse indiquoit à la fois le sujet du groupe et la destination du monument.

Au-dessus du ceintre s'élève une campanille en charpente revêtue de plomb également doré , dont la lanterne renferme les timbres de l'horloge et ceux qui composent le carillon.

Samaritaine

PLACE DAUPHINE (1).

Avant Henri IV il existoit à Paris de beaux monuments, mais aucun de nos rois n'avoit songé à embellir la ville elle-même, en y faisant construire une suite d'édifices sur un plan régulier. L'enceinte des murs contenoit encore une grande quantité de marais, de terres labourables, et il n'y avoit alors de places publiques que la Grève, les Halles, le Parvis-Notre-Dame, la place Maubert, celles du Chevalier-du-Guet, de Sainte-Opportune et de la Croix-du-Tiroir.

Lorsque le projet de bâtir le Pont-Neuf avoit été conçu, on avoit coupé l'île de la Gourdaine du côté du grand cours de l'eau, le moulin de la Monnoie avoit été détruit, et sur les deux côtés du triangle que forme ce terrain avoient été construits les deux quais que nous y voyons aujourd'hui. Commencés en 1580, ensuite interrompus, ils furent repris vers le temps où l'on finissoit le pont, et achevés en 1611. Tout l'espace qui s'étendoit depuis l'Éperon jusqu'au jardin (2) du Palais étoit encore en prairies : « c'étoit, dit Sauval, une solitude stérile, déserte et aban-« donnée, qui, tous les ans, étoit noyée et cachée sous l'eau. » Henri IV en fit don, l'an 1607, au premier président de Harlay, à la charge d'y faire bâtir suivant les plans et devis qui lui seroient donnés par le grand-voyer, et sous la condition de quelques redevances. Ce magistrat fit construire d'abord le long des murs du jardin une rue de maisons uniformes qui aboutit aux deux quais du grand et du petit cours d'eau, et qui fut nommée rue de Harlay.

Sur le plateau triangulaire que formoit le reste de l'île, on fit une place qui fut environnée de maisons à double corps de logis, dont l'un à vue sur la place, et l'autre sur les quais. Le plan en fut donné par le roi, qui la nomma place Dauphine, en mémoire de la naissance de son fils Louis XIII. Cette place, dont la forme est aussi triangulaire, n'a que deux ouvertures, l'une au milieu de la base du triangle, l'autre à son sommet,

---

(1) Aujourd'hui place de Thionville.
(2) Appelé alors jardin du premier président.

VUE DE LA PLACE DAUPHINE *(de Thionville)* prise du côté du Pont - Neuf.

du côté du Pont-Neuf (1). Les maisons qui en forment l'enceinte furent construites dans un ordre régulier , et sur le même plan que celles de la rue de Harlay. Elles étoient toutes alors à quatre étages , couvertes d'ardoises, bâties de briques, et liées ensemble par des chaînes de pierre en bossage. Une corniche saillante et ornée de dentelures régnoit autour de la place et en couronnoit tous les édifices. Ce mélange de couleurs et cette régularité pouvoient produire à la vue un effet assez agréable ; mais il n'en est pas moins vrai qu'une telle construction étoit mesquine et de mauvais goût, ce dont il est facile de juger par les grandes parties qui en subsistent encore ; elles prouvent que l'architecture, florissante sous François Ier et Henri II , avoit alors beaucoup perdu de son premier éclat ; ce qu'il faut attribuer aux agitations des guerres civiles et au malheur des temps.

Lorsque ces édifices commencèrent à se dégrader, on permit aux propriétaires de faire reconstruire leurs maisons suivant leur goût et leurs idées particulières, d'où il est résulté que cette place a même perdu cette symétrie qui étoit son seul mérite.

Ce fut sur l'île de la (2) Gourdaine, à l'endroit où s'élève maintenant cette place, que furent brûlés Jacques Molay, grand-maître des Templiers, et le maître de Normandie, le 18 mars 1313 (v. st.). Ce grand évènement et la destruction de cet ordre célèbre , auquel on reprochoit des crimes et des abominations jusqu'alors inouïes , sont trop connus pour que nous en rappelions ici les circonstances. Ces moines étoient-ils innocents ou coupables ? Cette question , sur laquelle aucun historien raisonnable n'a jamais osé rien affirmer, est, sans contredit, la plus difficile, la plus obscure de toute l'histoire moderne, et les ténèbres qui la couvrent ne seront probablement jamais éclaircies. Cependant Saint - Foix, avec son audace et sa légèreté ordinaires, ne manque point, à l'occasion du supplice de ces deux personnages, de renouveler en leur faveur ces déclamations si multipliées dans le siècle dernier ; déclamations dont le but

____

(1) Au milieu de cette place est une fontaine en forme de piédestal, laquelle soutient un petit monument élevé en l'honneur du général Desaix, tué à la bataille de Marengo.

(2) Cette île, ainsi que celle des Bureaux, appartenoit alors à l'abbaye de Saint-Germain-des-Prés, et l'on n'a point trouvé qu'elles eussent de dénomination particulière avant la fin du quinzième siècle. (JAILLOT.)

étoit moins de prouver l'innocence des Templiers que d'insulter, avec quelque apparence de raison, l'autorité politique et religieuse. Ces apologistes hypocrites ont dit, dans leurs plaidoyers, beaucoup de mal des papes et des rois, et c'est là ce qu'ils vouloient; quant à l'innocence de ces prétendues victimes de l'avarice et du despotisme, ils ne l'ont point prouvée, parcequ'il étoit impossible de le faire d'une manière satisfaisante. Nous convenons qu'il ne seroit pas plus raisonnable de vouloir démontrer que les Templiers étoient coupables, et qu'on opposeroit facilement de grandes difficultés à ceux qui prétendroient soutenir une semblable opinion; mais ils pourroient à leur tour embarrasser beaucoup leurs adversaires, s'ils présentoient toutes les preuves si fortes, si singulières que des actes et des témoignages authentiques élèvent contre ces moines reconnus universellement pour des hommes livrés à tous les vices, à toutes les débauches, pour des séditieux, par cela seul dignes de punition. Ceux qui les défendent ont souvent allégué en leur faveur l'invraisemblance des crimes qu'on leur reproche : « Est-il probable, s'écrient-ils, que tant d'illustres guerriers, tant « d'hommes d'une si haute qualité, fussent coupables de crimes aussi « atroces, d'aussi grossières, d'aussi honteuses turpitudes? Est-il vraisem- « blable, pourroit-on leur répondre avec un auteur contemporain, que « ces personnages si nobles eussent jamais avoué de telles infamies, si l'ac- « cusation n'eût été vraie? *Non est verisimile quod viri tam nobiles,* « *sicut multi inter eos erant, unquam tantam vilitatem recognosce-* « *rent, nisi veraciter ita esset....* » (Baluze.) Si les apologistes répliquoient que la torture leur arracha beaucoup d'aveux, il seroit facile de donner la preuve que la plupart d'entre eux firent des aveux sans qu'on les eût torturés, de manière que les deux opinions offrant un égal degré de vraisemblance, la question n'en deviendroit que plus embrouillée et plus indécise pour les esprits sages et sans préventions.

Cet évènement présente une petite circonstance qui montre à quel point le pouvoir de nos rois étoit encore borné à cette époque; c'est que Philippe-le-Bel, aussitôt après le supplice des Templiers, écrivit aux religieux de Saint-Germain, pour leur déclarer que, par cette exécution, il n'avoit point prétendu porter atteinte aux droits qu'ils avoient sur le terrain où elle s'étoit faite. Cette déclaration se trouvoit dans les registres de la chambre des comptes et dans le trésor de chartes.

VUE DE LA SAINTE CHAPELLE, prise du coté de la Cour.

LA SAINTE-CHAPELLE.

Dans l'espace qui est borné au midi par le pont Saint-Michel, au nord par le pont au Change, se trouvent plusieurs édifices, dont les plus remarquables sont le Palais et la Sainte-Chapelle.

Pour bien faire entendre l'histoire des églises, il est nécessaire que nous jetions un coup d'œil général sur l'établissement de la religion chrétienne en France, que nous examinions l'influence qu'elle a exercée sur l'esprit de la nation, et les divers caractères qu'a eus sa discipline aux différentes époques de la monarchie. Ces observations nous conduiront à une explication claire de l'origine et de l'accroissement de tant d'établissements religieux, de tant de pieuses fondations que Paris renfermoit dans son sein, et qui, pendant une si longue suite de siècles, ont produit des effets si salutaires sur sa police et ses mœurs.

Toutefois avant d'offrir un semblable tableau, qui se place naturellement à l'endroit où nous traiterons des paroisses et des monastères de la Cité, nous croyons devoir faire la description de la Sainte-Chapelle (1), non seulement parceque, dans l'ordre itinéraire que nous suivons, elle est la première église que l'on rencontre en sortant de la place Dauphine, mais par la raison plus forte que cette église séculière n'avoit de rapport avec aucune autre église de Paris, et fut bâtie par un saint roi pour une destination toute particulière.

---

(1) Le mot *chapelle* a diverses acceptions : il signifie quelquefois une église particulière, qui n'est ni cathédrale, ni collégiale, ni paroisse, ni abbaye, ni prieuré. Ces sortes de chapelles sont celles que les canonistes appellent *sub dio*.

On désigne aussi sous le nom de *chapelle* une partie d'une grande église dans laquelle il y a un autel, et où l'on dit la messe. Celles-ci sont appelées *sub tecto*.

Enfin il y a des chapelles domestiques dans l'intérieur des monastères, hôpitaux, communautés, dans les palais des princes et autres maisons particulières. Ce sont proprement des oratoires privés, dans lesquels on a obtenu la permission de faire célébrer le saint sacrifice. On appelle spécialement *saintes chapelles* celles qui sont établies dans les palais des rois.

Les croisades avoient apporté de grands changements dans la situation de l'Europe et de l'Asie. Après de longs combats, les croisés, maîtres des saints lieux et de toute la Palestine, s'étoient emparés de Constantinople, par une suite des divisions qui, dès le commencement, n'avoient cessé de régner entre eux et les Grecs, et ils y avoient fondé un nouvel empire; il ne fut pas de longue durée. Après plusieurs règnes, tous malheureux, et continuellement agités, les affaires en vinrent à une telle extrémité, que les Latins, manquant de vivres, assiégés par terre et par mer, abandonnés par un grand nombre de leurs principaux chefs, n'ayant plus enfin aucune ressource, se virent dans la triste nécessité d'engager une partie des reliques du trésor impérial pour subvenir à leurs besoins les plus pressants, et les Vénitiens sembloient disposés à recevoir un tel gage pour sûreté d'une somme considérable qu'ils consentoient à prêter. Baudouin, héritier de l'Empire, que l'empereur Jean de Brienne avoit envoyé solliciter des secours auprès de saint Louis, le supplia, ainsi que la reine Blanche sa mère, de ne pas permettre que la couronne d'épines, la plus vénérée de ces reliques, fût portée ailleurs qu'en France, et lui proposa, s'il vouloit l'empêcher de tomber entre les mains de ces insulaires, d'accepter le don qu'il lui en faisoit. Le monarque écouta avec joie une proposition si flatteuse pour sa piété, et envoya des ambassadeurs à Constantinople, avec tout pouvoir pour acquérir la sainte couronne, et la retirer des mains des Vénitiens, si elle étoit déjà engagée. Ces envoyés s'acquittèrent avec succès de leur mission, trouvèrent aide et protection par tous les pays où ils passèrent, et revinrent heureusement en France. Dès que le roi fut informé de leur retour, il alla jusqu'à Troyes au-devant de la précieuse relique, avec la reine sa mère, ses frères et un nombreux cortège de seigneurs, entra avec elle à Sens, portant lui-même le brancard sur lequel elle étoit déposée, et l'accompagna jusqu'à Paris, où l'on arriva, après huit jours de marche, le 18 août 1239. Une foule immense de peuple l'attendoit hors de la ville, près l'église Saint-Antoine-des-Champs, impatiente de jouir d'un spectacle aussi auguste. Là, sur un échafaud qui avoit été dressé d'avance pour cette cérémonie, la sainte couronne fut exposée à tous les yeux. Tout le clergé vint processionnellement au-devant d'elle, et chaque église apporta ses plus précieux reliquaires. Alors le roi, déposant ses habits royaux, les pieds nus, et revêtu d'une simple tunique, se chargea de nouveau du brancard avec le comte d'Artois son frère. Un grand nombre d'évêques, d'abbés, de seigneurs marchoient devant, tête et pieds nus; dans ce touchant appareil, la sainte couronne fut portée à la cathédrale, et de là déposée à la chapelle du Palais, dédiée alors sous le nom de Saint-Nicolas.

Cette chapelle avoit été bâtie par le roi Robert, deux cents ans avant saint Louis. Les historiens ne sont point d'accord sur l'endroit où elle étoit située; cependant tout porte à croire que c'étoit dans l'emplacement même où s'élève l'édifice que nous voyons aujourd'hui : et déjà cette chapelle de Saint-Nicolas avoit remplacé la première bâtie par les rois de la première race, et dédiée sous le nom de saint Barthélemi. On croit que nos monarques avoient en outre des oratoires particuliers dans l'intérieur de leur palais, un entre autres au titre de la Vierge, dans lequel saint Louis transporta les reliques qu'il avoit acquises, tandis qu'il faisoit bâtir un monument plus digne de les recevoir.

Il en avoit conçu le projet aussitôt que la sainte couronne avoit été entre ses mains; un évènement nouveau, qui le rendit maître de presque toutes les reliques de la chapelle impériale de Constantinople, le confirma dans cette résolution. Baudouin, parvenu à l'Empire, et non moins malheureux que son prédécesseur, n'avoit pu faire autrement que d'engager encore ces restes sacrés pour une somme considérable; il en fit l'abandon au roi dont il attendoit de nouveaux secours, aux mêmes conditions que la sainte couronne. C'étoit un morceau du bois de la vraie croix, le plus grand qu'on connût, le fer de la lance dont Jésus-Christ fut percé, une partie de l'éponge qui servit à l'abreuver de vinaigre, un morceau du roseau dont on lui fit un sceptre, une portion de son manteau de pourpre, et plusieurs autres reliques, énoncées dans un acte authentique, daté du mois de juin 1247, signé de ce prince, et par lequel il confirmoit la donation qu'il en avoit faite. Cet acte étoit conservé, avant la révolution, dans les archives de la Sainte-Chapelle.

Un célèbre architecte de ce temps, nommé Eudes de Montreuil, fut chargé de la construction de la nouvelle chapelle. Il y déploya une grande habileté, et y employa tout le luxe d'ornement, toute la légèreté de construction que l'architecture gothique avoit empruntée des Arabes, et qui en faisoit alors le caractère. Ce monument est travaillé avec toute la délicatesse d'une châsse en orfèvrerie; et après six cents ans, c'est encore un des édifices les plus curieux et les plus élégants de Paris.

Cette église est double, et formée d'une seule nef : la chapelle supérieure, à laquelle on monte par un escalier de quarante-quatre degrés, est précédée d'un vestibule en ogives, que couronne une plate-forme. Cette plate-forme, qui se trouve au niveau de la rose, est terminée par une balustrade ornée d'aiguilles; une seconde balustrade règne à la base du fronton qu'accompagnent deux autres aiguilles, dont la hauteur surpasse son sommet. Tout le corps de l'édifice est composé de jambages très légers, qui se rapprochent les uns des autres dans la partie du rond-point, et que surmontent également des aiguilles extrêmement délicates. Les intervalles en sont remplis par de longues croisées en ogives, au-dessus desquelles s'élève encore un mur d'appui qui parcourt toute l'étendue du monument (1).

Le portail de la chapelle supérieure, dont l'arcade est aussi en forme d'ogive, est dépouillé de tous les ornements de sculpture dont il étoit orné, et la place qu'ils occupoient est maintenant recouverte d'un enduit de maçonnerie. Ces sculptures, suivant l'usage des douzième et treizième siècles, représentoient le jugement dernier. Au pilier qui sépare les deux battants de la porte étoit une statue de Jésus-Christ bénissant de la droite, et tenant un globe de la gauche. Dans le support on avoit sculpté les prophètes; des deux côtés on voyoit des hiéroglyphes (ce qui étoit encore un usage de ces temps-là) et quelques traits de l'Écriture Sainte, entre autres l'histoire de Jonas. Au-dessous un écusson offroit la fleur de lis mêlée aux armes de Castille, par allusion à Blanche, mère du fondateur.

Les vitraux, qui existent encore, sont un monument précieux de ce qu'étoit la peinture sur verre à l'époque du treizième siècle; l'état de barbarie où languissoient alors tous les arts qui dépendent du dessin porte à croire que, dans ces temps-là, elle ne différoit guère de ce qu'elle avoit été dans son origine, laquelle toutefois remonte à une époque beaucoup plus

---

(1) La gravure extrêmement fidèle qui accompagne ce chapitre, laquelle offre en même temps un effet de neige, donnera sur-le-champ une idée plus exacte de cet édifice que tout ce que nous pourrions en dire; et généralement la description des monuments gothiques, par le discours, aura toujours quelque chose de vague, parceque les termes consacrés à l'architecture ne peuvent y être employés que dans une acception détournée, et par conséquent arbitraire.

reculée; car, dès le sixième siècle, il est question de vitres peintes dans les vieilles chroniques. Celles de la Sainte-Chapelle sont remarquables par leur hauteur, la variété et la vivacité de leurs teintes. L'ordonnance des tableaux qu'elles représentent est bizarre, leur fabrication plate et sans effet. Le dessin des figures, tracé sur un fond uni, est accompagné seulement de quelques hachures, pour donner un peu de relief au sujet, et ce dessin est tout-à-fait barbare; mais cette vivacité éblouissante des couleurs, que tant de siècles n'ont pu altérer, fait encore l'admiration des connoisseurs. Nous verrons, dans les âges suivants, se perfectionner l'art de la peinture sur verre, dont ces vitraux peuvent être considérés pour nous comme le premier échelon. Ils sont tous du temps de la construction de l'église, à l'exception de celui qui est au-dessus de la porte, et qui représente les visions de l'Apocalypse. On le croit de la fin du quatorzième siècle.

L'édifice inférieur, qu'on nomme *basse Sainte-Chapelle*, servoit autrefois de paroisse aux domestiques des chanoines et chapelains, aux habitants de la cour du Palais, et à toutes les personnes attachées au service de la Sainte-Chapelle; on y entroit par une porte latérale, maintenant obstruée par des échoppes. Les épitaphes d'un grand nombre de chanoines et dignitaires qui ont été enterrés dans ses caveaux en formoient le pavé; et dans ces mêmes caveaux étoit déposé le corps du célèbre Boileau : le poëte reposoit auprès de ses héros, et, dit-on, sous la place même du lutrin qu'il avoit chanté (1). Sur le portail étoit une image de la Vierge, qui a été renversée et détruite (2), ainsi que toutes les figures qui étoient dans les niches extérieures latérales. Cette église basse étoit desservie par un curé-vicaire perpétuel, à la nomination du trésorier, qui étoit curé primitif. Autour des murs intérieurs règne un rang de colonnes extrêmement déliées, qui sont les seuls supports de l'édifice supérieur.

Dans les titres de la fondation de cette église il n'est fait mention que

---

(1) Ses restes ont été transportés dans le jardin du Musée des Monuments français, rue des Petits-Augustins. Nous ne croyons pas qu'on les y laisse, parcequ'il n'est pas convenable qu'ils y soient.

(2) Dans l'origine, la Sainte-Chapelle avoit un clocher, qui fut brûlé en 1630, avec le comble de l'édifice, par la négligence d'un plombier qui y travailloit; à sa place on éleva une flèche, qui étoit un modèle de hardiesse et de légèreté. Elle a été démolie dans les premiers temps de la révolution. Nous l'avons replacée sur l'édifice dans la vue pittoresque que nous donnons du Palais de Justice.

Tome I.

de *chapelains*, et saint Louis, qui porta le nombre total des desservants jusqu'à vingt-un, en établit cinq principaux. Cependant on ne peut douter que les membres supérieurs de ce chapitre n'aient été honorés du titre de chanoines dès les premiers temps ; et un règlement de Charles V, du mois de janvier 1371, ne laisse aucun doute à ce sujet (1). Leur chef, qui dans l'origine étoit appelé *Maître-Chapelain* ou *Maître-Gouverneur de la Sainte-Chapelle*, reçut, en 1314, le titre de *Trésorier* dans le testament de Philippe-le-Bel, comme étant spécialement chargé de la garde du trésor des saintes Reliques. En 1379, Clément VII lui accorda le privilège de porter la mitre et l'anneau. La dignité de *Chantre* avoit déjà été fondée, en 1319, par Philippe-le-Long. Du reste, cette basilique, qui jouissoit de tous les privilèges et prérogatives accordés aux églises de fondation royale, avoit encore l'avantage d'être exempte de la juridiction épiscopale, et de relever immédiatement du saint-siège.

Sur le maître-autel étoit un modèle de la Sainte-Chapelle en vermeil, et enrichi de pierreries, lequel servoit de tabernacle. Cette pièce, d'un travail extrêmement précieux, passoit pour être aussi ancienne que le monument, et on la croyoit d'un orfèvre nommé Raoul, qui fut ennobli par Philippe-le-Hardi. Au bas du buffet d'orgue on admiroit une statue en terre cuite de Germain Pilon, célèbre sculpteur français du seizième siècle, représentant une Notre-Dame de Pitié (2). Cette figure, dont le dessin n'est pas très correct, est remarquable par la beauté de son expression.

Indépendamment des instruments de la Passion renfermés dans le trésor et dans la sacristie de cette église, elle possédoit le chef de son fondateur, plusieurs autres reliques très vénérées, et de précieux morceaux d'antiquités. Le plus remarquable étoit la fameuse sardonix (3) à trois couleurs, sur laquelle est représentée l'apothéose d'Auguste. Cette pierre gravée,

---

(1) Il y est dit que « lesdits trésorier et chanoines porteront à l'avenir des aumusses de petit-gris, « fourrées de menu-vair, au lieu de noires qu'ils portoient avant, parcequ'à peine on pouvoit les « distinguer des chapelains, et que très souvent on leur donnoit ce dernier nom au lieu de celui « qui leur appartenoit. » *Quia vix possunt propriè recognosci vel distingui, et sæpissimè dicuntur capellani et non canonici.*

(2) Maintenant au Musée des Monuments français.

(3) Elle avoit éprouvé une fracture lors de l'incendie de la Sainte-Chapelle : c'est la même qui, déposée depuis au Cabinet des Médailles de la Bibliothèque, y avoit été volée, et fut ensuite heureusement retrouvée.

unique dans le monde par son volume, et dans laquelle le travail répond
au prix de la matière, avoit été donnée à la Sainte-Chapelle par Charles V.
Ce roi, croyant sans doute qu'elle représentoit quelque sujet de piété, l'avoit
fait orner de plusieurs reliques, et des figures des quatre évangélistes.

Le bâton du chantre offroit une singularité non moins remarquable :
il étoit surmonté du buste antique de l'empereur Titus, aussi en agathe ;
et c'étoit par une méprise à peu près semblable qu'on l'avoit destiné à ce
pieux usage. On avoit imaginé d'ajouter à ce buste deux bras de vermeil,
dont l'un tenoit une croix, et l'autre une couronne d'épines ; et ces
emblèmes persuadoient au peuple que cette image étoit celle de saint Louis.

Le zèle religieux de ce roi n'éclata pas seulement dans l'érection de ce
beau monument (1) : tous les ans, le jour du vendredi-saint, il se rendoit
en grand appareil à la Sainte-Chapelle ; et là, revêtu de ses habits
royaux, il exposoit lui-même les monuments de la Passion à la vénération
du peuple. Cet exemple fut suivi par plusieurs de ses successeurs, auxquels il laissa les plus grands exemples de courage et de piété qu'aucun
monarque ait jamais donnés. Il semble que le président Hénault n'ait
point assez senti tout ce qu'il y avoit d'admirable dans ce pieux et grand
roi. Il l'admire sans doute lorsqu'il le voit réduisant les rebelles, combattant les ennemis de son royaume, rendant à ses peuples une justice
exacte et vigilante, sachant résister aux entreprises des papes et des
évêques, quand elles passoient les bornes de la puissance spirituelle, et
pouvoient jeter des troubles dans l'État ; mais cet historien, abusant
ensuite d'un mot employé par le père Daniel, le trouve *singulier*, lorsqu'il le voit, dans son intérieur, donnant à la prière le temps qu'il
pouvoit dérober aux affaires, témoignant une entière déférence à sa mère,
une douceur paternelle à ses domestiques. Peu s'en faut qu'il ne le présente alors comme tombé dans un état d'imbécillité. « Dans ces moments,
« dit-il, ses domestiques devenoient ses maîtres, sa mère lui com-
« mandoit, et les pratiques de la dévotion la plus simple remplissoient
« ses journées. » Ce qui semble petit au président Hénault, à nos yeux est
sublime ; et comme, d'après son propre aveu, les vertus solides et la

____

(1) Il avoit coûté 40,000 liv., qui valoient 800,000 liv. de notre monnoie. Les reliques et les
châsses avoient coûté 100,000 liv. (2,000,000.)

noble fermeté qui composoient le caractère de saint Louis *ne se sont jamais démenties*, ce mélange touchant de grandeur et d'humilité nous offre un être presque au-dessus de l'humanité, un héros tel que le paganisme n'en pouvoit produire, en un mot, le véritable héros chrétien.

La Sainte-Chapelle, où il ne reste plus maintenant que les quatre murailles, est devenue un dépôt d'archives.

Portail de la Sainte Chapelle.

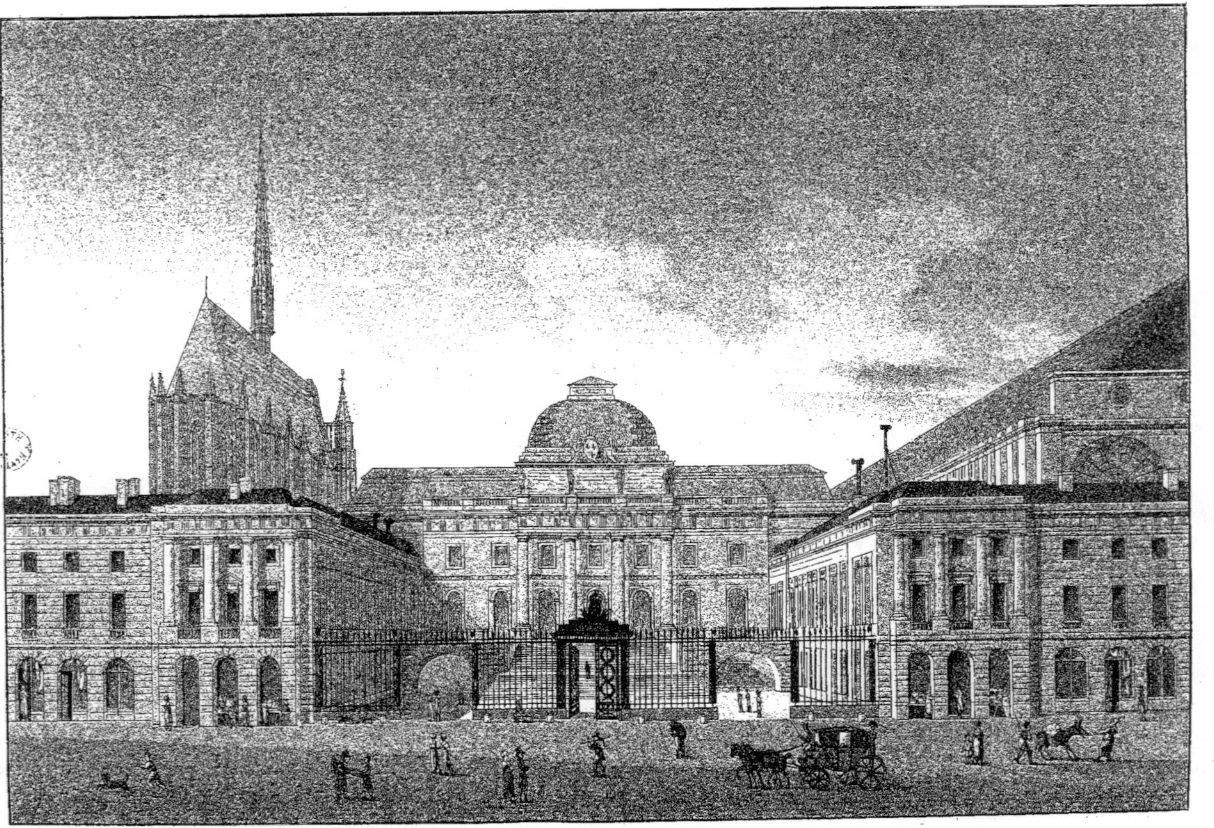

Vue du PALAIS de JUSTICE prise du côté de la Place.

LE PALAIS DE JUSTICE.

A chaque pas que nous faisons dans Paris, nous éprouvons de nouveaux effets de la barbarie profonde dans laquelle cette ville a été si long-temps plongée; nous sentons davantage combien il est difficile de dire quelque chose de satisfaisant sur des origines qui ne nous sont connues que par des traditions vagues, souvent contradictoires, la plupart transmises par des chroniqueurs éloignés des sources et presque tous dépourvus de lumière et de critique dans tout ce qu'ils ont écrit. La discussion de ces vieux récits, des chartes, des titres qui s'y rapportent, seroit inutile et fastidieuse; et c'est pour y avoir attaché trop d'importance que les anciens historiens de Paris ont ôté tout intérêt à leurs volumineuses compilations. Il vaut mieux, choisissant dans ces lambeaux épars, en rassembler les faits qui semblent les plus probables, et toutefois ne les offrir que pour ce qu'ils sont, pour de simples probabilités.

Par exemple, l'origine du Palais est tout-à-fait inconnue, et aucun écrivain ne nous fait connoître ni quand ni comment il fut bâti. Ceux qui ont parlé du séjour de quelques empereurs romains à Paris s'accordent tous à dire qu'ils habitoient le palais des Thermes : mais peut-on en conclure qu'il n'y avoit point alors d'édifice du même genre dans la Cité? César nous apprend lui-même qu'il avoit transporté le conseil souverain des Gaules dans Lutèce, « *summum Galliæ consilium in Lutetiam* « *Parisiorum transtulit* » ; et c'est une opinion généralement reçue, que le proconsul, gouverneur général de toute la province, avoit son séjour ordinaire dans cette ville. Est-il probable qu'il ait demeuré hors de ses murs, lorsqu'il s'agissoit de veiller sur un peuple nouvellement soumis, toujours disposé à secouer le joug, et dont la révolte, dans un lieu aussi fortifié, eût été plus dangereuse que par-tout ailleurs? on ne peut raisonnablement le penser, et Ammien-Marcellin donne effectivement à entendre que la *forteresse des Parisiens* (c'est ainsi qu'il appelle l'île de la Cité) avoit, dès ce temps-là, un palais et une place publique.

Tome I.

10

Il ne seroit pas même impossible de déterminer où devoit être ce palais.
Une ancienne tradition (1), appuyée de plusieurs auteurs graves, nous
apprend qu'aussitôt que les premiers chrétiens eurent obtenu des empereurs le libre exercice de leur religion, les habitants de Paris firent bâtir
une église cathédrale à la pointe orientale de l'île, où leur ville étoit alors
renfermée. On peut conclure de là que le palais ou château dont parle
Ammien-Marcellin étoit situé à l'autre extrémité, c'est-à-dire, à la place
où il est encore aujourd'hui ; car ces deux situations ont été constamment
celles qui ont présenté le plus de commodités et les aspects les plus
agréables.

Si nous cherchons ensuite dans notre propre histoire, nous y trouverons
des témoignages qui ne nous permettront pas de douter que, bien que
nos rois de la première dynastie demeurassent habituellement au palais des
Thermes, il existoit cependant une maison royale dans la Cité. Sur ce
sujet, voici ce que dit Grégoire de Tours, racontant la mort tragique des
petits-fils de Clovis. « Childebert (2) envoya une personne de confiance à
« Clotaire, roi de Soissons, pour l'engager à venir le trouver, afin de
« résoudre ensemble s'ils feroient mourir leurs neveux, ou s'ils se con-
« tenteroient de les dégrader en leur coupant les cheveux..... Clotaire ne
« tarda pas à se rendre à Paris..... Ils firent courir le bruit que le résultat
« de leur entrevue avoit été de faire proclamer rois les fils de Clodomir, et
« envoyèrent les demander à Clotilde, qui demeuroit alors dans la ville
« (*quæ tunc in ipsâ urbe morabatur*), pour les élever sur le pavois.
« Cette bonne reine, transportée de joie, fit venir les petits princes dans
« son appartement, et après avoir eu l'attention de les faire manger :
« Allez, mes enfants, leur dit-elle en les embrassant, allez trouver vos
« oncles ; si je puis vous voir sur le trône de votre père, j'oublierai que
« j'ai perdu ce cher fils...... Clotaire, après les avoir poignardés de sa
« propre main, monta tranquillement à cheval pour retourner à Soissons ;
« Childebert se retira dans le faubourg (*in suburbana concessit*). » Il y
avoit donc dans la Cité un palais où l'on élevoit ces jeunes princes, et

---

(1) Delamare, tome 1.
(2) Greg. Tur., Hist. lib. 3, cap. 18. (Saint Foix.)

cette demeure est ici bien clairement distinguée de l'édifice qui étoit sur la rive méridionale du fleuve. (1)

Le Palais fut successivement agrandi, réparé ou rebâti par les maires, qui s'emparèrent de l'autorité sous la première race, et Hugues-Capet, comte de Paris, ayant succédé aux rois de la seconde, abandonna entiè-rement le palais des Thermes, pour établir dans celui-ci sa résidence ordinaire (2). Robert, son fils, le fit rebâtir en entier; et quoique Philippe-Auguste eût fait depuis reconstruire le Louvre, on voit que ses successeurs, saint Louis, Philippe-le-Hardi et Philippe-le-Bel demeuroient au Palais. Saint Louis, qui l'orna de la chapelle magnifique dont nous avons déjà parlé, fit encore dans son intérieur des augmentations et des embellissements considérables, et sous Philippe-le-Bel il fut de nouveau reconstruit presque en entier. « Ce roi, dit du Haillan, fit bâtir dedans l'isle « du Palais, au lieu même où étoit l'ancien château de la demeure des « rois, le Palais tel qu'il est aujourd'hui..... Étant conducteur de cette « œuvre Messire Enguerrand de Marigny. » Belleforest s'exprime encore plus fortement, et dit « que Philippe-le-Bel fit construire un autre Palais « tout à neuf, tel que nous le voyons, et qu'il fut achevé l'an 1313, le « 28 et dernier an du règne de ce bon roi. » Toutefois ces deux écrivains si inexacts et si embrouillés ne doivent pas être crus entièrement, et ceci ne doit s'entendre que de quelque augmentation considérable que Philippe aura fait faire à cet édifice; car il est constant que la chambre qui porte encore le nom de saint Louis, et la salle appelée depuis *la grand'chambre* ont été bâties par ce roi. Il y restoit même encore quelques unes des an-ciennes constructions faites par le roi Robert, entre autres la chambre dite depuis de la Chancellerie, dans laquelle on prétend que saint Louis consomma son mariage. Charles VIII, Louis XI et Louis XII y ajou-tèrent encore de nouveaux bâtiments.

---

(1) Le même historien nous apprend que Caribert étoit logé dans la Cité, et qu'un prêtre de Bordeaux vint l'y trouver. *Presbiter, Parisiacæ urbis portas ingressus, regis præsentiam adiit.* (lib. 4, cap. 26.) On en pourroit citer encore d'autres exemples.

(2) Il y avoit encore une maison royale dans le cloître Notre-Dame, où Louis VII passa ses premières années, comme il le témoigne lui-même. On ignore où étoit cette demeure, mais il est certain qu'il y retourna souvent, et qu'il alla l'habiter lorsqu'il céda le Palais à Henri II, roi d'Angleterre. (SAUVAL.)

Lorsque Charles V abandonna la Cité pour aller occuper l'hôtel Saint-Paul, à l'extrémité orientale de la ville, ce palais, dont les anciens historiens ont tant vanté la magnificence, n'étoit encore qu'un assemblage de grosses tours qui communiquoient entre elles par des galeries; les deux tours parallèles que l'on voit encore sur le quai de l'horloge sont des restes de cet édifice, et peuvent donner une idée du genre de sa construction. Des fenêtres de ces tristes demeures la vue s'étendoit au loin sur Issi, Meudon et Saint-Cloud. Le jardin qu'on appeloit *Jardin du Roi*, occupoit tout l'espace où sont aujourd'hui les cours Neuve et de Lamoignon; il s'étendoit jusqu'au bras de la rivière qui couloit, comme nous l'avons déjà dit, à l'endroit où est aujourd'hui la rue de Harlay. Ce jardin, du temps de Charles V, étoit encore, comme tous les jardins royaux, d'une simplicité extrême; il étoit environné de haies que couvroient des treilles enlacées en lozange, et disposées à chaque extrémité, et au milieu en forme de tourelle ou pavillon. On y voyoit des prés que l'on fauchoit, des vignes dont on recueilloit le vin, des légumes qui servoient pour la table du roi (1). Les appartements du château étoient immenses et couverts de dorure, mais le luxe, encore sans art et mal entendu, n'y avoit rien fait pour l'agrément et les commodités de la vie; des barreaux de fer qui se croisoient sur les fenêtres, donnoient à ces demeures l'aspect d'une prison, et les vitraux colorés et chargés d'images de saints, de devises et d'écussons achevoient d'y intercepter la lumière. On aura peine à croire que du temps même de François Ier on ne s'y asseyoit que sur des bancs et des escabelles, et que la reine seule avoit le droit d'avoir des chaises de bois pliantes et rembourrées; mais il ne faut point oublier que nos premiers rois, ceux même de la troisième race jusqu'à Louis XI, considérés comme chefs des grands plutôt que comme souverains de la nation, n'eurent pendant long-temps ni opulence ni autorité. Maîtres seulement de leur domaine, leur cour n'étoit composée que de leurs domestiques, et les revenus souvent très bornés de ces possessions étoient les seuls moyens qu'ils eussent pour soutenir la majesté de leur rang; car les impositions qu'on demandoit aux

---

(1) Dans ce jardin-là même, dit Sauval, saint Louis, vêtu d'une cotte de camelot, d'un surcot de tirretaine sans manches, et d'un manteau par-dessus de sandal noir, y rendoit justice, couché sur des tapis, avec Joinville et d'autres, qu'il choisissoit pour conseillers.

peuples n'étoient que momentanées, et levées seulement dans les grands besoins de l'État, et du consentement général. Ce n'étoit que dans les réunions solennelles des grands vassaux et au milieu de leurs armées que ces monarques paroissoient avec tout l'éclat de la grandeur royale; hors de là, leur vie simple et patriarchale ne différoit guère de celle d'un simple seigneur de château ; et dans Paris même leur souveraineté se trouvoit à tout moment en conflit avec la juridiction de l'évêque, des monastères, des divers corps, et les privilèges des bourgeois.

Ces assemblées de grands vassaux, dont nous venons de parler, et auxquelles les historiens ont donné dans la suite le nom de *Parlements généraux*, n'étoient point d'institution royale, elles existoient de temps immémorial parmi les Francs, et ils en avoient apporté la coutume de leur pays. Chacun s'y rendoit avec ses armes, et d'abord tous les Francs ou hommes libres avoient le droit d'y siéger. Depuis, la nation étant devenue beaucoup plus nombreuse par les conquêtes des premiers rois, on n'y admit plus que ceux qui tenoient quelque rang dans l'État. Vers la fin de la seconde race, ces assemblées furent réduites de nouveau, et composées seulement des barons ou vassaux immédiats de la couronne, des grands prélats et autres personnes de la plus haute distinction. Prenant leur nom du mois dans lequel elles étoient convoquées, elles s'appeloient dans le principe *Champ-de-Mars*. Depuis, l'usage de la cavalerie s'étant introduit dans les armées, comme il arrivoit souvent qu'au sortir de ces assemblées on entroit en campagne, on crut devoir ne les convoquer que dans le mois de mai, parcequ'alors les fourrages étoient plus abondants; ce qui leur fit donner, au commencement de la seconde race, le nom de *Champ-de-Mai*.

Ces assemblées générales formoient le conseil public de nos rois; on y traitoit de la police de l'État, de la paix et de la guerre, de la réformation des lois, des procès criminels des grands, et autres affaires majeures.

Mais, outre ce conseil public, nos rois de la première et de la seconde race, suivant une autre coutume des Francs, avoient une cour particulière composée de plusieurs grands du royaume, prélats et principaux officiers de la couronne. C'étoit là leur conseil ordinaire, où se traitoient les affaires les plus urgentes, et celles qui demandoient du secret; où se préparoient les matières qui devoient être portées à l'assemblée générale; et cette différence de la cour du roi avec les grandes assemblées se trouve marquée en plusieurs occasions.

Mais lorsque, vers la fin de la seconde race, les parlements généraux eurent été réduits aux seuls barons ou vassaux immédiats de la couronne et autres personnages notables, tant parmi les clercs que parmi les nobles, ces deux assemblées se confondirent, et n'en formèrent plus qu'une seule, qu'on appela *cour du roi* ou *son conseil*. Cette assemblée continua à prendre connoissance des matières qui se traitoient auparavant dans les assemblées générales de la nation, mais elle n'eut plus le même caractère, parcequ'elle étoit l'ouvrage du prince, et entièrement à sa disposition. « Ce fut l'institution des parlements, dit Loyseau, qui nous sauva d'être « cantonnés et démembrés comme en Italie et en Allemagne, et qui main- « tint ce royaume en son entier. » On conçoit en effet l'influence que devoit avoir sur la multitude des petits souverains dont se composoit l'anarchie féodale, cette réunion des grands vassaux autour de la personne du roi, qui trouvoit ainsi le moyen de les attacher à la conservation et à l'intégrité de l'État, tant par ce partage qu'il faisoit avec eux de l'autorité suprême, que par les honneurs nouveaux dont sa politique ne cessoit de les combler.

Ce conseil du roi, ainsi que l'assemblée générale, changèrent plusieurs fois de nom: sous la première race on les appeloit *mallus* ou *mallum*, mot qui vient du teutonique *mallen*, lequel signifie *parler*. Ils furent ensuite désignés sous les titres de *placitum générale*, *synodus*, *consilium* ou *colloquium*; et lorsque, sous la troisième race, la cour du roi eut réuni à ses fonctions particulières celles de la grande assemblée, elle reçut les noms de *curia regis*, *curia regalis*, *curia Franciæ*, *curia gallicana*, *judicium Francorum*. Elle ne prit le nom de *parlamentum* (parlement) que sous Louis-le-Gros (1).

Cette cour n'avoit point de lieu fixe pour ses séances; elle s'assembloit

---

(1) Voltaire a commis de grandes erreurs dans son Histoire du parlement, en adoptant le système qui confond les états-généraux convoqués sous Philippe-le-Bel avec les anciennes cours plénières du *Champ-de-Mai*, et en voulant établir une distinction entre le parlement considéré comme *cour de justice* et comme *conseil des rois*. Il paroît ignorer aussi que les prélats n'étoient point admis dans ces conseils comme membres du clergé, mais comme grands vassaux.

dans le lieu que le monarque jugeoit le plus convenable, et marchoit souvent à sa suite. Avant qu'elle eût été rendue sédentaire, et que la voie de l'appel eût été bien établie, des commissaires que le roi envoyoit dans les provinces, et qu'on nommoit *missi dominici*, y prenoient connoissance des affaires, rendoient la justice aux dépens des seigneurs qui avoient négligé de la rendre, et rapportoient au monarque les affaires les plus importantes. Cet usage fut aboli lorsque le parlement eut été fixé à Paris par Philippe-le-Bel. Toutefois on croit que dès le règne de saint Louis ce corps avoit commencé à se former en cour de justice, tel qu'il a été jusqu'aux derniers temps de son existence.

Du temps de ce roi, cette assemblée suprême tenoit déjà ses séances à Paris, et l'on prétend qu'il lui avoit accordé à perpétuité plusieurs salles de son palais; en effet, la chambre où se tenoit la Tournelle criminelle a conservé le nom de chambre de Saint-Louis. La grand'-chambre, à laquelle le vulgaire donnoit le nom de *chambre dorée* depuis qu'elle avoit été réparée par Louis XII, étoit déjà le lieu d'assemblée du parlement avant Philippe-le-Bel, et on l'appeloit la CHAMBRE DES PLAIDS, *camera placitorum*. En remontant même jusqu'à Louis-le-Jeune, on trouve que les grands du royaume s'assembloient ordinairement à Paris, et que le roi d'Angleterre, Henri II, offrit de s'en rapporter à leur jugement sur ses démêlés avec le roi de France son seigneur.

Il n'entre point dans le plan que nous nous sommes tracé, de faire l'histoire de cette cour célèbre, que sa fidélité envers nos rois, la justice et la vigueur de ses conseils rendirent, pendant plusieurs siècles, le plus ferme soutien de l'État, qui le sauva plus d'une fois par son courage et par sa fermeté, et qui vit des têtes couronnées venir, sur le bruit de sa sagesse, lui soumettre leurs causes, et solliciter ses décisions. Nous n'expliquerons point comment l'usage du droit romain, employé dans les Établissements de saint Louis, changea le caractère de ce corps, qui n'étoit jusque-là composé que de grands seigneurs et de prélats, en forçant d'y introduire des gens lettrés non nobles, ce qui l'amena par degrés à la forme qu'il avoit dans les derniers temps. Nous ne parlerons pas de ses constitutions, de ses règlements, de ses attributions, de sa compétence, de ses privilèges, etc.; une semblable digression demanderoit un volume entier pour être traitée d'une manière satisfaisante, et ce que nous dirions, d'ailleurs, se trouve dans une foule d'ouvrages. Il nous suffit d'avoir bien établi quelles furent, dès son origine, les diverses destinations du monument que nous décrivons, et l'on voit déjà qu'ayant été d'abord la demeure habituelle et exclusive des rois de France, il fut partagé, depuis Philippe-le-Bel, entre ces princes et leur parlement.

Après que Charles V l'eut quitté pour aller habiter l'hôtel Saint-Paul, nous voyons Charles VI y revenir, et y demeurer à diverses époques. En 1410, lorsque les querelles entre les ducs d'Orléans et de Bourgogne remplissoient Paris de désordre et de séditions, ce prince malheureux, qu'une maladie funeste réduisoit à la situation la plus affreuse dans laquelle puisse se trouver un roi, à cette extrémité de voir son autorité impunément envahie par ceux qui étoient nés pour la défendre, et son peuple victime de leurs dissensions ambitieuses, quitta l'hôtel Saint-Paul, où il ne se croyoit pas en sûreté, pour venir s'établir au Palais. François Ier y demeuroit encore en 1531 ; et cette année-là il rendit le pain béni dans l'église de Saint-Barthélemi, en qualité de premier paroissien.

Charles V, encore dauphin et régent du royaume, habitoit le Palais lorsqu'Étienne Marcel, prévôt de Paris, et chef de la faction appelée *la Jacquerie*, pénétra jusque dans sa chambre, et y fit massacrer sous ses yeux Robert de Clermont, maréchal de Normandie, et Jean de Conflans, maréchal de Champagne. Les corps de ces deux seigneurs furent traînés dans la cour devant la pierre de marbre (1), et là abandonnés à tous les outrages d'une populace aveugle et révoltée.

En 1383, avant l'accident terrible qui le priva entièrement de sa raison, Charles VI, vainqueur des Flamands, ayant résolu de châtier sévèrement la faction dite des *Maillotins*, qui, pendant son absence, s'étoit livrée dans Paris aux plus horribles excès, parut dans cette même cour aux yeux du peuple, au milieu de l'appareil le plus majestueux et le plus formidable. Son trône avoit été placé sur un échafaud, où il monta, accompagné des princes de son sang et des plus grands seigneurs de sa cour, pour y prononcer sur

---

(1) Cette pierre énorme étoit dans la cour, et ne doit pas être confondue avec une autre table de marbre qu'on voyoit dans la grand'salle, et dont nous parlerons tout à l'heure. Toutes les deux ont disparu dans l'incendie de 1618.

le sort des factieux, qui étoient encore dans les prisons, car les plus coupables avoient été exécutés sur-le-champ. Cette cérémonie effraya tellement les familles de ces malheureux, qu'on les vit accourir en foule, lui criant *merci*, les hommes têtes nues, et les femmes échevelées. Le chancelier d'Orgemont fit un long discours, dans lequel il reprocha à cette multitude ses révoltes, ses insolences, ses cruautés, et les outrages qu'elle avoit faits à la majesté royale. Sa harangue finie, le roi pardonna, à la prière de ses oncles, qui l'en supplièrent à genoux, et le supplice que les coupables avoient mérité fut changé en une amende pécuniaire.

Cette place sembloit être destinée à des représentations solennelles, car long-temps avant, en 1314, Philippe-le-Bel y avoit paru également sur son trône, et dans tout l'appareil de sa puissance, pour demander un emprunt aux députés des principales villes de son royaume, qu'il avoit fait assembler (1).

La grand'salle de ce palais étoit également consacrée à des solennités extraordinaires. C'étoit là qu'étoient reçus les ambassadeurs, que se donnoient les festins d'apparat, que l'on faisoit les noces des enfants de France. En 1378, Charles V y reçut l'empereur Charles IV, qui étoit venu le visiter avec son fils Venceslas, roi des Romains. Les trois souverains dînèrent dans la grand'salle, au milieu d'une foule de seigneurs; et après le repas on y joua devant eux une espèce de tragédie, représentant la prise de Jérusalem par Godefroi de Bouillon. L'empereur grec, Manuel Paléologue, et l'empereur Sigismond, roi de Hongrie, y furent accueillis depuis par Charles VI, avec cette grandeur et cette noblesse qui a toujours éclaté dans les procédés de nos rois envers les souverains étrangers. Le dernier de ces deux princes en abusa par d'étranges indiscrétions. Ayant eu la curiosité de voir plaider une cause au parlement, il s'y assit sur

---

(1) Ce fut la seconde assemblée de ce genre où le *tiers-état* eût été admis à délibérer des affaires publiques, et la première avoit été également tenue sous le même roi. Avant cette époque, il n'y avoit eu d'autre assemblée représentative de la nation que le parlement, et l'on ne connoissoit que deux ordres dans l'État, le clergé et la noblesse. Le *tiers-état* ne commença à se former que sous Louis-le-Gros, par l'affranchissement graduel des serfs, qui devinrent, par ce moyen, *bourgeois* du roi ou des seigneurs qui les avoient affranchis. Dès qu'il fut libre et admis au droit de propriété, ce troisième ordre eut l'ambition de prendre quelque part au gouvernement de l'État; la politique de nos rois favorisa son dessein, et l'éleva par degrés, soit en l'admettant aux charges, soit en accordant la noblesse à quelques uns de ses membres; par-là ils contre-balançoient le pouvoir des deux autres ordres, devenus trop puissants.

le siège du roi, ce qui déplut d'abord à tout le monde ; mais le mécontentement fut à son comble lorsqu'on le vit, au milieu de la séance, faire approcher une des deux parties, à qui son adversaire reprochoit de ne pas être chevalier, et lui faire gagner sa cause, en lui donnant l'accolade et les éperons. Toutefois on dissimula, « parcequ'il étoit, dit « Sauval, partisan du duc de Bourgogne, qui gouvernoit alors la France, « et dont le parti étoit tout-puissant. »

Les voûtes de la grand'salle étoient autrefois en bois, et soutenues par des piliers de même matièfe, enrichis de dorures, sur un fond couleur d'azur ; dans les espaces qui les séparoient, s'élevoient les statues de nos rois, depuis Pharamond, avec une inscription qui apprenoit le nom de chaque roi, la durée de son règne et l'année de sa mort. A l'un des bouts étoit une chapelle, que Louis XI avoit fait bâtir, et qui fut reconstruite depuis. On voyoit à l'autre extrémité une table de marbre, de la plus grande dimension, sur laquelle se faisoient les festins royaux; les empereurs, les rois, les princes du sang, les pairs de France et leurs femmes avoient seuls le droit d'y manger ; on dressoit d'autres tables pour le reste de la cour. Par un contraste assez singulier, les clercs de la Basoche eurent, pendant près de trois siècles, le droit de faire de cette table le théâtre des *farces*, *moralités* et *sottises* qu'ils y représentoient.

Le 7 mai de l'an 1618, un incendie, dont on n'a jamais pu connoître la cause, détruisit cette salle antique et magnifique, la chapelle et une grande partie des bâtiments du Palais. Ce fut alors que fut construite la grand'salle que nous y voyons aujourd'hui. Un nouvel incendie arrivé le 10 janvier 1776, ayant consumé tous les bâtiments qui s'étendoient depuis la galerie des prisonniers jusqu'à la Sainte-Chapelle, on acheva d'en abattre les débris, pour y établir une construction nouvelle et régulière, qui, accordant entre elles tant de parties incohérentes, annonça, avec quelque dignité, un édifice de cette importance. La description de ces deux parties modernes du Palais est la seule qu'il soit possible de faire, car on tenteroit vainement de donner l'histoire de tous les changements survenus dans ce labyrinthe inextricable de bâtisses, qui n'offrent plus que des fragments informes, des souvenirs incertains, et dont deux accidents si terribles ont achevé de rendre méconnoissable les plans primitifs.

L'architecte du palais du Luxembourg, le célèbre Desbrosses, fut

Vue de la GRAND' SALLE du PALAIS de JUSTICE.

chargé de la reconstruction de la grand'salle, et la termina en 1622. Elle se compose de deux immenses nefs collatérales, voûtées en pierres de taille, et séparées entre elles par un rang d'arcades qui portent sur des piliers. De grands cintres vitrés pratiqués à l'extrémité de chaque nef y répandent une lumière peut-être insuffisante; mais il n'en est pas moins vrai que cette manière d'éclairer a quelque chose de noble et d'imposant. La décoration en est d'ordre dorique, et cette sévérité d'ornement convient à son caractère. Desbrosses s'y est permis, tant dans l'ajustement de l'ordre lui-même que dans sa frise, des disparates qu'on n'aime pas à rencontrer dans un genre d'architecture dont la régularité fait la principale condition; les deux arcades du bout de la salle présentent aussi quelque chose d'irrégulier, et l'on remarque qu'il y a un demi-pilastre de moins du côté de la plus petite. Quoi qu'il en soit, ce monument fait honneur au génie de l'architecte et à celui de son siècle. Il présente dans sa disposition générale un caractère de grandeur, une manière large et bien prononcée qui ne s'est plus retrouvée depuis, même dans les édifices du siècle de Louis XIV.

Le dépôt des archives, placé dans le comble au-dessus de ses voûtes, et d'une construction beaucoup plus moderne, mérite d'être remarqué. Cette pièce, qui renferme des registres et des manuscrits précieux échappés aux précédents incendies, est d'une fabrication extrêmement ingénieuse, et fait honneur à M. Antoine, son inventeur. La grand'salle, qu'on appelle aussi *salle des pas perdus*, sert de promenoir aux gens du palais, et donne entrée dans diverses pièces plus ou moins étendues, qui, de même que dans l'ancien ordre, renferment les tribunaux, les greffes et autres services. Leurs distributions, qui se sont opérées successivement, ne tiennent à aucun plan général, et n'offrent aucun ensemble qui mérite une description.

Il nous reste à faire celle des nouveaux travaux qui ont été exécutés pour opérer le raccordement des diverses parties du Palais, après le dernier incendie, et pour y joindre une décoration extérieure. La direction en fut confiée à MM. Moreau, Desmaisons, Couture et Antoine, membres de l'Académie d'architecture; et leur plan embrassa non seulement la cour actuelle, mais un projet d'alignement dans les rues adjacentes, et la place demi-circulaire qui fait face au principal corps-de-logis.

Celui-ci est bâti au fond de la cour, sur un perron formé par un grand escalier, et dont l'élévation donne assez de noblesse à cette masse, peu remarquable d'ailleurs par son caractère. Un corps avancé de quatre colonnes doriques en orne la façade, composée du reste d'un rang d'arcades à rez-de-chaussée, et de fenêtres en attique; une sorte de dôme quadrangulaire couronne l'édifice. Au bas du perron, et de chaque côté, sont deux arcades, dont l'une sert de passage, et l'autre donne entrée dans la *Conciergerie*, prison bâtie sur le terrain où étoit autrefois le jardin de nos rois. On le nommoit alors *le Préau du Palais*.

Les deux ailes de la cour sont composées d'un étage d'arcades à rez-de-chaussée, servant de soubassement sur la rue à une ordonnance dorique, dans la hauteur de laquelle sont compris deux étages. Dans l'aile à droite est un grand escalier richement orné, par lequel on entre dans la grand'salle du Palais. Une grille de fer qui ferme la cour réunit ces deux ailes. Cet ouvrage est vanté, et peut avoir du mérite sous le rapport de la serrurerie; mais les gens de goût voient avec peine qu'on ait consacré une dépense considérable à un genre de travail peu intéressant en lui-même, lorsqu'on pouvoit produire, à moins de frais, et par les moyens de l'architecture, une clôture plus noble et plus analogue au monument. Les ornements, d'ailleurs, en sont lourds et d'un mauvais choix.

Cette cour se nomme encore *cour du Mai*, à cause de l'ancien usage où étoient les suppôts de la Basoche d'y planter tous les ans, le dernier samedi du mois de mai, un arbre très élevé, après avoir abattu celui de l'année précédente. Des deux côtés de cet arbre étoient attachés les armes de ce corps burlesque, lesquelles étoient d'azur à trois écritoires d'or, avec deux anges pour support. On sait que la Basoche, dont l'origine est très ancienne, étoit une espèce de juridiction composée de la communauté des clercs du parlement de Paris. Ils y jugeoient les différents qui pouvoient naître entre eux, et quelquefois même ils s'y exerçoient à plaider des causes sur des questions difficiles et singulières. Ce tribunal avoit une foule d'offices et dignités, entre autres un chancelier, un trésorier, des maîtres des requêtes. Il y avoit même autrefois un roi de la Basoche.

Tel est l'état actuel du Palais : le nouveau plan, que les circonstances n'ont pas permis d'achever entièrement, en auroit coordonné toutes les parties, dans lesquelles on remarque encore des irrégularités. On projette,

VUE DE L'ANCIEN ÉDIFICE de la Chambre des Comptes bâti sous LOUIS XI et brulé le 27 Octobre 1737.

dit-on, dans ce moment, de nouvelles additions, la démolition des échoppes qui obstruent les anciennes constructions du côté du Pont-au-Change, et la restauration de toute la partie qui donne sur le quai de l'Horloge.

Ce quai doit son nom à la tour carrée qui dépend des bâtiments du Palais, et qui en forme l'angle vis-à-vis le Pont-au-Change. C'est là que fut placée la première grosse horloge qu'il y ait eu à Paris. Elle fut faite en 1370, par un horloger allemand nommé Henri de Vic, que Charles V fit venir à Paris. Le cadran en fut réparé sous le règne de Henri III, et décoré des figures de la Force et de la Justice. Un même écusson y offroit réunies les armes de France et celles de Pologne. Ce sont ces armoiries qui occasionnèrent la destruction des figures et de leurs accessoires pendant la révolution. La cloche qu'on nommoit *Tocsin du Palais*, et qui étoit au sommet de cette tour, fut fondue à la même époque, et l'on voit encore dans la partie la plus élevée le petit *lanternon* ouvert dans lequel elle étoit suspendue.

Dans l'enceinte de la cour du Palais, et vis-à-vis la Sainte-Chapelle, étoit une petite église sous l'invocation de Saint-Michel, dont l'érection remonte au-delà du règne de Philippe-Auguste. Elle a donné son nom au pont du petit cours de l'eau qui lui étoit parallèle, et à la partie de la rue de la Barillerie qui aboutit à ce pont. Cette église a été démolie lors des nouvelles constructions.

Dans la même cour, et vis-à-vis la façade de la même chapelle, est le bâtiment nouveau de la Chambre-des-Comptes, lequel n'a rien de remarquable dans son architecture; l'ancien qu'il a remplacé avoit été élevé sous Louis XI, et fut aussi détruit par un incendie en 1737; de manière que tous les monuments que renferme cette enceinte ont été tour à tour la proie des flammes. Une arcade placée sur le flanc gauche de cet édifice, et dont les ornements ont été sculptés par le célèbre *Jean Gougeon*, sert de communication avec l'hôtel dans lequel demeuroit autrefois le premier président de cette cour.

C'étoit dans deux salles voûtées, qui faisoient partie des bâtiments de la Sainte-Chapelle, qu'étoit placé *le trésor des chartes*, ou le dépôt des titres de la couronne, des diplômes de nos rois, des traités de paix et d'alliance, des ventes, dons, échanges, etc. Autrefois, et jusque dans les premiers temps de la troisième race, ces princes avoient la coutume de faire porter avec eux, dans leurs voyages, leurs titres, leurs reliques et tout ce qu'ils avoient de plus précieux. Philippe eut le malheur d'être surpris un jour, au milieu de cet attirail, et de tomber dans une embuscade que les Anglais lui avoient dressée entre Blois et Fréteval. Le *trésor des chartes* fut la proie du vainqueur, qui le fit transporter en Angleterre, où il est encore. Philippe ordonna de le rétablir, tant sur les notes que sa mémoire put lui fournir, que sur les copies des actes qu'on put retrouver. Depuis cette époque fatale, les chartes ne sortirent plus du Palais, où, après avoir été placées dans divers lieux, elles furent enfin renfermées dans ce dernier dépôt vers la fin du quatorzième siècle.

Derrière ces édifices sont encore l'hôtel et le jardin de la première présidence du parlement (1). Un passage ouvert dans le milieu de la rue de Harlay conduit dans la Cour Neuve (2), par laquelle on entre dans la partie postérieure du Palais, et de là dans la galerie dite des *Merciers*. La communication avec la Sainte-Chapelle se fait par une galerie latérale en face du perron.

---

(1) Maintenant hôtel de la préfecture de police.
(2) Maintenant cour de Harlay.

ÉGLISES ET MONASTÈRES.

L'origine de la plupart de ces monuments, sur-tout de ceux qui remplissoient autrefois la Cité, offre de plus grandes obscurités que celle d'aucune autre antiquité de Paris. Il n'en est point sur laquelle les historiens se soient plus exercés, et la plus belle victoire que les plus habiles d'entre eux aient remportée dans les contestations qu'un tel sujet a fait naître, a été d'apprendre à leurs adversaires à douter dans des matières où ils croyoient être arrivés à quelque certitude.

Toutes ces églises existoient dans ce quartier de temps immémorial, c'est-à-dire que celles qu'on y voyoit encore dans le siècle dernier, et dont aucune n'avoit plus de six cents ans d'antiquité, avoient été bâties sur les ruines de semblables édifices. « Il y a apparence, dit Delamare, que les fidèles des « premiers temps convertirent en églises toutes les maisons particulières où « ils avoient coutume de se retirer, pour y faire en secret leurs exercices « pendant les persécutions, et que c'est de là que sont venues toutes ces « petites paroisses du quartier de la Cité, dont on ne sait point l'origine. » Depuis ces premières fondations, Paris fut brûlé plusieurs fois (1), et chaque fois sans doute ses monuments furent renouvelés. A ces désastres, qui ont détruit pour nous jusqu'aux moindres vestiges des anciens édifices, il faut joindre cette terreur panique et superstitieuse qui s'empara des chrétiens vers les dernières années du neuvième siècle : ils attendoient la fin du monde précisément en l'an mil de Jésus-Christ; et cette fausse opinion leur faisoit négliger l'entretien des églises, qui de tous côtés tomboient en ruines. Lorsque cette année fatale fut passée, les peuples, revenus de leur terreur, s'empressèrent par-tout de les rebâtir avec plus de magnificence qu'auparavant. On fit des fondations nouvelles, et le culte reprit

____

(1) Deux fois sous Childebert et sous Gontran, dit Sauval, une fois par les Normands; brûlée de nouveau en 1634, sous Henri Ier.

toute sa solennité. Toutefois l'ancienne hiérarchie ecclésiastique étoit tellement altérée dans ces temps de ténèbres, qu'on ne peut parvenir à démêler quelque chose dans les traditions qui restent sur ces derniers monuments, qu'en apprenant à connoître quelle étoit la discipline de l'église primitive, ce qu'elle devint lorsque les barbares de l'Occident eurent adopté la religion chrétienne, et de quelle manière ils comprirent et pratiquèrent cette religion.

La discipline des premiers temps de l'église étoit aussi pure, aussi admirable que la religion même qu'elle enseignoit. Cette église, née au milieu des persécutions, et dont les membres expiroient chaque jour dans les tourments, pour rendre témoignage à la Divinité de ses dogmes et de ses préceptes, avoit dû chercher les règles de son gouvernement dans les mêmes maximes dont elle soutenoit si héroïquement la sainteté. Aussi ne voit-on dans ces premiers temps que charité, humilité, obéissance, renoncement à soi-même; les premiers chrétiens étoient plutôt des anges que des hommes; uniquement occupés des biens célestes et invisibles que leur promettoit le vrai Dieu qu'ils adoroient, non seulement les biens de la terre ne leur sembloient dignes que de mépris, mais ils les regardoient encore comme un obstacle à la pratique des vertus auxquelles les premiers étoient attachés. Dans quelque place que fût un chrétien, il s'agissoit pour lui de mériter ces vrais biens; et ceux qui commandoient, comme ceux qui leur étoient soumis, ne voyoient que ce seul but dans l'exercice des emplois auxquels la Providence les avoit appelés.

Les premiers pasteurs furent les évêques : ce titre, que portoient les apôtres, et qu'ils donnoient à ceux qu'ils avoient choisis pour gouverner les églises, étoit emprunté du gouvernement civil des Romains (1), et désignoit parfaitement quelle étoit la nature et l'étendue de leurs fonctions. Ces évêques avoient sous eux des lecteurs, des acolytes, des diacres, qui souvent passoient leur vie entière dans ces emplois subalternes, sans regrets et sans ambition : ces desservants étoient entièrement soumis à l'autorité de leur chef, qui, de son côté, se faisoit un devoir de les consulter dans les circonstances les plus importantes, et ne dédaignoit pas même d'appeler quelquefois le peuple des fidèles à ces délibérations.

----

(1) Il vient d'un mot grec qui signifie *surveillant.*

« Tout alors, dit l'abbé Fleury, se faisoit dans l'église par le conseil,
« parcequ'on ne cherchoit qu'à y faire régner la règle, la raison et la
« volonté de Dieu. » Alors les évêchés étoient considérés comme une
charge très pesante ; *si quis episcopatum desiderat, bonum opus
desiderat*, disoit saint Paul. Il n'y avoit en effet ni honneurs ni dignités
attachés à de tels emplois, et la seule récompense que ces chefs de l'église
pussent attendre des travaux pénibles auxquels ils se livroient sans relâche,
étoit de marcher les premiers au martyre ; aussi plusieurs, se méfiant de
leurs forces, se cachoient-ils lorsqu'on vouloit les faire évêques.

Tel étoit l'esprit du gouvernement intérieur de chaque église. Pour les
affaires générales, les évêques de la province s'assembloient et tenoient des
conciles, dans lesquels la prééminence et la suprématie du pape étoient
toujours reconnues. Ces conciles se renouveloient deux fois l'an, et il en
résultoit de grands biens ; ils conservoient l'union et l'amitié entre les
pasteurs et l'uniformité de la discipline. Pendant les persécutions, ces
augustes assemblées furent souvent interrompues, et de telles inter-
ruptions étoient pour ces hommes apostoliques un des effets les plus
douloureux des épreuves auxquelles l'église étoit exposée, parcequ'ils
étoient persuadés que, sans ces rapports intimes entre eux et le consentement unanime qui les tenoit dans la dépendance du chef suprême, la
discipline ne pouvoit être maintenue ; ce fut en effet cette impossibilité de
communication entre les évêques qui fit naître les schismes et les hérésies
dont fut affligée l'église primitive.

Nous avons dit que ces premiers pasteurs avoient une entière autorité sur
les fidèles qui leur avoient été confiés ; ils étoient et sont encore les successeurs des apôtres et les princes des prêtres. Ils possèdent la perfection et la
plénitude du sacerdoce, et, dans ces premiers temps, lorsqu'ils communiquoient une portion du pouvoir qu'ils avoient reçu, ils n'en conservoient
pas moins la juridiction suprême dans toutes les fonctions hiérarchiques.

A mesure que le nombre des chrétiens s'accrut, les évêques, qui
étoient d'abord les seuls ministres, ne pouvant suffire aux devoirs
multipliés de leur charge, furent obligés d'établir, sur-tout dans les
grandes villes, des prêtres qui, sous leur surveillance, célébroient les
saints mystères, et conféroient les sacrements. Dès le temps des apôtres,
il paroît qu'il existoit de ces ministres auxiliaires dans Rome et dans

Jérusalem. Ces institutions, qui furent l'origine des paroisses, s'étendirent avec la religion chrétienne, et, même avant la persécution de Dioclétien, on vit dans les moindres villes, et jusque dans les hameaux, des églises paroissiales dirigées par des prêtres et des diacres qu'avoit choisis l'évêque, et qu'il changeoit ou révoquoit à son gré; et telle étoit la dépendance de ces desservants, que, pendant une longue suite de siècles, tous les dons que l'on faisoit aux églises, de quelque nature qu'ils fussent, étoient remis au chef diocésain, qui se chargeoit de pourvoir à la subsistance des ministres et à l'entretien du culte.

Sous cette juridiction si entière, et qu'on n'imaginoit point de contester, étoient encore ces communautés de chrétiens qu'une plus haute vertu portoit à renoncer au mariage et à la société, à se délivrer des embarras et des tentations inévitables dans le commerce des hommes, pour se livrer tout entiers à la contemplation des grandeurs de Dieu, et à l'exécution rigoureuse des préceptes de sa loi. On voit que nous voulons parler ici des *ascétes* ou solitaires, dont l'institution remonte aux premiers temps de l'église, et qu'on peut regarder comme des modèles de la perfection chrétienne. L'austérité de la règle, la méditation continuelle des Écritures, les rigueurs de la pénitence, le travail des mains, la pauvreté, la charité, étoient tout ce qui distinguoit les moines des autres fidèles; il étoit assez ordinaire de prendre les plus saints d'entre eux pour en faire des prêtres et des clercs; mais ils ne formoient point alors un corps distingué des séculiers, et intermédiaire entre eux et le clergé. Leur soumission aux évêques étoit sans réserve, comme celle de tous les autres membres de l'église, et dans ces temps-là même, où généralement la foi étoit si vive et les œuvres si parfaites, nous les voyons déjà proposés comme modèles aux autres chrétiens, tant pour le zèle que pour l'obéissance; nous les verrons se soutenir long-temps dans cette pureté évangélique; nous verrons dans la suite ces saintes associations si décriées par la mauvaise foi et l'ignorance, devenir, dans des temps malheureux, et lorsque le vice et la barbarie désoloient le monde, l'unique asile de la piété et de la vertu; nous verrons les moines, seuls apôtres du christianisme dans le moyen âge, défricher les forêts, civiliser les peuples, bâtir des villes, ranimer les études, conserver les traditions du culte par-tout altérées ou perdues, se montrer enfin, au milieu du désordre général, les seuls soutiens de la religion et de la société.

Cette discipline si sainte, si parfaite dont nous venons de tracer un rapide tableau, et dans laquelle on reconnoît d'abord ce principe d'unité, fondement inébranlable de la religion catholique, se maintint sans variation dans toutes les parties du monde chrétien tant que dura la puissance romaine; elle reçut même peu d'altération du relâchement qui s'introduisit dans les mœurs, lorsqu'après Constantin, l'église n'eut plus à craindre de persécutions nouvelles, et que les chrétiens, admis aux charges et aux honneurs de l'Empire, vécurent moins séparés des idolâtres, dont la corruption devenoit de jour en jour plus affreuse. L'inondation des barbares et la chute de l'Empire d'Occident changèrent seuls cet ordre et cette prospérité, et ces changements se firent sur-tout sentir dans le nord de l'Europe.

Lorsque ces hommes affreux se jetèrent comme un torrent sur les provinces de l'Empire, les habitants des Gaules, par lesquelles ils y pénétrèrent, après avoir été long-temps plongés, comme eux, dans la barbarie, étoient devenus entièrement Romains; ils avoient reçu les mœurs, la police et le langage de leurs vainqueurs. Vers le milieu du troisième siècle, et même dès les commencements, disent quelques uns, saint Denis avoit porté la religion dans ces contrées jusqu'à Paris; les chrétiens s'y étoient multipliés comme dans toutes les autres provinces de cette vaste monarchie; ils avoient éprouvé les mêmes persécutions: et aussitôt que la paix eut été donnée à l'église, la suprématie du pape, la juridiction entière des évêques sur les paroisses et les monastères, en un mot, toutes les institutions qui composoient la discipline de l'église y avoient été mises en vigueur, comme dans toutes les autres parties de la chrétienté.

Il n'y a jamais eu de calamité comparable à celle de l'irruption de ces sauvages féroces, qui sortirent des forêts de la Germanie pour ravager le monde policé. On peut dire qu'ils y marchèrent au milieu d'un fleuve de sang : ils massacrèrent, ils ravagèrent tout ce qui se trouva sur leur passage, n'épargnant ni le sacré ni le profane, ni le rang, ni le sexe, ni l'âge. Les provinces les plus fertiles devinrent de vastes déserts, les villes les plus florissantes, des monceaux de ruines. De nouveaux barbares succédant aux premiers, achevoient d'exterminer ce qui étoit échappé à ceux-ci; après avoir détruit les habitants, ils se disputoient entre eux le pays conquis, et de nouvelles dévastations étoient le résultat de ces nouvelles

fureurs ; elles ne cessèrent point que le Nord, épuisé d'habitants, ne fût
hors d'état de fournir de nouveaux instruments de destruction. La famine
et la peste, qui marchent toujours à la suite des guerres violentes, achevèrent la désolation de l'Europe, et mirent le comble aux misères des
peuples. « Si l'on vouloit, dit Robertson, fixer le période où le genre
« humain fut le plus misérable, il faudroit nommer sans hésiter celui qui
« s'écoula depuis la mort de Théodose jusqu'à l'établissement des Lom-
« bards en Italie. Les écrivains contemporains qui ont eu le malheur
« d'être témoins de ces scènes de désolation et de carnage ont de la peine
« à trouver des expressions assez énergiques pour en peindre toutes les
« horreurs. Ils donnent le nom de *fléau de Dieu*, de *destructeur des*
« *nations*, aux chefs les plus connus des barbares, et comparent les
« excès qu'ils commirent dans leurs conquêtes, aux ravages des trem-
« blements de terre, des incendies et des déluges, calamités les plus
« redoutables et les plus funestes que l'imagination puisse concevoir. »

Les vainqueurs s'établirent enfin dans la terre qu'ils avoient dévastée :
alors tout devint en Europe barbare comme ceux qui la gouvernoient. La
politique, la jurisprudence, les mœurs, la littérature des Romains firent
place à de nouvelles mœurs, à de nouvelles lois, à des formes de gouvernement nouvelles, à une ignorance dont les ténèbres s'épaissirent de plus
en plus sur cette contrée malheureuse. La religion en reçut de grands
dommages : il n'y avoit plus d'église ; les ministres avoient été ou égorgés
ou dispersés, et le peu d'habitants qui étoient échappés à l'épée du vainqueur, occupés, dans de telles calamités, à sauver leurs biens, leur vie,
celle de leur famille, sans cesse placés entre la mort, la misère ou l'esclavage, avoient insensiblement perdu des traditions dans lesquelles ils
n'étoient plus soutenus par les exemples et les conseils de leurs pasteurs, et
peut-être, dans des malheurs aussi grands, n'auroient-ils pas eu la force de
les écouter. A la vérité, les barbares se firent chrétiens, et c'est un des
prodiges de la religion d'avoir pu apprivoiser des ames aussi féroces ; mais
quoique convertis, ils conservèrent encore long-temps leurs anciennes
mœurs ; ils demeurèrent légers, changeants, livrés à toute la violence de
leurs passions. On sait quels chrétiens c'étoient que Clovis et ses enfants.
Ils continuèrent sur-tout à conserver un grand mépris pour les arts et
pour les lettres, ne s'occupant que de la guerre et de la chasse. Leur

ignorance étoit si profonde, que, pendant près de deux cents ans, ils furent incapables de remplir aucune fonction ecclésiastique, et que, dans un si long intervalle, on ne voit guère de clercs qui ne fussent Romains. Le peu qu'il y avoit de lettres et d'instruction se conservoit encore parmi les vaincus. Toutefois, comme les mœurs de la nation qui gouverne sont toujours prédominantes, il arriva que les études languirent bientôt, faute de protection de la part des souverains; et par un contraste remarquable, tandis que les Romains, mêlés avec les barbares, leur faisoient perdre un peu de leur ignorance et de leur grossièreté, ils devenoient eux-mêmes, par ce mélange funeste, grossiers et ignorants. Dès le sixième siècle, on voit des signes frappants de cette décadence des études, sur-tout dans les lettres humaines; car pour les dogmes de la religion, on suivoit encore l'autorité certaine de l'Écriture, et les traditions des Pères.

On ne les suivit pas long-temps avec cette scrupuleuse exactitude, et l'effet de l'ignorance et de la mauvaise instruction se fit bientôt sentir dans la religion elle-même. Les hommes les plus habiles de ces temps-là (et l'on n'en trouvoit de lettrés que parmi les ecclésiastiques) n'avoient cependant qu'une science superficielle et inexacte. Ils avoient perdu la route des bonnes études, et, de même que tous ceux qui apprennent sans méthode, voulant tout embrasser, ils n'approfondissoient rien. Ils devinrent incapables d'étudier avec fruit l'antiquité, et manquèrent sur-tout d'une saine critique pour démêler l'erreur d'avec la vérité dans des matières où il est d'une si grande importance de savoir les distinguer. Ce fut la source d'une infinité de maux : ce fut alors que les faux titres, les faux actes, les pièces supposées parurent de toutes parts, et furent reçues comme véritables; ce fut au milieu de cette nuit profonde que furent fabriquées les fausses décrétales, qu'on peut regarder avec juste raison comme les plus pernicieuses de toutes ces pieuses impostures, comme celles qui ont fait à la discipline de l'église les plaies les plus profondes, en introduisant ces maximes jusqu'alors inouïes sur les jugements des évêques et l'autorité des papes, maximes qui causèrent de si grands désordres tant dans la religion que dans la politique.

Un autre effet de l'ignorance est de rendre l'homme crédule et superstitieux, parcequ'alors n'ayant plus de principes certains de croyance, ni de connoissance positive de ses devoirs, cette foiblesse de son jugement le livre à des illusions qu'il ne peut combattre, et qui flattent d'ailleurs ce goût si naturel à son imagination pour tout ce qui est extraordinaire et merveilleux. On crut trop facilement aux miracles ; on reçut sans examen les reliques, et l'on admit sans preuves tout ce qui fut débité sur leurs vertus. Les pratiques extérieures du culte parurent aux yeux des peuples et des rois ce qu'il y avoit de plus important dans la religion ; et le cœur, dans cette corruption qui lui est propre, trouvoit commode de pouvoir racheter, par des devoirs aussi faciles, les désordres où l'entraînoient ses penchants. Ce fut ainsi que Clovis, Gontran, Dagobert et tant d'autres fondèrent des monastères, dotèrent des églises, croyant obtenir, par ce pieux emploi de leurs richesses, le pardon de leurs crimes et de leurs débauches. Ce fut par l'effet d'une superstition aussi dangereuse qu'on vit Chilpéric Ier, après avoir violé un traité juré sur les reliques de plusieurs saints, entrer à Paris à la suite de reliques plus nombreuses et non moins vénérées qu'il faisoit porter devant lui, s'imaginant, par cette dévotion hypocrite, détourner la malédiction que lui attiroit son parjure, et assez simple pour croire que le crédit de ces derniers saints pourroit contrebalancer l'autorité de ceux qu'il avoit pris à témoin de sa foi et de ses promesses.

Les gens d'église, ignorants eux-mêmes, profitèrent des effets de cette ignorance, qui faisoit méconnoître aux souverains leurs droits et leurs devoirs ; et tandis que les évêques devenoient seigneurs temporels, en obtenant de ces princes superstitieux des concessions de terres qu'ils possédèrent bientôt au même titre que les vassaux séculiers, les moines, également enrichis par ces indiscrètes prodigalités, trouvèrent en outre le moyen de se soustraire à la juridiction des évêques, et, contre toutes les lois de l'ancienne discipline ecclésiastique, devinrent des corps indépendants, gouvernés par leurs lois particulières, et souverains absolus dans les territoires immenses qui leur avoient été concédés.

Telle étoit la situation de l'église dans les premiers siècles de la monarchie française et jusque sous les rois de la troisième race. Il n'entre point dans notre plan de développer les désordres qui naquirent de ce mélange des puissances temporelle et spirituelle, de ce conflit de juridiction, de cette corruption des mœurs, de cet abrutissement des esprits, ni de montrer par quels effets admirables, lorsque sous la seconde race la société civile sembloit prête à s'anéantir, la religion, tout obscurcie qu'elle étoit par l'erreur et les passions des hommes, fut cependant la seule digue que l'on put opposer à ce naufrage général, le seul appui qui sauva la monarchie expirante. Nous nous arrêtons aux effets que produisit cet état violent des choses relativement aux fondations et au gouvernement des églises de Paris.

Les évêques de cette capitale avoient obtenu, comme les autres prélats, des concessions de terres autour du siège de leur église, lorsque Paris étoit encore renfermé tout entier dans la Cité, et qu'il étoit impossible de prévoir l'agrandissement immense qu'il devoit un jour avoir. Du temps de Louis-le-Jeune, une partie de ces propriétés, situées au couchant de la *ville*, étoit désignée sous le nom de *Culture-l'Évêque*, et prenoit naissance aux limites de l'ancien et du nouveau bourg Saint-Germain-l'Auxerrois. Dans ces terres, qui étoient devenues de la nature des fiefs, l'évêque, sous la seule condition de l'hommage et des redevances féodales, avoit tous les droits d'un souverain absolu, haute et basse justice, propriété des serfs, perception des impôts, pouvoir de donner des tèrres à cens, d'établir des arrières-fiefs, etc. (1).

Les monastères fondés dans les environs de la ville avoient été également pourvus de concessions dans les terrains ou cultures qui, de tous côtés, entouroient son enceinte, et, comme nous l'avons dit, les abbés, déjà affranchis de la juridiction spirituelle, étoient, ainsi que les évêques, souverains absolus dans ces propriétés, et vassaux immédiats de la couronne. Ils donnoient, comme propriétaires de fiefs, les terres dépendantes de leurs abbayes à cens ou à rentes, sous la condition d'y faire des cultures ou d'y élever des bâtiments ; et c'est ainsi que s'étoient formés les bourgs Saint-Germain-des-Prés, Saint-Germain-l'Auxerrois, Saint-Marcel, etc. Dans l'intérieur, des monastères avoient été aussi fondés, dotés et soustraits également à la juridiction épiscopale. Il résultoit, de cet étrange ordre de choses, une foule de droits, de prétentions opposées, une anarchie de pouvoirs dont on peut à peine se faire une idée, et dont cependant les traces se sont conservées jusqu'à nos jours. Les évêques défendoient leurs privilèges contre le

---

(1) Les seigneurs qui avoient une trop grande étendue de domaine en donnoient une partie *en fief*, à la charge du service militaire, et une autre partie à *cens*, c'est-à-dire, moyennant une redevance foncière, avec amende, si le vassal manquoit de payer au jour de l'échéance.

roi, les moines contre l'évêque. A mesure que la ville s'étendoit, les droits de *censives* étoient réclamés sur les divers territoires qu'on y faisoit entrer; le roi n'obtenoit rien que par transaction, soit des couvents, soit des prélats; si une chapelle se trouvoit placée dans l'arrondissement d'un monastère, et que les besoins du culte ou toute autre considération portât à l'ériger en paroisse, les moines conservoient le droit de nommer à la cure; ils ne cédoient point ce droit, même lorsqu'ils abandonnoient de leur propre mouvement leur église pour quelqu'autre demeure qui leur sembloit plus convenable, fût-ce à l'autre extrémité de la ville; ces droits de patronage, que s'arrogeoient quelquefois des laïcs, se transmettoient, se cédoient par vente ou par échange; on les obtenoit même lorsqu'une église étoit bâtie sur une terre accordée *avec amortissement* (1), et c'est ainsi que se sont établies les diverses censives qui étoient dans la Cité, censives qui se sont insensiblement augmentées par les adjonctions qu'y ont faites les communautés, des biens qu'elles acquéroient ou de ceux qui leur étoient légués.

Nous pensons que ce court exposé suffira pour faire bien entendre ce que nous avons à dire des églises de la Cité, des mutations diverses qu'elles ont éprouvées, et des rapports singuliers qui se sont établis entre elles et des églises situées dans d'autres quartiers.

______

(1) On appelle *amortissement* une aliénation d'immeubles faite au profit de gens de *main-morte*, comme de couvents, de confréries et autres communautés.

COUVENT DES BARNABITES.

Cette église, bâtie au fond d'une cour, et masquée par un rang de maisons, est située dans la rue de la Barillerie, laquelle communique de la place du Palais au pont Saint-Michel. Son origine est très ancienne, et remonte jusqu'à saint Éloi, orfèvre et monétaire des rois Clotaire et Dagobert. Ce pieux personnage ayant mérité, par ses vertus, l'estime et la confiance de ces deux princes, Dagobert lui fit don d'une maison assez vaste, située vis-à-vis du Palais. Saint Éloi eut d'abord le projet d'y faire construire un hôpital, mais, par des considérations particulières, il en fit une communauté de filles sous l'invocation de Saint-Martial, évêque de Limoges. Plusieurs savants ont cru que l'église de ce dernier saint existoit déjà depuis long-temps; mais cette opinion a été combattue, et ne semble pas fondée. La fondation de Saint-Éloi fut achevée vers l'an 632. L'espace se trouvant bientôt trop étroit pour contenir le grand nombre de vierges qu'attiroit la célébrité du lieu, le saint eut recours à la bonté du roi, qui lui accorda tout le terrain que renferment aujourd'hui les rues *de la Barillerie*, *de la Calendre*, *aux Fèves* *et de la Vieille-Draperie*. Dans tous les titres cet espace est appelé *la Ceinture de Saint-Éloi*.

Ce monastère, qui garda long-temps le nom de Saint-Martial, prit ensuite celui de son fondateur; et dans le neuvième siècle on ne le connoissoit plus que sous ce dernier titre. Avant le règne de Charles-le-Chauve il n'étoit point encore sous la juridiction *de l'ordinaire* (1), et ce fut ce prince qui l'y fit entrer, à la prière d'Ingelvin, évêque de Paris.

Le relâchement se mit parmi les religieuses qui l'habitoient, et au commencement du douzième siècle il fut porté à un tel point, que l'évêque se vit forcé d'employer la rigueur pour en arrêter le scandale; les religieuses furent dispersées en divers monastères éloignés, et l'on donna l'abbaye à Thibaud,

---

(1) On appelle ainsi la juridiction de l'évêque.

abbé de Saint-Pierre-des-Fossés, sous la condition d'y mettre un prieur (1) et douze religieux de son ordre. Dix-huit ans après, ce même abbé la remit entre les mains de l'évêque, qui la garda neuf ans. Pendant cet intervalle, l'église, qui étoit immense, et qui tomboit en ruines, fut séparée en deux par une rue qui subsiste encore sous le nom de Saint-Éloi. Le *chevet* ou chœur forma une église nouvelle, sous le nom de Saint-Martial (2), l'ancien patron, et de la nef on en fit une autre, sur partie de laquelle a été bâtie celle que l'on voit aujourd'hui.

En 1134, l'évêque fit de nouveau le don de ce monastère aux mêmes religieux, et sous les mêmes conditions: ils s'y sont maintenus jusqu'en 1530, que leur principale abbaye, nommée alors Saint-Maur-des-Fossés, fut réunie, avec toutes ses dépendances, à l'évêché de Paris. L'office y fut alors célébré par quelques prêtres séculiers. Enfin cet édifice tomboit de vétusté, lorsqu'en 1629, M. de Gondi, premier archevêque de Paris, le destina à la congrégation des clercs réguliers de Saint-Paul, dits Barnabites, que Henri IV avoit appelés en France en 1608. Ces religieux, qui se consacroient aux missions et à toutes les autres fonctions sacerdotales, firent refaire successivement l'église et la maison qu'ils occupoient (3). L'architecture de cet édifice n'offre rien de remarquable.

Il n'y a pas long-temps qu'on voyoit encore devant son portail une petite place, laquelle est entrée depuis dans le plan général de celle du Palais. C'étoit sur cette place qu'avoit été autrefois la maison du père de Jean Châtel, jeune élève des Jésuites du collège de Clermont, lequel attenta à la vie de Henri IV le 27 décembre 1594. Ce misérable, né avec un jugement foible et une imagination ardente, dispositions qui conduisent si facilement

---

(1) Un prieur est un ecclésiastique préposé sur un monastère ou bénéfice qui a le titre de prieuré. Les *réguliers* ayant acquis, par la libéralité des fidèles, des biens éloignés de leurs monastères, envoyoient dans ces domaines un certain nombre de leurs religieux pour régir le temporel et desservir l'église. Le chef de cette colonie avoit le nom de prieur ou prévôt, et ces établissements se nommoient *celles* ou *obédiences*.

(2) Cette église étant entièrement ruinée, le roi avoit accordé, en 1715, une loterie pour la faire rebâtir; mais le peu d'étendue de sa paroisse fut un motif pour en empêcher la reconstruction: elle fut démolie en entier; on changea l'emplacement en presbytère, et l'on réunit ses paroissiens à ceux de Saint-Pierre des-Arcis.

(3) Le portail, construit en 1704, est décoré de pilastres d'ordres dorique et ionique, et construit dans la forme pyramidale, qui étoit alors en usage. On a établi dans son intérieur un atelier de fonderie.

au fanatisme, exalté d'ailleurs par les discours qu'il entendoit continuellement répéter contre le roi par ses maîtres, s'imagina faire une œuvre méritoire pour l'expiation de ses péchés en tuant un prince qui, n'étant pas encore réconcilié avec l'église, passoit à ses yeux pour un tyran. Il trouva le moyen de se glisser dans les appartements du château, arriva jusqu'au roi sans être aperçu, et lui porta un coup de couteau, qui, heureusement, n'atteignit que la lèvre supérieure, parceque, dans ce moment, Henri IV se baissoit pour relever deux officiers qui étoient tombés à ses genoux (1). Cependant telle étoit la violence du coup, qu'il lui cassa une dent. On eut la preuve, par les interrogatoires de l'assassin, non que les Jésuites l'eussent exhorté à tuer le roi, mais qu'il avoit reçu chez eux des impressions qui l'avoient porté à ce crime abominable. Jean Châtel subit le supplice des régicides ; son père, à qui, dit-on, il avoit communiqué son projet, fut condamné à une amende, ensuite banni à perpétuité du royaume, et sur l'emplacement de sa maison, qui fut rasée, on éleva une pyramide, laquelle devoit être un monument éternel du crime et du châtiment.

Par le même arrêt, les Jésuites se virent expulsés du royaume, et une inscription infamante pour eux fut placée sur la même pyramide. Mais, dix ans après, lorsque la société eut été rappelée, Henri IV, sur les instances du P. Cotton, son confesseur, voulut bien consentir que ce monument fût abattu.

Nous en donnons ici une représentation copiée exactement d'après une

---

(1) *Extrait d'une lettre de Henri IV, écrite à différentes villes aussitôt après cet attentat.*

« Il n'y avoit pas plus d'une heure que nous étions arrivé à Paris du retour de notre voyage « de Picardie, et étions encore tout botté, qu'ayant autour de nous nos cousins le prince de « Conti, comte de Soissons et comte de Saint-Paul, et plus de trente ou quarante des principaux « seigneurs et gentilshommes de notre cour, comme nous recevions les sieurs de Ragni et de « Montigny, qui ne nous avoient pas encore salué, un jeune garçon, nommé Jean Châtel, fort « petit, et âgé au plus de dix-huit à dix-neuf ans, s'étant glissé avec la troupe dans la chambre, « s'avança sans être quasi aperçu, et nous pensant donner dans le corps du couteau qu'il avoit, « le coup (parceque nous nous étions baissé pour relever lesdits sieurs de Ragni et de Montigny, « qui nous saluoient) ne nous a porté que dans la lèvre supérieure du côté droit, et nous a « entamé et coupé une dent...... Il y a, Dieu merci, si peu de mal, que pour cela nous ne « nous en mettrons pas au lit de meilleure heure. »

Cet évènement se passa dans les appartements du Louvre. (SAINT-FOIX.)

gravure extrêmement rare. L'architecture en est singulière : l'édifice s'élève sur un plan carré d'ordre ionique ; il est composé, sur chacune de ses faces, de deux pilastres, avec entablement et fronton, une attique, un second fronton, quatre acrotères ornés de figures, et une aiguille en pierre surmontée d'une croix. Cette construction, dans laquelle on reconnoît le goût déjà corrompu de ce temps-là, n'offre aucun caractère décidé ; elle est, comme tous les monuments de la même époque, surchargée d'ornements, et composée de parties incohérentes.

Pyramide de Jean Châtel.

ÉGLISE ROYALE ET PAROISSIALE

DE SAINT-BARTHÉLEMI.

Cette église, qui étoit située vis-à-vis le Palais, dans la rue qui porte son nom, est une de celles qui servent à faire connoître, par leur situation et leurs dépendances, l'ancien état de la Cité et même de la ville de Paris. Son origine remonte jusqu'aux rois de la première race, ce qui est prouvé par un fragment d'un auteur anonyme, lequel écrivoit sous le roi Robert. Cet auteur nous apprend qu'elle avoit été *anciennement* bâtie par nos rois, et comme le mot *antiquitùs* qu'il emploie ne peut être entendu que d'une longue suite d'années, et même de plusieurs siècles, MM. Jaillot et Lebeuf en ont conclu avec raison qu'elle existoit avant les rois de la seconde race.

Une autre particularité que l'on trouve dans le même anonyme, c'est que « les fidèles comme les rois y avoient fait transporter les reliques et corps de « plusieurs saints, pour enrichir, ainsi qu'il convenoit, une chapelle *royale*. » Or, un grand nombre de témoignages ne permettant pas de douter qu'il n'y ait eu, dès les premiers temps, un palais dans la Cité, ce passage porte à croire que cette église en étoit la chapelle ; et sans doute elle avoit pris le nom de *Saint-Barthélemi*, à l'occasion de quelques reliques de ce saint qu'on y avoit apportées de l'Orient sous le règne de Clovis ou de Childebert, comme on peut le conjecturer d'un passage de Grégoire de Tours.

Cette chapelle étoit desservie par des chanoines : outre les biens dont ils jouissoient par la libéralité de nos rois, ils avoient encore, sur le chemin de Saint-Denis, un oratoire sous le titre de *Saint-Georges*, avec un terrain assez considérable qui l'environnoit, et dont une partie leur servoit de cimetière. Cet oratoire, qui prit depuis le nom de *Saint-Magloire*, ne se trouva renfermé dans la *ville* que lors de l'enceinte que fit faire Philippe-Auguste.

Au commencement du neuvième siècle, il arriva qu'un évêque d'Aleth (1) et plusieurs autres prêtres et religieux transportèrent à Paris un grand nombre de reliques, qu'ils vouloient soustraire aux insultes des Normands, qui ravageoient alors l'Armorique. Parmi ces reliques étoit le corps de saint Magloire : Hugues Capet, à cette époque duc de France, les fit solennellement déposer dans la chapelle de Saint-Barthélemi. La guerre étant terminée, chacun de ces exilés voulut s'en retourner dans son pays avec son trésor ; Hugues, qui n'y consentit qu'à regret, obtint d'eux, pour prix de l'hospitalité qu'il leur avoit accordée, le corps entier de saint Magloire, et quelques autres parties des corps saints qu'ils avoient apportés. Il conçut aussitôt le projet d'agrandir cette chapelle, et d'y fonder une abbaye, pour honorer davantage des reliques aussi précieuses. Ce projet ne tarda pas à être exécuté ; un monastère fut bâti, et aux chanoines il substitua des religieux de la règle de Saint-Benoît. Ces moines entrèrent également en possession de l'oratoire Saint-Georges, auquel le pieux fondateur ajouta encore de nouvelles concessions de terres, et l'église fut dédiée sous le titre de *Saint-Barthélemi* et *Saint-Magloire ;* mais le nom de ce dernier saint, beaucoup plus célèbre que l'autre, ayant bientôt prévalu parmi le peuple, pendant près d'un siècle elle ne fut appelée que l'église de Saint-Magloire. Tous ces faits sont également constatés par l'écrivain anonyme déjà cité.

Les religieux de Saint-Benoît restèrent dans cette abbaye jusqu'en 1138, que, s'y trouvant trop resserrés, ils se transportèrent avec leurs reliques dans leur chapelle de Saint-Georges, qu'ils avoient fait reconstruire, augmenter, et qu'ils consacrèrent sous le titre de l'autre saint. Alors l'église de la Cité reprit son ancien nom de Saint-Barthélemi, et devint une paroisse soumise au patronage des moines de Saint-Magloire, qui nommoient à la cure, et en outre y plaçoient un de leurs membres en qualité de prieur. Ils jouirent de ce droit jusqu'en 1564, que le titre abbatial fut supprimé, et l'abbaye réunie à l'évêché de Paris. A l'exception des dépendances de la Sainte-Chapelle, tout l'enclos du Palais étoit dans la juridiction de cette paroisse, qui s'étendoit d'ailleurs depuis la rue de la Barillerie jusqu'au Pont-Neuf.

---

(1) *Voyez* la note page 49.

Au quatorzième siècle, l'église, presque ruinée, avoit été réparée, par
un accord fait entre le curé et les religieux ; depuis elle a été agrandie à
diverses reprises, et reconstruite presque en entier dans les années qui ont
précédé la révolution (1).

Clersellier, savant philosophe cartésien, et Louis Servin (2), avocat-
général au parlement de Paris, que sa probité, sa fermeté et sa profonde
érudition ont rendu célèbre, avoient été enterrés dans cette église.

SAINT-PIERRE-DES-ARCIS.

On ne voit presque point d'anciennes abbayes, sous la première race de
nos rois, qui n'eussent, outre l'église principale, des oratoires détachés et
dispersés en différents lieux de leur enclos. Il est probable que les églises
de *Saint-Pierre-des-Arcis* et de *Sainte-Croix-de-la-Cité*, dont nous
parlerons ensuite, étoient des chapelles situées d'abord dans l'enceinte du
monastère de Saint-Éloi, et qu'elles doivent leur origine à la dévotion du
fondateur ou de quelques unes des abbesses qui lui ont succédé.

L'abbé Lebeuf pense qu'après l'incendie qui consuma Paris en 1034,
ces deux oratoires furent rebâtis dans le voisinage de l'ancienne clôture, et
qu'alors les religieuses, dont l'enclos étoit fort diminué, permirent qu'on élevât sur leur terrain des maisons, dont les habitants furent ensuite attribués
à ces églises, lorsqu'on les érigea en paroisses. Cette érection dut avoir lieu
vers le temps où les religieuses furent chassées de leur monastère, circonstance qui donnoit plus de liberté pour établir ces nouveaux arrangements.

Quoi qu'il en soit de ces conjectures, qui sont ingénieuses et vraisemblables, la paroisse de Saint-Pierre-des-Arcis étoit effectivement une des
dépendances du prieuré de Saint-Éloi dans la Cité. L'étymologie de ce

---

(1) Sur le terrain de cette église, démolie peu de temps après, on a bâti une salle de spectacle,
connue sous le nom de *Théâtre de la Cité*.

(2) Il mourut en 1626, aux pieds de Louis XIII, séant en son lit de justice, et tandis qu'il
haranguoit ce prince, et lui faisoit des remontrances au sujet de quelques édits bursaux.

surnom (*des Arcis*) a beaucoup exercé l'imagination des savants , et quelques uns d'entre eux l'ont expliqué d'une manière tout-à-fait ridicule.

M. de Launoy, dont Sauval suit aveuglément les opinions, prétendoit, d'après un passage mal interprété de Grégoire de Tours , qu'il y avoit eu autrefois beaucoup de *Syriens* à Paris; et les confondant ensuite avec les *Assyriens*, comme si ce n'eût été qu'un même peuple , il conjecturoit de là qu'ils avoient pour leur nation une église nommée *Saint-Pierre-des-Assyriens ,* laquelle ayant été brûlée par les Normands, fut ensuite rebâtie dans la Cité ; et de là est venu, selon lui, le nom de Saint-Pierre-des-*Assis* ou *Arcis.*

M. de Valois, qui a combattu cette opinion plus sérieusement et avec plus de chaleur qu'elle ne méritoit, en présente une autre qui ne semble guère mieux fondée, par laquelle il fait dériver ce nom de la maladie *des ardents* ou *feu sacré ,* dans laquelle on eut recours à l'intercession de saint Pierre. Celle de l'abbé Lebeuf, adoptée par Jaillot, paroît la plus raisonnable : il veut que ce mot vienne *d'arcisterium ,* synonyme de *monasterium ,* et qu'il ait été donné à cette église située entre deux monastères (1), pour rappeler son origine et sa première destination.

Saint-Pierre-des-Arcis fut érigé en paroisse vers le commencement du douzième siècle; en 1424 on rebâtit entièrement l'église; on y fit des augmentations, des réparations et un nouveau portail en 1702. Elle embrassoit dans ses droits curiaux presque toutes les maisons de la rue de la Vieille-Draperie; ils s'augmentèrent encore, en 1720, par l'adjonction qu'on lui fit des paroissiens de Saint-Martial (2).

____

(1) Derrière Saint-Barthélemi et vis-à-vis Saint-Éloi.
(2) On achève en ce moment la démolition de cette église,

SAINTE-CROIX-DE-LA-CITÉ.

L'ORIGINE de cette église, qui étoit à l'extrémité de la rue de la Vieille-Draperie, dans la partie la plus éloignée du Palais, est aussi obscure que celle de Saint-Pierre-des-Arcis; et sans se mettre en peine de ce qu'en ont imaginé MM. de Launoy, Dubreul et leurs copistes, il faut s'en tenir à cette opinion déjà mentionnée, qu'elle étoit d'abord une dépendance de Saint-Éloi, et qu'elle en fut détachée, puis ensuite rebâtie hors de la *ceinture*, lorsque ce monastère eut été donné à l'évêque. On ajoute qu'au milieu du douzième siècle, la dévotion à saint Hildevert, évêque de Meaux, s'étant introduite à Paris, cette chapelle lui fut dédiée, et qu'un bâtiment qui en dépendoit fut alors changé en hôpital pour les frénétiques et les malades attaqués de l'épilepsie. Cet hôpital ayant été depuis transféré à Saint-Laurent, l'église reprit son premier nom, et fut érigée en paroisse.

L'abbé Lebeuf présume que ce nom tiroit son origine de quelque morceau de bois de la vraie croix que saint Éloi, dont les mains habiles ont fabriqué tant de précieux reliquaires, aura pu obtenir pour prix de quelques uns de ses travaux, et qu'il aura ensuite déposé dans un des oratoires renfermés dans l'enclos de son monastère. Du reste, avant que l'église de Sainte-Croix-de-la-Bretonnerie existât, celle-ci est appelée simplement *Sainte-Croix* dans les anciens titres, sans aucun caractère distinctif.

Il ne restoit plus depuis long-temps aucun vestige du bâtiment qui existoit dans les douzième, treizième et quatorzième siècles, et le dernier, commencé en 1450, n'avoit été entièrement terminé qu'en 1529. La cure, dont les droits ne s'étendoient que sur quelques maisons environnantes, étoit à la collation de l'archevêque de Paris, depuis la destruction du titre abbatial de Saint-Maur-des-Fossés (1).

---

(1) Cette église a été démolie, et une maison la remplace. Une partie des murs extérieurs subsiste encore du côté de la petite rue Sainte-Croix.

Pierre Danet, auteur de deux Dictionnaires de la langue latine, qui jouirent autrefois de quelque estime, a été long-temps curé de Sainte-Croix. Il vivoit dans le dix-septième siècle.

SAINT-GERMAIN-LE-VIEUX.

Vis-a-vis Sainte-Croix, et de l'autre côté de la Cité, étoit la paroisse de Saint-Germain-*le-Vieux*.

Il y a bien des traditions sur l'origine de cette ancienne église; et l'on a expliqué de bien des manières le patronage qu'y ont exercé pendant long-temps les moines de Saint-Germain-des-Prés: son nom de Saint-Germain-*le-Vieux* a fait naître également plusieurs opinions contradictoires.

Tous les historiens conviennent que c'étoit, dans le principe, une chapelle baptismale dépendante de la cathédrale, sous le titre de Saint-Jean-Baptiste, et qu'elle existoit dès le cinquième siècle. L'auteur de la vie de sainte Geneviève vient à l'appui de cette tradition, en nous apprenant que la maison où la sainte décéda étoit sur le bord de la rivière, et voisine de l'oratoire de Saint-Jean, qui même avoit été bâti sur un terrain dont elle avoit la propriété. Il ajoute cette particularité, qu'elle avoit fait rassembler les dames de Paris dans cet oratoire, comme dans un lieu sûr, pour s'y mettre en prières, lors du faux bruit de l'arrivée d'Attila à Paris.

Dans le neuvième siècle, cette même chapelle servit d'asile, contre les Normands, aux religieux de Saint-Germain-des-Prés, qui y déposèrent le corps de leur patron. L'abbé Lebeuf prétend que, dès ce temps-là, cet hospice leur appartenoit. Jaillot contredit cette opinion, et convenant cependant, avec son docte adversaire, que, lorsque les religieux retournèrent à leur monastère, ils laissèrent dans l'oratoire de Saint-Jean un bras de saint Germain, il soutient que cette église ne prit le nom du dernier saint que lorsque le baptistère eut été transporté plus près de la cathédrale, à Saint-Jean-le-Rond, et qu'alors seulement l'évêque et le chapitre de Paris donnèrent le patronage de l'ancienne chapelle à l'abbaye

Saint-Germain-des-Prés. De telles questions sont aussi difficiles que peu importantes à éclaircir.

Son titre n'offre pas moins de difficultés : dès le douzième siècle on trouve des actes qui font mention de l'église de Saint-Germain-le-Vieux, *Sanctus Germanus Vetus* , mais il n'en est aucun qui donne la raison de ce surnom. L'abbé Lebeuf ne semble pas heureux dans ses conjectures, lorsqu'il fait dériver ce mot d'*aquosus* , en français barbare, *evieux* ou *aivieux* , d'où, par corruption, on auroit fait *le vieux* , parceque, dit-il, cette église étoit située dans un endroit *aquatique* , duquel le marché *Palu* a aussi tiré son nom. Il paroîtroit plus probable que ce surnom lui étoit venu d'une ancienne tradition qui portoit que le saint patron s'y étoit retiré dans le sixième siècle.

En 1368, l'abbaye de Saint-Germain céda son droit sur la petite église de Saint-Germain-le-Vieux à l'Université de Paris, et depuis ce temps-là son recteur nommoit à la cure, qui s'étendoit, d'un côté, le long de la rue du Marché-Palu jusqu'au milieu du Petit-Pont, de l'autre, presque jusqu'à l'extrémité de celle de la Calendre. Elle possédoit en outre quelques maisons dans les rues Saint-Éloi, aux Fèves, toutes celles du Marché-Neuf et les édifices qui environnoient la paroisse.

Cette église fut rebâtie en entier et agrandie dans le seizième siècle. Le portail et le clocher n'étoient que de 1560.

On prétend que saint Marcel, évêque de Paris, vint au monde dans la cinquième maison de la rue de la Calendre, à droite en entrant par celle de la Juiverie. D'après cette ancienne tradition, qui cependant n'est pas moins contestée que les autres, le clergé de Notre-Dame y faisoit une station le jour de l'Ascension, où il avoit coutume de porter processionnellement la châsse du saint (1).

---

(1) Cette église est restée long-temps en ruines ; on en a achevé depuis peu la démolition, et elle a été remplacée par une maison à quatre étages.

LA MAGDELEINE.

En sortant de Saint-Germain-le-Vieux on entre dans la rue de la *Juiverie*, qui traverse la Cité dans toute sa largeur, et aboutit d'un côté au Petit-Pont, et de l'autre à celui de Notre-Dame. Au milieu de cette rue, dont le nom vient des Juifs qui l'ont autrefois habitée, étoit une église dédiée sous le titre de la Magdeleine.

Plusieurs compilateurs ont prétendu que dans l'origine c'étoit une chapelle sous l'invocation de Saint-Nicolas, où les bateliers et poissonniers avoient établi leur confrérie, mais un titre du douzième siècle prouve que cette église avoit été autrefois uné des synagogues des Juifs. Philippe-Auguste, après les avoir chassés de France, donna tous leurs édifices publics à Maurice de Sully, évêque de Paris, avec permission de les consacrer au culte catholique, suivant le témoignage de Guillaume Lebreton.

« *Ecclesias fecit sacrari pro synagogis*
« *In quocumque loco schola vel synagoga fuit.* »

Telle fut l'origine de la paroisse de la Magdeleine.

On ignore dans quelle année elle fut décorée du titre d'*archipresbytérale* qu'elle possédoit ; les archives de Saint-Magloire indiquent qu'elle en jouissoit dès 1232 ; avant, c'étoit le curé de Saint-Jacques-de-la-Boucherie qui étoit un des archiprêtres de Paris. Il y a apparence qu'alors cette dignité n'appartenoit privativement à aucun des curés de Paris, et que l'évêque en disposoit à son choix : depuis ce temps elle est restée sans interruption dans l'église de la Magdeleine (1).

C'étoit dans cette église que s'étoit fixée la *grande confrérie des*

---

(1) Il y avoit un autre archiprêtre, qui étoit le curé de Saint-Severin. C'étoit à ces dignitaires que l'archevéque ardessoit ses mandements, pour les faire passer aux églises du ressort de leur archiprêtré. On pouvoit les regarder comme les *doyens* des curés. Il y avoit aussi des archiprêtres *ruraux*.

Bourgeois, l'une des plus célèbres de Paris. Nous en parlerons avec plus de détails lorsque nous traiterons de ces sortes d'associations ; nous nous contenterons de remarquer maintenant que cette confrérie, suivant l'abbé Lebeuf, y avoit succédé à celle des *Mercatorum aquæ Parisiensium ;* ce qui a pu faire naître l'opinion que Saint-Nicolas, patron de cette dernière corporation, l'étoit aussi de l'église.

Le bâtiment de la Magdeleine fut agrandi à plusieurs reprises, et notamment en 1749, lorsqu'on y réunit les paroisses de Saint-Giles et Saint-Leu, de Saint-Christophe et de Sainte-Geneviève-des-*Ardents*. On y voyoit encore alors des constructions qui étoient du quatorzième siècle, entre autres le portail et quelques arcades de la nef.

Cette paroisse embrassoit presque tout le carré long que forme la partie de la Cité qui est entre la rue de la Juiverie et le parvis Notre-Dame, depuis le côté droit de la rue du Marché-Palu jusqu'à Saint-Denis-de-la-Chartre. Elle ne dépendoit d'aucune église ni séculière ni régulière (1).

SAINT-DENIS-DE-LA-CHARTRE.

LES traditions populaires, quelquefois si difficiles à détruire, sont souvent appuyées sur les fondements les plus légers. Le nom de cette église a fait naître l'idée que saint Denis et ses compagnons avoient été renfermés dans une prison ou *chartre*, qu'elle a remplacée, et qu'ils y ont souffert diverses tortures, dont on montroit même les instruments. Loin qu'une telle opinion soit appuyée sur aucun titre, les monuments les plus anciens la détruisent ; et Grégoire de Tours faisant le récit de l'incendie qui, de son temps, consuma Paris, indique clairement que la prison de cette ville étoit alors près de la porte méridionale. Soit que cette prison

______

(1) L'emplacement de cette église, dont il ne reste pas le moindre vestige, est maintenant une espèce de cul-de-sac.

eût été détruite par ce désastre, soit que son ancienneté l'eût mise hors d'état de servir, il paroît que, peu de temps après, on en rebâtit une autre dans le quartier opposé; en effet, l'auteur de la vie de saint Éloi, qui écrivoit au septième siècle, dit qu'il y avoit alors une prison du côté du septentrion, dans un endroit un peu écarté, situation qui convient assez à celle de Saint-Denis-de-la-Chartre.

En adoptant cette tradition, tout s'explique facilement. L'église Saint-Denis aura été appelée *Sanctus Dyonisius de Carcere*, à cause de son voisinage de la prison publique (1); et ce qui le prouve, c'est que la petite chapelle Saint-Symphorien, située dans le même lieu, est aussi appelée *Sanctus Symphorianus de Carcere* dans les titres primordiaux; or, on ne peut dire que ce martyr d'Autun ait été renfermé dans une prison de Paris. Ce n'est pas là d'ailleurs le seul exemple de cette espèce de dénomination employée dans de semblables circonstances.

Ce qui est très certain, c'est qu'au commencement du onzième siècle, et sous le règne du roi Robert, cette église subsistoit près de l'édifice qu'on appeloit *prison* de Paris, *carcer Parisiacus*, et qu'elle étoit alors nommée *Ecclesia Sancti Dyonisii de Parisiaco carcere*. Des chanoines séculiers en étoient alors les desservants, et ils jouirent paisiblement et de l'église et des biens qui y étoient attachés jusqu'en 1122. Alors l'administration en tomba entre des mains laïques, espèce d'usurpation dont on ne voit que trop d'exemples dans l'histoire de ces temps grossiers. Des séculiers, établis pour être économes ou protecteurs des domaines consacrés à l'église, s'en rendoient les maîtres par ruse ou par violence, et l'on ne remédia dans la suite à cet abus que par la tolérance d'un autre, en introduisant les *commendes* (2). Henri, troisième fils de Louis-le-Gros, fut

---

(1) Cependant on ne peut disconvenir que dans le titre de fondation il ne soit parlé de la prison de saint Denis, ainsi que dans quelques autres qui y ont rapport; mais la manière dont on en parle prouve que l'on ne s'appuyoit que sur la foi très incertaine de la tradition. On suppose que cette prison étoit située en cet endroit, et on ne le suppose que sur un ouï-dire : *Locum illum in quo incarceratus* DICITUR *beatus Dionysius.... in quo gloriosus martyr iu carcere* TRADITUR *fuisse detentum.*

(2) On appelle ainsi un bénéfice régulier, tel qu'une abbaye ou un prieuré accordé à un ecclésiastique séculier, avec le droit d'en recueillir les fruits tant qu'il en sera possesseur. Ces biens n'étoient ainsi donnés qu'*en garde*, et ne pouvoient être conférés *en titre* qu'à un régulier. Cet usage, qui n'avoit d'abord été établi que pour l'utilité de l'église et des monastères, dégénéra bientôt,

un de ces administrateurs de Saint-Denis substitués aux gens d'église, et il en percevoit les revenus en 1133, sous le titre d'*abbé*.

Peu de temps après le même roi Louis-le-Gros et la reine Adelaïde, voulant fonder un monastère de religieuses de l'ordre de Saint-Benoît, jetèrent les yeux sur Montmartre, comme sur le lieu le plus propre à l'exécution de leur dessein. Les religieux de Saint-Martin, qui jouissoient de ce terrain en vertu d'une donation qui leur en avoit été faite environ quarante ans avant, le cédèrent au roi par une transaction, où intervint l'évêque, et par laquelle Saint-Denis-de-la-*Chartre* leur fut donné comme indemnité. Telle est l'origine de ce prieuré de *fondation royale*, et membre dépendant de Saint-Martin. Les privilèges, immunités, franchises et exemptions qui lui furent alors accordés, ont été depuis confirmés par Charles V et Charles VI; et ces religieux l'ont possédé jusqu'au commencement du dix-septième siècle, où la *mense* (1) priorale fut unie à la communauté de Saint-François-de-Sales, établie vers ce temps-là pour la retraite des prêtres pauvres et infirmes.

On voyoit, par l'épitaphe d'un de ses prieurs, que cette église avoit été rebâtie vers le milieu du quatorzième siècle. Elle étoit double, suivant un usage assez fréquent dans les constructions de ce temps-là, et dans un des côtés de la nef étoit une paroisse-sous le titre de *Saint-Gilles et Saint-Leu*, dont la cure fut transférée, en 1618, dans l'église de Saint-Symphorien.

Le bâtiment de Saint-Denis-de-la-Chartre, qui existe encore (2), est beaucoup plus bas que la rue, parcequ'on ne l'a point exhaussé en même temps que le pavé. Il n'y reste aucun vestige d'antiquité, excepté quelques piliers du sanctuaire; le reste a été renouvelé peu à peu. En 1665, cette

---

par le mauvais usage qu'on en fit. Vers le huitième et le neuvième siècle, on vit ces commendataires, institués d'abord pour faire prospérer les communautés, oublier entièrement les obligations qui leur étoient imposées, laisser tomber en ruines les monastères, dilapider leurs revenus; de manière que le service divin étoit abandonné, les religieux sans chef et manquant du nécessaire. Alors les conciles s'élevèrent fortement contre les commendes données à des réguliers. Cependant, malgré leurs réclamations et leurs décrets, cet abus n'a point cessé d'avoir lieu.

(1) *Mense* signifie la part que quelqu'un a dans les revenus d'une église.

(2) Il se trouve engagé dans les constructions d'une maison élevée à gauche sur sa partie latérale, et qui masque une partie de son portail. De l'intérieur on a fait un magasin.

église fut réparée par la libéralité de la reine Anne d'Autriche, et le maître-autel refait à neuf.

L'enceinte des maisons qui l'environnent, et qu'on appeloit *le bas de Saint-Denis*, étoit un lieu privilégié dépendant du prieuré, et dans lequel, avant la révolution, les ouvriers qui n'étoient point maîtres pouvoient travailler avec toute sûreté et franchise.

St. Denis de la Chartre.

SAINT-SYMPHORIEN,

DEPUIS CHAPELLE SAINT-LUC.

Cette église, située derrière le prieuré de Saint-Denis-de-la-Chartre, dont elle n'est séparée que par une rue étroite, est celle dont nous avons parlé en donnant l'explication du surnom *de carcere* qui étoit commun à ces deux édifices. L'histoire d'ailleurs en sera courte. A la place qu'elle occupe, existoit autrefois une ancienne chapelle, sous le titre de Sainte-Catherine, dont l'origine et le fondateur sont également inconnus. Comme cette chapelle, par négligence ou succession de temps, tomboit en ruines, un comte de Beaumont, qui n'avoit pu accomplir le vœu qu'il avoit fait d'aller à Jérusalem, voulant expier cette faute, abandonna à l'évêque de Paris les droits qu'il avoit sur elle, et celui-ci, de son côté, s'engagea à la faire rebâtir. Cet acte est du douzième siècle, et cet évêque étoit Eudes de Sully. Une comtesse de Vermandois et quelques autres pieux personnages y ajou. nt bientôt plusieurs dotations, qui permirent d'y établir quatre chapelains desservants ; et quelques années après, elle quitta le nom de Saint-Denis qu'on lui avoit donné d'abord, pour prendre celui de Saint-Symphorien. Ces chapelains obtinrent le titre de chanoines en 1422. Depuis on y transporta, comme nous l'avons dit, la paroisse de Saint-Gilles et Saint-Leu, laquelle y fut unie jusqu'en 1698, que le chapitre et la paroisse passèrent, avec leurs biens et leurs paroissiens, à l'église de la Magdeleine. Peu de temps après, cette chapelle fut cédée à la communauté des peintres, sculpteurs et graveurs, qui la rétablirent et la décorèrent (1).

---

(1) Cette communauté, connue sous le nom d'*Académie de Saint-Luc* ou des maîtres peintres et sculpteurs, fut fondée pour relever l'art de la peinture, et pour corriger les abus qui s'y étoient introduits. Les règlements et statuts en furent dressés le 12 d'août 1391, sur le modèle de ceux qui avoient été établis pour les corps de métiers, et l'on créa des jurés et gardes pour visiter et examiner la matière des ouvrages de peinture, avec pouvoir d'empêcher de travailler

SAINT-LANDRI.

Derrière Saint-Denis-de-la-Chartre, et dans une rue qui porte le nom de Saint-Landri, est l'église consacrée à ce saint. C'est encore un de ces monuments dont l'origine inconnue et les traditions incertaines ont donné lieu à une foule de conjectures et d'opinions fastidieuses. Quoique plusieurs titres authentiques prouvent que cette église existoit sous ce nom au douzième siècle, on a poussé la témérité jusqu'à douter et même à nier qu'il y ait jamais eu un évêque de Paris nommé *Landri*. L'abbé Lebeuf, qui rejette cette opinion trop hardie, croit que cet édifice étoit d'abord un lieu de sûreté appartenant à l'abbaye Saint-Germain-l'Auxerrois, dans lequel elle venoit déposer ses effets les plus précieux, lors des invasions des Normands ; ce qui lui semble d'autant plus probable, que les abbayes de Sainte-Geneviève et de Saint-Germain-des-Prés avoient de semblables hospices ; il pense qu'on y aura bâti une chapelle, desservie par le prébendaire que ce chapitre avoit à la cathédrale, et qu'ensuite l'élévation du corps de saint Landri, au douzième siècle, l'ayant enrichie de quelques unes de ses reliques, la chapelle aura pris le nom du saint.

ceux qui ne seroient pas de la communauté : dans ces statuts on rappeloit huit articles d'un ancien règlement, qui remontoit jusqu'au commencement de la troisième race. Ce corps fut depuis favorisé par plusieurs de nos rois, et vers le commencement du dix-septième siècle, la communauté des sculpteurs y fut jointe. Mais des abus et des désordres troublèrent cet établissement dès que l'art eut fait quelques progrès. Les plus habiles, voyant que les fonctions de la jurande les détournoient de leurs travaux, les abandonnèrent à des gens sans talents, qui en firent bientôt une tyrannie insupportable et un moyen de vexation contre tous ceux qui n'étoient pas de leur communauté, dont ils rendoient en même temps l'entrée difficile, et entièrement vénale. Les peintres habiles se lassèrent enfin d'un joug si honteux, et leurs réclamations donnèrent naissance à l'Académie royale de peinture et de sculpture, dont nous parlerons dans la suite.

Toutefois l'Académie de Saint-Luc continua ses fonctions, et obtint la permission d'ouvrir une école de dessin, et d'y entretenir un modèle. Elle faisoit tous les ans des distributions de prix, et n'a été détruite qu'au commencement de la révolution. La chapelle, qui existe encore, est abandonnée, et l'on a élevé au-dessus plusieurs étages, habités par des particuliers.

Un autre savant combat cette conjecture par celle-ci : il imagine que cette église pourroit bien avoir été l'oratoire de saint Landri lui-même, les évêques ayant eu une maison à cet endroit; qu'il n'est pas même impossible que ce fût alors la chapelle dédiée sous le nom de Saint-Nicolas, qu'on a confondue avec l'église de la Magdeleine; ce qu'il essaye de prouver d'abord parcequ'elle reconnoissoit saint Nicolas pour l'un de ses patrons, ensuite parcequ'il est vraisemblable que les poissonniers et bateliers l'érigèrent plutôt à cette place, qui est la plus voisine du port où abordoient les vivres et les marchandises; enfin il ajoute, qu'après la mort de saint Landri, elle a dû prendre le nom de ce bienheureux évêque : *adhuc sub judice lis est.*

Ce qu'il y a de certain sur cette église, c'est qu'elle étoit paroissiale dès le douzième siècle, et que le chapitre de Saint-Germain-l'Auxerrois avoit le droit de présenter à sa cure, par la raison qu'elle étoit bâtie sur sa censive, et cette censive, il l'avoit obtenue par l'amortissement d'une portion de terrain que les chanoines de Notre-Dame lui avoient donnée pour loger le vicaire qui desservoit la prébende, dont il étoit possesseur dans l'église cathédrale. Nous avons déjà fait observer que c'est ainsi que se formèrent le plus grand nombre des censives qu'on trouve dans la Cité.

Cette église, qui n'a point encore été détruite, fut rebâtie vers la fin du quinzième siècle, et dédiée seulement en 1660. Elle n'avoit rien de remarquable que le tombeau que Girardon, célèbre sculpteur du siècle de Louis XIV, y fit élever pour Catherine Duchemin sa femme. Ce monument, connu sous le nom de *Descente de croix de Saint-Landri* (1), ut exécut é, sur ses dessins, par deux de ses élèves (*Nourrisson* et *Lorrain*). I est composé d'un sarcophage de marbre vert, surmonté d'une croix, au pied de laquelle on voit une vierge debout, levant les yeux au ciel, avec l'expression de la douleur et de la résignation; plus bas est étendu le corps du Christ, et des anges sont groupés autour de l'instrument de son supplice, dans l'attitude de l'adoration. On trouve dans cette sculpture les défauts et quelques unes des beautés qu'offrent les nombreux ouvrages de cet artiste célèbre. Imitateur du dessin de Le Brun, il a de l'affectation et de l'enflure lorsqu'il veut être noble, et pour

____

(1) On le voit au Musée des Monuments français.

n'avoir pas assez étudié l'antique et les belles formes, il devient trivial quand il veut être naïf. Les deux figures principales de ce morceau présentent un exemple assez frappant de cette manière vague qui fait le caractère de toutes les productions de cette école; cependant elles ne sont pas sans mérite, et si les formes en sont médiocres, les expressions en sont vraies. Il y a même dans les petits anges de la grace et un assez bon goût de dessin. La croix et toutes les figures sont en marbre blanc.

Girardon fut déposé lui-même dans ce tombeau, vingt-cinq ans après sa femme (1).

______

(1) Cette église, abandonnée depuis long-temps, sera probablement démolie, à cause des travaux du quai que l'on construit en ce moment, et qui doit environner la Cité.

St Landri.

LA CHAPELLE SAINT-AGNAN.

On entroit dans cette chapelle par la rue de la Colombe, laquelle commence au bout oriental de la rue des Marmousets. C'étoit un édifice très ancien, le plus ancien peut-être de toute la Cité, la solidité de sa construction, toute en pierres, l'ayant préservé des changements et des réparations que le temps a fait subir aux autres églises. Celle-ci étoit du reste très peu connue, parceque les maisons qui l'entouroient la couvroient entièrement, et qu'on n'y faisoit point un service régulier.

Ce petit monument fut fondé, au commencement du douzième siècle, par Étienne de Garlande, archidiacre de Paris, et doyen de Saint-Agnan d'Orléans; il donna, pour sa dotation, la maison qu'il possédoit dans le cloître Notre-Dame, et trois clos de vignes, dont deux étoient situés au bas de la montagne Sainte-Geneviève, et l'autre à Vitry. Lorsqu'il en eut ainsi assuré les revenus, il y établit, du consentement de l'évêque, deux titulaires, lesquels se partageoient sa prébende canoniale, avoient place au chœur comme au chapitre, et faisoient à la fois le service dans la chapelle et à la cathédrale. Cette fondation s'est maintenue jusque dans les derniers temps. La chapelle Saint-Agnan n'étoit ouverte que le 17 novembre, jour auquel l'église célébroit la fête du patron.

On lit dans une vie de saint Bernard, que ce saint étant allé un jour aux écoles de Paris, avec le projet d'y attirer, par ses exhortations, quelques écoliers à la vie monastique, il y prêcha sans succès, et en sortit sans qu'aucun d'eux eût voulu le suivre. L'historien ajoute qu'un archidiacre de Paris l'ayant emmené dans sa maison, le pieux abbé se retira, navré de douleur, au fond de la chapelle qui étoit attenante à ce logis, et là se répandit en larmes et en gémissements, persuadé que Dieu étoit irrité contre lui, puisqu'il avoit recueilli si peu de fruit de son sermon. L'abbé Lebeuf pense que ceci ne peut convenir qu'à l'archidiacre Étienne de

Garlande, contemporain de saint Bernard, et par conséquent que c'est
dans cette chapelle, telle qu'elle subsistoit encore dans le siècle dernier,
que ce petit évènement s'est passé.

Un fait plus curieux est ce qui arriva, peu de temps avant son
érection, dans la rue *des Marmousets*, qui y conduit. Louis VI,
dit le Gros, y avoit fait abattre, de sa propre autorité, une maison située
près de la porte du cloître, laquelle appartenoit à un chanoine : il trouvoit que cette maison, trop saillante, rendoit le passage incommode. Le
chapitre aussitôt réclama ses droits et ses immunités, et le fit avec une
telle vivacité, que Louis reconnut son tort, promit de ne plus rien
attenter de semblable, et consentit même à payer un denier d'or d'amende.
Bien plus, afin que cette réparation fût aussi authentique que les chanoines le désiroient, il la fit le jour même qu'il épousoit Adelaïde de
Savoie, et avant de recevoir la bénédiction nuptiale; enfin le monarque
alla jusqu'à permettre qu'il en fût fait mention dans les registres du
chapitre. Il est fâcheux sans doute que le pouvoir royal ait été renfermé
dans des bornes si étroites, mais il est beau de voir un prince aussi religieux à maintenir les privilèges des citoyens, et les lois qu'il a juré d'observer (1).

SAINTE-MARINE.

En revenant vers Notre-Dame, on trouve cette petite église dans un
cul-de-sac qui a son entrée par la rue Saint-Pierre-aux-Bœufs. Quelques
historiens ont cru qu'elle n'avoit été bâtie qu'au commencement du
treizième siècle, lorsque les reliques de sainte Marine furent transportées de
l'orient à Venise. L'abbé Lebeuf pense que cette église a pu être construite à
cette époque par les soins de quelque vénitien; et ce qui le fortifie dans cette
opinion, c'est qu'il y avoit de son temps dans le voisinage une rue dite *la
rue de Venise*. Ce savant s'est trompé : la rue en question devoit son nom

(1) La Chapelle de Saint-Aguan a été changée en maison.

à une enseigne de l'écu de Venise, sans qu'il soit nécessaire d'avoir recours à un homme de cette nation ; et elle n'étoit appelée ainsi que depuis deux cents ans. Auparavant, et du temps même de François Ier, on la nommoit rue *des Dix-Huit*, à cause d'un petit hôpital ou collège dont nous parlerons à l'article de la Sorbonne. Cette église, dont l'origine est tout-à-fait inconnue, existoit long-temps avant le treizième siècle, et Jaillot prétend avoir lu un diplôme, sans date, de Henri Ier, mais qu'on estime être de l'an 1036, par lequel ce prince fait don de l'église de Sainte-Marine à Imbert, évêque de Paris.

C'étoit, avant la révolution, la paroisse du palais archiépiscopal et des cours, et celle où se faisoient les mariages ordonnés par l'officialité. Anciennement, ceux que ce tribunal avoit condamnés étoient mariés avec un anneau de paille. Nous ignorons l'origine de cet usage, et nous ne jugeons pas à propos de rapporter l'explication bouffonne que Saint-Foix en a donnée (1).

SAINT-PIERRE-AUX-BŒUFS.

Plus près encore de la Cathédrale, et dans la rue qui porte son nom, est l'église de Saint-Pierre-aux-Bœufs.

On peut aussi la mettre au nombre de ces édifices très anciens, dont l'origine incertaine et la dénomination singulière ont fort exercé l'imagination des érudits. Plusieurs ont cru qu'elle avoit été autrefois la paroisse des bouchers de la Cité, ou le lieu de leur confrérie, et vouloient expliquer par-là et son surnom et les deux têtes de bœufs qui étoient sculptées sur son portail ; d'autres ont pensé qu'on y marquoit les bœufs avec une clef ardente, pour les préserver de certaines maladies ; quelques uns ont eu recours à un miracle. L'abbé Lebeuf considéroit ces deux têtes comme les armes parlantes d'une ancienne famille de Paris. Toutes ces opinions

---

(1) Cette chapelle existe encore en partie : sur ses voûtes, composées d'arcs surbaissés, on a élevé une maison à plusieurs étages.

diverses, qui ne reposent sur aucun monument historique, ne méritent point d'être discutées, et il est permis à chacun de faire ses conjectures.

Cette église étoit sans doute dans la censive du monastère de Saint-Éloi, puisqu'elle fait partie de ses dépendances, et qu'on la trouve au nombre des chapelles qui furent données, en 1107, au monastère de Saint-Pierre-des-Fossés. Elle fut érigée, quelque temps après, en paroisse, ainsi que Saint-Pierre-des-Arcis et Sainte-Croix; et l'évêque de Paris, devenu l'héritier des droits de ce monastère, nommoit à la cure. Cette cure étoit modique, et n'embrassoit qu'une partie des rues environnantes (1).

(1) Le portail existe encore tel que nous le représentons. La construction moderne qui est au-dessus des croisées qui le couronnent a été faite depuis la révolution.

St. Pierre aux Bœufs

SAINT-CHRISTOPHE.

Dans la rue Saint-Christophe, qui aboutit au parvis Notre-Dame, étoit une église sous l'invocation de ce saint : on l'abattit en 1747, pour agrandir le parvis et reconstruire la chapelle des Enfants-Trouvés.

Cette église existoit déjà au septième siècle. Quelques auteurs ont avancé qu'elle étoit la chapelle des comtes de Paris ; et pour soutenir cette assertion, ils ont produit des titres qu'ils avoient mal entendus. Sauval, sur-tout, s'est trompé sur les noms, les faits et les dates qu'il rapporte en parlant de cette église.

Une ancienne charte prouve qu'en 690 l'église Saint-Christophe étoit la chapelle d'un monastère de filles : quel étoit ce monastère? on l'ignore; on ne sait pas même ce que devinrent ces religieuses, qui durent en sortir dans le siècle suivant; car au commencement du neuvième siècle cette maison devint un hôpital, dans lequel on recueilloit les indigents.

Elle étoit alors desservie alternativement, et de semaine en semaine, par deux prêtres que nommoient les chanoines de Notre-Dame. Mais ce chapitre étant devenu seul possesseur de l'hospice, comme nous le dirons par la suite, on bâtit une autre chapelle, qui reçut aussi le nom de Saint-Christophe, et fut érigée en paroisse au douzième siècle (1). Elle fut ensuite rebâtie vers la fin du quinzième.

____

(1) Voyez le chapitre qui traite de l'église de la Magdeleine, page 104.

SAINTE-GENEVIÈVE-DES-ARDENTS.

Derrière Saint-Christophe, et à peu de distance de cette église, étoit celle de Sainte-Geneviève-des-Ardents, dont l'origine est absolument inconnue.

L'histoire de cette fille admirable, que ses vertus et sa piété rendirent respectable à des rois encore païens, et célèbre, sans qu'elle cherchât à sortir de l'obscurité où la Providence l'avoit placée, qui, tant qu'elle vécut, fut le conseil, le refuge et la consolation des habitants de Paris, et mérita, après sa mort, cet honneur insigne d'être regardée comme la patronne d'une ville appelée à de si hautes destinées; cette histoire si extraordinaire et si touchante est trop connue pour que nous croyons devoir la répéter. La tradition s'en est transmise d'âge en âge; et jusque dans les derniers temps de la monarchie, on a vu le peuple de cette capitale, au milieu de ses plus grandes calamités, tourner d'abord ses regards vers son ancienne protectrice, implorer la clémence du ciel par son intercession, suivre avec transport ses reliques vénérées au milieu des rues et des places publiques, et attribuer à cette protection puissante la cessation des fléaux dont il étoit affligé.

En 1129 ou 1130, Paris et ses environs se virent en proie à une maladie terrible, qu'aucun remède ne pouvoit vaincre, et que l'on nomma *le feu sacré* ou *le mal des ardents*. Ses ravages furent si rapides et si terribles, l'impossibilité de les arrêter par aucun secours humain tellement démontrée, qu'on ne chercha plus que celui du ciel, dont la colère avoit envoyé ce fléau. On eut recours, pour l'apaiser, aux jeûnes, aux prières, et sur-tout à l'intercession de la bienheureuse Geneviève. La châsse de la sainte fut descendue et portée processionnellement à la cathédrale. On prétend que la nef et le parvis étoient remplis de malades qui, en passant sous ces reliques miraculeuses, furent guéris à l'instant, à l'exception de trois, dont l'incrédulité servit à rehausser l'éclat du prodige

VUE de l'Eglise de Ste GÉNEVIÈVE des ARDENTS, détruite en 1747.

et la gloire de la sainte patronne. On ajoute que le pape Innocent II, alors à Paris, ayant fait vérifier ce miracle, ordonna qu'on en feroit la fête tous les ans, sous le titre d'*Excellence de la bienheureuse vierge Geneviève*. Depuis elle a été célébrée sous celui de *Miracle des Ardents*.

Toutefois l'église dont nous parlons existoit long-temps avant cette procession célèbre de l'année 1139. Ceux qui se sont imaginé qu'elle passa le long de ses murs, se sont grossièrement trompés, car la rue Notre-Dame n'étoit point encore faite. On arrivoit à cette cathédrale par une rue nommée des *Sablons* ou *vieille rue Notre-Dame*, qui étoit proche de la rivière, et aboutissoit directement au portail de l'ancien édifice qu'a remplacé la cathédrale d'aujourd'hui. Ce portail étoit situé à l'endroit où est maintenant le milieu de la nouvelle nef, en tirant un peu vers le midi.

Il est certain, comme nous l'avons déjà dit, que Sainte-Geneviève avoit une habitation et un oratoire dans la Cité. Il n'est pas moins constant que les chanoines du monastère élevé en son honneur sur le bord méridional possédoient dans l'île une censive, un hospice et une petite chapelle; qu'ils jouissoient d'une prébende et d'une vicairie dans l'église cathédrale, et qu'à l'exemple des autres religieux qui habitoient sur les deux rives de la Seine, ils se retirèrent dans leur hospice, pour se soustraire, eux et leurs richesses, à la fureur des Normands. La chapelle qui étoit dépendante de cet hospice, et alors renfermée dans son enceinte, est devenue depuis l'église dont nous faisons l'histoire. On l'appela *Sainte-Geneviève-la-Petite*; et même long-temps après le miracle dont nous venons de parler, elle n'avoit point d'autre nom. Il est probable que la fête établie en mémoire d'un aussi grand évènement se célébrant avec plus de solennité dans une église qui portoit le nom de la sainte, et près de laquelle il étoit arrivé, par suite des temps, la dévotion des fidèles fit donner à cette église le surnom des *Ardents*.

Voilà tout ce que nous avons pu recueillir de plus authentique sur ce vieux monument. Il fut érigé en paroisse en 1202 (1), et détruit en 1747, pour agrandir l'hôpital des Enfants-Trouvés. La structure du sanctuaire ressembloit aux constructions du temps de Louis-le-Jeune; ce qui fait

____

(1) Voyez le chapitre de Sainte-Magdeleine, page 104.

présumer qu'elle étoit de cette époque. Le portail en fut refait en 1402. On voyoit au milieu l'image de sainte Geneviève entre saint Jean-Baptiste et saint Jacques-le-Majeur ; à côté, dans une niche, étoit la statue d'un homme agenouillé, ayant les cheveux courts et le capuchon abattu. On prétend que c'étoit l'image du célèbre *Nicolas Flamel* (1), lequel avoit contribué à cette réparation par ses libéralités.

Il nous reste à faire connoître encore deux anciennes églises qui, comme celle-ci, ne subsistent plus, *Saint-Jean-le-Rond* et *Saint-Denis-du-Pas ;* mais leur histoire étant plus intimement liée à celle de l'église cathédrale, nous croyons devoir parler auparavant de ce grand et antique édifice.

NOTRE-DAME.

On est naturellement porté à croire qu'un monument de cette importance, que la première église de Paris offrira des traditions plus sûres, et dans son origine et dans les révolutions qu'elle a éprouvées, que cette foule de chapelles obscures dont nous venons d'exposer si péniblement l'histoire. Cependant cette origine est enveloppée de ténèbres encore plus épaisses ; et aucun point de l'histoire de Paris n'offre plus de difficultés, n'a excité plus d'opinions diverses parmi ceux qui ont écrit de ses antiquités.

Ils ne sont d'accord ni sur le nom, ni sur l'origine, ni même sur la position de cette première basilique des Parisiens. Les uns l'ont placée dans la Cité, les autres dans les faubourgs ; et ceux qui s'accordent dans l'une de ces deux opinions se divisent ensuite lorsqu'il est question de fixer le véritable lieu qu'elle occupoit. Parmi ceux qui la mettent dans la Cité, quelques uns croient que sa situation fut celle de Saint-Denis-du-Pas ; ceux-ci veulent qu'elle s'élevât à l'endroit même où est aujourd'hui Notre-Dame ; ceux-là, dans un lieu voisin, sous le nom de Saint-Étienne.

---

(1) Nous ferons connoître plus particulièrement cet homme singulier en parlant du quartier Saint-Jacques de la Boucherie.

Les partisans de l'autre système offrent la même variété dans leurs conjectures : les uns pensent qu'elle étoit à la place où l'on a bâti depuis l'église Saint-Marcel ; d'autres à la Trinité, depuis Saint-Benoît ; plusieurs à Notre-Dame-des-Champs, qui fut ensuite le monastère des Carmélites. Il n'y a pas moins de contradictions sur son fondateur ; on ne sait si c'est saint Denis ou quelqu'un de ses successeurs, ni lequel de ceux-ci : enfin cette obscurité s'est étendue jusque sur l'édifice actuellement existant, que ces mêmes historiens, toujours divisés, attribuent à Childebert, au roi Robert, à Erkenrad, évêque de Paris, à Maurice et Eudes de Sully, deux de ses successeurs.

Depuis que la science et la critique ont fait de véritables progrès, il n'est plus permis de soutenir des opinions aussi visiblement fausses que celle par laquelle on a prétendu que, même après la paix accordée à l'église par Constantin, les évêques avoient eu les sièges de leurs églises hors des cités, et par conséquent que la cathédrale de Paris a été autrefois à la place de Saint-Marcel ou de toute autre église sur la rive méridionale.

Il est également impossible de supposer, avec quelque vraisemblance, que saint Denis ait fondé un oratoire dans l'enceinte de la Cité ; il est vrai que les actes de ce saint en font mention, ainsi que du clergé qu'il institua. « *Ecclesiam illis quæ necdum in locis erat, et populis illis novam* « *construxit, ac officia servientium clericorum ex more instituit.* » Mais les historiens de la ville et de l'église de Paris, qui se sont appuyés d'un semblable témoignage, n'ont pas réfléchi que ces actes n'ont été rédigés qu'à la fin du sixième siècle (1), et peut-être plus tard, sur la foi d'une simple tradition, et l'auteur en convient lui-même : « *Sicut fidelium* « *relatione didicimus.* » Une semblable autorité peut-elle donc balancer celle de tant de monuments historiques, qui nous apprennent que jusqu'au commencement du quatrième siècle, les Chrétiens n'ont cessé d'être en butte à des persécutions qui ne sembloient se ralentir quelques instants que pour se rallumer avec plus de fureur ; que, loin d'avoir des temples publics, ces premiers fidèles trouvoient à peine des asiles assez secrets pour se dérober aux recherches de leurs aveugles ennemis ? On sait d'ailleurs que les progrès assez lents que l'évangile avoit faits dans les Gaules,

____

(1) Jaillot.

et dont on ne trouve de monuments remarquables que vers la fin du deuxième siècle, dans les actes des célèbres martyrs de Lyon et de Vienne, furent arrêtés tout à coup par les persécutions nouvelles de Marc-Aurèle et de Sévère : depuis ce temps, soit que les pasteurs eussent été tous immolés, soit que la peur eût dispersé le troupeau des Chrétiens, on n'en trouve plus de vestiges jusque sous l'empire de Dèce, au milieu du troisième siècle. A cette époque, selon Grégoire de Tours, de nouveaux apôtres, au nombre desquels étoit saint Denis, furent envoyés dans les Gaules. Alors on persécutoit plus que jamais les Chrétiens ; et Paris, où l'ardeur de son zèle conduisit ce saint évêque, étoit, comme toutes les autres villes de cette vaste contrée, soumis aux Romains, imbu de leurs préjugés et adorateur de leurs Dieux. Étoit-il possible que, dans des circonstances aussi difficiles, saint Denis bâtît sans obstacle une église dans le sein de la ville et même dans les faubourgs ? N'est-il pas plus raisonnable de croire que, se conformant à cette prudence prescrite par Jésus-Christ, laquelle ne permettoit ni de s'offrir au martyre, ni de l'éviter, et réglant sa conduite sur celle des hommes apostoliques qui l'avoient précédé, il réunit ses néophytes dans des *cryptes* ou lieux souterrains et écartés, tant pour les instruire dans la parole de Dieu, que pour les faire participer aux mystères de la religion ? Ainsi, sans rejeter entièrement cette tradition, qu'il forma une église à Paris, il faudra l'entendre seulement d'une *assemblée de fidèles*, avec laquelle il célébra ces mystères augustes. On peut même accorder qu'il choisit pour cette célébration les lieux où furent depuis Saint-Marcel, Saint-Benoît et les Carmélites ; mais, comme nous l'avons déjà dit, il faut absolument rejeter l'idée qu'aucune de ces églises ait été la première cathédrale de Paris.

Les successeurs immédiats de saint Denis vinrent eux-mêmes dans des temps non moins orageux, et prêchèrent dans des lieux encore arrosés de son sang. Ce ne fut qu'en 313, lorsque Constantin eut placé la religion à côté du trône des Césars, et fait restituer aux Chrétiens les biens dont ils avoient été dépouillés, qu'il fut possible de rebâtir les basiliques ruinées, et d'en élever de nouvelles. Les évêques de Paris durent profiter d'une circonstance aussi favorable pour faire construire une église dans la Cité, et l'on en trouve enfin des indices certains sous l'épiscopat de *Prudent*, vers la fin du quatrième siècle. Cette église étoit située sur le bord de la

Seine, à peu près à l'endroit où est la chapelle inférieure et la dernière cour de l'archevêché ; et comme on étoit très exact à tourner le *chevet* ou *rond-point* de ces édifices vers l'orient, sans avoir égard à l'alignement des rues, dont le désordre d'ailleurs étoit alors très grand, il est probable que le *fond* de cette petite église étoit dans la direction du lieu où est situé maintenant Saint-Gervais.

Sur cette ancienne disposition des rues, il est difficile de rien dire que de conjectural, et d'indiquer autre chose que ce qui pouvoit être, d'après la connoissance que l'on a des principaux monuments qui, à cette époque, existoient dans la Cité. Il faut se figurer qu'alors la pointe de l'île se terminoit à peu près à l'endroit où étoit autrefois le Pont-Rouge ; car l'espace appelé le *Terrain* (1) ne s'est formé que, par succession de temps, des décombres que produisit la démolition des vieilles églises auxquelles a succédé la cathédrale que nous voyons à présent. Comme le pont Notre-Dame n'existoit point encore, il ne pouvoit y avoir une rue qui continuât en *droite ligne*, à partir du Petit-Pont, mais elle devoit suivre une *diagonale* pour arriver à la porte du septentrion, où étoit le Grand-Pont, seule issue que l'île eût alors de ce côté. Il est facile, d'après cela, de se faire une idée de la manière dont devoient être tournées les rues aboutissantes à cette grande rue qui conduisoit d'un pont à l'autre. Quant aux chapelles et monastères qu'on a vu s'élever de tous côtés au milieu de cet espace, ils ne doivent point embarrasser, parceque, jusqu'au règne de Childebert, fils de Clovis, il n'y eut qu'une seule église à Paris, et déjà ce n'étoit plus la même qui avoit existé du temps de *Prudent*. Le nombre des habitants de Paris, et par conséquent des Chrétiens, s'étant fort augmenté, on en avoit rebâti une plus grande et plus magnifique au

---

(1) Le Terrain s'appeloit, en 1258, LA MOTTE AUX PAPELARDS, *Motta Papelardorum* ; en 1343 et 1356, LE TERRAIL, *Domus de Terralio.* C'étoit encore, au quinzième siècle, un espace inculte qui se terminoit en pente douce. En 1407, Charlotte de Savoie, seconde femme de Louis XI, y débarqua, lors de son entrée à Paris, et y fut complimentée par l'évêque et par le parlement.

Vers le milieu du dix-septième siècle, les habitants de l'île Saint-Louis, ayant contracté l'obligation de faire revêtir le *Terrain* d'un mur de pierres de taille, et voulant rompre ce contrat, offrirent au chapitre une somme de 50,000 liv., qu'il accepta, et employa à faire construire ce revêtement. On en fit depuis un jardin, uniquement destiné aux chanoines, et dans lequel ils n'admettoient que des hommes. C'est maintenant le dépôt des eaux filtrées de la Seine.

même endroit. Fortunat (1), qui vivoit peu de temps après, parle des colonnes de marbre, des vitraux superbes dont elle étoit décorée, de la hauteur de ses voûtes, et donne à entendre que c'étoit au roi Childebert qu'elle devoit tant de magnificence.

Plusieurs titres incontestables (2) nous apprennent que cette ancienne cathédrale a d'abord porté le nom de Saint-Étienne. C'est en vain que quelques érudits ont prétendu qu'il étoit question, dans ces anciens écrits, de Saint-Étienne-des-Grès, de Saint-Étienne-du-Mont et même de l'abbaye Saint-Germain-des-Prés, dont ce premier martyr étoit un ancien patron; il a été prouvé que les deux premières églises n'existoient pas encore à cette époque, et quant à la troisième, que non seulement l'église de Saint-Germain-des-Prés n'a jamais été connue sous le nom de Saint-Étienne, mais que ce dernier titre ne lui a même jamais été donné par *adjonction*, tandis qu'on y a joint quelquefois le nom de Saint-Vincent.

Toutefois, par un titre qui n'est guère postérieure aux premiers, on voit que cette église étoit composée de deux édifices, dont l'un étoit la basilique de Notre-Dame, et l'autre celle de Saint-Étienne. Aussi Grégoire de Tours, parlant de l'incendie qui réduisit en cendres toutes les maisons de l'île de Paris en l'an 586, dit que *les seules églises furent exceptées.* Cette pluralité des églises dans la Cité ne peut s'entendre que des édifices qui en formoient depuis peu la cathédrale. Saint-Étienne avoit été le premier; ensuite, suivant l'ancien usage où l'on étoit de bâtir de petites églises autour des grandes basiliques, il est à présumer qu'on en avoit élevé une à côté, sous l'invocation de la Vierge. Ce monument s'étant trouvé trop petit par l'augmentation du nombre des fidèles, on l'aura rebâti et agrandi sous le règne de Childebert, et c'est alors sans doute que la basilique nouvelle sera devenue la cathédrale, par une autre coutume assez fréquente dans ces temps-là, de donner aux églises neuves qui remplacoient les anciennes ou ruinées ou trop petites, un *vocable* différent du premier

---

(1) Fortunat, évêque de Poitiers, et secrétaire de la reine Radegonde, vivoit dans le sixième siècle. On a de lui un poëme en quatre livres sur la vie de saint Martin, et diverses autres poésies, entre autres une pièce de vers intitulée : *de Ecclesiá Parisiacá*, dans laquelle ces particularités ont été recueillies.

(2) Abbon., lib. 2, v. 310. Diplomat., p. 472. Greg. Tur., lib. 8, ch. 33.

patron. Voilà ce que nous avons pu recueillir de plus vraisemblable sur la première origine de Notre-Dame de Paris.

Quelles que soient les objections que l'on imagine d'élever contre cette hypothèse, on ne peut nier du moins que, sans compter un grand nombre d'autres autorités, il n'existe une charte authentique de Childebert lui-même, par laquelle il donne la terre de Celle, près Montereau-Faut-Yonne, à l'église mère de Paris, *qui est dédiée en l'honneur de Sainte-Marie*, etc., et que par conséquent cette église ne fût déjà bâtie sous la première race de nos rois : du reste, on n'a que des traditions confuses sur les révolutions (1) qu'elle a pu éprouver jusqu'au moment où elle fit place au monument qu'on voit aujourd'hui. A-t-elle été rebâtie depuis Childebert par l'évêque Erkenrad, comme on l'a prétendu ? L'abbé Lebeuf est porté à le croire, et cette opinion n'a rien qui la rende invraisemblable. Il n'en est pas de même de celle par laquelle on veut établir que l'édifice actuel, commencé par le roi Robert, fut continué par ses successeurs jusqu'à Philippe-Auguste, sous le règne duquel Maurice de Sully eut la gloire de l'achever : non seulement l'architecture de cette église n'offre aucun caractère qui puisse la faire attribuer aux siècles qui ont précédé cet évêque, mais il existe plusieurs témoignages qui prouvent qu'il le fit édifier dès ses fondements. Toutefois il est probable que les anciennes fondations furent conservées, et qu'elles servirent pour la construction du chœur de l'église nouvelle. En effet, il est remarquable que cette partie, trop étroite pour la hauteur et la largeur du monument entier, n'est point dans l'alignement de la nef, et que celle-ci fait un coude léger. Cette irrégularité semble être le résultat d'un plan par lequel Maurice auroit voulu que le portail se trouvât en face de la rue nouvelle qu'il avoit fait ouvrir, et à laquelle il donna le nom de rue Notre-Dame, qu'elle porte encore.

---

(1) On lit, dans le Nécrologe de l'église de Paris, qu'Étienne de Garlande, archidiacre, mort en 1142, y avoit fait beaucoup de réparations ; et l'auteur de l'Éloge de Suger dit que cet abbé de Saint-Denis fit présent à la même église d'un vitrage d'une grande beauté. On l'appeloit, vers l'an 1110, *Nova ecclesia*, par opposition à l'église de Saint-Étienne, qui étoit beaucoup plus vieille. C'est dans cette église de Notre-Dame que nos rois avoient coutume de célébrer le service divin avec le clergé. Un évêque de Senlis, dit une vieille chronique, étant venu à Paris en 1041, pour demander une grace au roi Henri, *trouva ce prince à la grand'messe à Notre-Dame*. On a aussi des preuves que le roi Louis-le-Jeune y alloit souvent.

Tome I.

Ce fut vers l'an 1160 que cet évêque entreprit de faire une seule basilique des deux églises, et de leur donner une étendue beaucoup plus considérable du côté de l'occident. Celle de Notre-Dame fut d'abord abattue jusqu'aux fondements, comme nous venons de le dire, et l'on éleva sur-le-champ le nouveau sanctuaire. Ce ne fut qu'environ cinquante ans après que la vieille église de Saint-Étienne fut détruite (1), lorsqu'on commença la construction des ailes, qu'elle auroit gênée du côté méridional. Une inscription qu'on lit sur les pierres du portail de la croisée fait foi qu'on travailloit encore à cette partie de l'église en 1257. Le portail et les chapelles du côté du nord ne furent achevés que dans le quatorzième siècle, de manière que cette immense construction fut le résultat de près de trois siècles de travaux non interrompus. Cependant on n'avoit pas attendu son entier achèvement pour y réunir les fidèles; et lorsque le sanctuaire eut été achevé, la simple bénédiction du lieu et des autels (2) parut suffisante pour y célébrer les saints mystères. La dédicace solennelle de l'édifice n'a même jamais été faite.

La forme du plan de cette église est une croix latine, dont les principales dimensions, dans œuvre, sont, pour la longueur, soixante-cinq toises, pour la largeur, vingt-quatre. La hauteur, sous clef de la voûte, est de dix-sept toises deux pieds. La disposition générale du plan est grande et noble, les proportions en sont heureuses, et ce monument gothique passe, avec raison, pour un des plus vastes et des plus beaux qui existent dans la chrétienté.

La façade, qui fut élevée dès le règne de Philippe-Auguste, est remarquable par ses sculptures et son élévation. Elle est terminée par deux grosses tours, hautes de deux cent quatre pieds; elles sont carrées, et offrent une largeur de quarante pieds sur chaque dimension. L'intervalle qui les sépare étant égal à leur diamètre, il en résulte que la façade entière du portail est de cent vingt pieds. On communique de l'une à l'autre tour par deux galeries hors d'œuvre.

Cette façade est percée de trois portes, au-dessus desquelles étoient rangées, sur une seule ligne, les statues (3) de vingt-huit de nos rois, dont

_____

(1) Lebeuf, t. 1, p. 10.

(2) Le grand-autel fut consacré quatre jours après la Pentecôte, en 1182. (JAILLOT.)

(3) Ces statues colossales avoient quatorze pieds de hauteur. Elles ont été renversées pendant l'anarchie de 1793. On les reverra sans doute avec plaisir dans la vue extérieure que nous donnons de ce monument.

Vue extérieure de l'ÉGLISE de NOTRE-DAME

le premier étoit Childebert, et le dernier Philippe-Auguste. On y voyoit Pepin-le-Bref monté sur un lion, ce qui étoit un monument de la victoire éclatante qu'il remporta sur un de ces terribles animaux.

Les sculptures placées dans les voussures ogives (1) de ces trois portes et dans les niches au-dessous offrent cette multiplicité, cet entassement d'objets qui fait le caractère de la barbarie gothique. Au portail du milieu étoit représenté Jésus-Christ sous plusieurs aspects, avec les apôtres, les symboles des quatre évangélistes, les prophètes et même les sibylles. Dans les côtés étoient figurés les vertus et les vices sous l'emblème de divers animaux. On y voyoit encore une représentation grossière du jugement dernier, et dans les pilastres qui séparent ce portail d'avec les deux autres, étoient placés deux grandes images de femmes, dont l'une étoit la Foi et l'autre la Religion.

Au portail de la tour voisine du cloître, on voyoit la statue de la Vierge, les prophètes qui l'ont prédite, sa mort, son couronnement; à droite et à gauche saint Jean-Baptiste, saint Étienne, sainte Geneviève, saint Germain, saint Denis, et un roi qu'on ne peut désigner. Ces figures sont du treizième siècle.

Celles du portail à droite, qui paroissent plus anciennes, offroient une réunion d'objets encore plus incohérents. La Vierge y figuroit de nouveau avec la crèche, les trois mages, des rois, des apôtres, des évêques de Paris; et parmi ces derniers, saint Marcel, reconnoissable à sa crosse, à sa mitre et au dragon qu'il avoit sous les pieds. Toutes ces sculptures, dont une partie existe encore, ont éprouvé de grandes dégradations, ainsi que celles qui ornent les portails des deux croisées, lesquelles sont à peu près du même style et de la même composition (2).

---

(1) Le mot *ogive* vient de l'allemand *aug*, qui signifie *œil*, parceque les arcs des cintres, dans les voûtes gothiques, font des angles curvilignes semblables à ceux des coins de l'œil, quoique dans une position différente. *Voussure* signifie toute sorte de courbure en voûte.

(2) Un gentilhomme chartrain, nommé Gobineau de Montluisant, a donné une explication extravagante des figures de cette façade. Il y voyoit une histoire complète de la science *hermétique*, dont il étoit entêté. Le Père Éternel étendant ses bras, et tenant un ange de chacune de ses mains, représentoit le créateur qui tire du néant le soufre incombustible et le mercure de vie, figurés par ces deux anges; le dragon qui est sous les pieds de saint Marcel figuroit la pierre philosophale, composée de deux substances, la fixe et la volatile; la gueule du dragon dénote le sel fixe, qui, par sa siccité, dévore le volatil, désigné par la queue glissante de l'animal; etc. etc. Tout le reste étoit aussi judicieusement conçu et expliqué.

Louis XII il s'élevoit beaucoup au-dessus d'elle, et qu'il falloit monter plusieurs marches pour entrer dans l'église. On remarque en effet que les anciens monuments bâtis dans la plaine s'enterrent successivement par l'exhaussement du sol environnant. Il arrive que le temps dépose chaque année à leur pied une couche insensible de terre ou de matériaux étrangers qui, n'étant point enlevés lorsqu'on renouvelle le pavement des rues, surmontent insensiblement les socles et les marches, de manière qu'on finit par descendre dans les édifices où l'on montoit plusieurs siècles auparavant.

Cette cathédrale avoit été magnifiquement décorée par Louis XIV, qui accomplit ainsi le vœu qu'avoit fait son père, d'y élever un maître-autel digne d'un temple aussi auguste, et de la puissance d'un grand roi. La description de cet autel superbe, des sculptures, boiseries, marbres, bronzes, peintures dont il étoit entouré se trouve dans tous les recueils, et nous n'entrerons point dans ces détails minutieux (1). Malgré les dégradations, les brigandages horribles exercés sur ces grands travaux, il reste cependant encore quelques traces de tant de richesses ; et le groupe de la Mère de douleur placé dans la niche de l'arcade qui est derrière le grand autel est demeuré intact. La Vierge y est représentée les bras étendus vers le ciel ; la tête et une partie du corps de son fils reposent sur ses genoux ; un ange soutient une main du Christ, un autre porte sa couronne d'épines. Ce groupe, exécuté en marbre blanc par *Coustou l'aîné*, quoique loin sans doute du style grand et pur de la sculpture antique, n'est pas cependant dépourvu de beautés, et l'expression y est sur-tout remarquable. Du reste, l'autel, entièrement dégradé, a été refait sur les dessins de feu M. Legrand (2), architecte distingué, et même la décoration intérieure de la totalité du sanctuaire est devenue plus noble et plus régulière par la suppression du jubé et des chapelles adossées aux deux premiers piliers du chœur ; ces chapelles, par leur disposition, empêchoient de jouir de l'ensemble de ce monument.

(1) Cependant notre intention n'est point de passer sous silence les monuments et les curiosités dont Notre-Dame et les principales églises de Paris étoient remplies ; mais nous rejetterons ordinairement ces notices à la fin de nos descriptions. Placés au milieu, de semblables détails y jetteroient de la confusion ; présentés isolément, ils seront mieux compris, et pourront intéresser.

(2) Il est l'auteur de *la description de quelques édifices de Paris*, et nous lui sommes redevables d'une partie de ce que nous venons de dire sur l'état actuel de Notre-Dame.

et rassurent l'œil sur leur solidité, en même temps qu'elles présentent, par la richesse et la variété de leurs ornements, une heureuse opposition avec le *lisse* des murs et des contreforts. La première est placée au-dessus des chapelles, la deuxième surmonte les galeries de la nef et du chœur, et la troisième règne autour du grand comble. Celle-ci, par sa disposition, sert pour faire extérieurement la visite de cette église, et contribue à sa conservation en facilitant la conduite et l'écoulement des eaux pluviales, ce qui s'opère par une multitude de canaux et de gouttières qui les font parvenir jusqu'au pied de l'édifice. La charpente, qui a trente pieds d'élévation, est en bois de châtaignier.

Lorsqu'il s'agit d'un monument aussi célèbre, on ne doit négliger aucun des détails qui semblent intéressants. Avant que le chœur eût été orné d'une décoration moderne, il étoit chargé de sculptures gothiques, représentant à l'intérieur l'histoire de la Genèse. Elles avoient été exécutées en 1303, aux frais du chanoine Fayet. Celles de l'extérieur, qui existent encore, offrent toute la suite du nouveau Testament. Autrefois on lisoit au bas les noms de *Jean Ravy* et *Jean Bouthelier* son neveu, maçons de Notre-Dame; ce dernier avoit achevé ces ouvrages en 1351.

Il faut encore remarquer la ferrure des deux portes latérales de la façade. Elle est composée d'enroulements exécutés en fonte de fer, dans un style d'ornements qui rappelle le goût grec du Bas-Empire; ce qui peut faire présumer que ces pentures, travaillées en arabesques très légères, et ornées de rinceaux (1) et d'animaux, ont été enlevées de quelqu'autre monument, et appliquées à celui-ci. Cette conjecture prend plus de force si l'on observe que ces pentures ne sont point pareilles, et que ni la porte du milieu ni les portes des croisées ne présentent rien de semblable ou d'analogue. On les attribue cependant à un célèbre serrurier nommé *Biscornet.*

Ce portail est de niveau avec la place : on prétend que du temps de

---

moulure plus grande, ou qui sépare les cannelures d'une colonne ou d'un pilastre. Les *fleurons* sont des feuilles ou fleurs dessinées de caprice et sans imitation de la nature, entrelacées quelquefois de figures humaines et d'animaux, soit en entier soit en partie.

(1) *Rinceau,* espèce de branche formée de grandes feuilles naturelles ou imaginaires, et refendues comme l'acanthe et le persil, avec fleurons, roses, boutons et graines; cet ornement entre dans la décoration des gorges, des frises, des panneaux, etc.

Louis XII il s'élevoit beaucoup au-dessus d'elle, et qu'il falloit monter plusieurs marches pour entrer dans l'église. On remarque en effet que les anciens monuments bâtis dans la plaine s'enterrent successivement par l'exhaussement du sol environnant. Il arrive que le temps dépose chaque année à leur pied une couche insensible de terre ou de matériaux étrangers qui, n'étant point enlevés lorsqu'on renouvelle le pavement des rues, surmontent insensiblement les socles et les marches, de manière qu'on finit par descendre dans les édifices où l'on montoit plusieurs siècles auparavant.

Cette cathédrale avoit été magnifiquement décorée par Louis XIV, qui accomplit ainsi le vœu qu'avoit fait son père, d'y élever un maître-autel digne d'un temple aussi auguste, et de la puissance d'un grand roi. La description de cet autel superbe, des sculptures, boiseries, marbres, bronzes, peintures dont il étoit entouré se trouve dans tous les recueils, et nous n'entrerons point dans ces détails minutieux (1). Malgré les dégradations, les brigandages horribles exercés sur ces grands travaux, il reste cependant encore quelques traces de tant de richesses; et le groupe de la Mère de douleur placé dans la niche de l'arcade qui est derrière le grand autel est demeuré intact. La Vierge y est représentée les bras étendus vers le ciel; la tête et une partie du corps de son fils reposent sur ses genoux; un ange soutient une main du Christ, un autre porte sa couronne d'épines. Ce groupe, exécuté en marbre blanc par *Coustou l'aîné*, quoique loin sans doute du style grand et pur de la sculpture antique, n'est pas cependant dépourvu de beautés, et l'expression y est sur-tout remarquable. Du reste, l'autel, entièrement dégradé, a été refait sur les dessins de feu M. Legrand (2), architecte distingué, et même la décoration intérieure de la totalité du sanctuaire est devenue plus noble et plus régulière par la suppression du jubé et des chapelles adossées aux deux premiers piliers du chœur; ces chapelles, par leur disposition, empêchoient de jouir de l'ensemble de ce monument.

____

(1) Cependant notre intention n'est point de passer sous silence les monuments et les curiosités dont Notre-Dame et les principales églises de Paris étoient remplies; mais nous rejetterons ordinairement ces notices à la fin de nos descriptions. Placés au milieu, de semblables détails y jetteroient de la confusion; présentés isolément, ils seront mieux compris, et pourront intéresser.

(2) Il est l'auteur de *la description de quelques édifices de Paris*, et nous lui sommes redevables d'une partie de ce que nous venons de dire sur l'état actuel de Notre-Dame.

VUE INTÉRIEURE de L'ÉGLISE de NOTRE-DAME en 1789.

Il a été fait trois fouilles remarquables dans cette église; la première en 1699, lorsqu'on commença la construction du grand autel. On découvrit alors, sous les pavés du sanctuaire les tombes d'un grand nombre d'évêques et autres personnages éminents, dont plusieurs y avoient été enterrés dès les premiers temps de l'édification du monument.

Dans la seconde fouille, entreprise en 1711 pour creuser le *crypte* qui sert de sépulture aux archevêques, furent trouvées neuf pierres antiques chargées de sculptures et d'inscriptions en caractères romains. Elles semblent être les débris d'un autel consacré par les *nautæ parisiaci* (les nautes parisiens) à Jupiter, très grand et très bon, à Ésus, à Vulcain, à Castor et à Pollux. Nous aurons bientôt occasion de parler en détail de ces monuments.

Enfin, la troisième fouille, que l'on fit en 1756 pour édifier la sacristie et le bâtiment du trésor du côté du midi, détruisit entièrement cette ancienne opinion, que les fondations de Notre-Dame avoient été bâties sur pilotis. Cette fouille, poussée jusqu'à vingt-quatre pieds de profondeur, deux pieds au-dessous de ces fondations, a fait voir qu'elles posent sur un gravier solide. Elles sont composées de gros moellons liés avec du mortier et du sable. Il n'y a que quatre assises de pierres de taille bien équarries, et posées en retraite les unes sur les autres, qui terminent cette fondation jusqu'au sol. L'ancienne sacristie, qu'on abattit alors, parcequ'elle menaçoit ruine, avoit été construite à la place d'une galerie qui communiquoit de l'église aux chapelles de l'archevêché. L'édifice qui a remplacé ces deux anciennes constructions a été fait sous la direction du célèbre architecte Soufflot.

Telles sont les particularités les plus intéressantes que nous avons pu recueillir sur ce monument célèbre dans toute la chrétienté, que tant de mains royales se sont plu à décorer, et qui, tout dépouillé qu'il est de son antique splendeur, rappellera toujours les plus grands, les plus touchants souvenirs de la monarchie française. C'est dans l'église de Notre-Dame que nos rois ont le plus souvent donné des preuves éclatantes de cette piété si noble et si sincère qui les distingue parmi tous les souverains, et dont l'exemple salutaire, en raffermissant le principe religieux dans l'ame de leurs sujets, contribua, plus que toute autre chose, à soutenir un ordre politique, fragile par sa nature, et menacé à chaque instant de se changer en désordre et en anarchie. A chaque avènement, le nouveau monarque alloit dans ce temple auguste déposer sa couronne aux pieds de celui qui juge les rois ; avant de marcher à l'ennemi, il y retournoit demander la protection du ciel pour ses armes ; et dans la gloire du triomphe, il y revenoit encore humilier son front, et consacrer les marques de sa victoire (1). Il n'étoit point de fêtes solennelles, soit pour remercier le ciel des succès, soit pour l'implorer dans les calamités, où l'on ne marchât d'abord vers la cathédrale, et les pompes de la religion se méloient sans cesse aux affections les plus vives des peuples, aux intérêts les plus grands des princes. Un de nos rois (2), délivré d'une longue captivité, alla porter à Notre-Dame le tribut de ses actions de graces avant de rentrer dans son palais ; un autre (3) y fit élever le monument d'une victoire qu'il croyoit n'avoir obtenue que par une protection signalée de la Vierge ; Henri IV, le meilleur des princes, saint Louis, le plus grand des rois, ont prié sous ces voûtes ; et la suite de cette histoire nous fournira une foule d'exemples non moins remarquables de ce zèle religieux qui, dans ces souverains, sembloit se transmettre d'âge en âge avec la valeur et les droits du trône.

CURIOSITÉS DE NOTRE-DAME.

La cathédrale de Paris ayant été, dans tous les temps, l'objet de la dévotion particulière de nos rois, fut, dès les commencements, comblée de leurs présents, et décorée avec une magnificence digne d'aussi grands

---

(1) C'étoit aux balcons des galeries qu'étoient attachés et exposés, pendant la guerre, les drapeaux pris sur les ennemis de la France. On les ôtoit en temps de paix.

(2) Le roi Jean.

(3) Philippe-le-Bel, vainqueur des Flamands à la bataille de Mons-en-Puelle, le 18 août 1304, entra à Notre-Dame monté sur le même cheval, et armé des mêmes armes avec lesquelles il avoit soutenu le premier choc de l'ennemi, qui avoit pénétré, par surprise, jusqu'à sa tente. Persuadé qu'il devoit à la protection signalée de la Vierge d'être échappé à un danger aussi éminent, il fonda une rente de cent livres à l'église de Notre-Dame, et voulut que sa statue équestre y fut élevée, le casque en tête, et armée seulement de l'épée, tel qu'il étoit lorsqu'il fut surpris par les Flamands. Cette statue, que l'on voyoit près du dernier pilier de la nef, du côté de la chapelle de la Vierge, a été détruite probablement avec tant d'autres monuments de la monarchie ; car elle n'existe point au dépôt des Monuments français. Saint-Foix prétend qu'elle fut érigée par Philippe-de-Valois, après la bataille de Cassel, et non par Philippe-le-Bel. Il donne, pour soutenir son opinion, des raisons qui semblent spécieuses : cependant elle n'a point prévalu.

souverains. Elle étoit riche en peintures, en sculptures, en reliques, en vases antiques et précieux, en ornements de tous genres ; et le culte n'étoit célébré dans aucune église avec un appareil aussi auguste (1).

Non seulement les rois et les princes, mais le corps des bourgeois, plusieurs confréries, des communautés de métiers, de simples particuliers se sont plu à l'envi à l'enrichir de leurs offrandes. On voyoit devant l'autel de la Vierge un lampadaire d'argent remarquable, en ce qu'il étoit composé de sept lampes, dont six avoient été données par Louis XIV et la reine son épouse. Celle du milieu, qui avoit la forme d'un navire, étoit un présent de la ville de Paris, et rappeloit un vœu singulier qu'elle avoit fait dans un danger éminent (2). Un chanoine de cette église en avoit fait entièrement reblanchir l'intérieur à ses frais. Un autre avoit donné les peintures qui ornoient le chœur ; enfin la nombreuse collection de tableaux qui garnissoit l'immense étendue de la nef, les croisées et les chapelles, étoit le résultat d'une offrande annuelle que, pendant près d'un siècle, fit à Notre-Dame la communauté des orfèvres, et la confrérie de Sainte-Anne et de Saint-Marcel. Ces tableaux, dont plusieurs étoient des meilleurs peintres de notre école, fixoient d'abord l'attention de ceux qui visitoient cette cathédrale ; et c'est par eux que nous allons commencer la liste de toutes ces curiosités.

(1) La chronique d'*Albéric de Troisfontaines* rapporte un fait qui peut donner une idée de la manière dont on ornoit cette superbe basilique dès le treizième siècle. Un voleur, ayant formé le projet de s'emparer des bassins et des chandeliers d'argent qui étoient devant l'autel, imagina, la nuit de l'Assomption de l'année 1218, de les tirer à lui du haut des voûtes, où il s'étoit caché ; les cierges, qui étoient encore allumés ; ayant été enlevés avec les chandeliers, mirent le feu aux riches tentures dont l'église étoit tapissée, et il en brûla, avant qu'on pût l'éteindre, pour la valeur de neuf cents marcs d'argent (45,000 liv.).

Dans ces temps-là on avoit coutume, à cette même fête de l'Assomption, de joncher le pavé de cette église d'herbes odoriférantes ; deux siècles après on se contentoit d'y répandre de l'herbe tirée des prés de Gentilli.

Le jour de la Pentecôte, c'étoit encore l'usage à Notre-Dame de jeter, par les voûtes, des pigeons, des oiseaux, des fleurs et des étoupes enflammées, pendant qu'on célébroit l'office divin.

(2) La captivité du roi Jean, fait prisonnier à la bataille de Poitiers en 1356, avoit livré Paris à l'anarchie la plus violente, et à tous les maux qui en sont la suite. Pour toucher le ciel en leur faveur, les bourgeois firent vœu d'offrir tous les ans, à Notre-Dame, une bougie de la longueur du tour de la ville. Cette offrande se fit régulièrement pendant deux cent cinquante ans, jusqu'en 1605, que Paris, prenant chaque jour de nouveaux accroissements, elle devint, d'année en année, plus difficile à remplir. Alors le don annuel de la bougie leur fut remis, et celui de cette lampe d'argent le remplaça.

TABLEAUX DE LA NEF (1).

A droite en entrant.

1. Le Boiteux guéri par saint Pierre à la porte du temple, par *D. Silvestre.*
2. Saint Pierre délivré de prison, par *Jean-Baptiste Corneille.*
3. Le départ de saint Paul, de Milet pour Jérusalem, par *Galloche.*
4. Le martyre de saint Simon en Perse, par *Louis Boullogne* père.
5. Le martyre de saint Jean l'évangéliste près la porte Latine à Rome, par *C. Hallé* père.
6. L'apparition de Jésus-Christ à saint Pierre, par *J. Sourlay* (2).
7. Saint Pierre ressuscitant la veuve, par *Louis Tetelin.*
8. Saint Paul prêchant les Gentils, par *Eustache Le Sueur.*

A gauche en entrant.

1. Jésus-Christ chez Marthe et Marie, par *Simpol.*
2. La multiplication des pains, par *J. Christophe.*
3. La vocation de saint Pierre et de saint André, par *M. Corneille.*
4. Les Vendeurs chassés du temple, par *Claude-Guy Hallé.*
5. La guérison du Paralytique, *par Jouvenet.*
6. L'entretien de Jésus-Christ avec la Samaritaine, par *Boullogne* jeune.
7. Jésus-Christ guérissant le Paralytique à la piscine, par *Boullogne.*

Sur la partie du pilier qui faisoit face à la chapelle de la Vierge, laquelle étoit au côté droit de la principale entrée du chœur.

1. Le vœu de Louis XIII, par *Philippe de Champagne.*
2. A côté, et un peu plus bas, vis-à-vis de la chapelle, saint Paul et Silas flagellés dans la ville de Philippes en Macédoine, par *Louis Tetelin.*
3. Au-dessus, saint André à genoux devant la croix, par *Jacques Blanchard.*
4. Sur la même ligne, en tournant, saint Jacques conduit au martyre, par *Noël Coypel* père.
5. De suite, guérison de la femme affligée d'un flux de sang, par *Cazes.*
6. A côté, saint Paul lapidé à Listres, par *Jean-Baptiste Champagne* neveu.
7. Au-dessus de la chapelle, saint Pierre prêchant à Jérusalem, par *Charles Poërson* père.

---

(1) A la fin du second volume on trouvera des notices, par ordre alphabétique, sur tous les peintres, sculpteurs, architectes et autres artistes dont il est fait mention dans le cours de cet ouvrage.

(2) On croit ce tableau de *Mignard*, dont *Sourlay* étoit l'élève,

En tournant à la croisée gauche du côté du cloître, en face de la chapelle Saint-Denis, qui étoit également à la porte du chœur.

1. La descente du Saint-Esprit, par *Blanchard.*
2. A côté, vis-à-vis la chapelle Saint-Marcel, saint Paul guérissant un boiteux, par *Michel Corneille.*
3. Au dessus, l'enlèvement de saint Philippe, par *Thomas Blanchet.*
4. De suite, en tournant, le martyre de saint Étienne, par *Charles Le Brun.*
5. Le martyre de saint Pierre, par *Sébastien Bourdon.*
6. Le martyre de saint André, par *Charles Lebrun.*
7. Au-dessus de la chapelle, la Conversion de saint Paul, par *Laurent de La Hire* (1).

TABLEAUX PLACÉS AU-DESSUS DES STALLES DU CHOEUR.

A droite.

1. L'Annonciation, par *Hallé.*
2. La Visitation (*le Magnificat*), par *Jouvenet.*
3. La Nativité de Jésus-Christ, par *Lafosse.*
4. L'Adoration des Mages, par *le même.*

A gauche.

1. La présentation de Jésus-Christ au temple, par *Louis Boullogne.*
2. La fuite en Égypte, par *le même.*
3. Jésus-Christ dans le temple au milieu des docteurs, par *A. Coypel.*
4. L'Assomption de la Vierge, par *le même.*

AU-DESSUS DU POURTOUR EXTÉRIEUR DU CHOEUR.

En entrant par la grille de la croisée du côté de l'Archevéché.

1. La Décollation de saint Jean et l'enlèvement de son corps par ses disciples, par *Cl. Audran.*
2. Saint Paul ressuscitant Eutique, par *Courtin.*
3. Le repentir de saint Pierre, par *Tavernier.*
4. Saint Paul devant Agrippa, par *Villequin.*

---

(1) Ces deux chapelles, de la Vierge et de Saint-Denis, construites sur les dessins de *Decotte,* architecte du roi, avoient été magnifiquement décorées aux frais du cardinal de Noailles, inhumé au pied de celle de la Vierge. La statue en marbre de Saint-Denis étoit de *Coustou* l'aîné, celle de la Vierge, de *Vassé.*

En tournant autour du sanctuaire pour passer du côté gauche.

1. Saint Paul convertissant saint Denis dans l'Aréopage, par *Cestin*.
2. Agabus prédisant à saint Paul ce qu'il doit souffrir pour Jésus-Christ, par *Chéron*.
3. Saint Jean prêchant dans le désert, par *Parrocel* père.
4. L'Adoration des Rois, par *Vivien*.

CHAPELLES DES BAS-COTÉS AUTOUR DU CHŒUR.

Après la petite porte de l'escalier qui conduit aux tribunes du chœur.

1. *Chapelle de Saint-Pierre et Saint-Paul.* Un tableau oval représentant ces deux saints accompagnés de leurs disciples, par *Beaugin*, et une Descente de croix.
2. *Chapelle de Saint-Pierre martyr.* Saint Pierre guérissant les malades par son ombre, par *La Hire*. Vis-à vis, le Naufrage de saint Paul à Malte, par *Poërson*.
3. Ensuite la Sacristie renfermant le trésor (1).
4. *Chapelle de Saint-Denis et Saint-Georges.* Une Notre-Dame de Pitié, de l'école de *Vouet*, et saint Pierre visité par un ange dans sa prison, par *Vouet*.
5. *Chapelle de Saint-Gérald.* La mort de la Vierge, par *N. Poussin*. Vis-à-vis, un vœu à la Vierge sur un champ de bataille.
6. *Chapelle de Saint-Remi*, dite *des Ursins*. Saint Claude, par *Galloche*. Portrait de Jouvenel des Ursins avec sa famille.
7. *La Chapelle d'Harcourt.*
8. *Chapelle de Saint-Crépin, Saint-Crépinien et Saint-Étienne.* Un Christ, l'Ascension et la Résurrection, par *Beaugin*. Hérodiade à table avec Hérode, par *L. Chéron.* Saint Pierre baptisant le Centenier, par *M. Corneille*.
9. *Chapelle de Saint-Nicaise.* Le Jugement dernier, peint sur bois par *de Hery*.
10. *Chapelle de Saint-Louis et de Saint-Rigobert.* Un Christ, d'après Michel-Ange, Saint-Étienne conduit au martyre, par *Houasse*.
11. *Chapelle de la Décollation de Saint-Jean-Baptiste.* Le martyre de saint Barthélemy, par *Paillet*. La décollation de saint Jean, par *Louis Boullogne*. Une Assomption, par *Hurel*.
12. *Chapelle de Vintimille, sous le titre de Sainte-Foi et de Saint-Eutrope.* Saint Charles Borromée communiant les pestiférés, par *Vanloo*. Une Sainte Famille, par *Paillet*.
13. *Chapelle de Saint-Michel, dite de Noailles.* L'Apparition de l'Ange aux trois Maries, par *C. Natoire*.
14. *Chapelle de Saint-Ferréol.* Saint Michel, par *Vignon*. L'Annonciation, par *Champagne*.

---

(1) Cette sacristie est le bâtiment nouveau qui remplace l'ancienne galerie dont nous avons parlé page 131.

15. *Chapelle de Saint-Jean-Baptiste et de la Magdeleine, ou Chapelle de Beaumont.* Un Christ en croix.

16. Dans l'embrasure de la porte rouge, la mort d'Ananie et Saphire, et le centenier Corneille aux pieds de saint Pierre, par *Aubin Vouet.*

17. *Chapelle de Saint-Eustache.* La Transfiguration, d'après *Raphaël.* Le Vœu du marquis de Loëmaria, par *Le Monnier.*

18. *Chapelle de Sainte-Agnès.* La Vierge allaitant l'Enfant Jésus.

En redescendant des bas-côtés de la nef, du même côté.

1. *Chapelle Saint-Nicolas.* Ce saint sauvant des pénitents du naufrage, par *Thiersonnier.* Le Miracle de saint Paul et de Sylas en prison, par *N. de Plattemontagne.*

2. *Chapelle de Sainte-Catherine.* Le martyre de cette sainte, par *M. Vien.*

3. *Chapelle de Saint-Julien-Zozime.* Ce saint donnant la communion à sainte Marie Égyptienne, par *Beaugin.* Les Noces de Cana, par *Cotelle.*

4. *Chapelle de Saint-Laurent.* Le martyre de ce saint, par un élève de *Le Sueur.* L'Apparition de Jésus-Christ aux trois Maries, par *Marot.*

5. *Chapelle de Sainte-Geneviève.* Une Vierge et l'Enfant Jésus, avec saint Jean et sainte Geneviève, par *Beaugin.* La guérison des Démoniaques.

6. *Chapelle de Saint-Georges et de Saint-Blaise.* Une Mère de douleur consolée par les Anges, par *Beaugin.* Les Miracles de saint Paul à Éphèse, par *L. Boullogne.*

7. *Chapelle de Saint-Léonard.* Ce saint en habit guerrier, par *Champagne.* Le Vœu de Madame la Grande-Duchesse, pour sa maladie, par *Dumesnil.*

CHAPELLES DES BAS-COTÉS DE LA NEF.

En entrant à droite.

1. *Chapelle de Sainte-Anne.* Sainte Anne et la Vierge, par *Vouet.* La Présentation de la Vierge, par *La Hire.*

2. *Chapelle de Saint-Barthélemy et de Saint-Vincent.* Le Martyre de ce dernier saint, par *Beaugin.* Notre Seigneur sur la montagne, par *Poërson.*

3. *Chapelle de Saint-Jacques.* Un Christ, par *Le Nain.* La Femme adultère, par *Renaut.*

4. *Chapelle de Saint-Antoine et de Saint-Michel.* Saint Michel à genoux devant la Vierge, par *Champagne.* Jésus-Christ guérissant un possédé, par *Vernansal.*

5. *Chapelle de Saint-Thomas de Cantorbéry.* Saint Dominique et saint Thomas à genoux devant la Vierge, manière de *Lanfranc.* La Résurrection du fils de la veuve de Naïm, par *Guillebaut.*

6. *Chapelles de Saint-Augustin et de Sainte-Marie-Magdeleine.* Dans la première, la Piscine, par *Alexandre.* L'Aveuglement de Barjézu, par *Loir.* Dans la deuxième,

l'Incrédulité de saint Thomas, par *Arnould*; la Résurrection de la fille de Jaïre, par *Vernansal* (1).

_____

STATUES (2) ET TOMBEAUX.

Le grand-autel, érigé sur les dessins de *Decotte*, étoit enrichi d'un grand nombre de statues en bronze, richement doré, mais qui ne peuvent être considérées que comme des figures d'ornement. Les morceaux de sculpture les plus remarquables qu'on voyoit dans cette église, étoient :

A droite, du côté de l'épître, la statue de Louis XIII à genoux, revêtu de ses habits royaux, offrant son sceptre et sa couronne, et mettant son royaume sous la protection de la Vierge. Cette figure, en marbre blanc, a été exécutée par *Coustou* le jeune.

A gauche, celle de Louis XIV, faite par *Coyzevox*. Elle représentoit ce monarque revêtu pareillement de ses habits royaux, et accomplissant le vœu du roi son père (3).

La menuiserie des stalles, ornées de sculptures en bois par *Goullon*; elle offroit une suite de sujets pris dans le nouveau Testament.

Le mausolée de Henri-Claude d'Harcourt, dans la chapelle qui portoit ce nom. Il avoit été exécuté par le sculpteur Pigalle, d'après un songe où madame d'Harcourt avoit vu son mari tel qu'il y est représenté (4).

Dans la chapelle de Saint-Louis et Saint-Rigobert, la statue du cardinal Pierre de Gondi,

_____

(1) On prétend que tous ces tableaux, que l'on conserve dans les dépôts divers du gouvernement, vont être rendus à cette église, à l'exception de la prédication de saint Paul par *Le Sueur*, et du martyr de saint Pierre par *Bourdon*. Ces tableaux, qui passent pour être les chef-d'œuvres de ces deux maîtres, resteront au Musée, où ils entreront dans le parallèle établi entre l'école française et les écoles italienne et flamande.

(2) Nous ne faisons point entrer dans ce catalogue la statue colossale de saint Christophe, que l'on voyoit au premier pilier de la nef près de la porte principale. Elle avoit été élevée par Antoine Desessarts, frère de Pierre Desessarts, surintendant des finances, qui eut la tête tranchée en 1413. Il rêva la nuit que saint Christophe rompoit les grilles de la fenêtre de sa prison, et l'emportoit dans ses bras; ayant été déclaré innocent quelques jours après, il fit exécuter cette statue, devant laquelle il étoit représenté à genoux. Cette figure gigantesque, d'un aspect désagréable, fut abattue en 1784.

(3) Ces deux statues sont au Musée des monuments français.

(4) Du fond d'un grand sarcophage, qu'ouvre un squelette couvert de draperies, on voit se lever le comte d'Harcourt, qui semble se débarrasser de son linceul, et adresser la parole à sa femme, représentée à genoux au bas du monument; derrière, l'Hymen éploré éteint son flambeau. Ce groupe, d'une exécution maniérée, d'un dessin pauvre et incorrect, est aussi déposé au Musée des monuments français.

évêque de Paris, mort en 1616 (1). Cette chapelle, magnifiquement décorée, étoit
destinée à la sépulture de cette illustre famille.

Dans celle de Saint-Michel, dite de Noailles, deux figures en marbre, par *Rousseau,*
représentant saint Louis et saint Maurice.

Au pied des marches du sanctuaire avoient été déposées les entrailles de Louis XIII et
de Louis XIV.

Au côté opposé au monument du cardinal de Noailles étoit celui de l'abbé de La Porte,
chanoine jubilé (2) de cette église, et l'un de ses bienfaiteurs.

Dans la chapelle de Saint-Remi on voyoit le tombeau de Juvénal des Ursins et de sa
femme. Simon de Bucy, évêque de Paris, mort en 1304, a été enterré dans celle
de Saint-Nicaise.

Dans la chapelle de Saint-Eustache ont été inhumés Jean-Baptiste Budes de Guébriant,
maréchal de France, et Renée de Bec-Crepin sa femme.

Une foule d'autres grands personnages (3) ont reçu leur sépulture dans cette église; et
lorsqu'on creusa le *crypte* qui sert de sépulture aux archevêques, on y découvrit
le tombeau d'une reine d'Angleterre, dont le nom est inconnu (4).

RELIQUES ET AUTRES OBJETS PRÉCIEUX.

Derrière le chœur étoit la châsse de Saint-Marcel, en or et en vermeil, enrichie de
perles fines et de pierres précieuses.

L'autel de la chapelle de Saint-Denis contenoit quatre châsses, où l'on conservoit quelques reliques inconnues.

La salle du *Trésor* contenoit entre autres richesses :

Le chef de saint Philippe, apôtre; ce chef de vermeil étoit couvert de pierres précieuses
du plus grand prix.

Une reliquaire de vermeil représentant saint Louis, et renfermant plusieurs parcelles de
la sainte couronne, des fragments de l'éponge, du suaire et du tombeau de Jésus-
Christ.

La tunique de Saint-Germain, renfermée dans une châsse en vermeil; des vêtements de
la Vierge et une partie du crâne de Saint-Denis, etc., etc.; une quantité prodigieuse

---

(1) Cette statue médiocre représente le cardinal à genoux devant un prie-dieu. Elle est placée
sur un entablement posé sur quatre colonnes, au milieu desquelles on voit un grand cénotaphe en
marbre noir. (Au Musée des monuments français.)

(2) Les chanoines *jubilés* sont ceux qui ont desservi leurs prébendes pendant l'espace de
cinquante ans.

(3) Entre autres, Joachim du Bellay, chanoine et archidiacre de Paris, l'un des poëtes les
plus estimés de la cour de François Ier, et Pierre de Marca, archevêque de Paris, célèbre par
son traité *de Concordiâ sacerdotii et imperii*.

(4) On y trouva aussi le tombeau de Louis de France, dauphin, fils de Charles VI et d'Isabeau de
Bavière. Au bas des degrés du grand-autel étoit le cœur de Louise de Savoie, mère de François Ier.

de ciboires, de calices, de croix, de vases, de chandeliers, de soleils en vermeil, enrichis de diamants, de pierres fines, monuments précieux de la piété des plus illustres personnages de la France, et dont le brigandage de 1793 a fait disparoître jusqu'aux moindres vestiges.

On y conservoit aussi des monuments curieux relatifs à la manière dont se faisoiént les investitures par le moyen du couteau; les réparations des dommages par l'offrande d'un morceau de bois sur lequel l'acte étoit écrit, ou par celle d'une baguette d'argent, lorsque la réparation venoit d'un prince, etc., etc.

VUE de l'ARCHEVÊCHÉ prise de la rive méridionale.

ARCHEVÊCHÉ.

La maison de l'évêque étoit située, de temps immémorial, près de Saint-Étienne (1). Elle s'élevoit vis-à-vis de la nef de l'église d'aujourd'hui, et se terminoit à la double chapelle qui se voit encore dans la seconde cour de l'archevêché; le reste, du côté de l'orient, est une augmentation de bâtiments, dont le plus ancien n'a pas plus de deux cents ans.

Lorsque les évêques cessèrent de faire les ordinations dans leur cathédrale, ce qui arriva vers le temps où la multiplication des offices, et sur-tout des fondations, les empêcha de s'y rendre aussi assidûment que les anciens l'avoient fait, ils conçurent le dessein de faire construire une ou deux chapelles dans leur maison. La principale de ces chapelles fut décorée avec la magnificence que l'on déployoit alors dans les monuments de ce genre, quand on les élevoit dans les maisons des grands seigneurs; l'autre servit aux jugements ecclésiastiques, dès qu'on eut cessé de les prononcer aux portiques des cathédrales.

Maurice de Sully, dans le temps même qu'il faisoit bâtir l'église de Notre-Dame, fit construire, sur une ligne parallèle, le palais épiscopal et la double chapelle dont nous venons de parler. Dans la chapelle basse étoient des chapelains établis par les évêques; le jeudi-saint on y lavoit les pieds des enfants de chœur, et tous les dimanches on y célébroit la messe pour les prisonniers de l'archevêché. La chapelle supérieure servoit aux ordinations, aux sacres d'évêques, à certaines thèses de théologie, et à d'autres assemblées solennelles. Il est constaté que toutes ces constructions,

---

(1) On a prétendu qu'elle étoit autrefois près de Saint-Landri, et que cette église en étoit la chapelle. Cette erreur vient de ce qu'effectivement les évêques possédoient une maison dans cette partie de la Cité.

sont de ce temps-là, par le nécrologe de Paris et par tous les historiens contemporains (1).

On arrive dans la seconde cour par une arcade placée sous le bâtiment du trésor; et c'est là qu'est le nouveau palais archiépiscopal. Il doit son agrandissement à plusieurs prélats qui ont gouverné l'église de Paris, et principalement au cardinal de Noailles, qui y fit faire de grandes augmentations et beaucoup d'embellissements en 1697. C'est un grand hôtel, dont la situation est belle et la vue agréable, mais qui n'offre, dans toute sa construction, qu'une architecture mesquine et sans caractère.

Le peu de séjour que nos premiers rois firent dans la ville de Paris fut cause que son siège épiscopal parut trop peu considérable pour qu'on en fît une métropole, et qu'il fut long-temps soumis à la juridiction de l'archevêché de Sens. Les deux premières races ayant été le temps des grandes dotations, Paris, qui ne s'accrut que sous les rois de la troisième, étoit un des évêchés les moins riches de la France ; toutefois, lorsque cette ville fut devenue la capitale du royaume, son siège acquit bientôt une grande importance plutôt par la position que par l'étendue des propriétés de l'évêque (2). Pour bien faire entendre ceci, qu'on nous permette d'ajouter quelques développements au tableau que nous avons déjà offert des premiers siècles de la monarchie.

Nous avons parlé de cette confusion des deux puissances qu'amena la barbarie du moyen âge, et des atteintes qu'elle porta au pouvoir monarchique. Les évêques, devenus propriétaires de terres, et admis, en

---

(1) Dans ces anciens bâtiments étoient les salles des officialités métropolitaine et diocésaine, du bailliage de la duché-pairie de l'archevêque, la chambre ecclésiastique du diocèse, et la bibliothèque des avocats *. Toute cette partie de l'archevêché a été abattue, à l'exception de la double chapelle. La vue pittoresque que nous joignons ici représente très exactement l'état actuel de ce palais.

(2) Dans un diplôme du roi Louis VI, de l'an 1110, les seigneuries de cet évêque, après celle de sa censive dans la Cité, sont dites être *Saint-Germain, Saint-Éloi, Saint-Marcel, Saint-Cloud et Saint-Martin-de-Champeaux en Brie.* Ils avoient aussi, dès le sixième siècle, des possessions dans le diocèse de Sens, et une terre en Touraine, dans les environs d'Amboise. (LEBEUF.)

* Cette bibliothèque étoit située dans le pavillon à droite de l'avant-cour de l'archevêché. Étienne *Gabrian*, seigneur de *Riparfonds*, l'un des plus célèbres jurisconsultes de son temps, l'avoit léguée, en 1704, à ses confrères, avec des fonds pour l'entretenir, sous la condition de la rendre publique. On y faisoit, une fois par semaine, des consultations gratuites pour les pauvres, et, tous les samedis non fêtés, des avocats distingués y tenoient des conférences sur la jurisprudence.

qualité de grands vassaux, au gouvernement de l'État, croyoient avoir,
comme évêques, les droits qu'on ne leur avoit accordés que comme seigneurs : parcequ'ils jugeoient les rois dans le tribunal de la pénitence, et
avec l'autorité de chefs spirituels, ils s'imaginèrent pouvoir les citer dans
les conciles sur les affaires temporelles, et les rois, peu instruits de leurs prérogatives, ne pensèrent point à contester ces absurdes prétentions. L'histoire
est remplie d'exemples vraiment inconcevables de cette puissance mons-
trueuse des évêques et de la soumission plus étonnante encore des rois,
qu'ils déposoient à leur gré, ou condamnoient aux plus rudes et aux plus
humiliantes épreuves. Leur autorité, qui éclata sur-tout sous les Carlovingiens, par les actes arbitraires et inouis qu'ils exercèrent sur Louis-le-
Débonnaire, étoit déjà très grande et très respectée sous la première race.
Dans ces temps, où nos rois avoient très peu de places fortes, et encore
moins de troupes réglées, ces premiers pasteurs, indépendamment de la
juridiction entière qu'ils avoient sur le clergé de leurs diocèses, étoient les
seuls dispensateurs des biens des églises, déjà richement dotées ; le
droit d'asile établi dans les temples (1) les rendoit les maîtres de retenir ou
de livrer les criminels et les esclaves qui s'y étoient réfugiés. Ils étoient les
protecteurs nés des serfs affranchis en face de l'église, et ils en héritoient
même au préjudice du fisc. L'effet de leur excommunication étoit tel, que
celui qui en étoit frappé, non seulement ne pouvoit plus remplir aucun
emploi donné par le souverain, mais qu'il étoit regardé comme mort, et
que ses héritiers se mettoient en possession de ses biens. Les rois avoient
une telle confiance dans leur sainteté et dans leurs lumières, qu'ils les
faisoient intervenir dans toutes les affaires importantes, même dans celles
qui paroissoient le plus éloignées de leur expérience et de leur profession.
Gontran nomma des évêques pour juger quelques uns de ses généraux accusés de n'avoir mal réussi dans une guerre que par ineptie ou par trahison.
Clotaire et son fils Dagobert les prirent pour arbitres dans les contestations
qu'ils eurent au sujet des limites de leurs États. « Chilpéric et Gontran,
« dit Grégoire de Tours, étant divisés entre eux, ce dernier fit assembler
« les évêques de ses États, afin qu'ils fussent arbitres entre le roi son père
« et lui. Mais le ciel, qui vouloit punir ces princes de leurs péchés par le

____

(1) Ce droit d'asile dans les églises existoit encore du temps de Charles V.

« fléau de la guerre civile, permit qu'ils ne déférassent point alors au juge-
« ment des prélats. » Cet historien, en parlant de la paix que ce même
Gontran fit avec Childebert son neveu : « Voilà , dit-il, ce qui fut
« conclu entre ces princes , par l'entremise des prélats et des autres
« grands du royaume. »

Toutefois il ne faut point considérer cette autorité usurpée des évêques,
et leur résistance trop fréquente aux volontés des princes, d'après les
mœurs et les principes des sociétés modernes. Ce qui seroit aujourd'hui
révolte passoit alors pour un devoir sacré , auquel on ne pouvoit manquer sans trahir la cause du ciel ; l'ignorance avoit jeté les esprits dans les
préjugés les plus absurdes, avoit établi comme certaines les maximes les
plus fausses. On suivoit aveuglément les traditions de ceux qui avoient
précédé, et c'étoit avec bonne foi, et même par un excès de piété, que les
chefs de l'église se portoient à des violences funestes sans doute , mais
bien moins coupables qu'on n'a voulu les représenter.

Il résulta de cet état de choses, que, lorsque la ville de Paris fut devenue
sous les Capétiens la seule capitale du royaume, ses évêques acquirent, par
cette situation nouvelle, une importance qu'ils n'avoient point eue jusque-
là, et que cette défense de leurs privilèges, qui sembloit alors si légitime, les
mit naturellement en opposition avec le pouvoir et les volontés du monarque. Nous avons dit qu'ils possédoient au couchant de la *ville* un terrain
considérable, sous le nom de *Culture-l'Évêque*. C'est la plus ancienne
concession qui leur ait été faite, et l'on n'en peut fixer l'origine, qui
remonte jusqu'aux rois de la première race. Ils jouissoient dans ce
domaine de tous les droits seigneuriaux. C'étoit là qu'étoit leur maison
de plaisance, et qu'ils avoient leurs greniers dans un lieu nommé *Ville-
l'Évêque* ; vis-à-vis étoit un port qui dépendoit également d'eux , et qui
avoit le même nom. Par l'agrandissement rapide de Paris hors de sa première enceinte de ce côté , il se trouva qu'on fut forcé d'empiéter sur leur
terrain, et qu'on voulut bâtir sur leur censive ; ces projets nouveaux ne
s'exécutèrent point sans obstacle de leur part, et firent naître entre eux et
les rois une foule de contestations et de transactions, dont nous aurons
occasion de parler dans la suite de cet ouvrage.

Les droits de l'évêque étoient tels, que, du temps de saint Louis, la ville
de Paris étoit pour ainsi dire partagée en deux parties , dont l'une étoit

sous sa domination, l'autre sous celle du prélat; et les bourgeois, qui reconnoissoient la juridiction de ce dernier, refusoient souvent d'obéir aux ordonnances du prince. Les choses allèrent au point que le roi crut nécessaire d'assembler un parlement, pour faire examiner si les vassaux de l'évêque n'étoient point tenus de se soumettre à ses commandements. La décision de l'assemblée fut en sa faveur, malgré les efforts de sa partie adverse, qui produisit pour sa défense les transactions faites entre les rois précédents et l'église de Paris. Voyant qu'on n'y avoit point d'égard, il mit en interdit toutes les églises de son diocèse, et défendit qu'on y célébrât le service divin. Cette démarche eut un tel éclat, que le roi, appréhendant les suites qu'elle pouvoit avoir pour la religion, fit sa paix avec l'évêque, qui continua de jouir de ses anciens privilèges.

Cependant de telles résistances n'eurent point d'effets extrêmement fâcheux, parcequ'à dater de cette époque de la troisième race le pouvoir des rois s'étant élevé par degrés sur les ruines de la féodalité, l'évêque, malgré l'influence que sembloit lui donner une situation si avantageuse, se vit insensiblement forcé de céder à une autorité qui prenoit chaque jour de nouvelles forces aux dépens de tant de petites tyrannies qui avoient désolé la France. Ses efforts pour maintenir sa juridiction temporelle n'empêchèrent point que, peu à peu, elle ne lui échappât, pour aller se perdre, avec tant d'autres droits, dans ceux de la couronne. Dès le règne de Louis-le-Gros, et principalement sous Philippe-Auguste, elle avoit reçu des atteintes dans les transactions qui furent faites entre ces monarques et l'église (1); saint Louis lui porta de nouveaux coups, et successivement

(1) Le territoire de Saint-Germain-l'Auxerrois, qui étoit dans la censive de l'évêque, devint si considérable par son commerce, que l'évêque Étienne crut devoir, pour en maintenir la prospérité, associer le roi Louis-le-Gros aux deux tiers du profit dans tout le clos fermé de fossés qu'on appeloit champeau, *campellus* ou *campelli*, et ne s'en réserver qu'un tiers pour lui et son église, *le prévôt du roi restant tenu de prêter fidélité à l'évêque, et celui de l'évêque au roi.* Ce fameux traité, fait du consentement du chapitre, est daté de l'an 1136, vingt-neuvième de Louis VI, et quatrième de Louis VII son fils.

Mais ce qui contribua le plus à diminuer les anciens droits de l'évêque, fut un autre traité que Guillaume de Seignelay, évêque en 1222, fit avec Philippe-Auguste. Ce prince fut reconnu avoir la justice du rapt et du meurtre dans le bourg Saint-Germain et dans la Culture-l'Évêque, qui en étoit voisine; le droit de lever des impôts sur les habitants pour dépenses de guerre et *chevauchées;* de même que celui de justice sur les marchands dans tout ce qui étoit relatif aux marchandises. Lorsqu'il sera question du Louvre, nous parlerons des dédommagements qui furent alors accordés à l'église pour compenser le tort que lui fit l'érection de cette maison royale.

tous nos rois travaillèrent à réduire la puissance de l'église au point où le bon sens et la véritable piété exigent qu'elle soit maintenue (1).

Ce qui est très remarquable cependant, et prouve ou la mauvaise foi ou le mauvais sens de ceux qui se sont plu à représenter, comme des effets de la religion, des excès qui n'étoient que le résultat de la barbarie profonde où l'Europe étoit plongée, c'est que, dans cette nuit si affreuse, au milieu de ce système monstrueux qui sembloit régulariser l'anarchie, et menaçoit de détruire une société encore dans l'enfance, cette même puissance des évêques, devenue abusive par le malheur des temps, mais qui n'en étoit pas moins, dans son origine, établie sur la règle éternelle de toute sagesse et de toute justice, fut le salut des Gaules et l'unique cause de la conservation de la monarchie au milieu de ce désordre horrible et de ces guerres civiles désastreuses dont elle fut affligée sous les derniers rois de la première et de la seconde race. « La monarchie, dit l'abbé Dubos, eût été renver-
« sée de fond en comble dans ces temps d'affliction, si l'église gallicane
« n'avoit point eu l'autorité et les richesses qu'on lui a tant reprochées.
« Mais la puissance que les ecclésiastiques avoient dans ces temps-là mit
« ceux d'entre eux qui avoient de la vertu en état de s'opposer avec fruit
« à ces hommes de sang dont les Gaules étoient remplies alors, et qui
« cherchoient sans cesse à faire augmenter les désordres et à multiplier
« les guerres civiles, pour usurper dans quelque canton l'autorité du
« prince, et s'y approprier ensuite le bien du peuple. Les bons ecclésias-
« tiques empêchèrent ces cantonnements dans plusieurs endroits, et y

(1) Voici un exemple bien frappant des abus de cette puissance : Les évêques, à leur installation, faisoient leur entrée solennelle à Notre-Dame, portés par quatre seigneurs feudataires de l'église; et ce qu'on aura peine à croire, c'est que le roi étoit un des vassaux soumis à ce devoir, en qualité de seigneur de Corbeil, de Montlhéry et de la Ferté-Aleps. L'histoire nous apprend que Philippe-Auguste et saint Louis nommèrent des chevaliers qui les représentèrent dans cette cérémonie. Dans la suite, il y eut quatre barons français destinés à remplir cette obligation; c'étoient les barons de Maci, de Mongeron, de Chevreuse et de Luzarches. Le baron de Montmorency, qui d'abord étoit de ce nombre, cessa d'en être lorsque sa terre eut été érigée en duché-pairie. On ignore quand et comment a fini cette servitude, depuis long-temps abolie; mais, par une contradiction absurde du système féodal, les rois, qui étoient soumis envers les évêques à de tels devoirs, avoient le droit de s'emparer, à leur mort, de tous les meubles de bois et de fer qui se trouvoient dans leurs maisons; et ces prélats, qu'un tel droit contrarioit beaucoup, ne purent s'en racheter qu'à force de sacrifices et de prières, choisissant pour y parvenir une occasion où Louis-le-Jeune, prêt à faire son voyage d'outre-mer, se trouvoit dans une grande disette d'argent,

« conservèrent assez de droits et assez de domaines à la couronne pour
« mettre les princes qui la portèrent dans la suite en situation de recou-
« vrer, avec le temps, du moins une grande partie des joyaux qu'on en
« avoit arrachés. C'est ainsi qu'un mur solide qui se rencontre dans un
« édifice mal construit lui sert comme d'étai, et que par sa résistance
« il donne aux architectes le loisir de faire à ce bâtiment des réparations,
« à l'aide desquelles il dure encore plusieurs siècles. »

Dans tous les temps nous voyons l'église s'élever contre les coutumes injustes et barbares, même lorsqu'elle se voyoit dans la nécessité de les tolérer. Par exemple, l'usage des duels juridiques (1), appelés *Jugement de Dieu*, étoit si généralement adopté, et tellement conforme aux mœurs et aux goûts de la nation française, que les juges ecclésiastiques ne pouvoient s'empêcher de le permettre quelquefois, bien que leur juridiction fût infiniment plus parfaite que celle des barons, et qu'elle fût réglée par les principes de toute bonne jurisprudence, des lois fixes, l'audition des témoins, la gradation des tribunaux. C'étoit dans la cour même de l'évêché de Paris que se faisoient ces *monomachies* ou duels ordonnés par le tribunal de l'église; ce que nous apprend Pierre-le-Chantre, qui écrivoit vers l'an 1180. *Quædam ecclesiæ habent monomachias, et judicant monomachiam debere fieri quandoque inter rusticos suos : et faciunt eos pugnare in curiâ ecclesiæ, in atrio episcopi vel archidiaconi, sicut fit Parisius.* Le même auteur ajoute que le pape Eugène (sans doute Eugène III) ayant été consulté au sujet de ces combats, répondit:

---

(1) C'étoit une des trois épreuves judiciaires universellement adoptées en Europe, et si fort en usage dans les neuvième, dixième et onzième siècles; elles étoient appelées *Jugement de Dieu*, parceque l'on étoit persuadé que le ciel intervenoit dans l'évènement, et faisoit reconnoître ainsi l'innocent et le coupable. Il y en avoit différentes sortes, qui se rapportoient toutes à trois principales, le serment, le duel et l'*ordalie* ou épreuve par les éléments. De ces diverses épreuves, trop connues pour que nous en donnions de nouveau le détail, le duel étoit la plus commune, et celle qui subsista le plus long-temps. Employé d'abord uniquement dans les affaires criminelles, on s'en servit ensuite pour toutes sortes de questions. Une dispute sur la propriété d'un fonds, sur l'état d'une personne, sur le sens d'une loi, suffisoit pour autoriser le combat; et les deux parties adverses, ou combattoient elles-mêmes, ou prenoient des champions pour éclaircir leur droit. On pouvoit appeler en duel les témoins, les juges mêmes, lorsqu'on prétendoit qu'ils avoient prévariqué. Les nobles ne pouvoient refuser de se battre contre les roturiers; et les ecclésiastiques eux-mêmes n'en étoient point exempts.

« Suivez vos coutumes » *utimini consuetudine vestrá.* Mais il n'en est pas moins vrai que l'église condamnoit et cette épreuve et toutes les autres. Les papes, les évêques, les conciles ont prononcé anathème contre les *duellistes* (1). Agobard, dans ses livres contre la loi *Gombette* (2), réfuta avec force *la damnable opinion* de ceux qui prétendent que Dieu fait connoître sa volonté et son jugement par les épreuves de l'eau, du feu et autres semblables. Il se récrie vivement contre le nom de *Jugement de Dieu* qu'on osoit donner à ces épreuves. « Comme si, dit-il, Dieu les avoit ordonnés, et s'il devoit se soumettre « à nos préjugés et à nos sentiments particuliers pour nous révéler tout « ce qu'il nous plaît de savoir. » Les mêmes opinions furent soutenues dans le onzième siècle par Yves de Chartres, par saint Thomas et par tous les théologiens les plus sages et les plus éclairés; et généralement, dans ces temps d'une ignorance et d'une corruption si profonde, il n'est pas une seule de ces maximes fondées sur le bon sens et la morale, qui font maintenant la règle des sociétés chrétiennes les plus civilisées, que n'ait alors professée l'église, seule juste et seule éclairée au milieu des vices et des ténèbres dont elle étoit entourée.

Qu'on ne s'étonne donc point si, malgré tout ce que l'histoire de Paris raconte des démêlés des rois avec les évêques, nous ne craignons point d'avancer qu'il n'est point de siège dans la chrétienté qui offre une succession plus remarquable de grands et pieux personnages. On compte, jusqu'à Jean-François de Gondi, cent sept évêques de cette capitale, parmi lesquels il en est six qu'elle révère comme des saints, neuf qui ont été cardinaux de l'église romaine, et quelques uns chanceliers de France.

En 1622, cet évêché, soumis à la métropole de Sens, en fut séparé par Grégoire XV, et érigé en archevêché. Cette érection fut faite en

---

(1) Entre autres, le concile de Valence, tenu en 855; Nicolas Ier, dans une épître à Charles-le-Chauve ; les papes Célestin III, Innocent III, Honorius III. On les voit condamnés dans quatre conciles assemblés par Louis-le-Débonnaire, et dans le neuvième général de Latran, etc.

(2) Par cette loi, dont étoit auteur Gondebaud, roi des Bourguignons, il étoit ordonné que ceux qui ne voudroient pas se tenir à la déposition des témoins ou au serment de leur adversaire pourroient prendre la voie du duel.

faveur de M. Jean-François de Gondi ; il fut peu après nommé commandeur des ordres du roi, honneur dont ont joui presque tous ses successeurs. Louis XIV accorda une distinction encore plus glorieuse à M. de Harlai de Chanvalon, en érigeant, pour lui et les archevêques de Paris, la terre de Saint-Cloud en duché-pairie (1).

On compte dix archevêques depuis M. de Gondi jusqu'à M. de Juigné, qui gouvernoit l'église de Paris en 1789.

LE CHAPITRE DE NOTRE-DAME.

On entend par *Chapitre*, dans une église cathédrale ou collégiale, la communauté des ecclésiastiques qui la desservent, lesquels sont appelés *chanoines* (2), et doivent vivre suivant la règle particulière de la congrégation dont ils sont membres.

Quelques uns font remonter l'origine des chanoines jusqu'aux apôtres, qui, d'après toutes les traditions, vécurent réunis avec les disciples, et donnèrent les règles de la vie commune. En effet, quoique les noms de clercs et de chanoines ne fussent pas usités dans les premiers temps, il paroît que les prêtres-diacres de chaque église formoient entre eux un collège ; et cette expression se retrouve souvent dans les pères des trois premiers siècles. On trouve aussi que cet ordre et ces réunions furent souvent troublés par

---

(1) Elle étoit composée des seigneuries de *Saint-Cloud*, *Maisons*, *Creteil*, *Ozoir-la-Ferrière* et *d'Armantières*.

La juridiction ecclésiastique de l'archevêque, dite l'*Officialité*, tenoit son audience à l'entrée de la chapelle épiscopale inférieure. Ce tribunal étoit composé d'un official, un vice-gérent, et quelquefois plusieurs assesseurs, un greffier, un promoteur, des appariteurs.

Ce prélat avoit encore une autre justice, que l'on nommoit la *Temporalité*. Elle étoit exercée par un juge qui connoissoit des appellations de sentences rendues en matière civile par les officiers des justices des terres de l'archevêché.

Il possédoit en outre le droit de justice de fief et de voierie dans neuf fiefs situés dans la ville de Paris.

(2) Ce mot chanoine, *canonicus*, vient de *à canone*, qui signifie *règle*.

Tome I.   20

les persécutions; mais dans ces maux qui affligeoient les églises, les clercs, séparés les uns des autres, continuoient du moins à mettre leurs biens en commun ; les plus riches venoient ainsi au secours des plus pauvres, et chacun se contentoit de la *sportule* ou portion (1) qu'il recevoit tous les mois de l'évêque, seul dispensateur de cette commune propriété.

Cependant la distinction qu'on fit, en 324, des églises cathédrales d'avec les églises particulières, peut être regardée comme la véritable origine des collèges et des communautés de clercs appelés *chanoines*. Du temps de saint Basile et de saint Cyrille, ils étoient déjà désignés sous ce nom en Orient; on l'employa plus tard en Occident. Vers le milieu du quatrième siècle, saint Eusèbe, évêque de Verceil, rassembla le premier ses clercs, et les soumit à toute la rigidité de la vie monastique; mais c'est sur-tout saint Augustin qu'on peut considérer comme le restaurateur de la vie commune dans cette partie de la chrétienté. Lorsqu'il fut devenu évêque d'Hippone, il forma une communauté des prêtres de son église, avec lesquels il vivoit dans un entier détachement des choses du monde. Cet exemple fut imité ; mais un établissement si conforme aux usages des premiers temps ne fut pas de longue durée; les siècles d'ignorance corrompirent toutes les vertus, altérèrent toutes les disciplines ; le désordre et le scandale s'introduisirent dans ces asiles de la piété, et y firent long-temps des ravages. Enfin saint Chrodegand, évêque de Metz, qui vivoit sous le règne de Pepin, conçut le projet d'en arrêter le cours, ce qu'il fit et par ses leçons et par ses exemples. Les règlements qu'il donna à ses chanoines furent adoptés par un grand nombre d'églises, et l'on vit de nouveau les clercs attachés aux cathédrales vivre suivant les règles austères des anciens canons.

Quoique l'histoire ne nous laisse pas même soupçonner que le chapitre de Notre-Dame, entraîné par le torrent, ou séduit par les exemples, soit jamais tombé dans les écarts qui, dans ces siècles malheureux, firent la honte de l'église, et sont devenus l'injuste et éternel reproche de ses adversaires, cependant on peut se persuader qu'il n'aura pas été des derniers à adopter les règlements de saint Chrodegand, parceque, dans tout ce que

(1) On nommoit ces portions *divisiones mensurnas*, et ils furent appelés de là *fratres sportulantes*.

nous en disent les traditions, on le voit zélé pour ses devoirs, animé d'une véritable piété, et tendant sans cesse vers une plus grande perfection. Ces témoignages ont fait penser à l'historien de l'église de Paris que l'institution ou plutôt la réforme du chapitre de la cathédrale avoit été faite par Erkenrad Ier, sous le règne de Charlemagne ; on n'en trouve cependant de monuments authentiques que sous celui de Louis-le-Débonnaire. Ce prince profita de l'occasion d'un concile qu'il avoit convoqué à Aix-la-Chapelle en 816 (1), et y fit rédiger une règle fixe pour les chanoines; un diacre nommé Amalarius fut chargé de ce soin par les pères du concile. Cette règle prescrivoit l'habitation et la vie commune dans des cloîtres fermés, mais elle n'exigeoit point la désappropriation ni certaines abstinences qui étoient de précepte et d'usage chez les moines. L'empereur ordonna qu'elle fût observée dans les différents États soumis à sa domination ; et ce fut là, suivant les plus sûres apparences, l'époque de l'institution des chanoines de Notre-Dame dans la forme qui s'est conservée presque entière jusqu'aux derniers temps. C'est depuis cette réforme qu'on les voit appelés si souvent dans les actes *les frères de Sainte-Marie*, et qu'il est parlé de *cloître*, de *règle* et de *chapitre* (2).

Le concile de Paris, tenu en 829, ayant ordonné que les chefs des communautés séculières et régulières pourvoiroient aux besoins temporels de ceux qui les composoient, l'évêque Inchade céda pour lors aux chanoines, en toute propriété, plusieurs terres et villages qui appartenoient à l'église de Paris, avec toutes leurs dépendances. C'est de la division qui se fit de ces mêmes biens dans des temps postérieurs, que se sont formées les prébendes canoniales dont jouissoient encore les chanoines de Notre-Dame au moment où l'église a été dépouillée de son patrimoine.

---

(1) Chron. Ademari. ad ann. 816.

(2) Sous la première et la seconde race, on les voit désignés sous le titre de *Fratres et Seniores*, *vel Primores Sanctæ Mariæ*. Depuis le concile d'Aix-la-Chapelle, le chapitre est nommé *Congregatio vel Conventus Fratrum aut Canonicorum Beatæ Mariæ*. Ce n'est qu'en 1073 qu'on lit, pour la première fois, le mot *Capitulum*.

Ces mots de *frères* et de *règle* ont fait croire à quelques auteurs que le chapitre de Notre-Dame étoit, dans les commencements, une communauté de *Chanoines réguliers*, et qu'ils suivoient la règle de saint Augustin. Le culte particulier qu'ils rendoient à ce saint docteur n'est pas une preuve assez forte pour appuyer ce sentiment, et sa fête est célébrée avec solemnité dans plusieurs églises qui n'ont jamais reçu sa règle.

Ce chapitre étoit non seulement le plus considérable de Paris (1), mais encore de la France entière ; et il devoit moins cet avantage au grand nombre de bénéfices qui en dépendoient, qu'au mérite, à la science et aux vertus en quelque sorte héréditaires des dignes ecclésiastiques qui le composoient. Il a joui dans tous les temps de cette haute réputation ; dans tous les temps on le prit pour modèle, on le consulta avec confiance, on reçut ses décisions avec respect. Il a la gloire d'avoir donné à l'église six papes, trente-neuf cardinaux et un nombre considérable d'évêques. On voit un pontife illustre, Alexandre III, demander comme une faveur que ses neveux fussent élevés dans le cloître Notre-Dame ; Louis VII et plusieurs de nos princes y puisèrent l'esprit de la religion et le goût de la science ; enfin un fils de Louis-le-Gros, Henri, fut chanoine de Notre-Dame ; et Philippe, son frère, préféra le simple titre d'archidiacre de l'église de Paris aux évêchés auxquels sa haute naissance et ses vertus lui donnoient le droit de prétendre.

Ce chapitre étoit composé de huit dignités, qui pouvoient être possédées par d'autres que par les chanoines, et de cinquante-deux canonicats. Il y avoit en outre six vicaires perpétuels, dont deux titres avoient été unis au chapitre ; deux vicaires de Saint-Agnan et un chapelain ; huit bénéficiers chanoines de Saint-Jean-le-Rond, et dix de Saint-Denis-du-Pas. Ces bénéficiers, ainsi que tous les chapelains attachés à Notre-Dame, ne faisoient qu'un seul corps avec l'église de Paris (2).

La principale entrée du cloître étoit à côté de l'église cathédrale. On y

---

(1) Il y avoit anciennement treize chapitres à Paris, qui étoient, 1° le chapitre de Notre-Dame ; 2° ceux de Saint-Jean-le-Rond ; 3° de Saint-Denis-du-Pas ; 4° de Saint-Marcel ; 5° de Saint-Honoré ; 6° de Sainte-Opportune ; 7° de Saint-Merry ; 8° du Saint-Sépulcre ; 9° de Saint-Benoît ; 10° de Saint-Étienne-des-Grès ; 11° de Saint-Thomas-du-Louvre ; 12° de Saint-Nicolas-du-Louvre ; 13° de Saint-Germain-l'Auxerrois. Le nombre de ces chapitres étoit diminué par la réunion qui avoit été faite de plusieurs d'entre eux, ainsi qu'on le verra par la suite.

(2) Ce chapitre étoit indépendant de la juridiction de l'archevêque. Il avoit, ainsi que lui, son officialité et une justice séculière, appelée *la Barre du Chapitre*. De lui dépendoient aussi les chapitres de Saint-Merry ou Médéric, du Saint-Sépulcre, de Saint-Benoît et de Saint-Étienne-des-Grès. On appeloit vulgairement ces chapitres *les quatre filles de Notre-Dame* ; comme ceux de Saint-Marcel, de Saint-Honoré, de Sainte-Opportune et celui de Saint-Germain-l'Auxerrois, avant sa réunion au chapitre de Notre-Dame, étoient nommés *les filles de l'Archevêque*. Nous en parlerons à l'article de ces diverses églises.

voyoit, avant la révolution, une porte, laquelle avoit été construite en 1751 (1), avec les matériaux et en partie sur l'emplacement de la petite église de Saint-Jean-le-Rond, dont nous allons parler.

SAINT-JEAN-LE-ROND.

Oɴ sait que les fonts baptismaux de l'église de Paris étoient jadis à Saint-Germain-le-Vieux, qui avoit alors le nom de Saint-Jean-Baptiste, et qu'ils furent depuis transportés plus près de la cathédrale, dans une chapelle bâtie pour cet usage. Cette chapelle, qui fut abattue avec les anciennes églises de Notre-Dame et de Saint-Étienne, fut ensuite rebâtie et placée au bas de la tour septentrionale de la nouvelle basilique. On présume que dans l'origine elle étoit moins avancée vers l'occident; on sait du reste que le surnom qu'elle portoit ne venoit que de la forme ronde employée dans ces sortes d'édifices.

La bâtisse de Saint-Jean-le-Rond de Paris ne paroissoit être que du treizième siècle, et même le portail étoit beaucoup plus nouveau. Ce baptistère, que desservoient deux prêtres, fut pendant long-temps le seul qu'il y eût dans cette capitale; mais lorsque le nombre des citoyens eut fait multiplier celui des églises, et que chacune eut obtenu d'avoir son baptistère particulier, ces deux prêtres furent chargés de visiter les malades, d'inhumer les morts, et de célébrer, pendant une année, la messe pour les chanoines décédés. Ils jouissoient à cet effet du revenu annuel de la prébende de chaque chanoine défunt. Ces dispositions changèrent depuis; l'annuel fut transporté aux chanoines de Saint-Victor, et l'on indemnisa les deux prêtres par le don d'une prébende dans l'église de Notre-Dame, sous certaines conditions qui les maintenoient dans la dé-

____

(1) Elle a été abattue.

pendance du chapitre (1). Dans la suite le nombre de ces desservants fut augmenté.

On a remarqué que cette église, et peut-être même l'entrée de la grande cathédrale étoient les lieux où se terminoient juridiquement certaines affaires ecclésiastiques, coutume qui rappeloit ce qui s'étoit pratiqué plus anciennement aux portiques des grandes églises. Il existe un ancien acte finissant par ces mots : *Actæ sunt hæc in ecclesiá Parisiensi apud cupas* (2). On lit aussi que les médecins se sont assemblés autrefois *ad cupam nostræ Dominæ*.

Cette même église servoit de paroisse aux laïcs logés dans le cloître Notre-Dame. Henri Boileau, avocat-général, y fut inhumé en 1491 ; le savant Gilles Ménage, en 1692 ; et en 1706, Jean-Baptiste Duhamel, théologien célèbre.

Ou démolit Saint-Jean-le-Rond en 1748 ; alors les fonts baptismaux, les fondations et le service divin furent transférés à Saint-Denis-du-Pas, qui, depuis cette époque, s'appela *Saint-Denis et Saint-Jean-Baptiste.*

SAINT-DENIS-DU-PAS.

Le surnom de cette église fit naître, dans le dix-septième siècle, une contestation si vive entre deux savants, qu'elle en devint ridicule par l'importance qu'ils mirent à une question d'un si foible intérêt, et sur-tout par l'amertume qu'ils répandirent dans leur discussion. M. Delaunoy prétendoit que cette église étoit ainsi surnommée par la raison que le premier apôtre des Parisiens y avoit souffert le martyre, *a passione*. M. de Valois, qui combattit son sentiment avec humeur et même avec emportement, le

---

(1) Ces conditions étoient qu'ils s'acquitteroient des mêmes fonctions, l'anniversaire excepté ; qu'ils ne pourroient se qualifier chanoines de Sainte-Marie, mais seulement de Saint-Jean, et que le chapitre conserveroit le droit de les nommer et de les destituer.

(2) Chartul. S. Magl., fol. 178.

VUE de l'Ancienne **FAÇADE** de **L'HÔTEL-DIEU**.

VUE de l'Ancien **ARCHEVÊCHÉ**.

VUE de l'HÔTEL-DIEU, prise du Petit-Pont.

réfuta toutefois avec beaucoup de solidité ; et il n'est plus question ni de cette étymologie, évidemment fausse, ni de cette vieille querelle.

Ce terme de *passus* a été employé à l'égard de plusieurs saints (1), qui certainement n'ont jamais souffert le martyre, et l'on ne peut raisonnablement l'expliquer que par la situation de leur église. Celle de Saint-Denis n'étoit séparé de la cathédrale que par un chemin étroit nommé *pas*, et d'ailleurs étoit située auprès du petit bras de la rivière qui coule entre l'île Saint-Louis et la Cité. Il ne faut donc point chercher une autre origine à ce surnom, puisqu'autrefois on appeloit ainsi tout chemin étroit et tout courant d'eau qui est entre deux terres, et que, dans l'ancien langage français, *pas* et *passage* sont synonymes.

Cette chapelle, qui existoit avant le douzième siècle, étoit depuis long-temps négligée, et il y a apparence qu'on n'y faisoit plus le service divin. En 1164 et jusqu'à la fin de ce même siècle, plusieurs pieux personnages y fondèrent des prébendes, au nombre de cinq. Elles furent ensuite divisées, par une ordonnance du chapitre de Notre-Dame, entre dix chanoines (2), qui les ont conservées jusqu'au moment de la révolution. En 1182, le pape Luce III donna à Saint-Denis-du-Pas la qualité d'église.

HOTEL-DIEU.

L'INSTITUTION des hôpitaux est un des bienfaits du christianisme ; la police des païens, qui savoit réprimer la fainéantise, qui empêchoit le mendiant valide de dérober à la pitié le pain qu'il pouvoit obtenir par son travail, n'alloit point jusqu'à s'inquiéter du sort de l'infortuné, dont l'âge et la maladie avoient épuisé les forces. On croyoit qu'il valoit mieux que le pauvre mourût que de vivre inutile et souffrant. La vertu purement

---

(1) A l'abbaye de Saint-Denis, il y avoit une chapelle de Saint-Nicolas qui est désignée dans les titres : *Sanctus Nicolaus de Passu.* Au diocèse de Chartres étoit une paroisse appelée *le Pas de Saint-Lomer.*

(2) Cinq de ces prébendes étoient sacerdotales, trois diaconales et deux sous-diaconales.

humaine n'étoit point capable d'un si grand dévouement, et il n'y avoit qu'une charité toute céleste qui pût embrasser dans sa tendre prévoyance tous les âges, toutes les misères, toutes les souffrances, et, parmi tant de maux qui affligent les hommes, regarder comme les plus dignes de ses soins les infirmités les plus horribles, et les misères les plus repoussantes.

Dès les premiers temps, une partie considérable des biens que les églises avoient obtenus de la libéralité des empereurs fut consacrée à ces pieux établissements. Des prêtres les administroient, sous la direction de l'évêque ; et l'on y recevoit sans distinction et les pauvres chrétiens et le païen indigent que ceux de sa religion continuoient à repousser. Julien-l'Apostat lui-même ne put s'empêcher de rendre témoignage à cette vertu surnaturelle des premiers fidèles ; et la confusion qu'il en ressent éclate dans une lettre qu'il écrit à un pontife de Galatie, auquel il recommande d'établir, à leur imitation, des hôpitaux et des contributions pour les pauvres. Dans cet écrit très remarquable, il attribue l'accroissement du christianisme principalement à trois causes, à l'hospitalité, au soin des sépultures, à la gravité des mœurs.

Dès les commencements de la monarchie française, on voit des hôpitaux établis dans différentes villes par la piété de nos rois, et l'on ne peut douter que l'Hôtel-Dieu ne soit une des fondations les plus anciennes de ce genre ; néanmoins toutes les recherches de nos historiens n'ont pu nous procurer à ce sujet que des notions vagues et incertaines. C'est sans doute de cette incertitude qu'est venue la tradition qui fait honneur à saint Landri de la création de ce pieux établissement, tradition vers laquelle semblent pencher plusieurs savants distingués (1) qui se sont occupés des antiquités de Paris. Cependant on ne trouve, dans les anciens titres qui prouvent incontestablement que saint Landri a existé, aucune particularité sur ses actions et sa vie. Son culte n'a commencé que sous l'épiscopat de Maurice de Sully ; et c'est seulement dans une légende insérée dans un bréviaire de 1492, qu'on lit pour la première fois que ce saint évêque étoit particulièrement recommandable par sa grande charité. Un éloge aussi vague ne pouvoit suffire pour faire conclure qu'il étoit le fondateur

____

(1) L'historien de l'église de Paris ; D. Felibien ; M. de Mautour ; Mém. de l'Acad. des Inscrip., t. 3, p. 299.

de l'Hôtel-Dieu ; et c'est cependant sur ce seul titre que la légende du dix-septième siècle lui en attribue la fondation, malgré le silence absolu de tous les historiens et de tous les martyrologes. Il est donc impossible de ne pas rejeter cette assertion jusqu'à ce qu'on en ait donné des preuves raisonnables et suffisantes.

Saint Landri est mort vers l'an 656 ; et tout porte à croire qu'à cette époque l'Hôtel-Dieu n'existoit point encore. On trouve même qu'en 690 il y avoit sur l'emplacement où il est situé un monastère de filles, dont *Landetrude* étoit abbesse. Alors c'étoit la maison de l'évêque qui étoit l'asile des malheureux, de la veuve et de l'orphelin. Le pauvre et le malade y trouvoient des secours et des consolations ; elle servoit encore de retraite aux pèlerins et aux voyageurs ; et les annales de l'église, celles de la monarchie, les actes, les récits les plus authentiques nous représentent les évêques de Paris, dignes successeurs des apôtres, livrés par-dessus tout à ces pieux devoirs. On les voyoit, excitant le clergé par l'ardeur de leur zèle et de leur charité, se faire un plaisir et une gloire de recevoir tous ceux que leur affliction ou leurs besoins conduisoient vers eux, leur laver les pieds, les servir eux-mêmes à table, leur administrer les sacrements, et leur prodiguer ainsi tous les secours de l'ame et du corps.

Le premier titre où il est question de l'Hôtel-Dieu est un acte de l'an 829, par lequel l'évêque Inchade assigne à cette maison les dîmes des biens dont il avoit gratifié son chapitre, pour se conformer à la décision du concile d'Aix-la-Chapelle, dont nous avons déjà parlé. On voit, par cet acte de donation, que, dans certains temps, *les chanoines y lavoient les pieds aux pauvres ;* d'où il résulte que l'Hôtel-Dieu existoit sous le règne de Charlemagne, et que l'évêque et son chapitre y avoient des droits, soit pour l'avoir fondé, soit pour avoir contribué à le doter.

Les chanoines possédoient, et sans doute à ce dernier titre, la moitié de cet établissement ; l'autre leur fut cédée, en 1002, par Renaud, évêque de Paris ; et vers la fin du même siècle, un autre évêque, nommé Guillaume Montfort, leur fit don de l'église Saint-Christophe. Depuis cette dernière époque, on voit l'Hôtel-Dieu, entièrement sous l'administration du chapitre, gouverné par des chanoines-proviseurs choisis dans son sein, et la chapelle Saint-Christophe desservie par deux prêtres de la cathédrale.

Tome I.

L'accroissement rapide de la population ayant considérablement augmenté le nombre des pauvres, il fallut bientôt multiplier celui des personnes employées au service de l'Hôtel-Dieu, et fixer les fonctions de chacun de ces ministres. Dès l'an 1217, des statuts nouveaux furent dressés par Étienne, doyen de Paris, conjointement avec le chapitre. Par ces statuts il est établi pour l'administration de cette maison quatre prêtres, quatre clercs, trente frères laïcs, et vingt-cinq sœurs : ils portent qu'on ne peut en admettre davantage, qu'ils sont tenus de garder la chasteté, de vivre dans la désappropriation et en commun, d'être soumis au chapitre, aux proviseurs, et à celui des prêtres qualifié du titre de *maître de la Maison de Dieu.*

Quoique ce nom de *Maison de Dieu* employé dans ces règlements et dans une infinité de titres de la même époque ne signifie pas une *maladrerie,* mais une maison d'hospitalité, et que l'Hôtel-Dieu ne soit pas autrement désigné dans le testament de saint Louis et dans plusieurs auteurs contemporains, il est certain cependant qu'avant la fin du douzième siècle on y prenoit déjà soin des malades, comme on l'a toujours fait depuis. En cherchant l'origine de cette nouvelle destination de l'Hôtel-Dieu, un auteur (1) a pensé qu'elle pourroit bien venir d'un statut du chapitre de Notre-Dame, donné en 1168, par lequel il fut réglé que tous les chanoines qui décèderoient ou quitteroient leurs prébendes donneroient à cet hôpital un lit garni (2). Cette multiplication des lits facilita sans doute la réception des malades ; et trente ans après, on lit dans un acte par lequel Adam, clerc du roi, lègue à l'Hôtel-Dieu deux maisons dans Paris, qu'il ne fait ce don que sous la condition qu'au jour de son

---

(1) L'abbé Lebeuf.

(2) L'an 1413, les tours de lits commençant à n'être plus de simple toile comme auparavant, et étant formés d'ailleurs d'un bien plus grand nombre de pièces, les chanoines ordonnèrent que leurs héritiers, en donnant cent livres, somme en ces temps-là très considérable, seroient quittes, s'ils vouloient, de cette charité. Cette disposition nouvelle a duré jusqu'en 1592, que les directeurs séculiers de cet hôpital se plaignirent au parlement, et prétendirent que le ciel, les rideaux, la courte-pointe et autres accompagnements des lits des chanoines, soit qu'ils fussent de soie, d'argent, d'or ou de telle autre étoffe que le luxe avoit ajoutée à la simplicité des siècles précédents, devoient leur appartenir. Sur les conclusions des gens du roi, la cour leur accorda leur demande. L'an 1654, elle condamna les créanciers de M. de Gondi, archevêque de Paris, à délivrer aux administrateurs de l'Hôtel-Dieu son lit et tout ce qui en dépendoit. Ce même lit servit de lit nuptial à la fille d'un de ces administrateurs.

anniversaire il sera accordé, sur leur produit, à ceux seulement qui seront malades, tout ce qu'il leur viendra dans la pensée de manger, *pourvu qu'on en puisse trouver*, ajoute naïvement le donataire. *Eá conditione, quòd ægrotantibus tantùm prædicti hospitalis quicquid cibariorum in eorum venerit desiderio, si tamen possit inveniri, de totali proventu domorum in die anniversarii ejus detur.*

La forme du gouvernement de cette maison fut changée dans la suite, soit que le nombre des pauvres fût augmenté, soit que les revenus ne fussent pas suffisants, ou qu'il se fût glissé quelque abus dans l'emploi qu'on en faisoit : toutefois ce ne fut que long-temps après ; et pendant plusieurs siècles, elle fut gouvernée suivant les anciens statuts dont nous venons de parler. On appeloit alors *frères* et *sœurs* de la maison ou de l'Hôtel-Dieu les personnes des deux sexes qui s'y consacroient au service des pauvres et des malades, et cet institut étoit une communauté, et non un ordre religieux. Ce n'est qu'en 1506 qu'on voit un changement remarquable dans la double administration de ce grand établissement. Le soin des affaires temporelles fut alors confié à huit bourgeois notables et à un receveur nommé par le prévôt des marchands et les échevins (1). On créa ensuite des commissaires pour la réformation du gouvernement spirituel ; et en exécution d'un statut donné en 1536, huit chanoines réguliers de l'ordre de Saint-Augustin y furent introduits : les règlements qu'ils firent y établirent l'observance régulière de l'abbaye de Saint-Victor, avec la forme des habits et les pratiques religieuses qui sont en usage dans cette communauté. Cette réforme devint encore plus parfaite dans le dix-septième siècle, par les travaux et l'exemple de Geneviève Bouquet, élevée malgré elle et par l'éclat de ses vertus au rang de prieure ; ce fut cette sainte fille qui établit un noviciat régulier et la vie commune parmi les sœurs de l'hôpital. Cet usage, ainsi que la régularité, s'est toujours maintenu dans cette maison jusqu'à l'époque qui a tout détruit, sans en excepter l'asile du pauvre.

L'Hôtel-Dieu étoit desservi, pour le spirituel, par vingt-quatre ecclésiastiques, dont le premier avoit la qualité de *maître ;* ils étoient sous la

---

(1) Leur nombre fut ensuite porté jusqu'à douze, en 1654, sous l'inspection et l'autorité de l'archevêque et des premiers magistrats.

direction immédiate du chapitre, qui la faisoit exercer par quatre députés réélus tous les ans, sous le titre d'*administrateurs* ou *visiteurs de l'Hôtel-Dieu.*

Les malades de tout âge, de tout sexe, de toute condition, de tout pays, de toute religion y étoient indistinctement reçus, à l'exception de ceux qui étoient attaqués de certaines maladies, pour lesquelles d'autres hôpitaux ont été institués. On y comptoit douze cents lits dans vingt-une salles, et là, les malades, quelquefois au nombre de trois mille, étoient servis avec un zèle, une attention et une charité presque inconcevables, par plus de cent religieuses de l'ordre de Saint-Augustin (1). Le spectacle de ces saintes filles, renonçant au monde, à leurs familles, à leurs biens, à toutes les espérances de la vie, ne conservant de toutes les affections du cœur qu'une pitié plus courageuse et plus tendre que n'étoient horribles les souffrances qui les environnoient, a toujours étonné et attendri tous ceux qui en ont été les témoins ; et ce n'est que dans notre siècle, où d'odieux et vils systèmes ont flétri toutes les ames et calomnié toutes les vertus, qu'on a cessé un moment d'admirer ce que la charité chrétienne offrit jamais de plus admirable. « Le cardinal de Vitry, dit Helyot, a « voulu sans doute parler des religieuses de l'Hôtel-Dieu, lorsqu'il dit « qu'il y en avoit qui se faisoient violence, souffroient avec joie et sans « répugnance l'aspect hideux de toutes les misères humaines, et qu'il lui « sembloit qu'aucun genre de pénitence ne pouvoit être comparé à cette « espèce de martyre. »

« Il n'y a personne, continue le même auteur, dans son langage naïf, « qui, en voyant les religieuses de l'Hôtel-Dieu, non seulement panser, « nettoyer les malades, faire leurs lits, mais encore, au plus fort de « l'hiver, casser la glace de la rivière qui passe au milieu de cet hôpital, « et y entrer jusqu'à la moitié du corps, pour laver leurs linges pleins « d'ordures et de vilenies, ne les regarde comme autant de saintes vic- « times, qui, par un excès d'amour et de charité pour secourir leur « prochain, courent volontiers à la mort qu'elles affrontent, pour ainsi

---

(1) Elles étoient aidées dans leurs fonctions par un grand nombre de personnes, tant du dehors que de l'intérieur de l'Hôtel-Dieu. L'état journalier de cette maison en portoit le nombre à plus cinq cents.

« dire, au milieu de tant de puanteur et d'infection causées par le grand
« nombre des malades (1). »

Philippe-Auguste est le premier de nos rois qui ait fait des dons à
l'Hôtel-Dieu; après lui, saint Louis le combla tellement de ses pieuses libéralités, qu'il mérita d'en être appelé le fondateur. Non seulement ce
prince en accrut les revenus, mais il en augmenta considérablement les
bâtiments, qui, avant lui, ne consistoient que dans trois ou quatre corps-
de-logis, avec l'ancienne chapelle de Saint-Christophe (2). Depuis, les
bâtiments se multiplièrent entre la rivière et la rue des Sablons, et vinrent
aboutir au Petit-Pont, où il y avoit une autre chapelle, sous le nom de
Sainte-Agnès. En 1463, les frères et sœurs de l'Hôtel-Dieu acquirent
plusieurs places autour de cette dernière chapelle, et y firent construire
une entrée nouvelle et un portail. Par un arrêt de l'année 1511, ils firent
fermer la rue des Sablons, après y avoir fait l'acquisition de sept maisons
qui appartenoient à l'abbaye de Sainte-Geneviève.

En suivant la progression des accroissements de cet hospice, nous
trouvons qu'en 1531 les administrateurs traitèrent d'une maison située sur
le Petit-Pont, laquelle joignoit le portail dont nous venons de faire mention.
Sur l'emplacement de cette maison, qui avoit appartenu à la Sainte-
Chapelle, le cardinal Antoine Duprat, légat en France, fit construire la
salle qu'on appeloit du temps de la monarchie *salle du Légat*. A
l'extrémité orientale ils avoient déjà fait précédemment plusieurs acquisitions, entre autres celle d'une grande maison connue sous le nom du
Chantier, laquelle étoit située entre l'Hôtel-Dieu et l'Archevêché. Ils

____

(1) La communauté de ces religieuses étoit toujours très nombreuse, malgré l'austérité de leur
règle et les pénibles travaux qui y étoient attachés; elles étoient ordinairement cent trente. Leur
noviciat duroit sept ans, à dater du jour de la prise de l'habit, et il n'en falloit pas moins pour
éprouver une vocation si difficile.

L'administration de cet hôpital a éprouvé bien des changements pendant la révolution, et c'est
alors qu'on a pu se convaincre que des dispositions purement humaines et des agents salariés ne
pouvoient suffire à des travaux, à des sacrifices qui sont tels, qu'aucun prix sur la terre ne peut
les payer. Il n'appartient qu'à la religion et aux immortelles espérances qu'elle porte avec elle de
produire de tels prodiges de dévouement et de charité, et ils périroient avec elle, s'il étoit possible
qu'elle pérît jamais.

(2) Cette chapelle, différente de l'église du même nom, située à l'autre extrémité du parvis, fut
rebâtie vers 1380, par les soins d'Oudard de Maucreux, bourgeois de Paris. Elle a été démolie
pendant la révolution.

s'étoient aussi rendus propriétaires de plusieurs bâtiments dans la rue de la Bucherie (1). En 1606, Henri IV fit rebâtir la salle de Saint-Thomas, et construire les piliers d'un pont où devoient aboutir ces nouvelles propriétés. La même année, la salle dite de Saint-Charles, qui donna son nom à ce pont, fut achevée par la libéralité de M. Pomponne de Bellièvre (2). Les administrateurs agrandirent encore l'Hôtel-Dieu, en faisant construire, le long de la rivière, une voûte, sur laquelle ils élevèrent une nouvelle salle. Ils obtinrent en même temps la permission de bâtir un second pont aux limites de leur maison, du côté de l'Arche-vêché. Ce pont, qui fut fini en 1634, aboutit d'un côté à la rue l'Évêque, et de l'autre à un portail construit sur l'autre bord de la rivière, dans la rue de la Bucherie ; on le nomma *Pont-aux-Doubles*, parceque, dans l'origine, les gens de pied payoient un double tournois pour y passer (3). Ce péage, fixé par des lettres patentes de Louis XIII, n'a cessé de sub-sister qu'au moment de la révolution ; les deniers n'ayant plus cours alors, on payoit un liard pour le droit de passage.

Les salles dont nous venons de parler furent encore prolongées depuis. En 1714 on pensa à construire des bâtiments nouveaux, et pour subvenir à cette dépense, l'Hôtel-Dieu obtint sur les entrées aux spectacles un droit dont il a joui long-temps (4). Le Petit-Châtelet lui fut même adjugé à cet effet en 1724 ; mais il ne put alors ni depuis mettre à profit ce don du roi pour accroître ses bâtiments.

Depuis cette dernière époque il ne reste plus rien à dire de l'Hôtel-Dieu, sinon qu'il a été successivement dévasté par deux incendies, dont le dernier sur-tout avoit causé de grands ravages, et laissé des traces pro-fondes, qui, même après vingt ans, n'étoient point encore effacées. En 1789, la piété et l'humanité de Louis XVI lui avoient fait concevoir le projet de faire de grandes améliorations dans cette maison, et même, dit-on, de faire construire plusieurs Hôtels-Dieu en différents quartiers

---

(1) Sur la rive méridionale.

(2) Premier président du parlement de Paris, magistrat aussi recommandable par sa piété et ses vertus que par son esprit et ses lumières.

(3) L'édit portoit aussi *que les gens à cheval paieroient six deniers*, mais il n'y ont jamais passé, car il y avoit une barrière ou tourniquet qui n'en laissoit l'entrée qu'aux piétons.

(4) Ce droit étoit d'un neuvième.

de la ville. Une partie de ce plan avoit déjà commencé à recevoir son exécution.

On a élevé depuis la révolution un nouveau portail à l'Hôtel-Dieu, du côté du parvis. Cette décoration, qu'écrase la masse imposante du portail de Notre-Dame, mérite cependant d'être remarquée. L'architecte lui a donné un caractère mixte, qui tient des temples et des monuments consacrés à la bienfaisance et à l'utilité publique; des croisées en forme d'arcades remplacent, aux deux côtés du péristyle, les niches qui, dans une église, eussent contenu les statues des saints patrons, et annoncent les logements et les bureaux nécessaires à l'entrée d'une semblable maison.

Une extrême simplicité convenoit à une telle construction, et l'auteur s'y est assujetti dans toutes les parties. Il ne s'est pas même permis les cannelures, ornement usité par les anciens dans l'ordre dorique, et qui le mettent en harmonie avec les triglyphes dont sa frise est ornée. La sculpture qui doit décorer le tympan du fronton n'est point encore exécutée.

Portail neuf de l'Hôtel-Dieu.

PARVIS DE NOTRE-DAME.

C'est ainsi qu'est nommée la place qui est devant l'église cathédrale. Il n'y a pas de doute que ce mot ne vienne de celui de *paradisus*, dont on se servoit anciennement pour exprimer l'*aire* ou place qui étoit devant les basiliques, souvent même le cimetière qui occupoit cet espace, comme il l'occupe encore dans plusieurs endroits. On donnoit aussi quelquefois le même nom au cloître qui régnoit autour ; mais il étoit plus particulièrement affecté au *porche*, *vestibule* ou *portique* des grandes églises. Il n'étoit pas rare de voir des autels dans cette première partie de ces édifices sacrés, et c'étoit là qu'étoient placées les cuves baptismales.

La place dont nous parlons a été successivement agrandie, et principalement en 1748, lorsqu'on abattit l'église Saint-Christophe, et qu'on supprima la rue de la Huchette. A cette époque on en baissa aussi le sol, afin de procurer une descente plus facile à l'église Notre-Dame, alors au-dessous du niveau de la place, et à laquelle, dans l'origine, on montoit par un escalier de treize degrés.

On détruisit en même temps une fontaine construite en 1639 (1), devant laquelle étoit une ancienne statue, dont les symboles singuliers et équivoques ont fort exercé la sagacité des antiquaires ; elle représentoit une figure longue et d'un travail très grossier, qui tenoit un livre d'une main, et de l'autre un bâton entouré d'un serpent. Plusieurs ont cru y voir une représentation d'Esculape, dieu de la médecine ; d'autres, celle de Mercure ; quelques uns l'ont prise pour l'image d'Erchinoald ou Archambauld, qui, dit-on, fit présent à l'église de son hôtel et de sa chapelle Saint-

---

(1) Elle a été remplacée par deux autres fontaines nouvellement décorées de deux vases de forme antique, ornés de bas-reliefs.

Christophe. Il y en avoit qui vouloient que ce fût la figure de Guillaume d'Auvergne, évêque de Paris, sous l'épiscopat duquel on a cru que le grand portail de Notre-Dame avoit été achevé. L'abbé Lebeuf a présenté une opinion plus vraisemblable en disant que cette statue pouvoit bien être celle de Jésus-Christ, que l'on auroit détachée de l'ancienne église lors de la reconstruction, et placée par respect en face de la nouvelle. Jaillot offre aussi ses conjectures, qui ne sont point à dédaigner : il pense que cette figure étoit une représentation de sainte Geneviève. « Le visage, dit-il, « étoit sans barbe, et ne portoit point les traits d'un homme ; le reste « d'un cierge qu'elle tenoit d'une main, un livre qu'elle portoit de « l'autre, sont ses attributs ordinaires ; le serpent, symbole de la santé, « en est un nouveau que la reconnoissance a pu lui faire donner à l'occa- « sion des guérisons miraculeuses que Dieu avoit accordées en cet endroit « par son intercession ; enfin, la maladie personnifiée et foulée à ses « pieds annonce la victoire que cette sainte avoit remportée sur elle. » On doit regretter que cette statue, qui étoit de plâtre recouvert en plomb, ait été détruite. Elle étoit également curieuse et par son antiquité et par l'obscurité qui l'environnoit.

C'étoit dans une maison du Parvis que se tenoient les écoles publiques avant l'établissement des collèges et de l'université. Elles avoient d'abord été placées dans le cloître Notre-Dame, à gauche en entrant, dans un endroit que les anciens titres nomment *tres antiæ*. Mais comme les cha- noines étoient importunés du bruit inévitable que faisoient les écoliers, il fut convenu, après quelques contestations entre le chapitre et l'évêque, que les écoles seroient transférées dans un autre emplacement, et plus près de la maison épiscopale. Elles furent en conséquence établies dans le lieu nommé le *Chantier*, situé entre le port l'Évêque et l'Hôtel-Dieu.

L'évêque avoit au Parvis une échelle patibulaire, qui étoit la marque de sa justice. Piganiol dit qu'il en avoit encore une au port Saint-Landri, mais c'est une erreur ; il a confondu la justice de l'évêque avec celle du chapitre, à qui ce port appartenoit de temps immémorial.

Ce fut au parvis Notre-Dame que Berenger et Étienne, cardinaux et légats du pape Clément V, firent dresser, le 11 mars 1314, un écha- faud, sur lequel montèrent, après eux, le grand-maître des Templiers, le maître de Normandie et deux autres frères, pour y entendre le récit des crimes qu'on imputoit à leur ordre, et la sentence qui les condamnoit à une prison perpétuelle (1).

MAISON DES ENFANTS-TROUVÉS.

Voici encore une de ces institutions que la charité chrétienne pouvoit seule imaginer. Dans cette Rome payenne, si fière de sa police et de ses lois, des pères dénaturés exposoient leurs enfants, et un gouvernement non moins barbare les laissoit impitoyablement périr. Des hommes qui exerçoient un métier infâme alloient quelquefois recueillir ces innocentes victimes, et les élevoient pour les prostituer; on rencontroit par toutes les nations de ces enfants malheureux, nourris comme de vils troupeaux, et destinés aux plus exécrables usages. Non seulement de telles horreurs étoient tolérées, mais les empereurs ne rougissoient point de lever un tribut sur ces enfants, et saint Justin le philosophe ne craint pas de le leur reprocher dans sa première apologie.

L'église primitive avoit établi des hospices pour les enfants à la mamelle et pour les orphelins. Ces asiles, comme tous ceux qu'elle avoit élevés au malheur et à la souffrance, étoient dirigés par ses ministres, et sans doute la Gaule possédoit, comme tout le reste de la chrétienté, de ces pieuses fondations; mais les révolutions qu'éprouvèrent ces contrées en changèrent la forme : et après l'établissement des Francs et de la féodalité, on trouve, sans pouvoir en démêler l'origine, que le soin de ces enfants étoit confié aux seigneurs sur les fiefs desquels ils avoient été abandonnés. Leur zèle fut loin d'égaler celui des ministres de l'évangile; et dans Paris sur-tout,

---

(1) On sait que le grand-maître, sommé par le légat de confirmer les aveux qu'il avoit faits à Poitiers, s'avança sur le bord de l'échafaud, et y fit à haute voix une rétractation, à laquelle le maître de Normandie donna son adhésion; ce qui fut cause qu'ils furent brûlés vifs, le soir même, sur l'île *de la Gourdaine.* Voyez page 59.

où la misère, la débauche et une plus grande population multiplioient ces expositions, le mal vint à un tel degré, que l'on sentit la nécessité de créer un asile pour ces pauvres victimes. Ce fut encore l'église qui en donna les premiers exemples : l'évêque et le chapitre de Notre-Dame destinèrent à cet usage une maison située au bas du Port-l'Évêque (1); et l'on mit dans le temple même une espèce de berceau, où l'on plaçoit ces enfants, pour exciter la pitié et la libéralité des fidèles, coutume qui s'est conservée jusqu'à la fin de la monarchie. Ils étoient alors appelés *les pauvres Enfants-Trouvés de Notre-Dame*; et c'est sous ce nom qu'Isabelle de Bavière, femme de Charles VI, leur fit un legs de 8 francs, par son testament du 2 septembre 1431.

La libéralité du chapitre étoit entièrement gratuite, et faite uniquement pour *l'honneur de Dieu*, ainsi que le déclarèrent des lettres-patentes de François Ier données en 1536. Cependant les seigneurs haut-justiciers, pour s'exempter de contribuer aux frais de la nourriture et de l'éducation des Enfants-Trouvés, prétendirent, quelques années après, faire passer cet usage pour une charge de *fondation faite, sous cette condition*, en faveur du chapitre. Le parlement n'eut aucun égard à ces vaines allégations; et par un arrêt du 13 août 1552, il ordonna que les enfants seroient mis à l'hôpital de la Trinité, et que les seigneurs contribueroient d'une somme de 960 liv. par an, répartie entre eux à proportion de l'étendue de leur justice. Toutefois on conserva à Notre-Dame le bureau établi pour recevoir ces enfants et les aumônes qu'on leur faisoit.

Un règlement aussi sage et aussi juste n'eut cependant qu'une exécution imparfaite et momentanée, et ces enfants ne tardèrent pas à retomber dans l'état de dénûment d'où l'on avoit tenté de les retirer. Le chapitre de Notre-Dame, toujours touché de compassion pour eux, offrit encore, pour les recevoir, deux maisons situées au port Saint-Landri, et ils y furent transférés par un arrêt du 12 juillet 1570. Cependant, malgré tant de précautions prises pour sauver la vie à ces infortunés, malgré les taxes imposées sur les hauts-justiciers pour leur procurer les premières nécessités, ils étoient encore dans un état qui fait frémir l'humanité, et

---

(1) Cette maison fut nommée *la Couche*.

le détail qu'en donne l'auteur de la vie de saint Vincent-de-Paule est si horrible, qu'on est tenté de le soupçonner de quelque exagération (1). C'est à cet homme apostolique, à cette ame ardente et vraiment chrétienne que l'on doit la révolution totale qui se fit dans le sort de ces pauvres enfants, et l'établissement fixe et durable de cette touchante institution. On ne peut répéter, sans être attendri jusqu'aux larmes, les paroles si naïvement éloquentes qu'il adressa aux dames que son zèle avoit rassemblées pour qu'elles l'aidassent dans les charités qu'il faisoit à ces petits malheureux. Il en avoit fait placer un grand nombre dans l'église, et voyant ces femmes chrétiennes déjà émues par ce spectacle : « Or sus, « mesdames, s'écria l'homme de Dieu, voyez si vous voulez délaisser à votre « tour ces petits innocents, dont vous êtes devenues les mères suivant la « grace, après qu'ils ont été abandonnés par leur mère suivant la nature. » Les nobles et pieuses Françaises ne répondirent à ce discours que par des sanglots, et le même jour, dans la même église, au même instant, l'hôpital des Enfants-Trouvés fut fondé et doté.

Saint Vincent-de-Paule engagea les dames de la Charité qu'il avoit établies à se charger du gouvernement des Enfants-Trouvés, qu'il logea, en 1638, dans une maison à la porte Saint-Victor. Trois ans après, Louis XIII leur assigna 3,000 liv. de rentes sur le domaine de Gonesse, et y ajouta 1000 liv. pour ceux qui en avoient soin. Leur zélé protecteur obtint encore de Louis XIV une rente de 8,000 liv., et la reine Anne d'Autriche lui céda pour eux son château de Bicêtre. Mais une situation si éloignée de la ville, et l'air trop vif qu'on y respire étant nuisibles à ces enfants, on les fit revenir auprès de Saint-Lazare, où ils rentrèrent sous la surveillance des sœurs de la Charité. Cependant leur nombre augmenta tellement, que les aumônes et les revenus devinrent de nouveau insuffisants. Alors le parlement jugea qu'il étoit nécessaire de changer en une rente annuelle l'obligation où étoient les seigneurs hauts-justiciers de fournir à l'entretien des enfants exposés dans leur justice. Cette taxe fut enfin fixée à 15,000 livres, réparties sur eux dans la proportion de

---

(1) On les vendoit, dit-on, vingt sous la pièce dans la rue Saint-Landri, et quelquefois on les donnoit par charité à des femmes malades par suite de couches, qui s'en servoient pour se débarrasser d'un lait corrompu.

leurs fiefs (1). On fit à ce moyen l'acquisition, rue du faubourg Saint-Antoine, d'un grand emplacement et d'une maison, laquelle fut érigée en hôpital par une déclaration du roi, et unie à l'hôpital général. Ce ne fut qu'après tant de mutations qu'on put parvenir à un établissement commode et permanent.

Peu de temps après, en 1672, on leur acheta encore une maison vis-à-vis l'Hôtel-Dieu, et l'on y construisit une chapelle. Ces bâtiments subsistèrent jusqu'en 1746, qu'on les fit abattre, en même temps que les églises de Saint-Christophe et de Sainte-Geneviève-des-Ardents, pour en construire de plus spacieux. On éleva aussi une nouvelle chapelle, laquelle fut décorée de peintures par Brunetti et Natoire (2). Nous n'entrerons dans aucun détail sur cet édifice, dont l'architecture n'offre ni défaut ni beautés remarquables. La distribution intérieure en est heureuse, et fait honneur à l'architecte Boffrand, qui fut chargé de bâtir ce monument (3).

On y recevoit en tout temps, à toutes les heures du jour et de la nuit, sans question et sans formalité ; seulement un commissaire du quartier dressoit *gratis* un procès-verbal, qui constatoit le jour et l'heure où l'enfant avoit été trouvé, et le nom de la personne qui le présentoit, laquelle d'ailleurs n'étoit obligée de s'expliquer sur aucune circonstance. Ces pauvres orphelins étoient élevés avec un soin paternel dans l'amour du travail et dans la piété, et on les y gardoit jusqu'à ce qu'ils fussent en âge de faire leur première communion et d'apprendre un métier.

---

(1) Cette répartition fut faite de la manière suivante : 3,000 liv. par an pour toutes les justices dépendantes de l'archevêché ; 2,000 liv. pour celle de l'Église du chapitre de Paris ; 3,000 liv. pour celle de l'abbaye de Saint-Germain-des-Prés ; 1,200 liv. pour celle de l'abbaye de Saint-Victor ; 1,500 liv. pour celle de l'abbaye de Sainte-Geneviève ; 1,500 liv. pour celle du Grand-Prieuré de France ; 2,500 liv. pour celle du prieuré de Saint-Martin ; 600 liv. pour celle du prieuré de Saint-Denis-de-la-Chartre ; 100 liv. pour celle que l'abbaye de Tiron a dans Paris ; 50 liv. pour celle de l'abbaye de Montmartre ; 100 liv. pour celle du prieuré de Saint-Marcel ; 150 liv. pour celle du chapitre de Saint-Médéric ; 100 liv. pour celle du chapitre de Saint-Benoît ; 100 liv. pour celle de l'abbaye de Saint-Denis.

(2) Ce dernier avoit peint tout ce qui remplissoit les arcades du rez-de-chaussée et toute la partie du fond jusqu'à la voûte. Il y avoit représenté la Nativité, l'Adoration des Mages et des Bergers ; une gloire d'anges couronnoit cette composition. Par une singularité assez remarquable, il avoit imaginé de représenter sur le plafond les débris d'une riche voûte entièrement ruinée, soutenue par d'énormes étais, et menaçant d'une ruine prochaine.

(3) Il sert maintenant de pharmacie centrale à tous les hospices civils de Paris.

PONTS DE LA CITÉ.

En donnant l'historique du Pont-Neuf, nous avons parlé du pont de Charles-le-Chauve, dont il ne reste plus que des traditions obscures, et du pont *Marchand*, qui fut détruit en 1631. Dans la description de l'Hôtel-Dieu est comprise celle du pont Saint-Charles et du Pont-aux-Doubles. Il nous reste encore à parler de quatre ponts qui communiquent de la Cité aux deux autres parties de la ville, et d'un dernier pont établi sur le détroit qui la sépare de l'île Notre-Dame ou Saint-Louis.

LE PONT-AU-CHANGE.

Ce pont, qui aboutit d'un côté au quai de l'Horloge, et de l'autre au quai de la Mégisserie, a remplacé celui qu'on appeloit anciennement le *Grand-Pont*, et qui fut pendant long-temps la seule communication de la Cité avec la rive septentrionale. Dans son origine, et pendant plusieurs siècles, ce pont n'étoit qu'en bois. Louis VII y établit le change en 1141, et défendit de le faire ailleurs; ce qui lui fit donner le nom de *Pont-aux-Changeurs*, *au-Change* et *de la Marchandise*. Il a conservé le second de ces noms.

Ce pont, suivant un ancien usage qui n'a cessé que de nos jours, étoit couvert de maisons dans toute sa longueur; les changeurs en occupoient un côté et les orfèvres l'autre. Les grandes inondations l'ayant emporté plusieurs fois, il fut successivement rebâti, mais non pas précisément à la place où nous le voyons aujourd'hui (1). Si nous examinons ensuite les diverses révolutions qu'il a éprouvées, nous trouvons qu'au onzième siècle il étoit construit partie en pierres et partie en bois; en 1296 il étoit entièrement en pierres, et seulement en bois en 1621, lorsqu'il fut brûlé

---

(1) Il paroît qu'originairement il étoit plus près de l'emplacement où l'on a bâti depuis le pont Notre-Dame. (Jaillot.)

VUE du **PONT-AU-CHANGE**, prise du Pont Notre Dame.

avec le pont Marchand. Le feu ayant pris à ce dernier pont, qui n'en étoit séparé que par un espace d'environ cinq toises, la flamme se communiqua en un instant au Pont-au-Change, et l'incendie fut si violent, que tous les deux furent brûlés, et s'écroulèrent en moins de trois heures. Celui-ci fut seul rebâti : on commença à le reconstruire en pierres, en 1639, et il fut achevé en 1647.

Le quai des Morfondus étoit autrefois beaucoup plus étroit qu'il ne l'est aujourd'hui ; et vu la grande population de Paris et le mouvement continuel qui se fait dans ce passage, il en résultoit des embarras très incommodes, souvent même dangereux pour les gens de pied. On y remédia, en 1738, au moyen de deux angles saillants que l'on pratiqua, l'un vis-à-vis la tour de l'horloge, et l'autre au Pont-Neuf, presque vis-à-vis la statue équestre de Henri IV. Pour exécuter ces travaux, la ville avoit acheté les quatre dernières maisons du Pont-au-Change ; et les ayant fait abattre, elle put former à cet endroit une petite place, où commence le trottoir en saillie qui règne le long du parapet jusqu'à l'autre extrémité.

Du côté opposé à la Cité on avoit placé au bout de ce pont, et au sommet du triangle, un monument qui représentoit Louis XIV à l'âge de dix ans, couronné par la victoire, et élevé sur un piédestal, auprès duquel on voyoit Louis XIII et Anne d'Autriche, debout et en habits royaux. Ces figures, d'une exécution médiocre, étoient de bronze, sur un fond de marbre noir ; au-dessous un bas-relief cintré offoit des captifs enchaînés. *François Guillain*, artiste français, étoit l'auteur de toutes ces sculptures (1).

Mézerai, et Germain Brice qui l'a cité, n'ont point été exacts, lorsqu'ils ont dit que la reine Isabeau de Bavière, femme de Charles VI, passant, lors de son entrée à Paris (2), sur le pont Notre-Dame, un homme descendit sur une corde du haut des tours de la cathédrale, et lui posa une couronne sur la tête. Ce fut sur le *Pont-au-Change* que la chose arriva, et ce pont étoit celui sur lequel les rois et les reines avoient coutume de

---

(1) Nous avons cru devoir donner une représentation de ce monument, détruit pendant la révolution avec tous ceux qui rappeloient la royauté ; il n'en existe d'ailleurs, à notre connoissance, qu'une gravure très médiocre et très rare.

(2) A l'article de la porte Saint-Denis nous parlerons avec plus de détail de cette entrée, qui présente plusieurs particularités remarquables.

passer (1). D'ailleurs, Isabeau de Bavière fit son entrée à Paris en 1389, et le pont Notre-Dame ne fut construit qu'en 1413.

Le Pont-au-Change s'élève sur sept arches de plein cintre ; la construction en est solide, mais sans élégance.

(1) Les fêtes et dimanches, les oiseliers y venoient vendre toutes sortes d'oiseaux, ce qui leur avoit été permis sous la condition d'en lâcher deux cents douzaines au moment où nos rois et nos reines passeroient sur ce pont dans leurs entrées solennelles.

Monument du Pont-au-Change

VUE du PONT NOTRE DAME prise du Pont au Change.

LE PONT SAINT-MICHEL.

Ce pont, situé à l'opposite du Pont-au-Change, sur le petit cours de l'eau, aboutit d'un côté à la place qui en a pris le nom, et de l'autre aux rues de la Barillerie, Saint-Louis et du Marché-Neuf. Il est impossible de donner la date précise de sa construction, et les historiens varient à ce sujet depuis 1378 jusqu'à 1387. Jaillot pense que le pont de Charles-le-Chauve étoit de ce côté, et que ce fut celui-ci qui lui succéda. Il fut d'abord appelé le *Petit-Pont*, ensuite *Petit-Pont-Neuf*, et simplement *Pont-Neuf*; mais dès 1424 on le nommoit *pont Saint-Michel*, et ce nom lui vint sans doute de la place et de la chapelle dont nous avons déjà fait mention (1).

Il avoit été renversé par les glaces en 1407; il éprouva le même accident en 1547; et, malgré les réparations qu'on y fit à cette époque, il fut presque totalement emporté en 1616. On pensa alors à le rebâtir avec plus de solidité: des habitants de Paris offrirent de faire cette construction en pierres, et d'élever sur sa surface trente-deux maisons d'égale structure, dont ils demandoient à jouir seulement pendant soixante années, s'obligeant en outre à payer une redevance annuelle pour chaque maison; cet accord fut accepté, et la jouissance prolongée jusqu'à quatre-vingt-dix-neuf ans. A la fin de ce bail, ceux qui possédoient ces maisons en obtinrent la propriété perpétuelle, au moyen d'un nouveau contrat et de nouvelles redevances (2).

Ce pont est composé de quatre arches de plein cintre, et n'a rien de remarquable dans sa construction.

PONT NOTRE-DAME.

Ce pont aboutit aux rues de *la Lanterne* et *Planche-Mibrai*, et fournit ainsi une communication en droite ligne de la porte Saint-Jacques à la porte Saint-Martin.

---

(1) Voyez l'article du Palais.

(2) Ces maisons viennent d'être abattues, ainsi que celles qui couvroient le Petit-Pont.

Plusieurs historiens de Paris ont prétendu qu'il n'avoit été construit qu'en 1412, par un accord fait entre la ville et les religieux de Saint-Magloire, qui, disent ces historiens, étoient propriétaires de la rivière depuis l'île Notre-Dame (ou Saint-Louis) jusqu'au Grand-Pont. Cette opinion a été victorieusement réfutée. On a prouvé par plusieurs pièces authentiques, 1° qu'il existoit sous Charles V un pont de *fust* ou de bois à cet endroit ; 2° que les religieux de Saint-Magloire n'avoient que le droit de pêche sur la rivière dans l'espace déjà indiqué ; 3° enfin que le roi, en permettant à la ville de bâtir des maisons sur ce pont, s'y réserva justice haute, moyenne et basse, et un denier de cens entre deux palées.

Toutefois l'abbaye Saint-Magloire qui, sans doute, entendoit mal les droits qu'elle avoit eus en cet endroit, jugea à propos, lors de la reconstruction de ce pont, de mettre opposition à l'enregistrement des lettres du roi ; mais elle fut déboutée de ses prétentions par un acte du parlement, de l'année 1412 ; et ce sont sans doute ces contestations qui ont fait naître les méprises des historiens.

Cette reconstruction fut faite en bois. Le dernier mai 1413, le roi y mit le premier pieu, étant accompagné, dans cette cérémonie, du dauphin, des ducs de Berry et de Bourgogne, et du sieur de La Trémoille. Ce fut alors qu'il fut nommé pont *Notre-Dame* (1). Il paroît que ces travaux furent faits avec peu de solidité, car en 1440 on voit qu'il avoit déjà besoin de réparation ; et en 1499, le 25 octobre, à neuf heures du matin, il fut emporté en entier, par la négligence du prévôt des marchands et des échevins, à qui les experts avoient inutilement prédit cet accident. Cinq personnes seulement y périrent. On n'en exerça pas moins une très grande rigueur contre ces magistrats imprudents ; le prévôt et les échevins furent arrêtés, et un arrêt du parlement les condamna à une amende considérable et à la réparation du dommage envers les intéressés. Ils moururent en prison, n'ayant pas assez de bien pour satisfaire à ce qu'on exigeoit d'eux.

Cependant on songea à rétablir le pont, dont les décombres embarrassoient le cours de la rivière ; mais la ville manquoit d'argent. Louis XII, qui régnoit alors, lui accorda, pendant six ans, la perception de plusieurs

____

(1) Le Journal de Paris, sous le règne de Charles VI, l'appelle le *pont de la Planche-de-Mibrai.*

droits sur les denrées qui se consommoient dans Paris, et, au moyen de ces secours, on commença la construction du nouveau pont dans la même année. Cette construction fut longue. On voit qu'en 1508 le roi accorda un *nouvel aide pour la réparation et parachèvement du pont Notre-Dame*, et qu'en 1510 et 1511 le parlement permit encore à la ville de lever de nouveaux octrois pour le même objet; ainsi, quoiqu'une inscription placée sous une arche de ce pont porte que la dernière pierre y fut mise en 1507, on peut dire qu'il ne fut entièrement terminé qu'en 1512, temps auquel on acheva les maisons dont il a été long-temps couvert. On en comptoit trente d'un côté et trente-une de l'autre, toutes de la même architecture, et ornées, dans l'origine, de grands thermes d'hommes et de femmes : on voyoit dans les entre-deux les portraits de nos rois en médaillons; et aux quatre extrémités, étoient placées, dans des niches, les statues de saint Louis, de Henri IV, de Louis XIII et de Louis XIV. Il restoit encore quelques vestiges de toutes ces décorations lorsque ces maisons furent abattues (1).

Ce pont fut construit sur les dessins du célèbre *Giocondo* (2), dit *Joconde* ou *Juconde*, qui, après la mort du Bramante, fut choisi pour continuer, avec *Raphaël*, les travaux de l'église de Saint-Pierre de Rome. Il est porté sur cinq arches de plein cintre, et les gens de l'art l'estiment pour sa solidité et le caractère grand et simple de son architecture. Deux pompes placées sur une charpente vis-à-vis l'arche du milieu élèvent l'eau de la rivière pour la distribuer à plusieurs fontaines de la ville. Elles en fournissent, dit-on, cent pouces par minutes. A cet endroit il y avoit autrefois une porte d'ordre ionique, dont l'arc étoit décoré d'un très beau bas-relief, de la main du célèbre *Jean Gougeon* (3), représentant un fleuve et une naïade. Au-dessus étoit le portrait de Louis XIV, avec une inscription par Santeuil.

---

(1) La démolition en fut commencée en 1787.

(2) C'étoit un dominicain, né à Vérone vers le milieu du quinzième siècle, et qui se rendit également célèbre dans les sciences et dans les arts. Indépendamment des beaux monuments qu'il a élevés, il est auteur de remarques très curieuses sur les commentaires de Jules-César; on a de lui des éditions de Vitruve et de Frontin ; et c'est à ses soins que l'on doit la découverte de la plupart des épîtres de Pline. Il fut le maître de Jules Scaliger.

(3) Nous n'avons pu obtenir aucun renseignement sur ce morceau de sculpture, et nous ignorons entièrement ce qu'il est devenu.

Ce fut sur ce pont que passa la fameuse procession de la Ligue, le 3 juin 1590. Elle étoit composée d'environ treize cents hommes, prêtres, religieux et écoliers, qui marchoient tous, la jaquette retroussée, la cuirasse sur le dos, l'épée au côté ou le poignard à la main, et le mousquet sur l'épaule. Ils étoient conduits par Guillaume Rose, évêque de Senlis, et par le prieur des chartreux. Plusieurs curés de Paris régloient les rangs. Cette procession ridicule qu'avoit imaginée une politique hypocrite, et que guidoit un fanatisme stupide, fit une grande impression sur l'esprit du peuple, et l'anima à la défense de ses murs contre son roi légitime (1).

LE PETIT-PONT.

Ce pont aboutit d'un côté à l'emplacement du Petit-Châtelet, et de l'autre au carrefour des rues Neuve-de-Notre-Dame, du Marché-Palu et du Marché-Neuf. Il étoit anciennement, comme nous l'avons dit, la seule communication qu'eut la Cité avec la rive méridionale, et Grégoire de Tours en fait mention en plusieurs endroits. On n'en sait aucune particularité jusqu'à l'an 1185, qu'il fut rebâti, sans doute en bois, par la libéralité de Maurice de Sully, évêque de Paris. En 1196 il fut emporté par un débordement, et éprouva depuis, plusieurs fois, le même désastre (2). En 1394 on le rebâtit, pour la septième ou huitième fois, avec le produit de quelques amendes auxquelles les juifs avoient été condamnés. Il tomba encore en 1405, et fut reconstruit de nouveau en 1409. Cette même année, le roi Charles VI en fit don à la ville, et lui permit d'y élever des maisons. Ces édifices, qui d'abord n'étoient point symétriques, furent rebâtis sur un même plan en 1552 et en 1603. De nouveaux débordements causèrent d'autres désastres à ce pont en 1649, 1651 et 1658. Enfin il fut entièrement consumé en 1718, par deux bateaux de foin auxquels un ac-

---

(1) Saint-Foix et ceux qui l'ont copié prétendent que cette multitude, ainsi équipée, vint sur ce pont passer la revue du légat. Ce récit manque d'exactitude. Le fait est que le légat ayant fait arrêter sa voiture sur le pont Notre-Dame pour les voir passer, ces furieux lui demandèrent sa bénédiction. Après l'avoir reçue, ils firent une décharge de leur mousqueterie, mais si maladroitement, qu'un des officiers du légat fut tué à ses côtés, et qu'une balle blessa un des domestiques de l'ambassadeur d'Espagne. Le légat n'attendit point une seconde salve, et se sauva au plus vite.

(2) En 1206, 1280, 1296, 1325, 1376, 1393 et autres années. (JAILLOT.)

cident inconnu avoit mis le feu, et dont on avoit eu l'imprudence de couper les cordes; ils s'arrêtèrent sous le Petit-Pont, et l'incendie se communiqua aux charpentes et aux maisons avec une rapidité que rien ne put arrêter. Il fut alors rebâti en pierres tel que nous le voyons aujourd'hui, mais les maisons ne furent point relevées.

Ce pont est porté sur trois arches d'une construction lourde et irrégulière.

LE PONT-ROUGE.

Il servoit pour la communication de la Cité avec l'île Saint-Louis. Tant que cette île n'a pas été couverte de maisons, il n'y avoit point de pont en cet endroit. Sauval prétend qu'il ne fut construit qu'en 1642, après l'arrangement définitif conclu entre le chapitre et les habitants de l'île, pour les diverses constructions qu'ils s'étoient engagés à y faire; cependant les mémoires du temps (1) rapportent que le 5 juin 1634, trois processions passant ensemble sur ce pont pour se rendre à l'église Notre-Dame, occasionnèrent une si grande foule, que deux balustrades du côté de la Grève furent rompues, et que le pont entier fut sur le point de s'écrouler. En 1636, à l'occasion du jubilé, le parlement, pour prévenir de semblables accidents, ordonna qu'on mettroit des barrières aux ponts de bois.

Celui-ci fut si fort endommagé par les glaces dans l'hiver de 1709, qu'on fut obligé, l'année suivante, de le détruire. Il ne fut rétabli qu'en l'an 1717; et comme on le peignit alors en rouge, il prit son nom de cette couleur nouvelle. Il n'y avoit point de maisons dessus, et il n'y passoit aucune voiture. On avoit accordé pour sa construction un péage, que le roi céda à la ville, pour la dédommager de la destruction de quelques maisons qu'elle possédoit au Marché-Neuf, et que l'utilité publique avoit fait abattre (2).

(1) Tome I, page 238.

(2) Ce pont a été abattu et reconstruit, pendant la révolution, un peu plus au midi de la Cité, vis-à-vis la rue Saint-Louis et le cloître Notre-Dame.

ÎLE SAINT-LOUIS.

Cette île, qui est à l'orient de la Cité, et qui n'en est séparée que par un bras de rivière très étroit, étoit autrefois divisée en deux îles d'inégale grandeur, par un petit canal qui la traversoit vers sa partie orientale, à l'endroit où est aujourd'hui l'église Saint-Louis. Toutes les deux étoient en prairies.

Ces deux îles appartenoient originairement à l'évêque et au chapitre de l'église de Paris, ce qui fit donner à la plus grande le nom d'île Notre-Dame ; la plus petite étoit nommée l'île aux Vaches.

On ignore à la libéralité de qui cette église étoit redevable de ces biens, mais on lit dans les anciens historiens que, du temps de Charles-Martel, les comtes de Paris les avoient usurpées sur elle, et que, sous le règne de Pepin, elle n'y jouissoit plus que d'un neuvième et d'un dixième ; en 867, Charles-le-Chauve les lui rendit, et confirma, par un diplôme, la propriété et la juridiction qu'elle y avoit eues autrefois. Depuis, la possession en étoit restée au chapitre seul, qui n'a cessé d'en jouir paisiblement.

Il y a lieu de croire qu'il y avoit, au nord et au midi, des ponts qui communiquoient à ces îles, et qu'ils furent emportés par le débordement de 1296 ; car on trouve dans les archives de Notre-Dame qu'au mois de mars de cette même année, Philippe-le-Bel fit faire deux *charrières*, l'une allant de la rue Saint-Bernard dans l'île, l'autre de la rue de Bièvre au Terrail, et qu'il établit le droit de péage pour la réparation des ponts. On lit aussi que ce monarque ayant rassemblé à Paris ce qu'il y avoit de plus distingué dans la noblesse française et étrangère, lui donna, pendant cinq jours, des fêtes brillantes, au milieu desquelles il arma ses fils chevaliers (1), et que,

---

(1) Cette fête, dont les historiens du temps nous ont laissé le détail, peut donner une idée de l'espèce de luxe et du genre de divertissement qui étoient alors en usage à la cour de France. Édouard II, roi d'Angleterre, s'y trouva, avec Isabeau de France, sa femme, et les seigneurs les plus distingués de son royaume. Les deux cours se piquèrent de rivaliser entre elles de magnificence ;

VUE de L'ÎLE SAINT LOUIS prise du Port au bled.

le quatrième jour de la fête, on passa dans l'île Notre-Dame sur un pont
de bateaux qui fut fait à cette occasion. Ce fut là que le cardinal Nicolas,
légat en France, prêcha la croisade aux deux rois, d'Angleterre et de
France. Ces princes, et Louis de Navarre, fils aîné de Philippe, prirent
la croix, et un grand nombre de seigneurs la prirent à leur exemple. Les
dames mêmes, entraînées, dit-on, par l'enthousiasme général, se croi-
sèrent aussi, et promirent d'accompagner leurs maris dans le voyage
d'outre-mer. Depuis on y éleva deux ponts de bois, pour rétablir une communication permanente entre cette île et les quartiers environnants.

La prison du roi Jean et les suites qu'elle faisoit appréhender ayant
déterminé les Parisiens à fortifier leur ville, on crut devoir ne pas négliger
l'île Notre-Dame. Des fossés furent creusés autour, et l'on planta des
pieux dans la rivière entre l'île et les murs du côté de Saint-Victor. Les
lettres du dauphin Charles, alors régent du royaume, pour conserver,
dans cette circonstance, les droits du chapitre, sont du 30 novembre 1359.

Elle resta inhabitée jusqu'au règne de Henri IV, qui la comprit dans les
projets qu'il avoit formés pour l'accroissement et l'embellissement de Paris.
Toutefois on ne commença à y élever des bâtiments que sous son successeur. Des commissaires nommés par le roi pour acquérir les deux îles du
chapitre passèrent contrat avec le sieur Marie, architecte, le 19 avril 1614;
et par cet acte, celui-ci s'engagea à joindre ensemble les deux îles, à les
couvrir de maisons, et à y établir des rues et des quais. Le chapitre, avec
lequel on n'avoit point encore pris d'arrangements définitifs, s'opposa aux
travaux déjà commencés; mais cette opposition fut levée par deux arrêts
du conseil, et Marie, qui s'étoit associé les sieurs Le Regrattier et Poul-

---

on changeoit d'habits trois et quatre fois par jour, et les rois donnoient l'exemple à leurs courtisans,
en étalant à l'envi tout ce que le faste a de plus éclatant. Le peuple prit part à la joie de ses maîtres
par des festins et des réjouissances publiques. Elles durèrent huit jours, pendant lesquels les Parisiens
donnèrent des représentations de pièces de théâtre, dont Dieu, la vierge Marie, Lucifer, les
Anges et les Diables étoient toujours le sujet. On jouoit, sur un échafaud dressé au bout d'une
rue, les récompenses dont jouissoient les élus dans le ciel; et au bout opposé, les peines des âmes
damnées. On donna ensuite en spectacle beaucoup d'animaux, et ce spectacle fut nommé la *procession du renard*, on ne sait pourquoi. Le cinquième jour, les habitants de Paris, les uns à pied,
les autres à cheval, passèrent en revue devant les deux rois. Un auteur contemporain assure qu'il
y avoit cinquante mille hommes, vingt mille cavaliers et trente mille fantassins, ce qui peut
donner une idée du grand nombre d'habitants que contenoit dès-lors cette capitale.

letier, continua d'exécuter son marché. Toutefois ces trois entrepreneurs n'allèrent pas jusqu'à la fin; en 1623 ils cédèrent leur traité au sieur La Grange, secrétaire du roi, et le reprirent en 1627; mais leurs travaux ne finissant point, les habitants et propriétaires des diverses portions de l'île se pourvurent au conseil en 1643, et obtinrent de leur être subrogés aux mêmes charges et conditions, s'engageant en outre à achever les constructions en trois ans; ce qui fut exécuté.

L'ÉGLISE DE SAINT-LOUIS.

C'est la seule église qu'il y ait dans cette île : ce n'étoit, dans l'origine, qu'une petite chapelle qu'un maître couvreur, nommé Nicolas Le Jeune, qui avoit le premier commencé à bâtir sur ce terrain en 1600, y fit construire quelques années après. Elle étoit alors orientée différemment des autres églises, et le *chevet* en étoit tourné au midi. Le nombre des bâtiments et la population de l'île s'étant rapidement augmentés, la chapelle fut agrandie à la fin de 1622 (1); et M. de Gondi, sur la demande des habitants de l'île, l'érigea en paroisse l'année suivante, sous le titre de *Notre-Dame-de-l'Ile* (2); elle ne le conserva pas long-temps, car, vingt ans après, on disoit le *curé de Saint-Louis-en-l'Ile.* Lorsque ces mêmes habitants eurent fait l'acquisition du traité du sieur Marie, ils pensèrent à rebâtir leur église. Toutefois ils se contentèrent d'abord de construire le chœur, qu'ils orientèrent comme il convenoit, et l'ancienne chapelle servit de nef. La nouvelle construction, commencée en 1664, ne fut achevée qu'en 1679. Ce ne fut qu'en 1702 qu'on résolut de détruire cette

---

(1) Le procès-verbal que l'archevêque de Paris en fit dresser alors porte qu'elle étoit large de six à sept toises sur douze de longueur, vitrée, couverte d'ardoises, et ornée d'un tableau représentant saint Louis et sainte Cécile.

(2) Il fallut obtenir à cet effet le consentement des curés de Saint-Paul, de Saint-Gervais, de Saint-Jean-le-Rond et de Saint-Nicolas-du-Chardonnet.

VUE INTÉRIEURE de l'Eglise SAINT-LOUIS

chapelle, qui, réunie à ce chœur, faisoit une disparate choquante, et d'ailleurs tomboit en ruine. En 1702, M. le cardinal de Noailles posa la première pierre de la nouvelle nef ; et ces derniers travaux ayant été achevés en 1725, l'église entière fut dédiée sous l'invocation de saint Louis. La cure en étoit à la collation du chapitre de Notre-Dame.

Ce monument avoit été commencé sur les dessins du célèbre Levau, premier architecte du roi ; il fut continué par un autre architecte nommé Leduc ; et ce fut sur les dessins de ce dernier que la grande porte fut élevée. Elle est décorée de quatre colonnes ioniques isolées, qui supportent un entablement couronné d'un fronton. La coupole a été construite par un autre architecte nommé Doucet, et les ornements de sculpture qui ornoient cet édifice avoient été exécutés sur les dessins de Jean-Baptiste de Champagne, peintre, et neveu de Philippe de Champagne.

Quelques écrivains ont mis cette église au nombre des plus belles de Paris ; l'architecture cependant en est assez médiocre. La distribution intérieure est la même que dans la plupart des monuments de ce genre ; elle forme une croix latine ; la grande nef est accompagnée de deux nefs latérales plus étroites, et ouvertes de son côté par des arcades, entre lesquelles des pilastres s'élèvent jusqu'à la naissance de la voûte ; en face de chaque arcade on a pratiqué des chapelles. Il n'y a rien là-dedans qui mérite tant d'admiration ; et d'ailleurs ses dimensions la mettent au rang des petites églises. Quant à l'extérieur, il est tel, qu'on ne pourroit y reconnoître un édifice sacré, s'il n'étoit surmonté d'un petit campanille qui, par sa forme bizarre et la manière dont il est placé, fait un effet presque ridicule.

Le poëte Quinault a été enterré dans cette église.

HÔTELS LAMBERT ET BRETONVILLIERS.

Parmi le grand nombre d'hôtels que contient cette belle capitale, et qui sont répandus dans ses divers quartiers, nous décrirons seulement ceux qui nous sembleront remarquables, ou par la beauté de leur architecture, ou par l'ancienneté de leur construction. Les hôtels que l'on voit dans la Cité (1) n'ont rien qui les rendent dignes d'attention ; et dans l'île Saint-Louis, où l'on trouve un assez grand nombre d'édifices de ce genre, on ne peut distinguer que l'hôtel Lambert et l'hôtel Bretonvilliers.

HÔTEL LAMBERT.

L'architecte de l'hôtel Lambert est le même *Levau* qui avoit donné les plans de l'église Saint-Louis ; mais il a mieux réussi dans cette maison particulière que dans l'édifice public. L'emplacement sur lequel il l'a bâtie étant irrégulier, il en a pris une portion régulière pour la cour ; et les parties non symétriques, séparées de cette cour par une aile de bâtiment, ont été destinées à faire un jardin. En face de la principale porte, qui donne dans la rue Saint-Louis, on aperçoit dans le fond un escalier à deux rampes, d'une construction simple et majestueuse ; l'extérieur en est décoré de colonnes et de pilastres d'ordre dorique, élevés sur des piédestaux, accompagnés de l'entablement modillonaire (2), de triglyphes et de boucliers dans les métopes. Au-dessus s'élève un attique, avec des pilastres ioniques qui supportent un fronton, dans lequel devoient être exécutées des sculptures ; ce qu'on peut présumer par la saillie d'une grande partie du tympan. Au milieu du renfoncement cintré qui est au bas de l'escalier, on voit un fleuve et une naïade peints en grisaille par Le Sueur.

Les bâtiments qui environnent la cour sont d'ordre dorique comme l'entrée de l'escalier ; et dans tous les ornements de détail qui couvrent les diverses parties de ces constructions, on remarque une exécution très délicate, et un relief admirable. Les principaux appartements pratiqués dans l'aile qui sépare la cour du jardin sont bien distribués, et dans une position charmante, où l'on jouit de la plus belle vue sur la Seine et sur les rives

---

(1) Voyez l'article du Palais.

(2) Les *modillons* sont de petites consoles renversées dans la forme d'un *S* sous le plafond de la corniche, ils semblent soutenir le larmier ; toutefois ils ne servent que d'ornements. On appelle *métope* l'intervalle qu'on laisse entre les triglyphes de la frise de l'ordre dorique. Les *triglyphes* sont une espèce de bossages, par intervalles égaux, qui, dans la frise dorique, a des gravures entières en angles, appelées *glyphes* ou *canaux*, et séparées par trois côtés d'avec les deux demi-canaux des côtés.

environnantes. Toute cette partie est décorée d'un ordre ionique qui comprend les deux étages, et au-dessus duquel règne une balustrade ornée de vases. Le tout est d'une proportion noble et élégante.

L'intérieur de cette magnifique maison étoit digne de ces dehors imposants, et l'on y admiroit sur-tout les belles peintures dont l'avoient enrichie Le Sueur et Le Brun, qui cherchèrent à se surpasser, dans une circonstance qui réunissoit leurs travaux, et excitoit encore plus vivement leur rivalité. Ce dernier fut chargé de peindre la galerie qui occupe l'aile du bâtiment en retour de la rivière, et y traita plusieurs sujets de la fable d'une manière très remarquable; mais on admiroit sur-tout le salon où Le Sueur avoit peint les neuf Muses dans cinq tableaux qui en ornoient le pourtour; cet artiste, dont le génie étoit moins ardent, mais plus noble que celui de son rival, et qui dessinoit avec plus de correction et d'élégance, avoit peint dans cette même pièce un plafond, dans lequel il avoit représenté Apollon écoutant la prière de Phaëton, et lui mettant sur la tête sa couronne de laurier (1). Ce morceau fut détaché et vendu à la mort de M. Delahaye, fermier général, et dernier propriétaire de cette maison. Les tableaux des Muses y restèrent long-temps après, et jusqu'au moment de la révolution (2).

***

HÔTEL BRETONVILLIERS.

En sortant de l'hôtel Lambert, et passant sous l'arcade qui est presque en face, on arrive à l'hôtel Bretonvilliers, bâti par *Ducerceau* pour le président *Le Ragois de Bretonvilliers*, auquel on doit le quai qui environne la pointe de l'île. Cet hôtel, dont les appartements étoient d'une grande magnificence, avoit été également décoré de peintures par les plus habiles artistes; on y remarquoit toute l'histoire de Phaëton, peinte par *Le Bourdon*, dans une vaste galerie qui occupoit tout le corps du bâtiment en retour sur le jardin; quelques peintures de Vouet; des fleurs de Baptiste; d'excellentes copies de Raphaël, par Mignard, etc.; mais ce qu'on y voyoit de plus précieux, c'étoit quatre grands tableaux du plus illustre peintre que

---

(1) Ce plafond orne maintenant une des pièces du palais du Luxembourg.
(2) Ils sont maintenant dans la collection du Muséum.

la France ait produit, quatre chefs-d'œuvres du Poussin. Ils représentoient le passage de la mer Rouge, l'adoration du Veau d'or, l'enlèvement des Sabines et le triomphe de Vénus.

En 1719, les fermiers généraux transférèrent dans cet hôtel le bureau des aides et du papier timbré, qui étoit à l'hôtel de Charni, rue des Barres. On y a fait, jusqu'au moment de la révolution, la régie de toutes les entrées de la ville, ainsi que de tout le plat pays de Paris.

Intérieur de l'Hôtel Lambert.

PONTS DE L'ÎLE SAINT-LOUIS.

PONT MARIE.

Ce pont sert de communication du port Saint-Paul à l'île. Il paroît, par un acte cité par Sauval, qu'en 1371 il en existoit un à peu près au même endroit, sous le nom de *pont de Fust* (de Bois) *d'emprès Saint-Bernard-aux-Barrés*. Ce ne fut qu'en 1614 que le contrat du sieur Marie pour la construction des édifices de l'île Saint-Louis ayant été ratifié par le roi, ce pont, aux termes du traité, fut commencé en pierres, et dans la direction de la rue des Nonaindières. Louis XIII et la reine y posèrent la première pierre le 11 décembre. Ce pont, discontinué et repris à diverses époques, fut achevé et couvert de maisons en 1635. Les débordements des eaux y causèrent plusieurs fois de grands dommages; et celui de 1658 entraîna les deux arches qui étoient du côté de l'île, avec les maisons qu'elles portoient. L'année suivante, le roi ordonna que la pile et les deux arches fussent rétablies jusqu'au rez-de-chaussée, et que l'on construisît, en attendant, un pont de bois aboutissant au reste du pont de pierre, lequel devoit être de la même largeur, et suffisant pour le passage des voitures. Pour faciliter la reconstruction des parties détruites, il fut établi un droit de péage pendant dix ans; et c'est par cette raison qu'il est indiqué dans quelques actes sous le nom de *Pont-au-Double*. En 1664 le dommage n'étoit pas encore réparé. Enfin on rétablit ce pont tel qu'il étoit avant, à l'exception des maisons, qui ne furent point rebâties sur les constructions nouvelles.

Ce pont est porté sur cinq arches de plein cintre.

PONT DE LA TOURNELLE.

Il communique du quai de ce nom à l'île Notre-Dame. Par un acte que rapporte Sauval, il paroît que vers cet endroit de l'île il y avoit, en 1371, un pont appelé le *pont de Fust de l'île Notre-Dame*, que le *pont de Fust d'entre l'île Notre-Dame et Saint-Bernard fut planchié en sep-*

tembre 1370 ; qu'en 1369 on y fit *une tournelle quarrée et une porte ; qui fut étoupée l'année suivante.* Ce pont fut sans doute détruit par les glaces ou par les débordements, car on n'en voit aucune trace sur un plan postérieur au règne de François Ier, et il n'existoit pas en 1577, puisqu'alors on proposa de construire deux ponts, qui des Célestins iroient dans l'île aux Vaches, et de cette île vers les Bernardins, sur le port de la Tournelle. Le sieur Marie se chargea, par son traité, de l'exécution de ce projet. Celui qu'il fit construire de ce côté étoit en bois ; et les historiens de Paris disent que les glaces l'emportèrent en 1637, et que ce ne fut qu'en 1654 que l'on prit la résolution de le reconstruire en pierres. Cependant entre ces deux époques on trouve qu'un nouveau pont de bois avoit été élevé à la place de l'ancien, qu'en 1648 il tomboit de caducité, et que le 4 août de la même année on rendit un arrêt qui ordonnoit de l'abattre. Sauval se contente de dire qu'en 1651 une partie de ce pont fut emportée........ *et depuis si bien réparée qu'il n'y paroît pas.* Il y a toute apparence que déjà il avoit été rebâti en pierres, car les divers arrêts portés à ce sujet ordonnent au prévôt des marchands de faire *rétablir* incessamment *le pont de pierre* de la Tournelle, ce qui fut exécuté en 1656, comme le porte une inscription placée sous une des arches de ce pont.

Il est composé de six arches solidement bâties, et sur lesquelles on n'éleva point de maisons.

L'ÎLE LOUVIER.

O_N a fait des recherches infructueuses sur cette île. Sauval dit qu'en 1370 on la nommoit l'île *des Javiaux ;* en 1445, l'île *aux Meules des Javeaux* (1) ; depuis, l'île *aux Meules ;* et de son temps, l'île *Louvier.*

---

(1) *Javeau* est un terme des eaux et forêts, qui signifie une île nouvellement faite au milieu d'une rivière ; par alluvion ou amas de limon et de sable.

Ce dernier nom lui venoit peut-être de quelque particulier qui en étoit propriétaire.

Cette île a environ deux cent vingt toises de longueur, et est située où étoit le mail de l'Arsenal. Le bras de la rivière qui la sépare du rivage est si peu considérable, et la Seine y charrie tant de gravier, qu'en été on la passoit à pied sec, ce qui fut cause qu'on proposa plusieurs fois de combler ce détroit et d'y bâtir des maisons ; mais les grands-maîtres de l'artillerie ont toujours empêché qu'on acceptât ces propositions. Cette île apparte-noit, dans le dix-septième siècle, au sieur d'Antrague. En 1671 la ville l'avoit prise à bail judiciaire, dans le dessein d'en faire un port pour la décharge des marchandises. Elle en fit ensuite l'acquisition le 2 octobre de la même année, et depuis y fit construire un pont de communication en bois.

Cette île servoit, en 1714, pour le dépôt du foin et du fruit, ainsi que pour celui du bois de charpente et de menuiserie ; depuis elle a été destinée aux chantiers de bois de chauffage. Pour la conservation de ces chantiers, la ville, en 1730, fit soutenir cette île par des pieux, élargir le canal qui la séparoit du mail, et construire une *estacade* ou digue pour rompre les glaces ; elle est ouverte au milieu pour laisser passer les bateaux, qui y trouvent un abri commode. En 1735 cette digue fut alongée ; en même temps on agrandit et l'on exhaussa l'île. Enfin l'année suivante on y rapporta encore des terres ; on aligna, on borna les places que devoient occuper les chantiers, et l'on élargit le pont pour la facilité des gens de pied.

En 1549, les prévôt des marchands et échevins de Paris y avoient fait construire une espèce de havre, pour y donner à Henri II et à Catherine de Médicis le spectacle d'un combat naval et de la prise d'un fort.

Le bras qui sépare cette île de celle de Saint-Louis a soixante-quinze ou soixante-dix toises de largeur, et le grand canal la sépare du faubourg Saint-Victor.

RUES.

Il n'est rien de plus obscur et de plus embrouillé dans les antiquités de
Paris que la matière que nous allons traiter. Les plans que nous avons donnés de cette capitale désignent avec précision la place de ses monuments
publics, mais n'offrent qu'une idée imparfaite de ses rues, qui, dans une
si longue suite de siècles, ont changé plusieurs fois et de forme et de nom.
Après les nombreux incendies qui consumèrent la Cité, et les ravages que
les Normands firent dans les faubourgs, on ne sait si les maisons furent
relevées dans leurs anciens alignements ou sur des plans nouveaux, et les
traditions les plus anciennes qui nous en restent datent de plus d'un siècle
après le dernier incendie (1); mais ce dont on ne peut douter, c'est que,
jusqu'au seizième siècle, elles étoient étroites, sales et irrégulières; plusieurs
rues de la Cité et des quartiers environnants, où trois personnes peuvent
à peine passer de front, et dont quelques maisons ont encore conservé
l'ancien toit en forme de pignon, nous présentent une image assez juste
de ce qu'étoit alors la ville entière. Sauval, qui vivoit dans le dix-septième
siècle, prétend que les rues *larges* qui existoient à cette époque avoient
été élargies de son temps ou vers la fin du siècle précédent.

Cependant ces rues si étroites, où la lumière pénétroit à peine, où l'air
ne pouvoit circuler, ne furent pavées que sous Philippe-Auguste. Jusque-
là elles n'avoient été que d'affreux chemins, inondés d'une boue noire et
infecte, dont les exhalaisons rendoient le séjour de Paris désagréable et
funeste à ses habitants. L'historiographe de Philippe, qui étoit en même
temps son médecin, dit que la puanteur en étoit si insupportable, qu'elle
pénétroit jusque dans le palais du roi, et le rendoit presque inhabitable.
Il raconte que ce prince s'étant un jour approché des fenêtres qui donnoient sur la rivière, il arriva que des chariots, qui dans ce moment

____

(1) En 1034, sous Henri Ier.

traversoient la Cité, en ayant remué les boues, l'odeur qui s'en éleva fut si horrible, qu'à peine le roi put-il la supporter (1). *Factum est autem post aliquot dies quòd Philippus rex, Parisiis moram faciens, dùm sollicitus pro negotiis regni agendis in aulam regiam deambularet, veniens ad palatii fenestras, undè fluvium Sequanœ, pro recreatione animi, quandoquè inspicere consueverat; rhedœ, equis trahentibus, per civitatem transeuntes, fœtores intolerabiles lutum revolvendo procreaverant; quos rex in aulá deambulans, ferre non sustinuit.*

S'il faut en croire cet auteur, ce fut ce petit évènement qui détermina le monarque à porter sur-le-champ remède à un mal aussi dangereux, et sans être rebuté, ni de la difficulté de l'entreprise, ni d'une dépense qui avoit effrayé tous ses prédécesseurs, il donna ordre, en 1148, au prévôt de Paris d'en faire paver toutes les rues et places publiques. Le séjour de cette ville devint, dès ce moment, plus sain et plus commode. Cependant un établissement si utile fut souvent négligé dans les âges suivants, quelquefois même totalement abandonné; et il falloit que des maladies contagieuses, qui suivoient presque toujours une semblable négligence, vinssent réveiller l'attention des magistrats, et faire reprendre des travaux presque toujours imparfaits jusqu'à Louis XIV. C'est à ce grand roi que l'on doit le bel ordre qui règne maintenant dans cette partie si essentielle de la police (2).

Ce n'est qu'en 1728 que l'on commença à écrire aux coins des rues et

---

(1) Rigord. vita Philipp. Aug.

(2) Ce que rapporte à ce sujet le commissaire Delamarre peut donner une idée de l'importance d'un tel bienfait. « Ceux d'entre nous, dit-il, qui ont vu le commencement du règne de Sa Majesté,
« se souviennent encore que les rues de Paris étoient si remplies de fange, que la nécessité avoit
« introduit l'usage de ne sortir qu'en bottes; et quant à l'infection que cela causoit dans l'air, le
« sieur Courtois, médecin, qui demeuroit alors rue des Marmouzets, a fait cette petite expérience,
« par laquelle on jugera du reste. Il avoit dans sa salle, sur la rue, de gros chenets à pommes de
« cuivre, et il a dit plusieurs fois aux magistrats et à ses amis que, tous les matins, il les trouvoit
« couverts d'une teinture assez épaisse de vert-de-gris, qu'il faisoit nettoyer pour faire l'expé-
« rience du jour suivant; et que depuis l'an 1663, que la police du nettoiement des rues a été
« rétablie, ces taches n'avoient plus paru. Il en tiroit cette conséquence, que l'air corrompu
« que nous respirons continuellement faisoit d'autant plus d'impressions malignes sur les poumons
« et les autres viscères, que ces parties sont incomparablement plus délicates que le cuivre, et
« que c'étoit la cause immédiate de plusieurs maladies. Aussi est-il certain que, depuis ce rétablis-
« sement, il n'a plus paru à Paris de contagions, et beaucoup moins de ces maladies populaires
« d ont la ville étoit si souvent affligée dans les temps que le nettoiement des rues a été négligé. »

des places publiques les noms qu'elles portoient, et ces noms n'ont point varié depuis jusqu'au moment de la révolution. Avant cette époque, il n'est presque pas une rue de Paris qui, à partir du douzième siècle, n'ait changé plusieurs fois de dénomination, et ces changements se ressentoient de la barbarie de ces temps grossiers. Les origines en sont souvent frivoles et bizarres ; elles proviennent ou du nom de quelque personnage distingué qui y possédoit une maison remarquable, ou de quelqu'enseigne singulière qui avoit frappé les yeux du peuple, ou de quelqu'évènement extraordinaire qui y étoit arrivé. Plusieurs devoient leur titre à leur malpropreté habituelle, d'autres aux vols et assassinats qui s'y commettoient; quelques unes enfin ont des noms dont le sens et l'origine sont entièrement inconnus.

Nous avons essayé de débrouiller ce chaos, et de donner, autant qu'il est possible, les étymologies et les mutations de ces noms divers. Nous nous sommes aidés, pour y parvenir, de la critique des écrivains les plus laborieux et les plus exacts qui aient approfondi cette matière, et nous espérons qu'elle ne sera pas la moins curieuse de notre travail. Mais pour rendre ce travail complet, et même pour le faire bien comprendre, nous croyons nécessaire de donner d'abord une pièce très singulière et unique dans son genre, qui a été mise au jour pour la première fois par le savant abbé Lebeuf. C'est une description en vers des rues de Paris, faite par un poëte du treizième siècle, nommé Guillot : on y trouve la plus grande partie des noms de celles qui étoient renfermées dans l'enceinte de Philippe-Auguste; elle indique celles qui sont les plus anciennes, et le nom qu'on leur donnoit quatre-vingts ans après que cette enceinte eut été terminée. L'explication que nous donnerons, à la fin de chaque quartier, de l'origine de ces rues, servira de commentaire à cet ancien écrit, et éclaircira autant qu'il est possible ce qu'il peut avoir d'obscur ou d'inintelligible (1).

____

(1) Nous avons eu soin de faire mettre en *italique* les noms dont l'usage s'est perdu, soit que les rues qui les portoient aient été couvertes de maisons, soit que la fantaisie du peuple ait changé ces noms. Nous donnons aussi une explication des vieilles locutions les plus difficiles à entendre.

Le lecteur observera que dans cette pièce *au* est écrit par *o*, *aux* par *as*, *qu'on* par *con*, *un* par la lettre *i*, le nom de *Dieu* par *Diex*.

Ci commence le Dit des Rues *

DE PARIS.

MAINT dit a fait de Rois, de Conte
Guillot de Paris en son conte;
Les rues de Paris briément
A mis en rime, oyez comment.

L'auteur commence par le quartier qu'on appeloit d'Outre-Petit-Pont, et aujourd'hui L'UNIVERSITÉ.

La rue de la Huchette à Paris
Premiere, dont pas n'a mespris.
Assez tost trouva Sacalie
Et la petite Bouclerie
Et la grand Bouclerie apres
Et Herondale tout en près.
En la rue Pavée alé
Où à maint visage halé :
La rue a l'Abbé Saint-Denis.
Siet asez près de Saint Denis,
De la grant rue Saint Germain
Des Prez, si fait *rue Cauvin*,
Et puis la rue Saint Andri
Dehors mon chemin s'estendi
Jusques en la rue Poupée,
A donc ai ma voie adrécée.
En la *rue de la Barre* vins
Et en la rue a Poitevins,
En la rue de la Serpent,

De ce de rien ne me repent ;
En la *rue de la Platriere*,
La maint une Dame loudiere (1)
Qui maint chapel a fait de feuille.
Par la rue de Hautefeuille
Ving en la rue de *Champ-petit*,
Et au dessus est un petit (2)
La rue du Puon vraiement :
Je descendi tout bellement
Droit à la rue des Cordeles :
Dame i a (3); le descort d'elles
Ne voudroie avoir nullement.
Je m'en allai tout simplement
D'iluecques (4) *au Palais de Termes*
Où il a celiers et citernes

----

(1) Demeure une faiseuse de couvertures.
(2) Un peu au-dessus.
(3) Il y demeure des Dames.
(4) De-là.

---

* On mettoit en vers, aux treizième et quatorzième siècles, certains sujets qui seroient regardés aujourd'hui comme peu susceptibles des agréments de la poésie ; aussi les poëtes d'alors se gênoient-ils peu sur la rime et sur les autres règles de la versification. Leur licence étoit telle, que, pour remplir la mesure, ils fabriquoient des termes nouveaux, ajoutoient des circonstances bizarres et étrangères à leur sujet, et même y inséroient des serments au nom de tel ou tel saint, qui souvent n'avoit jamais existé, mais dont le nom, imaginé sur-le-champ, achevoit leur vers, ou pour la rime ou pour la quantité.

En cette rue a mainte court.
La *rue aux hoirs de Harecourt.*
La rue Pierre Sarrazin
Ou l'en essaie maint roncin
Chascun an, comment on le hape (1).
Contreval (2) rue de la Harpe
Ving en la rue Saint Sevring,
Et tant fis qu'au carefour ving :
La Grant rue trouvai briément;
De la entrai premierement
Trouvai la *rue as Ecrivains;*
De cheminer ne fu pas vains (3)
En *la petite ruelette*
S. Sevrin; mainte meschinette (4)

Les vers que nous omettons en cet endroit et autres
où l'on trouvera du blanc, ne contiennent que des descriptions de lieux qui étoient tolérés alors.

. . . .

En la rue *Erembourc de Brie*
Alai, et en la rue o Fain;
De cheminer ne fu pas vain.
Une femme vi battre lin.
Par la rue Saint Mathelin.
En l'encloistre m'en retourné
Saint Benoit le bestourné (5);
En *la rue as hoirs de Sabonnes*
A deux portes belles et bonnes.
La rue *à l'Abbé* de Cligny
Et la *rue au Seigneur d'Igny*
Sont près de la *rue o Corbel;*
Desus siet la *rue o Ponel*
Y la rue à Cordiers après
Qui des Jacopins sict bien près :
Encontre (6) est rue Saint Estienne;
Que Diex en sa grace nous tiegne

Que de s'amour ayons mantel (7).
Lors descendis en Fresmantel
En la *rue de l'Oseroie;*
Ne sai comment je desvouroie (8)
Ce conques nul jour (9) ne voué
Ne a Pasques ne a Noué (10).
En la *rue de l'Ospital*
Ving; une femme i d'espital
Une autre femme folement
De sa parole moult vilment (11).
La rue de la Chaveterie
Trouvai; n'alai pas chiés Marie
En la *rue Saint Syphorien*
Ou maingnent li logiptien (12)
En pres est la *rue du Moine*
Et la *rue au Duc de Bourgongne*
Et la rue des Amandiers près
Siet en une autre rue exprès
Qui a non rue de Savoie.
Guillot de Paris tint sa voie
Droit en la rue Saint Ylaire
Ou une Dame debonnaire
(13) Maint, con apele Gietedas :
Encontre est la rue Judas,
Puis la rue du *Petit-Four,*
Qu'on appelle le Petit-Four :
Saint Ylaire, et puis *clos Burniau*
Ou l'on a rosti maint bruliau (14) :
Et puis la rue du Noyer.

. . . .

. . . .

Enprès est la rue à Plastr*iers*
Et parmi (15) la rue as Englais

---

(1) De quelque façon qu'on le prenne.
(2) En descendant.
(3) Je ne marchai pas en vain.
(4) Plusieurs jeunes filles.
(5) Le maltourné, le renversé.
(6) Vis-à-vis.

(7) Son amour soyons protégés.
(8) Je desavoüerai.
(9) Que onques, jamais.
(10) Noël.
(11) Il y vit une querelle de femmes.
(12) demeurent les Egyptiens ou diseurs de bonne
aventure.
(13) demeure, qu'on.
(14) fagot, broussaille, bourrée.
(15) Au milieu de.

Ving à grand feste et à grand glais (1)
La rue à Lavandières tost
Trouvai; près d'iluec (2) assez tost
La rue qui est belle et grant,
Sainte Geneviéve la Grant,
Et la petite ruelete
Dequoi l'un des bouts chien sur l'être (3)
Et l'autre bout si se rapporte
Droit à la *rue de la Porte*
De Saint Marcel; par *Saint Copin*
Encontre est la rue Clopin,
Et puis la rue Traversainne
Qui siet en haut bien loin de Sainne (4).
Enprès est la *rue des Murs* :
De cheminer ne fut pas mus (5),
Jusqu'à la rue Saint Victor
Ne trouvai ne porc ne butor (6),
Mes femmes qui autre conseille (7) :
Puis truis (8) la rue de Verseille
Et puis la rue du Bon puis;
La maint la femme à i chapuis (9)
Qui de maint home a fait ses glais (10).
La *rue Alexandre l'Anglais*
Et la *rue Paveegoire* :
La bui-ge (11) du bon vin de beire.
En la rue Saint Nicolas
Du Chardonnai ne fut pas las :
En la rue de Bievre vins
Ilueques i petit (12) m'assis.
D'iluec (13) en la rue Perdue :
Ma voie ne fut pas perdue.

Je m'en reving droit en la Place
Maubert, et bien trouvai la trace
D'iluec en la rue à Trois-portes,
Dont l'une le chemin rapporte
Droit à la rue de Gallande
Ou il n'a ne forest ne lande,
Et l'autre en la *rue d'Aras*
Ou se nourrissent maint grant ras.
Enprès est *rue de l'Ecole*,
La demeure Dame Nicole;
En celle rue ce me semble
Vent on et fain et fuerre (14) ensemble.
Puis la rue Saint Julien
Qui nous gart de mauvais lien.
M'en reving en la Bucherie,
Et puis en *la Poissonnerie*.
C'est verité que vous despont (15),
Les rues d'Outre-Petit-Pont
Avons nommées toutes par nom
Guillot qui de Paris ot (16) nom :
Quatre-vingt par conte en y a.
Certes plus ne mains (17) n'en y a.
En la Cité isnelement (18)
M'en ving après privéement.

Les Rues de la Cité.

La *rue du Sablon* par m'ame (19);
Puis rue neuve Nostre Dame.
En près est la *rue à Coulons*
D'iluec ne fu pas mon cuer lons (20),
La ruele trouvai briement
De S. Christophe et ensement (21)
La rue du Parvis bien près,
Et la rue du Cloistre après,

---

(1) bruit.
(2) Près de là
(3) *Atrium*, l'aitre ou place de Sainte Geneviéve.
(4) Loin de la riviere de Seine.
(5) fatigué, las.
(6) Oiseau choisi pour la rime.
(7) qui conseille les autres.
(8) trouvai.
(9) *Manet*, demeure la femme d'un charpentier.
(10) Ses plaintes.
(11) Je bus.
(12) Là un peu.
(13) De-là.

(14) On vend foin et paille.
(15) Je vous expose.
(16) eut nom.
(17) moins.
(18) promptement.
(19) mon ame.
(20) tardif.
(21) pareillement.

Et la grant rue S. Christofle :
Je vis par le trelis d'un coffre
En la rue Saint Pere à beus
Oisiaus qui avoient piez beus (1)
Qui furent pris sur la marine (2).
De la rue Sainte Marine
En la rue Cocatris vins,
Où l'en boit souvent de bons vins,
Dont maint homs souvent se varie (3)
La *rue de la Confrairie*
Nostre-Dame ; et *en Charoui*
Bonne taverne achiez (4) ovri.
La *rue de la Pomme* assez tost
Trouvai, et puis après tantost
Ce fu la *rue as Oubloiers ;*
La maint Guillebert a braiés.
Marcé palu, la Juerie
Et puis la *petite Orberie*
Qui en la Juerie siet.
Et me semble que l'autre chief
Descent droit en la rue à Feves
Par deça la maison o fevre.
La Kalendre et *la Ganterie*
Trouvai, et *la grant Orberie.*
Après, la grant Bariszerie ;
Et puis après la Draperie
Trouvai et la Chaveterie,
Et la ruele Sainte Croix
Ou l'en chengle (5) souvent des cios.
La rue Gervese Lorens
Ou maintes Dames ygnorents
Y maingnent (6) qui de leur quiterne (7)
En pres rue de la Lanterne.

En la rue du Marmouset
Trouvai (8) homme qui mu fet
Une muse corne bellourde.
Par la rue de la Coulombe
Alai droit o port S. Landri :
La demeure Guiart Andri.
Femmes qui vont (9) tout le chevez
Maignent (10) en la rue de Chevés.
Saint Landri est de l'autre part,
La *rue de l'Ymage* départ (11)
La ruele par Saint Vincent (12)
En bout de la rue descent
De Glateingni, où bonne gent
Maignent, (*manent*) et Dames o corps gent (13)
. . . .
. . . .
La *rue Saint Denis de la Chartre*
. . . .
. . . .
En ving en la Peleterie
Mainte peine y vi esterie (14).
En la faute (15) du pont m'assis.
Certes il n'a que trentesix
Rues contables (16) en Cité
Foi que doi Benedicite (17).

Les rues du quartier d'outre le grand
 Pont dit aujourd'hui LA VILLE.

 Par deça Grand-pont erraument (18)
M'en ving, sçachiez bien vraiment

---

(1) racourcis.
(2) sur le bord de la mer.
(3) s'enyvre.
(4) assez ouvri, de même que *Chengle,* cy-après au lieu de *Sangle.*
(5) Où l'on sangle des coups, apparemment qu'il y avoit des Flagellans.
(6) Y demeurent.
(7) guittare.

(8) C'est-à-dire *un homme qui m'eut fait une espèce de Cornemuse.*
(9) environnent.
(10) habitent.
(11) sépare.
(12) Espèce de serment placé là pour rimer.
(13) gracieux.
(14(J'y vis beaucoup d'étoffes historiées : peinc *Pannus.*
(15) au bout.
(16) Comptables, qu'on puisse compter.
(17) Espèce de serment.
(18) promptement.

N'avoic alenas (1) ne poinson.
Premiere, la rue o poisson
La rue de la Saunerie
Trouvai, et la Mesguiscerie
L'Escole et rue *Saint Germain*
A Couroiers bien vint a main
Tantost la rue a Lavendiere
Ou il a maintes lavendieres.
La *rue à moignes de Jenvau*
Porte à mont et porte à vau;
En près rue Jean Lointier
Là ne fu je pas trop lointier (2)
De la rue Bertin Porée.
Sans faire nulle eschauffourée
Ving en *la rue Jean l'eveiller;*
Là demeure Perriaus Goullier
La *rue Guillaume Porée* près
Siet, et Maleparole en près,
Ou demeure Jean Asselin.
Parmi (3) le Berrin Gasselin;
Et parmi (4) la Hedengerie,
M'en ving en la Tableterie
En la *rue à petit soulers*
De bazenne tout fut souillés
D'esrer (5) çe ne (fu) mie fortune.
Par la *rue Sainte Opportune*
Alai en *la Charonnerie,*
Et puis en la Feronnerie;
Tantost trouvai *la Mancherie,*
Et puis *la Cordoüanerie,*
Près demeure Henry Bourgaie;
La *rue Baudouin Prengaie*
Qui de boire n'est pas lanier (6).
Par la *rue Raoul l'avenier* (7)
Alai o siege a Descarcheeurs.

D'ileuc (8) m'en allai tantost ciex (9)
Un tavernier en la viez place
A Pourciaux, bien trouvai ma trace
Guillot qui point d'eur bon n'as (10).
Parmi la rue a Bourdonnas
Ving en la rue Thibaut a dez,
Un hons trouvai en ribaudez (11)
En la rue de Bethisi
Entré, ne fus pas ethisi (12):
Assez tost trouvai Tire chape;
N'ai garde que rue m'eschape
Que je ne sache bien nommer
Par nom, sans nul mesnommer (13).
Sans passer guichet ne postis (14)
En la *rue au Quains de Pontis*
Fis un chapia (15) de violete.
La *rue o serf et Gloriete*
Et la *rue de l'Arbre sel*
Qui descent sur un biau ruissel (16)
Trouvai et puis *Col de Bacon*

. . . .

Et puis *le Fossé saint Germain*
Trou-Bernard trouvai main à main,
Part ne compaigne (17) n'attendi,
Mon chemin a val s'estendi,
Par le saint Esperit (18), de rue
Sus la riviere en *la Grant-rue*
Seigneur de la porte du Louvre;
Dames y a gentes et bonnes,
De leur denrées sont trop riches.
Droitement parmi *Osteriche*

---

(1) alène.
(2) éloigné.
(3) au milieu de
(4) à travers.
(5) D'aller et venir.
(6) lent, paresseux.
(7) Vendeur d'avoine.

(8) De-là.
(9) chez.
(10) qui n'a point de bonheur.
(11) En joye.
(12) Je ne tombe pas en éthisie.
(13) sans en mal nommer aucune.
(14) porte-fausse.
(15) chapeau.
(16) La rivière de Seine.
(17) camarade.
(18) Serment.

Ving en la rue saint Honouré,
La rue trouvai-je Mestre Huré,
Lez lui (1) seant Dames polies.
Parmi la rue des Poulies
Ving en la *rue Daveron*
Il y demeure un Gentis-hon.
Par la rue Jehan Tison
N'avoie talent de proier (2),
Mès par la Croix de Tiroüer
Ving en la rue de Neele
Navoie tabour ne viele :
En la *rue Raoul Menuicet*
Trouvai un homme qui mucet (3)
Une femme en terre et ensiet,
La rue des Estuves en près siet.
En près est la rue du Four :
Lors entrai en un carefour,
Trouvai la rue des Escus
Un homs à grans ongles locus (4)
Demanda, Guillot, que fais tu ?
Droitement de *Chàstiau-Festu*
M'en ving à la rue a Prouvoires
Ou il a maintes pennes vaires (5) ;
Mon cuer si a bien ferme veue.
Par la *rue de la Croix neuve*
Ving en la *rue Raoul Roissole*,
N'avoie ne plais (6) ne sole
La rue de Montmartre trouvai
Il est bien seu et prové
Ma voie fut delivre (7) et preste
Tout droit par la ruelle e piestre (8)
Ving à la pointe Saint Huitasse
Droit et avant sui (9) ma trace

Jusques en la Tonnellerie
Ne sui pas cil qui trueve lie.
Mais par devant la Halle au blé
Ou l'en a maintefois lobé (10)
M'en ving en la Poissonnerie
Des Halles, et en la Formagerie,
Tantost trouvai *la Ganterie*,
A l'encontre est la Lingerie
La rue o Fevre siet bien près
Et la Cossonnerie après.
Et por moi mieux garder des Halles
Par dessous les avans des Halles
Ving en la rue à Prescheeurs
La bui (11) avec Freres Meneurs
Dont je n'ai pas chiere marie (12)
Puis alai en la Chanvrerie
Assez près trouvai Maudestour
Et *le carrefour de la tour*,
Ou l'on giete mainte sentence
En la maison à Dam (13) Sequence
Le puis le carrefour départ (14) :
Jehan Pincheclou d'autre part
Demeura tout droit a l'encontre.
Or dirai sans faire lonc conte (15)
La petite Truanderie
Es rues des Halles s'alie
La rue au cingne ce me samble
Encontre Maudestour assamble
Droit à la grant Truanderie
Et *Merderiau* n'obli-je mie,
Ne *la petite ruélete*
Jehan Bingne par saint-Clerc (16) suréte (17).
Mon chemin ne fut pas trop rogue (18)

---

(1) A côté de lui.
(2) prier.
(3) cachoit et enfoüissoit.
(4) C'est-à-dire comme des pieds de sauterelles.
(5) Plusieurs étoffes de diverses couleurs,
(6) Plie, poisson de mer.
(7) facile.
(8) vitement.
(9) suivi.

(10) tromoé ou moqué.
(11) Là je bus.
(12) Dont je ne suis pas fâché.
(13) Dom, ou Monsieur.
(14) Le puits sépare le carrefour.
(15) Longue narration.
(16) Manière de serment.
(17) Un peu sûre.
(18) apre, rude.

En la *rue Nicolas Arode*
Alai, et puis en Mauconseil,
Une Dame vi sur un seil (1)
Qui moult se portoit noblement;
Je la saluai simplement,
Et elle moi par saint Loys.
Par la sainte rue Saint Denis
Ving en la rue as Oües droit
Pris mon chemin et mon adroit
Droit en la rue Saint-artin
Ou j'oi chanter en latin
De Nostre Dame un si dous chans.
Par la rue des Petits Champs
Alai droitement en Biaubourc
Ne chassoie chièvre ne bouc :
Puis truit la *rue a Jongleeurs*
Con ne me tienne à jeugleeurs (2).
De la rue Gieffroi l'Angevin
En la rue des Estuves vin,
Et en la *rue Lingariere*
La ou leva mainte plastriere
D'archal mise en œuvr pour voir (3)
Plusieurs gens pour leur vie avoir
Et puis la *rue Sendebours*
La Trefilliere a l'un des bous,
Et Quiquenpoit que j'ai moult chier,
La rue Auberi le Bouchier
Et puis la Conreerie aussi,
La *rue Amauri de Roussi*,
En contre Troussevache chiet;
Que Diex gart qu'il ne nous meschiet (4),
Et la *rue du Vin-le-Roy*,
Dieu grace on n'a point de desroy (5)
En la *Viez Monnoie* par sens
M'en ving aussi conpar à sens (6).
Au-dessus d'iluec un petit

Trouvai le Grand et le Petit
Marivaux, si comme il me samble;
Li uns à l'autre bien s'asamble;
Au dessous siet la Hiaumerie
Et assez prez *la Lormerie*
Et parmi *la Basennerie*
Ving en la *rue Jehan le Conte*;
La Savonnerie en mon conte
Ai mise : Par la Pierre o let
Ving en la rue Jehan Pain molet,
Puis truis (7) la rue des Arsis;
Sus un siege un petit m'assis
Pour ce que le repos fu bon :
Puis truis les *deux rues* saint Bon.
Lors ving en *la Buffeterie*,
Tantost trouvai *la Lamperie*,
Et puis la *rue de la Porte*
Saint Mesri; mon chemin s'apporte
Droit en la *rue à Bouvetins*.
Par la *rue a Chavetiers* tins
Ma voie en la *rue de l'Estable*
Du Cloistre qui est honestable
De S. Mesri en Baillehoe
Ou je trouvai beaucoup de boe
Et une rue de renon.
Rue neuve Saint Mesri a non.
Tantost trouvai *la Cour Robert*
De Paris. Mes par saint Lambert
Rue Pierre o lart siet près,
   Et puis *la Bouclerie* après :
Ne la rue n'oublige pas
Symon le Franc. Mon petit pas
Alai vers *la Porte du Temple*;
Pensis ma main de lez (8) ma temple.
En la rue des Blans Mantiaux
Entrai, où je vis mainte piaux
Mettre en conroi (9) et blanche et noire;
Puis truis la *rue Perrenelle*

---

(1) Seuil de porte.
(2) Qu'on ne me regarde pas comme railleur.
(3) pour vrai.
(4) arrive.
(5) détour.
(6) de dessein formel.

(7) Trouvai.
(8) proche.
(9) pour être corroyées.

Tome I.   26

De Saint Pol, la rue du Plastre

. . . .

. . . .

. . . .

En près est la rue du Puis.
La rue à Singes après pris
Contreval (1) la Bretonnerie
Men ving plain de mirencolie (2) :
Trouvai la *rue des Jardins*
Ou les Juifs maintrent (3) jadis;
O carrefour du Temple vins
Ou je bui plain henap de vin
Pour ce que moult grand soif avoie.
A donc me remis a la voie,
La *rue de l'Abbaye* du Bec-
Hellouin trouvai par abec (4),
M'en allai en la Verrerie
Tout contreval la Poterie
Ving an carefour Guillori
Li un di ho, l'autre hari,
Ne perdit pas mon essien (5).
La ruelete Gencien
Alai, ou maint un bian varlet (6),
Et puis la *rue Andri Mallet,*
Trouvai la rue du Martrai,
En une ruelle tournai
Qui de sain Jehan voie à porte (7)
En contre la rue des Deux portes.
De la viez Tisseranderie
Alai droit *en l'Esculerie*
Fit en la *rue de Chartron*

. . . .

. . . .

En la *rue du Franc-Monrier*
Alai, et vieux-cimetiere

Saint Jehan meisme en cetiere (8)
Trouvai tost la rue du Bourg-
Tibout, et droit a l'un des bous
La *rue Anquetil le Faucheur*
La maint un compain tencheeur (9).
En la rue du Temple alai
Isnelement (10) sans nul delai :
En la rue au Roi de Sezille
Entrai; tantost trouvai Sedile (11),
En la rue Renaut le Fevre
Maint, ou el vent et pois et feves
En la *rue de Pute-y-muce*
Y entrai en la maison Luce
Qui maint en rue de Tyron
Des Dames ymes (12) vous diron
La rue de l'Escoufle est près
Et la rue des Rosiers près
Et *la grant-rue de la Porte*
Baudeer si con se comporte
M'en allai en rue Percié
Une femme vi destrecié (13)
Pour soi pignier (14), qui me donna
De bon vin. Ma voie adonna
En la *rue des Poulies saint Pou*
Et au dessus d'iluec un pou (15)
Trouvai la rue a Fauconniers.

. . . .

. . . .

Parmi la rue du Figuier
Et parmi la rue a Nonains
D'Iere, vi chevaucher deux nains
Qui moult estoient esjoi.
Puis truis la rue de Joy
Et la rue *Forgier* l'Anier.

---

(1) Par le bas de
(2) mélancolie.
(3) demeurerent.
(4) tout juste en commençant.
(5) ma connoissance.
(6) demeure... un jeune homme.
(7) Qui conduit à la porte S. Jean.

(8) Mot fabriqué pour la rime.
(9) demeure un compagnon querelleur.
(10) promptement.
(11) C'est le nom d'une femme.
(12) hymnes, cantiques.
(13) embarrassée.
(14) se peigner.
(15) un peu au-dessus de-là.

(1) Je ving en la Mortellerie
Ou a mainte tainturerie
La *rue Ermeline Boiliaue*
La rue Garnier sus l'yaue
Trouvay, à ce mon cuyer s'atyre (2) :
Puis la *rue du Cimetire*
S. *Gervais*, et *l'Ourmeciau*,
Sans passer fosse ne ruisseau
Ne sans passer planche ne pont
La rue *a Moines* de Lonc-pont
Trouvai, et *rue saint Jehan*
De Greve, ou demeure Jouan
Un homs qu' n'a pas vue saine
Près de la *ruele de Saine*
En la *rue sus la riviere*
Trouvai une fausse estriviere (3).
Si m'en reving tout droit en Gréve
Le chemin de rien ne me gréve
Tantost trouvai la Tannerie
Et puis après la Vannerie
La *rue de la Coifferie*
Et puis après la Tacherie
Et la *rue aux Commenderesses*
Ou il a maintes tencheresses (4)
Qui ont maint homme pris o brai (5)

Par le *Carefour* de Mibrai
En la rue S. Jacque et ou porce (6)
M'en ving., n'avois sac ni poce (7) :
Puis alai en la Boucherie.
La *rue de l'Escorcherie*
Tournai ; parmi *la Triperie*
M'en ving en *la Poulaillerie*,
Car c'est la derniere rue
Et si siet droit sur la Grant-rue.

Guillot si fait à tous sçavoir,
Que par deça Grand pont pour voir (8)
N'a que deux cent rues mains six :
Outre Petit-pont quatre-vingt
Dedans les murs non pas dehors.
Les autres rues ai mis hors
De sa rime puisqu'il n'ont chief (9).
Ci vout faire de son Dit chief (10)
Guillot, qui a fait maint bias dits,
Dit qu'il n'a que trois cent et Dix
Rues à Paris vraiement.
Le dous Seigneur du Firmament
Et sa tres douce chiere Mere
Nous défende de mort amere.

---

(1) Il manque ici un vers dans le manuscrit.
(2) Se portant.
(3) Un Eperon de terre ou bout d'isle.
(4) querelleuses.
(5) à la pipée.

(6) au porche.
(7) poche.
(8) pour vrai
(9) *Rues sans chiefs*, fermées par le fond.
(10) Il veut faire ici la fin de ses vers.

Explicit le Dit des Rues de Paris.

Guillot marque expressément qu'il a exclu de son ouvrage le nom des *rues sans chief*, c'est-à-dire qu'il ne fait aucune mention des *culs-de-sac*, de manière que si les noms de quelques uns de ceux qui existent aujourd'hui se trouvent dans cette nomenclature, c'est qu'ils auront été formés depuis par la construction de quelque édifice, ce qui est arrivé quelquefois, et même dans le dernier siècle.

Il résulte de son calcul qu'il n'y avoit alors que trois cent dix rues à Paris. L'abbé Lebeuf observe que, dans le quartier d'au-delà du grand pont (aujourd'hui *la ville*), ce poëte compte cent quatre-vingt-quatorze rues, et n'en nomme que cent quatre-vingt-quatre dans ses vers. Ce savant présume que cette différence vient de quelque erreur de copiste, et l'on voit en effet, dans Sauval, qu'en 1300 il existoit plusieurs rues de ce quartier-là qui ne sont point spécifiées dans cet ouvrage. Il y avoit, par exemple, sur la paroisse de Saint-Germain-l'Auxerrois, la rue *gui d'Auerre*, la rue *gui le Braolier*, la rue *Gilbert l'Anglois* ; sur celle de Saint-Eustache, la rue *de Verneuil*, la rue *Alain de Dampierre* ; sur celle de Saint-Jacques-de-la-Boucherie, la rue *Jean Bonne Fille* ; sur celle de Saint-Jean, *la cour Harchier* ; sur celle de Saint-Merry, la rue *Guillaume Espaulart*.

Gilles Corrozet, qui vivoit vers le milieu du seizième siècle, ne compte encore dans cette ville que *quatre cents* rues ou ruelles. Aujourd'hui il y en a plus de mille.

———

RUES DE L'ÎLE DE LA CITÉ.

Rue Sainte-Anne. Elle commence à la rue Saint-Louis, et aboutit à une des portes du Palais. Elle fut ouverte en 1631, et nommée ainsi en l'honneur de la reine Anne d'Autriche. C'étoit par cette rue que le roi passoit chaque fois qu'il alloit au Palais.

Rue de l'Arcade. Elle donne d'un bout dans la rue de Nazareth, et de l'autre dans la cour du Palais, et doit son nom à la voûte qui sert de communication aux bâtiments de la chambre des comptes. Elle se nommoit autrefois *rue de Jérusalem*, et l'on présume que ce nom lui venoit de l'hospice où saint Louis logeoit les pèlerins qui alloient à Jérusalem ou qui en revenoient.

Rue de la Barillerie. Elle commence à la descente du pont Saint-Michel, et finit à la rue Saint-Barthélemi. Dès l'an 1280 elle est appelée *Barilleria.* Guillot la nomme la *grant Bariszerie.* Ce surnom de *grande* a pu lui être donné pour la distinguer d'une ruelle de la *Barillerie* qui lui étoit parallèle, et alloit de la rue de la Calendre à la rivière. Elle est maintenant coupée et couverte de maisons.

Rue Saint-Barthélemi. Elle continue la rue de la Barillerie, et finit à la place du pont au Change. On ne la distinguoit point de cette dernière au quatorzième siècle. Cependant dès 1220 on lui trouve le nom qu'elle porte encore aujourd'hui.

Rue de Basville. On a donné ce nom à une communication de la cour Neuve à celle de Lamoignon, construite par les ordres de Guillaume de Lamoignon, premier président et seigneur de Basville.

Rue de la Calendre. Elle donne d'un bout dans la rue de la Barillerie, et de l'autre dans la rue du Marché-Palu, vis-à-vis celle de Saint-Christophe. Elle portoit ce nom dès 1280 ; mais on ignore s'il lui venoit d'une enseigne (1), ou si elle le devoit à quelque famille. On trouve dans le censier de saint Eloi de 1343, une maison qui fut à *Jean de la Kalendre*,

---

(1) Ceux qui sont pour la première opinion ne s'accordent point sur la représentation de cette enseigne. Les uns disent que c'étoit un de ces insectes qui rongent le froment, et qu'on nomme aussi *Charenson* ; d'autres, une espèce d'oiseau (grive ou alouette), que les Parisiens appellent calandre ; le plus grand nombre, que c'est une machine avec laquelle on tabise et polit les draps, étoffes de soie, etc. Sauval dit que c'est la véritable origine de ce nom. Au-dessus de la boutique d'une lingère, qui faisoit le coin de cette rue et de celle de la Cité, on lisoit autrefois une inscription, dont la solution a été inutilement proposée aux antiquaires.

> *Urbs me decolavit,*
> *Rex me instituit,*
> *Medicus amplificavit.*

une autre indiquée sous le même nom en 1351 ; et dans celui de 1367, la maison à *Nicolas le Kalendreur, où souloient être les lions du roi.* Cependant elle n'a pris ce nom que vers le milieu du treizième siècle, et avant cette époque on la voit désignée dans les titres sous la dénomination générale de : *Via quâ itur à parvo ponte ad plateam S. Michaëlis.*

Rue des Trois-Canettes. Elle donne d'un bout dans la rue de la Licorne, et de l'autre dans celle de Saint-Christophe. Elle est désignée sous les deux noms de la *Pomme Rouge* et des *Canettes,* dans un arrêt du 4 juillet 1480. Sauval rapporte l'extrait d'un compte de 1421, où est indiquée une rue de *l'Homme Sauvage,* dont la situation annonce de l'identité avec celle-ci. Le peuple a souvent substitué à l'ancien nom des rues celui d'une enseigne ou d'une maison plus remarquable.

Rue des Carcaisons. Elle aboutit à la rue de la Calendre et au Marché-Neuf. Ce nom, dont on ne peut découvrir l'origine, n'a jamais varié que dans la manière de l'écrire, Sauval l'appelle d'*Escarcuissons,* d'autres, *des Carquillons,* des *Carcuissons* ou *Carcaissons.* Il y a dans cette rue un cul-de-sac du même nom.

Rues Chanoinesse, des Chantres et du Chapitre. On a donné ces noms à trois rues qui sont dans le cloître Notre-Dame.

Rue Saint-Christophe. Elle commence au coin de la rue de la Juiverie et du Marché-Palu, et aboutit au Parvis. Elle doit son nom à l'église qui existoit en cet endroit. Dans les anciens titres elle est indiquée sous celui de la *Regraterie.*

Cloître Notre-Dame. On entend sous ce nom tout l'espace compris depuis le *Terrain* jusqu'au Pont-Rouge, et de-là, en suivant les rues d'Enfer et de la Colombe, jusqu'à l'extrémité de la rue des Marmouzets, suivant ensuite l'alignement qui alloit rejoindre la porte placée, avant la révolution, auprès de l'église Notre-Dame. Dans cet espace étoient situées la chapelle de Saint-Agnan, l'église de Saint-Denis-du-Pas et celle de Saint-Jean-le-Rond.

Rue Cocatrix. Elle aboutit à la rue Saint-Pierre-aux-Bœufs et à celle des Canettes Le nom de *Cocatrix* est celui d'une famille fort connue au treizième siècle, et du fief qui lui appartenoit. Il étoit situé entre la rue Saint-Pierre-aux-Bœufs et celle des Deux-Hermites. Un acte de 1300 l'indique ainsi : *Domus Cocatricis quœ contigit domui Marmosetorum.*

Rue de la Colombe. Elle traverse de la rue des Marmouzets dans la rue d'Enfer. On voit, dans un acte d'amortissement de deux maisons, fait à l'Hôtel-Dieu, qu'elle portoit ce nom en 1223. Cependant Sauval dit qu'elle se nommoit rue *de la Couronne* en 1408.

Rue Sainte-Croix. Elle aboutit aux rues de la Vieille-Draperie et Gervais-Laurent. Au douzième siècle on la nommoit *petite rue Sainte-Croix* et *ruelle Sainte-Croix.*

Rue de la Vieille-Draperie. Elle va de la rue de la Barillerie à celle de la Juiverie, vis-à-vis la rue des Marmouzets. C'est une des plus anciennes rues de la Cité : elle étoit en partie habitée par des Juifs ; et lorsqu'ils en furent chassés en 1183, Philippe-Auguste y établit des drapiers, auxquels il donna vingt-quatre maisons, moyennant cent livres de rente : c'est ce qui lui fit donner le nom de *Judœaria pannificorum.* En 1293 on l'appeloit *la Draperie,* et en 1313 *la Viez-Draperie.*

Rue Saint-Éloi. Elle traverse de la rue de la Calendre dans celle de la Vieille-Draperie.

En 1280 cette rue s'appeloit *Cavateria;* Guillot la nomme *la Chavaterie,* et les censives de Saint-Éloi de 1343 et 1367, *la Caveterie* et *la Saveterie.* Enfin elle fut nommée *de Saint-Éloi,* parcequ'elle fut ouverte sur la partie de l'église et du chœur du monastère de ce saint.

Dans cette rue *est* un cul-de-sac nommé de *Saint-Martial,* parcequ'il conduisoit à l'église de ce nom. On disoit, *ruelle Saint-Macial* en 1398, *ruelle du Porche Saint-Martial* en 1404, et *rue Saint-Martial* en 1459.

Rue d'Enfer. Elle commence à la rue Basse-des-Ursins, et aboutit à la porte du cloître de Notre-Dame et au Pont-Rouge. On ne doit chercher l'étymologie de ce nom que dans l'ancienne situation de cette rue, qui n'étoit pas alors séparée de la rivière par un quai (1). En 1300, 1313 et depuis, on la nommoit *le port Saint-Landri, rue Saint-Landri, du port Saint-Landri,* et *grant rue Saint-Landri-sur-l'Yauë.* Vers le milieu du seizième siècle, elle a pris le nom de rue *d'Enfer.*

Rue l'Évêque. Elle commence à la première porte de l'Archevêché, et aboutit à la rivière et au pont de l'Hôtel-Dieu. C'étoit en cet endroit que commençoit le port l'Évêque, c'est-à-dire le rivage qui règne le long du jardin de l'Archevêché jusqu'au *Terrain,* et on la nommoit, en 1282, rue *du port l'Évêque* et rue *des Bateaux, vicus ad Batellos.* La justice du chapitre s'étendoit jusques-là, comme en font foi plusieurs titres authentiques.

Rue aux Fèves. Elle va de la rue de la Vieille-Draperie à celle de la Calendre. On n'a guère varié que sur l'orthographe de son nom, mais les différentes façons de l'écrire ont donné lieu à différentes étymologies. Elle *est* nommée rue *aux Fèves* dans un titre de 1291. Dans Guillot et dans les actes du chapitre du quatorzième siècle, etc. (*vicus Fabarum*). D'autres l'ont appelée rue *au Feure,* mot qui signifie *de la paille;* ce qui paroîtroit assez plausible, à cause du marché au blé qui en étoit voisin. Enfin il y en a qui ont écrit rue *aux Febvres, aux Fevres (via ad Fabros).* Ce dernier nom paroît le véritable, parcequ'elle est indiquée ainsi dans le plus ancien titre qui en fasse mention (2). Ce sont des lettres de saint Louis de 1260, par lesquelles il cède trente sous de cens sur une maison, *in vico Fabrorum, prope S. Martialem.*

Rué Gervais-Laurent. Elle donne d'un bout dans la rue de la Lanterne, et de l'autre dans celle de la Vieille-Draperie. En 1248, 1250, etc., on la nommoit *vicus Gervasii Loorandi, vicus de Loorens, Lohorrens;* en 1300 et 1313, rue *Gervese-Lorens :* on a dit depuis *Gervais-Laurent.*

Rue de Glatigny. Elle commence à la rue des Marmouzets, et aboutit à la rivière. On donoit le nom de *Glateingni* à cette rue et aux environs de Saint-Denis-de-la-Chartre

---

(1) Quelques auteurs ont pensé qu'il venoit, par corruption, du mot latin *inferior* ou *infera,* inférieure, parcequ'elle étoit la dernière rue vers le port Saint-Landri.

(2) En effet, ce quartier étant occupé par des drapiers et des ouvriers qui donnoient le lustre aux étoffes, on peut croire qu'il renfermoit aussi des *fabricants,* dont le nom aura été transporté à la rue. Celui de *feure* ne doit point embarrasser; personne n'ignore que nos anciens écrivains employoient souvent l'*u* consonne pour l'*v* voyelle.

jusqu'à l'hôtel des Ursins. Des titres disent qu'on y voyoit une maison de *Glategni*, qui, en 1241, appartenoit à Robert et Guillaume de Glatigni. En 1266 on trouve des maisons indiquées *in Glatigniaco*. Dès le quatorzième siècle, cette rue étoit habitée par des femmes publiques, et on la nommoit *le val d'Amour*. En 1380 elle avoit aussi le nom de rue *au Chevet de Saint-Denis-de-la-Chartre*. Mais alors même on la nommoit, comme avant et après, *rue de Glatigny*.

Rue de Harlay. Elle traverse du quai de l'Horloge à celui des Orfèvres, et doit son nom, comme nous l'avons déjà dit, au premier président de Harlay, à qui le roi avoit donné, en 1607, les deux petites îles qui étoient au bout du jardin du Palais. En 1672 on abattit une maison, afin d'y pratiquer une porte et un passage qui communiquât à la cour Neuve.

Rue des Deux-Ermites. Elle donne d'un bout dans la rue Cocatrix, et de l'autre dans celle des Marmouzets. En 1220 on la nommoit *la cour Ferri de Paris, proprisia Ferrici dicti Paris*. On la nomma ensuite rue *de la Confrérie Notre-Dame*; et au seizième siècle, rue *de l'Armite*, ensuite *des Ermites* et *des Deux-Ermites*, à cause d'une maison qui avoit cette enseigne. En 1640 elle est indiquée, dans le rôle des commissaires de ce quartier, sous le nom *des Deux-Serviteurs*.

Rue de la Juiverie. Elle continue la rue du Marché-Palu, et aboutit à celle de la Lanterne. Les juifs qui y demeuroient lui ont fait donner ce nom, qui n'a varié que dans l'orthographe. Guillot écrit *la Juerie*; en 1313, *la Juyrie*; *la Juisvie* en 1405, *Juiferie* et *Juifrie* en 1450 et 1560. Il y avoit dans cette rue un marché au blé, qu'on appeloit *la halle de Beauce*. Un titre nous apprend que Philippe-Auguste la donna à son échanson (1).

Rue Saint-Landri. Elle commence à la rue des Marmouzets, et finit à la rivière. Elle étoit anciennement désignée sous le nom de *port Notre-Dame*, et confondue avec la rue d'Enfer et celle des Ursins. En 1267 on la nommoit *Terra ad Batellos*. L'évêque, vers ce même temps, y avoit une maison, nommée *de la Lavanderie*. Le bout de ce chemin, vers le Pont-Rouge, se nommoit *Fimus* en 1213; *Firmarium* et *vicus Firmarii* en 1219 et 1222; rue *du Fumer* en 1248 (2).

Au bout de cette rue étoit une petite ruelle qui aboutissoit à la rivière, et qui depuis a été fermée à ses deux extrémités. En 1265 on la nommoit rue *Percée*.

Rue du Chevet-Saint-Landri. Elle donne d'un bout dans la rue des Marmouzets, et de l'autre dans la rue d'Enfer; dès le treizième siècle on disoit *le Chevez-Saint-Landri*, parceque le fond de cette église, qu'on nomme le *Chevet*, donne dans cette rue. Dans un bail fait en 1451, par l'abbé de Saint-Victor, elle est nommée *rue de la Couronne*. Il y a dans cette rue un cul-de-sac qui porte le même nom.

Rue de la Lanterne. Elle continue la rue de la Juiverie, et aboutit au pont Notre-Dame. Elle est appelée, dans les cartulaires de Saint-Denis-de-la-Chartre, rue *de la*

---

(1) En 1507 cette rue fut élargie de vingt pieds entre les deux ponts.

(2) Le corps d'Isabeau de Bavière, femme de Charles VI, morte le dernier jour de septembre 1435, fut porté à Saint-Denis d'une façon singulière : on l'embarqua au port Saint-Landri, dans un petit bateau, et l'on dit au batelier de la remettre au prieur de l'abbaye.]

place de Saint-Denis-de-la-Chartre, rue *devant la place* et *l'église Saint-Denis*, rue *devant la Croix Saint-Denis*, rue *du pont Notre-Dame*. Son dernier nom lui vient d'une enseigne, et on le trouve, dès 1326, dans la liste des rues du quinzième siècle, dans Corrozet et sur tous les plans.

Rue de la Licorne. Elle traverse de la rue Saint-Christophe à celle des Marmouzets. En 1269 elle étoit appelée rue *près le Chevet de la Magdeleine;* mais elle étoit déjà connue sous le nom de *vicus Nebulariorum*, rue *as Oubloyers*, *des Oublayers*, *Oblàyers*, aux *Obléeurs*, *Oblayeurs* et [*Oublieurs* (1). Elle prit son nom actuel d'une ruelle qui y aboutissoit, et dans laquelle pendoit une enseigne de la Licorne.

Rue Saint-Louis (2). Elle aboutit au pont Saint-Michel et au quai des Orfèvres. On commença à l'ouvrir sous le règne de Henri IV, pour faciliter la communication avec le Pont-Neuf. On l'appela d'abord la rue *Neuve*, et ensuite la rue *Neuve-Saint-Louis*.

Rue du Marché-Neuf. Elle commence au bout du pont Saint-Michel, et aboutit à la rue du Marché-Palu, en face de la rue Neuve-Notre-Dame. On comprend sous ce nom le marché et les deux petites rues qui y conduisent. Guillot l'appelle la *grant Orberie*. Elle étoit autrefois bouchée du côté du *Marché-Palu*, et ce ne fut qu'en 1558 qu'on l'ouvrit pour en faire un marché. En 1560 le quai Saint-Michel fut construit, et l'on bâtit, quelques années après, dix-sept boutiques, une halle au poisson et deux boucheries aux deux extrémités, vers les deux ponts. Ces travaux ayant été terminés en 1568, les marchands de poissons et d'herbes qui se tenoient près le Petit-Châtelet eurent ordre de s'établir dans ce marché. En 1734, douze maisons furent démolies, on ne conserva qu'une boucherie, et l'on établit un corps-de-garde à l'autre extrémité (3).

Rue du Marché-Palu. Elle commence au Petit-Pont et finit au coin des rues de la Calendre et de Saint-Christophe. Elle étoit connue sous ce nom au treizième siècle, et il ne paroît pas qu'elle en ait changé depuis. Elle doit sans doute ce titre de *Marché* à celui qui s'y voyoit de toute ancienneté, et qui s'étendoit dans la rue de la Juiverie. On y vendoit du blé, des herbes et des légumes. Le surnom de *Palu* lui vient de ce que cet endroit étoit humide et non pavé. Il ne faut pas croire cependant que ce terrain, quoiqu'il ait été depuis considérablement exhaussé, fût alors un marais. Il y avoit une enceinte de murs autour de la Cité, qui en mettoit l'intérieur à l'abri des inondations, et le marché étoit à une certaine distance du rivage; mais les eaux pluviales et toutes celles de la Cité qui passoient par cet endroit pour se rendre à la rivière, comme elles y passent encore aujourd'hui, le rendoient extrêmement marécageux.

Rue des Marmouzets (4). Elle commence à la rue de la Juiverie, et aboutit au cloître

---

(1) Gens qui faisoient une espèce de pâtisserie.

(2) On abat dans ce moment le côté de cette rue qui borde la rivière, afin de continuer le grand quai qui doit entourer la Cité.

(3) La *Morgue*, qui étoit autrefois dans une des cours du Grand-Châtelet, vient d'être transportée en cet endroit.

(4) Une tradition populaire veut que cette rue doive son nom à un pâtissier qui faisoit des pâtés avec la chair des enfants qu'il attiroit chez lui, ou des victimes que son voisin le barbier égorgeoit pour son compte. Cette tradition est rapportée par Dubreul, qui ajoute que la

Notre-Dame, au coin de la rue de la Colombe. Elle doit ce nom à une grande maison appelée dans les anciens titres *domus Marmosetorum;* ce nom n'a guère varié. Guillot la nomme *du Marmouzet;* le rôle des taxes de 1313, *des Marmozets;* la liste des rues du quinzième siècle, *des Marmouzettes.*

Rue du Haut-Moulin. Elle aboutit aux rues de la Lanterne et de Glatigni. Guillot la nomme *rue Saint-Denis-de-la-Chartre.* Il paroît par les titres de ce prieuré que, dès 1204, elle s'appeloit *rue Neuve-Saint-Denis;* cependant, dans un acte de 1206, elle n'est indiquée que sous le nom de *Strata anterior.* Au milieu du seizième siècle, cette rue étoit partagée en deux parties; l'une s'appeloit rue *Saint-Symphorien,* et l'autre *des Hauts-Moulins.*

Rue de Nazareth. Elle commence au quai des Orfèvres, et aboutit à l'hôtel du premier président (1). Anciennement elle se nommoit rue *de Galilée.*

Rue Neuve-Notre-Dame. Elle aboutit au Marché-Palu et au Parvis de la cathédrale. Elle fut ouverte par Maurice de Sully, évêque de Paris; avant lui il n'y avoit point de rue en cet endroit, et l'on se rendoit de ce côté à Notre-Dame par la rue *des Sablons,* qui étoit située entre les maisons de cette rue et les bâtiments de l'Hôtel-Dieu. La rue nouvelle prit d'abord le nom de *Neuve,* qu'elle portoit encore en 1250. On y ajouta ensuite celui de Notre-Dame, qu'elle a toujours conservé depuis.

Il y avoit anciennement quatre rues qui aboutissoient à celle-ci, et qui ne subsistent plus. La première forme un cul-de-sac appelé *de Jérusalem;* les trois autres s'appeloient rues *du Coulon, de Venise* (2) et *du Parvis* (3). Ces trois dernières rues ont été comprises dans l'agrandissement du Parvis et dans les bâtiments des Enfants-Trouvés.

Place du Palais. Elle fut construite, par ordre de Louis XVI, en 1787. Avant cette époque la rue de la Vieille-Draperie se prolongeoit jusqu'à celle de la Barillerie, à l'exception du vide que formoit l'emplacement de la maison de Jean Châtel.

---

maison dite des *Marmouzets* fut rasée à cette occasion, avec défense de jamais rebâtir au même lieu, et qu'une pyramide fut élevée en sa place.

On n'a aucune preuve positive de ces faits, qui semblent bien invraisemblables; mais il est constant que pendant plus de cent ans il y a eu dans cette rue une place vide, sur laquelle le propriétaire ne croyoit pas qu'il fût permis de bâtir. Pierre Belut, conseiller au parlement, à qui elle appartenoit, en demanda la permission à François Ier, et ce prince, par des lettres-patentes du mois de janvier 1536, permit d'y faire réédifier une maison pour être habitée, ainsi que les autres maisons de Paris, nonobstant tout arrêt qui pourroit être intervenu, y dérogeant par ces lettres, et imposant silence perpétuel à son procureur présent et à venir. Quoiqu'on ne trouve nulle part ni information ni arrêts qui parlent de ce prétendu crime, il ne s'ensuivroit pas de là qu'il fût faux. On sait que dans les crimes atroces et extraordinaires, il a toujours été d'usage, et même dans les derniers temps de la monarchie, de jeter au feu les informations et la procédure, pour ne point la rendre croyable. *Nam sunt crimina quæ, ipsá magnitudine, fidem non impetrant.*

(1) Maintenant la préfecture de police.

(2) Avant, *des Dix-Huit,* à cause du collège de ce nom.

(3) Avant, *de la Huchette,* à cause d'une maison ainsi appelée, qui faisoit le coin de cette rue et de celle de Saint-Christophe.

Rue de la Pelleterie. Elle aboutissoit d'un côté à la rue Saint-Barthélemi ; et de l'autre à la rue de la Lanterne, vis à-vis Saint-Denis-de la-Chartre. Au douzième siècle elle étoit occupée par les Juifs ; et après leur expulsion, Philippe-Auguste, par ses lettres de 1183, donna, moyennant 73 liv. de cens, dix-huit de leurs maisons aux pelletiers, qui s'y établirent, et lui donnèrent leur nom. Avant, elle est indiquée sous celui de *Macra-Madiana*, dont on n'a pu trouver la signification. Depuis 1300 elle a pris celui de la Vieille-Pelleterie, et ce nom n'a pas changé.

Rue Perpignan. Elle traverse de la rue des Trois-Cannettes dans celle des Marmouzets. Elle s'appeloit autrefois rue *Charauri*; ensuite, rue *de Champrosai* en 1399. Ce nom a été altéré depuis, et changé en ceux *de Champrou*, *de Champrousiers*, *des Champs-Rousiers*, *du Champ-Flori* et *de Champrosy*. Le nom de Perpignan vient de celui d'un jeu de paume qui s'y trouvoit au commencement du seizième siècle.

Rue Saint-Pierre-aux-Bœufs. Elle donne d'un côté dans la rue des Marmouzets, et de l'autre elle aboutit au Parvis. On la trouve indiquée, dès 1206, sous le nom de rue *Saint-Père-aux-Buefs*. Guillot l'appelle rue *Saint-Pierre-à-Beus*. Les prisons du chapitre étoient anciennement situées dans cette rue.

Le cul-de-sac Sainte-Marine est ouvert dans cette rue. Il portoit, au douzième siècle, le nom de *ruelle Sainte-Marine*. Une ordonnance du chapitre de Notre-Dame, du 26 août 1417, ordonna de la fermer à une de ses extrémités. Elle y est simplement désignée par ces mots : *Viculus contiguus Januæ claustri ante S. Johannem Rotundum.*

Rue du Port-aux-Œufs. Le Port-aux-Œufs est un des plus anciens de Paris. On en connoît l'emplacement par cette rue ou ruelle, qui aboutissoit d'un côté dans la rue de la Pelleterie, et de l'autre à la rivière. En 1259 on la nommoit *ruelle Jean-Notteau*; en 1298 elle s'appeloit *rue Garnier-Marcel.*

Rues Haute, Basse et du Milieu des Ursins. Les deux premières sont traversées par celle qu'on appelle *du Milieu*, et aboutissent d'un côté dans la rue de Glatigni, et de l'autre dans celle de Saint-Landri. Elles tirent leur nom de Juvénal des Ursins, prévôt des marchands, qui occupoit un hôtel au port Saint-Landri. Cet hôtel étant tombé en ruine, fut rebâti vers le milieu du seizième siècle ; et on ouvrit sur le terrain qu'il occupoit une rue qui fut appelée *rue du Milieu*. On croit reconnoître dans la rue Haute celle que Guillot appelle rue *de l'Ymage.*

RUES DE L'ÎLE SAINT-LOUIS.

Rue de Bretonvilliers. Elle aboutit à la rue Saint-Louis et sur le quai Dauphin. Elle doit son nom à l'hôtel qui est situé à son extrémité méridionale (1).

---

(1) Voyez page 181.

Rue de la Femme-sans-Tête. Elle aboutit d'un côté dans la rue Saint-Louis, et de l'autre sur le quai de Bourbon. Elle portoit dans toute sa longueur le nom de rue *Regrattier.* Une enseigne représentant une femme sans tête lui fit donner ce nom.

Rue Guillaume. Elle aboutit d'un côté dans la rue Saint-Louis, de l'autre sur le quai d'Orléans, et doit son nom à *Guillaume,* père d'un des derniers entrepreneurs des bâtiments de l'île Saint-Louis.

Rue Saint-Louis. Elle traverse l'île dans toute sa longueur, et doit ce nom à l'église qui s'y trouve située. Suivant le plan de *Messager,* elle porta d'abord le nom de *Palatine* jusqu'à celle des Deux-Ponts; depuis celle-ci jusqu'au bout on l'appeloit rue *Carelle.* En 1654 on la nommoit rue *Marie.*

Rue des Deux-Ponts. Elle est ainsi nommée à cause de sa situation entre le pont de la Tournelle et le pont Marie, auxquels elle communique par ses deux extrémités. Elle est appelée *rue Saint-Louis* sur le plan de *Messager.*

Rue Poulletier. Elle traverse l'île Saint-Louis, et aboutit aux quais d'Alençon et des Balcons. Sur le plan de Messager elle est indiquée sous le nom de *Florentine.* Elle doit celui qu'elle porte à M. Le Poulletier, trésorier des cent-suisses, l'un des associés du sieur Marie.

Rue Regrattier. C'est la prolongation de la rue de la Femme-sans-Tête. Elle aboutit au quai d'Orléans. Messager la nomme *rue Angélique.* Le nom qu'elle porte vient de celui de M. Le Regrattier, associé du sieur Marie. Elle porta d'abord ce nom dans toute sa longueur jusqu'au quai Bourbon.

Monuments.	Rues Transversales.
A Le grand Châtelet.	1 Rue de la Triperie.
B La grande Boucherie.	2 Rue du pied de Bœuf.
C St Jacques de la Boucherie.	3 Rue de la Tuerie.
D L'Hôpital Ste Catherine.	4 Rue de la Vieille Place aux Veaux.
E St Josse.	5 Rue St Jacques de la Boucherie.
F Le St Sépulchre.	6 Rue d'Avignon.
G Les Filles St Magloire.	7 Rue des Écrivains.
H St Leu.	8 Rue de la Haumerie.
I Bureau des Merciers.	9 Petite Rue de Marivaux.
	10 Rue des Lombards.
Rues Longitudinales.	11 Rue Trousse-Vache.
a Rue St Leufroi.	12 Rue Ogniard.
— Rue de la Jouaillerie.	13 Rue Aubri le Boucher.
b Rue St Jerome.	14 Rue de Venise.
c Rue de la Vieille Tannerie.	15 Rue St Magloire.
d.d. Rue St Denis.	
e Rue de la Savonnerie.	AA Quai de Gesvres.
f Rue du Crucifix.	
g Rue de Marivaux.	**Culs-de-Sac**
h Rue de la Vieille Monnoie.	o C. du Chat Blanc.
i Rue Trognon.	p C. de la Haumerie.
k Rue des cinq Diamants.	q C. des Vieilles Étuves.
l Rue des trois Maures.	r C. St Fiacre.
m Rue Quinquampoix.	s C. de Venise.
n Rue Salle au Comte.	t C. de Beaufort.

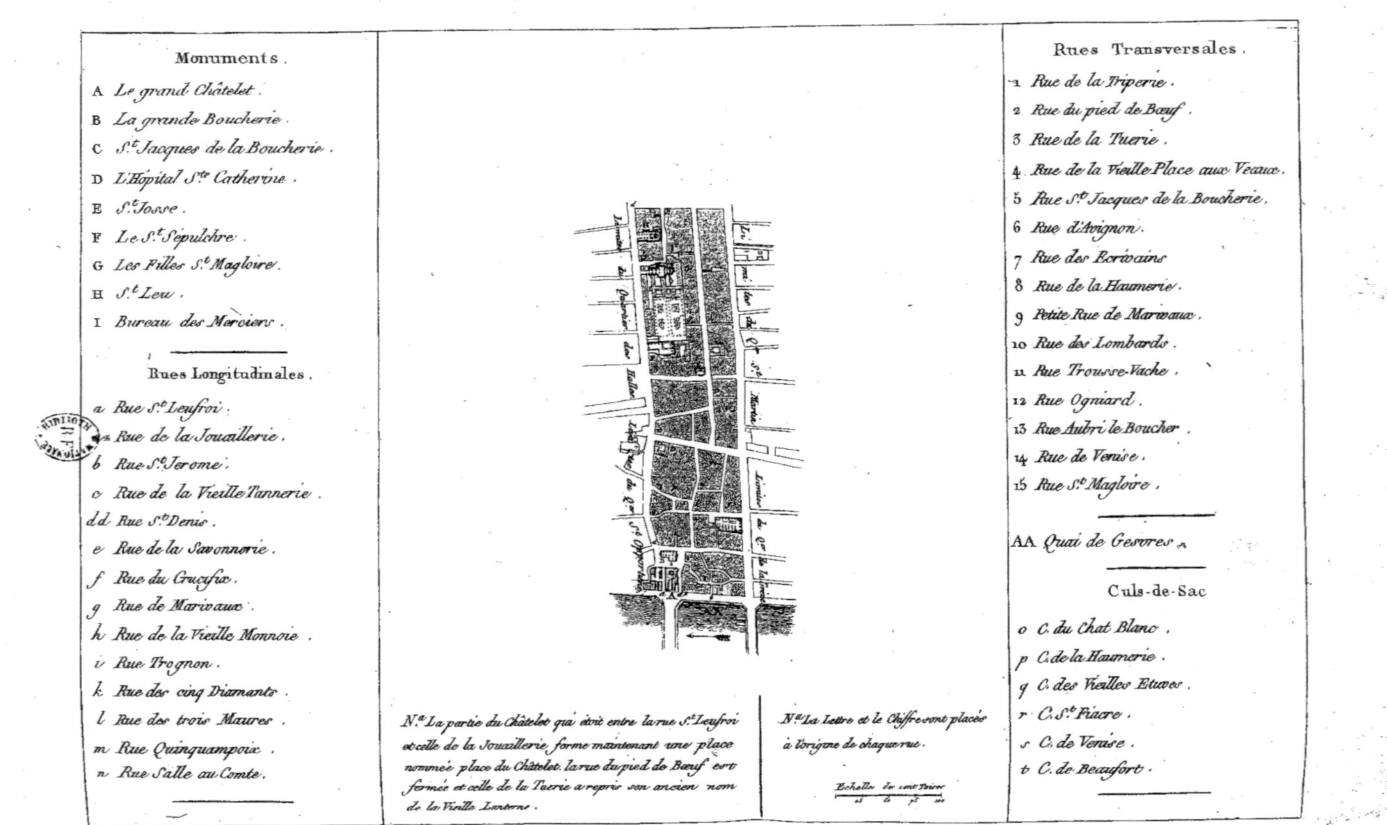

N.ª La partie du Châtelet qui étoit entre la rue St Leufroi et celle de la Jouaillerie, forme maintenant une place nommée place du Châtelet. la rue du pied de Bœuf est fermée et celle de la Tuerie a repris son ancien nom de la Vieille Lanterne.

N.ª La Lettre et le Chiffre sont placés à l'origine de chaque rue.

Échelle de cent Toises

PLAN DU QUARTIER St JACQUES DE LA BOUCHERIE.

QUARTIER

SAINT-JACQUES-DE-LA-BOUCHERIE.

Ce quartier est borné, à l'orient, par les rues Planche-Mibrai, des Arcis et de Saint-Martin exclusivement ; au septentrion, par la rue aux Ours (1) aussi exclusivement ; à l'occident, par la rue Saint-Denis, depuis le coin de la rue aux Ours jusqu'à celle de Gesvres, y compris le marché de la Porte-de-Paris et le Grand-Châtelet inclusivement ; et au midi, par la rue et le quai de Gesvres aussi inclusivement.

On y compte trente-deux rues et six culs-de-sac ; il contenoit une église collégiale, quatre paroisses, un hôpital et un couvent de filles.

L'HISTOIRE des deux premières races de nos rois n'a qu'une foible liaison avec celle de Paris, et nous croyons l'avoir suffisamment démontré. Vers la fin de la dynastie des Carlovingiens, cette ville n'étoit même plus en leur pouvoir : elle avoit été usurpée sur eux par les comtes de Paris, qui, abusant, ainsi que les autres gouverneurs de villes et de provinces, de la foiblesse de ces princes malheureux, rendirent héréditaires dans leurs maisons des titres que jusque-là ils n'avoient possédés *qu'à vie* ; et s'emparant à la fois des terres et de la justice, s'érigèrent eux-mêmes en seigneurs propriétaires des lieux dont ils n'avoient été que les magistrats, soit militaires, soit civils, soit tous les deux ensemble. Par-là fut introduit dans l'État un nouveau genre d'autorité, auquel on donna le nom de suzeraineté, *mot*, dit Loyseau, *qui est aussi étrange que cette espèce de seigneurie est absurde.*

Avec cette seigneurie nouvelle commença la noblesse, ignorée en France

---

(1) C'est par corruption que cette rue est nommée ainsi : son véritable nom est rue *aux Ouës* (aux Oies), comme nous le ferons voir en traitant du quartier Saint-Denis.

jusqu'au temps des fiefs. La possession des terres fit les nobles (1), parcequ'elle leur donna des espèces de sujets nommés *vassaux*, qui s'en donnèrent à leur tour par des *sous-inféodations ;* et ce droit des seigneurs fut tel, que les vassaux étoient obligés, dans de certains cas, de les suivre à la guerre contre le roi lui-même (2).

On ignore l'origine des fiefs, que l'on croit venir cependant d'une loi écrite des Lombards; mais, sans nous occuper de chercher cette origine, il nous suffira de dire que c'est principalement à ces usurpations qu'il faut attribuer la chute du trône des descendants de Charlemagne, et non, comme le dit Saint-Foix, à l'indignation qu'inspiroit à la noblesse française la puissance extrême du clergé et l'abus qu'il en faisoit, en excommuniant et déposant les rois, au gré de ses caprices et de ses intérêts. La haine que cet écrivain avoit vouée aux gens d'église, tandis que, par une contradiction inconcevable, il défendoit le gouvernement monarchique contre les déclamateurs qui, de son temps, cherchoient à l'avilir; cette haine absurde, dont il remplit presque toutes les pages de son livre, le fait tomber dans d'étranges bévues, et obscurcit sa raison au point qu'il se trompe quelquefois sur les notions les plus simples, sur les faits les plus éclatants. Certes, la moindre étude de ces antiques époques de notre monarchie suffit pour convaincre que, sous la première race, le pouvoir du clergé et le respect superstitieux qu'avoient conçu pour lui les peuples et les rois n'étoit pas moins grand que sous la seconde; et même ces premiers temps peuvent être regardés comme ceux où les gens d'église reçurent les plus grands biens, où les moines sur-tout jetèrent les fondements de cette indépendance qui causa de si grands désordres dans la discipline ecclésiastique. Cependant on n'a point imaginé de dire que ce respect et ces dons des successeurs de Clovis aient été la cause de l'anéantissement de sa race; et tout le monde sait qu'elle dut sa ruine à l'accroissement de la puissance des maires du palais, et au système constamment suivi par ces habiles ministres, de faire élever ces princes dans l'ignorance et la mollesse, pour régner plus facilement en leur place.

On voit également, vers la fin de la seconde dynastie, des sujets puissants et des rois foibles, qui, en outre, avoient été presque entièrement

-----

(1) Le service militaire fut encore une source de la noblesse. (Hénault.)
(2) Hénault.

dépouillés de leur territoire. Les plus riches et les plus considérés des grands vassaux de France étoient les comtes de Paris. Eudes, qui possédoit cette ville sous le règne de Charles-le-Gros, l'un des princes les plus méprisables de cette race, s'illustra tellement dans la belle défense qu'il fit contre les Normands qui l'y assiégèrent, que les seigneurs, assemblés à Compiègne, le proclamèrent roi au préjudice de Charles-le-Simple, que sa trop grande jeunesse faisoit exclure de tous les trônes; car Arnould, bâtard de Carloman, avoit succédé à l'Empire, dont ce prince, encore enfant, étoit également l'héritier légitime. La troisième race de nos rois eût sans doute commencé à cet Eudes, s'il n'étoit mort sans enfants. Charles-le-Simple lui succéda, et se fit encore mépriser, ce qui donna de la force au parti que Robert, frère d'Eudes, cherchoit à former contre lui; car l'exemple de son aîné avoit excité son ambition; il vouloit être roi, et il le fut; mais il perdit malheureusement la vie dans une bataille qu'il avoit gagnée contre Charles, et qui auroit affermi pour toujours la couronne sur sa tête. Son fils, Hugues-le-Grand, eut la politique de ne point vouloir lui succéder, et fit sacrer à sa place Raoul, son beau-frère, duc et comte de Bourgogne. On peut principalement rapporter à cette époque de troubles et de confusion l'établissement des fiefs, quoiqu'on en aperçoive des traces long-temps auparavant; car Raoul, pour gagner les grands, fut obligé de leur donner plusieurs domaines considérables, dans lesquels ils s'établirent aux conditions qu'ils voulurent; c'est ainsi que les fondateurs de la troisième race, pour aplanir la route qui les conduisoit au trône, élevoient en même temps l'obstacle qui devoit, pendant plusieurs siècles, restreindre et comprimer leur autorité.

Raoul mourut sans enfants : Hugues, qui pouvoit alors s'emparer de la couronne, ne crut pas qu'il en fût temps encore; et ménageant habilement cette grande révolution pour la mieux consolider, il fit revenir Louis-d'Outremer, fils de Charles-le-Simple, que sa mère avoit emmené en Angleterre. Ce prince voulut en vain secouer le joug de son redoutable vassal, et laissa à Lothaire son fils un trône chancelant et une ombre d'autorité; celui-ci, malgré son courage, ne fut roi encore que par la protection du comte de Paris, qui n'avoit plus qu'un pas à faire pour être roi lui-même. Après Lothaire parut un moment Louis V, dit le Fainéant; et Hugues-Capet, fils de Hugues-le-Grand, monta sans opposition sur le trône.

C'est alors seulement que Paris commença à sortir de l'état précaire et
malheureux où tant de troubles, de divisions, et une telle confusion de
pouvoirs l'avoient si long-temps réduit; on n'y craignoit plus le retour de
ces terribles Normands, qui, pendant près de deux siècles, n'avoient
cessé de porter la flamme et les ravages dans ses faubourgs, presque aussitôt
détruits que commencés. Charles-le-Simple leur avoit cédé la Neustrie, où
ils s'étoient établis. Enfin, après la révolution qui venoit de se faire en
faveur des seigneurs, dont cette ville étoit la capitale, elle devenoit nécessairement et pour toujours celle du royaume entier, puisque les autres villes
les plus considérables de la France appartenoient alors aux grands (1) vassaux, et qu'ils y exerçoient une juridiction entière, sans que les nouveaux
rois eussent le moindre droit à y faire valoir. En effet, Hugues-Capet s'étoit
vu obligé, à son avènement, de confirmer tous ses vassaux (grands et
petits) dans la possession et hérédité de leurs fiefs, c'est-à-dire qu'il leur
laissa les villes, terres, charges et provinces qu'ils avoient usurpées. Cependant il ne leur accorda cette investiture que sous deux conditions importantes : la première étoit qu'ils prêteroient foi et hommage au souverain,
et qu'en cas de *félonie* il y auroit réversion de leurs domaines à la couronne ; la seconde, que ces mêmes possessions reviendroient également
au roi à défaut d'héritiers mâles dans la famille des possesseurs. « On
« vit, dès ce moment, dit le président Hénault, le fondateur de la troi-
« sième dynastie et ses successeurs, animés du même esprit, et par une
« suite de prudence dont ils ne s'écartèrent jamais, regagner insensible-
« ment tout ce qui avoit été usurpé par les seigneurs, ne pas faire une
« seule démarche qui ne tendît à ce but, et se ressaisir enfin des plus
« précieux droits de la couronne. » Mais leurs premiers efforts furent
foibles, et ils eurent pendant long-temps à lutter contre la ligue entière de
ces petits souverains conjurés contre eux. Ce n'est qu'à dater des croisades
que leur autorité commença à s'affermir, tant par les acquisitions de terres
qu'ils firent, de gré à gré, avec les seigneurs que leur zèle entraînoit en
Palestine, que par les fiefs nombreux que le défaut d'hérédité réunissoit

---

(1) Ces grands vassaux étoient le duc de Bourgogne, le duc de Normandie, le comte de
Flandre, le comte de Champagne, le duc d'Aquitaine et de Gascogne, le comte de Toulouse et
le comte de Barcelone.

alors à leurs domaines. A cette même époque, et par les mêmes causes, l'affranchissement des serfs et cette communication avec des peuples plus policés introduisirent peu à peu dans nos contrées barbares les arts et l'industrie. Pour que nos rois eussent une puissance véritable, il étoit nécessaire, d'après l'esprit du régime féodal, qu'ils devinssent les plus riches propriétaires du royaume, et il leur fallut du temps pour y parvenir. Le comté de Paris même ne fut définitivement réuni à la couronne qu'après la mort d'Othon, frère de Hugues-Capet (1).

A peine les princes de cette nouvelle dynastie furent-ils tranquilles possesseurs du trône, qu'ils songèrent à accroître et à embellir leur capitale, ou plutôt à remédier aux désastres qu'y avoit faits la guerre. On voit 997. Robert, successeur de Hugues, faire réparer l'église de Saint-Germain-l'Auxerrois, et Henri, son fils, relever les ruines du monastère de Saint-Martin. Philippe Ier, qui vint après, y ajouta de nouveaux privilèges, 1060. ainsi qu'à l'abbaye de Saint-Germain-des-Prés.

Sous Louis-le-Gros, les fondations se multiplient, et les lettres com- 1112. mencent à être cultivées (2). Alors fleurissoit le fameux Abailard, dont le maître, Guillaume de Champeaux, fonda l'abbaye de Saint-Victor; quelque temps après un monastère de filles fut institué à Montmartre, par les soins de la reine Adelaïde (3); et le roi, par suite d'une transaction faite avec l'évêque, forma le premier établissement des Halles dans un terrain qui appartenoit à ce prélat. Il accorda en même temps aux bourgeois de Paris des privilèges qui commencèrent à leur donner une grande importance. Toutefois, malgré tout ce qu'on sait de l'état où étoit alors la France, on

---

(1) Par cette réversion, nos rois étant rentrés dans tous les droits des comtes, aliénés lors de l'inféodation, ils établirent à la place de ces seigneurs un magistrat chargé de rendre la justice en leur nom. Telle est l'origine des prévôts de Paris, qui remplirent dès ce moment toutes les fonctions de celui qui jugeoit à la place du comte, *Vice-Comitis*. Nous en parlerons avec plus de détail à l'article du Grand-Châtelet. Le premier prévôt se nommoit Étienne.

(2) Le douzième siècle est bien remarquable par l'utilité des écoles qui se formèrent dans les cathédrales et dans les monastères : ce n'est pas que l'on puisse faire cas des ouvrages qui s'y composèrent, tels que les chroniques, les légendes, les traités scolastiques, les poésies, etc., mais parceque ce sont ces écoles qui ont sauvé presque tous les ouvrages des anciens. Les moines copioient les livres, c'étoit leur fonction journalière; et sans eux presque toutes les richesses de l'antiquité seroient perdues pour nous : ces écoles servoient aussi à l'instruction de la jeunesse qui y étoit élevée. (*Le P.* Hénault.)

(3) Voyez page 107.

est toujours étonné du peu de pouvoir que ces monarques avoient dans leur propre capitale, et de celui que conservoient encore les gens d'église. Sous ces premiers règnes, le désordre des monastères étoit parvenu à son comble, et loin que le prince eût une autorité suffisante pour parvenir à les réprimer entièrement (1), Philippe avoit été forcé de comparoître devant un concile assemblé à Paris, et là de renoncer publiquement au mariage illégal qu'il avoit contracté avec Bertrade, femme de Foulque Rechin, comte d'Anjou; après lui, Louis-le-Gros, quoiqu'il soit le premier roi qui ait commencé à ressaisir l'autorité usurpée par les vassaux (2), fut obligé de supporter l'audace d'un évêque de cette ville, qui, dans une contestation qu'il eut avec lui, mit ses terres en interdit, et il ne fallut pas moins que l'autorité du pape pour détruire l'effet de cette violence. Ce fut sous ce prince que les Parisiens furent affligés de l'épidémie funeste

1150. connue sous le nom de *mal des ardents*, à l'occasion de laquelle on bâtit la petite église de Sainte-Geneviève dans la Cité.

C'est dans l'histoire du ministère de l'abbé Suger (3), qui gouverna le royaume sous Louis-le-Gros et sous son fils Louis-le-Jeune, que l'on trouve

---

(1) Les abbayes de Cluni et de Marmoutier observoient alors avec ferveur la plus exacte discipline ; ce fut par leur moyen que le roi Philippe parvint à remettre un peu d'ordre dans ce grand nombre de monastères livrés à tous les dérèglements.

(2) Il en vint à bout, soit par l'établissement des communes, soit par l'affranchissement des serfs, soit en diminuant la trop grande autorité des justices seigneuriales ; à la vérité ce fut moins l'ouvrage du roi que celui des quatre frères Garlande et de l'abbé Suger, ses principaux ministres. Par rapport à l'article de la justice, voici comment on parvint à s'en ressaisir, tant sous ce règne que sous les suivants :

On envoya d'abord dans les provinces des commissaires, appelés autrefois *missi dominici*, et depuis *juges des exempts* ; ils éclairoient de près la conduite des ducs et des comtes ; ils recevoient les plaintes de ceux qui en avoient été maltraités ; et dans le cas où ils ne jugeoient pas eux-mêmes, ils les renvoyoient aux grandes assises du roi, qui étoient le parlement, appelé, dans les capitulaires de Charlemagne, *mallum imperatoris*.

Ensuite nos rois créèrent successivement quatre grands-baillis dans l'étendue de leurs domaines, lesquels, par l'attribution des cas royaux, devinrent seuls juges d'un grand nombre d'affaires, à l'exclusion des seigneurs particuliers ; ces mêmes baillis étant devenus trop puissants, on donna à leurs lieutenants le droit de juger en leur place. A cet exemple, le roi obligea les seigneurs de céder aussi l'exercice de leurs justices à leurs officiers. Enfin les appels de ces juges de seigneurs devant les juges royaux achevèrent de détruire le trop grand pouvoir des justices particulières : aussi, dit Loyseau, *ce droit de ressort de justice est-il le plus fort lien qui soit pour maintenir la souveraineté.*

(3) Écrite vers l'an 1150.

les premiers renseignements positifs sur l'enceinte qui environnoit alors la ville au nord, car la partie du midi étoit encore en bourgs et en cultures. Cette enceinte avoit été élevée long-temps auparavant, et l'on avoit sans doute commencé à la bâtir (1) dès qu'on s'étoit vu entièrement délivré des Normands. Sous Louis-le-Jeune elle ne fut point augmentée, mais, pendant le voyage de ce prince en Palestine, l'administration vigoureuse du célèbre abbé de Saint-Denis (2) maintint la tranquillité dans le royaume, dissipa les factions, encouragea l'industrie; et Louis, à son retour, vit avec plaisir ses places fortifiées, ses maisons réparées, et sa ville capitale florissante. Alors, et depuis long-temps les bourgeois de Paris faisoient, principalement par eau, un commerce assez considérable, et formoient une *hanse* ou compagnie, sous l'inspection de leurs officiers municipaux. Le roi, qui vouloit continuer l'ouvrage commencé par son

1176. ministre, confirma tous les anciens privilèges dont ils jouissoient, en ajouta de nouveaux, et abolit des coutumes vexatoires auxquelles ils étoient soumis depuis de longues années. Il prolongea aussi le terme de la foire Saint-Lazare, établie par son père, et depuis acquise par Philippe-Auguste des religieux de cette maison, et transportée aux halles de Champéaux.

Sous ce règne on vit un exemple d'une de ces fondations faites par des particuliers, et inspirée par un zèle ardent et religieux, fondations qui, dans la suite, se multiplièrent si prodigieusement, et remplirent Paris d'établissements aussi charitables qu'utiles. Garin Masson et son fils

1179. Harcher consacrèrent leur maison pour y établir un hôpital en faveur des pauvres passants, et ce fut l'origine de l'hôpital Saint-Gervais. A la même époque, et quelque temps avant la mort du roi, Maurice de Sully, évêque de Paris, commençoit à jeter les fondements de la magnifique cathédrale, qu'il continua de bâtir sous Philippe-Auguste; il fit ouvrir en

---

(1) Voyez page 35.

(2) Suger, de simple moine de Saint-Denis, en étoit devenu abbé par ses grands talents. Louis-le-Gros avoit été élevé dans cette abbaye; ce fut là que Suger en fut connu, et ce qui donna occasion à ce prince, devenu roi, de l'employer dans la suite aux plus grandes affaires…. C'est lui qui a bâti l'église de Saint-Denis telle qu'on la voit encore aujourd'hui, à l'exception du portail et des deux tours qui l'accompagnent, monuments vénérables de l'ancienne église élevée par Pepin et par Charlemagne; et ce qui honore du moins autant sa mémoire, c'est qu'on croit, avec beaucoup de vraisemblance, que le projet de la compilation des grandes chroniques, connues sous le nom de Chroniques de Saint-Denis, fut son ouvrage. (Hénault.)

même temps la rue Neuve-Notre-Dame (1). Tout sembloit ainsi préparer le règne éclatant de ce dernier prince; mais si cette bonne administration intérieure de Paris, sous Louis-le-Jeune, favorisa les grands desseins qui en commencèrent la splendeur, il faut convenir en même temps que ce monarque, par son divorce impolitique avec Éléonore de Guienne (2), fut la première cause de tous les malheurs dont cette ville fut par la suite accablée. Ce fut sous ce règne que les chevaliers du Temple s'établirent à Paris.

Il n'est presque point d'éloges que ne mérite Philippe-Auguste : c'est un des rois de France qui ont fait le plus de conquêtes; il réprima les violences des grands, fit respecter l'autorité royale, et ranima l'étude des lettres encore languissante sous le règne de son prédécesseur; on peut aussi le regarder en quelque sorte comme le second fondateur de Paris, dont il augmenta tellement l'étendue, que ce n'est que de cette époque qu'elle commence à être comptée parmi les grandes villes de l'Europe (3). Les

---

(1) On vit, dans ce siècle, trois papes se réfugier en France, et faire leur entrée à Paris (Innocent II, Eugène III et Alexandre III.) Ce fut ce dernier qui mit la première pierre à la cathédrale, et qui fit la dédicace de l'abbaye Saint-Germain. On raconte, à cette occasion, que les religieux de ce monastère, qui étoient exempts de la juridiction de l'ordinaire, ayant aperçu l'évêque Maurice dans la foule des prélats qui accompagnoient le pontife, prièrent celui-ci de le faire retirer; sa présence dans leur église leur paroissoit donner atteinte à leurs privilèges.

(2) Il la soupçonnoit d'infidélité, et principalement d'avoir eu quelque liaison en Syrie avec le prince d'Antioche, son oncle paternel. Par ce divorce il lui rendit la Guienne et le Poitou, qu'elle avoit apportées en mariage; et six semaines après cette princesse donna ces provinces à Henri, comte d'Anjou et duc de Normandie, qu'elle épousa. Il étoit déjà déclaré successeur du roi d'Angleterre, et se trouva depuis, sous le nom de Henri II, souverain de ce royaume, duc de Normandie et d'Aquitaine, comte d'Anjou, de Poitou, Touraine et Maine. Tout le monde sait les maux que causa à la France cette grande puissance des Anglais sur son territoire; peu s'en fallut qu'ils ne la subjuguassent entièrement : et nous verrons par la suite ces insulaires maîtres de presque toutes nos provinces, leurs rois déclarés successeurs des rois de France, et régnant déjà dans Paris. Suger avoit prévu ce qui arriva, et s'étoit fortement opposé à une action si préjudiciable à l'État; elle ne fut consommée qu'après sa mort, arrivée en 1152.

(3) Toutes les villes des peuples qui habitoient le nord de l'Europe étoient chétives et grossièrement bâties, et les voyages de la Terre-Sainte leur firent voir, pour la première fois, de ces belles cités, dont jusque-là ils n'avoient pas même l'idée. Les historiens latins sont frappés à la vue de la magnificence, des richesses, et de l'élégance dont l'empire d'Orient leur offroit le « spectacle. O que Constantinople est une belle et vaste cité! » s'écrie Foulques de Chartres en la voyant pour la première fois. « Combien de couvents elle renferme, et combien de palais bâtis avec « un art admirable! on ne croiroit jamais combien elle abonde en toutes sortes de bonnes choses, « en or, en argent, en étoffes de différentes espèces. A chaque heure il arrive dans son port des

nouveaux murs (1) dont il l'entoura renfermoient, du côté du nord, tous les bourgs environnants; et dans ceux qu'il fit élever au midi, il fit entrer une grande quantité de cultures (2), de vignes, de terrains vagues, sur lesquels on ne construisit des habitations que lentement et par une assez longue succession de temps. Le quartier de la *ville* fut plus promptement peuplé; la nouvelle maison royale que ce prince y fit bâtir (3), le grand marché des halles qu'il y établit, attirèrent de ce côté et le peuple et les grands. Dans l'enceinte méridionale, plus tranquille et plus solitaire, s'établirent les gens de lettres et les écoles qu'ils dirigeoient. Il y avoit déjà quelque temps qu'elles avoient quitté le parvis Notre-Dame, où elles étoient renfermées, pour former plusieurs colonies à Saint-Victor, à Saint-Julien et sur la montagne Sainte-Geneviève. La réunion de ces écoles dispersées forma dès-lors quatre facultés, où l'on enseignoit, outre les arts libéraux, la théologie, le droit et la médecine. Nous aurons occasion par la suite de faire connoître avec plus de détail cet établissement fameux, et son crédit prodigieux, dont il lui arriva plus d'une fois d'abuser. On ne verra pas sans quelque étonnement que l'Université fut pendant long-temps une espèce de puissance dans l'État, ayant à ses ordres une armée

---

« vaisseaux chargés de toutes les choses nécessaires à l'usage de l'homme. » (FULCHER, *ap.* Bongars, *v.* 1 , *p.* 386.) Guillaume, archevêque de Tyr, l'historien le plus éclairé de tous ceux qui ont écrit sur les croisades, dit que ce que les orientaux voyoient de l'élégance et de la splendeur de la cour de Constantinople étoit au-dessus de toutes les idées qu'ils auroient pu s'en former. Gonthier, moine français, qui écrivit une histoire de la conquête de Constantinople; Geoffroi de Villehardouin, gentilhomme d'un rang distingué, et accoutumé à toute la magnificence que l'on connoissoit en Occident, en parlent avec la même admiration. Ce dernier peint avec les couleurs les plus vives l'étonnement dont furent frappés ceux de ses soldats qui voyoient pour la première fois Constantinople: « Ils avoient peine à croire, dit-il, qu'il y eût une ville si belle et « si r e dans le monde entier. Quand ils virent ses grandes murailles, ses hautes tours, ses riches « palais et ses superbes églises, tout cela leur parut si grand, qu'ils n'auroient jamais pu se former « une idée de cette ville impériale, s'ils ne l'eussent vue de leurs propres yeux. » *Hist. de la Conq. de Constant.*, *p.* 49. (ROBERTS.)

(1) *Voyez* pag. 36. Ces murs furent élevés pendant le voyage du roi à la Terre-Sainte, et aux dépens des bourgeois de Paris, comme ces mêmes bourgeois le représentèrent depuis à Louis XIII : cependant on les a toujours appelés *les murs du roi.* Les successeurs de Philippe les donnèrent aux prévôt des marchands et échevins; c'est-à-dire qu'ils leur en confièrent la garde, la visite et le soin de les réparer.

(2) Entre autres le clos de Sainte-Geneviève, celui de Saint-Étienne-des-Grès, le clos l'Évêque, une partie de la terre de Laas, etc.

(3) Le Louvre.

redoutable dans cette foule d'étudiants qui y accouroient de tous les coins de l'Europe, et, au moyen de cette jeunesse turbulente, se mêlant aux factions, et remplissant Paris de troubles auxquels l'autorité légitime fut souvent forcée de céder.

Cependant cette capitale devenant peu à peu le centre des affaires de la monarchie, on voit sa population s'accroître par une progression très rapide, et en même temps se multiplier les établissements publics, tant civils que religieux, nécessaires à ce grand nombre d'habitants. A peine les nouvelles murailles eurent été construites, que de nouveaux monuments s'élèvent hors de ses murs, Saint-Thomas et Saint-Nicolas-du-Louvre, l'église 1186. Saint-Honoré, l'abbaye Saint-Antoine-des-Champs, l'hôpital de la Trinité. 1202. Dans l'enceinte, plusieurs chapelles deviennent des paroisses, sous les noms 1212. de Saint-Jean-en-Grève, Saint-Nicolas-des-Champs, Saint-Eustache, Saint-Étienne-du-Mont, etc. Les religieux Trinitaires, plus connus sous 1208. le nom de Mathurins, s'établissent à Paris; et quelques années après 1218. l'Université favorisa l'introduction des Jacobins, en leur cédant une maison qu'elle possédoit vis-à-vis Saint-Étienne-des-Grès. L'abbé de Saint-Germain, de son côté, encourageoit à bâtir autour de son abbaye, et donnoit gratuitement du terrain à ceux qui vouloient y élever des habitations; en même temps plusieurs particuliers faisoient construire des maisons aux environs de Saint-Marcel et dans le terroir de Mouffetard, lequel étoit alors planté de vignes: il en résulta deux nouveaux bourgs hors des murs, auxquels on donna même quelquefois le nom de *villes Saint-Germain et Saint-Marcel lez-Paris.*

1211. L'érection des nouveaux murs de Paris fit naître entre l'évêque et l'abbé de Saint-Germain une de ces contestations si fréquentes alors dans cette anarchie qui troubloit la discipline ecclésiastique. Dans cette occasion, l'évêque prétendoit avoir le droit de juridiction sur tout le terrain qui venoit d'être renfermé dans l'enceinte. Le curé de Saint-Severin élevoit les mêmes prétentions au sujet d'une portion de territoire dépendante de la paroisse Saint-Sulpice, et également renfermée dans la ville. L'affaire fut d'abord jugée assez importante pour être portée à la décision du pape; ensuite les parties intéressées nommèrent des arbitres (1), qui accordèrent

______

(1) Ces juges accordèrent à l'abbaye tout le territoire contenu depuis la tournelle de Philippe Hanselin, bâtie sur le bord de la Seine (*tournelle* ou *tourelle*, connue sous le nom de tour de

à l'abbaye Saint-Germain un espace assez considérable dans la ville, lequel fut déclaré exempt à perpétuité de tout droit paroissial et épiscopal de l'église de Paris. Les mêmes arbitres mirent des bornes à la paroisse Saint-Severin, et permirent encore à l'abbé de Saint-Germain d'établir une ou deux cures dans l'espace qui lui étoit réservé en dedans des murs (1). Peu de temps après, le roi, appelé par l'évêque devant les juges séculiers, pour réparation des droits de l'église, que ce prélat prétendoit être violés par les accroissements faits au nord de la ville, fit avec lui le traité ou transaction connue sous le nom de *charta pacis*, dans laquelle il reconnoît ces droits, mais où il établit en même temps un partage de juridiction qui porta le premier coup à l'autorité temporelle du clergé (2).

Ce prince fit, pendant le cours de son règne, plusieurs règlements en faveur de l'Université, et sur-tout des écoliers, qu'il ménageoit beaucoup, parcequ'il désiroit les retenir à Paris; et l'on peut dire que lui et ses successeurs, par ce désir de voir fleurir les lettres au sein de cette capitale, supportèrent trop patiemment leurs désordres et leurs insolences. Il rendit aussi plusieurs arrêts concernant les Juifs (3) : ces malheureux, déjà chassés plusieurs fois de Paris, et cherchant toujours à y rentrer, malgré les vexations inouïes auxquelles ils étoient exposés, avoient été expulsés de nouveau par ce monarque, lors de son avènement au trône. On l'avoit tellement irrité contre eux par le récit vrai ou faux qu'on lui avoit fait des

---

. Nesle), jusqu'à la borne qui sépare, vers la plaine de Grenelle, la terre de Saint-Germain d'avec celle de Sainte-Geneviève, et depuis cette borne jusqu'à une autre qui sépare les mêmes terres près du chemin d'Issy, enfin depuis cette dernière jusqu'à celle que les arbitres eux-mêmes posèrent contre les murs de Saint-Étienne-des-Grès.

(1) Elles furent achevées en deux ans, l'une sous le nom de Saint-André-des-Arcs, l'autre sous celui de Saint-Cosme.

(2) Voyez page 145.

(3) Nos premiers rois les trouvèrent déjà établis à Paris, maîtres absolus du commerce, et exerçant ouvertement l'usure. Un édit de Dagobert, de l'an 633, les fit sortir de France; on les y voit reparoître sous Charles-le-Chauve; et le concile de Paris, de 850, renouvela toutes les lois de police portées précédemment contre eux. En 1096, Philippe Ier et tous les souverains de l'Europe les chassèrent de nouveau de leurs États, mais ils y rentrèrent peu d'années après, sous des conditions qui, en garantissant davantage leur sûreté, aggravèrent le poids de leur servitude. Ils se rendirent tributaires du prince, qui les partagea entre les grands seigneurs de sa cour; et, comme les serfs, ils faisoient partie de l'héritage, et demeuroient attachés à la terre. Ils continuèrent ainsi leur trafic et leurs usures, et les choses demeurèrent en cet état sous les règnes de Louis-le-Gros et de Louis-le-Jeune. (DELAMARE.)

usures et des profanations auxquelles ils se livroient, qu'en les faisant sortir de son royaume il confisqua tous leurs biens immeubles, et déchargea tous ses sujets des obligations qu'ils avoient contractées envers eux (1). Ils habitoient à cette époque, dans la Cité, la rue qui a reçu d'eux le nom de *Juiverie*, et quelques rues adjacentes; et, dès les commencements de la monarchie, on trouve qu'ils étoient déjà établis dans ce quartier; mais ils en avoient été chassés, et n'y étoient revenus que depuis peu; car, sous Louis-le-Gros et Louis-le-Jeune, on les voit relégués hors des portes de la ville, dans le lieu nommé *champeaux*. De petites maisons, hautes et mal construites y avoient été bâties exprès pour eux, et composoient un certain nombre de rues étroites, tortueuses et obscures, qui étoient fermées de portes de tous les côtés (2). Philippe ne tarda pas à les rappeler, comme l'avoient fait ses prédécesseurs; et le besoin qu'il avoit d'argent pour soutenir la guerre contre les Flamands et les Anglais fut une occasion favorable pour ce rétablissement, qu'ils sollicitoient en offrant des sommes considérables. Non seulement ils rentrèrent dans Paris, mais encore leur condition y fut plus heureuse, par cette facilité qu'on leur donna de s'y établir où bon leur sembleroit, pourvu que ce ne fût pas dans le milieu de la ville (3).

Ce fut Philippe-Auguste qui institua les sergents d'armes, qu'on peut regarder comme la première garde de nos rois de la troisième race. Il créa cette troupe, sur l'avis qu'il avoit reçu qu'à la sollicitation du roi Richard le vieux de la Montagne avoit envoyé deux de ses sujets en France pour l'assassiner. Ce bruit n'étoit pas fondé, mais le roi y ajouta foi, à cause

---

(1) Action injuste, contraire au droit naturel, et par conséquent à la religion. Un grand pape (saint Grégoire-le-Grand) en jugeoit ainsi. Tout zélé qu'il étoit pour la conversion des Juifs, il ne pouvoit souffrir qu'on leur fît des injustices. (HÉNAULT.)

(2) Ce sont aujourd'hui les rues de la Poterie, de la Friperie, de la Chaussetterie, de Jean-de-Bausse et de la Cordonnerie.

(3) Les nouveaux accroissements de Paris leur fournirent les moyens de trouver des logements commodes. Quelques uns allèrent demeurer derrière le lieu où est aujourd'hui le Petit-Saint-Antoine, d'autres à la montagne Sainte-Geneviève, d'autres dans le cul-de-sac de la rue de la Tisseranderie. De là viennent les noms des rues *des Juifs* et de rue *Judas*; ils se logèrent aussi rue des Lombards, rue Quinquempoix et rue des Jardins, depuis rue des Billettes. La rue de la Harpe et la rue Saint-Bon en furent tellement remplies, que dans le grand pastoral de l'église de Paris on trouve ces deux rues sous le nom de *Juiverie*. Il n'y eut plus que les artisans et les plus pauvres d'entre eux qui se logèrent dans la juiverie de *Champeaux*.

de la prévention qu'il avoit contre Richard. Ces sergents d'armes étoient
des gentilshommes armés de massues d'airain, d'arcs et de carquois garnis
de flèches. Ils ne devoient pas quitter le prince, ni laisser approcher de
sa personne aucun inconnu. Dans la suite on les employa à porter les
ordres du souverain, lorsqu'il citoit quelqu'un à sa cour. Leur office étoit
à vie, et ils n'avoient d'autre juge que le roi ou le connétable (1).

Jusqu'à ce prince, les rois de France ne se servoient du produit de leurs
domaines que pour soutenir la majesté du trône. L'État avoit soin de
fournir aux frais de la guerre; et, dans cette conjoncture, les seigneurs et
le peuple se joignoient au souverain pour venger les injures faites à la
monarchie; mais, par-là même, le vassal devenoit en quelque sorte juge
des motifs qui déterminoient son chef à prendre les armes. Philippe,
pour secouer cette espèce de dépendance, imagina de soudoyer des troupes
qui fussent entièrement dévouées à ses ordres, et fut le premier de nos
rois qui entretint des armées sur pied, même en temps de paix.

On parle, sous le règne du même prince, d'une espèce de soldats appelés *Ribauds*. C'étoient des déterminés qu'on mettoit à la tête des assauts,
et dont on se servoit dans toutes les actions de hardiesse et de vigueur.
Le libertinage outré auquel ils s'abandonnoient a rendu dans la suite
leur nom infâme en France (2). Les Ribauds avoient un chef qui portoit
le titre de roi, suivant l'usage établi alors de donner cette auguste qualité
à tous ceux qui avoient quelque espèce de commandement. Ce prétendu monarque connoissoit de tous les jeux de dés, de hasard et
autres qui se jouoient pendant les voyages de la cour (3). Le nom de cet
officier fut supprimé sous le règne de Charles VII, mais l'office demeura,
et ces fonctions furent transportées au grand-prévôt de l'hôtel, charge qui
a subsisté jusque dans les derniers temps.

La police de Paris étoit alors dans un grand désordre : nos ancêtres

---

(1) Le connétable qui, sous la deuxième race, ne marchoit qu'après le comte du palais, devint
le premier homme de l'État sous la troisième. Quelques uns font dériver son nom du saxon *stay*
ou *soutien* du roi; d'autres le tirent, avec plus de probabilité, du *comes stabuli*, ou grand-écuyer,
supposant que cette dignité, qui, au commencement, n'étoit que civile, devint ensuite militaire,
et que le grand-écuyer fut fait général des armées.

(2) On le donna aux débauchés qui fréquentoient les mauvais lieux.

(3) Il levoit deux sous par semaines sur tout ce qu'on appeloit alors logis de *bourdeaulx* et de
femmes *bourdelières*. Chaque femme adultère lui devoit cinq sous.

avoient imité cet usage qu'ils avoient trouvé établi par les Romains, de ne confier le maintien de l'ordre dans les villes qu'à un seul magistrat (1), et les ordonnances de nos premiers rois sont remplies de dispositions qui font connoître que les comtes ou premiers magistrats des principales villes étoient seuls chargés de ces importantes fonctions; aussi voit-on le prévôt de Paris, qui étoit entré dans tous les droits des anciens comtes, chargé d'abord de la police entière de cette capitale, et jusqu'au règne de Philippe-Auguste, la ville étant encore renfermée dans ses anciennes bornes, et tout son terrain appartenant au domaine du roi, la justice ne cessa point d'y être rendue en son nom.

Mais depuis la nouvelle enceinte, plusieurs portions de territoire ayant été enclavées dans la ville, les seigneurs qui y avoient droit de justice réclamèrent aussitôt le maintien de leurs privilèges (2), et l'on ne put alors les en priver. Il en résulta une foule de juridictions particulières, qui ôtèrent à cette partie de l'administration publique toute sa force en détruisant son unité. Aussi les auteurs contemporains nous font-ils une peinture effrayante de l'état où étoit alors Paris; ils nous le représentent comme une ville remplie et de confusion et de crimes, et si peu sûre, que les citoyens honnêtes étoient obligés de déserter d'un lieu où leur vie étoit à chaque instant menacée.

Nous verrons bientôt l'ordre s'y rétablir sous saint Louis, et l'édifice antique qui se présente d'abord à nous en entrant dans le quartier de Saint-Jacques-de-la-Boucherie, devenir le siège d'un des tribunaux les plus respectables de la monarchie.

---

(1) Auguste l'établit à Rome sous le nom de *præfectus urbis*, et cette institution passa ensuite, par une loi expresse, dans toutes les provinces de l'Empire.

(2) On avoit renfermé dans ces nouveaux murs les bourgs anciens et nouveaux de Saint-Germain-l'Auxerrois, qui apartenoient à l'évêque de Paris; une partie du Bourg-l'Abbé, dépendant de l'abbaye de Saint-Martin-des-Champs; tout le Beau-Bourg, qui étoit sur les terres du Temple; le bourg Thiboust, dont étoit propriétaire une famille parisienne de ce nom; toute la terre ou bourg de Saint-Éloi; tout le bourg de Sainte-Geneviève; une partie du bourg de Saint-Germain-des-Prés, la plus grande partie des terres, des vignes et des prés qui étoient dans la dépendance de ces seigneurs, et les avoient jusqu'alors séparés de la ville, etc. (*Voyez* les 1er et 2e plans de Paris.)

LE GRAND-CHÂTELET.

Ce nom de *Châtelet* étoit anciennement donné à de petits châteaux ou forteresses, dans lesquels commandoit un officier appelé *châtelain*. Ces châtelains s'étant attribué l'administration de la justice avec plus ou moins d'étendue, selon le pouvoir qu'ils avoient, leur justice et leur auditoire furent désignés sous le titre de *Châtelets* ou *Châtellenies*. Le premier de ces titres est demeuré propre à certaines justices royales, qui se rendoient dans des châteaux appartenants à la couronne, tels qu'Orléans, Montpellier, Melun, etc., et notamment *le Grand-Châtelet* de Paris (1).

On rencontroit cet ancien édifice en sortant de la Cité par le Pont-au-Change. Nous avons rejeté l'opinion qui en attribue la construction à Jules-César, parcequ'elle est destituée de toutes preuves, et même de toute vraisemblance, les Romains ne se servant point, à cette époque, de fortifications de ce genre pour défendre la tête de leurs ponts. Corrozet a pensé que Julien l'Apostat pourroit bien en être le fondateur, ou qu'il fut du moins bâti par quelques uns des princes qui lui succédèrent; le nom de *chambre de César*, que portoit, de temps immémorial, une des salles de ce monument, et l'inscription *titulum Cæsaris*, gravée sous une arcade, et qui subsistoit encore à la fin du seizième siècle, rendent ce dernier sentiment assez probable, mais cependant ne paroîtront point des preuves suffisantes à ceux qui aiment mieux douter, en fait d'antiquité, que d'affirmer sur de simples conjectures. — En effet, ce nom et cette inscription peuvent recevoir une explication différente et non moins plausible: « On n'a peut-« être eu en vue, dit Jaillot, en nommant ainsi cette chambre, et en gravant « ces mots sur la porte d'un bureau, que d'indiquer le droit du prince à « qui le tribut étoit dû, et le lieu où il se percevoit, suivant le précepte de « l'évangile : *Rendez à César ce qui est à César.* Ce tribut des Parisiens

<hr>

(1) Le titre de *châtellenie* ne s'appliquoit communément qu'à des justices seigneuriales.

« pouvoit et devoit être perçu à l'entrée de la ville et de la Cité, sur les
« marchandises qui arrivoient par eau en cet endroit, d'où quelques au-
« teurs l'ont appelé, quoique mal à propos, *l'apport de Paris ;* le parloir
« aux bourgeois, c'est-à-dire la juridiction de la ville, y étoit situé; et ces
« deux circonstances suffisent pour autoriser la dénomination de *chambre*
« *de César*, et l'inscription *titulum Cæsaris*. »

Quoi qu'il en soit, on ne trouve aucun monument certain de l'édifice qui
vient d'être détruit (1), avant le douzième siècle, et il est probable qu'il avoit
remplacé quelque monument moins considérable, qui existoit à la même
place sous les rois des deux premières dynasties. Quant à la juridiction qui
y tenoit ses séances, bien qu'on ne sache rien de positif sur le moment de
sa création ; cependant il est naturel de penser qu'elle prit naissance sous le
règne de Henri Ier, aussitôt que le comté de Paris eut été réuni à la couronne.
En effet, on voit qu'Étienne occupoit la place de prévôt en 1032 et 1060,
et l'on en trouve des indications sous Louis VII. Alors ce magistrat exerçoit tranquillement son office, et les petites justices territoriales des seigneurs
établies aux environs de Paris n'apportoient aucun obstacle à son autorité,
laquelle lui étoit immédiatement transmise par le roi (2). Les contestations
qui s'élevèrent sous Philippe-Auguste, lorsque les terres de ces petits
vassaux eurent été renfermées dans la ville, commencèrent, comme nous
l'avons dit, à y répandre du trouble, par cette multiplicité de tribunaux qui
s'élevèrent de tous côtés; car le roi se vit forcé de souffrir au milieu de la
ville toutes ces justices seigneuriales, en se réservant seulement la punition
des crimes les plus atroces; par ce sage tempérament, il établit la suprématie de son autorité, sans toucher à des droits, usurpés sans doute,
mais que le temps avoit consacrés, et qu'il n'auroit pu violer qu'en com-
promettant la tranquillité publique, et peut-être même la sûreté de l'État.
Fort de cette prérogative, saint Louis, qui vint après lui, donna une haute
considération à l'office du Prévôt et à la juridiction du Châtelet, en choisissant pour la remplir un homme plein de sagesse et d'énergie, qui

---

(1) Sur son emplacement, dont on a fait une place, on vient d'achever une fontaine, ornée
d'une colonne, laquelle est surmontée d'une statue en bronze.

(2) Cependant cet office devint vénal, et fut donné à ferme, ce qui causa un grand désordre,
lequel dura environ trente ans.

rechercha les crimes avec vigilance, les punit avec sévérité, et parvint ainsi à rétablir en peu de temps la tranquillité dans la ville (1).

On trouve dans le grand coutumier de France une disposition bien précise et bien considérable en faveur du Grand-Châtelet de Paris : il y est dit que *le prévôt de Paris, comme chef du Châtelet, représente la personne du roi au fait de la justice.* En effet, plusieurs de nos rois, et notamment St. Louis, alloient y rendre la justice en personne (2), et lorsque ce siège étoit vacant, c'étoit le seul du royaume qui fût sous la garde et protection immédiate du monarque, représenté par son procureur général au Parlement; c'étoit le prévôt de Paris que le roi donnoit pour juge à ceux qu'il exemptoit, par quelque faveur singulière, des tribunaux établis dans les provinces. Ce magistrat fut institué le conservateur des privilèges de l'Université, et c'est à l'effet de cette conservation qu'il prêtoit serment entre les mains du recteur de cette compagnie, coutume qui a duré jusqu'au commencement du dix-septième siècle; son tribunal étoit le seul où l'on pût attaquer les bourgeois de Paris, en matière civile; enfin, sa juridiction s'étendoit sur tout ce qui avoit rapport aux approvisionnements de cette ville. De si nombreuses et si belles prérogatives firent de cette magistrature une des places les plus importantes du royaume, et lorsque St. Louis lui eut rendu sa première splendeur, en chassant les *prévôts fermiers* (3), il n'y eut point de seigneur, quelque grand qu'il fût, qui

---

(1) Ce magistrat se nommoit Étienne *Boisleve*, et non *Boileau*, comme la plupart des historiens l'ont appelé. Tous s'accordent à faire de lui le plus grand éloge, et jamais peut-être il n'en fut de plus mérité. C'est un des hommes les plus intègres et du plus grand sens dont la France puisse s'honorer. Non seulement il remit l'ordre dans Paris, mais il créa les divers corps ou communautés des marchands et artisans, et leur donna leurs premiers statuts; ce qu'il fit avec tant de sagesse et de prévoyance, que ces mêmes statuts n'ont été que copiés ou imités dans tout ce qui s'est fait depuis pour la discipline de ces communautés, ou pour l'établissement des nouvelles qui se sont formées. (Delamare.)

(2) C'est de là que naissoit son droit d'avoir toujours un dais subsistant au-dessus de son principal siège, prérogative qui n'appartenoit qu'à ce tribunal. C'est la première juridiction qui ait eu un sceau aux armes du roi, et un officier particulier pour en avoir la garde. (Delamare.)

(3) Les ducs et les comtes, au temps des inféodations, avoient introduit cet usage d'afferme les prévôtés de leurs possessions, pour en grossir les revenus; et nos rois, après que ces terres eurent été réunies à leurs domaines, souffrirent la continuité de cet abus; Paris seul en fut excepté jusqu'à la minorité de saint Louis. Alors les troubles et les besoins de l'État obligèrent le conseil de ce prince d'avoir recours à ces moyens extraordinaires, pour se procurer de l'argent. La prévôté de cette ville fut comprise, pour la première fois, au nombre des fermes du roi, et adjugée au plus

crût un tel poste au-dessous de lui (1) ; il arriva même par la suite que cet officier fut chargé de toute la justice criminelle du royaume , parceque l'abus des *magistrats fermiers* subsistant encore dans les provinces , on ne trouva pas d'autre moyen pour arrêter le débordement de crimes que leur négligence laissoit par-tout impunis, que d'attirer le jugement de toutes les causes capitales à son tribunal.

Le gouvernement des armes et le commandement de la ville étoient encore attachés à l'office de prévôt de Paris, et il en jouit jusqu'à François Ier. Ce monarque ayant établi un gouverneur à Paris et dans l'île de France, il ne resta plus au prévôt, du commandement des armes, que la convocation de l'arrière-ban. Ce même prince en sépara la conservation des privilèges de l'Université, et créa à cet effet un second tribunal qui dura quatre ans (2), et fut réuni de nouveau à la prévôté, mais sous la condition qu'il y auroit deux lieutenants civils (3), l'un de la prévôté pour la juridiction ordinaire, et l'autre pour la conservation. Depuis, ces deux charges ont aussi été réunies (4).

Les prévôts de Paris, les baillis et sénéchaux jugèrent long-temps, et en dernier ressort, toutes les affaires qui se présentoient à leurs tribunaux, et qui étoient de leur compétence. Alors le Parlement ne s'assembloit qu'une fois ou deux l'année, et ne tenoit que fort peu de jours ; on n'y portoit que de grandes causes, concernant les duchés, les comtés, les crimes des pairs de France, les domaines de la couronne, et si l'on y

---

offrant. Les personnes de qualité qui y avoient siégé jusqu'alors s'en retirèrent dès qu'elle fut devenue vénale, et elle se trouva entre les mains de gens de tout état, sans naissance et sans savoir. Le mal qui en résulta fut grand, mais il dura peu; et le roi, devenu majeur, rétablit l'ancien ordre dans cette partie importante de l'administration.

(1) En 1389, sous Charles VI, le prévôt étoit alors obligé d'exercer lui-même la justice ; et il ne lui étoit permis d'avoir un lieutenant que pour quelques causes légitimes qui l'empêchassent de présider lui-même.

(2) Il étoit composé d'un chef, qui avoit le nom de bailli de Paris, d'un lieutenant-conservateur, de douze conseillers, d'un avocat et d'un procureur du roi, d'un greffier et de deux audienciers.

(3) Les prévôts de Paris, gens d'épée, souvent sans étude et sans lettres, n'exercèrent la justice que par le lieutenant civil, après que Charles VIII et Louis XI, l'un en 1493, et l'autre en 1498, eurent ordonné que les prévôts, baillis et sénéchaux fussent docteurs ou au moins licenciés dans les deux droits. Alors le lieutenant civil devint, après le prévôt, le premier magistrat du Châtelet.

(4) En 1526, le titre de prévôt de Paris fut changé en celui de *garde de la prévôté ;* ce magistrat avoit un grand nombre de privilèges, et étoit considéré comme le chef de la noblesse dans la première ville et la première province du royaume.

examinoit quelquefois les jugements des baillis et sénéchaux, c'étoit plutôt par voie de plainte que par appel. La multiplicité des affaires ayant enfin obligé de fixer les séances ordinaires du Parlement de Paris, et d'établir de semblables cours dans les provinces, l'usage des appellations s'introduisit insensiblement. Dès-lors il ne resta aux baillis et sénéchaux que le droit de juger, à la charge de l'appel, jusqu'à vingt-cinq livres, et cette restriction engageoit souvent les parties à des fatigues et à des frais immenses pour des intérêts fort modiques. Ces motifs déterminèrent Henri II à créer des présidiaux dans les principales villes du royaume ; et l'un des sièges de cette nouvelle juridiction fut établi au Châtelet en 1551 (1). Ce dernier état de choses dura, sans aucun changement considérable, jusqu'à Louis XIV : alors il fut fait dans ce tribunal des innovations importantes, qui se sont conservées jusque dans les derniers temps, et sur lesquelles on peut consulter les auteurs qui ont traité de ces matières. Il n'entre dans notre plan que de faire connoître en ce genre ce qui est ancien, et par conséquent moins à la portée du plus grand nombre.

Les bâtiments du Grand-Châtelet ont éprouvé des changements considérables depuis leur première origine. En 1460 ils tomboient en ruines, et Charles VII en fit transférer la juridiction au Louvre. Malgré les dons considérables que fit Charles VIII, en 1485, pour subvenir aux réparations qu'exigeoit cet édifice, elles ne furent achevées qu'en 1506, sous Louis XII ; et ce n'est qu'alors que les officiers du Châtelet purent y reprendre leurs séances. Sauval ne se rappeloit pas ces circonstances, lorsqu'il a dit qu'en 1507 le Grand-Châtelet étant en péril, la juridiction, la geôle et les prisonniers furent transportés au Louvre. En 1657, de nouvelles réparations obligèrent encore d'en faire sortir ce tribunal, qui, cette fois, fut établi aux Grands-Augustins. En 1672 le roi déclara que son intention étoit de faire construire un nouveau Châtelet plus spacieux que l'ancien ; et en 1684 on commença l'exécution de ce projet. On acheta trois maisons, on démolit l'église de Saint-Leufroi, les salles furent reconstruites, et le nombre en fut augmenté ; enfin le Châtelet fut mis en l'état où nous avons pu le voir avant la révolution, ne conservant de ses

---

(1) Les présidiaux pouvoient juger en dernier ressort jusqu'à 250 liv. ou 10 liv. de rente ; et par provision, nonobstant l'appel, en donnant caution, jusqu'à 500 liv. ou 20 liv. de rente. Le siège établi au Châtelet de Paris étoit composé de vingt-quatre conseillers.

anciennes constructions que quelques tours, dont il reste encore aujour-
d'hui des parties.

Les prisons du Châtelet sont célèbres par les évènements tragiques qui
s'y sont passés, principalement du temps de la Ligue et de la faction des
Armagnacs. A mesure que nous avancerons dans la description des lieux,
nous ferons en même temps connoître la suite des évènements, et ces
époques fameuses de l'histoire de Paris ne tarderont pas à passer sous
nos yeux.

Le Grand Châtelet.

L'ÉGLISE DE SAINT-LEUFROI.

Cette chapelle étoit autrefois située dans la rue qui portoit son nom, laquelle aboutissoit à la porte de Paris, et passoit sous le Grand-Châtelet.

Les ravages que commettoient les Normands dans la province à laquelle ils ont depuis donné leur nom obligèrent, sur la fin du neuvième siècle, les religieux de l'abbaye de la Croix-Saint-Ouen, au diocèse d'Évreux, de se réfugier à Paris, avec les corps de leur patron, de saint Leufroi et de quelques autres saints. Nos historiens disent qu'ils furent reçus, avec leurs reliques, à Saint-Germain-des-Prés; qu'ils s'associèrent, eux et leurs biens, à cette abbaye, et que cette union fut confirmée par Charles-le-Simple en 918; mais qu'elle ne fut pas de longue durée, parceque les Normands ayant cessé de désoler leur pays, les religieux de Saint-Ouen se hâtèrent de s'en retourner chez eux. Ces mêmes historiens, au nombre desquels on compte les noms les plus illustres dans la science, entre autres le P. Mabillon, ajoutent qu'ils laissèrent, par reconnoissance, à Saint-Germain-des-Prés, le corps de saint Leufroi et celui de saint Thuriaf; et en effet on y conservoit encore ces dernières reliques avant l'époque des profanations révolutionnaires. L'abbé Lebeuf, adoptant cette opinion, cherche à expliquer par-là l'origine de la chapelle de Saint-Leufroi, dont aucun de ces savants hommes n'a parlé. « Quelque grand seigneur, « dit-il, ou prince, ou riche bourgeois, ayant dévotion à saint Leufroi, « et en ayant obtenu des reliques, bâtit cette église. Le voisinage du « Grand-Châtelet porteroit à croire qu'elle auroit été construite par « quelque comte ou vicomte de Paris. »

Jaillot combat ces conjectures d'une manière très victorieuse, mais sur-tout par une raison qui semble sans réplique, c'est que la châsse qui renfermoit les reliques de saint Leufroi ne fut ouverte qu'en 1222; qu'à cette époque la chapelle dédiée sous son nom existoit depuis plus d'un siècle; qu'on n'y possédoit alors aucune de ses reliques, et que ce n'est qu'en 1592 que les habitants voisins de cette chapelle en demandèrent à l'abbaye de Saint-Germain, qui leur accorda alors une partie d'une des côtes du saint.

Dans l'obscurité profonde qui règne sur la fondation de cet édifice, cet habile critique hasarde une conjecture qui paroît plus vraisemblable que celles de ses habiles adversaires. Nous la rapporterons en entier, parcequ'elle est pleine de recherches profondes et curieuses, qui peuvent servir à l'histoire des mœurs de ces temps reculés.

« Je pense, dit-il, que les religieux de la Croix-Saint-Ouen se réfugiant
« à Paris, durent s'adresser ou au roi, ou au comte, ou aux officiers
« municipaux, pour avoir un asile, et ceux-ci purent leur donner l'ancien
« *Parloir-aux-Bourgeois* (1), et la chapelle qui en dépendoit, où ils
« déposèrent leurs reliques. Dom Mabillon, qui varie sur cette époque,
« qu'il place en 898 dans un endroit, et en 918 dans un autre, qui parle
« de l'union de ces religieux à ceux de Saint-Germain dix ans après leur ar-
« rivée, quoiqu'il eût avancé que dès-lors ils avoient été reçus à l'abbaye,
« ne paroît cependant point éloigné de cette idée. Il est probable que la
« continuité des ravages causés par les Normands, et le peu d'intervalle qu'il
« y eut entre les hostilités qu'ils commirent, obligèrent les religieux de la
« Croix-Saint-Ouen à profiter des ressources que leur offroient ceux de
« Saint-Germain; ils étoient privés de secours, leurs biens étoient devenus
« la proie des barbares, auxquels on en avoit cédé une partie par les traités.
« Dans ces extrémités ils avoient trouvé dans la charité de leurs confrères de
« quoi fournir à tous leurs besoins; et ce fut pour en procurer à ceux-ci
« une espèce d'indemnité, que Robert (2), frère du roi Eudes, qui jouissoit
« de l'abbaye Saint-Germain, pria Charles-le-Simple d'y unir celle de la
« Croix-Saint-Ouen. Je crois pouvoir appuyer mon opinion sur la charte
« même d'union et sur les faits qui l'ont suivie : elle est datée de Com-
« piègne, le 2 des ides de mars (le 14), indiction 6, l'an 26 du règne
« de Charles, le 21 de sa réintégrande. Ces époques concourent avec
« l'an 918.

« 1° Il n'est point parlé dans cette charte d'une union précédente, dont

______

(1) Nous parlerons avec quelque détail de ce monument, à l'article de l'Hôtel-de-Ville.
(2) Nous avons déjà parlé de cet abus qui existoit alors, de donner le revenu des biens ecclésiastiques à des laïques.

« on accorde la confirmation, mais d'une union actuelle. On y lit : *Ro-*
« *bertus..... suggessit concedere abbatiam quœ nuncupatur Crux-*
« *Sancti-Audoeni, monachis prœlibati confessoris Germani.* 2° Ce
« n'est point à la réquisition des religieux de la Croix-Saint-Ouen; il n'en
« est point parlé, ni même de leur consentement, qui cependant étoit
« nécessaire pour une semblable union. 3° Il semble que cette union ait
« été involontaire de leur part, puisqu'à peine un mois étoit écoulé depuis
« qu'elle avoit été ordonnée, que, la paix avec les Normands ayant été
« signée, ces religieux retournèrent à leur monastère. 4° On peut encore
« inférer du diplôme de Charles III, que les reliques de saint Leufroi
« et des autres saints, apportées de Normandie, n'avoient point encore été
« déposées à l'abbaye Saint-Germain, puisqu'un des motifs de cette union
« étoit de les exposer à la vénération publique; motif qu'on ne pouvoit
« alléguer, si elles eussent été à Saint-Germain-des-Prés : *Corpora sanc-*
« *torum hactenùs debitá veneratione carentium........ quapropter,*
« *tam pro veneratione sanctorum cinerum Audoeni scilicet archi-*
« *episcopi, necnon beatorum confessorum Leufredi fratrisque ejus*
« *Agofredi,* etc.; et il ajoute que c'est dans l'intention qu'elles y soient
« transférées : *Ut deinceps prœdictorum membra sanctorum diù*
« *divino officio carentium, ab eisdem cœnobitis reverenter susci-*
« *perentur, cultuque divino secùs beatos artus Germani collocata*
« *honorarentur.* Si les religieux de la Croix-Saint-Ouen avoient été reçus,
« à leur arrivée, à Saint-Germain-des-Prés, les reliques qu'ils avoient
« apportées n'auroien t-elles pas été déposées dans cette église? n'y auroient-
« elles pas attiré un concours de dévotion? auroient-elles été privées *long-*
« *temps* du culte et de la vénération des fidèles? Il en faut donc conclure,
« contre l'assertion des savants bénédictins que j'ai cités (1), et des histo-
« riens qui les ont suivis, que ces reliques furent d'abord mises dans la
« chapelle du Parloir-aux-Bourgeois, qui en conséquence en prit le nom,
« et qu'elles n'en furent tirées que lors de l'union des religieux qui les
« avoient apportées avec ceux de l'abbaye Saint-Germain; union involon-
« taire de leur part, qui ne dura qu'un mois, et qui n'a aucun des
« caractères qui annoncent une donation libre et fondée sur la reconnois-

____

(1) D. Mabillon et plusieurs de ses confrères.

« sance. La petite chapelle qui avoit servi de dépôt aux reliques de saint
« Leufroi avoit sans doute été fréquentée par les fidèles ; la dévotion aura
« suggéré d'y mettre un chapelain pour y faire l'office, etc. etc. »

Cette opinion se trouve fortifiée par le droit de patronage qu'exerçoit
sur cette église la paroisse de Saint-Germain-l'Auxerrois , dans laquelle
elle étoit située. Ce droit, qui fut accordé à son chapitre par des lettres
de Galon, évêque de Paris, en 1113, fut confirmé et ratifié par ses successeurs, Maurice de Sully et Renaud de Corbeil; et ce dernier lui annexa
les revenus de cette chapelle, pour augmenter les distributions de ses
chanoines. Une foule de titres (1) semblent prouver que dès le temps
de Maurice elle étoit reputée église paroissiale, et desservie par un curé
jouissant de tous les émoluments attachés à cette place. Les nouvelles
dispositions de Renaud en faveur du chapitre de Saint-Germain la firent
supprimer après la mort du curé alors existant, et l'office divin y fut
depuis célébré par un chapelain à la nomination des chanoines, lequel étoit
obligé de leur payer 200 livres par année sur les offrandes qui s'y faisoient,

Cette chapelle a subsisté jusqu'en 1684. Alors elle fut démolie pour
l'exécution du projet qu'on avoit fait d'agrandir les bâtiments et les prisons
du Grand-Châtelet, et le service, ainsi que les revenus, en furent transférés tant à Saint-Germain qu'à Saint-Jacques-de-la-Boucherie.

Les auteurs de *la Gaule chrétienne* ont rappelé que c'étoit dans cette
chapelle que l'on conservoit une pierre qui servoit d'étalon pour les poids
et les mesures, ou, pour mieux dire, qui avoit pu servir anciennement
à cet usage; car depuis long-temps ils avoient été transportés dans d'autres
lieux, comme nous aurons occasion de le dire par la suite.

---

(1) Hist. Ecclés. Par., t. 2, p. 295, archiv. de S. Germ..... Test. Christ. Maleion....., Nouvelle Gaule chrétienne, t. 7, col. 253, etc.

LA GRANDE-BOUCHERIE.

Elle étoit autrefois située derrière le Châtelet et à l'entrée de la porte de Paris (1).

Il n'y avoit, dans l'origine, à Paris, qu'une seule boucherie établie au parvis Notre-Dame. Mais lorsque la ville commença à s'agrandir du côté du nord, il s'en forma une seconde auprès du Grand-Châtelet; depuis on en établit encore une autre vis-à-vis cette seconde, dans une maison qui avoit appartenu à un changeur nommé *Guerri*, et que le roi Louis-le-Gros avoit achetée en 1134, pour en faire un don aux religieuses de Montmartre. L'opinion de Piganiol, qui prétend que cette maison fut la première boucherie du côté de la ville, est évidemment fausse, et l'histoire de Saint-Martin dit positivement que le même Louis-le-Gros, pour indemniser Guillaume de Senlis, dans le fief duquel étoit la maison de Guerri, lui donna un des étaux qui lui appartenoient dans la Grande-Boucherie, *inter veteres status carnificum.* On ne peut pas même douter que, plusieurs siècles auparavant, il n'y eût des marchés de ce genre au nord et au midi.

Quelque temps après l'accroissement de la boucherie du Châtelet, les Chevaliers du temple jugèrent à propos d'en établir une sur leur territoire; les bouchers de la maison de Guerri crurent avoir le droit de s'opposer à cet établissement, prétendant que nul ne pouvoit tenir boucherie sans leur consentement; mais il subsista malgré leurs réclamations, et Philippe-Auguste, qui régnoit alors, leur permit seulement, comme une sorte de compensation, de vendre du poisson d'eau douce. Depuis, ces bouchers associés (2) achetèrent en différents temps, de divers particuliers, les places

---

(1) Le corps de bâtiment où elle étoit placée existe encore, mais il est occupé par des marchands de diverses professions.

(2) Cette association étoit faite en nom collectif, et composée de dix-huit à dix-neuf familles qui possédoient ensemble la boucherie de la porte de Paris et celle du cimetière Saint Jean, de manière que si les mâles d'une de ces familles venoient à manquer, les autres en héritoient, à l'exclusion

des environs, pour réunir le tout dans une même enceinte qui composa *la Grande-Boucherie ;* mais auparavant, ils abandonnèrent l'ancienne place qu'ils avoient dans la Cité, et le roi la donna à l'évêque et au chapitre, qui continuèrent à y faire vendre de la viande.

Cette Grande-Boucherie occupoit, dans l'origine, un plus grand espace que dans les temps suivants. Hugues Aubriot, prévôt de Paris sous Charles VI, les força d'abord d'abattre à leurs dépens une de leurs maisons située près des prisons du Châtelet, et de retirer de deux toises en œuvre la clôture même de la Boucherie, afin d'agrandir d'autant la rue située entre cet édifice et le Grand-Châtelet (1).

Le second retranchement à leur terrain arriva lors de ces malheureuses factions qui agitèrent l'État sous le règne du même prince. Dans cette anarchie violente, dont nous ne tarderons pas à offrir le tableau, les bouchers, qui avoient pris le parti du duc de Bourgogne, se signalèrent par de si grands excès, commirent de telles cruautés, que lorsque le parti du duc d'Orléans triompha un moment de l'autre en 1416, on crut nécessaire de tirer une vengeance éclatante de ces mutins : quelques uns d'entre eux furent punis rigoureusement ; et le roi, par ses lettres du 13 mai 1416, ordonna que la Grande-Boucherie seroit rasée, ce qui fut exécuté. Au mois d'août suivant, leur communauté fut abolie, leurs privilèges révoqués ; en même temps il fut ordonné que tous les bouchers de Paris ne composeroient plus qu'une même communauté, régie comme celles de tous les autres arts et métiers, et que quatre nouvelles boucheries seroient établies (2). Mais au mois d'août 1418 les bouchers destitués obtinrent des lettres-patentes qui les réintégroient, et portoient permission de faire *refaire, construire, et édifier ladite*

---

des bâtards et des femmes. Quoique ces bourgeois fussent très riches, cependant ils exerçoient eux-mêmes leur métier : ils y étoient même obligés, comme on le voit dans les registres du parlement ; et il leur étoit défendu de louer leurs étaux à d'autres. Cette communauté de bouchers avoit une juridiction particulière et une chambre de conseil ; l'appel de leurs jugements alloit au Châtelet ; et ils ont conservé ce privilège jusqu'à ce que Louis XIV eut réuni au Châtelet toutes les justices particulières de la ville et des faubourgs de Paris. De ces familles de bouchers il ne restoit plus, dans le siècle dernier, que les *Sainctyons* et les *Thiberts*.

(1) Pig., pag. 51.

(2) Leurs places furent désignées devant Saint-Leufroi, près le Petit Châtelet, dans la halle de Beauvais et le long des murs du cimetière Saint-Gervais.

Boucherie en la place où elle souloit être (1). En conséquence de cet arrêt, ils s'adressèrent au voyer de Paris, afin de prendre avec lui l'alignement des anciennes fondations. Mais la fouille que l'on fit alors ayant fait reconnoître le peu de régularité qui régnoit dans ces places et étaux, acquis par parcelles, renfermés ensuite dans la même enceinte, et l'incommodité qui pourroit en résulter pour le public, si on en laissoit rétablir les parties saillantes qui avoient long-temps obstrué les rues environnantes, il fut dressé un plan nouveau, dans lequel les rues se trouvèrent dégagées, mais qui fit perdre aux propriétaires quinze toises carrées de leur fonds; malgré leurs vives réclamations, ce plan, conforme à l'utilité publique, fut maintenu. Depuis il leur fut encore retranché trois étaux en 1461, sous Louis XI; mais cette fois ils obtinrent un dédommagement de pareil nombre d'étaux dans le cimetière Saint-Jean, sous la charge d'une légère redevance annuelle, qu'ils payoient encore dans le siècle dernier (2).

Jaillot pense que la Grande-Boucherie n'étoit point alors située à l'endroit où nous l'avons vue, mais de l'autre côté, entre les rues de la Saulnerie et Pierre-au-Poisson. Il prétend que le dernier emplacement étoit occupé par un four public, nommé le *Four d'Enfer*. Mais les raisons qu'il en donne ne nous semblent point satisfaisantes.

SAINT-JACQUES-DE-LA-BOUCHERIE.

Nous retombons à chaque instant dans les ténèbres profondes de ces antiquités dont aucun titre authentique n'aide à démêler l'origine. Saint-Jacques-de-la-Boucherie est encore un de ces monuments sur lesquels on ne sait rien de certain, et au sujet desquels on a fait des milliers de conjec-

---

(1) Les mêmes lettres portoient que les quatre nouvelles boucheries seroient démolies, mais ce dernier article n'eut point son entière exécution; à l'exception de celle qui avoit été bâtie vis-à-vis Saint-Leufroi, et qui fut abattue, parcequ'elle eût été trop près de la grande, ces nouvelles boucheries subsistèrent.

(2) Soixante liv. parisis pour les trois étaux.

tures. Dubreul, Malingre, Sauval, etc., semblent adopter la tradition qui porte qu'anciennement cette église étoit une simple chapelle sous l'invocation de sainte Anne, laquelle fut changée en paroisse sous le règne de Philippe-Auguste. L'abbé Lebeuf réfute cette opinion, en prouvant que le culte de sainte Anne n'a été reçu en France qu'au treizième siècle ; mais celle qu'il présente n'est pas mieux fondée, car il pense que Henri Ier et *Agnès* de Russie sa femme purent faire construire cette chapelle qu'on dédia sous le titre de *Sainte-Anne*, parceque, dit-il, le nom d'Agnès se disoit en latin *Agna* et *Anna*. On pourroit lui contester que ces deux mots latins aient jamais été employés dans ce sens ; mais une objection beaucoup plus forte, et qui renverse toute son hypothèse, c'est que, suivant nos meilleurs historiens, la princesse qu'épousa Henri Ier se nommoit *Anne* et non *Agnès*, et que dans la charte de fondation de Saint-Martin-des-Champs, où il lit, *Signum Agnetis*, il faut lire, *Annæ reginæ*, qui s'y trouve après la signature de Henri Ier et de Philippe son fils (1).

Un autre auteur (l'abbé Villain), qui a donné l'histoire particulière de cette église (2), n'ayant pu trouver d'autorité suffisante pour en fixer l'origine, a cru qu'il lui étoit permis d'opposer conjectures à conjectures, et d'après cela, n'a pas craint de présenter cette chapelle comme fondée *dans des temps peu éloignés de ceux de la domination des Romains*. Cependant il lui a été impossible de prouver ce qu'il avoit avancé ; et s'il s'est livré à une semblable idée, c'est qu'il n'a considéré les accroissements de Paris du côté du nord que comme de simples habitations de bouchers et de tanneurs que la police romaine excluoit du sein des villes. Cependant ce faubourg étoit habité, dès les commencements, par toutes sortes de citoyens ; et quoique les Normands l'aient détruit à plusieurs reprises, cependant, sous la première et la seconde race de nos rois, les historiens font déjà mention des églises de Saint-Martin, de Saint-Laurent, de Saint-Gervais ; de la chapelle Saint-Pierre, dite depuis Saint-Merry, et de celle de Sainte-Colombe, qu'on croit être l'église Saint-Bon. Mais on ne trouve dans aucun qu'il existât alors une chapelle représentée aujourd'hui par

----

(1) Jaillot.
(2) En 1758.

l'église Saint-Jacques ; de manière qu'avant l'onzième siècle, et peut-être même le suivant, on cherche vainement quelque trace de cet édifice. Quant à cette autre conjecture de l'abbé Lebeuf, que l'ancienne église de Saint-Martin étoit située vers l'endroit où est celle de Saint-Jacques , elle paroît opposée à tous les monuments qui nous restent, comme nous le ferons voir en parlant de cette ancienne basilique.

Il n'y a pas moins d'incertitudes sur les causes qui ont fait de cette chapelle une dépendance de l'abbaye de Saint-Martin-des-Champs. Parmi une foule d'opinions diverses, qu'il seroit fastidieux de rapporter, au milieu de tant de variations et d'obscurités, voici ce qui nous semble le plus vrai-semblable. Il existoit certainement au douzième siècle une chapelle à l'endroit où est située l'église de Saint-Jacques-de-la-Boucherie, mais on n'a point de preuves qu'elle portât le nom de Sainte-Anne ; et si elle eût été sous l'invocation de Ste. Agnès, le culte de cette première titulaire s'y seroit perpétué ; cependant on n'en a jamais fait la fête, ni aucune mémoire particulière dans cette église. On peut prouver en outre que les religieux de Saint-Martin ne la possédoient point encore en 1097 ni en 1108, par la raison qu'elle n'est point énoncée dans les bulles d'Urbain II et de Pascal II, relatives à ces religieux, et données dans ces deux années ; mais d'autres titres font voir qu'elle ne tarda pas à leur appartenir, et ce fut peut-être un don de Ponce, abbé de Cluni, qui vivoit dans ce temps-là. Elle fut, suivant les apparences, érigée dès-lors en paroisse pour la commodité des habitants qui se trouvoient trop éloignés de Saint-Martin, et qui pouvoient avoir besoin d'être administrés pendant la nuit. En effet, on la trouve indiquée sous ce titre dans la bulle de Calixte II, donnée l'an 1119, laquelle rappelle toutes les possessions de l'abbaye de Saint-Martin. C'est le premier titre authentique qui fasse mention de cette église. Il en résulte que Dubreul, Sauval et plusieurs autres se sont trompés en ne plaçant son érection en paroisse que sous Philippe-Auguste et vers l'an 1200.

Cette église n'eut d'abord aucun surnom : son voisinage de la Grande-Boucherie, ou peut-être les nombreuses habitations de bouchers dont elle étoit environnée dans les premiers temps, lui firent donner sans doute celui qu'elle porte à présent ; et l'abbé Lebeuf se trompe encore, lorsqu'il dit qu'elle ne le doit qu'à la nécessité de la distinguer de deux autres églises connues également sous le nom de Saint-Jacques (1). L'origine de ces deux dernières ne remonte pas plus haut que le quatorzième siècle, et l'on peut démontrer que celle-ci étoit appelée *Ecclesia S. Jacobi de*, ou *in carnificeriá*, plus de soixante-dix ans auparavant. Cette église étant devenue successivement trop petite pour le nombre toujours croissant de ses paroissiens, on fut obligé d'y faire, à plusieurs reprises, des augmentations qui la rendirent extrêmement irrégulière, parcequ'on se trouvoit gêné par le terrain. Le vaisseau en étoit grand et élevé, mais d'un mauvais gothique ; on y avoit pratiqué un grand nombre de chapelles dont quelques unes furent détruites en 1672, du côté du chevet, pour élargir la rue des Arcis qu'elles obstruoient.

Dans ces constructions incohérentes, ce qu'il y avoit de plus ancien se voyoit du côté oriental du chœur et dans l'aile septentrionale. Ces parties sembloient être du quatorzième siècle. Dès 1374, les habitants de cette paroisse ayant obtenu, par échange, du prieur de Saint-Éloi, une maison située près de leur église, l'avoient abattue peu de temps après, et sur cet emplacement ils avoient élevé l'extrémité orientale des deux ailes de cette église du côté du midi. On multiplia peu à peu les ailes de ce côté, et ces dernières parties étoient ce qu'il y avoit de moins ancien avec la tour et le portail. On y reconnoissoit le goût gothique du quinzième siècle, et même du commencement du seizième. La tour, qui ne fut achevée que sous le règne de François Ier, et qui existe encore (2), est très élevée et d'un travail très délicat ; mais il est faux qu'elle soit la plus haute de toutes les tours de Paris, et qu'elle surpasse en élévation celles de Notre-Dame ; elle est couronnée aux quatre coins par les symboles des quatre évangélistes.

Le petit portail de cette église, du côté de la rue de Marivault, avoit été bâti, en 1399, aux dépens de Nicolas Flamel. Cet homme singulier, dont la fortune extraordinaire et l'existence mystérieuse ont vivement piqué la curiosité de ses contemporains et de la postérité, étoit né sans biens et de parents obscurs. Il exerçoit la profession d'écrivain, et ce métier peu lucratif ne pouvoit lui offrir aucun moyen d'acquérir de grandes

----

(1) Saint-Jacques-l'Hôpital et Saint-Jacques-du-Haut-Pas.
(2) L'église a été abattue et convertie en marché.

VUE de la TOUR de St Jacques de la Boucherie, prise du coté de la Rue St Martin.

richesses, de sortir même de la médiocrité. On le vit tout à coup abandonner ce chétif état, et tous les regards se fixèrent sur lui, non seulement à cause de l'opulence qu'il étala publiquement, mais encore par la surprise qu'excita le noble usage qu'il fit de ses trésors. Il tira d'honnêtes familles de la misère, dota des filles, secourut la veuve et l'orphelin, fonda des hôpitaux, répara des églises; enfin se répandit en largesses plus grandes qu'il n'appartenoit à un particulier d'en faire. Un évènement si extraordinaire fit naître mille conjectures, dont aucune ne présente une explication satisfaisante. Il faut rejeter avec Saint-Foix l'opinion de Piganiol et de Naudé, qui prétendent que Flamel dut ses richesses à la connoissance qu'il avoit des affaires des Juifs, et que, lorsqu'ils furent chassés de France, leurs biens ayant été acquis et confisqués au profit du roi, Flamel traita avec leurs débiteurs pour la moitié de ce qu'ils devoient, en leur promettant de ne pas les dénoncer. Ces écrivains n'eussent pas avancé un fait aussi faux, s'ils eussent lu les déclarations de Charles VI à l'occasion de ce bannissement : la première, du 17 septembre 1394, porte plusieurs clauses tant pour la sûreté de leurs personnes, que pour celle de leurs biens et le remboursement de leurs créances; et les autres, données le 2 mars 1395 et le 30 janvier 1397, dégagent entièrement leurs débiteurs de toute obligation contractée envers eux.

De son temps, le peuple croyoit qu'il avoit trouvé la pierre philosophale, et cette opinion, toute absurde qu'elle est, a rencontré, d'âge en âge, des partisans, et jusque dans le siècle dernier. A l'occasion de la maison de Nicolas Flamel, et de ces croyances singulières qu'avoit accréditées sa vie mystérieuse, l'abbé Villain, qui écrivoit en 1758, rapporte un fait alors tout récent : « Un particulier, dit-il, sous un nom imposant, mais sans doute em-
« prunté, se présenta, en 1756, à la fabrique de cette paroisse, se disant
« chargé par un ami mort d'une somme considérable qu'il devoit employer
« à des œuvres pies, à sa volonté. Ce particulier ajouta que, pour entrer
« dans les vues de son ami, il avoit imaginé de réparer des maisons caduques
« appartenant à des églises; que la maison du coin de la rue de Marivault,
« vis-à-vis de Saint-Jacques-de-la-Boucherie, avoit besoin de réparations, et
« qu'il y dépenseroit trois mille livres. L'offre fut acceptée; la réparation
« étoit le prétexte; l'objet véritable étoit une fouille et l'enlèvement de

« quelques pierres gravées (1). Les intéressés à la découverte du trésor
« imaginaire veillèrent avec soin sur l'ouvrage; on creusoit en leur pré-
« sence; on emportoit furtivement des moellons et toutes les pierres gra-
« vées. La réparation qui a été faite montoit à deux mille livres ; mais ce
« particulier et les intéressés ont disparu sans payer, et cette dépense
« restera probablement sur le compte d'un maître maçon, qui s'est livré
« trop légèrement à des inconnus qu'il cherche et ne trouve point. » On
présume que ces inconnus cherchoient la pierre philosophale.

Avant cet évènement, plusieurs curieux ayant fait fouiller la terre dans
les caves de sa maison, y avoient trouvé, dans différents endroits, des
urnes, des fioles, des matras, du charbon, et dans des pots de grès une
certaine matière minérale, calcinée et divisée en petits globes de la gros-
seur d'un pois : de telles découvertes n'étoient pas de nature à satisfaire
leur curiosité, et nous croyons qu'il faut renoncer à savoir d'où Nicolas
Flamel a pu se procurer (2) cette grande fortune, qu'il étoit d'ailleurs
si digne de posséder. La maison où il demeuroit faisoit le coin de la rue
des Écrivains et de celle de Marivault; et dans le siècle dernier, on voyoit
encore sur de gros jambages sa figure et celle de Pernelle sa femme, en-
tourées d'hiéroglyphes et d'inscriptions. Ils étoient également représentés
dans l'église sur le pilier près de la chaire, et sur la petite porte qu'ils
avoient fait construire. On croit assez généralement qu'ils y furent enterrés (3). Plusieurs autres personnages distingués ont eu leur sépulture
dans les chapelles, entre autres Jean Fernel, médecin de Henri II, de
qui l'on disoit, de son temps, qu'il pensoit comme Aristote, et écrivoit

---

(1) Saint-Foix dit qu'en 1754 on voyoit encore, et qu'il avoit vu lui-même ces pierres, où
étoient gravées la figure de Nicolas Flamel et celle de sa femme, avec des inscriptions gothiques
et de prétendus hiéroglyphes.

(2) Une conjecture plus raisonnable peut-être que toutes celles qui ont été faites, et que nous
ne donnons cependant que pour ce peut valoir une conjecture, c'est que cette fortune extraordinaire pouvoit être le résultat de la découverte de quelque trésor considérable; tout s'expliqueroit
de cette manière, et il seroit facile de concevoir que Flamel, voulant cacher l'origine de ses
richesses, eût employé, pour y parvenir, un petit charlatanisme de science occulte, qui d'ailleurs,
dans le temps où il vivoit, pouvoit flatter sa vanité.

(3) Cependant il n'y a rien là-dessus de positif, et plusieurs pensent qu'ils eurent leur sépulture
sous les charniers des Innocents.

comme Cicéron. Il a effectivement laissé plusieurs ouvrages excellents sur son art; et pour l'élégance du style, on l'opposa souvent aux savants ultramontains qui nous reprochoient le latin barbare de nos écoles. Il mourut en 1558, âgé de cinquante-deux ans.

Il n'y avoit d'ailleurs rien de remarquable dans cette église qu'un Christ en bois, de Jacques Sarrazin, sculpteur fameux du seizième siècle, qui excelloit dans les pièces de ce genre, et un tableau dans la chapelle de Saint-Charles, lequel représentoit ce saint distribuant des aumônes à des pauvres rassemblés. Ce tableau, que les connoisseurs estimoient, étoit de *Quentin-Varin*. On y faisoit cas aussi de quelques vitraux de la main de *Pinaigrier*, habile peintre sur verre.

L'église de Saint-Jacques-de-la-Boucherie étoit une de celles qui jouissoient du droit d'asile, et l'on trouve des exemples de ce droit bizarre jusque dans le quatorzième siècle. On lit qu'en 1357, pendant la régence orageuse du dauphin, depuis Charles V, Jean Baillet, trésorier général des finances, haï des rebelles, parcequ'il étoit fidèle au prince, fut assassiné par un changeur nommé Perrin Macé. Le meurtrier s'étant sauvé dans l'église de Saint-Jacques-de-la-Boucherie, en avoit été arraché par ordre du régent, qui l'avoit fait pendre sur-le-champ; aussitôt l'évêque de Paris, Jean de Meulan, que l'on comptoit parmi les factieux, se récria sur une telle violation de l'immunité ecclésiastique, redemanda le corps de Perrin qu'on fut obligé de lui rendre, et lui fit faire à Saint-Merry des funérailles magnifiques, auxquelles il n'eut pas honte de se trouver avec le prévôt des marchands, pendant que le dauphin assistoit à celles de Jean Baillet. La même scène se renouvela en 1406, au sujet d'un autre criminel qui s'étoit réfugié dans la même église, et qu'on y avoit ressaisi pour le conduire à la conciergerie. L'évêque d'Orgemont fit cesser le service divin, et ne permit de le reprendre que lorsque le parlement eut fait droit à la requête qu'il présenta contre cette prétendue profanation. Enfin Louis XII abolit ce droit de franchise dangereux pour la société, et scandaleux pour la religion.

La topographie de cette paroisse présente plusieurs particularités assez remarquables pour mériter quelques détails : la figure du territoire qu'elle renfermoit étoit celle d'un carré long, qui s'étendoit du midi au septentrion, en se prolongeant par deux angles qui sortoient du carré. La base de

Tome I. 32

cet espace étoit la rue de la Pelleterie (1), dans son côté méridional en partie, et presqu'en entier dans son côté septentrional, c'est-à-dire dans celui
qui bordoit la rivière. Au sortir de cette rue, par le bout oriental, Saint-
Jacques avoit tout le côté gauche du pont Notre-Dame, et s'étendoit jusqu'à
la rue Aubry-le-Boucher, dont le côté gauche presqu'entier lui appartenoit
également (2).

A partir du bout occidental de la rue Aubry-le-Boucher, le territoire de
cette église commençoit dans la rue Saint-Denis, à la cinquième maison
sise à la gauche de l'angle des deux rues, et de là se prolongeoit jusqu'au
Grand-Châtelet ; il renfermoit la rue de la Joaillerie, les deux côtés du
Pont-au-Change jusqu'au milieu du pont (3) ; il continuoit ensuite dans
la rue de la Pelleterie, dont il possédoit, comme nous venons de le dire,
la plus grande partie, jusqu'à la dernière maison qui faisoit face à Saint-
Denis-de-la-Chartre.

Ce droit que la paroisse de Saint-Jacques-de-la-Boucherie avoit sur une
rue de la Cité a fort excité la curiosité des antiquaires, et plusieurs ont
cherché à en donner l'explication. L'un d'entre eux a pensé que les pelletiers
et les tanneurs, n'étant point admis dans l'intérieur des villes, avoient leurs
boutiques et ouvroirs entre les murs et la rivière, et que c'étoit à cause de
cette position au pied de l'enceinte de la Cité, qu'ils avoient été compris
dans les dépendances de Saint-Jacques-de-la-Boucherie. Mais ce système
a été combattu avec avantage, parceque, pour lui donner quelque vraisemblance, il faudroit supposer que les murs, au lieu de suivre une ligne
courbe, se prolongeoient en ligne droite jusqu'à Saint-Denis-de-la-Chartre,
et même le laissoient hors de la ville ; ce qui est contraire à toutes les autorités, et démenti par la seule inspection de tous les anciens plans de Paris.
Il ne paroît pas d'ailleurs que les lois de la police romaine fussent en vigueur
parmi nos ancêtres au onzième siècle, puisque les bouchers qu'elles
excluoient du sein des villes, comme les pelletiers et les tanneurs, avoient

---

(1) Dans la Cité.

(2) Avant d'en venir à la ligne parallèle du carré long, il faut observer que la paroisse Saint-
Jacques avoit encore dans la rue Saint-Martin, à gauche, plus loin que la rue Aubry-le-Boucher,
quelques maisons placées après celles qui dépendoient de la paroisse Saint-Josse, et qu'elle en
possédoit également un certain nombre dans la rue Quinquempoix.

(3) Le reste dépendoit de Saint-Barthélemi, dans la Cité.

alors des étaux dans le parvis Notre-Dame. Et de plus, il est impossible de concévoir comment de tels ateliers eussent pu être établis dans un espace aussi étroit, où ils eussent été exposés, à chaque instant, à être détruits par les inondations. Une idée plus simple et plus naturelle se présente, et c'est elle que nous adoptons. Saint-Jacques-de-la-Boucherie étoit une dépendance de Saint-Martin ; en 1133 le roi Louis-le-Gros fit avec les religieux de ce monastère l'échange de Saint-Denis-de-la-Chartre contre l'église de Montmartre (1) ; la rue de la Pelleterie se trouvoit en partie dans la censive de Saint-Denis-de-la-Chartre ; suivant l'usage alors établi, ces religieux avoient le droit d'assujettir leurs vassaux et leurs censitaires à la paroisse de leur monastère, ou à toute autre qui se trouvoit dans leur dépendance. Celle de Saint-Jacques venoit d'être érigée tout nouvellement auprès de la Cité : c'étoit donc un motif suffisant pour mettre dans ses attributions les habitants qui dépendoient auparavant de Saint-Denis-de-la-Chartre.

Il n'est pas aussi facile de rendre raison de la juridiction que cette église exerçoit sur la moitié du Pont-au-Change. Voici toutefois une conjecture qui ne semble pas dépourvue de vraisemblance. Nous avons déjà remarqué que le Pont-au-Change n'étoit pas situé d'abord au lieu même où nous le voyons aujourd'hui, mais plus près du Pont-Notre-Dame ; et cette position le mettoit naturellement dans la dépendance de Saint-Jacques-de-la-Boucherie. Lorsqu'on résolut de le bâtir plus bas et hors du territoire de cette paroisse, il dut paroître juste de l'indemniser, ce qu'on fit sans doute en lui attribuant la moitié de ce pont. Cette opinion se fortifie, si l'on considère que la même indemnité a été accordée à plusieurs autres églises paroissiales dans des circonstances entièrement semblables (2).

Les confréries qui existoient à Saint-Jacques-de-la-Boucherie ont joui

---

(1) Voyez les pages 107 et 108.

(2) En jetant les yeux sur le plan de celle de Saint-Germain-l'Auxerrois, l'on voit une ligne qui coupe assez également la rivière par moitié dans sa longueur : la rive gauche reste à Saint-Sulpice et à Saint-André-des-Arcs ; sur le grand bras, Saint-Germain a la droite, et Saint-Barthélemi la gauche. Quand on a construit des ponts, qu'on les a couverts de maisons, qu'on a placé auprès ou dessous des moulins, des gords (*), des bateaux à lessive, etc., l'usage a été de les attribuer aux paroisses qui étendent leurs territoires sur le rivage. Le pont Saint-Michel se trouve, par cette raison, partagé entre trois paroisses. (JAILLOT.)

(*) Espèce de pêcherie que l'on construit dans une rivière, au moyen de deux rangs de perches qu'on y plante.

autrefois de quelque célébrité. Avant que chaque paroisse de Paris eût établi une société, ou fête particulière des clercs, la confrérie générale de tous les clercs de la ville étoit dans cette église. La confrérie de Saint-Charles, qui y fut instituée en 1617, avoit une telle réputation, que deux de nos reines n'ont pas dédaigné de s'y faire agréger. On voyoit dans une des chapelles une figure de Saint-Georges assez remarquable, qu'avoit fait élever une confrérie du nom de ce saint, dont l'origine remonte à l'an 1516. Mais la plus singulière de ces associations étoit celle que le testament d'un bourgeois de cette paroisse, nommé Jean de Fontenay, nous a fait connoître : ce testament, daté de 1227, porte un legs fait à la confrérie *de Roncevaux*, et nous apprend qu'elle avoit été établie sur les récits qu'avoit faits assez récemment le faux *Turpin* des martyrs de cette vallée d'Espagne et des merveilles qu'on y voyoit; ce qui étoit relatif à la fameuse bataille que Charlemagne donna dans cet endroit au paladin Roland, et au pèlerinage de Saint-Jacques en Galice.

Ces réunions fameuses, et qui existent de temps immémorial chez tous les peuples de la terre, ont été, comme toutes les institutions humaines, ou bienfaisantes ou funestes, suivant l'usage ou l'abus qu'on en a fait : elles tiennent dans l'histoire de Paris, relativement à sa police et à ses mœurs, une place assez importante pour que nous saisissions cette occasion de présenter quelques idées générales sur leur origine et leurs différents caractères.

DES CONFRÉRIES.

L'homme est né pour la société : toutes les facultés que le Créateur lui a données tendent à ce but, ne sont utiles, ne reçoivent leur entier développement que dans ces rapports continuels qui le lient avec ses semblables; et les sophistes du siècle passé, qui ont isolé l'être pensant, sous prétexte de le mieux connoître, qui ont cherché les sensations et les idées que pouvoit avoir cet homme primitif et solitaire, enfant de leur imagination, n'ont prouvé autre chose que la fausse subtilité de leur esprit et leur ignorance complète du cœur humain.

Ce besoin qu'ont les hommes de se réunir, et le plaisir qu'ils trouvent dans cette association, se composent de plusieurs sentiments vifs et naturels qui les attirent les uns vers les autres, et de cette idée, qui leur est commune, de leur dépendance d'un être supérieur qui les a créés, et qui, leur prescrivant les mêmes devoirs, leur a réservé la même fin. Les lois politiques et religieuses découlent de ce double rapport des hommes entre eux, et de l'homme avec la Divinité. Toute société humaine est établie sur ces deux bases; toutes les nations de la terre, quels que soient les erreurs et les mensonges qu'elles aient mêlés au culte et au gouvernement, ont reconnu la nécessité absolue de ces deux principes toujours unis, quoique toujours distincts l'un de l'autre; et le dernier degré de la corruption d'un peuple, le signe précurseur le plus certain de sa ruine totale, a toujours été, ou de les méconnoître, ou de les confondre.

Indépendamment de ces rapports généraux qui ont formé les différentes sociétés, les villes, les empires, on conçoit qu'il a dû s'en établir de plus intimes entre un certain nombre d'hommes qui trouvoient dans une certaine conformité de situation, dans des circonstances ou des opinions particulières, de nouveaux motifs de rapprochements. Cette conformité de pensées, de mœurs ou de caractères a dû produire de petites réunions au milieu de ces grandes associations qui formoient l'Etat proprement dit; et ces sociétés partielles, ou confréries, ont été ou *civiles*, ou *religieuses*, suivant la nature des causes qui les avoient fait naître.

On en rencontre de ces deux espèces chez tous les peuples de la terre : les Pharisiens, les Esséniens, les Saducéens, les Réchabites étoient autant de confréries différentes parmi les Juifs; on trouve chez les Égyptiens une confrérie de Flagellants en l'honneur de leur dieu Sérapis ; on voit Lycurgue distribuer ses Spartiates en plusieurs associations, auxquelles il ordonne l'union, l'amitié, la vie commune ; deux autres législateurs, Romulus et Numa, instituent également des communautés ; et le dernier principalement, ayant séparé les diverses professions qui s'exerçoient à Rome en autant de corporations, leur donna à chacune un patron pris parmi leurs faux dieux. Cet usage, qui se maintint pendant la république et sous les empereurs, fut adopté par les premiers chrétiens, suivant le témoignage de Tertullien. Dès les premiers siècles, ils fondèrent entre eux des associations, ou confréries particulières, dans lesquelles ils introduisirent les règlements des païens, lorsqu'ils leur semblèrent bons et utiles, en rejetant soigneusement tout ce qu'ils offroient d'impie et de dangereux. Ces institutions, établies dans un esprit si nouveau, furent également civiles et religieuses ; les dernières étoient connues sous le nom d'*Agapes,* et l'histoire de l'Église en a rendu célèbres la sainteté et l'admirable discipline. Les autres, qui se composoient des arts et métiers, commencèrent vers le temps d'Alexandre-Sévère ; on en érigea dans toutes les grandes villes ; chacune se choisit un patron et une église, où les confrères assistoient en commun au service divin. On trouve qu'il leur étoit aussi permis de faire quelque collecte entre eux pour l'entretien de ce service et pour soulager les pauvres de leurs communautés : en tout, le but de ces pieux associés étoit d'attirer par leurs bonnes œuvres et leurs charités la bénédiction du ciel sur eux et leurs travaux.

Ces sociétés, instituées dans un esprit de concorde et de paix, dégénérèrent souvent du but de leur institution, et devinrent d'autant plus dangereuses, que leur origine étoit plus sainte : *Corruptio optimi pessima.* On sait par l'Écriture quelles erreurs et quelles fausses doctrines les sectes judaïques avoient ajoutées à la loi de Dieu. Si nous jetons les yeux sur les nations païennes, nous n'en voyons aucune où les associations particulières n'aient causé quelques désordres et excité l'attention et l'inquiétude des magistrats ; et cela est remarquable, sur-tout chez les Romains, où elles étoient dangereuses dès le temps de Cicéron, car, dans sa harangue contre Pison, il se plaint de certaines sociétés établies nouvellement sous les titres spécieux de collèges et de communautés, dont le prétexte étoit le service des dieux, et le véritable but, de mauvais desseins contre la république. Cette remontrance fit abolir une partie des confréries qui existoient alors. Auguste, dans le nouvel ordre qu'il institua, poussa la réforme plus loin, et les détruisit presque toutes ; Alexandre-Sévère les rétablit ; et dans les premiers temps de la religion chrétienne, elles furent, comme nous l'avons dit, parmi les fidèles, des modèles de décence et de charité. Mais de si beaux commencements ne se soutinrent pas ; et par les règlements des conciles et des empereurs chrétiens qui vinrent après, on voit qu'il étoit nécessaire de veiller sur elles avec une extrême vigilance, à cause des désordres et des scandales qui se commettoient dans plusieurs.

Les confréries des États modernes sont, comme celles des anciens, civiles et religieuses, et l'on voyoit de ces sortes d'associations répandues par toute la France. Plusieurs étoient utiles et légitimement établies, d'autres ont été illicites et dangereuses; il en existoit un grand nombre à Paris, parmi lesquelles quelques unes ont été célèbres, et même ont joué un rôle dans l'histoire. Nous essaierons de donner quelque idée des plus remarquables, tant de cette ville que des autres parties du royaume.

Il y avoit plusieurs espèces de ces confréries.

1° Les confréries établies uniquement par un motif de dévotion pour le salut des ames et l'édification de l'église. Telle étoit celle qui fut instituée à Paris, en 1168, sous le titre de confrérie de Notre-Dame. Elle fut d'abord composée de trente-six prêtres et d'un nombre égal de laïcs, notables bourgeois, en mémoire des soixante-douze disciples de J. C.; ensuite le nombre en fut porté jusqu'à cent. Les femmes qui, dans le principe, en avoient été exclues, y furent admises l'an 1224, au nombre de cinquante. La reine et plusieurs dames pieuses et du premier rang désirèrent d'y être reçues; de manière que la société fut depuis ce temps divisée en trois classes, lesquelles furent toujours composées des personnes les plus qualifiées de la ville. Quant aux exercices réglés par les statuts, ils consistoient dans la célébration journalière du service divin, une procession générale en certain temps, des aumônes et des prières que les confrères devoient faire les uns pour les autres, etc. Telles étoient encore les confréries du Saint-Sacrement, du Saint-Nom de Jésus, de la sainte Vierge et autres semblables, dont les membres n'avoient d'autre objet que leur propre sanctification.

2° Les confréries établies pour des œuvres de charité. Il y en avoit dans la plus grande partie des paroisses de la France, et sur-tout à Paris. Les unes secouroient les pauvres honteux, les autres assistoient les malades indigents, et quelques unes, sous le titre de *Confrères de la mort,* ensevelissoient les défunts et assistoient à leurs obsèques.

3° Les confréries de Pénitents. Elles portoient différentes dénominations, et ceux qui en étoient membres exerçoient sur eux plusieurs austérités en esprit de pénitence. On les a quelquefois nommés *flagellants,* à cause des disciplines publiques qu'ils se donnoient dans leurs processions générales : ils y paroissoient revêtus d'une tunique de toile blanche, rouge ou bleue, avec un capuchon qui leur couvroit le visage : et de là ils ont été appelés *Pénitents,* de l'une ou de l'autre de ces couleurs. Toutefois il n'y avoit en France de semblables associations que dans les provinces voisines de l'Italie, d'où elles tirent leur origine.

4° La quatrième espèce de confrérie avoit été érigée à l'occasion des pèlerinages. Telles étoient à Paris celles du Saint-Sépulcre, aux Cordeliers; de Saint-Jacques, en son église rue Saint-Denis; de Saint-Michel, en sa chapelle dans la cour du Palais, pour ceux qui avoient fait les pèlerinages de Jérusalem, de Compostelle ou du Mont-Saint-Michel. On y recevoit également toutes les personnes dévotes qui vouloient s'y engager et participer aux mérites et aux prières des pèlerins.

5° Venoient ensuite les confréries instituées par les négociants, pour attirer sur leur commerce les bénédictions du ciel. Telle fut celle qu'une compagnie des plus riches bourgeois de Paris établit, l'an 1170, sous le titre de *Confrérie des marchands de l'eau.* L'accroissement de la ville, et les nouveaux besoins d'une population qui de jour en jour devenoit plus nombreuse, donnèrent naissance à cette compagnie; car jusque-là la capitale, renfermée dans des bornes très étroites, avoit tiré de son propre territoire, et des provinces voisines, tous les secours nécessaires à sa consommation; et le sel étoit la seule denrée qu'elle reçût par la rivière. Ces négociants, rassemblés pour faire un commerce plus étendu par eau, achetèrent des religieuses de Haute-Bruyère une place hors de la ville pour y construire un port, et fondèrent leur confrérie dans l'église de ce monastère. Cette place, qui leur fut cédée moyennant certaines redevances qu'ils payèrent à ces religieuses, retint le nom de *Port-Popin*, du nom d'un bourgeois de Paris à qui elle avoit appartenu; et Louis-le-Jeune alors régnant confirma cette acquisition et approuva cet établissement par des lettres-patentes de la même année 1170. A peine cette confrérie fut-elle établie, que celle de Notre-Dame, qui étoit plus ancienne de deux ans et plus considérable, tant par la qualité que par le nombre des personnes qui la composoient, prit le titre de *grande confrérie*, pour se distinguer de l'autre; titre qu'elle a gardé jusqu'au dernier moment de son existence. Dans la classe de cette confrérie des *marchands de l'eau*, doivent être comprises celles des six corps des marchands de Paris (1).

6° Les officiers de justice avoient aussi leurs confréries distinguées des autres, et formant une classe à part. Il y avoit à Paris celle des notaires, établie dans la chapelle du Châtelet en 1300; celles de la compagnie du

---

(1) Les drapiers, les épiciers, les merciers, les fourreurs, les bonnetiers et les orfèvres.

lieutenant criminel de robe-courte, de la compagnie du guet, des huissiers à cheval et des sergents à verge.

7° Celles des artisans étoient en aussi grand nombre qu'il y avoit d'arts et métiers. Chaque communauté, de même que dans les premières confréries chrétiennes, avoit son patron, se rassembloit dans une église particulière, et avoit la liberté de se faire des statuts. Ceci commença à être réformé sous le règne de saint Louis par Étienne *Boisleve*, et depuis ce temps ils furent obligés d'avoir recours au magistrat pour obtenir des règlements, ou du moins pour homologuer les articles qu'ils avoient arrêtés.

8° Une confrérie fort extraordinaire et d'une espèce toute particulière, est celle qui se forma à Paris, en 1402, sous le titre de *Confrères de la Passion;* elle avoit pour objet de représenter sur un théâtre public les mystères de la vie de Jésus-Christ, les actes des martyrs, etc. Nous y reviendrons.

9° Enfin, il y a eu des confréries de factieux, qui ont paru à certaines époques, et qui, comme celles dont se plaignoit l'orateur romain, se couvroient du voile spécieux de la religion pour troubler l'État. Divers conciles du treizième siècle prononcèrent anathème contre des sociétés de ce genre, qui s'étoient élevées en plusieurs parties de la France, et qui la troubloient par leurs violences et leurs désordres. Tels étoient encore ces *Pénitents bleus*, qui, du temps de la Ligue, se rassemblèrent à Bourges, par un esprit de révolte contre l'autorité royale. Mais la plus remarquable est celle qui s'établit à Paris en 1357, sous le titre de Notre-Dame. Étienne Marcel, prévôt des marchands, en fut le chef, et tout ce qu'il y eut de séditieux, de gens malintentionnés, s'y enrôlèrent. Ils avoient pour but de traverser, dans l'administration du royaume, Charles V, alors dauphin et régent pendant la captivité de son père. On verra par la suite tous les désordres, tous les meurtres, tous les malheurs que cette faction causa dans Paris. Charles, parvenu à la couronne après la mort du roi Jean, accorda une amnistie à ces rebelles, et en même temps cassa leur confrérie par des lettres-patentes du mois d'août 1358.

Ces pernicieuses sociétés sont heureusement rares, et depuis le règne de Henri IV on n'en voit plus reparoître en France; mais les confréries des artisans n'étoient pas sans inconvénients, et les débauches de leurs repas communs, les monopoles qu'ils exerçoient dans leurs assemblées particu-

lières, au préjudice du commerce ou de la tranquillité publique, ont souvent excité l'attention de la police et servi de matière à ses règlements; on
les voit même entièrement abolies sous François Ier, rétablies ensuite et
abolies de nouveau sous Charles IX ; enfin, sous Louis XIV il fut expressément défendu d'en former aucune sans la permission particulière du roi.

L'HÔPITAL DE SAINTE-CATHERINE.

En rentrant dans la rue Saint-Denis et en la remontant, on rencontroit cet Hôpital, lequel étoit situé au coin de cette rue et de celle des Lombards (1). Son premier nom connu est celui d'*Hôpital des pauvres de Sainte-Opportune.* Le nombre et la célébrité des miracles de cette sainte attiroient une foule de pèlerins à l'église qui porte son nom : vis-à-vis on bâtit un hospice pour les recevoir : telle est l'origine de cet hôpital. Quant à l'époque où il fut fondé, il est impossible de la fixer. Les anciens titres ayant été perdus, le roi y suppléa par des lettres-patentes du mois de mars 1688, dans lesquelles, d'après un exposé des religieuses de cette maison, on en fait remonter l'origine jusqu'au onzième siècle, mais sans pouvoir en donner aucune preuve. Les historiens de Paris la rapportent à l'an 1184. Un auteur plus moderne la place dans le neuvième siècle, plusieurs à d'autres époques, sans qu'aucun fournisse la moindre autorité au soutien de son opinion. Le plus ancien titre qui fasse mention de cet édifice est une lettre de Maurice de Sully, évêque de Paris, au sujet de la donation faite par Thibauld d'une maison (sise rue des Lombards) à l'hôpital des pauvres de Sainte-Opportune ; cet acte, qui est de 1188, a été publié par Dubreul. Il paroît, par divers autres titres du treizième siècle (2), que cet établissement étoit alors administré par un maître et par des frères, et que dès-lors il portoit le nom de *Sainte-Catherine,* la chapelle ayant été dédiée sous ce vocable (3). En 1328 le régime avoit été changé, et il y avoit dans cette maison un maître ou proviseur, des frères et *des sœurs.* Cette union subsista jusqu'au seizième siècle, et depuis l'administration en fut commise

---

(1) Il sert maintenant de magasin à un marchand de toiles peintes, qui a pour enseigne l'image de Sainte-Catherine.

(2) Ces titres sont différentes bulles d'Honoré III, du 17 janvier 1222, de Grégoire IX, du 23 mai 1231, etc.

(3) On trouve cependant des actes postérieurs qui lui donnent son ancien titre.

aux seules religieuses , sous l'inspection et l'autorité d'un supérieur ecclésiastique nommé par l'évêque ; ce changement se fit , selon les uns , en
1521 , selon d'autres , en 1557.

Les religieuses de cet hôpital suivoient la règle de saint Augustin. Leurs
principales fonctions étoient de loger et de nourrir les femmes ou filles qui
cherchoient à entrer en condition ; elles leur donnoient l'hospitalité , et le
nombre de ces pauvres femmes se montoit ordinairement à quatre-vingt-
dix. Elles recevoient aussi les personnes qui arrivoient de la province pour
des procès ou affaires particulières , et qui n'avoient pas le moyen de se
procurer un asile ; enfin elles se chargeoient de faire enterrer au cimetière
des Saints-Innocents les personnes noyées ou mortes dans les rues de Paris
et dans les prisons (1). Les statuts d'Eustache du Bellay avoient d'abord
fixé leur nombre à neuf; mais la sage administration de leurs revenus leur
ayant permis d'augmenter leurs bâtiments, leur communauté se trouvoit
dans les derniers temps composée de trente sœurs, religieuses ou novices.

Dans ces bâtiments, elles avoient obtenu de comprendre une rue, ou
ruelle, qui passoit à côté de la principale porte de leur maison, et qui paroît
avoir communiqué de la rue Saint-Denis dans celle de la Vieille-Monnoie.
Jaillot pense que c'est celle dont il est fait mention dans le *Nécrologe* de
l'église de Paris, sous le nom de ruelle de *Garnier-Maufet*.

Sur la porte extérieure de cet hôpital étoit une statue de sainte Catherine, faite, en 1704, par Thomas *Renaudin*, sculpteur de l'académie
royale.

SAINT-JOSSE.

Cette petite église paroissiale s'élevoit au coin des rues Aubry-le-Boucher et Quinquempoix.

Des traditions et des légendes apocryphes, adoptées par quelques

---

(1) C'étoient là ces êtres inutiles et dangereux , fardeau de la société , que l'on a chassés de leurs
maisons, que l'on a voués à toutes les misères, à tous les opprobres, sans pouvoir vaincre leur
constance ni lasser leur résignation.

historiens de Paris, en font remonter l'origine jusqu'au septième siècle ;
les uns prétendent que c'étoit un hôpital dès le temps que saint Fiacre
vint à Paris, vers l'an 620, et que ce saint y avoit logé ; d'autres ajoutent
que ce même lieu servoit aussi d'habitation à saint Josse, fils d'un roi
de la petite Bretagne, dans les différents voyages qu'il fit dans cette
ville. Toutes ces assertions manquent de preuves suffisantes. Il ne reste
aucun titre qui prouve qu'il y eût, au septième siècle, des hôpitaux dans la
partie de Paris appelée la *Ville*. Les actes les moins suspects de la vie de
saint Josse ne parlent que d'un seul voyage de ce saint à Paris, où il ne fit
que passer ; et l'on ne voit point que saint *Féfre*, ou Fiacre, y ait demeuré,
ni même qu'il y soit venu. Sans perdre du temps à lever des difficultés si
peu importantes, et à rapporter les conjectures des divers auteurs, il nous
suffira de dire que la chapelle Saint-Josse n'a pu exister avant le neuvième
siècle, puisque le culte de ce saint n'a été établi que depuis ce temps, et que
le titre qui l'érige en paroisse est du mois d'avril 1260. Dans ce titre, il n'y
est point dit qu'il y eût jamais eu un hôpital en cet endroit, et elle y est représentée comme une petite église nouvellement construite, *de novo fundata*.

Ce fut à l'occasion des nouveaux murs élevés par Philippe-Auguste que
la destination de cette chapelle fut changée. Elle venoit d'être renfermée
dans la ville, et les paroissiens de l'église Saint-Laurent, dont le territoire
s'étendoit jusque-là, représentèrent la nécessité de l'ériger en succursale,
ou en paroisse. Ils alléguoient l'éloignement de Saint-Laurent (*propter
intolerabilem distantiam*), et la difficulté d'administrer la nuit les sacrements aux malades et aux mourants ; ces motifs parurent devoir l'emporter
sur l'intérêt personnel du curé de Saint-Laurent, qui s'opposoit à leur juste
demande, et les obstacles qu'il avoit fait naître furent levés, moyennant un
accord stipulé par des arbitres que l'évêque avoit nommés à cet effet. Il
fut convenu que, du consentement du prieur de Saint-Martin-des-Champs,
qui nommoit à la cure de Saint-Laurent, et du curé de cette dernière
église, la chapelle Saint-Josse seroit déclarée paroissiale, moyennant certaines redevances envers les deux parties intéressées, et qu'elle auroit
pour paroissiens tous ceux qui, dans la nouvelle enceinte, étoient auparavant de la paroisse Saint-Laurent.

Le chevet de cette chapelle étoit autrefois tourné vers l'orient ; lorsqu'on la reconstruisit, en 1679, l'autel fut placé au nord, contre l'ancien

usage, et il resta dans cette position jusqu'à la destruction de l'église. C'étoit un bâtiment très petit et de forme carrée; le portail avoit été élevé, jusqu'à la première corniche, sur les dessins d'un habile architecte de ce temps, nommé *Gabriel le Duc*; mais on ne les suivit point pour le reste de l'édifice, que l'on fit moins long et moins haut qu'il ne l'avoit projeté. On n'y voyoit rien de remarquable qu'un saint Sébastien peint par *Martin Freminet*, dont les connoisseurs faisoient cas; ce peintre, qui vivoit sous Henri IV et Louis XIII, étoit un imitateur de Michel-Ange, dont il avoit pris tous les défauts et quelques beautés.

Cette paroisse étoit extrêmement circonscrite : les maisons de la rue Aubry-le-Boucher et de la rue Quinquempoix, qui touchoient à l'église, n'en faisoient point partie. Son territoire comprenoit un carré formé par l'autre côté de ces deux rues et par la rue Saint-Martin; plus trois maisons de la même rue, à commencer par celle qui fait l'angle gauche de la rue des Ménêtriers; et enfin, douze ou treize maisons qui sont à la gauche dans cette dernière rue, en y entrant par la rue Saint-Martin; ce qui formoit en tout vingt-neuf maisons (1).

〰〰〰〰〰〰〰〰〰〰〰〰〰〰〰〰〰〰〰

LE CHAPITRE DU SAINT-SÉPULCRE.

C'ÉTOIT dans la rue Saint-Denis, au-dessus du marché des Innocents, et après la rue Aubry-le-Boucher, qu'étoit située cette ancienne communauté; elle a été entièrement détruite dès les commencements de la révolution, et remplacée en partie par un bâtiment connu sous le nom de *cour Batave*.

Le mauvais succès des croisades avoit ralenti par degré le zèle qui les avoit fait naître; cependant il n'étoit point encore entièrement éteint sous le règne de Charles-le-Bel. L'Europe, et sur-tout la France, étoit toujours barbare; il s'en falloit de beaucoup que la religion fût dégagée des superstitions qui depuis si long-temps en souilloient la pureté, et dans le

---

(1) Lebeuf, tome 2, page 489. Il ne reste plus maintenant aucun vestige de cette église, dont la place est occupée par une maison.

quatorzième siècle on s'imaginoit, de même que sous les premières races, pouvoir expier par des actes extérieurs de religion les crimes les plus atroces, les passions les plus honteuses ; et par cela même, il arrivoit qu'on s'y livroit avec moins de retenue et presque sans remords.

Au milieu de cette disposition des esprits, le pape Jean XXII crut pouvoir solliciter, en 1324, une nouvelle croisade, dont plusieurs circonstances empêchèrent ensuite l'exécution. Cependant, sur la première demande qu'il en avoit faite, plusieurs avoient pris la croix et se préparoient déjà à passer la mer ; ces nouveaux croisés, réunis par le même vœu et par les mêmes intentions, cherchèrent un lieu où ils pussent s'assembler et prendre des mesures convenables pour leur voyage ; et, en attendant le moment favorable pour l'exécution de ce pieux dessein, ils formèrent une espèce de société, ou confrérie, à laquelle se faisoient agréger tous ceux qui étoient animés du même zèle et vouloient partager les mêmes travaux. Louis de Bourbon, comte de Clermont, qui favorisoit leur projet, leur donna, en 1325, une somme de deux cents livres parisis, pour acheter un emplacement où ils pussent faire bâtir une église ; et sa prévoyance s'étendant même jusque sur l'avenir, il voulut qu'ils y joignissent un hôpital pour les pèlerins qui passeroient à Paris, en allant au Saint-Sépulcre, ou en revenant de ce pèlerinage. La place fut achetée ; la première pierre de l'église fut posée le 18 mai 1326, et le vendredi devant Noël de l'année suivante on y chanta la première messe ; ce qui fut constaté par une inscription qu'on voyoit sur le portail.

La construction de cet édifice fit naître diverses contestations. L'évêque, le chapitre de Notre-Dame et celui de Saint-Merry, sur la censive desquels il se trouvoit, prétendirent respectivement qu'il étoit dans leur dépendance ; et d'un autre côté, plusieurs curés de Paris, pour la conservation de leurs droits curiaux, s'opposoient aux enterrements qu'on vouloit y faire. On mit fin à ces différents, en donnant la juridiction de l'église au chapitre de Notre-Dame, et les curés obtinrent que les corps de ceux qui voudroient être enterrés au Saint-Sépulcre seroient d'abord portés à leur paroisse ; par le même accord, il fut convenu que le chapitre disposeroit, alternativement avec les confrères, des prébendes qui n'étoient alors qu'au nombre de trois, dotées chacune de 40 livres de rente, conservant d'ailleurs tous les droits de juridiction, visite, correction sur les chanoineries, prébendes et chapelles que les confrères pourroient fonder par la suite; il se réserva en outre la justice sur l'église et sur le territoire de l'hôpital, lequel fut borné à une étendue d'un arpent et de la centième partie d'un arpent.

Cependant cet hôpital ne fut point bâti, parceque ces premiers croisés ne réussirent point à faire partager le zèle qui les dévoroit à un assez grand nombre de prosélytes, et que l'on commençoit à se dégoûter de ces entreprises lointaines et désastreuses. Alors on imagina de fonder de nouveaux bénéfices avec les revénus qu'avoient produits la piété et la libéralité des confrères, dont le nombre montoit, en 1338, à plus de mille. Plusieurs de ces bénéfices furent érigés en canonicats par le chapitre de Notre-Dame. En 1551 on en comptoit seize, et dix-sept chapelains.

Le vain titre d'hôpital fut cependant préjudiciable à cette communauté, car il parut suffisant pour la faire comprendre dans le nombre des maisons de ce genre qui furent réunies par l'édit de 1672 (1) aux ordres de Notre-Dame du Mont-Carmel et de Saint-Lazare; et ce n'est qu'en 1693 que les choses furent remises sur l'ancien pied, par un édit nouveau qui annuloit le premier. A cette époque les chanoines obtinrent, par un autre arrêt, l'exclusion des confrères et la régie des biens dont ils jouissoient; en cela, il ne leur fut donné que ce qu'il étoit juste qu'on leur accordât; car il leur fut facile de prouver qu'il n'y avoit jamais eu d'hôpital au Saint-Sépulcre, que toutes leurs possessions leur avoient été concédées pour fondations de chapelles et de services, et par conséquent qu'il étoit inutile que les confrères en eussent l'administration. Ils firent voir d'ailleurs qu'un article des statuts de 1329 leur accordoit déjà la régie de ces biens.

A peine furent-ils devenus administrateurs, qu'ils renouvelèrent la demande qu'ils avoient déjà faite plusieurs fois de la réduction de leurs prébendes, afin qu'ils pussent, disoient-ils, acquitter les dettes contractées par la confrérie. Le cardinal de Noailles, après l'information légale, donna son décret le 28 juillet 1713. Les canonicats furent réduits à douze et les chapellenies à onze. Ces bénéfices étoient à la nomination alternative de deux chanoines de Notre-Dame, qui avoient ce droit attaché à leurs prébendes.

____

(1) Cet édit avoit été obtenu par le marquis de Louvois, qui étoit alors vicaire-général de ces deux ordres.

L'église du Saint-Sépulcre étoit une des quatre collégiales dépendantes de Notre-Dame, et que l'on nommoit *les quatre Filles de la cathédrale*. Elle jouissoit de tous les droits paroissiaux sur ceux qui demeuroient dans l'enceinte de son cloître ou de son territoire, et les fonctions curiales étoient remplies par le chanoine de semaine ; mais en raison de ce rapport de dépendance, qui existoit entre cette collégiale et le chapitre de l'église de Paris, ses membres ne pouvoient faire pour eux ce qu'ils faisoient pour les autres, et les chanoines et bénéficiers du Saint-Sépulcre, de même que ceux des autres *Filles* de Notre-Dame, recevoient les derniers sacrements et la sépulture d'un bénéficier de cette église, député par le chapitre.

LES RELIGIEUSES DE SAINT-MAGLOIRE.

Leur monastère étoit aussi dans la rue Saint-Denis, au-dessus de l'église du Saint-Sépulcre. On sait que les chanoines de Saint-Barthélemi, dans la Cité, et les religieux qui leur furent substitués, possédoient une chapelle de Saint-Georges hors des murs de Paris, et que ces derniers, lorsqu'ils abandonnèrent leur ancienne demeure pour venir s'établir dans l'endroit où étoit située cette chapelle, lui transportèrent le nom de Saint-Magloire, que portoit depuis long-temps l'église de Saint-Barthélemi. Avant ce changement de domicile, Henri-le-Lorrain (1) leur avoit fait plusieurs donations de terres, auxquelles il avoit joint des fonds assez considérables pour entretenir deux religieux de leur communauté, qui devoient y célébrer l'office divin ; et des lettres de Louis-le-Gros confirmèrent le don qu'il leur avoit fait. En 1138 la communauté entière s'y transporta, et elle y resta jusqu'en 1572, que Catherine de Médicis la fit transférer à Saint-Jacques-du-Haut-Pas, et mit à sa place les Filles-Pénitentes, qui

______

(1) Et non *duc de Lorraine*, comme l'a écrit Dubreul, puisque c'étoit alors Thierri ou son fils Simon Ier.

occupoient alors l'hôtel de Soissons, dont elle avoit résolu de se faire un palais.

Ce dernier ordre existoit depuis près d'un siècle, et tous les historiens de Paris rapportent son institution à un cordelier nommé Jean Tisserand. Ce prédicateur s'éleva si souvent, et avec tant de force et d'onction contre le libertinage, que plusieurs femmes qui s'y étoient livrées, touchées de ses discours, se mirent sous sa conduite, et résolurent de réparer, par une vie édifiante, le scandale de leurs désordres passés. On rapporte cette circonstance à l'an 1492 ou 1493.

Le nombre de ces pénitentes augmenta tellement (1) qu'il fixa l'attention, et qu'on crut nécessaire de les réunir, et de leur procurer un asile. Louis XII, alors duc d'Orléans, leur céda la moitié de son hôtel de Bohême, depuis hôtel de Soissons, et engagea Charles VIII à autoriser cet établissement, ce que fit ce dernier par ses lettres-patentes du 14 septembre 1496. En même temps il eut soin de faire approuver et confirmer cet ordre, sous la règle de Saint-Augustin, par une bulle d'Alexandre VI. Peu de temps après, les Filles-Pénitentes acquirent l'autre moitié de l'hôtel, de deux domestiques (2) du duc d'Orléans, auxquels ce prince en avoit fait don lorsqu'il étoit monté sur le trône. Le contrat de cette acquisition, faite au prix de 2000 écus d'or couronnés, est de l'an 1500. Dans les commencements de leur établissement elles étoient si pauvres, qu'on leur permit de sortir de leur cloître pour quêter leur subsistance; mais dès qu'elles eurent amassé de quoi vivre, elles observèrent une exacte clôture.

A peine les Filles-Pénitentes, sorties de l'hôtel de Soissons, furent-elles en possession du monastère de Saint-Magloire, qu'elles en prirent le nom; et c'est ainsi qu'elles sont indiquées dans tous les actes et titres postérieurs. Les temps malheureux de la Ligue ayant jeté du relâchement dans les monastères, cette maison se ressentit, comme les autres, du désordre qui troubloit d'ailleurs toutes les classes de la société; lorsque le calme fut rétabli, la réforme en fut confiée à huit religieuses de l'abbaye de Montmartre, qui s'y trans-

---

(1) Il en avoit, dit-on, rassemblé plus de deux cents.

(2) Pierre Lebrun, son valet de chambre, et Robert de Franzelles, son chambellan ordinaire. Ce dernier lui avoit, dit-on, gagné au jeu la part qu'il obtiut dans cet hôtel.

portèrent en 1616; et par le soin qu'elles eurent d'abord d'adoucir l'austérité de quelques anciennes pratiques, elles y rétablirent bientôt l'ordre et la régularité, qui depuis s'y sont toujours maintenus.

On lit dans les statuts que leur donna Jean-Simon de Champigni, évêque de Paris, un article par lequel il leur étoit défendu de recevoir aucune novice qui n'eût fourni des preuves de ses foiblesses; et les précautions qu'établit le bon prélat pour s'en assurer, et pour empêcher cependant que le désir d'entrer dans cette communauté ne portât de malheureuses filles à se livrer au libertinage, sont d'une naïveté qui ressemble presque au scandale, et que, par cette raison, nous ne rapporterons point ici. Cette loi bizarre fut bientôt abrogée, et depuis long-temps on n'y recevoit plus, comme dans les autres communautés, que des vierges pures et dignes de l'époux qu'elles avoient choisi. On fit aussi, à la même époque, le projet non moins bizarre d'instituer, pour la conduite de ce monastère, des religieux du même ordre, qui auroient fait leurs vœux entre les mains de la supérieure; mais ce dessein resta sans exécution.

L'église de Saint-Magloire n'offroit rien de curieux que le tombeau d'André Blondel, seigneur de Roquemont, et contrôleur-général des finances sous Henri II, qui voulut être inhumé dans la chapelle des Filles-Pénitentes: sa veuve lui fit élever un petit mausolée (1) qui passe pour un des chefs-d'œuvres de Paul Ponce, sculpteur florentin, lequel florissoit sous François II et Charles IX. C'est un bas-relief en bronze qui représente le dieu du sommeil debout, tenant d'une main des pavots, et de l'autre soutenant sa tête négligemment penchée. Ce morceau est remarquable, sur-tout par le moelleux des draperies et la vérité de l'attitude. Ce Blondel étoit lyonnois, et devoit sa fortune à Diane de Poitiers, duchesse de Valentinois, si célèbre par sa beauté et par le long empire qu'elle exerça sur le cœur de Henri II (2).

En 1525 et 1549 on découvrit, dans les jardins voisins de l'église, plusieurs ossements, avec des chaînes de fer et des potences, ce qui fit croire à plusieurs que ce lieu avoit été anciennement la place de la justice pati-

---

(1) Au Musée des Monuments français.

(2) Sauval, qui avoit vu le testament que Diane fit en 1564, dit qu'elle y ordonne, si elle meurt à Paris, qu'avant de la transférer à Anet, où elle veut être enterrée, on la porte dans l'église des Filles-Repenties, et qu'on y fasse pour elle un service des morts.

bulaire de Paris. Jaillot pense que c'étoit celle de Saint-Magloire, dont la prison étoit voisine. Dans les temps barbares du régime féodal, et sous ce gouvernement singulier et unique dans l'histoire, chaque seigneur avoit le droit de justice sur ses terres, et, attentif à soutenir ce privilège, réclamoit très fortement les coupables dont le crime avoit été commis sur sa censive, pour les faire condamner à son tribunal particulier. Dans le cas d'exécution, les corps des suppliciés n'étoient point portés au gibet public, qui n'appartenoit qu'au roi, mais aux piliers du seigneur qui les avoit fait punir.

L'ÉGLISE DE SAINT-LEU, SAINT-GILLES.

LES religieux de Saint-Magloire, après avoir quitté la Cité, et s'être établis dans leur chapelle Saint-Georges, avoient permis d'élever des habitations sur le terrain qui dépendoit de leur monastère, mais sous la condition que les habitants seroient paroissiens de Saint-Barthélemi. L'éloignement où le Bourg-l'Abbé et les rues voisines étoient de cette église les détermina depuis à consentir que ceux qui demeuroient dans ce quartier fissent célébrer, à leurs frais, l'office divin à un autel qui fut élevé à cet effet dans leur propre église. Dubreul dit avoir vu des titres qui spécifioient qu'il étoit placé du côté méridional du chœur, et sous l'invocation *de Saint-Leu et Saint-Gilles*. Il auroit dû dire simplement *Saint-Gilles*, car certainement ce saint fut d'abord le seul patron de cette paroisse, et ensuite long-temps nommé le premier. Tout porte à croire que saint Leu (ou Loup), évêque de Sens, n'y a été joint que parceque sa fête arrivoit le premier septembre, le même jour que celle de saint Gilles (1).

Le nombre des paroissiens s'étant successivement augmenté, et l'enceinte

(1) Il y a plusieurs raisons très fortes pour appuyer cette opinion. 1° L'abbaye possédoit seulement des reliques de saint Gilles et non de saint Leu. 2° Dans les livres ecclésiastiques de Paris, du treizième siècle, on voit saint Gilles avec un office propre, au 1ᵉʳ septembre, et saint Loup remis à un autre jour, ou réduit à une simple commémoraison. 3° Dans tous les titres de ce temps, relatifs à cette église, on lit toujours : *Ecclesia SS. Egidii et Lupi.*

qu'avoit fait élever Philippe-Auguste rendant la communication plus difficile entre la ville et les faubourgs, les religieux de Saint-Magloire et le curé de Saint-Barthélemi, sur les nouvelles représentations qui leur furent faites, consentirent qu'on bâtît, près du monastère, une chapelle succursale, dépendante de l'ancienne paroisse; cet accord est de l'an 1235. Mais cette chapelle se trouva bientôt trop petite; car on voit, par un ancien titre, qu'au mois de novembre 1270 on en faisoit construire une nouvelle.

En 1319, l'église Saint-Gilles n'étoit encore qu'une chapelle succursale : elle fut rebâtie de nouveau cette année-là, et les religieux de Saint-Magloire permirent qu'on y mît deux petites cloches qui pussent être entendues dans les rues Aubry-le-Boucher et Bourg-l'Abbé qui en dépendoient; le caractère de construction de la nef indique en effet ce temps-là, quoiqu'il paroisse que depuis on l'a rendue plus solide. Vers la fin du même siècle on songea à agrandir cette église, et les marguilliers achetèrent, dans cette intention, quelques portions du terrain qui l'environnoit; mais plusieurs obstacles empêchèrent que le projet ne fût alors exécuté.

Cette église étoit encore succursale en 1611, lorsqu'on jeta les fondements du chœur, lequel fut construit dans un goût moderne (1) tout-à-fait différent du reste. Enfin, en 1617, Henri de Gondi, cardinal et évêque de Paris, la sépara de Saint-Barthélemi et l'érigea en église paroissiale (2).

---

(2) En 1727 on y fit encore plusieurs réparations considérables; on changea presqu'entièrement l'intérieur, de manière que cette église étoit une des plus agréablement décorées de Paris. La charpente entière du clocher de l'horloge fut transportée, la même année, de la tour sur laquelle elle étoit, et qui menaçoit ruine, sur une autre tour nouvellement bâtie, haute de douze toises, et distante de vingt-quatre pieds. Cette manœuvre se fit heureusement, par le moyen d'un grand échafaud, sur lequel on fit rouler le clocher, lequel avoit sept pieds et demi de diamètre sur trente-cinq d'élévation, sans toucher au plomb de la couverture, aux plates-bandes de fer, etc., et sans déplacer la grosse cloche de l'horloge, qui pesoit au moins deux mille. Cette manœuvre hardie fut exécutée par un charpentier nommé Guerin.

Dans le temps qu'on a fait ces réparations, on a détruit une pierre bise qui étoit au second pilier à droite en entrant dans la nef. Sur cette pierre étoient les armes et l'épitaphe, en vers latins, de *Jean Louchart* et de *Marie de Brix*, sa femme. Ce Jean Louchart étoit un des plus déterminés ligueurs, et un de ceux qui eurent le plus de part à la mort du président *Brisson*, de *Claude Larcher* et de *Jean Tardif*. Il fut aussi l'un des quatre factieux que le duc de Mayenne fit pendre dans la salle basse du Louvre, le 4 décembre 1591.

(2) Elle possédoit, dès 1450, trois chapelles établies par fondation, et qui étoient à la nomination alternative de l'évêque de Paris et de l'abbé de Saint-Magloire. Il y avoit aussi une confrérie de l'Ange-Gardien, instituée par Henri de Gondi, cardinal de Retz et évêque de Paris.

Le territoire de cette paroisse s'étendoit sur toutes les maisons situées à droite dans la rue Saint-Denis, depuis l'église du Saint-Sépulcre exclusivement, jusqu'à la rue Greneta. Elle continuoit à droite un peu au-delà de la rue Bourg-l'Abbé, renfermant cette rue en entier et une partie de celle du Grand-Hurleur. Elle possédoit aussi tout le côté droit de la rue aux Ours, en y entrant par la rue Saint-Denis, et en y joignant le coin de la rue Saint-Martin. Il faut y ajouter quelques maisons de la rue Quinquempoix, une partie du côté gauche de la rue aux Ours, la rue du Petit-Hurleur en entier, le cul-de-sac de la Porte aux Peintres, la rue Salle-au-Comte, et celle de Saint-Magloire. Enfin elle faisoit un écart jusque dans la rue Aubry-le-Boucher, où elle possédoit aussi quelques maisons.

Marie de Landes de Lamoignon, épouse du premier président de ce nom, a été enterrée dans cette église, où l'on voyoit son tombeau, exécuté en marbre par Girardon. Cet habile sculpteur avoit représenté sur un bas-relief un évènement remarquable et fait pour honorer la mémoire de cette illustre dame. Elle avoit ordonné qu'on l'inhumât aux Récollets de Saint-Denis; mais il arriva que son corps ayant été déposé dans l'église de Saint-Leu, avant d'être transporté dans ce couvent, les pauvres de cette paroisse, qu'elle avoit comblés de ses bienfaits, se rassemblèrent, s'emparèrent des restes précieux de celle qu'ils avoient toujours regardée comme leur mère, et, profitant d'un moment où l'église étoit déserte, firent une fosse et l'y enterrèrent. C'est cette action si touchante que M. de Lamoignon son fils, président à mortier au parlement, avoit confiée au ciseau de l'artiste (1).

C'étoit un ancien usage dans l'église de Saint-Leu de faire des prières pendant neuf jours à l'occasion de l'avènement de nos rois à la couronne. Le 14 octobre 1716, la duchesse de Ventadour, gouvernante de Louis XV, assista dans cette église à la messe qui terminoit la neuvaine qu'on venoit d'y faire pour le jeune roi; et cet évènement parut digne d'être consacré dans un tableau où on voyoit Louis XV, sa gouvernante, le duc d'Orléans, régent du royaume, le duc de Bourbon, le maréchal de Villeroi, qui tous adressoient leurs prières à saint Leu. Ce tableau étoit placé à droite dans le chœur de cette église.

____

(1) Nous ignorons ce qu'est devenu ce monument, il n'est point au Muséum de la rue des Petits-Augustins.

Au-dessus du maître-autel étoit un autre tableau, peint par *Porbus*, et représentant une cène. Il passoit pour être le chef-d'œuvre de ce peintre ; et l'on prétend même que le célèbre Poussin en faisoit un très grand cas, et le regardoit comme un des plus beaux qu'il eût jamais vus. Cette tradition peut paroître suspecte, car enfin Porbus, qui a excellé dans le portrait, manque de style et de noblesse dans son dessin, comme tous les peintres de l'École flamande, et n'est remarquable que par l'éclat et la vérité de sa couleur. Toutefois nous ne pouvons rejeter entièrement ce fait, raconté par tous les historiens de Paris; et quoique les jugements qu'ils portent sur les productions des beaux-arts soient ordinairement très erronés, n'ayant point vu ce tableau, et ne sachant pas même ce qu'il est devenu, nous ne pouvons savoir si effectivement *Porbus* ne s'est pas surpassé lui-même dans cette circonstance.

On ignore à quelle époque et à quelle occasion le nom du second patron est devenu le premier (1).

____

(1) L'église Saint-Leu a été rendue au culte.

RUES DU QUARTIER

SAINT-JACQUES-DE-LA-BOUCHERIE.

R**ue** *Aubry-le-Boucher*. Elle traverse de la rue Saint-Denis à celle de Saint-Martin, et doit son nom à une famille connue au treizième siècle. Dans un accord fait en 1273, entre Philippe-le-Hardi et le chapitre de Saint-Merri, elle est appelée *vicus Alberici Carnificis*, ce qui porte à croire que cette famille se nommoit *Aubry*, et que l'autre mot désignoit la profession de celui qui le premier donna son nom à la rue. Le petit peuple l'appelle, par corruption *Briboucher*. *Lacaille* et *Valleyre* l'indiquent sous ces deux noms.

Rue d'Avignon. Elle aboutit d'un côté dans la rue Saint-Denis, et de l'autre dans celle de la Savonnerie, et faisoit autrefois un retour en équerre dans celle de la Heaumerie, lequel subsiste encore aujourd'hui sous le nom de rue *Trognon*. Ces trois parties ont eu chacune un nom différent, ce qui a jeté de la confusion dans l'application qu'on en a faite. Sauval et Lebeuf présentent chacun leur opinion, qui est combattue par Jaillot; et voici ce qui semble le plus probable. Au commencement du quinzième siècle, la partie de cette rue qui donne dans celle de la Savonnerie s'appeloit *ruelle Jehan-le-Comte*, *près la Pierre-au-Lait*; et dans le même temps la rue *Trognon* portoit le nom de *rue Jehan-le-Comte*. Quant à la partie de la rue d'Avignon qui donne dans la rue Saint-Denis, c'est elle probablement que Guillot appelle la *Basennerie*, *d'où il vint*, dit-il, *dans la rue Jehan-le-Comte*.

Rue du Pied-de-Bœuf. Elle aboutit aux rues de la Joaillerie, de la Tuerie et à la rivière. Elle portoit déjà ce nom dans le quinzième siècle, et l'on ignore d'où il lui vient.

Rue du Crucifix-Saint-Jacques. Elle va de la rue Saint-Jacques-de-la-Boucherie à la place qui est devant l'église, et à la rue des Écrivains. Les plus anciens titres qui en parlent l'appellent *vicus strictus ab opposito frontis ecclesiæ S. Jacobi*; elle est ainsi désignée en 1270. On la trouve depuis sous le nom de ruelle du *Porce* ou *Porche-Saint-Jacques*. Le nom du *Crucifix*, qu'elle a pris ensuite, vient du fief du Crucifix, dont la principale maison faisoit le coin de cette rue et de celle de Saint-Jacques.

Rue Saint-Denis. La partie de cette rue qui est comprise dans ce quartier commence au Grand-Châtelet, et finit au coin des rues *aux Ouës* et *Mauconseil*. Cette rue s'appeloit anciennement *la Grant-Rue*; en 1310, *la grand rue de Paris*; et en 1372, *la grant Chaussiée M*ᵣ. *Saint-Denys* et *grand rue Saint-Denys*; mais elle ne prenoit ces noms que depuis l'enceinte jusqu'aux bourgs qui l'environnoient. Entre le Grand-Châtelet et les

Innocents, elle s'appeloit *la Sellerie.* On la trouve aussi indiquée sous le nom des Saints-Innocents.

Rue des Cinq-Diamants. Elle traverse de la rue Aubry-le-Boucher dans celle des Lombards. Elle est appelée dans deux anciens titres, dont le dernier est un acte passé par Philippe-le-Hardi, *Corrigea* et *Corrigiaria.* Guillot l'appelle *Conréerie,* et les archives de Saint-Martin-des-Champs, *Couroirie* et *Courouerie.* En 1421 et 1450, *de la Corroierie* et *Vieille-Couroirie.* Cependant on la trouve aussi indiquée, dès 1536, sous celui des *Cinq-Diamants,* qui étoit l'enseigne d'une maison de cette rue.

Rue des Écrivains. Elle aboutit dans la rue de la Savonnerie et dans celle des Arcis. Cet endroit s'appeloit *la Pierre-au-Lait* avant 1254, et l'on connoît encore sous ce nom (1) le carrefour où aboutissent les rues de la Heaumerie, des Écrivains, de la Savonnerie, d'Avignon et de la Vieille-Monnoie. La rue des Écrivains n'étoit connue, au treizième siècle, que sous le nom de *Vicus Communis.* En 1439, on la trouve indiquée sous le nom de *la Pierre-au-Lait,* dite *des Écrivains.* Ce dernier nom lui vient des écrivains qui s'établirent dans les petites échoppes qui étoient placées le long de l'église.

Rue et quai de Gesvres. Cette rue a été ouverte en 1642, pour communiquer directement du quai de la Mégisserie au quai Pelletier, ou du moins à l'endroit où il a été depuis construit. Elle commence au coin de la rue de la Joaillerie, et finit au pont Notre-Dame et à la rue Planche-Mibrai. Il faut se figurer qu'au commencement du dix-septième siècle, le terrain qui est entre le Pont-au-Change et le Pont Notre-Dame alloit en pente jusqu'à la rivière, et qu'on n'y voyoit que quelques chétives maisons qui formoient la Tuerie et l'Écorcherie, à l'endroit où sont aujourd'hui la rue du Pied-de-Bœuf en partie et la rue Saint-Jérôme. En 1641, le marquis de Gesvres obtint ce terrain du roi, sous la condition d'y faire bâtir un quai et quatre rues, ce qui fut exécuté (2) ; car indépendamment du quai et de la rue qui portent son nom, il fit percer plusieurs traverses, qui établissent une communication de l'un à l'autre. Ces petites rues furent fermées, en 1727, par des portes grillées, qui ne s'ouvroient que le jour, pour la commodité et la sûreté des marchands.

Rue de la Heaumerie. Elle donne d'un bout dans la rue Saint-Denis, et de l'autre à l'extrémité des rues de la Vieille-Monnoie ou de la Savonnerie. Ce nom vient-il d'une enseigne du heaume ou des armuriers qui les fabriquoient? Cette dernière étymologie paroît la plus vraisemblable, car on ne peut douter qu'il n'y ait eu plusieurs armuriers établis dans cette rue. Elle est même souvent nommée *rue des Armuriers* dans les registres de Saint-Jacques-de-la-Boucherie. Quoi qu'il en soit, elle étoit désignée, dès 1300, sous le nom de la Heaumerie (3).

---

(1) Sauval dit qu'en 1300 elle s'appeloit rue *de la Parcheminerie,* et qu'elle n'a pris le nom qu'elle porte que vers la fin du treizième siècle, temps auquel les maîtres à écrire s'y retirèrent, ce qui implique contradiction. L'abbé Lebœuf y voit la *Lormerie* de Guillot, ce qui ne paroît pas admissible. (Jaillot.)

(2) Ce quai est soutenu par des voûtes extrêmement hardies, prises sur le lit de la rivière.

(3) Dans cette rue est un cul-de-sac nommé de la *Heaumerie,* lequel paroît être véritablement

Rue Saint-Jacques-de-la-Boucherie. Elle aboutit à la porte de Paris et à la rue Planche-Mibrai. Il paroît, par le dit de Guillot, que dès 1300 elle étoit appelée ainsi. On la trouve sous ce même nom, en 1364, dans quelques titres de Saint-Merri. Cependant alors, et même en 1373, on lui donnoit encore celui de la *Vannerie* (*Vaneria*), qu'elle avoit porté parcequ'on ne la distinguoit pas de cette rue dont elle fait la continuation. Elle perdit ce dernier nom pour prendre celui du *Porce* ou *Porche Saint-Jacques*, où elle conduisoit; étant située au midi de cette église, elle fut désignée aussi, en 1512, sous le nom *du Crucifix-Saint-Jacques*. Il y a quelques titres qui l'indiquent sous celui *de la Grande-Boucherie* (1).

Rue Saint-Jérôme. Elle aboutit d'un côté à la rue de Gesvres, et de l'autre à celle de la Tuerie. Lorsque M. de Gesvres obtint de faire bâtir dans cette partie de terrain, qui étoit anciennement l'écorcherie, on nomma cette rue *ruelle de Gesvres*. La malpropreté qui y régnoit constamment la fit appeler par le peuple *rue Merderet*; et c'est ainsi qu'elle est désignée sur un plan manuscrit du domaine. Enfin une statue de saint Jérôme, placée à l'un de ses angles dans la rue de Gesvres, lui a fait donner le nom qu'elle porte à présent.

Rue de la Joaillerie. Elle va du Pont-au-Change (2) à la rue Saint-Jacques-de-la-Boucherie. En 1300 elle s'appeloit *rue du Chevet-Saint-Leufroi*; mais alors elle n'alloit pas jusqu'à la rue Saint-Jacques ni même jusqu'à la Boucherie. Le terrain sur lequel on l'a ouverte de ce côté étoit occupé par un four mentionné dans nos historiens sous les noms de *Four-d'Enfer* et de *Four-du-Métier*. Il fut détruit sous le règne de Charles V; et cette démolition ayant procuré un passage direct au Grand-Pont, ce passage fut nommé d'abord *rue du Pont-au-Change*. Il prit ensuite le nom de rue de la Joaillerie, des orfèvres et joailliers qui vinrent s'y établir après l'incendie du Pont-au-Change en 1621.

Rue Saint-Leufroi. Elle étoit située en face du Pont-au-Change, et aboutissoit à la porte de Paris. Comme elle passoit sous le Grand-Châtelet, on la trouve souvent nommée *rue du Châtelet*; en 1313, *rue Devant-le-Chastel*. Elle doit son nom à la chapelle qui étoit autrefois située en cet endroit.

Rue des Lombards. Elle traverse de la rue Saint-Denis dans celle de Saint-Martin. Au treizième siècle on l'appeloit la Buffeterie (*vicus Buffeteriæ*). Elle prit le nom des Lombards de certains usuriers qui s'y étoient établis; et dès 1322 elle est nommée, dans un arrêt du parlement, *vicus Lombardorum qui vulgariter la Buffeterie nuncupatur*. Ce

---

la *Lormerie* * de Guillot. Il y en avoit un autre que l'on nommoit cul-de-sac du For-aux-Dames : il devoit ce nom aux religieuses de Montmartre, qui avoient en cet endroit l'auditoire de leur juridiction et une prison.

(1) Dans cette rue est le cul-de-sac du *Chat-Blanc*. Depuis 1300 il a eu successivement les noms de rue *Jehan-Chat-Blanc* et *Charblanc*, *Gilles-Chat-Blanc*, *Guichard-le-Blanc*, *Petite rue de-Rats*.

(2) Elle fait maintenant une des faces latérales de la place neuve du Châtelet.

* On appelle *lormiers* ceux qui fabriquent de petits ouvrages en fer et en cuivre.

qui porteroit à croire que ce nom des *Lombards* étoit le nom primitif. On sait qu'ils étoient venus s'établir en France et à Paris avant le règne de saint Louis. Dans plusieurs arrêts rapportés aux registres *Olim*, il est fait mention, en 1269, des Lombards, des Lucquois et des *Mercatores Transmarini* établis à Paris. C'étoit dans cette rue qu'étoit encore, au dix-septième siècle, la maison *du poids du roi* (1).

Rue Saint-Magloire. Elle va de la rue Saint-Denis dans la rue Salle-au-Comte. En 1426 elle portoit le nom de Saint-Leu, qu'on donnoit à cette dernière, dont elle fait la continuation. On l'a nommée aussi rue *Saint-Gilles*, et en 1585 rue *Neuve-Saint-Magloire*. En 1632 et 1638 on l'appeloit ruelle *de la prison Saint-Magloire*. C'étoit encore un cul-de-sac en 1640.

Rues de Marivaux. La grande rue de ce nom traverse de la rue des Lombards dans celle des Écrivains ; la petite a un bout dans celle-ci, et l'autre dans la rue de la Vieille-Monnoie ; le terrain sur lequel elles sont situées s'appeloit, en 1254 et 1273, *Marivas*. Le nom de *Marivas* subsistoit encore en 1313, quoique, dès 1300, Guillot dise *le grand et le petit Marivaux*, nom que ces rues ont toujours conservé depuis. Au coin de la grande, et en face du portail de l'église Saint-Jacques, étoit la maison du célèbre *Nicolas Flamel* (2).

Il paroît que c'est la petite rue de Marivaux que Corrozet appelle rue *des Prêtres*.

Rue de la Vieille-Monnoie. Elle donne d'un bout dans la rue des Lombards, et de l'autre au carrefour des rues de la Heaumerie, de la Savonnerie et des Écrivains. On trouve, en 1227, une maison indiquée *in monetaria*. Guillot la nomme *la Viez-Monnoie*. On ne sait quand y fut établie la monnoie, d'où elle a tiré son nom. Un procès-verbal de 1636 l'appelle rue de la Vieille-Monnoie ou *Passementière*.

Rue des Trois-Maures. Elle traverse de la rue Trousse-Vache dans celle des Lombards. On la connoissoit, avant 1300, sous le nom de *Guillaume Joce* ou *Josse*, et c'est ainsi qu'elle est désignée dans tous les titres. Guillot parle d'une rue du *Vin-du-Roi* ; et par sa marche, c'est certainement celle-ci qu'il a voulu désigner. On présume que cette seconde dénomination lui avoit été donnée à cause des caves d'une auberge située dans cette rue, où étoit le vin destiné pour le roi. Cette auberge fameuse ayant pour enseigne *les Trois-Maures*, en a donné depuis le nom à la rue.

Rue Ogniard. Elle va de la rue des Cinq-Diamants à celle de Saint-Martin. Dès 1260 on en trouve des indications sous le nom de *vicus Almarici de Roissiaco* ; en 1300 on disoit rue *Amauri-de-Roussi*, rue *Oignat* en 1493, et rue *Hoignart* en 1495. Ces noms ont été fort défigurés par les copistes.

Rue Pierre-au-Poisson. Elle aboutissoit dans la rue de la Saunerie et au marché de la

---

(1) En 1612 et 1636 on l'appeloit rue *de la Pourpointerie*, nom qu'elle n'a pas porté long-temps.

(2) On trouve dans cette rue un cul-de-sac nommé *des Étuves*. Au quinzième siècle c'étoit une ruelle qui aboutissoit dans la rue de la Vieille-Monnoie. On la ferma ensuite pour y faire un jeu de paume, dans lequel on entroit par ce cul-de-sac. Elle prit son nom des étuves qu'on avoit construites dans une maison qui en fait le coin.

porte de Paris. Autour du Châtelet, dont cette rue faisoit le circuit occidental, étoient de longues pierres sur lesquelles on étaloit le poisson, et c'est de là que la rue a pris le nom. Il paroît que cette poissonnerie commença en 1182, Philippe-Auguste ayant permis, cette même année, aux bouchers de la Grande-Boucherie d'acheter et de vendre du poisson d'eau douce. La situation de cette rue l'a quelquefois fait appeler rue *de la Petite-Saunerie*, à cause de la *maison de la marchandise du sel* qui s'y tenoit; on l'a aussi nommée rue *de la Larderie*, parcequ'elle régnoit le long du marché à la volaille.

Rue Quinquempoix. Elle aboutit aux rues Aubry-le-Boucher et aux Ouës. Cette rue, appelée autrefois *Cinquampoit*, *Quincampoit* et *Quinquenpoist*, est plus ancienne que ne l'a pensé l'abbé Lebeuf, qui croit qu'elle peut devoir son nom à Nicolas de Kiquenpoit, dont un cartulaire de Sorbonne fait mention l'an 1253. Il existe des titres qui remontent jusqu'à l'an 1210, dans lesquels elle a déjà ce nom. L'étymologie en est inconnue, et quant à celle qu'on en veut tirer de cinq paroisses, ou cinq *poist*, (*potestas*, ou censives), elle ne mérite pas d'être discutée (1).

Rue Salle-au-Comte. Elle donne d'un bout dans la rue aux Ouës, et de l'autre à l'extrémité de la rue Saint-Magloire. Ce n'étoit anciennement qu'un cul-de-sac, qui existoit encore en 1442, et qui aboutissoit à l'une des portes de l'abbaye Saint Magloire. Le cartulaire de cette église le désigne, en 1312, *place ou voie qui n'a point de chief, qui vient de la rue où l'on cuit les hoëes, devant la maison du comte de Dampmartin.* Cette maison, qu'on nommoit, à la fin du treizième siècle, *la salle du Comte* ou *au Comte*, étoit située au coin et le long de cette ruelle jusqu'aux jardins de Saint-Magloire. Elle passa depuis au chancelier de Marle (2), lequel y fit bâtir la fontaine qui porte son nom, et qui subsiste encore. Vers ce temps, c'est-à-dire au quinzième siècle, on appeloit ce cul-de-sac *au Comte-de-Dammartin.* En 1623 et 1651 on disoit rue *Salle-au-Comte*, autrement *la cour Saint-Leu*. A l'angle de cette rue étoit une statue de la Vierge, dont nous parlerons à l'article de la rue aux Ouës (3).

Rue de la Savonnerie. Elle va de la rue Saint-Jacques-de-la-Boucherie au carrefour des rues de la Vieille-Monnoie, de la Heaumerie et des Écrivains. On ne trouve point qu'elle ait porté d'autre nom, et l'on ignore pourquoi elle est ainsi appelée.

Rue de la Vieille-Tannerie. Elle donne d'un bout dans la rue de la Tuerie, et de l'autre dans celle de la Vieille-place-aux-Veaux. Elle doit ce nom à ceux qui préparoient les peaux de bêtes qu'on y écorchoit. Dès le quinzième siècle elle portoit ce nom.

---

(1) C'est dans cette rue que se fit, sous la régence, l'agiotage des billets de banque du fameux écossois *Law*, qui ruina alors la France, comme on l'a ruinée depuis avec des papiers représentant d'abord des valeurs énormes et idéales, puis après réduits à leur juste valeur; c'est-à-dire à rien.

(2) Il fut massacré en 1418. Un procureur au Châtelet qui acheta cette maison, en 1663, s'y trouvoit, dit Sauval, mal logé et à l'étroit.

(3) Dans cette rue est un cul-de-sac appelé de *Beaufort*. C'étoit autrefois une ruelle qui conduisoit aux prisons de l'abbaye de Saint-Magloire *. Il a pris son nom d'une maison qui, en 1572, étoit connue sous le nom d'hôtel de Beaufort.

* Il ne reste plus aucun vestige de cette Abbaye; un rang de maisons couvre l'emplacement qu'elle occupoit.

Rue de la Triperie. Elle régnoit entre le Grand-Châtelet et la Boucherie. Sauval ne la distingue point de celle du Pied-de-Bœuf(1), et en effet elle en fait partie. Les petites échoppes de tripières qui étoient adossées à la Boucherie l'avoient fait appeler rue *des Boutiques;* elle faisoit la continuation de la rue de la Place-aux-Veaux jusqu'à la porte de Paris, et dans cette partie elle étoit connue sous le nom de l'*Iraigne;* c'est ainsi qu'elle est nommée sur un plan manuscrit de la censive de Saint-Merri, de l'an 1512; un autre censier de l'évêché, de 1489, indique la rue de l'*Iraigne* et l'*hôtel de la Grant-Iraigne,* qui lui en avoit fait donner le nom; ce n'étoit point une enseigne de l'*Araignée,* comme on pourroit le penser, mais de l'*Iraigne,* croc de fer à plusieurs branches pointues et recourbées, auxquelles on accroche la viande.

Rue Trognon, que quelques uns écrivent *Tronion.* On croit qu'elle se nommoit anciennement rue *Jean-Fraillon.* Depuis elle eut un autre nom, dont on a fait, par aphérèse, celui de *Trognon;* ensuite elle fut nommée *Tronion* et *Truvignon,* enfin, rue *de la Galère,* de l'enseigne d'un cabaret qui y étoit situé.

Rue Trop-Va-Qui-Dure. On a donné ce nom au chemin ou rue qui régnoit le long du Châtelet, depuis la rue de la Saunerie jusqu'à celle de Saint-Leufroy. On la trouve dans La Caille sous deux noms singuliers, dont l'étymologie est inconnue. Il l'appelle : *Qui-Trop-Vasi-Dure* et *Qui-mi-Trouva-si-Dure.* Anciennement elle n'étoit connue que sous le nom général de *Chemin* ou *Grant-Rue le long de la Seine,* ou sous celui de *Vallée-de-Misère.* En 1524 on la nommoit rue *des Bouticles, près et joignant Saint-Leufroi;* en 1540, rue *de la Tournée-du-Pont;* en 1636, rue *de la Descente de-la-Vallée-de-Misère.*

Rue Trousse-Vache. Elle donne d'un bout dans la rue Saint-Denis, et de l'autre dans celle des Cinq-Diamants. Jaillot pense qu'elle doit ce nom plutôt à une famille connue anciennement qu'à une enseigne de *la Vache troussée,* comme le disent Sauval et Piganiol. Il croit que cette enseigne n'y aura été mise par la suite que par allusion au nom de la rue et de la famille dont elle avoit emprunté ce nom. En 1248, un acte fait mention d'une maison qui avoit appartenu au sieur Trossevache; et il en existe d'autres, passés en 1257 par Eudes Troussevache. Cette dénomination n'a point varié (2).

Rue de la Tuerie. Elle aboutit à l'extrémité de la rue du Pied-de-Bœuf et à la Vieille-place-aux-Veaux. Au treizième siècle et depuis, elle s'appeloit simplement l'*Écorcherie.* En 1512, les titres de Saint-Merri la nomment rue de l'*Écorcherie* ou *des Lessives.* On l'a depuis appelée rue *de la Vieille-Lanterne.*

Rue de la Vieille-place-aux-Veaux. Elle commence à la rue Planche-Mibrai, où étoit

---

(1) Cette rue du Pied-de-Bœuf est maintenant fermée à son extrémité du côté de la nouvelle place.

(2) Le cardinal de Lorraine, revenant du concile de Trente, voulut faire une espèce d'entrée à Paris, accompagné de plusieurs gens armés. Le maréchal de Montmorency, alors gouverneur de cette capitale, lui envoya dire qu'il ne le souffriroit pas. Le cardinal répondit avec hauteur, et continua sa marche; Montmorency l'ayant rencontré vis-à-vis des Charniers des Innocents, fit main-basse sur son escorte, et le força à se sauver dans la boutique d'un marchand de cette rue, où il resta caché jusqu'à la nuit sous le lit d'une servante.

la place aux Veaux, dont elle a pris le nom, et aboutit en retour à la rue Saint-Jacques-de-la-Boucherie; cette place est ancienne. Elle s'appeloit, au quatorzième siècle, *la place aux Sainctyons*, une des premières familles de bouchers qui soient connues. La liste des rues du quinzième siècle l'indique sous le nom de *rue aux Veaux*; et Corrozet, sous celui de *place aux Veaux*. Il est probable que le surnom de *vieille* ne lui a été donné que depuis qu'on a transféré cette place sur le quai des Ormes, en vertu d'un arrêt du 8 février 1646.

Rue de Venise. Elle donne d'un bout dans la rue Saint-Martin, et de l'autre dans la rue Quinquempoix. Guillot l'appelle *Sendebours-la-Tréfillière*, et des titres de 1300 et 1313, rue *Hendebourc-la-Treffélière*. Cependant ce n'est point là le nom véritable; les titres de Saint-Merri la nomment, depuis 1250, *rue Erembourg* ou *Herambourg-la-Trefélière*, et elle a gardé ce nom jusqu'au quatorzième siècle, qu'elle prit celui de *rue Bertaut-qui-Dort*; c'étoit celui d'une maison qui y étoit située. Au seizième siècle, une enseigne de l'Écu de Venise lui fit donner le nom qu'elle porte encore aujourd'hui (1).

____

(1) A l'extrémité et en face de cette rue, dans celle de Quinquempoix est un cul-de-sac qui porte le nom de Venise, parcequ'il semble en prolonger la rue. Il est fort ancien. Dès 1210 il s'appeloit *Vicus de Byeria*, rue *de Bièrre*, et de même en 1250. Il y a eu depuis quelques variations dans l'orthographe jusqu'en 1601, qu'il fut nommé *rue Verte*, et enfin *cul-de-sac de Venise*.

Monuments.

A. Le Fort l'Evêque.
B. Les Freres Tailleurs.
C. Chapelle des Orfevres.
D. Grenier à Sel.
E. Ancien Hôtel de la Monnoie.
F. Maison de la Couronne d'Or.
G. Ste Opportune.
H.H. Quai de la Megisserie

Rues Longitudinales.

a. Rue St Germain l'Auxerrois
b. Rue des trois Visages.
c. Rue du Chevalier du Guet
d. Rue Jean Lantier
e. Rue Perrin Gasselin
f. Rue Béthisi
g. Rue des deux Boules
h. Rue des mauvaises Paroles
i. Rue du Plat d'étain
k. Rue des Foureurs
l. Rue de la Tabletterie
m. Rue St Honoré
n. Rue de la Limace
o. Rue de la Feronnerie
p. Rue de l'Aiguallerie
q. Rue Courtalon

No. le Fort l'Evêque a été abattu vers 1780; l'Eglise Ste Opportune au commencement de la révolution. elle a été remplacée en partie par des maisons particulieres, en partie par une place qui a conservé son nom

Rues Transversales

1. Rue de l'Arche Marion.
2. Rue des trois Fuseaux.
3. Rue des Quenouilles.
4. Rue de l'Abreuvoir Popin.
5. Rue de la Sonnerie.
6. Rue Thibauld-aux-Dés
7. Rue Bertin Poirée
8. Rue des Orfèvres
9. Rue des Lavandieres.
10. Ruelle des trois Poissons.
11. Rue Tirechappe.
12. Rue des Bourdonnois.
13. Rue des Dechargeurs
14. Rue de la vieille Harangerie

Culs-de-Sacs

ab. Cul-de-Sac de la Fosse aux Chiens.
bc. Cul-de-Sac Rollin-prend-gage.
* Cloître Ste Opportune.
× Place du Chevalier du Guet.

No. La Lettre et le chiffre sont placés à l'origine de chaque rue.

PLAN DU QUARTIER Ste OPPORTUNE

QUARTIER

SAINTE-OPPORTUNE.

Ce quartier est borné à l'orient par le marché de la porte de Paris et par la rue Saint-Denis exclusivement; au septentrion par la rue de la Féronnerie, y compris les charniers des Saints-Innocents du côté de la même rue, et par une partie de la rue Saint-Honoré inclusivement, depuis ladite rue de la Féronnerie jusqu'au coin des rues du Roule et des Prouvaires ; à l'occident, par les rues du Roule et de la Monnoie, et par le carrefour des Trois-Maries jusqu'à la rivière, le tout exclusivement; et au midi, par les quais de la Vieille-Vallée-de-Misère et de la Mégisserie inclusivement.

On compte dans ce quartier vingt-neuf rues, deux places et deux culs-de-sac. On y voyoit, avant la révolution, une église collégiale et paroissiale, une chapelle, une prison et un grenier public.

En jetant les yeux sur la carte qui représente Paris tel qu'il étoit sous le règne de Philippe-Auguste, on voit que ce quartier étoit un des plus anciens de cette partie de la ville, et qu'il étoit déjà renfermé en entier dans l'enceinte que ce prince avoit fait élever.

Toutefois, et nous croyons devoir le répéter, si l'on veut se faire une idée exacte de ces anciens quartiers, à l'époque où furent bâtis les vieux monuments que nous décrivons, il faut en quelque sorte les dépouiller de ces constructions modernes qui en ont changé presque tout l'aspect, et se reporter à ces temps grossiers où les arts, encore dans l'enfance, et les besoins extrêmement bornés de nos simples aïeux, ne leur donnoient ni le pouvoir ni la volonté de rendre à la fois commode et agréable le séjour qu'ils habitoient. Quoique Philippe eût fait paver la ville entière, que les nouvelles murailles en eussent considérablement augmenté l'étendue, et que ce monarque vigilant n'eût rien négligé, autant du moins que le permettoient son siècle et ses moyens, pour la sûreté et l'embellissement de sa capitale, cependant c'est seulement sous ses successeurs que les vignes, les terres labourables, les prés renfermés dans la nouvelle enceinte furent couverts de maisons et d'édifices publics. D'un autre côté, la Seine n'étoit point encore entourée de ces quais superbes qui la forcent de couler dans son lit, et opposent une digue insurmontable à ses fréquentes inondations. Libre alors dans son cours, elle étendoit ses ravages sur ses bords, qu'elle rendoit souvent malsains et impraticables. Philippe-le-Bel fut le premier qui, pour remédier à ces inconvénients, ordonna, en 1312, de construire un quai depuis l'hôtel de Nesle jusqu'à la maison de l'évêque de Chartres (1), ce qui fut exécuté les années suivantes. Il paroît, par un compte du payeur des œuvres de la ville de Paris, que le quai (2) qui borde au midi le quartier que nous allons décrire ne fut bâti qu'en 1369, et que le port au foin ne (3) fut pavé que l'année suivante. Le terrain qu'occupe ce quai alloit auparavant en pente jusqu'à la rivière; il formoit des basse-cours et des jardins, et, au sortir de la Cité, il n'y avoit d'autre chemin pour se rendre au Louvre que la rue Saint-Germain. Au bout du Pont-aux-Meuniers on ne comptoit alors que deux maisons en retour; elles étoient élevées sur un mur de neuf toises quatre pieds de long sur vingt-huit pieds d'épaisseur, qui servoit de borne à la rivière de ce côté (4). Le terrain situé à l'extrémité de ce quai, du côté oriental, entre l'abreuvoir *Popin* et la rue Saint-Leufroi, a été long-temps appelé la *Vallée-de-Misère*. On y tenoit le marché à la volaille; et c'est de là que Guillot désigne cet endroit sous le nom de la *Poulaillerie ;* sa partie occidentale étoit habitée, dès la fin du treizième siècle, par des gens qui préparoient les peaux, et qu'on nommoit *mégissiers* (5). Une sage police éloignoit dès-lors du centre

---

(1) Les quais de Conti et des Augustins.

(2) Il fut nommé, dans le principe, quai de la *Saunerie*.

(3) Depuis, la place des Trois-Maries.

(4) La ville avoit donné ce mur à bail en 1503; et la chambre des comptes, prétendant qu'il appartenoit au roi, en fit un nouveau bail le 10 octobre de la même année. Ces détails sont constatés par un réquisitoire de M. de Marillac, procureur-général, et par l'arrêt rendu en conséquence le 11 août 1550.

(5) C'est de là que lui est venu son dernier nom *de la Mégisserie*.

des villes ces sortes d'ouvriers, les tanneurs, les teinturiers et autres artisans dont les travaux pouvoient y répandre l'infection (1).

Tel étoit alors l'état de la partie de Paris connue sous le nom de *Ville*: des terrains vagues et déserts occupoient l'extrémité de son enceinte, et des marais fangeux la bordoient le long du cours de la rivière.

En sortant de la Cité pour aller au Louvre, le premier édifice public que l'on rencontroit étoit une espèce de château qui appartenoit à l'évêque, et qui n'a été détruit que vers la fin du siècle dernier.

LE FOR-L'ÉVÊQUE.

Ce bâtiment (2), qui n'existe plus, étoit situé au milieu de la rue Saint-Germain-l'Auxerrois. Les antiquaires ne sont d'accord ni sur la manière dont le nom doit en être écrit, ni sur l'usage auquel il étoit primitivement destiné. Quelques uns écrivent *Fort-l'Évêque*, comme si c'eût été une forteresse; d'autres le *Four-l'Évêque*, parcequ'ils prétendent que le four banal, où les vassaux du prélat envoyoient cuire leur pain, occupoit une partie de cet édifice. Le savant M. de Valois avoit adopté cette dernière opinion : *Recentiores omnes scriptores*, dit-il, *ignari antiquitatis, Forum Episcopi vocant, quem Furnum Episcopi convenit appellari.* Cependant ni l'une ni l'autre de ces étymologies ne sont justes : le For-l'Évêque étoit le lieu où l'évêque faisoit exercer sa justice, *Forum Episcopi.* Cela est si vrai, que, dans les registres du parlement de 1308 et 1310, le juge de l'évêque est appelé *Præpositus Furni Episcopi*, et qu'ensuite il est nommé bailli du Four-l'Évêque (3). Le vé-

______

(1) Ils furent relégués sur le bord des rivières; mais il étoit encore à craindre que la saleté inséparable des préparations diverses qu'ils donnoient aux peaux, et l'usage qu'ils faisoient, dans leurs teintures, de drogues pernicieuses, n'ôtassent à l'eau sa salubrité; ces considérations déterminèrent à les transférer au faubourg Saint-Marcel et à Chaillot, ce qui ne fut exécuté cependant qu'en 1673.

(2) Il a été détruit vers 1780.

(3) Cet office de bailli de l'évêque étoit si important, que des personnes de qualité ne dédaignoient point de l'exercer. Un *Henri de Béthune* l'étoit en 1303, et à la fin du même siècle, un *Henri de Marle.*

ritable sens de ce mot s'étoit même conservé jusque dans les derniers temps de la monarchie; et le peuple, dans son langage trivial, appeloit encore *four* toute prison ou tout endroit où l'on mettoit en chartre privée ceux qu'on avoit enrôlés par surprise ou par force.

La censive des évêques ayant toujours été fort étendue, il étoit nécessaire qu'ils eussent un officier préposé pour recevoir leurs droits, et un juge pour décider les différents qui pouvoient naître de cette perception, ou pour prononcer sur les peines dues aux crimes commis dans l'étendue de leur seigneurie. Il est vraisemblable que ce tribunal fut d'abord placé dans la Cité; mais on n'en trouve ni preuve ni indice. Depuis, la ville s'étant accrue du côté du nord, et le marché public ayant été établi sur le territoire de Champeaux, il est probable que l'évêque, qui se trouvoit, par ces accroissements, dans un conflit de juridiction avec le roi, jugea à propos de transporter sa justice de ce côté; on pourroit donc en fixer l'époque vers 1136, temps où l'évêque Étienne céda à Louis-le-Gros (1) les deux tiers de ce terrain de Champeaux, ou en 1222, date de l'accord que Philippe-Auguste fit avec Guillaume de Seignelai, qui gouvernoit alors l'église de Paris, au sujet de la justice et des droits qu'ils pouvoient respectivement exercer. Il est certain du moins que depuis cette dernière époque on ne voit point que la justice séculière de l'évêque ait été rendue ailleurs qu'en cet endroit.

Les mêmes motifs furent cause sans doute de l'érection d'un tribunal du roi pareil à celui du prélat. On voit, par tous les titres qui en font mention, que le *For-le-Roi* (2) étoit aussi situé dans la rue Saint-Germain, vis-à-vis le For-l'Évêque.

Une inscription (3), gravée sur la porte de ce dernier monument du

----

(1) Voyez page 145.

(2) On lit dans Sauval que cet édifice existoit encore en 1432.

(3) . . . . Forum Episcopi sæculare
         Nimiâ ædium vetustate collabens
            A fundamentis excitavit
       Johannes Franciscus de Gondy,
       Primus Parisiorum Archiepiscopus,
       Pacis artes, jura, legesque meditans;
       Urbe armis incessâ, factionibus
          Turbatâ,
       Anno Domini 1652.

côté du quai de la Mégisserie, nous apprend qu'il fut rebâti depuis les fondements, en 1652, par Jean-François de Gondi, premier archevêque de Paris. Cependant il faut observer ou qu'il ne fut pas rebâti en entier, ou que l'on conserva le mur du côté de la rue Saint-Germain; car la porte qu'on y voyoit annonçoit une antiquité qu'on peut fixer au treizième siècle. Au-dessus étoient plusieurs sculptures remarquables : au milieu, un évêque et un roi de France vis-à-vis l'un de l'autre, et agenouillés devant une Notre-Dame, symbole de l'association à laquelle Louis-le-Gros fut admis, ou du traité de paix fait entre l'évêque et Philippe-Auguste; d'un côté, les armes de France à fleurs de lis sans nombre, traversées d'une crosse droite; de l'autre, un juge en robe et en capuchon, des assesseurs et un greffier vêtu comme un homme d'église.

Louis XIV, par son édit de 1674, ayant réuni au châtelet toutes les justices particulières, transféra celle de l'archevêché, et l'unit au tribunal de la temporalité (1), situé dans la cour du palais archiépiscopal. Depuis ce temps, le For-l'Évêque fut destiné à servir de prison, principalement à ceux qui étoient arrêtés pour dettes.

LE GRENIER A SEL.

Il est situé dans la rue Saint-Germain-l'Auxerrois, au coin de la rue des Orfèvres (2).

Il y avoit anciennement, près le Châtelet, un édifice appelée maison *de la Marchandise de sel;* et c'est de là que la rue de la Saulnerie a pris son nom. Cet établissement fut ensuite placé dans la rue Saint-Germain, entre la place des Trois-Maries et l'Arche-Marion; il paroît

______

(1) Ce tribunal avoit été accordé à l'archevêque pour connoître de toutes les affaires séculières concernant le duché de Saint-Cloud et ses dépendances.

(2) Ce bâtiment, qui existe encore, n'a point changé de destination, et sert d'entrepôt à la direction générale des salines.

qu'il étoit situé des deux côtés de la rue; mais les bâtiments n'étant ni assez vastes ni assez commodes, on fit acquisition, en 1698, d'une grande maison qui , dès le treizième siècle, appartenoit à l'abbaye de Joie-en-Val. La mansé abbatiale de ce monastère ayant été réunie à l'évêché de Chartres, comme une compensation des démembrements qu'on y avoit faits pour former l'évêché de Blois, cette circonstance parut favorable pour transférer le grenier à sel dans cette maison. C'étoit à cause de cette ancienne propriété et de cette aliénation qu'on avoit sculpté, sur la façade des bâtiments qui furent refaits, les armes de l'évêque de Chartres et celles de l'abbaye de Joie-en-Val à côté de celles du roi. Les trois corps de l'édifice total étoient, par la même raison, désignés sous les noms de *Grenier-au-Soleil*, *Grenier-l'Évêque* , *Grenier-l'Abbaye*.

Derrière le grenier à sel étoit la juridiction des officiers préposés à la distribution de cette denrée, dont la vente appartenoit exclusivement à l'autorité publique.

LA CHAPELLE SAINT-ÉLOI.

CETTE chapelle, qui étoit située à l'autre extrémité de la rue des Orfèvres (1), avoit été bâtie par les gens de cette profession vers la fin du quatorzième siècle. Sur la première origine de ce petit monument, on trouve dans les historiens de Paris (2) quelques erreurs qu'il est facile de réfuter. « A « l'endroit, disent-ils, qu'occupe la chapelle de Saint-Éloi, il y avoit « anciennement, à ce qu'on prétend, un hôpital avec une chapelle appelée « la chapelle de la Croix-de-la-Reine; il en est fait mention dans les lettres « d'Odon, évêque de Paris; et quoiqu'elles ne marquent pas précisément « le lieu où elle étoit située, on voit que c'étoit dans le terrain de Saint-« Germain-l'Auxerrois. » Les lettres d'Eudes de Sully, écrites en 1202,

---

(1) Il existe encore quelques colonnes du portail de cet édifice, dont une partie a été convertie en maison particulière, et l'autre a été employée à l'agrandissement du Grenier à sel.

(2) Felibien et Lobineau, t. 2, pag. 950.

détruisent complètement cette opinion. On y voit qu'on avoit fondé depuis peu un hôpital et une chapelle près de la Croix-de-la-Reine, dont ces deux nouvelles fondations avoient pris le nom. Cette croix étoit alors placée hors des murs, au-delà de la porte Saint-Denis, à l'endroit où aboutissent les rues du Renard et Greneta; la fontaine qui est au coin de cette dernière étoit encore appelée, dans les derniers temps de la monarchie, *Fontaine-de-la-Reine*, et tous les titres de Saint-Martin-des-Champs et de Saint-Lazare ne permettent pas de la chercher ailleurs. Voilà donc le lieu précisément marqué : quant à l'hôpital, c'étoit celui *de la Trinité*, dont nous parlerons par la suite. Il faut en conséquence rejeter toute idée d'un hôpital et même d'une chapelle existant à l'endroit où étoit celle de Saint-Éloi.

Dans ces temps anciens, où un esprit de charité animoit toutes les classes de la société, les orfèvres payoient chaque année à l'Hôtel-Dieu une somme assez considérable pour ajouter aux soulagements qu'y recevoient les pauvres ouvriers de leur corps; ils pensèrent ensuite qu'il étoit plus décent qu'ils prissent eux-mêmes ce soin; dans cette vue ils achetèrent, en 1399, de Roger de La Poterne, un de leurs confrères, et de Jeanne sa femme, une grande maison située dans la rue des Deux-Portes, et appelée l'*hôtel des Trois Degrés*, parcequ'on y montoit par autant de marches. Il formoit un espace carré qui régnoit le long de cette rue et de celles de Jean Lantier et des Lavandières. Les anciens bâtiments furent démolis; on construisit à la place une grande salle où l'on mit des lits; on ménagea des chambres au-dessus et une petite chapelle dans le fond : le 12 novembre 1403, Pierre d'Orgemont, évêque de Paris, permit aux orfèvres d'y faire célébrer le service divin; et cette permission fut ratifiée, en 1406, par un décret du cardinal de Chalant, à cette époque légat en France. L'abbé Lebeuf prétend qu'on y mit une cloche, et qu'alors le chapitre de Saint-Germain prétendit faire valoir un droit de patronage sur cette nouvelle fondation; mais il ne dit point ce qui fut décidé à ce sujet; et par les archives de la communauté des orfèvres, il paroît que toutes les contestations de ce genre furent toujours jugées en sa faveur. Cet hôpital fut destiné à recevoir les pauvres orfèvres âgés ou infirmes et leurs veuves; et les choses restèrent en cet état jusqu'au règne de Henri II. A cette époque les premiers bâtiments, construits en bois, menaçant ruine, on prit la résolution de les reconstruire en pierre, ainsi que la chapelle. La communauté se trouvoit alors propriétaire de huit maisons environnantes qu'elle avoit acquises successivement, et qu'elle fit entrer dans le nouveau plan de ses constructions. Un hôpital plus vaste, une chapelle plus commode prirent la place de ces vieilles masures, et le tout fut achevé en 1566. Un établissement si respectable a duré jusqu'en 1789, et l'on ne peut assez louer ce zèle noble, cette générosité touchante, qui ne se sont pas démentis un seul instant dans cette compagnie. Les pauvres orfèvres étoient assurés de trouver à la fin de leur carrière une retraite honnête et tranquille, où ils recevoient tous les secours nécessaires à la vie; et l'on a vu même plusieurs de leurs confrères, par une charité encore plus ardente, sacrifier une partie considérable de leur fortune pour adoucir le sort de ceux que leurs infirmités forçoient d'aller chercher un dernier asile dans l'hôpital des Incurables.

La chapelle étoit desservie par un chapelain, un diacre et un sous-diacre d'office, deux chantres et quelques autres officiers aux gages du corps des orfèvres, et à la nomination des gardes; le chapelain seul ne pouvoit être nommé ou destitué que par délibération des gardes en charge et anciens gardes assemblés. On choisissoit de préférence pour remplir cet emploi un fils d'orfèvre, si d'ailleurs il avoit les qualités requises.

Cet édifice avoit été construit sur les dessins d'un architecte nommé *Philibert de Lorme*. On y voyoit quelques figures de Germain Pilon (1), qui étoient fort estimées, et plusieurs tableaux, esquisses terminées de quelques uns de ceux que la communauté des orfèvres donnoit tous les ans à Notre-Dame.

Cette communauté étoit l'un des six corps qui, sous la monarchie, représentoient le commerce de Paris; nous avons rassemblé sur cette institution les détails dispersés dans les divers historiens de Paris, et leur ensemble en fournira une histoire complète et assez curieuse.

---

(1) Nous ignorons ce que sont devenues ces figures, qu'on ne trouve point dans la collection des monuments français.

LES SIX CORPS.

On attribue la réunion des six corps à Philippe-Auguste. Avant ce temps, le commerce de Paris ne se faisoit que par une compagnie de gens associés sous le titre de *Marchands de l'eau Hansez de Paris ;* cette compagnie formoit le Corps-de-Ville, et c'est par cette raison que le prévôt des marchands est appelé *le chef de l'Hôtel-de-Ville.*

Ces six corps étoient les drapiers, les épiciers, les merciers, les fourreurs, les bonnetiers et les orfèvres.

Chacune de ces communautés étoit gouvernée par six maîtres et gardes choisis par le corps parmi ceux, qui étoient les plus intelligents et dont la réputation étoit sans reproche. Leur administration duroit deux années. Dans les cérémonies publiques, telles que les entrées des souverains, des légats, des ambassadeurs extraordinaires, etc., ils avoient le droit d'accompagner le prévôt des marchands, les échevins et le corps de ville, et même de porter le dais, les uns après les autres, suivant le rang qu'ils occupoient. Leur costume, dans ces solennités, étoit la robe de drap noir à collet, et des manches pendantes, parmentées et bordées de velours noir. La toque qu'ils portoient étoit également de velours (1).

Cette institution a éprouvé d'assez grandes variations, et le nombre des corps qui la composoient n'a pas toujours été le même pendant le cours de son existence. Sous François Ier on trouve qu'il y en avoit sept, tandis qu'on n'en compte que cinq sous Louis XII. « Et s'il est vrai, dit Sauval , « que les pelletiers puissent être écoutés en cette occasion, il ne s'en trou- « veroit que quatre anciennement , et c'étoit eux qui marchoient à la tête. »

Cette prétention pour la prééminence des rangs a excité souvent des disputes assez vives entre les diverses communautés qui formoient les six corps ; ces démélés qui occupèrent quelquefois l'autorité étoient d'autant

(1) Ils eurent l'honneur de complimenter Louis XV au palais des Tuileries, lors de sa majorité ; et à cette occasion ils firent frapper une médaille qui représente le buste du roi ; au revers on lit cette inscription : « *Les six corps marchands* ont complimenté le roi sur sa majorité, étant « présentés par le duc de Gesvre, gouverneur de Paris, le 23 février 1723. »

Chacun des membres les plus distingués de cette association passoit successivement à la place de juge-consul, puis d'échevin de la ville de Paris. Ils étoient regardés comme les plus notables bourgeois, et cette dernière qualité les anoblissoit, et leur donnoit le titre d'*écuyer*.

plus difficiles à terminer., qu'en consultant l'ancien usage qui seul pouvoit servir de règle en pareille circonstance, on ne voit point qu'on s'y fût assujetti à un ordre constant. A l'entrée d'Anne de Bretagne, les pelletiers furent effectivement appelés les premiers, et quelque temps après, lorsque le cardinal d'Amboise fit la sienne, les drapiers avoient le premier rang. Les changeurs étoient alors au nombre des six corps, et tenoient leur place avant les orfèvres. Bientôt après on les voit exclus de la communauté (1), et remplacés par les bonnetiers, à qui les orfèvres disputèrent à leur tour la préséance. Enfin, toutes ces querelles un peu ridicules furent terminées en 1660 par un arrêt du parlement, et ensuite par un accord fait entre les six corps assemblés. Depuis cette époque ils ont toujours marché dans l'ordre où nous venons de les présenter.

Ils formoient entre eux une étroite confédération, dont l'objet étoit le bien du commerce en général. Cette union et ses effets étoient exprimés dans leur devise, dont le corps étoit un Hercule qui s'efforce vainement de rompre un faisceau composé de six baguettes. On lisoit autour de l'exergue ces mots: *Vincit concordia fratrum.*

Les marchands de vin sollicitèrent long-temps pour être admis dans cette communauté, et y former un septième corps. Ils avoient même obtenu à cet effet des lettres-patentes de Henri III, qui furent confirmées tant par Henri IV que par Louis XIII et Louis XIV. Cependant les six corps, tant qu'a duré leur ancienne forme, n'ont jamais voulu ni les reconnoître, ni les admettre dans leurs assemblées, ni souffrir qu'ils se mêlassent avec eux dans les solennités publiques. Ce ne fut qu'en 1776 qu'ils parvinrent enfin à y être agrégés, lorsque Louis XVI, après avoir donné son édit pour la suppression des jurandes et communautés de commerce, recréa sur-le-champ, par un édit nouveau, six corps marchands et quarante-quatre communautés d'arts et métiers. Les marchands de vin obtinrent alors ce qu'ils désiroient

____

(1) Ils exerçoient leur profession sur le Pont-au-Change, qu'ils avoient seuls le droit d'habiter. « Mais comme en 1461, dit Sauval, après la suppression de la pragmatique, leur corps vint à « s'affoiblir, de sorte que le Pont-au-Change n'étoit plus habité que par des chapeliers et des « faiseurs de poupées, peu à peu ils déchurent si fort, et pour le nombre et pour le bien, qu'en « 1514, se voyant réduits à cinq ou six chefs de famille tout au plus, et ainsi hors d'état de « faire la dépense nécessaire pour l'entrée de Marie d'Angleterre, il leur fallut cesser d'être du « nombre des six corps. »

depuis si long-temps, et furent le sixième corps dans la nouvelle orga-
nisation. Voici quelques détails sur l'ancienne forme, les statuts et les
prérogatives de cette compagnie célèbre.

LES DRAPIERS.

Quoique le premier rang leur ait été quelquefois disputé, cependant il
paroît que depuis très long-temps ils le possédoient sans aucune contestation. Ce corps, qui étoit l'un des plus anciens, étoit en même temps l'un des
plus riches de la communauté.

La plupart d'entre eux habitèrent long-temps la rue de la Vieille-Draperie, dans laquelle Philippe-Auguste leur avoit donné vingt-quatre
maisons confisquées sur les Juifs après leur bannissement ; nous avons
déjà dit que c'étoit des drapiers que cette rue avoit pris son nom.

Ce fut ce prince qui érigea leurs statuts en 1188. Philippe-le-Bel, le roi
Jean et Charles VI les confirmèrent. Leur corps étoit autrefois divisé en
deux communautés, les *drapiers* et les *drapiers-chaussetiers ;* chacune
avoit son patron et sa confrérie, et toutes les deux se disputèrent pendant
plusieurs siècles le droit de préséance. Ce ne fut qu'en 1648 que, par un
accord fait à l'amiable, elles se réunirent dans la même église et la même
confrérie (1).

Leur bureau étoit situé rue des Déchargeurs, dans une ancienne maison
nommée les *Carneaux*, qu'ils avoient achetée en 1527, et qu'ils rebâ-
tirent vers le milieu du dix-septième siècle. En 1629 ils demandèrent aux
prévôt et échevins de Paris des armoiries, tant pour mettre aux torches
de leurs enterrements, que pour se faire distinguer dans les autres solennités. Cette demande leur fut accordée : c'étoit un navire d'argent à la
bannière de France flottante, un œil en chef et le champ d'azur.

LES ÉPICIERS.

On appeloit ainsi celui des six corps où se faisoit le commerce des drogues

______

(1) D'abord à Saint-Denis-de-la-Chartre, puis ensuite à Sainte-Marie-Égyptienne.

et autres marchandises comprises sous le nom d'*épiceries*. Il avoit rang après celui des drapiers.

Ce corps étoit partagé en apothicaires et épiciers; et ces derniers en droguistes, confituriers et ciriers. Ces deux divisions étoient gouvernées par les mêmes maîtres et gardes, et régies par les mêmes lois. Ces gardes, au nombre de six, et pris également parmi les apothicaires et les épiciers, étoient chargés de tenir la main à l'exécution des statuts et règlements, de faire au moins trois visites par an, et en outre, des visites générales chez tous les marchands, maîtres des coches, etc., pour confronter les poids et les balances ; c'étoit un droit dont ils jouissoient exclusivement, parcequ'ils ont eu de tout temps des étalons de poids en dépôt ; mais ils ne pouvoient l'exercer sur les cinq autres corps qui étoient exempts de leur inspection.

Leurs statuts (1) furent confirmés par plusieurs lettres-patentes de nos rois, entre autres de Henri IV en 1594, et de Louis XIII en 1611 et 1624.

Ils avoient pour armoiries, coupé d'azur et d'or, à la main d'argent sur l'azur, tenant des balances d'or; et sur l'or, deux nefs de gueule, flottantes aux bannières de France, accompagnées de deux étoiles à cinq pointes de gueule, avec la devise en haut : *Lances et pondera servant.*

LES MERCIERS.

Le corps de la mercerie, le troisième des six corps marchands, étoit si étendu et si considérable, qu'il étoit pour ainsi dire divisé en vingt classes différentes; on distinguoit les négociants ou marchands en gros; les marchands d'étoffes de soie, brochées en or et argent ; ceux qui faisoient le commerce de dorure et de galons, dentelles et réseaux d'or et d'argent; les marchands de fer, de soieries, de modes, toiles, dentelles, etc. Ce nom de *mercier* indique en effet, par son étymologie, toutes marchandises, denrées, ou choses dont on peut faire trafic.

Ce corps fut établi par Charles VI, qui lui donna ses premiers statuts et

---

(1) Ces statuts, comme ceux de tous les autres corps, régloient principalement les conditions nécessaires pour être admis dans le corps, les années d'apprentissage, l'obligation de chef-d'œuvre, la manière dont les veuves pouvoient exercer le commerce ; le mode d'inspection du corps sur ses membres, sur la qualité des marchandises, etc., etc.

règlements en 1407 et 1412. Ils furent depuis confirmés et augmentés par
Henri II, Charles IX, Henri IV, Louis XII et Louis XIV.

A la tête de ce corps étoient sept maîtres et gardes, préposés pour la
conservation de ses privilèges et de sa police. Leur bureau étoit rue Quinquempoix.

Les armoiries du corps de la mercerie étoient un champ d'argent chargé
de trois vaisseaux, dont deux en chef et un en pointe. Ces vaisseaux étoient
construits et mâtés d'or sur une mer de sinople ; le tout surmonté d'un
soleil d'or, avec cette devise : *Te toto orbe sequemur.*

LES PELLETIERS.

Ce corps, qui est le quatrième, se composoit de ceux qui apprêtent et
vendent toutes sortes de peaux avec leur poil, comme manchons, pala-
tines, fourrures, etc.

Dans les cérémonies publiques, il disputoit le troisième rang au corps de
la mercerie, lequel s'est cependant maintenu en possession de la préséance,
malgré toutes les protestations des pelletiers, qui ne pouvoient oublier que
dans l'origine ils avoient marché à la tête des six corps.

En 1586, sous Henri III, la communauté des fourreurs fut réunie à
celle des pelletiers, et il leur fut donné les premiers statuts, qui les quali-
fioient de *maîtres et marchands pelletiers, haubaniers, fourreurs.*
Ces statuts ont été depuis augmentés et confirmés par Louis XIII et
Louis XIV.

Les armoiries de ce corps étoient un agneau pascal d'argent en champ
d'azur, à la bannière de France de gueule, ornées d'une croix, depuis
1368. Ce nouveau symbole fut le résultat d'une concession que leur procura le duc de Bourbon, comte de Clermont, grand chambellan de France,
qu'ils prétendoient avoir eu pour chef et pour protecteur.

Leur bureau étoit rue Bertin-Poirée.

LES BONNETIERS.

Les bonnetiers forment le cinquième corps. Ils avoient le droit de vendre bonnets de drap, de laine, bas, gants, chaussons, et autres semblables ouvrages faits au métier, au tricot, à l'aiguille, en laine, fil, lin, poil, castor, coton, et autres matières ourdissables.

Dans les statuts de la bonneterie, accordés par Henri IV en 1608, les marchands bonnetiers sont appelés *aulmuciers-mitoniers*, parcequ'anciennement c'étoient eux qui faisoient des *aumuces*, ou bonnets dont on se servoit en voyage, et qu'ils vendoient des mitaines.

Ce cinquième corps s'est accru, en 1716, de la communauté des maîtres bonnetiers et ouvriers en tricots des faubourgs.

Son bureau étoit dans la rue des Écrivains.

Ses armoiries étoient d'azur à la toison d'argent, surmontée de cinq navires aussi d'argent, trois en chef et deux en pointe. Il avoit autrefois une confrérie établie dans l'église de Saint-Jacques-de-la-Boucherie, sous la protection de saint Fiacre.

LES ORFÈVRES.

Ce corps se composoit des orfèvres, joailliers-bijoutiers, metteurs en œuvre, et marchands d'or et d'argent. Il étoit le sixième et dernier des six corps marchands.

L'orfèvre est l'artiste et le marchand tout ensemble. Il fabrique, vend et achète toutes sortes de vaisselles, bijoux, vieux galons et autres effets d'or et d'argent. Il a aussi le négoce et l'emploi des diamants, perles et pierres précieuses.

Philippe-de-Valois avoit honoré ce corps des armoiries qu'il possédoit. Elles étoient de gueules à trois croix d'or dentelées, accompagnées, au premier et quatrième quartier, d'une coupe d'or, et au second et troisième, d'une couronne du même métal, au chef d'azur semé de fleurs-de-lis sans nombre.

Ce corps eut autrefois la prétention de marcher à la tête des autres, et ses titres, pour la soutenir, étoit qu'autrefois il avoit la garde du buffet royal dans les festins d'apparat qui se faisoient au palais de la cité. Cependant on n'eut point égard à cette réclamation, et le parlement rejeta leur requête, lorsqu'ils demandèrent d'avoir au moins le pas sur les bonnetiers (1).

L'ÉGLISE ROYALE, COLLÉGIALE ET PAROISSIALE

DE

SAINTE-OPPORTUNE.

L'ORIGINE de cette ancienne église a fait naître de grands débats parmi les historiens de Paris; et, dans les opinions contradictoires qu'ils présentent, on ne voit d'aucun côté des autorités assez fortes pour que l'on puisse, sans balancer, embrasser l'une de ces opinions : jusqu'ici l'on a pu remarquer que, dans des antiquités si confuses et si barbares, l'incertitude est presque toujours le résultat de tant de travaux entrepris pour démêler la vérité.

Le plus grand nombre prétendent que cette église ne fut dans ses commencements que la chapelle d'un ermitage, qu'on nommoit *Notre-Dame-des-Bois*, parcequ'elle étoit située à l'entrée d'une forêt, qui s'étendoit en largeur depuis cet ermitage jusqu'au pied de Montmartre, et en longueur, depuis le *pont Perrin*, qui étoit vers la porte Saint-Antoine, jusqu'aux environs de Chaillot. Ils ajoutent que les incursions et les ravages des Normands ayant forcé Hildebrand, évêque de Séez, de s'enfuir de son diocèse, il demanda à l'un de nos rois un lieu de sûreté pour son clergé et pour les reliques de sainte Opportune, fille du comte d'Hième, et morte abbesse d'Almenêche, que d'abord ce prélat obtint la terre de Moncy-le-Neuf près de Senlis, où le corps de la sainte fut déposé; mais que ne s'y

___

(1) Les marchands de vin, qui, comme nous l'avons dit, ne purent être admis dans les six corps, obtinrent cependant comme eux des armoiries en 1629.

Ces armoiries étoient un navire d'argent à bannière de France flottante, avec six autres petites nefs d'argent à l'entour, une grappe de raisin en chef, le tout en champ d'azur.

croyant pas encore entièrement hors d'insulte, il fut appelé à Paris, et établi dans cette chapelle de Notre-Dame-des-Bois; qu'il y fit apporter les reliques de la sainte, devint recteur de cette chapelle, et d'un hospice élevé auprès par ses soins; et qu'enfin la dévotion des fidèles et les offrandes qu'attiroient les miracles fréquents opérés par ces restes précieux permirent bientôt d'y bâtir une église plus considérable.

Toutefois ces mêmes historiens, qui s'accordent sur le fait historique auquel l'église de Sainte-Opportune doit son origine, sont d'un avis très différent lorsqu'il s'agit de fixer le temps où il arriva, et le nom du prince qui fut le donataire de cette chapelle. Les uns, comme Sauval, placent la translation des reliques de la sainte en 853; d'autres, comme dom Duplessis, en 877 ou 878. Le P. Pagi en fixe l'époque à l'année 879; Le Maire, au commencement du douzième siècle; Dubreul, sous Louis-le-Jeune; enfin Germain Brice recule cet évènement jusqu'en 1374. Les uns attribuent à Charles-le-Chauve et à Louis de Germanie les premières donations faites à Hildebrand; les autres en font honneur à Louis-le-Bègue, à Louis-le-Gros et à Louis-le-Jeune; enfin plusieurs font de la chapelle de *Notre-Dame-des-Bois* un prieuré de filles dépendant du monastère dont Sainte-Opportune étoit abbesse : c'est l'opinion de Sauval, de Dubreul, etc. En même temps qu'ils établissent ces sentiments divers, plusieurs donnent à la chapelle de Notre-Dame-des-Bois une antiquité plus grande qu'à aucun autre monument chrétien. Le même Sauval dit que, « si l'on en « croit la tradition, saint Denis, qui vint en France en 252, la mit en « grande vénération des peuples. » Un autre la fait exister en 255 (1); et Corrozet, en lui donnant une origine non moins reculée, ajoute, « que « madame sainte Opportune, religieuse, la fréquentoit souvent, et qu'elle « est enclose en son église. » Nous avons vu que, selon le plus grand nombre, la forêt qui touchoit cet ermitage, couvroit tout le terrain au nord de Paris.

Jaillot, qui vient après tous ces auteurs, prétend les réfuter tous : sans s'arrêter à prouver qu'on ne peut sérieusement avancer qu'il existoit une chapelle à Paris dès l'an 252, lorsqu'on n'a aucune autorité qui puisse donner même de la vraisemblance à une semblable assertion, il soutient

---

(1) L'auteur des *Tablettes parisiennes.*

que sous Charles-le-Chauve il existoit déjà une enceinte au nord, dans laquelle cette chapelle devoit être enclavée, et qu'il seroit absurde d'imaginer *qu'il y eût une forêt dans cette enceinte.* Il ajoute que nos historiens nous ayant conservé les noms de la chapelle de Saint-Pierre, de celle de Sainte-Colombe et des églises qui subsistoient dans ces temps reculés, ils auroient nécessairement fait mention de celle de Notre-Dame-des-Bois, si elle eût alors existé; que cependant on n'en trouve aucun vestige, ni dans les chartres qui contiennent les libéralités de nos rois envers l'église de Sainte-Opportune, ni dans l'histoire de la vie de la sainte, dont l'auteur avoit pu être témoin oculaire d'une partie de ces faits, etc. « Enfin, dit-il, pourquoi Hildebrand fit-il bâtir une église
« pour y mettre le corps de sainte Opportune? La chapelle de Notre-
« Dame-des-Bois ne suffisoit-elle pas pour renfermer ce saint dépôt? Et
« quelque petite qu'on puisse la supposer, n'étoit-elle pas assez grande
« pour lui et les quatre clercs qui l'accompagnoient? Quelle conséquence
« en tirer, si ce n'est que cette chapelle n'existoit point alors, et qu'elle
« n'a été bâtie que depuis, sous un nom que des circonstances ou des
« motifs particuliers lui auront fait donner, et dont la connoissance n'est
« point venue jusqu'à nous? »

De telles raisons ne peuvent sembler concluantes : l'ermitage et la forêt pouvoient exister avant que l'enceinte eût été formée; et lorsque l'on conçut le projet d'élever une muraille contre les incursions des Normands, on put y faire entrer la chapelle, établie sans doute sur la lisière du bois, sans être forcé d'y comprendre la forêt toute entière. En supposant qu'il ne reste aucune trace de cet ancien édifice dans les vieilles chroniques, une tradition aussi constante que celle sur laquelle s'appuient tous les historiens n'est point à dédaigner, et ne peut être rejetée comme une chimère, lorsqu'il s'agit d'un évènement aussi simple, aussi naturel que celui de l'érection d'une chapelle ; mais la dernière raison sur-tout nous semble peu digne d'un critique aussi éclairé: pourquoi Hildebrand n'au-roit-il pas fait bâtir une église à la place de cette chapelle pour honorer davantage la sainte, sur-tout si la dévotion et les offrandes des fidèles lui en fournissoient les moyens? (et cet incident fait aussi partie de la tradition.) Il y a tant d'exemples de chapelles changées en églises magnifiques, uni-quement parcequ'on y avoit déposé les reliques de tel ou tel saint, qu'il est étonnant qu'un homme aussi instruit que Jaillot ait avancé sérieusement de semblables assertions.

Il est plus heureux dans ses conjectures sur le prince qui donna à Hilde-brand le terrain sur lequel il bâtit cette église; il prétend que ce fut Louis-le-Bègue, et non Charles-le-Chauve et Louis de Germanie. Il prouve aussi très bien que toutes les chartres des rois de la troisième race, dans lesquelles les antiquaires ont cru voir une donation de ce territoire, ne contiennent que la confirmation d'un droit de propriété que les chanoines de Sainte-Opportune possédoient dès la seconde, etc. Du reste, en soutenant que la chapelle n'existoit point avant Hildebrand, que ce fut lui qui la fit bâtir ainsi que l'hospice, il convient avec tous les historiens que les miracles opérés par les reliques de sainte Opportune occasionnèrent un concours de fidèles dont la piété et la libéralité lui fournirent les moyens de bâtir une plus grande église sous son invocation. Le territoire sur lequel cette église fut élevée étant dans la dépendance de Saint-Germain-l'Auxerrois, le chapitre de cette église prétendit être en droit de nommer aux prébendes de Sainte-Opportune, ce qui lui fut accordé par Imbert, évêque de Paris, vers 1030, et confirmé par Galon en 1108, et Maurice de Sully en 1192.

Le chapitre de cette dernière église n'étoit composé, dans son origine, que de quatre chanoines. Et d'abord il paroît qu'ils remplissoient tour à tour les fonctions curiales; mais, par suite, il n'y en eut qu'un seul chargé de ce soin. On ignore l'époque à laquelle ce nouvel ordre fut établi : on sait seule-ment que, vers le milieu du douzième siècle, le chapitre de Saint-Germain essaya de contester à ces chanoines le droit *ancien* qu'ils avoient de nommer le curé ou *chefecier, jus longæ retentionis et possessionis,* et qu'ils y furent maintenus par Thibaud, évêque de Paris, en 1150, et par une bulle d'Adrien IV de l'année 1159. Un second accord, passé entre ces deux chapitres en 1225, fixa d'une manière immuable les droits et les charges de la cure de Sainte-Opportune (1).

---

(1) Il fut convenu, 1º que la cure seroit annexée à une prébende indiquée par l'acte, et qu'ainsi celui qui jouiroit à l'avenir de cette prébende seroit curé ou *chefecier ;* 2º qu'à chacune des trois autres prébendes on attacheroit trois vicairies pour un prêtre, un diacre et un sous-diacre qui seroient amovibles, et auxquels on paieroit, à chacun, 4 liv. par an; 3º que, si un chanoine vouloit assister aux heures canoniales, et faire l'office de son vicaire, il seroit dispensé d'en avoir un, jouiroit de la même rétribution, etc.

Les choses étoient encore sur le même pied au milieu du treizième siècle. Quoique la culture des terres, ou *marais*, dont ce chapitre étoit propriétaire, et les droits qu'il y percevoit, eussent considérablement augmenté ses revenus, cependant il n'étoit encore composé que du chefecier, de trois chanoines qui ne résidoient pas, et de trois vicaires qui tenoient leur place, lorsque Renaud de Corbeil, par ses lettres en forme de règlement, du mois de juin 1253, divisa chaque prébende en deux, en accordant toutefois que cette division n'auroit lieu qu'après le décès des chanoines existants, et même après celui d'un ecclésiastique déjà nommé et reçu pour remplir le premier canonicat vacant. La prébende à laquelle la cure étoit annexée fut comprise dans cette division, qui devoit former huit canonicats, le chefecier compris : il fut aussi statué que chaque chanoine résideroit personnellement pendant six mois, à moins qu'il n'y eût quelque empêchement légitime; et pendant les six autres mois, par un vicaire institué à cet effet (1). On convint encore que la collation des nouveaux canonicats appartiendroit, comme celle des anciens, au chapitre de Saint-Germain-l'Auxerrois. Tels furent ces règlements que nous avons cru devoir citer comme un modèle d'équité, et de cet art délicat avec lequel il est permis de détruire un abus sans attaquer les droits des hommes, leur situation légitime dans la société, les rapports et les habitudes qui résultent de cette situation. Dans un acte aussi important, un siècle grossier se montre ici bien supérieur à celui qui s'est tant enorgueilli de ses lumières et de sa civilisation.

En 1311 Guillaume d'Aurillac, évêque de Paris, établit dans cette église deux marguilliers laïques, auxquels il donna l'administration de la fabrique.

A l'égard des constructions diverses et successives qui composoient la masse de cet antique monument, on n'a aucun renseignement précis sur le temps où elles furent élevées. Un auteur a prétendu que la nef, qui existoit encore dans les derniers temps, étoit la même qu'Hildebrand avoit fait construire sous la seconde race, et que le chœur, qui avoit subsisté jusqu'en 1154, fut alors rebâti et tourné un peu plus vers l'orient. Cette dernière circonstance est vraie; mais l'abbé Lebeuf a prouvé que tout ce qui composoit cette église, sans même en excepter le grand portail, ne pouvoit être

---

(1) Il y avoit encore dans cette église une semi-prébende, dont l'origine est inconnue.

que du treizième ou quatorzième siècle; et en effet, il y avoit une grande ressemblance entre son architecture et celle de plusieurs autres édifices connus pour être de ce temps-là. La tour, encore plus nouvelle, étoit curieuse par les ornements dont elle étoit couverte, tels que fleurs de lis, festons, cornes d'abondance, trophées, etc., lesquels étoient des marques éclatantes qu'elle avoit été bâtie par la munificence de nos rois. Aussi cette église étoit-elle qualifiée de royale, et, à ce titre, elle jouissoit du droit de *committimus* (1), ainsi que de toutes les autres prérogatives des églises de fondation royale. La cure des SS.-Innocents étoit à sa nomination.

Il paroît que le service de la paroisse de Sainte-Opportune se faisoit anciennement dans une chapelle qui, dès le quinzième siècle, se trouva trop petite pour la quantité des habitants. Pour remédier à cet inconvénient, on abattit, en 1483, l'auditoire et trois maisons attenantes; la nef fut agrandie, et l'on construisit la chapelle, qui, jusqu'à la destruction totale de l'église (2), a servi à l'office paroissial.

Cette église possédoit plusieurs reliques renommées, et entre autres une côte et un bras de la sainte dont elle portoit le nom. Ce dernier ossement qu'elle obtint, dit-on, en 1374 de l'abbé de Cluni, à qui appartenoit alors la terre de Moucy-le-Neuf, y fut apporté avec une pompe remarquable. Cette translation se fit du palais Saint-Paul à l'église *avec grand luminaire et grande suite de peuple,* à la tête duquel étoit Charles V et toute sa cour. Dès-lors il fut ordonné que l'on feroit tous les ans, le premier dimanche d'après les Rois, jour de cette translation, l'office double de sainte Opportune, et que l'office du dimanche seroit remis à un autre jour.

Il n'y avoit rien de remarquable dans l'église de Sainte-Opportune qu'un candélabre de bronze à dix-huit branches, qui lui avoit été donné par l'empereur Charles-Quint, lors de son passage à Paris, et l'épitaphe d'un maître des requêtes, nommé François Conan, lequel mourut en 1551 à l'âge de quarante-quatre ans. Sa veuve, qu'il laissoit avec trois enfants, fut une espèce d'Artémise que rien ne put consoler de la perte de son mari:

---

(1) C'étoit un privilège que le roi donnoit aux officiers de sa maison et à certaines communautés, de plaider en première instance, et dans de certains cas, aux requêtes du palais et de l'hôtel.

(2) L'auditoire fut pour lors transporté aux Porcherons, dans la maison seigneuriale, qui existoit encore en 1789.

Elle lui érigea un buste, et fit graver sur sa tombe cette épitaphe singulière, où ses regrets et son amour sont exprimés avec une vivacité qui s'accorde peu avec l'austérité et les principes du christianisme. Elle est assez curieuse pour être rapportée :

Uxor mœsta sui dùm cernit busta mariti,
Tunc ternos amplexa, gemens, in funere natos:
Quid me linquis, ait, miseroque dolore sepultam
Deseris, ô conjux? Ah! si nunc cura jugalis
Te tenet ulla thori, lacrymis gemituque tuorum
Flecteris, hanc animam, quæso, rape, namque, perempto
Te, superesse piget; nullâ fruar antè quiete,
Quàm mihi fatales dissolvant stamina Parcæ.
Jamque dolore amens tabesco, et tempora vitæ
Longa meæ nec erunt: primisque extinguar in annis.
Mors mihi grata foret, posituræ morte labores.
Et nos una duos tandem teget urna; meusque
Spiritus æterno tecum potietur amore.

Ste Opportune.

HÔTELS.

Dans la rue des Bourdonnois il existe un édifice gothique qui porte maintenant pour enseigne *la Couronne d'or*. Une tradition, entièrement destituée de fondement, porte que Philippe-le-Bel demeuroit, en 1280, dans cette maison; mais il est certain qu'à la fin du quatorzième siècle elle étoit occupée par Philippe, duc de Touraine, et depuis duc d'Orléans, frère du roi Jean, qui en fit l'acquisition, par contrat du premier octobre 1363, pour une somme de deux mille francs d'or (1). Ce prince la vendit ensuite au fameux Gui de La Trémoille, qui l'habitoit en 1398. Cet hôtel, devenu la maison seigneuriale de cette famille, s'étendoit le long de la rue Béthisi jusqu'à la rue Tirechape. Il paroît, par un compte de la prévôté de Paris, que cette propriété fut de nouveau vendue après la mort de ce seigneur, et réclamée ensuite par Messire Jehan de La Trémoille, seigneur de Jonvelle, auquel elle fut rendue, et qui l'occupoit en 1421. Elle a passé depuis entre les mains de diverses personnes. Le chancelier Dubourg y a demeuré; elle a ensuite appartenu au président de Bellièvre, dont elle avoit pris le nom.

Nous avons cru devoir faire graver ce petit monument, qui conserve, au milieu des réparations modernes qui l'ont défiguré, plusieurs parties entières de son ancienne architecture, laquelle est du gothique le plus élégant. Nous ne connoissons même point à Paris d'édifice de ce genre qui offre des ornements travaillés avec plus de délicatesse.

De l'autre côté, entre les rues de la Limace et des Mauvaises-Paroles, étoit situé, vers le milieu du seizième siècle, l'hôtel des ducs de Villeroi;

---

(1) A peu près 16,000 livres d'aujourd'hui. Il acheta en même temps une maison voisine et la seigneurie qui en dépendoit.

MAISON de la COURONNE D'OR, Rue des Bourdonnois.

il a été acquis depuis par MM. Pajot, et a servi pendant quelque temps de bureau général des postes.

C'est dans la rue de Béthisi, voisine de celle des Bourdonnois, que demeuroit Gaspard de Coligni, amiral de France ; et c'est là qu'il fut assassiné dans la nuit de la Saint-Barthélemi. Cette maison a été occupée depuis par les seigneurs de Rohan-Montbazon, dont elle portoit encore le nom en 1772.

RUES ET PLACES

DU QUARTIER SAINTE-OPPORTUNE.

Rue de l'Abreuvoir Popin. Elle a son entrée dans la rue de Saint-Germain-l'Auxerrois, et, passant sous le quai de la Mégisserie, elle aboutit à la rivière. On est dans l'usage de dire et d'écrire, mais mal à propos, *l'Abreuvoir Pepin*. Tous les anciens actes l'appellent *Popin* et *Paupin*. Elle tire ce nom d'une famille connue au douzième siècle, et qui possédoit un fief dans lequel cette rue est située. Il est fait mention de *Jehan Popin du Porche* dans un acte de 1264, et dans un arrêt de 1268.

Rue de l'Aiguillerie. Elle aboutit dans la rue Saint-Denis et au cloître Sainte-Opportune. Sauval l'appelle rue de *l'Escuillerie*. L'abbé Lebœuf et M. Robert ont cru reconnoître cette rue dans celle que Guillot appelle *rue à petits Soulers de Bazenne ;* mais il est plus probable qu'il entendoit plutôt par cette désignation la rue *Courtalon*. Jaillot pense que c'est cette rue de l'Aiguillerie qui, dans plusieurs titres, est appelée rue *Alain de Dampierre*.

La place *Gastine* étoit à l'entrée de cette rue. Sur cette place étoit auparavant la maison d'un protestant, condamné à mort et exécuté pour l'avoir fait servir au prêche de sa secte; et à l'endroit de cette maison, qui fut en même temps rasée, on érigea une croix, qui depuis fut enlevée et transportée au cloître des Innocents, par suite de l'édit de pacification que Charles IX accorda aux réformés en 1570.

Rue de l'Arche-Marion. Elle va de la rue Saint-Germain-l'Auxerrois à la rivière, en passant sous le quai de la Mégisserie. Comme elle fait la continuation de la rue Thibaut-aux-Dés, on l'appeloit anciennement *l'Abreuvoir Thibaut-aux-Dés*, nom qu'elle portoit encore en 1300. On lui donna ensuite celui de *rue des Jardins* ; et vers la fin du quinzième siècle, elle fut nommée *ruelle qui fut Jean de la Poterne*, du nom d'un particulier qui avoit en cet endroit des étuves, qu'on nommoit *les étuves aux trois pas de degrés.* En 1530, on l'appela *ruelle des Etuves.* Enfin, on la trouve, dans un titre de 1565, sous la désignation de *l'Arche Marion* et de *l'Abreuvoir Marion*, du nom de la femme qui tenoit alors ces étuves. Elle est encore nommée quelque part *rue de l'Archer*.

Rue Bertin-Porée. Elle va d'un côté dans la rue Saint-Germain-l'Auxerrois, et de l'autre dans celle des Deux-Boules. Quelques uns l'ont appelée *Martin-Poirée ;* mais son véritable nom est *Bertin-Porée*. Elle le portoit avant 1240 , et le tenoit d'un bourgeois qui y demeuroit (1).

Rue Béthisi. Elle se termine d'un côté au coin des rues du Roule et de la Monnoie , et de l'autre à la rue des Bourdonnois. Cette rue se continuoit anciennement jusque dans la rue de l'Arbre-Sec , et dès le treizième siècle portoit deux noms. Elle étoit appelée *Béthisi* dans toute la partie connue encore aujourd'hui sous ce nom ; et depuis la rue de la Monnoie jusqu'à celle que nous venons de nommer , elle prenoit celui de rue au *Quains de Ponthi , au Comte de Ponthi,* et *Ponthieu.* L'entrée du côté de la rue de l'Arbre-Sec étoit appelée *le carrefour au Comte de Ponti,* parceque l'hôtel de ce comte y étoit situé. La division par quartiers , établie en 1702 , en fit distraire cette dernière partie , que l'on nomma rue *des Fossés-Saint-Germain.* L'autre conserva son ancien nom, qu'elle tenoit de Jean ou Jacques Béthisi.

Le premier nom de cette rue étoit *la Charpenterie ,* et c'est ainsi qu'elle est indiquée dans les censiers de l'évêché du quatorzième siècle ; elle le portoit encore au milieu du siècle suivant , mais seulement depuis la rue *Tire-Chape* jusqu'à celle *des Bourdonnois.* L'autre partie conservoit le nom de *Béthisi.*

Nous avons déjà dit que Gaspard de Coligny, amiral de France, demeuroit dans cette rue. Sa maison fut depuis occupée par les seigneurs de Rohan-Montbazon, dont elle prit le nom (2).

Rue des Deux-Boules. Elle aboutit d'un côté au coin des rues des Bourdonnois et Thibaut-aux-Dés, et de l'autre dans celle des Lavandières. Guillot et les anciens titres du treizième siècle la désignent sous le nom de *Guillaume Porée.* Nous ne savons si jadis elle faisoit un retour d'équerre dans une partie de la rue qui lui est parallèle (3); mais il est certain qu'aux douzième et treizième siècles elle s'appeloit rue *Mauconseil* ou *Maleparole.* Dans des actes postérieurs , et jusqu'en 1546 , elle est appelée *Guillaume Porée autrement Maleparole ; Guillaume Porée dite des Deux-Boules.* Ce dernier nom lui vient d'une enseigne.

Rue des Bourdonnois. Elle aboutit d'une part dans la rue Saint-Honoré , de l'autre au bout des rues *Béthisi* et *Thibaut-aux-Dés.* Guillot l'appelle rue *à Bourdonnas.* Sauval dit qu'en 1297 elle se nommoit rue *Adam Bourdon* et *Sire Guillaume Bourdon ,* et en 1300, la rue des *Bourdonnois* (4).

Rue du Chevalier-du-Guet. Elle aboutit dans la rue des Lavandières, à la place du

---

(1) Il y avoit dans cette rue une communauté dite des *Frères Tailleurs.* Ces frères travailloient pour le public, et ne faisoient point de vœux.

(2) Elle fait le coin de la rue du Roule et de celle de Béthisi.

(3) Celle des *Mauvaises Paroles.*

(4) Au bout de cette rue est un cul-de-sac appelé *de la Fosse aux Chiens.* C'étoit anciennement une rue qui se prolongeoit jusqu'à la rue Tire-Chape. La place où ce cul-de-sac est situé étoit hors de la première enceinte, et servoit de voirie ; ce qui a fait donner à tout cet endroit les noms de *Marché aux Pourceaux ,* de la *Place aux Chats* et de la *Fosse aux Chiens ,* qui en occupe une partie. Dès le commencement du quizième siècle, c'étoit un cul-de-sac.

Tome I.   39

Chevalier-du-Guet et à la rue Perrin-Gasselin. En 1300, et jusqu'au milieu du seizième siècle, la place et ces deux rues n'étoient connues que sous ce nom général *le Perrin-Gasselin*. Celui que porte celle-ci vient d'une maison que le roi y avoit acquise pour loger le chevalier ou commandant du guet. On présume que ceci se passa en 1363, sous le roi Jean.

Rue Courtalon. Elle va de la rue Saint-Denis à la place du cloître Sainte-Opportune. Nous avons déjà observé que c'est celle que Guillot appelle rue *à petits Soulers de Bazenne.* Dans le siècle suivant, on ne la désignoit que sous le nom général de *cloître Sainte-Opportune.* On ignore si elle doit son dernier nom à une enseigne ou à Guillaume Courtalon, qui possédoit, vers le milieu du seizième siècle, deux maisons au coin de la rue des Lavandières.

Rue des Déchargeurs. Elle aboutit d'un côté dans la rue des Mauvaises-Paroles, et de l'autre dans celle de la Féronnerie. En 1300 et 1113, on la nommoit *le Siége aux Déchargeurs*, et depuis, rue du *Siège* et *du Viel Siège aux Déchargeurs.* A l'endroit de la rue de la Féronnerie, où aboutit celle-ci, étoit une place appelée anciennement *la place aux Pourciaux*, et ensuite *la place aux Chats.* Avant que la ville se fût accrue de ce côté-là, c'étoit un lieu plein d'immondices et une voirie. Elle s'étendoit assez loin, car on ne peut douter que la rue de la Limace et le cul-de-sac de la Fosse aux Chiens n'en fissent partie.

Rue de la Féronnerie. Elle fait la continuation de la rue Saint-Honoré, et aboutit à la rue Saint-Denis. Sauval, et ceux qui ont écrit d'après lui sur les rues de Paris, ne sont ni clairs ni exacts dans ce qui concerne celle-ci. Il dit qu'en 1341 c'étoit la rue *de la Charonnerie, vicus Karonnorum;* et en 1432, la rue de la Féronnerie. Il est plus vraisemblable qu'elle prit ce dernier nom lorsque S. Louis permit à de pauvres férons d'occuper les places qui régnoient le long des charniers; ce qui est antérieur de deux siècles à l'année 1432. Un acte tiré des titres de l'abbaye de Saint-Antoine-des-Champs lui donne déjà ce nom en 1229; et on le retrouve dans plusieurs autres du même siécle. Elle prit ensuite le nom de la *Charonnerie*, dans sa partie orientale jusqu'à la rue de la Lingerie, et ne conserva l'ancienne dénomination que dans la partie occidentale. Cependant elles furent souvent confondues toutes les deux sous le dernier nom.

La rue de la Féronnerie est à jamais mémorable par l'horrible attentat qui enleva à la France le meilleur de ses rois. Tout le monde sait que c'est dans cette rue que Henri IV fut assassiné par l'exécrable Ravaillac. Avant la révolution, on voyoit, vis-à-vis de la place où ce régicide fut commis, un buste (1) de ce prince, au bas duquel on lisoit l'inscription suivante :

> *Henrici Magni recreat præsentia cives,*
> *Quos illi æterno fædere junxit amor.*

Cette rue étoit alors fort étroite, n'ayant pas la moitié de sa largeur actuelle. Les férons, à qui S. Louis avoit donné l'espace qui étoit le long du cimetière des Innocents, y avoient

---

(1) Ce buse, abattu en même temps que toutes les statues de nos rois, vient d'être remis à sa place.

bâti des boutiques. En 1474, Louis XI accorda cette même place aux marguilliers des SS. Innocents, et leur permit d'y faire construire des édifices de la largeur des auvents qu'on y voyoit auparavant. A ces constructions succédèrent bientôt des maisons qui obstruèrent ce passage, et le rendirent même dangereux, parceque c'étoit un des principaux par lesquels on arrivoit aux halles. Ce ne fut qu'en 1671 que la rue fut enfin élargie telle que nous la voyons aujourd'hui.

Rue des Fourreurs. Elle aboutit d'un côté dans la rue des Déchargeurs, et de l'autre au cloître Sainte-Opportune. Son ancien nom étoit *la Cordouannerie;* elle le portoit au treizième siècle. Depuis on l'a nommée *Cordonnerie* et *Vieille-Cordonnerie.* Corrozet l'indique de cette manière. Son dernier nom lui est venu des pelletiers qui s'y sont établis au siècle passé.

Rue des Fuseaux. Elle va de la rue Saint-Germain-l'Auxerrois sur le quai de la Mégisserie. Les bâtiments qu'on a élevés successivement sur ce quai ont obligé de percer cette rue et celle des Quenouilles, qui lui est parallèle, pour ne pas ôter le jour aux maisons déjà bâties. Telle est l'origine de la plupart des petites ruelles, et principalement de celles qui descendent des rues de la Mortellerie et de la Huchette à la rivière. Celle-ci a été appelée quelquefois *ruelle Jean Dumesnil,* du nom d'un particulier qui y demeuroit; mais elle est indiquée sous celui *des Fuseaux* dès 1372. Ce nom lui vient de l'enseigne d'une maison située entre cette rue et celle des Quenouilles.

Rue Saint-Germain-l'Auxerrois. Elle va de la place des Trois-Maries à la rue Saint-Denis. On peut faire remonter son origine jusqu'à celle de l'église qui lui a donné son nom, c'est-à-dire jusqu'au règne de Chilpéric Ier; car il est certain que, soit qu'il y eût ou non une clôture au nord, il existoit, à la sortie de la cité, un chemin qui conduisoit à cette église, et qui est représenté par cette rue. Il en est fait mention dans un diplôme de Louis-le-Débonnaire de l'an 820. Guillot l'appelle rue *Saint-Germain-à-Couroïers,* peut-être parcequ'elle étoit alors habitée en grande partie par des corroyeurs. Avant qu'on lui eût donné le nom de *Saint-Germain-l'Auxerrois,* ce qui n'est arrivé que depuis environ 300 ans, elle étoit indiquée sous celui de *Saint-Germain,* ou *grand rue Saint-Germain.*

Rue de Harangerie. Elle va de la rue de la Tabletterie à celle du Chevalier-du-Guet. Dès 1313 elle s'appeloit ainsi. Depuis on a dit *Vieille-Harangerie.* Sauval n'en a pas fait mention. On ignore d'où lui vient son nom.

Rue Saint-Honoré. La partie de cette rue qui dépend de ce quartier prend depuis le coin des rues du Roule et des Prouvaires jusqu'à celle de la Lingerie. Depuis le coin de la rue Tire-Chape jusqu'à celle des Prouvaires et même jusqu'à la rue de l'Arbre-Sec; on la nommoit anciennement rue du *Châtiau fétu* et *Chasteau festu,* du nom d'une maison qui étoit dans la censive de l'abbaye Saint-Antoine (*castellum festuci*), et dont il est fait mention dans une infinité de titres qui remontent jusqu'à l'an 1227. L'étymologie de ce nom, qu'elle portoit encore en 1313, est inconnue, ou du moins celles qu'on a voulu en donner ne sont point satisfaisantes (1).

____

(1) Nous ferons connoître, en parlant des rues du quartier du Louvre, celle qui paroît la plus vraisemblable.

Rue Jean-Lantier. Elle aboutit d'un côté dans la rue Bertin-Porée, et de l'autre dans celle des Lavandières. Le véritable nom de cette rue est *Jean-Lointier.* On le trouve écrit ainsi dans les actes des treizième et quatorzième siècles. Elle est appelée *Philippe Lointier* dans la liste des rues du quinzième siècle. Du reste, Sauval, Gomboult, Bullet et autres ont plus ou moins défiguré le nom de cette rue.

Rue des Lavandières. Elle va de la rue Saint-Germain-l'Auxerrois au cloître Sainte-Opportune. Elle doit sans doute son nom à des blanchisseuses que le voisinage de la rivière avoit invitées à y fixer leur demeure (1). Elle le portoit dès le treizième siècle.

Rue de la Limace. Elle traverse de la rue des Déchargeurs dans celle des Bourdon-nois. On croit que c'est celle dont Guillot parle sous le nom de la *Mancherie.* Elle faisoit anciennement partie de la place aux Pourceaux, dite depuis la *place aux Chats.* En 1575, on la trouve nommée rue *de la Place aux Pourceaux,* autrement dite *de la Limace,* et *de la Viels Place aux Pourceaux.*

Quai de la Mégisserie. Il va du Pont-Neuf au Pont-au-Change. Le peuple l'appelle ordinairement le quai de la Ferraille, parcequ'il est habité par un nombre assez considé-rable de marchands de fer. On le nommoit auparavant *quai de la Saunerie,* et la dernière rue en a conservé le nom, par des raisons que nous avons déjà dites. La partie occi-dentale de ce quai étoit habitée, dès la fin du treizième siècle, par des gens qui préparoient les peaux; et dès ce temps-là on l'appeloit la *Méguisceric;* et la *Mégisserie,* dont le nom lui est resté.

C'est sur ce quai que se vendent les fleurs, les graines et les arbrisseaux. Ce marché se tient deux fois la semaine.

Rue des Orfèvres. Elle aboutit d'un côté dans la rue Saint-Germain-l'Auxerrois, et de l'autre dans la rue Jean-Lantier. Le premier nom connu qu'elle ait porté est celui des *Moines de Joie-en-Val,* qu'on appeloit par corruption *Jenvau.* C'est ainsi que Guillot la désigne *la rue à Moignes de Jenvau.* En effet, l'hôtel de l'abbaye de Joie-en-Val y étoit situé. On voit que, dès ce temps, cette rue étoit fermée par deux portes, ce qui lui fit donner le nom d'*Entre-Deux-Portes,* aux *Deux-Portes,* et des *Deux-Portes;* elle le portoit encore au commencement du quinzième siècle. Le procès-verbal de 1636 la nomme *rue de la Chapelle aux Orfèvres,* parceque la chapelle et l'hôpital qu'ils ont fait bâtir y étoient situés.

Rue des Mauvaises-Paroles. Elle traverse de la rue des Bourdonnois dans celle des Lavandières. Nous avons déjà dit, en parlant de celle des Deux-Boules, qu'au douzième siècle on la confondoit avec celle-ci. On les trouve toutes les deux distinguées dans Guillot. Corrozet l'appelle rue des *Mauvaises-Paroles,* et ce nom n'a pas varié depuis.

Rue Perrin-Gasselin. Elle fait la continuation de la rue du Chevalier-du-Guet, et aboutit à la rue Saint-Denis. Ce nom, commun autrefois à tout cet endroit, n'est resté qu'à la petite partie de la rue qui le porte aujourd'hui.

---

(1) Il y a dans cette rue un cul-de-sac appelé *Rolin-prend-gage:* anciennement on le nommoit ruelle *Baudouin-prend-gaige.* Il en est fait mention sous ce nom dans les registres du parlement à l'an 1310; et il paroît, par les censiers de l'évêché, qu'il le portoit encore en 1581.

Rue du Plat-d'Étain. Elle traverse de la rue des Déchargeurs dans celle des Lavandières. Sauval et l'abbé Lebeuf ont fait de longues dissertations sur cette rue, qu'ils ont confondue avec celle de *Rollin-prend-Gage.* Jaillot, qui a apporté une critique si minutieuse dans toutes ces matières, leur a prouvé qu'elle se nommoit d'abord *Raoul-Lavenier.* Elle doit celui qu'elle porte à une enseigne. On lit qu'en 1489 l'hôtel du *Plat-d'Étain* appartenoit à Simon et Etienne de Lille.

Rue des Quenouilles. Elle va du quai de la Mégisserie dans la rue Saint-Germain-l'Auxerrois. Elle s'appeloit au quatorzième siècle ruelle *Simon Delille;* au suivant, ruelle *Jean Delille,* autrement *Sac-Épée,* et au seizième, ruelle *des Quenouilles, de la Quenouille* et *des Trois-Quenouilles.*

Rue de la Saunerie. Elle va également du quai de la Mégisserie dans la rue Saint-Germain. Anciennement elle se prolongeoit en retour jusque dans la rue Saint-Denis, comme nous l'avons déjà remarqué ; elle est nommée *Salneria in Vico S. Dionysii* dans un titre de 1407. Ce nom lui vient de l'ancienne maison de la marchandise du sel qui en étoit proche, et non du grenier à sel où elle conduisoit, et qui n'y a été placé que long-temps après.

Cette rue a toujours conservé le même nom, cependant avec un changement dans l'orthographe, qui en détruit l'étymologie ; car on écrit et on l'appelle rue de *la Sonnerie* ou *Petite-Sonnerie.* Seroit-ce par aphérèse, parcequ'on y vendoit du poisson ? En effet, elle est nommée, dans le procès-verbal de 1636, rue *de la Petite-Poissonnerie.*

Rue de la Tabletterie. Elle aboutit d'un côté à la rue Saint-Denis, et de l'autre à la place et au cloître Sainte-Opportune. Elle s'appeloit tantôt de *la Hanterie,* tantôt de *Sainte-Opportune,* et quelquefois rue de *la Vieille-Cordonnerie.* Le plus ancien de ces noms est *la Hanterie,* et elle est ainsi nommée dans une transaction de l'an 1218. On la trouve, dans un acte de 1312, sous le nom de *Sainte-Opportune.* Nous remarquons que ce nom est commun aux rues qui environnent cette église. Elle a porté aussi celui de *la Cordonnerie,* comme ne faisant qu'une avec celle des Fourreurs, qui en fait la continuation ; et dans un censier de l'évêché de 1495, elle est énoncée sous le nom de *la Tabletterie, aliàs, de la Cordouannerie* ou *Sainte-Opportune.* Dès 1300, Guillot la désigne sous ce dernier nom de *la Tabletterie.* On le trouve également dans la liste des rues du quinzième siècle.

Rue Thibaut-aux-Dés. Elle commence à la rue Saint-Germain-l'Auxerrois, et finit à celle des Bourdonnois. Il est peu de rues dont le nom offre autant de variations dans l'orthographe. On trouve *Thibaut-à-Déz* dans Guillot, *Thibaut-aux-Dez* en 1313 ; et dans la liste du quinzième siècle, *Thibaut-Ausdet, Thibaut-Todé, Thibaut-Oudet, Thiebaut-Audet.* Ces derniers noms ne paroissent être que des fautes de copistes.

Rue Tire-Chape. Elle donne d'un bout dans la rue Béthisi, et de l'autre dans celle de Saint-Honoré, vis-à-vis les Piliers des Halles. On trouve des monuments qui font mention de cette rue dès 1233, et l'on ne voit point qu'elle ait eu d'autre nom. Jaillot, qui écrivoit en 1772, dit que si les Juifs qui occupoient cette rue et une grande partie des halles, étoient dans l'usage pratiqué par les fripiers de son temps, de tirer les passants par leurs vêtemens, pour les engager à venir acheter chez eux, l'étymologie du nom de cette rue

Tome I. 39 *

ne seroit point difficile à trouver ; et quoiqu'il ne donne point sérieusement une telle onjecture, il ne la croit point cependant dépourvue de vraisemblance.

Rue des Trois-Visages. Elle aboutit d'un côté dans la rue Thibaut-aux-Dés , et de l'autre dans la rue Bertin-Porée. Actuellement elle est fermée par des grilles de fer aux deux extrémités. L'ancien nom de cette rue est indiqué de différentes manières. Guillot écrit *Jean-l'Eveiller*. Dans la taxe de 1313, on lit *Jean-l'Esgullier;* Sauval l'appelle tantôt *Jean-le-Goulier,* et tantôt *Jean-de-Goulieu.* Le véritable nom est, suivant les apparences, celui de *Jean-Golier,* qui avoit une maison dans la rue Saint-Germain-l'Auxerrois, laquelle aboutissoit à celle-ci en 1245. On a dit depuis *Jean-le-Goulier.* En 1492, elle est indiquée *rue au Goulier,* dite *du Renard.* Enfin, elle a pris le nom qu'elle porte, de trois têtes sculptées à l'angle d'une de ses extrémités.

Monuments

A. Le Louvre.
B. St Honoré.
C. Eglise et Maison de l'Oratoire.
D. St Germain l'Auxerrois.
*. Jardin de l'Infante.

Places

E. Place du Vieux-Louvre.
F. Place du Louvre.
G. Place de l'Ecole.
H. Place des trois Maries.
I. Cloître St Honoré.
K. Cloître St Germain l'Auxerrois.

Quais.

L. Quai du Louvre.
M. Quai de l'Ecole.

Hôtels.

O. Hôtel d'Aligre.
P. Hôtel d'Angivillier
Q. Poste aux Chevaux.

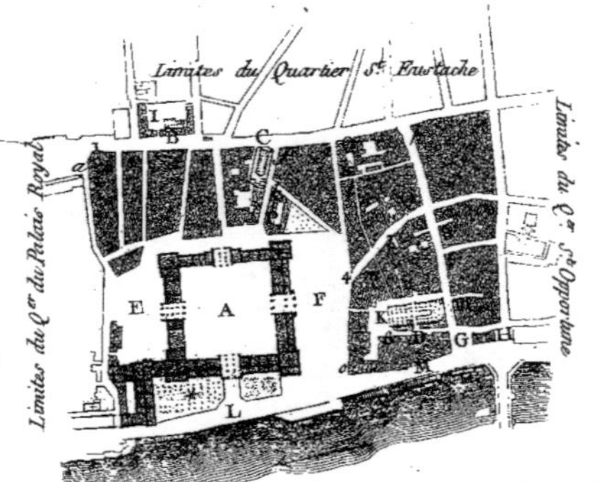

N.a Le Cloître St Germain l'Auxerrois a été ouvert au commencement de la Révolution et forme maintenant une Place qui a conservé le même nom.

La Lettre et le Chiffre sont placés à l'origine de chaque rue.

Rues Longitudinales

a. Rue Froi-Manteau.
b. Rue Jean St Denis.
c. Rue du Chantre.
d. Rue Champ-Fleuri.
e. Rue du Coq.
f. Rue de l'Oratoire.
g. Rue des Poulies.
h. Rue de l'Arbre-Sec
i. Rue du Roule
k. Rue d'Angivillier
l. Rue Jean-Tison
m. Rue du demi Saint
n. Rue de la Monnoie
o. Rue du Petit Bourbon

Rues Transversales

1 Partie de la Rue St Honoré
2 Rue de Beauvais
3 Rue Bailleul
4 Rue des Fossés St Germain l'Auxerrois
5 Rue Baillet
6 Rue des Prêtres St Germain l'Auxerrois

Culs-de-Sacs

7 Cul-de-Sac de Sourdis
8 Cul-de-Sac de la Petite Bastille
9 Cul-de-Sac du Court-Bâton
10 Cul-de-Sac des Provençeaux
11 Cul-de-Sac de la Treille

QUARTIER DU LOUVRE

OU

SAINT-GERMAIN-L'AUXERROIS.

*Ce quartier est borné à l'orient par le carrefour des Trois-Maries et
par les rues de la Monnoie et du Roule inclusivement ; au septentrion, par la rue Saint-Honoré, y compris le cloître Saint-Honoré
inclusivement, à commencer depuis les coins des rues du Roule et
des Prouvaires jusqu'au coin de la rue Froi-Manteau ; à l'occident,
par la rue Froi-Manteau jusqu'à la rivière inclusivement ; et au
midi, par les quais aussi inclusivement, depuis le premier guichet
du Louvre jusqu'au carrefour des Trois-Maries.*

*On y comptoit, en 1789, dix-neuf rues, trois culs-de-sacs, trois
places, trois églises paroissiales, dont une étoit collégiale, et une
communauté d'hommes.*

L E Louvre n'avoit point été compris dans l'enceinte élevée par Philippe-
Auguste, et ce fut seulement sous Charles V et Charles VI que de
nouvelles murailles le renfermèrent dans Paris. On peut considérer le
temps qui s'écoula entre ces deux constructions comme une troisième
époque dans l'histoire de cette ville. Pendant plus d'un siècle on la voit
jouir, sous le règne de dix rois, d'une tranquillité rarement troublée, au
moyen de laquelle elle put continuer à s'enrichir de monuments nouveaux,
accroître de jour en jour sa population, et prendre rang parmi les plus
grandes et les plus belles villes qu'il y eût alors en Europe. Nous croyons
ne pouvoir mieux placer qu'ici l'abrégé des faits historiques qui se passèrent
dans cet intervalle, et qui sont relatifs à cette capitale.

1223. Louis VIII, successeur de Philippe-Auguste, ne fit que paroître ; et,
pendant le court espace de trois ans que dura son règne, il n'arriva rien

de remarquable à Paris qu'une querelle entre l'université (1) et la juridiction épiscopale, dans laquelle intervint le légat du pape. Ce prélat,
ayant brusquement décidé la question en faveur de l'église, fut assailli,
dans sa propre maison, par les écoliers, qui, dans toutes les circonstances,
croyoient avoir le droit de soutenir par la violence les privilèges du corps
auquel ils étoient attachés. Dans celle-ci, le roi fut obligé d'envoyer des
soldats au secours du légat; et ce ne fut qu'avec beaucoup de peine qu'ils
parvinrent à l'arracher des mains de ces furieux, qui ne cédèrent qu'après
s'être long-temps défendus. De tels désordres se renouvelèrent souvent
par la suite, et il n'est presque pas un règne qui n'en offre le spectacle
scandaleux. Peu après, le même légat tint un concile à Paris, où Raymond, comte de Toulouse, fut excommunié, et dans lequel on renouvela la croisade contre les Albigeois. On sait que Louis VIII interrompit
aussitôt le cours de ses victoires sur les Anglais, qu'il étoit sur le point
de chasser entièrement de France, pour aller faire la guerre à ces héré-
tiques, et qu'il mourut au siège d'Avignon, après avoir nommé roi
Louis, son fils aîné, et régente la reine Blanche, son épouse. Il est remarquable que le territoire de la monarchie française fut encore divisé
par le testament de ce prince; car il donna l'Artois à son second fils, le
Poitou au troisième, l'Anjou et le Maine au quatrième; et ce n'étoit pas
comme de simples apanages qu'ils possédèrent ces domaines, mais en
toute propriété.

1226. Il y a dans le règne de saint Louis trois époques à considérer. Le temps
de sa minorité et celui qui s'écoula jusqu'à son départ pour la première
croisade; la régence de la reine Blanche pendant qu'il faisoit la guerre en
Égypte et en Palestine; enfin le séjour qu'il fit dans ses États depuis son
retour jusqu'à la seconde croisade, où périt si malheureusement ce grand
roi. Ces trois époques sont également remarquables par la sagesse et la

____

(1) L'université, qui jusque-là n'avoit point eu de sceau particulier, et dont les actes étoient
scellés par le chancelier de l'église de Notre-Dame, prétendoit se délivrer de cette sujétion. Le
légat, qu'elle prit pour juge de son différent avec l'église, rompit publiquement le sceau qu'elle
avoit fait, et anathématisa d'avance ceux qui oseroient en faire un autre. Ce fut cet acte insul-
tant qui alluma la fureur des écoliers. Maîtres et élèves, tout fut excommunié, et cette excommunication ne fut levée qu'au concile de Bourges, où quatre-vingts docteurs de Paris se rendirent
pour obtenir l'absolution du légat, qui la leur accorda sur-le-champ.

vigueur du gouvernement du monarque et de sa mère. Tant que dura la minorité de son fils, cette princesse eut à combattre les barons et les princes ligués contre une autorité qu'ils croyoient peu redoutable dans la main d'une femme : ces seigneurs étoient Thibaud VI, comte de Champagne ; Pierre de Dreux, dit *Mauclerc*, comte de Bretagne ; Philippe, comte de Boulogne, oncle du roi ; Hugues de Lusignan, comte de la Marche ; Jeanne, comtesse de Flandre ; Enguerrand de Couci ; les comtes de Ponthieu, de Châtillon, etc., etc. Ces diverses expéditions, dans lesquelles le roi se trouvoit en personne, et donnoit déjà des marques de son héroïque valeur, continrent les autres grands vassaux, et le pouvoir royal que ces rebelles avoient voulu ébranler n'en fut que mieux affermi.

1229. L'université, accoutumée à une excessive indulgence sous les règnes précédents, se vit traitée, dès les commencements de celui-ci, avec une rigueur qu'elle ne connoissoit point encore. Il s'étoit élevé une rixe nouvelle entre des écoliers et des bourgeois de la rue Saint-Marceau, dans laquelle plusieurs écoliers avoient été tués. L'université demanda justice de cet évènement, et ne fut point écoutée. La régente, le légat du pape, l'évêque de Paris se réunirent pour mépriser ses remontrances, et on la vit sans étonnement fermer ses classes et cesser tout-à-fait ses exercices académiques (1). Il fallut que le pape Grégoire IX, à qui cette compagnie avoit porté ses plaintes, en écrivît au roi, qui consentit enfin à lui faire quelque satisfaction. Alors tout rentra dans l'ordre, les classes furent rouvertes ; et l'on essaya, au moyen de quelques règlements, de rétablir, entre les habitants et les écoliers, une paix qui ne fut pas de longue durée.

1228. Quelque temps auparavant, Paris avoit été témoin d'une cérémonie solennelle et bizarre qu'autorisoient les mœurs et les usages de ces temps-là. Le comte de Toulouse, qui avoit soutenu les Albigeois, ayant achevé de se soumettre au pape et au roi, vint à Paris, où un traité, par lequel sa fille fut fiancée à Alphonse, frère de Louis, mit le sceau à sa réconciliation avec son souverain. Celle qu'il fit avec l'église fut plus pénible : il fallut que, dépouillé de ses vêtements, il se présentât en chemise

---

(1) Les professeurs et les écoliers sortirent tous de Paris ; et entre les docteurs, quelques uns, qui se retirèrent à Orléans et à Angers, donnèrent naissance aux universités de ces deux villes. Les Dominicains profitèrent de ces troubles pour obtenir une chaire de théologie.

et nu-pieds, le vendredi saint, au grand autel de Notre-Dame de Paris, en présence du roi et de toute la cour. Après cette cérémonie, qui effaçoit son péché, il fut reçu à hommage; et pour prouver la loyauté de son retour, il offrit de se constituer prisonnier dans la tour du Louvre, jusqu'à ce que les murailles de la ville de Toulouse fussent rasées, ce qui étoit une des conditions du traité : mais le roi, satisfait de sa soumission, l'en dispensa. C'étoit ainsi que les grands vassaux apprenoient peu à peu à se soumettre à l'autorité royale.

1234.   Quelques années après cet évènement le roi épousa Marguerite de Provence, et, jusqu'à son départ pour la croisade, Paris jouit d'une tranquillité profonde, qui favorisa les fondations que la piété du monarque et celle de ses sujets se plaisoient à élever de tous les côtés. Sainte-Catherine-du-Val-des-Écoliers fut bâtie près de la porte *Baudez ;* dans le clos du Chardonnet, alors inhabité, on construisit, sous l'invocation de saint Nicolas, une petite chapelle qu'il fallut bientôt ériger en église paroissiale. Les frères Mineurs, vulgairement dit *Cordeliers,* s'établirent dans ce temps-là à Paris, et les religieux de l'abbaye Saint-Germain favorisèrent cet établissement en leur cédant une portion de leur terrain pour y bâtir leur monastère; le couvent des Filles-Dieu fut fondé par le zèle et les prédications de l'évêque Guillaume; on jeta les fondements de la chapelle succursale de Saint-Barthélemi, qui depuis devint paroisse sous le nom de Saint-Gille et Saint-Leu (1); un abbé de Clairvaux établit le premier collège que les Bernardins aient eu à Paris ; enfin le roi, qui venoit de faire l'acquisition de la sainte couronne et de plusieurs autres instruments de la passion, prodiguoit ses trésors pour l'érection du monument superbe (2) connu sous le nom de Sainte-Chapelle, qu'il destinoit à renfermer un dépôt aussi précieux.

Ce fut en 1244, à la suite d'une maladie grave et d'un vœu qu'on ne peut s'empêcher d'appeler indiscret, que ce prince prit la croix, et se disposa à partir pour les lieux saints. Avant son départ, voulant attirer les bénédictions du ciel sur son entreprise, il fit plusieurs donations aux églises et aux hôpitaux; puis, ayant reçu à Saint-Denis, des mains du légat, le bourdon, l'écharpe et l'oriflamme, il quitta Paris, suivi de ses

(1) Voyez page 260.
(2) Voyez page 62.

trois frères, des principaux seigneurs du royaume, et emmenant avec lui la jeune reine Marguerite, qui ne voulut point se séparer de son époux. La reine Blanche, dont l'habileté et le grand caractère avoient déjà été éprouvés, fut chargée du gouvernement pendant l'absence du roi.

Les commencements de cette régence furent tranquilles. Ce fut alors que l'on jeta les fondements du collège de Sorbonne, devenu par la suite le plus illustre de l'université, et que les frères ermites de Saint-Augustin, connus sous le nom de *Grands-Augustins*, vinrent s'établir à Paris. Cependant on reçut bientôt de tristes nouvelles de l'expédition du roi, dont l'armée avoit été presque entièrement détruite par la famine et par les maladies contagieuses, et qui étoit tombé lui-même entre les mains des infidèles. Alors des troubles commencèrent à éclater en 1251. France. Un imposteur nommé Jacob, Hongrois de naissance, et de la plus basse extraction, mais adroit et audacieux, trouva le moyen de persuader à la reine qu'il étoit appelé à réparer les malheurs de l'armée chrétienne. Dans la consternation où elle étoit plongée, Blanche se laissa séduire, et autorisa cet homme à rassembler autour de lui tous ceux qui voudroient le seconder dans son projet. Il se vit bientôt à la tête de plus de cent mille hommes, tous de la lie du peuple, et auxquels on donna le nom de *Pastoureaux* (1). Alors Jacob, jetant le masque, se mit à débiter des maximes contraires à la foi, et qui, favorisant les passions de cette multitude, la rendirent entièrement dévouée à ses volontés. Il invectivoit en même temps contre le clergé, dont les mœurs peu régulières prêtoient malheureusement à ses railleries et à ses injures, et ses déclamations plaisoient à cette foule grossière, qu'elles finirent par jeter dans une sorte de fureur. Les premiers effets en éclatèrent à Orléans, où la populace de cette ville les avoit introduits malgré l'évêque. Les Pastoureaux y massacrèrent un membre de l'université, avec plusieurs ecclésiastiques qui l'accompagnoient (2). De là leur chef les dirigea sur Paris, où ils entrèrent sans résistance, parcequ'on n'y étoit point préparé à les recevoir. Il y fit tuer

---

(1) La chronique de Rouen en parle ainsi à l'année 1251 : « La même année s'élevèrent « certains ribauds, qui se disoient pasteurs, ennemis de Dieu et de l'Église, et qui feignoient « d'aller trouver le roi dans la Terre-Sainte. »

(2) Ce membre de l'université avoit été assez mal avisé pour disputer contre Jacob, et pour lui prouver que sa doctrine étoit absurde. Celui-ci, qui n'avoit rien à répondre, le fit mettre en pièces par ses satellites. Les anarchistes et les tyrans n'ont pas d'autres arguments.

encore quelques ecclésiastiques, et, joignant la superstition la plus stupide
à cette licence atroce, il imagina de faire de l'eau bénite à Saint-Eustache,
et d'y prêcher en camail et en rochet comme un évêque. Il avoit résolu
d'exterminer l'université, contre laquelle il avoit une animosité particulière ; mais il ne put réussir dans ce projet, parceque, lorsqu'on le vit
paroître de l'autre côté de la rivière, on fit fermer les portes sur lui.
Contraint de se retirer de Paris, il prit la route de Bourges, tuant et
massacrant tout ce qui se rencontroit sur son passage. Il fut enfin tué lui-
même par un bourgeois de cette ville, au milieu d'une de ses prédications;
et peu de temps après sa troupe fut exterminée par le peuple désabusé,
qui se réunit contre elle de tous les côtés.

La reine, dont un moment d'erreur avoit été la première cause de ces
violences, montra beaucoup de fermeté et de vigilance pour en arrêter les
effets. Craignant que les désordres commis par les Pastoureaux n'eussent
ébranlé la fidélité de ses sujets, elle exigea de nouveaux serments des
bourgeois et de l'université. On la vit ensuite s'élever avec force contre le
chapitre de Paris, qui traitoit avec une rigueur tyrannique les serfs de sa
dépendance. Blanche jugeant qu'il étoit nécessaire, dans un temps de
troubles et de factions, de réprimer de semblables abus, se rendit elle-
même à la prison de Châtenai, où plusieurs d'entre eux étoient renfermés,
en fit briser les portes, que le chapitre avoit refusé de lui ouvrir, et le
força non seulement de délivrer ces malheureux, mais encore de les affranchir, ainsi que tous les autres habitants du même canton, moyennant une
somme d'argent, dont elle fixa elle-même la valeur. Cet affranchissement
des serfs, ordonné déjà par plusieurs édits dans toute l'étendue du royaume,
reçut enfin, sous la régence mémorable de cette princesse, son exécution
presque entière (1). A l'exemple du chapitre, plusieurs abbayes fixèrent à
leurs esclaves un prix pour l'acquisition de leur liberté. Quelques seigneurs
en agirent de même par la suite pour plaire au roi; et l'abbaye Saint-Ger-

---

(1) Cependant il y eut encore des esclaves en France sous les successeurs de saint Louis, et
lorsque Louis X publia une nouvelle ordonnance en faveur des serfs, plusieurs d'entre eux étoient
tellement accoutumés à la servitude, qu'ils refusèrent la liberté qui leur étoit offerte. Long-
temps après le règne de ce prince, plusieurs nobles de France continuèrent de maintenir leur
ancienne autorité sur leurs esclaves. Il paroît, par une ordonnance du fameux Bertrand Du-
guesclin, connétable de France, que la coutume d'affranchir les serfs étoit encore regardée, de son
temps, comme une innovation pernicieuse. (ROBERTS, *Introd.*, note 20.)

main se distingua dans cette circonstance, en affranchissant les siens pour une somme extrêmement modique. Blanche mourut peu de temps après cet

1253. acte d'autorité, qu'on peut regarder comme l'évènement le plus glorieux de sa régence. Cependant le roi, qui étoit parvenu à se retirer des mains des infidèles, ne revenoit point encore : il s'occupoit à relever les murs de Joppé, et à assurer le sort des chrétiens d'Asie, qu'il alloit bientôt abandonner à eux-mêmes. Ces soins le retinrent encore deux ans loin de son royaume, et pendant cet intervalle l'État fut administré par ses deux frères, Charles et Alphonse. Ce fut sous cette nouvelle régence que fut fondé le collège des Prémontrés, et alors commença, entre l'université et les jacobins, une longue et fameuse querelle, dont nous parlerons par la suite (1).

1254. Enfin le roi revint, et sa main vigoureuse acheva bientôt de rétablir le calme que son absence avoit un peu troublé. Tandis que l'on travailloit, par son ordre et pour le royaume entier, à ce recueil fameux connu sous le nom d'*Établissements de Saint-Louis* (2), dans lequel on vit ce génie, si supérieur à son siècle, lutter contre la barbarie des mœurs, l'absurdité des lois et des usages, et parvenir, sinon à détruire entièrement, du moins à diminuer sensiblement les abus monstrueux du gouvernement féodal, il faisoit pour les villes de son domaine, et particulièrement pour Paris, d'utiles règlements, dont l'exécution n'éprouvoit point les obstacles que lui suscitoient ailleurs les barons intéressés au maintien des abus qui faisoient toute leur puissance. Il abolit la vénalité des charges de judicature, proscrivit les cabarets et autres lieux de débauche, punit sévèrement les blasphémateurs. Dans son horreur pour le vice, il avoit même formé le projet de chasser entièrement les femmes de mauvaise vie de cette capitale; mais

---

(1) Dans cet abrégé historique nous ne donnerons de détails que sur les violences exercées par les suppôts de cette compagnie. Ses disputes touchant sa doctrine ou ses privilèges trouveront leur place dans son histoire particulière.

(2) *Il les fit publier l'an de grace* 1270, *avant qu'il allât à Tunis, dans toutes les cours laïes du royaume et de la prévôté de France.* Ce recueil, précieux monument de son zèle pour la tranquillité et le bonheur de ses sujets, contient 210 chapitres. C'est proprement un nouveau code composé des lois romaines, des canons des conciles, des décrétales ou épîtres des papes, des différentes coutumes de la monarchie, et des ordonnances de nos rois. Il prescrivoit des formes pour les actions réelles ou personnelles, substituoit les preuves par témoins aux combats judiciaires, régloit les juridictions, établissoit des lois pour les fiefs, les donations, les successions, les partages, les affranchissements, des punitions pour les divers crimes, etc., etc.; enfin embrassoit presque toute la jurisprudence française telle qu'elle étoit alors.

la corruption des mœurs y étoit si générale, qu'il se vit forcé de modérer la rigueur de l'édit qu'il avoit porté contre elles, et de tolérer un mal qu'on ne pouvoit détruire sans s'exposer à des maux plus grands encore; toutefois la police sévère à laquelle il les soumit diminua du moins le scandale de leurs prostitutions (1). Il avoit pareillement résolu de chasser entièrement les juifs de ses États; mais il revint au conseil plus salutaire d'essayer de les convertir, et, pour y parvenir, il se montra, dans les ordonnances qu'il rendit contre ceux qui persistèrent dans leur croyance, plus sévère qu'aucun de ses prédécesseurs (2). Il veilloit en même temps à la sûreté de la ville, en forçant les bourgeois à faire le guet conjointement avec une troupe de soldats (3), entretenue à ses propres dépens. Le prévôt de Paris (4) tenoit la main à ce que ce service fût fait régulièrement, et les habitants qui dépendoient de la seigneurie de l'évêque y furent soumis comme les autres.

---

(1) Il ordonna que toutes les femmes *folles de leurs corps* seroient chassées des maisons particulières, et défendit à ses sujets de leur louer aucune habitation où elles pussent faire leur infâme commerce. Alors on donna un nom odieux aux endroits où elles furent obligées de se retirer; c'étoient de petites loges, dans lesquelles il leur étoit défendu de passer la nuit, afin qu'un reste de pudeur pût contenir les hommes, forcés, pour y entrer, de braver le grand jour et tous les regards. Ces loges furent appelées *bords* ou *bordels*, du mot saxon *bord*, qui signifie *petite loge;* et c'est par erreur qu'on a cru trouver cette étymologie dans la situation de ces maisons au bord de l'eau. Les broderies, les boutonnières d'argent et autres ornements furent interdits à ces femmes perdues; on les empêcha même de mettre leurs loges dans les grandes rues, et on les contraignit de se retirer dans les rues de l'Abreuvoir, des Boucheries, de Froi-Manteau; dans celles de Glatigny, Chapon, Champ-Fleury, etc.

(2) Entre autres mesures rigoureuses, il ordonna que, pour les distinguer des chrétiens, ils seroient tenus de faire coudre sur leur robe, devant et derrière, une pièce de feutre d'une palme de diamètre. Cette marque fut appelée *rouelle ;* et lorsqu'on trouvoit un juif qui ne l'avoit pas, sa robe étoit confisquée, et il étoit condamné à dix livres d'amende. Philippe-le-Hardi rendit contre eux, dans la suite, un arrêt encore plus sévère, en ordonnant qu'ils porteroient une corne sur leur bonnet; ce qui fut pour eux la plus grande humiliation qu'ils eussent encore éprouvée. Il leur fut défendu en même temps de porter des habits de couleur, de se baigner dans les rivières où se baignoient les chrétiens, etc. Ils n'eurent plus dès-lors, à Paris, qu'une synagogue, rue de la Tacherie, et un cimetière rue de la Harpe. Du reste, ils étoient toujours soumis à la servitude, comme du temps de Philippe-Auguste.

(3) Ce guet du roi étoit composé de vingt sergents à cheval et de quarante sergents à pied, commandés par un chevalier, auquel on donnoit le nom de *Chevalier du Guet.*

(4) Ce prévôt étoit le fameux Étienne Boislève, dont nous avons déjà parlé. Son grand sens et sa fermeté firent refleurir le commerce et l'industrie; par l'intégrité de ses jugements il releva l'honneur de son tribunal, et donna ainsi l'exemple à tous les juges du royaume. On raconte que saint Louis, satisfait de son zèle, et voulant lui donner des marques éclatantes de sa satisfaction, le faisoit asseoir auprès de lui chaque fois qu'il rendoit lui-même la justice au Châtelet.

C'est à saint Louis que l'on doit la première bibliothèque publique qu'il y ait eu à Paris. On dit qu'il en avoit conçu le projet d'après l'exemple d'un prince sarrasin qu'il avoit vu, pendant son séjour en Égypte, faire transcrire les meilleurs livres de philosophie, pour en faciliter l'usage aux savants de son pays. Cette bibliothèque, qu'il établit dans le trésor de la Sainte-Chapelle, étoit uniquement composée, suivant le goût de son siècle, des écrits des saints pères et d'un grand nombre d'exemplaires des saintes Écritures.

1257. La dernière époque du règne de ce grand roi fut encore remarquable par un grand nombre de fondations et d'établissements nouveaux. La chapelle de Sainte-Agnès, qui, dans le principe, étoit une succursale de Saint-Germain-l'Auxerrois, devint église paroissiale, sous le nom de Saint-Eustache; et il en fut de même d'une autre chapelle, également dépendante de ce chapitre, et qui quitta le nom de chapelle de la Tour pour prendre celui de paroisse Saint-Sauveur (1). On vit successivement s'établir à Paris, par les soins pieux et les libéralités du monarque, plusieurs ordres religieux, les Carmes, les Chartreux, Sainte-Croix-de-la-Bretonnerie, les Blancs-Manteaux. La charité dont il avoit donné des exemples si touchants, en comblant de biens les hôpitaux, et notamment l'Hôtel-Dieu, éclata plus particulièrement dans la fondation qu'il fit de l'établissement célèbre connu sous le nom de *Quinze-Vingts*. Enfin on vit, sous son règne, s'élever plusieurs nouveaux collèges, entre autres ceux de Cluny, des Dix-Huit et des Trésoriers.

Sous les règnes précédents, la noblesse et les prélats avoient déjà commencé à fréquenter Paris; et l'autorité du souverain s'augmentoit de cet hommage qu'ils venoient rendre à la majesté du trône; saint Louis, qui sentit tout l'avantage de ces réunions, les rendit plus fréquentes encore, en y tenant régulièrement deux ou trois parlements par an. Celui de la Pentecôte, en 1267, fut un des plus célèbres, par la cérémonie brillante qui s'y fit, et l'affluence prodigieuse qu'elle y attira. Le roi y arma chevaliers Philippe, son fils aîné; Robert, comte d'Artois, son neveu; un fils du roi d'Aragon; Edmond d'Angleterre, et plusieurs autres seigneurs, jusqu'au nombre de soixante-sept. A cette occasion ce prince leva sur les sujets de l'évêque la taille qu'il avoit le droit de prendre quand il armoit

______

(1) La petite paroisse Saint-Josse fut aussi érigée vers ce temps-là. (*Voyez* page 253.)

ses fils chevaliers (1). Quelque temps après, comme il préparoit sa seconde expédition à la Terre-Sainte, il crut devoir demander une nouvelle taille, à laquelle le prélat s'opposa d'abord, mais qu'il consentit enfin à laisser prendre, sous la condition expresse qu'il seroit hautement reconnu que ce dernier impôt, exigé par Louis IX des bourgeois de Paris soumis à la juridiction de l'église, ne préjudicieroit nullement à ses droits, ni à l'accord fait entre Philippe-Auguste et l'évêque Guillaume d'Auvergne. Telle étoit encore la situation des rois de France dans leur propre capitale.

Le roi partit peu de temps après, et mourut de la peste, devant Tunis, l'année même de son départ.

1270. Sous le règne de Philippe-le-Hardi il se passa peu d'évènements importants à Paris; et l'on n'y voit d'autres fondations que celles du collège d'Harcourt et de l'école de Chirurgie. Ce dernier établissement, qui reçut alors une forme régulière, avoit déjà pris naissance sous saint Louis. Sous ce nouveau règne, les droits temporels des corps ecclésiastiques furent restreints de nouveau, dans un accord fait entre le roi et le chapitre de Saint-Merry, au sujet de la justice que cette collégiale prétendoit exercer sur les terres de sa dépendance. Philippe lui accorda toute justice sur les causes mobilières, sur les paroles injurieuses et autres délits peu importants (2), mais se réserva la justice du sang répandu dans tout le territoire du chapitre, le cloître seul excepté; il se réserva aussi le guet, la taille, les mesures, la voirie, etc. C'est ainsi que le souverain rentroit peu à peu dans des prérogatives qui n'auroient jamais dû être séparées de la couronne.

Parmi ces droits divers, celui de voirie, sur lequel les seigneurs particuliers avoient conservé long-temps de grandes prétentions, fut réglé par des statuts généraux qui tendoient à diminuer encore les privilèges trop étendus dont jouissoit l'évêque dans la ville de Paris (3). Vers la même

---

(1) Il avoit le même droit, au mariage de ses enfants et lorsqu'il partoit pour quelque expédition militaire.

(2) C'est ce qu'on appeloit *basse-justice*.

(3) Il est dit dans cet acte que le roi seul a la voirie à Paris et dans toute la banlieue, excepté dans les rues où l'évêque a toutes les maisons de l'un et de l'autre côté; et que si, parmi les maisons de l'évêque, il y en a seulement une qui ne soit point à lui, l'évêque perd la voirie, que le roi ne partage avec personne. Tous les lieux d'exemptions, comme Saint-Martin-des-Champs, le Temple, Saint-Germain-des-Prés, Saint-Éloi, Saint-Julien-le-Pauvre, n'ont point de voirie. Le chapitre de Notre-Dame ne l'a que dans le Parvis; et l'abbaye de Sainte-Geneviève que dans la vieille terre, depuis la croix Hemon jusqu'à l'abbaye.

époque, l'abbé de Saint-Germain-des-Prés fit construire, dans le faubourg qui relevoit de sa juridiction, une boucherie de seize étaux, laquelle fut établie dans une rue qui depuis en a retenu le nom.

1278.   Une nouvelle querelle s'éleva sous ce règne entre l'Université et les religieux de Saint-Germain. *Le Pré aux Clercs*, dans lequel les maîtres et les élèves alloient souvent se promener, étoit très voisin du clos de ce monastère, et ce voisinage faisoit naître de fréquentes querelles entre les gens de l'abbaye et les écoliers, lesquelles se terminèrent par un véritable combat, où plusieurs de ces derniers furent tués par les vassaux de l'abbé; ceux-ci en blessèrent en outre un grand nombre, et jetèrent dans les prisons de l'abbaye tous ceux qu'ils purent saisir. L'Université, suivant sa coutume, menaça de fermer ses classes, si elle n'obtenoit raison de cet attentat; et dans la crainte qu'elle n'exécutât sa menace, on s'empressa de lui donner une entière satisfaction. Dans cette circonstance les religieux de Saint-Germain méritoient sans doute d'être condamnés; mais on ne peut voir sans étonnement l'impunité dont jouissoient alors les écoliers, principaux auteurs de tous les désordres qui se commettoient à Paris. Ils couroient, nuit et jour, armés dans les rues, et conservant toujours contre les bourgeois cette ancienne haine, source de toutes leurs querelles, ils les provoquoient par des injures et de mauvais traitements, pilloient leurs maisons, et souvent même exerçoient des violences sur leurs femmes et leurs filles, comme dans une ville prise d'assaut. Sous le règne de saint Louis, l'évêque Étienne n'avoit trouvé d'autre expédient pour arrêter de tels excès que de fulminer contre eux une excommunication, qui les retint quelque temps dans le devoir; ils furent excommuniés de nouveau sous Philippe-le-Hardi, et pour les mêmes causes. De tels moyens étoient bien insuffisans; mais nos rois, qui avoient une prédilection particulière pour ce corps célèbre, répugnèrent toujours à employer contre lui des forces avec lesquelles cependant il leur eût été facile de le retenir dans l'ordre et dans la soumission à l'autorité.

1285.   Au commencement du règne de Philippe-le-Bel, les faubourgs de Paris n'étoient point encore pavés, à l'exception des quatre principaux chemins, de Saint-Denis, de la porte Baudez, de la porte Saint-Honoré et de la porte Notre-Dame-des-Champs. Il s'éleva à ce sujet un démêlé entre les bourgeois de la ville et le prévôt de Paris, qui vouloit les forcer à achever cette opération à leurs frais ; les bourgeois l'emportèrent. Dans le même temps le parlement jugea à propos de diminuer le nombre des sergents qui étoient attachés au châtelet et à la personne du prévôt (1).

On vit sous ce prince plusieurs évènements mémorables : l'abolition et le supplice des Templiers, sur lesquels il a été porté tant de jugements divers, et toujours incertains ; la canonisation de saint Louis, demandée par tous les ordres du royaume ; l'établissement fixe du parlement à Paris. Les embarras que causoit la guerre de Flandre et la multiplicité des affaires déterminèrent le roi à prendre cette mesure. Il donna en même temps une ordonnance, dans laquelle il prescrivoit ce qui devoit être observé à l'avenir par rapport à cette cour suprême ; la manière dont elle devoit être composée y étoit également réglée. Les successeurs de Philippe-le-Bel y firent divers changements, jusqu'à Louis XIV, qui lui donna la forme sous laquelle elle a subsisté jusqu'à nos jours (2).

Les démêlés violents qui éclatèrent entre ce prince et le pape Boniface VIII furent cause de l'établissement d'un nouveau collège. Le cardinal Lemoine, que le pape avoit envoyé à Paris en qualité de légat, en fut le fondateur. Plusieurs autres collèges furent également créés sous ce règne; le collège des Cholets, le collège de Bayeux, ceux de Laon, de Presle et de Montaigu. Le monastère des Cordelières du faubourg Saint-Marceau avoit été fondé, quelque temps auparavant, par la reine Marguerite, veuve de saint Louis, qui ne mourut qu'en 1295. Elle n'eut pas la joie de voir la canonisation de son illustre époux, laquelle ne fut terminée que deux ans après sa mort. La cérémonie de l'élévation du corps fut remise à l'année suivante, et se fit avec la plus grande solennité. Le corps du saint fut levé par les archevêques de Reims et de Lyon ; et dans la procession solennelle qui se fit de Saint-Denis à Paris, tous les princes du sang voulurent avoir l'honneur de le porter (3).

____

(1) Il fut fixé à soixante-dix sergents à pied et trente-cinq à cheval ; mais quelques années après le roi en augmenta le nombre, et permit au prévôt d'avoir quatre-vingts sergents à cheval et quatre-vingts sergents à pied. Le prévôt de Paris avoit encore douze autres sergents à pied qui lui étoient particulièrement attachés, et faisoient auprès de lui l'office de gardes.

(2) On trouvera à la fin de cet ouvrage une histoire abrégée du parlement, à dater de sa permanence en cour de justice, et plusieurs autres détails utiles à l'éclaircissement de cette histoire, tels qu'une liste des prévôts, des évêques, depuis le commencement de la monarchie, etc., etc.

(3) Il fut reporté avec la même pompe à Saint-Denis. Depuis on en transféra une côte dans l'église de Notre-Dame, et partie du chef à la Sainte-Chapelle.

1312. Il faut placer dans les dernières années de ce règne la construction du quai des Augustins, et l'achat que fit le roi de l'hôtel de Nesle, dont nous aurons souvent occasion de parler par la suite. Cet hôtel, qui fut depuis abattu par Ludovic de Gonzague, et reconstruit sous le nom d'hôtel de Nevers, étoit hors de Paris, et s'étendoit depuis les murs de la ville au couchant, jusqu'aux lieux où a été posée depuis la porte à laquelle on avoit donné son nom, à peu près dans la situation où, dans la suite, on construisit l'hôtel de Conti.

Peu de temps après, Philippe-le-Bel donna au roi d'Angleterre et à tous les seigneurs de son royaume cette fête superbe dont nous avons déjà parlé (1). Il mourut l'année suivante à Fontainebleau.

1314. Le règne de Louis-le-Hutin fut court. Ce prince rappela les juifs, que son père avoit chassés. Ces bannissements si fréquents étoient causés par le zèle religieux, et ces rappels par la pénurie des finances. Les impôts exorbitants et l'altération des monnoies les avoient réduites, sous le règne précédent, à un tel état de détresse, qu'il ne se trouva point d'argent dans le trésor pour le sacre de nouveau monarque. Ce fut le prétexte dont on se servit pour perdre Enguerrand de Marigni, ministre du feu roi, et le principal agent de ce prince dans toutes ses vexations financières. Également haï du peuple et des grands, odieux sur-tout à Charles de Valois, frère de Philippe, il fut accusé, jugé sans être entendu, devant une assemblée de prélats et de seigneurs convoquée par le roi, et pendu au gibet de Montfaucon, qu'il avoit fait élever lui-même peu de temps auparavant. Enguerrand n'étoit peut-être pas exempt de reproches dans son administration, mais il fut condamné contre toute justice, et sa mort est une tache à la mémoire de Louis X.

1315. La ville de Paris donna à ce prince une preuve de son dévouement et de sa fidélité, en répondant sur-le-champ à la demande qu'il lui fit d'un secours dans la guerre de Flandre, commencée sous le règne précédent. Elle s'obligea à lui fournir, à ses dépens, 400 cavaliers et 2000 fantassins. Cette guerre, qui se continuoit toujours sans succès, épuisoit la nation. Sous ce prétexte on accabla le peuple d'impôts; on vendit les offices de judicature; on leva des décimes sur le clergé; on alla jusqu'à forcer les

____

(1) *Voyez* page 178.

serfs, dont le roi avoit encore un grand nombre dans ses domaines, à racheter leur liberté au prix des effets mobiliers, dont on leur permettoit, dans ce temps là, de disposer.

1316.   Louis-le-Hutin mourut après avoir régné un peu moins de deux ans. Ce roi est le premier qui ait fait du Louvre sa demeure habituelle; tous ses prédécesseurs habitoient de préférence le palais de la Cité. L'établissement du parlement dans cette dernière maison royale fut, dit-on, la cause de ce changement.

Cette fidélité de la ville de Paris envers ses rois, à laquelle nous verrons bientôt succéder toutes les fureurs des factions et de la révolte, éclata encore à l'avènement de Philippe-le-Long. La reine, épouse de Louis X, étoit enceinte lorsqu'il mourut; et jusqu'à son accouchement, Philippe, héritier présomptif de la couronne, avoit en même temps un droit incontestable à la régence du royaume. Le comte de Valois, profitant de ce qu'il étoit absent de Paris au moment de la mort du roi, essaya de se créer un parti, et de lui disputer le gouvernement de l'État; mais la bourgeoisie, reconnoissant la légitimité des droits de Philippe, prit les armes, et chassa du Louvre les soldats du comte, qui déjà s'en étoient emparés. La mort du jeune prince (1), dont la reine accoucha peu de temps après, fit naître encore de nouvelles contestations pour la succession au trône, et Eudes de Bourgogne, oncle de Jeanne, fille de Louis-le-Hutin, prétendoit que sa nièce devoit en être héritière. L'affaire, après avoir été long-temps agitée, fut décidée en faveur de Philippe, dans une assemblée mémorable qu'il convoqua lui-même à Paris, et où se trouvèrent les princes du sang, les prélats, la noblesse du royaume et les principaux bourgeois de la ville. C'est la première fois qu'il est question dans notre histoire de la loi Salique, qui exclut les femmes de la succession à la couronne de France.

1318.   On vit encore recommencer l'interminable querelle de l'Université avec l'abbaye Saint-Germain; et les droits que cette abbaye réclamoit sur le *Pré aux Clercs*, et que les écoliers lui contestoient, étoient toujours la cause de ces débats souvent ensanglantés : pour en détruire entièrement la source, le roi jugea à propos de se saisir lui-même de la justice que les religieux prétendoient avoir sur ce pré. Du reste, il fut fait une dernière

____

(1) Il ne vécut que huit jours.

transaction entre les parties contendantes, dans laquelle l'Université eut tout l'avantage, comme il arrivoit ordinairement (1).

1320. Un désordre plus grand fut celui que causèrent les nouveaux *Pastoureaux*. C'étoient des paysans armés à qui l'on donna ce nom, parcequ'ils se livrèrent aux mêmes excès que ceux qui avoient paru sous saint Louis. Leur audace fut telle, qu'ils vinrent jusque dans Paris arracher des prisons de Saint-Martin-des-Champs et du châtelet quelques uns des leurs qu'on y avoit enfermés. Puis ayant traversé la ville, ils se rangèrent en bataille dans le Pré aux Clercs, et là leur nombre et leur résolution étonnèrent tellement les Parisiens, qu'on leur laissa les passages libres : ils se répandirent ensuite dans les provinces, où peu à peu on parvint à les dissiper. Cet évènement fut suivi de la conspiration dite *des Lépreux* (2), lesquels étoient alors en très grand nombre dans le royaume. On les accusoit d'empoisonner les puits et les fontaines, d'après les suggestions des juifs, qui eux-mêmes étoient, dit-on, gagnés par les musulmans. Plusieurs, qui s'avouèrent coupables, furent brûlés vifs, et l'on chassa de nouveau les juifs du royaume.

Le roi mourut peu de temps après. Ce fut un prince ami de la justice, et qui publia une foule de sages ordonnances (3). Un prévôt de Paris,

---

(1) Pour cimenter cette paix, les religieux cédèrent à l'Université le patronage des cures de Saint-André-des-Arcs et de Saint-Côme, et payèrent en outre tous les arrérages d'une rente qu'ils lui devoient en vertu d'une transaction faite antérieurement entre les deux parties. Ils convinrent en outre de faire murer la porte qui donnoit sur le Pré aux Clercs, lequel devint, depuis ce moment, une promenade publique commune aux écoliers et aux habitants de Paris.

(2) Il y avoit autrefois en France une grande quantité de lépreux, et il existoit de nombreux hôpitaux où l'on guérissoit ceux qui étoient affligés de cette horrible maladie. Le soin extrême qu'on y apportoit, et les sages règlements faits à ce sujet par nos rois, et principalement par François Ier, en diminuèrent beaucoup le nombre; et vers le commencement du dix-septième siècle il n'y avoit presque plus de lépreux en France. (DELAMARE, tome 1, page 607.)

(3) Il songeoit, quand il mourut, à établir par-tout un même poids et une même mesure, et à faire en sorte que dans toute la France on se servît de la même monnoie. Louis XI eut depuis la même pensée.

Ordonnance faite à Saint-Germain, de laquelle, dit du Tillet, est tirée la maxime reçue « qu'en « fait de justice on n'a égard à lettres missives, ordonnance sainte de nos rois, pour se garder de « surprise en cet endroit, qui est leur principale charge. » Autre ordonnance qui règle que les confiscations seront employées à acquitter les rentes à vie ou perpétuelles; autre qui réunit au domaine les terres que le roi possédoit avant son avènement à la couronne; autre qui défend aux maîtres du parlement, présidents ou autres, d'interrompre *les besongnes du parlement*; autre au sujet de la discipline de cette compagnie. (HÉNAULT.)

nommé Henri Tapperel, commit, sous son règne, un des crimes les plus atroces dont l'histoire fasse mention. Il y avoit dans les prisons de la ville un homme fort riche, lequel avoit été convaincu d'assassinat, et comme tel, condamné au dernier supplice. Tapperel, qui vouloit le sauver, eut l'incroyable barbarie de faire mettre à sa place un homme innocent, qui subit le supplice destiné à ce coupable. Le roi, instruit de cette prévarication, voulut que le prévôt fût puni sur-le-champ. Il fut jugé par le parlement, et condamné à être pendu (1).

La fondation de Saint-Jacques-de-l'Hôpital doit être rapportée à ce temps-là. On vit aussi s'élever plusieurs nouveaux collèges, le collège de Narbonne, le collège de Lisieux, celui de Cornouailles.

1322. Le règne de Charles-le-Bel est un des moins féconds en évènements que nous offre cette époque. On continua à fonder des collèges (2). Ce genre de fondations, si multiplié au commencement du quatorzième siècle, prouve le goût qu'on avoit pour la science, et les efforts que faisoit la nation pour sortir des ténèbres où elle avoit été si long-temps plongée. Il est malheureux qu'avec de si bonnes intentions on se soit alors égaré dans les routes d'une érudition fausse et pédantesque pire peut-être que l'ignorance. Il fallut des siècles pour revenir à la raison et aux bonnes études.

Le couvent des Haudriettes fut fondé à cette époque.

1328. Charles mourut après un règne de six ans. Il étoit le dernier des trois fils de Philippe-le-Bel. Ces trois princes, qui sembloient promettre à ce roi une nombreuse postérité, disparurent en moins de quatorze ans, sans laisser d'enfants, et la couronne passa à Philippe de Valois, leur cousin germain.

Le règne de Philippe de Valois et celui de Jean son fils offrent une des époques les plus désastreuses de la monarchie. Les batailles de Créci et de Poitiers furent livrées sous ces deux princes : par la première, la France fut ouverte aux Anglais et aux Flamands; et la seconde, plus funeste encore, fit naître dans Paris un esprit de désordre et d'anarchie, qui, pendant près d'un siècle, ne s'assoupit quelques moments que pour

---

(1) Henri de Crusi, troisième successeur de Tapperel, fut également pendu dans l'hôtel de Nesle sous Philippe de Valois. Ces deux exécutions diminuèrent beaucoup la considération dont jouissoit la place de prévôt de Paris.

(2) Le collège du Plessis et celui des Écossais.

se rallumer avec plus de fureur. Ces temps malheureux, qui commencèrent à la régence du dauphin, depuis Charles V, formeront, jusqu'au règne mémorable de Charles VII, une troisième époque, dont la place se trouve marquée dans la suite de cet ouvrage. Voici d'ailleurs les évènements les plus remarquables qui se passèrent à Paris jusqu'à la prison du roi Jean. On fonda de nouveaux collèges, et en plus grand nombre encore que sous les règnes précédents (1). On vit s'élever plusieurs églises 1329. et monastères nouveaux : le Saint-Sépulcre, Saint-Julien-des-Ménestriers, l'église Saint-Yves, les Célestins. Une croisade nouvelle fut encore prêchée à Paris, et ce fut dans le pré aux Clercs que l'archidiacre de Rouen y fit, au nom du pape, un appel au roi de France et à tous les habitans de cette ville. Philippe y prit la croix avec le patriarche de Jérusalem, sans que cette cérémonie eût la moindre suite : on étoit alors entièrement dégoûté de ces expéditions lointaines. Les juges clercs et les laïcs renouvelèrent, sous ce prince, les contestations qui avoient pris naissance entre eux dès le règne de Philippe-Auguste, et qui s'étoient continuées sous saint Louis. Les juges laïcs accusoient leurs adversaires d'anticiper sur leurs droits, et en donnoient des preuves, auxquelles ceux-ci ne répondoient que foiblement. Dans le jugement qui fut rendu à ce sujet, on vit que le roi, tout en penchant pour les accusateurs, craignoit de blesser le clergé et n'osa prononcer contre lui; il n'y eut donc rien de décisif sur cette affaire, et les deux parties conservèrent l'une contre l'autre la même animosité. Quelque temps après les évêques se réunirent à Paris dans un concile, dans lequel, par suite de leurs prétentions, il fut décidé que tout juge laïc qui retiendroit un clerc en prison, malgré les demandes des juges ecclésiastiques, seroit excommunié; mais en même temps ils firent plusieurs règlements, dont le but étoit d'établir dans leurs diocèses des réformes qu'ils crurent nécessaires pour justifier une décision qui tendoit à leur donner sur leurs adversaires une autorité presque sans bornes. Nous ne parlerons pas d'une vaine dispute 1333. sur la *vision de Dieu*, qui s'éleva vers ce temps-là, et occupa très sérieusement les plus fameux théologiens, alors entêtés de toutes les chimères de la

---

(2) Les collèges de Marmoutier, [d'Arras, des Lombards, de Tours, de Lisieux, de Bourgogne, d'Autun, de l'*Ave-Maria*, le collège Mignon, ceux de Saint-Michel, de Cambrai, de Boncours, de Justice, des Allemands et de Tournai.

Tome I. 42

scolastique; mais nous ne passerons point sous silence une dispute nouvelle entre l'université et l'évêque de Paris, à qui cette compagnie contestoit le droit de juger les clercs étudiants dans ses écoles. Elle l'accusoit de violer ses privilèges, qu'il devoit soutenir étant lui-même docteur en droit. Il fallut encore que le pape se mêlât de cette affaire, et nommât des cardinaux pour en connoître. Tel étoit le crédit extraordinaire de l'Université, que l'évêque ne put l'emporter sur elle, et que la paix ne fut rétablie qu'au moyen d'un jugement qui prononçoit entre les deux parties une sorte de compensation.

Célèbre tournois à Paris en 1344, à l'occasion des noces de Philippe II, fils du roi. Ce fut au milieu de cette fête que furent arrêtés Olivier de Clisson et plusieurs autres seigneurs bretons qui venoient de signer un traité secret avec le roi d'Angleterre. Philippe les fait décapiter (1) sans aucune formalité, et cette violation du droit des gens est une des causes de tous les malheurs de ce règne et du suivant. Édouard arme de nouveau. 1346. Philippe perd la bataille de Créci; une peste générale dépeuple son royaume (2). Dans des circonstances si fâcheuses, il demande à la ville un 1350. secours qu'elle lui accorde (3); mais il meurt sans en rien recueillir, et laisse à son fils Jean un royaume désolé à l'intérieur par une maladie contagieuse, et menacé au dehors par un ennemi actif et ambitieux.

Nul prince, dit le président Hénault, n'a si souvent assemblé les États-généraux et particuliers des provinces que le roi Jean. Il en assembla tous les ans jusqu'à la bataille de Poitiers. Une suspension d'armes convenue

---

(1) Nos rois commençoient à user de ce droit suprême sur les grands vassaux, et peu de temps après, Jean fit décapiter, dans l'hôtel de Nesle, le comte d'Eu et de Guines, connétable de France, accusés et convaincus de haute trahison; mais, dans cette dernière exécution, du moins les formalités nécessaires furent remplies.

(2) Il y avoit déjà eu plusieurs maladies contagieuses à Paris sous les règnes précédents, mais celle-ci, qui désola en même temps toute la France, fut la plus terrible qui eût encore exercé ses ravages dans cette capitale. Elle enleva plusieurs personnes de la famille royale : Jeanne de Navarre, fille de Louis X; Bonne de Luxembourg, femme du duc de Normandie; la reine Jeanne de Bourgogne, femme de Philippe de Valois. Il mouroit à l'Hôtel-Dieu jusqu'à cinq cents personnes par jour; on renouvela par trois fois la communauté des sœurs qui servoient les malades, et qui périrent toutes victimes de leur zèle. Des quartiers entiers devinrent déserts; et le cimetière des Innocents se trouva tellement comblé de cadavres, qu'on se vit forcé de le fermer, et d'en bénir un autre hors de la ville.

(3) C'étoit une imposition sur diverses marchandises; mais le roi reconnut que cet octroi étoit gratuit de la part de la ville, et ne portoit aucun préjudice à ses privilèges et franchises.

avec les Anglais étoit sur le point d'expirer. Les trois ordres furent convoqués à Paris pour y délibérer sur les subsides nécessaires dans une circonstance aussi importante. Peu de temps après, le roi entra en campagne et
1356. donna la bataille de Poitiers, où il perdit toute son armée et fut fait prisonnier avec les principaux seigneurs de son royaume. Après ce revers fameux, Paris devint le théâtre de troubles qui furent sur le point de renverser la monarchie : leur peinture formera la quatrième époque de ce précis historique.

————————

On a vu que sous saint Louis les mœurs étoient très mauvaises, et que leur corruption fut plus forte que tous les règlements de ce saint roi. Il ne paroît pas qu'elles aient été meilleures sous ses successeurs. La cause en étoit dans cette barbarie superstitieuse où l'Europe entière fut si long-temps plongée et qui faisoit voir dans les pratiques extérieures d'une dévotion puérile l'expiation de tous les crimes que l'on pouvoit commettre. On péchoit alors par ignorance; et les lumières, qui pénétrèrent enfin en France quelques siècles après, eurent l'heureux effet d'y purifier les mœurs en éclairant les esprits; révolution salutaire que ne peuvent espérer les peuples corrompus, comme nous le sommes maintenant, par excès de savoir et de civilisation.

Malgré tous les efforts que fit le grand monarque dont nous venons de parler pour établir l'ordre et la police dans cette ville immense, l'autorité royale y étoit encore trop contestée pour qu'ils pussent avoir des effets bien durables. On sait les désordres continuels auxquels s'y livroient les écoliers; et ceux plus grands encore qu'y commirent les derniers Pastoureaux. Sous Philippe-le-Bel, les violences qui s'y renouveloient chaque jour étoient telles, que le parlement se vit contraint de publier une ordonnance qui y défendoit le port d'armes, sous peine de prison. Le roi Jean, pendant les premiers temps de son règne, s'occupa aussi beaucoup de la police, et fit plusieurs règlements utiles, sur-tout relativement aux mendiants qui abondoient dans cette grande ville, et dont la plupart se livroient au brigandage lorsqu'on leur refusoit l'aumône. Il en publia aussi de relatifs à la propreté des rues (1).

————————

(1) Il fit défendre de nourrir des pourceaux dans l'enceinte de la ville, sous peine de dix sous d'amende pour chaque pourceau, et permit au premier qui les rencontreroit de les tuer. Il étoit

On voit tous ces princes, jusqu'à Charles V, apporter la plus grande attention à tenir chacun dans son état. La cavalerie et les pleines armes étoient réservées à la noblesse, et les roturiers, même les plus distingués, n'étoient admis que dans l'infanterie. Le règne de ce dernier roi, qui fut l'époque la plus florissante de la chevalerie, comme nous aurons bientôt occasion de le dire, maintint sévèrement cet antique usage ; et jusqu'à Louis XII, on ne voit point qu'il ait été altéré. Sous ce monarque tous les gendarmes étoient gentilshommes, et beaucoup d'entre eux grands seigneurs : la confusion ne se mit dans les armées que sous Henri II.

On promulgua sous Philippe-le-Bel une loi somptuaire qui fixoit les dépenses de la table et des habits : elle régloit le souper à deux mets et un potage au lard, et le dîner à un seul mets et entremets. On ne servoit que trois plats sur la table de nos rois ; leur meilleur vin étoit celui d'Orléans. Louis-le-Jeune en faisoit des largesses : Henri Ier en avoit toujours à la guerre, et lui attribuoit la vertu d'exciter aux grands exploits (1).

Il falloit être duc, comte ou baron, et avoir *six mille livres de terre*, pour donner à sa femme quatre robes par an. « Nulle demoiselle, si elle « n'est châtelaine ou dame de deux mille livres de terre, n'en aura « qu'une. » Le prix qu'on permettoit de mettre aux étoffes étoit depuis dix sous (2) jusqu'à vingt, l'aune de Paris ; et les dames de la première qualité avoient seules le droit de la payer jusqu'à trente sous. Enfin, pour mettre de la différence dans les états, il étoit ordonné que nulle bourgeoise n'auroit de char et ne se feroit conduire le soir avec un flambeau (3).

Les costumes varièrent beaucoup depuis l'habit long que nous rapportâmes des croisades, jusqu'aux pantalons étroits qui devinrent à la mode sous François Ier. Nous offrirons dans la suite de cet ouvrage le tableau de ces variations, et celui de beaucoup d'autres usages curieux et singuliers qui y trouveront naturellement leur place.

---

aussi défendu de balayer les rues dans les grandes pluies, pour ne pas charger la rivière des immondices, qui devoient être emportées dans des tombereaux.

(1) Saint-Foix.

(2) On trouvera à la fin un tableau comparatif de la valeur des monnoies aux différentes époques de la monarchie.

(3) Saint-Foix.

SAINT GERMAIN-L'AUXERROIS.

Cette église royale et paroissiale est une des plus anciennes et des plus remarquables de Paris, et il n'en est aucune dont l'origine présente plus d'obscurité. Il est certain qu'elle existoit au septième siècle, puisque saint Landri, évêque de Paris, mort vers l'an 655 ou 656, y fut inhumé ; mais c'est sans preuve suffisante que plusieurs historiens (1) ont avancé qu'elle avait été fondée par Childebert et la reine Ultrogothe, qui l'élevèrent, disent-ils, en l'honneur de saint Vincent. Cette opinion n'est soutenue d'aucune autorité assez grave, et l'on ne peut à cet égard admettre comme des preuves suffisantes, ni les statues représentant un roi et une reine que l'on voit sous le *porche* ou vestibule de cette église, ni l'inscription qui porte : *C'est Childebert, roi chrétien, et Ultrogothe sa femme, qui fondèrent cette église*, ni l'usage ou l'on a été long-temps d'y fêter saint Vincent comme premier titulaire. Ces représentations grossières d'un roi et d'une reine ne conviennent pas plus à Childebert et à Ultrogothe qu'à d'autres princes ; et d'ailleurs les figures et l'inscription, qui même n'a été gravée qu'après coup (2), n'ont pas cinq cents ans d'antiquité, car le portail sous lequel elles sont placées est d'une construction qui ne peut remonter plus haut que le siècle de Philippe-le-Bel. A l'égard du culte qu'on rendoit dans cette église à saint Vincent, l'abbé Lebeuf a si évidemment démontré qu'elle n'avoit jamais été sous l'invocation de ce saint diacre, que, malgré la tradition et l'usage, on en a supprimé le nom dans le *Propre* de cette paroisse, imprimé en 1745.

Nous pensons qu'au sujet de cette origine, l'opinion la plus solidement établie est celle de Jaillot, qui prétend que cette église fut construite en

---

(1) Dubreul, Malingre, Belleforêt.

(2) Elle étoit écrite en petit gothique, et placée entre les deux statues : l'abbé Lebeuf ne lui donne que deux à trois cents ans.

entier par les ordres de Chilpéric premier, pour y recevoir le corps de saint Germain, évêque de Paris. La preuve qu'il en donne est un testament de *Bertichram* ou *Bertchram* (que nous appelons Bertram ou Bertrand), évêque du Mans, dicté le 24 mars de la vingt-deuxième année du règne de Clotaire, dans lequel le testateur assigne un fonds pour desservir à perpétuité le lieu de la sépulture de saint Germain, d'abord dans l'église de saint Vincent (1), où son corps étoit alors déposé, *ensuite dans la basilique nouvelle que le roï Chilpéric venoit de faire construire*, s'il y étoit transporté (2).

Cependant cette église porte le nom de *saint Germain d'Auxerre* et non celui de l'évêque de Paris; et l'on ne peut nier qu'il n'existe quelques traditions qui tendent à établir qu'elle a été bâtie sous le vocable du premier saint; mais si on les examine avec quelque attention, l'on verra qu'elles se réduisent à de simples conjectures et à un diplôme de Charles-le-Chauve, lequel est au moins suspect en cette partie. « Je croirois, dit « l'abbé Lebeuf, qui a fait une dissertation particulière sur l'antiquité de « cette église, je croirois qu'il en faut attribuer la première origine à une « chapelle qui aura été construite peu de temps après la mort de saint « Germain d'Auxerre, en mémoire de quelque miracle qu'il aura opéré en « allant de Paris à Nanterre, dans l'un ou l'autre des deux voyages qu'il fit « dans la Grande-Bretagne; qu'au sixième siècle, l'évêque de Paris, qui « portoit son nom, ne fut pas indifférent pour l'autel érigé sous l'invocation « de ce grand prélat, et que ce pourroit bien être sous son épiscopat que fut « bâtie la rotonde qui fit désigner dans la suite cette église sous le nom de « Saint-Germain-le-Rond. »

---

(1) Depuis, l'abbaye Saint-Germain-des-Prés : le corps du saint étoit dans la petite chapelle Saint-Symphorien, qui faisoit partie de cette basilique.

(2) Voici les termes de cet acte:

Basilicæ domni ac peculiaris patrini mei Germani episcopi, qui me dulcissimè enutrivit, et suâ sanctâ oratione, ac si indignum, ad sacerdotii honorem perduxit, si SUPERSISTIT *in basilicâ domni Vincentii, ubi sanctum ejus corpusculum requiescit, dono inibi in honore sepulturæ suæ, villam Bobanæ quæ est in territorio Stampense super fluvio Colla, quam mihi gloriosus domnus Chlotarius rex suo munere contulit: quod jubeo eâ conditione ut si sanctum corpus ejus* IN BASILICA NOVA *quam inclitus Chilpericus quondàm rex construxit, si convenerit, ut inibi transferatur, villa ipsa, ubi semper ejus corpus fuerit, semper ibi deserviat, et ipse sanctus pontifex pro meis facinoribus deprecari dignetur........ Die* VI, *kal. aprilis, anno* XXII *regnantis gloriosissimi domni Chlotarii regis.*

A ces assertions dépouillées de preuves, et dans lesquelles on ne voit en effet que les conjectures d'un savant, qui hasarde une opinion qu'il ne peut établir d'une manière satisfaisante, Jaillot oppose le silence absolu de tous les écrivains contemporains sur les miracles de saint Germain d'Auxerre à l'endroit où fut fondée cette église, tandis qu'ils ont recueilli avec le plus grand soin tous ceux qu'il a opérés ailleurs, et qu'ils ont poussé l'exactitude jusqu'à indiquer les croix et les oratoires élevés dans les lieux devenus fameux par ces évènements miraculeux ou par les prédications du saint. Il ajoute (et ce fait, qui peut paroître aujourd'hui peu considérable, l'étoit beaucoup dans ce temps là) que l'évêque de Paris, dont en effet la dévotion étoit grande au saint dont il portoit le nom, possédant une de ses reliques, en fit présent (1) à sainte Geneviève, dont il étoit contemporain, comme une marque de l'estime particulière qu'il avoit pour elle; ce qu'il n'eût point fait, s'il eût existé une chapelle ou un oratoire en l'honneur de ce saint : car, dans ce cas, il se seroit empressé de l'y déposer, etc. Quant au diplôme de Charles-le-Chauve, dans lequel il est question de l'église de Saint-Germain en ces termes, *Quod à priscis temporibus Autissiodorensis dicitur*, l'abbé Lebeuf lui-même pense avec raison que cette addition a été faite après coup, et insérée ensuite dans toutes les copies.

C'est en effet le seul titre où cette qualification lui soit donnée : tous les historiens, tous les diplômes qui ont parlé de cette église, n'y joignent aucun surnom; elle est simplement appelée l'église de Saint-Germain; et ce ne fut que dans le neuvième siècle qu'elle reçut, en raison de sa forme nouvelle, la dénomination de Saint-Germain-*le-Rond* : Abbon est le premier qui la désigne ainsi dans son poëme,

« *Germani Teretis contemnunt littora sancti.* »

Tant de témoignages réunis, où rien ne s'explique en faveur de saint Germain d'Auxerre, peuvent servir à confirmer les inductions tirées du testament de *Bertram* ; cependant on demande pourquoi le projet attribué à Chilpéric, de transporter le corps de saint Germain dans la nouvelle basilique n'eut point son exécution. Cette difficulté, plus grande que les

---

(1) Cette relique étoit une portion de ses vêtements. Elle existoit encore dans le trésor de Notre-Dame en 1789.

autres, ne peut être résolue d'une manière satisfaisante, et le silence absolu que gardent à cet égard tous les auteurs contemporains, ne permet de hasarder que de simples conjectures. On présume donc que Chilpéric, n'ayant survécu que huit ans à saint Germain, ne put faire achever la basilique qu'il avoit commencée ; que Frédégonde, dont la vie fut si agitée, remplie de tant de crimes, de passions et de malheurs, ne s'empressa pas de la faire continuer ; et que, d'un autre côté, les religieux de Saint-Vincent, jaloux de conserver les précieuses dépouilles dont ils étoient dépositaires, firent naître tous les obstacles qui pouvoient en empêcher ou en retarder la translation. Les troubles qui remplirent les derniers règnes de la première race durent favoriser leurs vœux et leurs projets ; et lorsque Pepin monta sur le trône, il est probable qu'on ne pensa plus à les dépouiller d'un bien dont une si longue possession sembloit les rendre légitimes propriétaires. Ce prince, qui avoit besoin de se concilier tous les esprits, voulut au contraire, par une cérémonie éclatante, faire cesser toutes les craintes qu'ils pouvoient avoir encore à cet égard. Le 25 juillet 754, assisté de ses fils et des grands du royaume, il fit transférer avec la plus grande pompe le corps de saint Germain de la petite chapelle de Saint-Symphorien, dans le chœur de la grande église de Saint-Vincent, qui depuis fut appelée de *Saint-Germain* ou de *Saint-Vincent et de Saint-Germain*. Alors l'autre église prit sans doute le surnom dont nous venons de parler (1), pour ne pas être confondue avec la première. Telles sont les conjectures imaginées pour expliquer cette difficulté, et l'on doit convenir qu'elles sont à la fois vraisemblables et ingénieuses.

Enfin cette basilique étoit la première église canoniale et paroissiale qui dût son origine à la cathédrale ; et cette dépendance absolue où elle étoit de l'église mère (2), semble être une nouvelle preuve qu'elle avoit pour titulaire le saint évêque qui l'avoit gouvernée, et non celui d'Auxerre.

L'église de Saint-Germain subsista telle qu'elle avoit été bâtie d'abord, jusqu'au siège de Paris par les Normands. Ces barbares l'épargnèrent tant qu'elle leur parut utile à leur défense ; ils la fortifièrent à cet effet d'un fossé dont on retrouve encore aujourd'hui la trace dans la rue qui en

---

(1) *S. Germani Rotundi.*

(2) Les évêques de Paris possédoient, dans les environs de cette église, une grande étendue de terres labourables et de prairies, territoire dont les démembrements ont formé plusieurs paroisses et les quartiers les plus populeux de Paris.

porte le nom ; mais lorsqu'ils furent obligés de quitter Paris, ils la détruisirent de fond en comble. Helgaud, moine de Fleury, nous apprend que le roi Robert la fit rebâtir ; et c'est alors qu'on trouve pour la première fois des titres certains qui la présentent sous le nom de Saint-Germain-l'Auxerrois, celui de Saint-Germain-le-Rond ne pouvant plus lui convenir à cause de la forme nouvelle de l'édifice. On se détermina sans doute à lui donner ce vocable parcequ'il la distinguoit pour toujours de l'abbaye de Saint-Vincent, désignée depuis long-temps sous celui de Saint-Germain-des-Prés.

Le même écrivain qui nous apprend que cette église fut rebâtie par le roi Robert a jeté quelques auteurs , même modernes , dans une erreur assez grave , en la désignant sous le nom de *Monasterium :* ils en ont conclu qu'il y avoit anciennement des religieux à Saint - Germain. Il est vrai qu'on entend aujourd'hui par les mots de *monastère* et d'*abbé* un lieu habité par des religieux et par un supérieur qui les commande ; mais alors on appeloit aussi *monastère* toute église collégiale ou paroissiale, parceque les chanoines et les prêtres qui les desservoient pratiquoient la vie commune : ils sont ainsi appelés , dit Dubreul, *propter convictum communem quem primitùs habebant* (1). Il en est de même du nom d'abbé qui, dans sa véritable étymologie, signifie père, et qui, depuis, a été affecté spécialement aux *archimandrites* ou chefs et supérieurs des maisons religieuses. Dubreul soutient donc avec raison que l'église de Saint - Germain - l'Auxerrois n'a jamais eu d'abbé, mais un doyen et un certain nombre de chanoines : d'ailleurs une charte authentique d'Imbert, évêque de Paris, donnée en 1030 , et confirmée en 1108 par celle de Galon, un de ses successeurs, désignant les ecclésiastiques qui desservoient cette église, leur donne cette qualité de *Chanoines ;* ce qui prouve que quand bien même des religieux l'eussent desservie dans l'origine, son état étoit déjà changé sous Robert, malgré le titre de *monastère* que lui donne l'historien de ce prince.

Il est donc naturel de penser que, dans tous les temps, la communauté de Saint-Germain-l'Auxerrois a été composée de chanoines, et cette dépendance même où ils étoient de la cathédrale en est une nouvelle preuve, puisqu'à

---

(1) Le nom de *monastère* s'est conservé long-temps pour les paroisses dans le vieux mot *montier* et *moutier : mener la mariée au moutier.* Dans la chronique de Cambrai, que cite l'abbé Lebeuf, la cathédrale d'Arras est appelée *monasterium S. Mariæ Atrebatensis.*

cette époque les religieux étoient déjà affranchis de la juridiction épiscopale. Dans les commencements ces chanoines administroient le baptême
et les autres sacrements, et étoient tour à tour chargés des fonctions curiales;
mais la partie de la ville qui étoit sous leur gouvernement s'étant considérablement peuplée, sur-tout sous le règne de Philippe-Auguste, ils choisirent
un vicaire pour remplir ces fonctions sous leurs yeux. Par-là cette collégiale
fut érigée en cure au commencement du treizième siècle ; et l'on trouve
en effet plusieurs actes dans lesquels, dès l'an 1202, le *prêtre*, c'est-à-dire
le curé est distingué des chanoines.

L'église de Saint-Germain-l'Auxerrois est, après la cathédrale, la seule
parmi les anciennes églises séculières qui ait eu une école, et cette école étoit
tellement célèbre, que le nom en est resté à une partie de son territoire.
Un passage de Grégoire de Tours donneroit à penser qu'elle existoit dès
le temps de l'évêque de Paris, saint Germain, et de Ragnemode, son successeur ; on ne peut douter du moins qu'elle ne fût déjà florissante sous
le règne de Charlemagne, époque à laquelle on vit renaître les études si
long-temps négligées. Cette école dut reparoître avec un nouvel éclat sous
le roi Robert, qui rebâtit l'église, et qui s'intéressoit particulièrement à
l'éducation des jeunes ecclésiastiques ; mais le terrain où elle étoit située
étant devenu depuis nécessaire pour les dépôts de la navigation, et l'université
s'étant formée sur la montagne Sainte-Geneviève, les études cessèrent à
Saint-Germain. C'est aussi la première église, en exceptant toujours la
cathédrale, qui ait possédé de bonne heure une nombreuse communauté de
clercs. Les chanoines l'établirent au douzième siècle, afin de donner plus de
solennité à la célébration des offices ; et Maurice de Sully, alors évêque
de Paris, approuva cet établissement.

Son chapitre est de même l'un de ceux qui ont fourni à l'église de France
les plus illustres personnages. Parmi ses doyens, dont on a la liste depuis
sept à huit siècles, plusieurs devinrent évêques ou se distinguèrent par
leur piété. Il possédoit d'ailleurs un grand nombre de prérogatives, entre
autres, le droit de nommer à tous les bénéfices fondés sur son territoire ;
ce qui comprenoit presque tout le quartier occidental de la ville et des
faubourgs de Paris (1).

____

(1) A commencer au Grand-Châtelet inclusivement, et suivant la grande chaussée de Saint-Denis,
pour ne se terminer que vers Saint-Cloud, dont Chaillot seul se trouvoit excepté. (Lebeuf.)

Cette paix et cette considération dont il jouissoit ne furent troublées que vers le commencement du siècle dernier. Il s'étoit déjà élevé plusieurs procès entre le chapitre et le curé; les chanoines avoient aussi des démêlés fréquents avec les marguilliers, et même avec les chapelains du chœur (1). Ces divisions, et le mauvais état des affaires des chanoines de Notre-Dame, firent naître l'idée de réunir les deux chapitres. La proposition en fut faite en 1736; et après d'assez longues contestations relatives au rang et aux privilèges que demandoient les chanoines de Saint-Germain, cette église collégiale, qui pouvoit à juste titre se dire la fille aînée de celle de Paris, retourna en 1744 à la source d'où elle étoit sortie onze à douze siècles auparavant, et la nomination des bénéfices auxquels elle présentoit revint à l'ordinaire.

Le bâtiment de Saint-Germain-l'Auxerrois n'étoit pas moins illustre que la communauté qu'il renfermoit. Cette église, objet de l'affection particulière de nos rois, et bâtie à plusieurs reprises par l'ordre de ces princes, en avoit pris le nom de *royale*, et ce titre lui fut confirmé lorsqu'ils eurent fait du Louvre leur demeure ordinaire. Quant à l'antiquité de ses constructions, Piganiol s'est trompé en disant qu'il restoit encore quelques parties de celles qui avoient été faites du temps de Robert; ce qu'on y voit de plus ancien est le grand portail (2), qui paroît être du siècle de Philippe-le-Bel; le vestibule ou portique qui le précède ne fut construit que sous le règne de Charles VII. Cette façade de l'édifice n'a d'ailleurs jamais été terminée, et il est facile de voir sur l'élévation que toutes les parties supérieures et pyramidales y manquent entièrement.

(1) Il y avoit eu anciennement beaucoup de fondations de chapelles qui n'existoient plus dans le quatorzième siècle; et les plus anciennes de ce temps-là ne passoient pas le quinzième. L'abbé Lebeuf y compte une chapelle de Saint-Nicolas, dans la nef, établie dès l'an 1189; en 1317, une chapelle de Sainte-Madeleine; en 1328, une chapelle de la Trinité, fondée par Guillaume Desessarts. Plusieurs chapellenies se trouvoient déjà établies en 1497, à l'autel des Cinq-Saints, situé dans la nef, etc., etc. (Lebeuf, t. 1, p. 50.)

(2) La situation de ce portail, placé intérieurement, et précédé d'un vestibule, est cause sans doute que les figures dont il est orné ont échappé aux dévastations des brigands révolutionnaires. Elles sont au nombre de six, et représentent les deux personnes royales dont nous avons déjà parlé, un ecclésiastique orné d'une simple dalmatique, qu'on croit être le saint diacre Vulfran; sainte Geneviève, un ange et un évêque, que l'abbé Lebeuf dit être saint Landry. Le peuple de Paris s'imagine y voir la représentation de saint Germain; mais c'est une erreur: la statue de saint Germain étoit au trumeau qui séparoit les deux battants de la porte; elle en fut ôtée dans le dix-septième siècle, avec le pilier qui embarrassoit l'entrée, et enfouie en terre sous la première arcade du bas-côté à droite.

Le chœur, autant qu'on pouvoit juger dans le siècle dernier, par sa structure et par les anciens vitraux qu'on y avoit conservés, paroissoit être du quatorzième siècle ; les ailes, les chapelles, la croisée avec son double portail et la nef étoient d'une construction plus moderne au moins de cent ans (1). En 1607, on construisit sur le terrain du cloître un réservoir pour les eaux de la Samaritaine, et une galerie couverte, voisine du grand portail, laquelle servoit de chapelle à la communion.

Dans le temps que le chapitre étoit à Saint-Germain, le chœur de cette église étoit fermé de toutes parts à la hauteur des arcades des bas côtés, et il n'y avoit d'ouvertures que par la porte principale et par les portes collatérales.

Le jubé, tel qu'il étoit alors, passoit pour un morceau d'architecture très remarquable ; il avoit été élevé sur les dessins de Pierre *Lescot* (2), et les sculptures étoient de Jean Goujon. Ce jubé étoit porté sur trois arcades ; celle du milieu formoit la principale entrée du chœur, et dans la baie de chacune des deux autres étoit un petit autel renfermé par un balustre. Aux deux extrémités on voyoit, sur deux autels saillants, les statues en pierre de la Vierge et de saint Louis, d'un très mauvais travail ; les jambages de ces arcades étoient revêtues chacune de deux colonnes corinthiennes, et les cintres en étoient ornés de figures d'anges tenant les instruments de la Passion. Sur l'appui du jubé et au-dessus des colonnes on avoit placé les statues des quatre évangélistes ; mais ce qu'il y avoit de plus précieux dans cette décoration étoit un grand bas-relief, qui en occupoit le milieu, et qui représentoit Nicodème ensevelissant Jésus-Christ. Ce morceau admirable, dit-on, sous tous les rapports d'ordonnance et d'exé-

_____

(1) Le clocher, dont on a abattu la partie pyramidale, étoit d'un gothique qui annonçoit le douzième siècle. Sa situation singulière au côté méridional de l'entrée du chœur porte à penser qu'il y en avoit un autre au côté septentrional, pour établir un ordre symétrique, comme on le remarque dans un grand nombre d'autres églises.

(2) Architecte de la partie du Louvre bâtie sous François Ier. Nous aurons bientôt occasion d'en reparler.

La construction de ce jubé fut accompagnée de riches embellissements faits intérieurement à cette église depuis 1607 jusqu'à 1623, en menuiserie, peintures, bronzes, marbres précieux et dorures. Toutes les voûtes furent peintes d'azur, semé de fleurs de lis d'or. Le grand autel sur-tout étoit d'une grande magnificence, orné de six colonnes de porphyre, enceint d'une balustrade de marbre blanc, etc.

cution étoit de la main du célèbre sculpteur que nous venons de nommer. Il fut détruit avec le reste, lors des changements qui s'opérèrent dans l'administration de Saint-Germain , par la réunion de son chapitre à celui de Notre-Dame.

Le curé et les marguilliers pensèrent aussitôt à faire exécuter dans leur église les travaux convenables pour la rendre vraiment paroissiale (1); il fut décidé qu'on ouvriroit le chœur de tous les côtés : pour y parvenir , on abattit, en 1745, les lambris qui l'environnoient, et même le jubé qui régnoit sur la porte principale ; le pavé de l'église fut relevé et réparé dans toute son étendue ; et afin d'éviter de nouvelles dégradations , on pratiqua sous l'église de vastes caveaux pour les inhumations. Tous ces changements furent approuvés , à l'exception de la destruction du jubé.

Le chœur reçut alors la forme nouvelle qu'il a conservée jusqu'à nos jours. Cette décoration fut faite sur les dessins de M. *Baccari ,* architecte : les piliers gothiques reçurent une forme moderne ; dans les masses qui sont au-dessus des arcades , il retailla des tables (2) enfoncées avec un caisson au milieu. Au pourtour du chœur, au-dessous des croisées, règne une balustrade d'entrelas , enrichie de fleurons , et dont les piédestaux sont ornés de têtes de chérubins. On prit, en même temps, des mesures pour procurer un jour suffisant à toute l'église , en supprimant les rosettes gothiques et une grande partie des meneaux (3) des croisées ; des vitraux neufs les remplacèrent. MM. Gois et Mouchi, sculpteurs du roi, ajoutèrent les statues de saint Vincent et de saint Germain à plusieurs sculptures modernes dont ce chœur fut décoré ; il fut enceint d'une grille à hauteur d'appui, en fer poli et bronze doré, de la plus belle exécution ; enfin , rien ne fut négligé pour que cette restauration répondît à la dignité d'une des plus anciennes et des plus célèbres églises de Paris.

______

(1) Dans le temps que cette église étoit collégiale, l'office paroissial se célébroit dans une chapelle de la nef, que l'on appeloit chapelle de la paroisse.

(2) Nom qu'on donne, dans la décoration d'architecture, à une partie unie, simple, de diverses figures, et ordinairement carrée-longue.

(3) C'est ainsi qu'on nomme les montants et traverses de bois, de pierre ou de fer qui séparent les guichets d'une croisée.

Elle possédoit des ornements plus précieux encore : plusieurs tableaux des plus grands maîtres de l'ancienne école française en décoroient la nef, dont le banc de l'œuvre, exécuté sur les dessins de Perrault et Lebrun, passe pour le plus beau qu'il y ait à Paris. La plupart des artistes logés au Louvre, et paroissiens de cette église, s'étoient fait un honneur, dans le siècle dernier, d'y consacrer quelques uns de leurs chefs-d'œuvres. Enfin, ses murs et ses piliers étoient couverts des noms d'une foule de personnages illustres par leurs talents ou par leurs vertus, dont elle contenoit les dépouilles mortelles, et ses chapelles offroient les tombeaux de plusieurs d'entre eux. La plupart de ces monuments ont été détruits ou dispersés ; ces noms ont été effacés, et une nudité presque absolue a succédé à cette magnificence religieuse, dont il ne reste même presque aucun souvenir (1).

Nota. Nous adopterons, pour Saint-Germain-l'Auxerrois et pour toutes les églises remarquables par la quantité de leurs monuments, la marche que nous avons suivie pour la Cathédrale, en donnant une espèce de catalogue des tableaux, statues et tombeaux qu'elles contenoient.

CURIOSITÉS DE SAINT-GERMAIN-L'AUXERROIS.

TABLEAUX.

1. Dans la chapelle de la paroisse, les tableaux de saint Vincent et de saint Germain, par *Philippe de Champagne.*
2. Sur l'autel d'une autre chapelle qui est auprès de celle de la paroisse, un tableau de saint Jacques, par *Le Brun.*
3. Dans la chapelle des agonisants, un tableau de Jouvenet dont le sujet est *l'Extrême-Onction.*
4. Au-dessus de la chaire, qui étoit remarquable par la richesse de ses ornements, un tableau de Boullongne, représentant une des prédications de J. C.
5. Dans la chapelle où s'assembloient les marguilliers, on voyoit un tableau qui y avoit été transporté d'une des croisées de l'église où il étoit placé auparavant. C'étoit une copie de la fameuse Cène de Léonard de Vinci (2).
6. Le tableau du maître-autel, exécuté par M. Vien.

---

(1) On a long temps projeté de bâtir un nouveau portail à cette église, dont la façade eût fait le fond du palais du Louvre ; mais il paroît que la place ainsi limitée, n'offrant pas une étendue proportionnée à celle de la colonnade, sera agrandie en profondeur, et que l'église sera démolie.

(2) On prétend que François Ier, vivement frappé des beautés de l'original peint à fresque dans

PERSONNAGES CÉLÈBRES ENTERRÉS DANS CETTE ÉGLISE.

Jacques Dubois, médecin fameux, connu sous le nom de *Silvius*, mort en 1551 ;

François Picart, doyen de cette église, et grand prédicateur, mort en 1556 ;

François Olivier, chancelier de France ;

François Olivier, seigneur de Fontenay, et abbé de Saint-Quentin de Beauvais, son petit-fils, mort en 1636.

Au côté droit du chœur, sous l'enceinte et contre le mur, étoit une table de marbre sur laquelle on lisoit l'épitaphe de François de Kernevenoy, appelé par corruption de *Carnavalet*. C'étoit un des plus beaux caractères de son temps, et l'ornement de la cour de Henri II.

On lit ensuite dans d'autres chapelles les épitaphes d'Anne de Thou, fille aînée de Christophe de Thou, premier président du parlement de Paris ; de Louis Revol, secrétaire d'état sous Henri III et Henri IV ; de Claude Fauchet, premier président de la cour des monnoies, mort en 1603.

La famille de Pomponne de Bellièvre avoit aussi sa chapelle dans cette église. Le fameux chancelier de France, de ce nom, surnommé *le Nestor* de son siècle, y fut enterré en 1607.

La famille des Phelippeaux de Pontchartrain avoit aussi sa sépulture à Saint-Germain depuis 1621 : celle d'Aligre depuis 1635.

Concino-Concini, connu sous le nom de maréchal d'Ancre, avoit d'abord été inhumé au-dessous de l'orgue de cette église, dans la nuit du 24 au 25 d'avril 1617. Dès qu'il fut jour, la populace furieuse le tira de sa fosse, et exerça mille indignités sur son cadavre, qu'elle finit par déchirer en pièces (1).

Au premier pilier, vis-à-vis la chapelle du Saint-Sacrement, étoit une table de marbre sur laquelle Le Brun avoit peint une femme mourante dont l'expression étoit d'une grande beauté. Ce portrait étoit celui de mademoiselle Selincart, épouse d'Israël Silvestre, graveur célèbre du dix-septième siècle : tous deux ont été enterrés dans cette église.

Plusieurs autres personnages qui se sont fait un nom dans les arts et dans les lettres avoient aussi leur sépulture à Saint-Germain-l'Auxerrois. On y lisoit les noms de Malherbe, le créateur de la poésie française ; de l'illustre madame Dacier et de son époux ; du peintre Stella ; de plusieurs grands sculpteurs, Sarrazin, Desjardins, Coyzevox, Warin ; de Levau, premier architecte du roi ; d'Orbay, autre architecte qui a bâti le dôme des Invalides. Dans le siècle dernier on y enterra Noël et Antoine Coypel, Santerre, tous les trois peintres distingués ; Houasse, directeur de l'académie de Rome, etc., etc.

---

le réfectoire des Dominicains de Milan, voulut le faire transporter en France avec le mur sur lequel il étoit peint ; mais qu'ayant reconnu l'impossibilité de l'exécution d'un tel projet, il en fit faire plusieurs copies, au nombre desquelles étoit celle-ci. Si cela est vrai, on ne sauroit assez regretter ce morceau, d'autant plus précieux que l'original est dans un état de dégradation qui augmente tous les jours, et qu'on dit irréparable.

(1) Voyez page 54.

Le dernier personnage remarquable qui ait été inhumé dans cette église est le comte de
Caylus, célèbre par son amour pour les arts et pour l'antiquité. En raison de ce goût
et des travaux auxquels il s'étoit livré toute sa vie pour en pénétrer les obscurités,
on lui avoit élevé un monument composé d'un cénotaphe antique en porphyre (1),
lequel étoit surmonté de son buste. Il mourut en 1765.

Dans cette église furent baptisés, en 1316, le petit roi Jean, premier fils de Louis Hutin
et de Clémence d'Aragon, d'Anjou-Hongrie ; en 1389, Isabelle de France, fille de
Charles VI et d'Isabelle de France ; en 1573, Marie-Isabelle de France, fille de
Charles IX et d'Elisabeth d'Autriche.

Si l'on considère en général le territoire de Saint-Germain-l'Auxerrois,
soit dans son état primitif, soit dans les réductions qu'il a éprouvées, il se
trouve qu'il a servi à l'érection de quatre collégiales, neuf paroisses et plusieurs hôpitaux ; nous avons déjà eu l'occasion de parler de plusieurs de ces
établissements, et nous ferons connoître les autres par la suite : il s'agit
seulement de déterminer ici les bornes dans lesquelles cette paroisse étoit
renfermée à la fin de la monarchie.

Sa figure formoit un carré long. Depuis l'extrémité des Tuileries, ses
limites passoient par le milieu de la rivière jusqu'à la statue de Henri IV;
revenoient ensuite, en suivant la moitié septentrionale du bras de la
rivière, jusqu'au pont au Change, sur l'extrémité duquel elle possédoit
jadis trois maisons dans la branche qui descendoit vers le Grand-Châtelet.
Cet édifice public, ses prisons et la rue Pierre-au-Poisson y étoient également compris.

Elle pénétroit ensuite dans la rue Saint-Denis, dont elle avoit tout le
côté gauche jusqu'à la première ou la seconde maison en-deçà de la rue
Courtalon, exclusivement. Les cinq ou six premières maisons à droite en
entrant dans la rue de la Tabletterie (2), les trois ou quatre dernières de
la rue des Fourreurs aussi à droite, tout ce qui est à gauche entre ces deux
rues, lui appartenoit également. Il faut y ajouter l'extrémité de la rue

---

(1) Il existe au dépôt des Monuments français.

(2) On voit que cette paroisse s'étendoit jusque dans le quartier Sainte-Opportune, et même
dans les rues environnantes de cette dernière église, dont les droits curiaux étoient extrêmement
circonscrits. Elle n'avoit sous sa juridiction que trente à quarante maisons comprises dans les rues
de la Tabletterie et des Fourreurs, de plus, les maisons du cloître et de la place, celles de la rue
de l'Aiguillerie, quelques unes au coin de la rue Saint-Denis, et la rue Courtalon.

des Déchargeurs, excepté ce qui fait le coin de celle de la Ferronnerie, et tout le côté gauche de la rue Saint-Honoré jusqu'à la boucherie des Quinze-Vingts.

Dans cette boucherie, les étaux à gauche étoient de Saint-Germain; les limites, passant ensuite au milieu de la cour du marché dans sa longueur, renfermoient la grande écurie et ses cours, le Manège jusqu'à la grotte des Feuillants; elles suivoient ensuite les murs du reste du jardin des Tuileries, et l'Orangerie; puis, se repliant à la moitié du cul-de-sac de cette orangerie, se prolongeoient le long des fossés des Tuileries jusqu'à la rivière. Cette étendue contenoit deux cent cinquante arpents, soixante-deux perches carrées.

Portail de St Germain l'Auxerrois.

LE LOUVRE.

L'ORIGINE du Louvre se perd, comme celle de presque tous les vieux édifices de Paris, dans l'obscurité de ses temps de barbarie.

Les historiens ne sont pas même d'accord sur la véritable étymologie de son nom. Les uns le font venir du nom propre d'un seigneur de *Louvres*, sur le terrain duquel le premier château fut bâti; d'autres des loups qui peuploient la forêt voisine (1); quelques uns du vieux mot français *ouvre*, de manière qu'on aura dit *L'ouvre* pour l'œuvre, l'ouvrage par excellence. Enfin il en est un petit nombre, et ceux-ci nous semblent avancer l'opinion la plus vraisemblable, qui prétendent trouver la racine de ce nom dans le mot saxon *lower*, lequel signifie *château*.

Si un diplôme, cité par Duboulay (2), est authentique, il faudroit croire que le Louvre existoit déjà du temps du roi Dagobert, c'est-à-dire vers le milieu du septième siècle. Mais, en supposant qu'on puisse donner à son origine cette haute antiquité, il faut croire en même temps, ou que ce n'étoit point une maison royale, ou qu'elle jouissoit alors de peu de renommée, car les historiens de la première dynastie n'en font aucune mention, tandis qu'ils parlent souvent de Vincennes, de Chelles, de Clichy, de Saint-Denis, de Nogent (ou Saint-Cloud), et de beaucoup d'autres maisons de plaisance (3) que nos rois avoient alors coutume de parcourir, et qu'ils habitoient plus volontiers que la ville.

---

(1) Une partie de cette forêt subsistoit encore du temps de saint Louis, qui, au rapport des historiens, fit construire l'hôpital des Quinze-Vingts *in luco* (dans le bois). Elle se confondoit alors avec la forêt de Saint-Germain-en-Laye.

(2) Histoire de l'Université de Paris.

(3) Ces domaines, dispersés dans le royaume, montoient à plus de cent soixante, et composoient le principal revenu de nos rois de la première et de la seconde race. Ce n'étoient point des maisons de plaisance avec de vastes jardins embellis par l'art; c'étoient de bonnes métairies, ordinairement au milieu des forêts. On y tenoit des haras; on y nourrissoit des bœufs, des vaches, des moutons, de la volaille. On vendoit au profit du roi les provisions qu'il n'avoit pas consommées. (SAINT-FOIX.)

VUE du LOUVRE tel qu'il etoit sous *PHILIPPE-AUGUSTE*.

Il n'existe point de preuves suffisantes pour faire adopter une origine aussi ancienne; mais ce seroit aussi la rapprocher beaucoup trop de nos temps modernes que de l'attribuer à Philippe-Auguste (1), comme l'a fait Duhaillan, suivi en cela par beaucoup d'autres historiens. Plusieurs actes concourent à prouver que le Louvre existoit dès la seconde race, et qu'à cette époque il étoit déjà une habitation royale. Il fut sans doute détruit par les Normands vers la fin de cette époque, et relevé avec tous les édifices environnants dès les premiers temps de la domination des Capets. « Les rois y tinrent des chiens, des chevaux, des piqueurs et des équi- « pages de chasse, dit Saint-Foix, mais ils ne faisoient qu'y passer et s'y « rafraîchir; jamais ils n'y ont été à demeure. » Ces princes, comme nous l'avons déjà dit, habitoient le palais de la Cité lorsqu'ils quittoient leurs maisons de plaisance pour revenir dans leur capitale.

L'erreur qui a fait regarder Philippe-Auguste comme le fondateur du Louvre vient de ce qu'effectivement il en répara et augmenta les constructions. Ce fut lui qui y fit élever cette tour fameuse connue alors et long-temps après sous le nom de *Tour Neuve*. S'il eût fait bâtir le château en entier, Rigord, son historien, ou plutôt son panégyriste, Guillaume Le Breton et Jean de Saint-Victor n'eussent pas manqué d'en faire mention. Le nom même qui fut donné à la tour de Philippe-Auguste prouve qu'il en existoit d'autres qui avoient été construites auparavant : en effet cette tour, que Rigord appelle *Neuve*, parcequ'il n'y avoit que dix ans qu'elle étoit bâtie lorsqu'il écrivoit, occupoit au milieu du Louvre la place d'une autre tour qui avoit aussi porté le même nom; depuis on l'appela la *Grosse-Tour*; la preuve en est dans un cartulaire de Saint-Denis-de-la-Chartre, qui contient des lettres de ce prince de l'an 1204, par lesquelles il donne 30 sous à cette église pour l'indemnité (2) du terrain sur lequel cette construction avoit été élevée. On y voit que la tour du Louvre, dite *Grossa Turris*, est située où étoit anciennement *Turris Nova*. Sous le

---

(1) Nous saisissons cette occasion pour relever une erreur qui se trouve à la page 217 : il est dit que Philippe fit *bâtir* le Louvre ; il faut lire *réparer*.

(2) On sait que l'évêque et le chapitre de Paris avoient aussi des droits sur une partie du terrain du Louvre. Dix-huit ans après, en 1222, ce même prince chargea la prévôté de Paris du paiement d'une rente de 20 liv. parisis à ce prélat et à son église, à cause des Halles, du Petit-Châtelet et même de la plus grande partie du Louvre, bâtis dans leur seigneurie.

règne de Louis-le-Jeune, on trouve des actes où ce château est nommé *Louvre*, sans qu'il soit indiqué si ce nom venoit de l'édifice lui-même, ou du territoire sur lequel on l'avoit bâti.

La situation du Louvre, dans une plaine voisine et cependant entièrement détachée de Paris, présentoit le double avantage d'en faire une maison de plaisance pour nos rois, et une forteresse, qui pût à la fois défendre la ville et en contenir les habitants. Le genre de sa construction prouve que l'on avoit eu l'un et l'autre but en le bâtissant; mais, dès Philippe-Auguste, cette capitale s'étoit tellement accrue, que ce château étoit déjà environné de rues et de maisons. Cependant ce prince ne voulut point qu'il fût enfermé dans Paris lorsqu'il fit faire de nouvelles murailles : le Louvre eut une enceinte particulière, et hors la ville.

Dans la description de cet ancien monument, nous suivrons principalement Sauval, qui se montre ici plus exact que par-tout ailleurs, quoique dans plusieurs endroits il ait confondu la forme de l'édifice avec l'enceinte dont il étoit environné.

Le plan du Louvre étoit un parallélogramme, et s'étendoit en longueur, depuis la rivière jusqu'à la rue de Beauvais, et en largeur, depuis la rue Froi-Manteau jusqu'à celle d'*Autriche*, aujourd'hui rue de l'Oratoire. Le terrain qu'il occupoit avoit soixante-une toises trois quarts de longueur, sur cinquante-huit toises et demie de largeur. Il consistoit en plusieurs corps-de-logis d'une architecture si simple et si grossière, que la façade ressembloit à quatre pans de murailles percées de croisées longues et étroites, où le jour pouvoit à peine pénétrer, et placées au hasard les unes sur les autres. Ce château d'ailleurs étoit fortifié, flanqué d'un grand nombre de tours, et environné de fossés larges et profonds. Au centre de ce carré long étoit la grande cour, qui avoit trente-quatre toises et demie de longueur, sur trente-deux toises et cinq pieds de largeur. Au milieu s'élevoit la grosse tour dont nous venons de parler.

Les corps-de-logis étoient à deux étages sous Philippe-Auguste; ils furent rehaussés sous Charles V de cinq à six toises, et couronnés de terrasses. Outre la grande cour, on comptoit dans le Louvre plusieurs basses-cours qui empruntoient leurs noms des lieux dont elles étoient voisines : ainsi, l'une se nommoit la basse-cour du côté de Saint-Thomas; une autre, la basse-cour vers la rivière ; il y avoit la basse-cour du côté de l'hôtel de Bourbon ; la basse-cour du côté de la rue d'Autriche, etc.

Les tours étoient nombreuses, mais répandues autour du bâtiment sans aucune symétrie entre elles, excepté aux angles et aux portaux (1). Ces dernières, qui ne s'élevoient que jusqu'au comble, se terminoient en terrasses ou plates-formes. Celles des angles, beaucoup plus hautes que les autres, étoit couvertes d'ardoises, et terminées par des girouettes peintes et rehaussées des armes de France. Chacune de ces tours avoit son nom et son capitaine particulier, lequel dépendoit du gouverneur général du château.

Les plus connues de ces tours sont la grosse tour du Louvre, la tour de la Librairie, la tour de l'Horloge, les tours au Fer-à-Cheval, la tour de l'Artillerie, la tour de Windal, la tour de l'Écluse, la tour de l'Armoirie, la tour de la Fauconnerie, la tour de la Taillerie, la tour de la Grande-Chapelle, la tour neuve du pont des Tuileries, etc. Les noms de ces tours s'entendent facilement d'eux-mêmes, excepté le nom de celle de Windal, dont on ignore l'origine.

La tour du Louvre, d'où relevoient encore dans les derniers temps les grands fiefs et les grandes seigneuries du royaume (2), a été nommée par

____

(1) Ici Sauval dit que les tours *des portaux ne s'élevoient que jusqu'au premier étage.* Il confond évidemment les tours de l'enceinte avec celles qui flanquoient le corps-de-logis; et il suffit de jeter les yeux sur la gravure que nous en donnons pour s'en convaincre.

On voyoit autrefois dans la sacristie de l'abbaye Saint-Germain-des-Prés un ancien tableau qui paroissoit avoir été peint au commencement du quinzième siècle. Il représentoit un saint abbé de ce monastère, nommé Guillaume, à genoux, et soutenant un Christ détaché de la croix ; cette figure, d'un bon coloris, étoit mal dessinée, ainsi que plusieurs autres qui l'accompagnoient; mais ce qu'il y avoit d'extrêmement curieux dans cette peinture étoit le fond sur lequel les personnages se détachoient. Il représentoit l'abbaye au milieu de ses prés, environnée de tours rondes, de hautes murailles et de fossés profonds. Le Louvre, avec ses grosses tours, y paroissoit aussi de l'autre côté de la rivière, tel qu'il avoit été construit par Philippe-Auguste. A côté étoit le Petit-Bourbon, dont a pu voir encore des débris dans le siècle dernier; et plus loin, la butte Montmartre avec le monastère de religieuses que la reine Adélaïde de Savoie y avoit fait bâtir. C'est d'après ce tableau, seul monument qui nous ait laissé une représentation de ces édifices, que cette gravure a été fidèlement copiée.

(2) Les registres et les titres de la chambre des comptes sont pleins d'assignations de deniers, que nos rois donnoient aux grands seigneurs sur la tour du Louvre. Louis VIII, qui pendant son règne avoit amassé des sommes immenses en masse et en espèces, les fit porter dans cette tour, et non dans celle du Temple, qui avoit jusque-là servi de trésor à ses prédécesseurs. François Ier l'ayant fait abattre deux ans et demi après, le coffre du Louvre ou de l'épargne lui succéda, et servit à la garde du trésor royal, suivant le registre des ordonnances du parlement.

les historiens, tantôt la tour *Neuve*, tantôt la Forteresse du *Louvre*; puis la tour de *Paris*, la tour *Ferrand*, la *grosse* tour du Louvre : elle étoit ronde et semblable à celles de la Conciergerie du Palais. Elle avoit huit toises de diamètre et seize de hauteur. L'épaisseur de la maçonnerie étoit de douze pieds dans le haut, et de treize vers la base; on y comptoit plusieurs étages, percés chacun dans leur pourtour de huit croisées à montant et traverses de pierre, de quatre pieds dans toutes les dimensions. On montoit à cette tour par un escalier que fermoit une porte de fer, et l'on y arrivoit par un pont-levis (1) et un pont de pierre d'une seule arche, au moyen desquels on franchissoit un fossé large et profond dont elle étoit environnée. Une galerie aussi de pierre, qui aboutissoit au grand escalier, lui servoit de communication avec le château : elle se trouvoit ainsi isolée du reste de la cour. Dans l'intérieur étoient une chapelle, un puits et plusieurs chambres voûtées.

Sur un des côtés du fossé on avoit dressé un petit édifice couvert de tuiles, d'où sortoit une fontaine. Il fut démoli avec la tour en 1528. De l'autre côté étoit un pavillon carré, qu'on avoit déjà détruit en 1377.

Cette tour étoit le lieu où tous les grands vassaux étoient tenus de venir rendre hommage. C'étoit, dit Saint-Foix, une prison toute préparée pour eux, s'ils y manquoient : elle fut en effet, tant qu'elle exista, le séjour d'un grand nombre d'illustres prisonniers.

Ferrand, comte de Flandre, vaincu par Philippe-Auguste, et pris par ce prince à la bataille de Bovine en 1214, y fut renfermé chargé des mêmes chaînes qu'il avoit préparées pour son souverain : il n'en sortit qu'en 1226, pendant la régence de la reine Blanche, qui lui rendit la liberté, sous la promesse qu'il fit de la servir contre ses ennemis.

Saint Louis y fit conduire Enguerrand de Coucy, pour avoir fait pendre injustement trois jeunes gentilshommes flamands, venus à Saint-Nicolas-des-Bois dans le dessein d'apprendre la langue, et qui avoient poursuivi sur ses terres des lapins qu'ils avoient fait lever sur celles de cette abbaye.

En 1299, on y voit amener Guy, comte de Flandre, avec ses enfants, pour avoir pris les armes contre Philippe-le-Bel. Enguerrand de Marigny, ce contrôleur des finances dont nous avons déjà parlé, l'eut aussi pour prison. Louis, comte de Flandre et de Nevers, et Jean, comte de Riche-

___

(1) Sur le pignon du pont-levis étoit la figure de Charles V tenant un sceptre, sculptée par *Jean de Saint-Romain*, pour le prix de 6 liv. 8 sous parisis.

mont et de Montfort y furent renfermés sous les règnes de Charles-le-
Bel et de Philippe de Valois, le premier, pour avoir obligé ses sujets à lui
rendre hommage, ce qui étoit contraire à un traité fait en 1310 ; le second,
pour avoir usurpé la Bretagne. Ce roi de Navarre si funeste à la France,
Charles II, dit le Mauvais, y fut deux fois prisonnier par ordre du roi
Jean : d'abord à cause de l'assassinat de Charles d'Espagne, connétable de
France, convaincu ensuite d'avoir excité les Anglais à envahir le royaume.
Sous Charles VI, les séditieux qui désoloient Paris y emprisonnèrent Pierre
Desessart et plusieurs autres personnages de distinction. Enfin, en 1474,
Louis XI fit renfermer dans cette tour Jean II, duc d'Alençon ; et c'est
le dernier prisonnier qu'on y ait mis. Nos rois se sont toujours servis
depuis de la Bastille, du château de Vincennes, de la tour de Bourges,
du château d'Angers, etc. (1)

La tour de la *Librairie* reçut le nom qu'elle portoit parcequ'elle servit
de dépôt à la bibliothèque de Charles V. Cette bibliothèque n'étoit composée que de neuf cents volumes; mais c'étoit beaucoup pour un temps
où l'imprimerie n'étoit pas encore découverte, et pour un prince à qui le
roi Jean son père n'avoit laissé qu'une vingtaine de volumes au plus. Elle
occupoit trois chambres, ou plutôt trois étages de cette tour (2), et étoit
ouverte nuit et jour au petit nombre de savants et de lettrés de ce temps-
là. « La bibliothèque de Charles V, dit le président Henault, étoit composée
de livres de dévotion, d'astrologie, de médecine, de droit, d'histoire et de
romans; peu d'anciens auteurs des bons siècles, pas un seul exemplaire des
ouvrages de Cicéron, et l'on n'y trouvoit, des poëtes latins, qu'Ovide,
Lucain et Boëce ; des traductions en français de quelques auteurs, comme
les Politiques d'Aristote, Tite-Live, Valere-Maxime, la Cité de Dieu,
la Bible, etc. »

____

(1) Quoique cette tour servît de prison, nous apprenons des registres de la chambre des comptes
que Charles V y demeuroit en 1398, et qu'il fit fermer de fil d'archal les fenêtres de son appartement, parcequ'il se trouvoit incommodé des oiseaux et des pigeons qui y entroient sans cesse.
On croit même qu'il n'est pas le seul de nos rois qui en ait fait sa demeure. Du reste, le peuple, avide
de tous les bruits qui frappent son imagination, contoit quantité de fables de cette tour, et c'étoit
une tradition, qu'il y existoit des souterrains où l'on se défaisoit des criminels qu'on ne vouloit
pas faire mourir en public.

(2) Selon un catalogue de cette bibliothèque, il y avoit 269 volumes dans la première chambre,
260 dans la chambre du milieu, et 380 dans la chambre du troisième étage.

Sous le règne de Charles VI., cette bibliothèque fut entièrement dispersée; les Anglais ayant pénétré jusqu'à Paris à la faveur des dissensions intestines qui troubloient la France, et principalement cette capitale, s'emparèrent, comme le témoignent quelques actes de ce temps-là, de cette précieuse collection. Une partie des livres passa en Angleterre avec les archives, qui étoient aussi conservées dans e Louvre; les ennemis se partagèrent sans doute le reste.

On ne sait autre chose de la tour de l'*Artillerie* sinon que les arsenaux du Louvre qui y étoient établis furent transportés auprès du couvent des Célestins le 18 décembre 1572, par ordre du roi Charles IX.

La tour de *Windal* étoit située sur le bord de la rivière, et attachée à la porte d'une des basses-cours. En 1411, elle avoit un comte de Nevers pour capitaine ou concierge.

La tour *du Bois*, que l'on nomme quelquefois le Château du Bois, fut bâti en 1382 par ordre de Charles VI. Elle étoit située vis-à-vis la tour de *Nesle*, entre la rivière et la basse-cour du Louvre, et environnée de fossés profonds (1). Les registres de la ville disent que le même prince qui avoit fait contruire cette tour ordonna dans la suite de la détruire: ce qui fut exécuté.

La tour de l'*Ecluse* retenoit par des vannes l'eau de la rivière dans les fossés. En 1391, Charles VI y fit emprisonner Hugues de Saluces.

La tour *Neuve du pont des Tuileries* étoit près du logis du prévôt de l'hôtel et du pont des Tuileries. C'est la dernière de toutes celles que nous avons citées sur laquelle on ait quelques particularités.

Il est impossible d'ailleurs de rien dire de certain sur les changements qui furent faits dans le Louvre depuis Philippe-Auguste jusqu'à François Ier; car il n'existe, ni dans les archives ni dans les bibliothèques, aucun plan de ce château à aucune de ces époques. Les chartes et les mémoires historiques sont les seules sources d'où l'on puisse tirer à ce sujet quelques notions, et tout ce qu'on y apprend, c'est que nos rois y ont fait successivement divers changements, élevant une tour, en détruisant une autre, bâtissant une chapelle, un pavillon, étendant un jardin, etc. Saint Louis

____

(1) Ces fossés étoient très poissonneux, et il est dit que l'an 1415, le 3 février, on en leva les bondes, pour donner de l'air au poisson, qui étoit enseveli sous la glace.

avoit conçu le projet d'en augmenter beaucoup les bâtiments : on ignore ce qui l'empêcha de l'exécuter.

Les plus grands travaux entrepris dans cet édifice pendant le cours du quatorzième siècle sont dus à Charles V et à son successeur. « Le Louvre, dit Saint-Foix, après avoir été hors des murs pendant plus de six siècles, se trouva enfin dans Paris, par l'enceinte commencée sous Charles V en 1367, et achevée sous Charles VI en 1383. Charles V, qui ne jouissoit que d'un million de revenu, dépensa cinquante-cinq mille livres à re-hausser ce palais et à rendre les appartements plus commodes et plus agréables ; mais ce prince ni ses successeurs jusqu'à Charles IX n'en firent point leur demeure ordinaire; ils le laissoient pour les monarques étrangers qui venoient en France. Sous le règne de Charles VI, Manuel, empereur de Constantinople, et Sigismond, empereur d'Allemagne, y furent logés. »

Ce château étoit accompagné de plusieurs jardins. Le plus grand étoit nommé le *Parc*, et s'étendoit le long de la rue Froi-Manteau. On avoit élevé aux quatre coins quatre pavillons. Il ne fut détruit que sous Louis XIII, lorsqu'on commença à reprendre les travaux pour l'achèvement du principal corps-de-logis, commencé sous François Ier. Outre ce jardin, il y en avoit un pour l'appartement du roi, et un autre pour celui de la reine. Ce dernier subsistoit encore à la fin du siècle dernier.

Dès le commencement du seizième siècle, ce vieil édifice, entièrement négligé, tomboit en ruines ; et lorsque Charles-Quint vint à Paris en 1539, François Ier fut obligé d'y faire des réparations considérables, pour le rendre digne de recevoir ce monarque. Ces travaux, dont l'effet étoit sans doute insuffisant pour la restauration totale de l'édifice, lui firent naître l'idée de le faire entièrement abattre et de construire à la place un palais plus digne de la majesté des rois, et de l'état de civilisation où la nation étoit parvenue. A cette époque, les beaux-arts s'étoient déjà introduits en France à la voix d'un prince qui les aimoit et les protégeoit. Les plus grands artistes de l'Italie étoient appelés à sa cour, et le payoient des honneurs et des récompenses qu'il leur prodiguoit, en communiquant à son peuple les traditions de l'antiquité dont ils étoient les dépositaires ; et bientôt la France vit sortir de son sein d'heureux génies qui purent rivaliser avec leurs maîtres. De ce nombre étoit Pierre *Lescot*, seigneur de Clugny, l'un des plus grands architectes de son siècle.

On a peu de détails sur la vie de cet homme célèbre ; on sait seulement qu'il fut abbé commendataire de l'abbaye de Clugny, chanoine de l'église de Paris, et conseiller des rois François Ier, Henri II, Charles IX et Henri III, sous les règnes desquels il vécut. Il est le premier qui ait osé offrir parmi nous les belles proportions et le goût pur de l'architecture antique au milieu des édifices gothiques qu'élevoient encore de tous côtés les architectes ses contemporains. Il avoit donné au roi, pour la construction du nouveau palais qu'il projetoit, un plan aussi grand que magnifique. Cependant, avant de rien entreprendre, François Ier ordonna, dit-on, à l'italien Sébastien *Serlio*, alors en France, de lui tracer aussi un plan du Louvre. Il paroît que c'est à cet habile architecte qu'il faut attribuer le trait généreux dont on a si faussement fait honneur au Bernin. Il avoit vu le dessin de Pierre Lescot ; et, tout en obéissant aux ordres du roi, il lui fit entendre qu'il ne pouvoit rien faire de mieux que d'adopter le projet de l'artiste français. Ce fut donc sur les plans de Lescot que fut commencé le nouveau palais, qu'on a depuis appelé le *Vieux-Louvre*, pour le distinguer des constructions qui furent élevées sous les règnes suivants : car ce superbe monument, même dans l'état d'imperfection où nous l'avons vu au commencement de la révolution, étoit cependant le résultat d'une suite de travaux presque continuels depuis François Ier jusqu'à nos jours.

Au milieu d'une foule de tentatives abandonnées, de projets avortés, d'entreprises mal concertées et qui se sont successivement détruites, ces travaux présentent trois époques principales et qui peuvent suffire à la description historique du Louvre. La première sous François Ier, Henri II et Louis XIII ; la seconde, sous Louis XIV ; et la troisième, qui appartient au règne de Louis XV (1).

Si l'on en croit la plupart des historiens de Paris, la construction de ce palais auroit été commencée en 1528. Mais cette date est évidemment fausse, puisqu'à cette époque l'architecte Pierre Lescot n'avoit que 18 ans. Ce qui a causé cette erreur, c'est qu'en 1528 on fit effectivement de

---

(1) Dans cette description, nous suivrons principalement l'estimable ouvrage de M. Legrand, lequel nous a été déjà plus d'une fois de la plus grande utilité.

Vue extérieure du LOUVRE depuis *FRANÇOIS I*ᵉʳ jusqu'à *LOUIS XIII*, prise du fossé de la porte de Nesle.

grandes réparations à ce château ; peut-être même commença-t-on alors à en démolir quelques parties ; mais, comme d'Argenville l'a très bien prouvé, ce ne fut qu'en 1541, c'est-à-dire cinq années avant la mort de François Ier, que le nouveau bâtiment commença à sortir de terre. En 1548, Henri II fit continuer l'ouvrage commencé par son père, comme l'atteste une inscription gravée sur la porte de la salle dite des *Cent-Suisses* (1).

La partie élevée sous ces deux rois est celle qui fait l'angle de la cour actuelle, à partir du pavillon qui occupe le milieu de la façade méridionale jusqu'au gros pavillon surmonté d'un dôme qui est opposé à la colonnade. Cette partie est la seule qui ait été complètement achevée du côté intérieur sur les dessins de Pierre Lescot (2), et c'est là seulement qu'on peut se faire une idée du génie de cet homme extraordinaire.

A cette époque, il régnoit en France, comme en Italie, une grande union entre les arts ; on sentoit plus vivement qu'on ne l'a fait depuis l'heureuse dépendance dans laquelle ils étoient les uns des autres, et l'on ne regardoit point comme un habile architecte celui qui n'étoit pas bon dessinateur, parceque, pour faire un bel édifice, il ne s'agit pas seulement de construire, il faut encore décorer. Pierre Lescot excelloit également dans ces deux parties, et paroît avoir voulu développer dans cette demeure royale toutes les richesses de la sculpture et de l'architecture réunies. La façade offre un ordre corinthien surmonté de deux composites, dont un est en attique. Peut-être pourroit-on reprocher à ce grand artiste d'y avoir trop prodigué le luxe de ces deux arts : il faut convenir que l'attique est trop chargé de bas-reliefs, et que la quantité et la proportion de ces précieux détails ne sont pas dans un accord satisfaisant avec les étages inférieurs. C'est ce même goût pour la magnificence des ornements qui le détermina à adopter une ordonnance dans la décoration de son premier étage, quoique les colonnes et les pilastres n'y aient pas plus de hauteur

---

(1) *Henricus II, christianissimus, vetustate collapsum refici cœptum à patre Francisco I, rege christianissimo, mortui sanctissimi parentis piissimus filius absolvit anno à salute Christi. M. D. XXXXVIII.*

(2) Depuis la nouvelle restauration, il ne reste plus d'intègre dans cette partie que la moitié de l'aile qui s'étend depuis l'angle jusqu'au gros pavillon du milieu ; l'autre portion a été démolie dans sa partie supérieure, et reconstruite dans l'ordonnance des autres façades intérieures. Avant, elle étoit ornée de frontons comme le vieux Louvre.

que les croisées ; et l'on peut en dire autant de l'ordre de son rez-de-chaussée dans sa proportion avec les arcades. Mais ces observations sévères et purement scolastiques n'empêchent point que , soit que l'on considère la majesté de l'ensemble , soit que l'on admire la perfection avec laquelle chaque partie est exécutée, on ne soit forcé de convenir que cette portion du Louvre est encore la plus belle , et qu'il est à regretter que le même homme qui avoit commencé ce grand monument n'ait pas été assez favorisé des circonstances pour pouvoir le terminer d'après une aussi grande conception.

La France possédoit, à la même époque, un autre artiste dont le génie étoit digne de s'associer avec celui de Lescot : c'étoit le célèbre Jean *Goujon* (1), qu'on peut regarder peut-être comme le plus grand statuaire des temps modernes, et qui n'a du moins été égalé jusqu'ici par aucun de ceux qui lui ont succédé. Il décora la façade du Vieux-Louvre de bas-reliefs offrant des trophées, des esclaves enchaînés, des figures allégoriques telles que la pudeur, l'abondance, le courage, etc., etc. L'on ne sait ce que l'on doit le plus admirer, ou de la correction , de la pureté des formes, des ordonnances des croisées , des frises , des chambranles exécutés par l'architecte , ou de la perfection des figures et des ornements qui sont sortis de la main du sculpteur.

Ils déployèrent dans l'intérieur le même goût et la même magnificence ; et l'on n'admire pas moins la vaste salle connue sous le nom de *salle des Cent Suisses* (2), qu'ils y construisirent ensemble. Elle est décorée d'un ordre dont les colonnes sont accouplées et élevées sur un socle. Au fond est une tribune soutenue par des cariatides colossales , dans l'exécution desquelles *Goujon* semble s'être surpassé lui - même. Il ne se peut rien imaginer de plus noble et de plus élégant que toute cette composition.

Pendant les règnes courts et agités des rois qui se succédèrent depuis Henri II jusqu'à Louis XIII , il se fit peu de changements et d'aug-

---

(1) Cet homme célèbre remplit Paris de monuments qui sont tous autant de chefs-d'œuvres. Tout le monde connoît sa fin tragique. Il fut tué le jour de la Saint-Barthélemi , lorsqu'il s'occupoit à retoucher la sculpture de la fontaine des Innocents , qui depuis long-temps étoit achevée.

(2) Cette salle, lorsque nos rois cessèrent d'habiter le Louvre, devint un dépôt des statues antiques et des plâtres qui servoient aux études des artistes. Elle prit alors le nom de *salle des antiques*. Depuis, les quatre classes qui composent l'Institut y ont tenu leurs séances.

Vue INTÉRIEURE du VIEUX LOUVRE construit par FRANÇOIS IER, HENRI II et LOUIS XIII.

mentations dans les constructions du Louvre ; et cependant c'est à cette époque qu'il a été le plus constamment habité par ces souverains. Mais dans ces temps malheureux de discordes civiles et de dissensions politiques, les monuments des arts étoient négligés ; les arts eux-mêmes se corrompoient, et l'on s'aperçoit sensiblement dans le peu qui fut fait pendant cet intervalle de la décadence du bon goût de l'architecture, qui se releva ensuite sous Louis XIII et Louis XIV, sans jamais revenir cependant au point de perfection où elle avoit été portée à l'époque brillante de François Ier. Catherine de Médicis commença la grande galerie du Louvre, et fit construire le château des Tuileries. Charles IX, Henri III et Henri IV continuèrent après elle, sans toutefois y mettre un grand intérêt, quelques parties du Louvre et de la galerie.

On ne songea que sous Louis XIII à achever la belle façade dont nous venons de parler, et Jacques *Lemercier,* architecte protégé par le cardinal de Richelieu, fut chargé de la direction de cet ouvrage. Il suivit les dessins et les plans de Lescot dans toute la partie qui est au-delà du pavillon du milieu, mais il crut devoir s'en écarter dans la construction de ce pavillon, et c'est une faute qu'on ne peut trop lui reprocher. Il couronna l'attique de Lescot de huit figures en bas-relief de la main du fameux sculpteur Sarrazin (1) ; elles furent surmontées par un dôme, le seul qui reste aujourd'hui dans cette cour : mais quoique ces figures soient d'un grand caractère, et qu'il y ait beaucoup de richesse dans cet ajustement, il s'éloigne déjà beaucoup de la beauté du style du siècle précédent, et un goût pur ne sauroit approuver ces cariatides gigantesques placées au troisième étage, ces trois frontons enclavés les uns dans les autres, la trop grande prodigalité des ornements, ni enfin ce dôme quadrangulaire qui couronne pesamment l'édifice. Le même architecte construisit le vestibule orné de colonnes qui est au rez-de-chaussée de ce pavillon, et ce morceau n'est pas sans mérite.

Il paroît que ce fut aussi dans ce temps-là, et toujours sous la direction de Lemercier, qu'on éleva, en se conformant encore au plan de Lescot, l'autre partie de cette aile du Louvre où étoient jadis l'académie française

---

(1) Ce grand artiste, qui passa presque toute sa vie à Rome, n'étoit point alors à Paris, et ces figures furent exécutées sur les modèles qu'il envoya.

et celle des belles - lettres. Ce fut toutefois un des premiers changements survenus dans le plan original. Suivant ce plan, le Louvre ne devoit avoir en étendue que le quart de la superficie occupée par la cour actuelle. Le projet devint plus vaste sous Louis XIII ; on le quadrupla.

Tel étoit l'état de ce palais lorsque Louis XIV commença à gouverner lui-même. A ces constructions imparfaites et irrégulières étoient encore attachés des débris gothiques de l'ancien château ; des matériaux, des décombres, des maisons particulières, mesquines, inégales, entassées sans ordre, entouroient et masquoient cette demeure royale. Dans l'emplacement qu'occupe aujourd'hui sa magnifique colonnade, étoient un jeu de paume, un hôtel, des baraques en bois, etc. On peut se faire une idée de l'aspect qu'offroient alors les environs du Louvre, par celui que présentoient, il y a quelques années, les maisons qui, dans l'espace compris entre la rue du Coq et la rue Froi - Manteau, sembloient être les restes de celles que l'on détruisit à cette époque. La seule façade dont l'aspect fut satisfaisant est celle du pavillon qui s'étend à l'est sur le jardin dit *de l'Infante.* Le roi, qui vouloit que tout autour de lui eût de la grandeur et de la majesté, ordonna que le Louvre fût achevé, et rendu digne de sa noble destination.

Le surintendant des bâtiments (*Ratabon*) demanda, d'après ces ordres, un plan à l'architecte *Levau,* et ce plan fut adopté par Louis XIV. Il y avoit de grandes difficultés à vaincre : la principale étoit d'assortir aux élévations des façades intérieures, projetées d'abord pour un moindre espace que le nouveau plan, la décoration des façades extérieures, dont Pierre Lescot ne s'étoit point occupé, et qui sans doute n'entroient point dans le monument qu'il avoit imaginé. Deux de ces façades furent exécutées sur les dessins de Levau, celle qu'on vient d'abattre du côté du quai (1), et celle qui donne sur la rue du Coq. On remarque dans celle qui regarde les Tuileries deux manières différentes qui sembleroient prouver que cet architecte n'étoit pas seul chargé de l'ordonnance et de la direction de ces travaux, et que ces parties furent exécutées à diverses reprises, sans qu'on puisse au juste en déterminer les époques. Quant à la principale

____

(1) Elle étoit masquée par une autre façade élevée depuis par Perrault ; et les artistes d'un goût délicat la préféroient à cette dernière.

Vue de la **FAÇADE** extérieure du **VIEUX LOUVRE**

façade du côté de Saint-Germain-l'Auxerrois , elle devoit être également faite sur ses dessins ; les fondements en étoient jetés, et s'élevoient déjà à dix pieds au-dessus de terre, lorsque Colbert parvint à la surintendance des bâtiments.

Ce ministre, dont les idées étoient grandes et élevées, n'approuva point le projet de *Levau*, qu'il trouva mesquin, peu digne d'un monarque dont la gloire et la magnificence jetoient déjà un si vif éclat. Il crut donc devoir, sans le rejeter tout-à-fait, ouvrir un concours pour cette importante entreprise : c'étoit la première fois qu'on suivoit en France une marche aussi solennelle dans l'érection d'un monument public. Le modèle en bois de *Levau* fut exposé et livré à la critique , qui le condamna d'une voix unanime ; et l'on vit paroître en même temps plusieurs autres projets conçus par les plus habiles architectes. Parmi ces nouveaux dessins on en remarqua un dont personne ne connoissoit l'auteur , et qui, comme l'assure Perrault, fut généralement trouvé *beau* et *magnifique :* il étoit de *Claude Perrault*, médecin; et c'est, à quelques changements près , celui qui, long-temps après, a été exécuté.

Ce projet, que favorisoit l'approbation générale, avoit aussi frappé Colbert; mais il retomba dans ses irrésolutions lorsqu'il entendit soutenir aux gens de l'art qu'un tel plan n'étoit qu'un beau dessin fait uniquement pour éblouir les yeux ; qu'au fond il étoit inexécutable , et ne pouvoit même soutenir l'examen. Alors le surintendant résolut de prendre l'avis des plus fameux architectes de l'Italie ; et, par une bizarrerie qu'on ne peut guère expliquer , ce fut le dessin de *Levau* et non celui de l'anonyme qu'il leur envoya. Pour toute réponse, ils lui firent parvenir des projets de leur façon, dont aucun ne parut même supportable.

A cette époque, le chevalier Bernin jouissoit à Rome, comme sculpteur et comme architecte, de la plus haute réputation ; il étoit le seul qu'on n'eût pas consulté. Colbert, las de tant de tentatives infructueuses , et éloigné par tous ceux qui l'environnoient du seul projet qui auroit pu le séduire, résolut d'appeler en France ce grand artiste , et de lui demander un plan pour un monument qu'il vouloit rendre le plus grand et le plus magnifique de l'Europe.

Le Bernin vint à Paris, et les honneurs qu'on lui rendit, tant sur sa route qu'à son arrivée dans cette capitale , furent tels, qu'ils parurent excessifs, et qu'ils l'étoient en effet. La réception d'un prince du sang n'eût pas eu plus d'appareil (1). Cet homme célèbre conçut un très beau projet, un projet général, qui embrassoit le présent et l'avenir. Ses idées et ses dessins tendoient, d'un côté, à lier le Louvre aux Tuileries, et, de l'autre, par une magnifique percée, étendoient la place du Louvre jusqu'au Pont-Neuf. Un dessinateur nommé *Mathias*, qu'il avoit amené de Rome, le secondoit dans ses travaux : c'étoit lui qui prenoit les mesures, qui copioit une partie des dessins, etc. Ce Mathias s'aperçut facilement et prouva que *Levau* s'étoit trompé dans les alignements qu'il avoit pris : il le dit hautement ; ce qui aigrit encore la cabale des artistes français contre l'architecte italien.

Cette cabale avoit pris naissance au moment même de son arrivée en France. Les honneurs prodigieux qu'on lui rendoit excitèrent d'abord la jalousie de ses rivaux, et cette jalousie se changea en haine lorsqu'on le vit à Paris louer sans cesse et avec emphase tout ce qu'avoit produit l'Italie ; ce qui étoit, en quelque sorte, déclarer le peu d'estime qu'il faisoit des artistes français ; car, quoiqu'il se conduisît envers eux avec beaucoup de prudence et de politique, donnant des éloges à tout ce qui lui paroissoit en mériter, se taisant sur les choses où il croyoit trouver des défauts, cependant il étoit loin de parler des productions françaises avec le même enthousiasme, et ces différences étoient facilement saisies par l'amour-propre, si prompt à s'alarmer. *Levau*, premier architecte, ne voyoit point sans douleur cette préférence humiliante pour lui qu'on accordoit à un étranger. Le peintre *Lebrun*, qui étoit au premier rang dans la faveur du monarque, s'effrayoit de l'idée de la partager avec un homme dont le mérite étoit grand, qu'on avoit reçu avec tant de distinction, et qu'on parloit de fixer pour toujours à Paris. Mais celui qui intrigua le plus fortement contre lui fut Charles Perrault, secrétaire du conseil des bâtiments ; il avoit la confiance du ministre, et l'on peut juger qu'il désiroit avec ardeur de faire adjuger l'entreprise du Louvre à son frère. Le Bernin avoit d'ailleurs dans son ton et dans ses manières une sorte d'exagération

---

(1) Des officiers envoyés par la cour lui apprêtoient à manger sur la route ; il étoit complimenté, et recevoit des présents dans toutes les villes où il passoit. Quand il approcha de Paris, on envoya au-devant de lui M. de *Chantelou*, maître-d'hôtel du roi, qui savoit l'italien, et qui, par cette raison, eut ordre de l'accompagner pendant tout son séjour dans cette capitale.

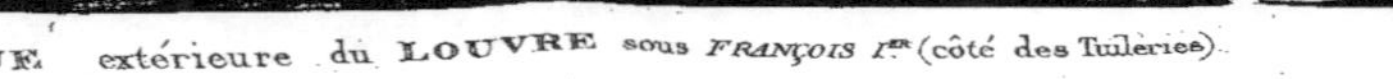

FAÇADE principale du LOUVRE projettée par le Bernin

VUE extérieure du LOUVRE sous FRANÇOIS Ier (côté des Tuileries).

VUE intérieure du LOUVRE sous FRANÇOIS IER

qui ne laissoit pas de prêter au ridicule dans une cour telle que celle de France, où l'on n'étoit point accoutumé aux bizarreries de la conversation et de la pantomime italienne (1). Ces trois hommes se liguèrent contre lui, l'abreuvèrent d'amertume et de dégoûts, raillèrent sa personne, critiquèrent son projet, et le déterminèrent enfin à demander sa retraite. Après huit mois de séjour en France, il retourna en Italie, comblé d'honneurs et de pensions. Mais quoique son projet eût été adopté, et que le roi lui-même eût posé la première pierre de la façade avec beaucoup de solennité (2), il n'en fut plus question dès que Le Bernin fut hors de France, et l'on revint à ceux qui avoient été présentés au concours.

Cependant, quoique la jalousie et l'animosité se fussent mêlées aux critiques que l'on avoit faites des plans de cet habile architecte, on ne peut s'empêcher de convenir que ces critiques étoient fondées sous bien des rapports, et que le dessin du cavalier Bernin, bien qu'il eût de la grandeur et de la majesté, offroit de très grands défauts : « Le projet du Bernin pour « la façade du Louvre est mal conçu, dit l'auteur de la vie des grands « architectes (3). Un génie aussi vif et aussi prompt n'étoit pas susceptible « d'étudier les détails ; il ne s'étoit appliqué qu'à faire de grandes salles de « comédies et de festins, sans se mettre en peine des commodités et des « distributions de logements nécessaires. Son ordonnance offre plusieurs « défauts ; l'ordre est gigantesque, les croisées sont petites, les colonnes « sont inégalement espacées, l'entablement est pesant, et la balustrade a « peu de rapport avec lui. On ne peut approuver les proportions des trois

---

(1) Le portrait qu'en a tracé Claude Perrault peut passer pour vrai, quoiqu'il sorte d'une main ennemie, parcequ'il s'accorde assez avec ce qu'en dit M. de Chantelou, qui en parle avec une entière impartialité ; le voici :

« Il avoit une taille un peu au-dessous de la médiocre, bonne mine, un air hardi. Son âge avancé et sa bonne réputation lui donnoient encore beaucoup de confiance. Il avoit l'esprit vif et brillant, et un grand talent pour se faire valoir : beau parleur, tout plein de sentences, de paraboles, d'historiettes et de bons mots dont il assaisonnoit la plupart de ses réponses......... Il ne louoit et ne prisoit guère que les hommes et les ouvrages de son pays. Il citoit souvent Michel-Ange ; et on l'entendoit presque toujours dire : *Sicome diceva il Michel-Angelo Buonarotta.* »

(2) Le roi en posa la première pierre avec un grand éclat. La médaille qu'on y plaça étoit d'or, et de la valeur de 2,400 liv. Elle représentoit d'un côté la tête de Louis XIV, et de l'autre le dessin du cavalier Bernin, avec ces paroles : *Majestati et æternitati imperii Gallici sacrum.* La médaille étoit du célèbre Warin, et l'inscription de Chapelain.

(3) Tome 1, vie du Bernin.

« portes en plein cintre servant d'entrée au palais. Quelle monotonie
« dans les petits frontons circulaires qui couronnent les croisées du premier
« étage, et les triangulaires qu'on voit sur celles du second! Enfin une
« distance immense sépare ces deux rangs d'ouvertures (1). » Mais la
principale de toutes les objections qu'on fit alors au Bernin fut que les
constructions de l'intérieur de la cour masquoient, et par conséquent
détruisoient en quelque sorte les élévations de Pierre Lescot, qui par-là
étoient réduites à n'être plus que des murs de refend, tandis que la
première condition du programme avoit été de respecter l'ancien, et d'y
coordonner les nouvelles constructions.

A peine l'artiste étranger fut-il parti, que Perrault travailla avec plus
d'ardeur que jamais à produire son frère. On en revint d'abord aux projets
de Levau. Louis XIV, qui n'osoit donner un désagrément à son premier
architecte, ne pouvoit cependant se résoudre à les adopter, parcequ'ils
lui sembloient, comme à son ministre, trop au-dessous de ce qu'il avoit
conçu. On imagina donc de réunir ensemble, pour donner un nouveau
plan, *Levau*, *Lebrun* et *Claude Perrault* : de cette manière, l'amour-
propre de l'artiste se trouva ménagé, et l'on put mettre son projet de côté
sans l'exclure lui-même. Il paroît que, dans cette réunion, Levau inventa
un nouveau dessin, et que Perrault se borna à rectifier celui qu'il avoit
déjà présenté. Lorsqu'il fut question de choisir, Colbert mit sous les yeux
de Louis XIV les deux projets de la commission, et vanta, en homme
habile, celui de Levau, par la raison qu'il devoit entraîner moins de dépense. C'étoit en quelque sorte forcer le roi à adopter le second. Ce fut
ainsi que se terminèrent, à l'avantage de Perrault, ces intrigues et ces
longs débats (2).

---

(1) Patte, dans ses *Mémoires sur l'Architecture*, porte à peu près le même jugement de ce
projet. Presque tous les artistes qui en ont parlé sont d'avis que c'est une composition médiocre:
cependant aujourd'hui que le goût de l'architecture est changé en France, il est probable qu'on
le jugeroit plus favorablement; et l'on ne peut nier que les lignes qu'il présente n'aient plus
de grandeur, et ne soient conçues dans un style plus pur que la colonnade actuelle.

(2) Ceci arriva après que Le Bernin eut quitté la France. Il n'avoit point vu ce projet; et si l'on
ne savoit d'ailleurs la haine qui existoit entre lui et les Perrault, cette circonstance suffiroit seule
pour détruire entièrement la petite anecdote qu'on a tant répétée de son admiration pour le dessin
de la colonnade, anecdote que Voltaire a dite d'abord en prose, et ensuite en vers:

« A la voix de Colbert Bernini vint de Rome :
« De Perrault dans le Louvre il admira la main.

Vue de la COLONNADE du LOUVRE telle qu'elle étoit en 1789.

Il convient maintenant d'examiner ce fameux projet et l'édifice qui en est résulté.

La façade orientale ou colonnade consiste en trois avant-corps, unis entre eux par deux péristyles. Elle a quatre-vingt-sept toises et demie de longueur. Sa principale porte est dans l'avant-corps du milieu. Les péristyles sont composés de colonnes accouplées, d'ordre corinthien et placées au premier étage. L'intérieur des péristyles et les soffites (1) sont extrêmement décorés de feuillages et d'entrelacs, exécutés avec une grande délicatesse. La cymaise du fronton est formée de deux pièces seulement, qui ont chacune cinquante-quatre pieds de longueur, quoiqu'elles n'aient que dix-huit pouces d'épaisseur. On regarda alors comme un prodige l'élévation de ces masses énormes à une si grande hauteur, et la machine qui fut employée à cette opération se trouve gravée dans les œuvres de Perrault.

La première pierre des constructions projetées par Bernin avoit été posée en 1665. La colonnade exécutée sur les dessins de Perrault fut achevée en 1670. Quoique l'envie ait voulu dans le temps lui en contester l'invention, et ensuite en rabaisser le mérite ; bien que la critique y puisse trouver quelques défauts, et même des défauts assez graves (2), il n'en est pas moins vrai que ce morceau doit être considéré comme un des plus beaux qu'ait produits l'architecture moderne, et qu'il offrira toujours l'aspect du plus magnifique des palais. L'ordre corinthien qui en compose la colonnade est d'une admirable proportion. On ne peut se lasser d'y louer la beauté des profils, l'élégance et la pureté des détails, le

---

« Ah ! dit-il, si Paris renferme dans son sein
« Des travaux si parfaits, un si rare génie,
« Falloit-il m'appeler du fond de l'Italie ? »

Si Le Bernin a jamais exprimé sa façon de penser sur Perrault, il a certainement dit à peu près le contraire de ce qu'on lui fait dire ici.

(1) *Soffite* se dit d'un plafond ou lambris de menuiserie formé de poutres croisées, de corniches volantes, avec des compartiments et des renfoncements enrichis de peintures et de sculptures. La *Cymaise* est la partie qui est à l'extrémité de la corniche et qui la termine.

(2) On lui reproche de n'être qu'une décoration théâtrale, sans liaison entre ses parties ni avec l'édifice, qu'elle ne sert qu'à masquer ; on critique l'innovation des colonnes accouplées, qui n'offre, dit-on, aucun résultat avantageux ; et l'on prétend qu'avec des colonnes solitaires, même d'un diamètre égal à celles qu'il a employées, il eût donné plus de majesté à sa façade, sans priver de lumière l'intérieur du péristyle. Mais ce que l'on blâme sur-tout universellement, c'est cet avant-corps du milieu qui interrompt la colonnade, et qui en forme deux péristyles séparés. Par-là le monument perd la moitié de sa grandeur et de sa noblesse.

choix et la belle exécution des ornements ; c'est un ouvrage vraiment classique en France, et auquel on n'y peut rien comparer.

Perrault avoit conçu, comme Le Bernin, un projet universel, qui embrassoit non seulement l'achèvement du Louvre, mais encore sa réunion avec les Tuileries. L'érection de la colonnade devoit sur-tout amener de grands changements dans la cour de ce palais et dans les façades extérieures. Bientôt après fut entreprise celle qui donne sur la rivière (1), et qui se compose d'un soubassement semblable à celui de la colonnade, soubassement sur lequel s'élève, entre les croisées tant du premier étage que de l'attique, une ordonnance unique de pilastres corinthiens. Cette décoration est parfaitement d'accord avec celle du frontispice, tant par l'ordre que par l'entablement et les détails ; et l'on conçoit qu'une telle uniformité devenoit sur-tout indispensable de ce côté, où les deux façades extérieures se découvrent d'un seul et même coup d'œil.

Il n'en est pas ainsi des deux autres, et il paroît que la difficulté de leur procurer un emplacement assez vaste pour qu'elles pussent être vues ainsi en rapport l'une avec l'autre est la cause qui, de tout temps, a fait négliger l'uniformité et la symétrie dans leur décoration. Bernin est le seul dont les projets aient visé à cet accord universel, et l'on voit Perrault uniquement occupé de raccorder avec l'angle de sa colonnade la face du Louvre qui donne sur la rue du Coq. Levau, comme nous l'avons dit, avoit commencé ce côté ; ce dernier architecte l'acheva sur les mêmes plans ; la décoration du pavillon du milieu est de lui, et on lui attribue aussi l'attique, avec l'entablement qui s'étend depuis le massif de la colonnade jusqu'à ce pavillon central dont nous venons de parler.

Examinons maintenant les constructions des dernières façades intérieures dans leurs rapports avec les parties élevées depuis François Ier jusqu'à Louis XIII.

Il est à croire que Perrault n'arriva que par dégrés à un plan général du Louvre et de sa réunion avec les Tuileries. Le projet de la colonnade paroît avoir été conçu isolément et sans un rapport bien déterminé avec l'intérieur de la cour.

----

(1) C'est cette façade qui masque celle de Levau, déjà existante, et dont nous venons de parler.

Vue de la FAÇADE extérieure du LOUVRE (côté de la Rue du Coq)

Vue extérieure de la **FAÇADE** du **LOUVRE** (Côté de la rivière).

Le projet de Lescot avoit été étendu , comme nous l'avons vu , sous Louis XIII , par Lemercier. Déjà les deux étages du rez-de-chaussée et du premier étoient plus ou moins avancés dans tout le pourtour du quadrangle. On tenoit à conserver ce qui avoit été fait ; et Perrault, qui avoit été le plus ardent à faire valoir ce système pour faire rejeter les plans du Bernin, s'étoit par-là même imposé l'obligation éclatante de ne point s'en départir.

Cependant quand il eut élevé sa colonnade , de manière que le dessous du soubassement se trouvât au niveau du premier étage de la cour, il s'aperçut facilement que les croisées de la nouvelle construction ne correspondoient point à celles des parties intérieures. Ce fut sans doute pour dissimuler, autant qu'il étoit possible , ce vice irrémédiable de symétrie , qu'il se détermina à supprimer les croisées dans son frontispice et à y pratiquer des niches. Il est certain du moins , et l'on en a dernièrement acquis la preuve , que cette colonnade fut destinée d'abord à recevoir des fenêtres : on en a trouvé les baies toutes construites et voûtées ; et la bâtisse des niches qui les ont remplacées , formée de cloisons légères , a encore confirmé la vérité de cette première destination.

Mais l'élévation d'un péristyle conçu dans une si grande discordance avec le reste devenoit le principe d'une difficulté plus grande encore , laquelle consistoit dans le raccordement de l'extérieur avec l'intérieur. L'attique ou les frontons de Pierre Lescot et leur toiture ne s'accordoient ni pour la hauteur, ni pour la forme, avec le couronnement plus exhaussé et en plate-forme de la colonnade. Quels moyens employer pour opérer un tel raccordement ? Ce fut là l'objet d'une longue controverse. Charles Perrault, qui nous a conservé ces détails, ne nous fait pas trop connoître si son frère avoit prévu ces difficultés, ou s'il avoit jugé qu'elles détermineroient à prendre un parti nouveau pour l'intérieur de la cour. On ne peut guère supposer qu'il ait eu cette dernière pensée ; car on le voit s'élever avec force contre le projet, qui prit alors naissance, de substituer un troisième ordre à l'attique de Pierre Lescot.

Il soutenoit qu'un second étage de la hauteur du premier étoit une disconvenance dans un palais de souverain , où l'habitation du prince doit être indiquée et caractérisée par un étage principal ; que , par conséquent, un attique ou étage subalterne et peu important étoit de stricte étiquette, parcequ'on ne pouvoit y supposer logés que les officiers du palais, et qu'ainsi toute méprise devenoit impossible.

Cependant il y avoit, relativement à l'ensemble de ce monument, un problème de convenance plus difficile encore à résoudre. Pierre Lescot avoit employé l'ordre corinthien à son rez-de-chaussée, et ce qu'on appeloit alors le *composite*, c'est-à-dire un corinthien plus riche et plus léger à son premier étage. Comment trouver à placer au-dessus un nouvel ordre plus riche et plus léger encore que celui qui étoit regardé, en architecture, comme le dernier terme de ces deux caractères ? Le dorique et l'ionique, plus courts et plus simples, n'auroient pu être placés qu'au-dessous. On proposa alors un ordre *cariatide* ; et il paroît que les figures du pavillon de Lemercier firent naître cette idée. Cependant, quand on vint à réfléchir qu'il faudroit cent trente cariatides au pourtour de cette immense cour intérieure, la monotonie un peu bizarre qui devoit résulter de cette décoration en fit bientôt abandonner le projet.

C'est alors qu'on vit naître l'idée ridicule d'un ordre français. Un prix fut proposé pour cette invention chimérique : le concours ne produisit que des chapiteaux corinthiens, modifiés dans leurs ornements. Mais comme le vrai caractère d'un ordre ne consiste pas dans son chapiteau, toutes ces prétendues inventions ne servirent qu'à faire connoître que les bornes de l'art avoient été posées pour jamais.

Cependant Perrault éleva un troisième ordre qu'il n'acheva point, mais dans la proportion corinthienne.

Ce pas une fois fait, et l'exemple ainsi donné, l'idée de l'attique fut presque totalement abandonnée. Sous le règne de Louis XV, on acheva, d'après le système de Perrault, toute la partie de la cour du Louvre, qui forme l'angle depuis le vestibule ou pavillon de la colonnade jusqu'à celui de la rue du Coq. L'architecte moderne (M. Gabriel), n'ayant point trouvé de détails d'ornements du troisième ordre dessinés par son prédécesseur, fut dans la nécessité de les composer lui-même ; et la vérité force à dire que toute cette partie de décoration, soit pour le goût, soit pour l'exécution, est loin de répondre au beau caractère de la sculpture faite du temps de Pierre Lescot.

Les choses en étoient là depuis près de quarante ans, et quoiqu'on eût renoncé dans les constructions modernes aux frontons employés dans

Vue de la **FAÇADE** intérieure du **LOUVRE** (côté de la Colonnade).

ENTRÉE du Louvre (côté du Nord)

ENTRÉE du Louvre (côté du Midi)

ENTRÉE du Louvre (côté de l'Est)

ENTRÉE du Louvre (côté de l'Ouest)

celles du Vieux-Louvre , l'intérieur de ce monument offroit toujours un procès à décider entre les deux systèmes. Il y avoit , comme l'observe Blondel , sept douzièmes d'attique contre quatre douzièmes du troisième ordre , et chaque système avoit pour et contre soi de bonnes et fortes raisons. C'est alors que la résolution fut prise de terminer ce vaste édifice ; et d'après le plan que nous nous sommes tracé, c'est ici qu'il faut que nous nous arrêtions (1).

Le Louvre, qui avoit été une prison d'État jusqu'à Louis XI, devint sous Charles IX le principal théâtre d'un des plus horribles évènements qui aient souillé les annales de la monarchie française. Les travaux continuels qu'on y fit sous François Ier et Henri II avoient empêché ces deux souverains de l'habiter. La mort tragique du dernier de ces princes ayant rendu le château des Tournelles insupportable à Catherine de Médicis, elle vint demeurer au Louvre avec le jeune roi, et ce fut dans ce palais que fut conçu et préparé le massacre de la Saint-Barthélemi, que s'exécutèrent les scènes les plus atroces de cette épouvantable tragédie.

(1) Nous avons annoncé dans notre avertissement que ces travaux immenses entrepris depuis la révolution pour l'embellissement de Paris seroient l'objet d'un ouvrage supplémentaire , mais que cela ne nous empêcheroit point d'en donner quelque idée dans les notes de celui-ci : voici donc un aperçu rapide des opérations faites dans l'achèvement du Louvre.

Aucune des façades intérieures ne ressemblant à une autre, il a fallu nécessairement faire disparoître cette bigarrure , et choisir entre l'attique de Pierre Lescot et le troisième ordre de Perrault. La hauteur des trois façades extérieures ne pouvant s'accorder ni avec l'attique, ni avec son toit, la continuation du troisième ordre a été décidée et exécutée sur les trois façades les plus modernes.

On a laissé subsister la quatrième avec l'attique, et l'on a même exécuté de l'autre côté du pavillon de Lemercier les sculptures des trois fontons, qui jusque-là n'avoient point été faites : ce travail a complété la symétrie de cette façade.

Les niches de la colonnade ont été ouvertes, et quoique cette ouverture, d'abord projetée par Perrault, ôte à ce tableau d'architecture une partie de la tranquillité dont l'œil y jouissoit, elle a cet avantage de le lier au monument, dont il n'étoit auparavant qu'une inutile décoration. En même temps les architectes ont judicieusement rétabli l'unité entre les deux colonnades, par la plate-bande de la porte qu'ils ont fait bâtir sous l'arcade. Cette heureuse construction a fait disparoître le vice de ce grand cintre qui interrompoit l'ordonnance générale, et détruisoit toute idée de communication entre l'une et l'autre partie.

Enfin on a exécuté des bas-reliefs dans les frontons des pavillons du milieu, tant de la colonnade que du côté de l'eau. Déjà presque tous les vestibules ont reçu leurs derniers ragrémens ; et dans celui de la grande façade on a trouvé le moyen de placer très convenablement deux bas-reliefs des cintres de l'attique démoli dans l'agle sud-est, bâti par Pierre Lescot. Tels sont les travaux, seulement extérieurs, exécutés jusqu'à ce jour.

En 1591, Charles, duc de Mayenne, fit pendre dans une des salles basses de ce palais quatre des principaux chefs de la Ligue, pour venger la mort du président Brisson et des conseillers Larcher et Tardif, que ces factieux avoient indignement fait périr du même supplice.

Ce fut aussi, dit Sauval, dans la grande salle du Louvre que se joua la farce des états de la Ligue, convoqués par ce même duc de Mayenne. Il espéroit en tirer un grand parti pour le succès de ses vues ambitieuses, mais l'Espagne, qui prétendoit au trône de France, fit échouer tous ses projets.

. Henri IV, frappé par Ravaillac, fut rapporté dans cette même salle, dite alors salle des *Gardes*, où il expira sans avoir pu proférer une seule parole.

Nous avons déjà dit que Concino-Concini fut tué sur le pont du Louvre ; pont qui n'existe plus depuis qu'on a comblé les fossés qui entouroient cet édifice.

Louis XIII n'habita ce palais que pendant des intervalles assez courts. Il occupoit le plus souvent les châteaux voisins de la capitale, Fontaine-bleau, Saint-Germain, etc. Sous son règne, il ne s'y passa rien d'important.

Louis XIV abandonna également le Louvre pour Versailles, qu'il avoit fait bâtir, et qui devint dès-lors sa demeure habituelle, le lieu où se déployoit toute la majesté de son trône, toute la magnificence de sa cour. Depuis cette époque jusqu'à nos jours, ce beau monument, cessant d'être habité par nos rois, devint le temple des sciences et des arts, l'asile des artistes et des savants, le dépôt des chefs-d'œuvres de l'industrie ou du génie. Les cinq académies s'assembloient dans les principales salles du Louvre, et jusqu'à la fin de la monarchie, elles obtinrent la plus éclatante protection tant du grand roi qui les avoit vues naître que de ses deux successeurs. Un abrégé historique de leur établissement ne paroîtra point déplacé ici, et terminera heureusement cette longue description.

L'Académie française prit naissance vers l'an 1630. Ce ne fut d'abord qu'une société de neuf personnes, que l'amitié et le goût des belles-lettres avoient liées ensemble. Elles convinrent de s'assembler un jour fixe de chaque semaine chez M. Conrart, secrétaire du roi, qui demeuroit rue

Saint-Denis. Le cardinal de Richelieu, dont les vues grandes et justes embrassoient tout ce qui pouvoit être utile et glorieux à la nation, conçut d'abord tout l'avantage qu'il étoit possible de retirer d'une telle société ; il s'en déclara le protecteur, et lui obtint des lettres-patentes au mois de janvier 1635, par lesquelles le roi fixe à quarante le nombre de ses membres, sous le titre *d'Académie française ;* elles furent vérifiées et enregistrées le 10 juillet 1637. Après la mort du cardinal, le chancelier Séguier ayant été élu protecteur de cette compagnie, les assemblées se tinrent en son hôtel, rue de Grenelle, à l'endroit où est aujourd'hui celui des Fermes. Louis XIV fit ensuite à l'Académie l'honneur d'accepter ce titre de son protecteur, et, le 28 août 1673, lui assigna, dans le Louvre, l'ancienne salle du conseil pour y tenir ses séances ; ce qui a toujours continué depuis.

L'Académie royale des inscriptions et belles-lettres commença en 1663. Dans son origine, ce ne fut qu'un démembrement de l'Académie française, dont M. de Colbert choisit quatre à cinq membres pour composer les inscriptions qui devoient être gravées sur les monuments consacrés à la gloire du monarque, et à l'ornement de la ville et des maisons royales ; inventer des types et des légendes pour les médailles, des devises pour les jetons, etc. Cette assemblée, qui fut appelée d'abord la *Petite-Académie,* se tenoit dans la bibliothèque du surintendant, rue Vivienne : on l'appela ensuite *Académie royale des inscriptions et médailles.* Ce ne fut qu'en 1701 que parut le règlement qui fixa son existence : elle fut confirmée par des lettres-patentes du mois de février 1713, et le nombre de ses membres également porté à quarante ; mais comme le nom qu'on lui avoit donné ne renfermoit pas toutes ses attributions, le roi, par de nouvelles lettres du 4 janvier 1716, en changea le titre en celui d'*Académie des inscriptions et belles-lettres.*

L'Académie des sciences s'assembla pour la première fois en 1666 par l'ordre du roi, mais sans aucun acte émané de l'autorité royale. Elle reçut une forme régulière en 1699 par le règlement que S. M. lui accorda. Ses séances se tinrent d'abord à la Bibliothèque du roi ; mais depuis elle obtint comme les autres un lieu d'assemblée dans le Louvre, et ses prérogatives furent confirmées par des lettres-patentes du mois de février 1713.

L'Académie royale de peinture et de sculpture doit son origine aux contestations (1) qui s'élevèrent entre les maîtres peintres et sculpteurs de Paris, et ceux qui professoient les mêmes arts dans les maisons royales, sous le titre de *privilégiés*. Ceux-ci, à la tête desquels étoit le célèbre Lebrun, appuyés du crédit et de la protection du chancelier Séguier, formèrent le dessein d'établir une Académie indépendante, et y furent autorisés par un arrêt du conseil privé, du 20 janvier 1648 : en conséquence ils dressèrent des statuts sur lesquels ils obtinrent des lettres-patentes. Le roi, à la sollicitation du cardinal Mazarin, protecteur de cette Académie, lui en accorda de nouvelles en 1655, et lui permit de tenir ses séances dans la galerie du Collège royal. Elle ne put alors profiter de cette grace, mais elle en fut amplement dédommagée par les glorieuses marques de faveur, par les privilèges et les revenus dont ce monarque la combla dès l'année 1663. Peu de temps après elle obtint un logement au Vieux-Louvre.

L'Académie royale d'architecture fut projetée par M. de Colbert en 1671; elle prit dès ce temps la même forme que les autres Académies, mais elle n'étoit point encore autorisée par lettres-patentes à l'avènement de Louis XV. Ce fut ce prince qui confirma l'existence de cette société par celles qu'il lui accorda au mois de février 1717. Elle tenoit également ses séances au Louvre.

On doit probablement à l'établissement, dans ce palais, de ces célèbres compagnies, la conservation de quelques unes des distributions intérieures qui y avoient été faites dans le principe, et les grandes et belles salles qui y existent encore; car dans les autres parties accordées pour logement aux artistes, aux hommes de lettres, et même à quelques personnes de la cour, toutes les anciennes constructions avoient été, ou dénaturées, ou détruites. On avoit divisé à l'infini les vastes galeries qui s'y prolongeoient de tous les côtés pour en former une foule d'appartements; d'obscurs et étroits corridors conduisoient dans ces divisions inégales et irrégulières, et l'on peut dire que le désordre du dedans étoit plus grand encore que celui qui régnoit au dehors.

Parmi les pièces restées intactes dans le Vieux-Louvre, on remarquoit principalement, après la salle dite des *Cent-Suisses*, l'appartement des

---

(1) Voyez page 109.

bains de la reine, lequel étoit de plein-pied avec cette salle, et décoré de belles peintures et de riches ornements. Il y avoit aussi, dans le pavillon qui joint la grande galerie à ce monument, des fresques estimées et de magnifiques décorations; mais, quoique ce pavillon ait été construit en même temps que le Vieux-Louvre, il a une liaison si intime avec la galerie, que nous remettons à en parler lorsque nous décrirons le palais des Tuileries et ses dépendances.

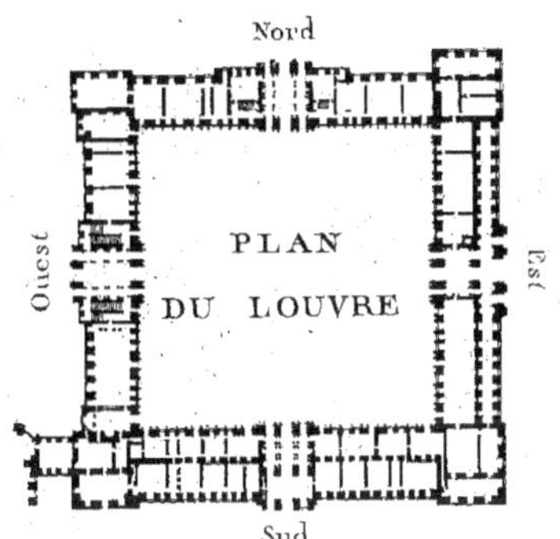

LA CONGRÉGATION

DES PRÊTRES DE L'ORATOIRE DE N. S. J. C.

Cette congrégation doit son origine au cardinal Pierre de Bérulle, qui vivoit sous Henri IV et Louis XIII, et qui se rendit également illustre par son savoir et par ses vertus. Les malheurs des règnes précédents et la licence des guerres civiles avoient jeté la corruption dans tous les ordres de l'État ; le clergé lui-même n'avoit pu s'en garantir, et l'intérêt de la religion demandoit une prompte réforme. L'objet que se proposa M. de Bérulle fut de s'associer quelques vertueux ecclésiastiques, qui l'aidassent à former à la science et à la piété un certain nombre de jeunes élèves, de manière qu'ils pussent un jour remplir dignement le ministère des saints autels, instruire à leur tour la jeunesse dans les collèges ou les séminaires dont la direction leur seroit confiée, annoncer la parole de Dieu, offrir enfin sans cesse aux hommes l'exemple et la règle, cette règle qu'ils oublient si facilement, si elle ne leur est pas à chaque instant rappelée. Cette congrégation, qu'il institua sur le modèle de celle que saint Philippe de Néri avoit fondée à Rome sous le nom de la *Vallicelle*, ne devoit avoir aucun caractère qui distinguât ses membres des autres prêtres réguliers, que leur réunion et la vie commune et édifiante à laquelle ils se soumettoient volontairement ; car il ne prétendit les astreindre à aucun vœu, et leur dépendance pouvoit cesser du moment qu'elle leur deviendroit trop pénible : c'est un corps, disoit long-temps après le grand Bossuet, *où tout le monde obéit et personne ne commande*, ce qui exprime parfaitement ce mélange heureux de soumission et de liberté qui étoit le premier principe de cette illustre société.

Un projet aussi utile, autorisé par M. de Gondi alors évêque de Paris, ne pouvoit trouver d'obstacles, et les deux puissances se réunirent pour en faciliter l'exécution. M. de Bérulle avoit déjà rassemblé cinq prêtres aussi pieux que savants, presque tous docteurs de la faculté de théologie de Paris ; et le 11 novembre 1611 il s'étoit logé avec eux au faubourg Saint-Jacques à l'hôtel du Petit-Bourbon, autrement nommé *le Séjour de Valois*, lequel occupóit l'endroit où est situé aujourd'hui le Val-de-Grace. Dès le mois de décembre suivant, Marie de Médicis fit expédier des lettres-patentes (1) pour l'érection de cette congrégation, et la déclara de fondation royale dès le 2 janvier 1612. Cependant le fondateur, qui ne trouvoit la maison qu'il occupoit, ni assez vaste, ni assez commode pour s'y établir à demeure, cherchoit à se procurer un logement dans la ville ; il fut d'abord question de lui donner l'hôtel de la Monnoie, qu'on vouloit transférer rue de Bussy ; mais ce projet n'eut point d'exécution. Enfin, le 20 janvier 1616, il acheta, de Catherine-Henriette de Lorraine, duchesse de Guise, l'hôtel du Bouchage, situé rue du Coq, moyennant la somme de 90,000 livres.

Dès qu'il en fut devenu le propriétaire, il y fit bâtir une petite chapelle, et l'on vit cet homme apostolique, dans l'ardeur d'un zèle qui sembleroit aujourd'hui presque incroyable, et probablement ridicule, y travailler lui-même, portant la hotte comme un manœuvre. Cependant le nombre de ses disciples grossissoit de jour en jour, et la proximité du Louvre attirant dans cette chapelle un grand concours de monde, elle se trouva bientôt trop petite ; le fondateur se vit donc dans la nécessité de songer à en bâtir une plus grande. Plusieurs acquisitions que les prêtres de l'Oratoire firent dans les rues Saint-Honoré, du Coq et d'*Autriche,* autrement dite du Louvre, depuis 1619 jusqu'en 1621, lui en procurèrent les moyens, et la première pierre du nouvel édifice fut posée au nom du roi le 22 septembre 1621, par le duc de Montbazon, gouverneur de Paris. En 1623, un brevet lui donna la qualité d'Oratoire royal.

Ce monument fut commencé sur les dessins d'un architecte nommé

---

(1) On sera peut-être curieux d'avoir ici un détail circonstancié des formalités qui s'observoient en pareille circonstance, pour donner une sanction entière à de semblables établissements. Sur le consentement de l'évêque, du 15 octobre 1612, ces lettres-patentes furent enregistrées au parlement le 4 septembre d'après ; l'année suivante, le pape Paul V l'autorisa par une bulle du 6 des ides de mai (le 10) 1613, et en conséquence des lettres de relief adressées à la cour des aides le 16 décembre 1618, celles de 1611 y furent enregistrées le 18 février 1619, et à la chambre des comptes le 10 avril 1629, en exécution de semblables lettres qui leur avoient été adressées au mois de janvier précédent.

Metezeau. Il en jeta les premiers fondemens; mais on lui préféra dans la suite *Jacques Lemercier*, qui, dit-on, lui étoit fort inférieur. Celui-ci conduisit l'ouvrage depuis le chevet jusqu'à la croisée, où il s'arrêta. Les travaux ne furent repris que plusieurs années après, et achevés sur les mêmes dessins, à l'exception de la grande tribune et du portail, qui ne furent élevés qu'en 1745. L'architecte *Caquier* fut chargé de construire ces parties qui, après un siècle entier, terminèrent enfin cet édifice, lequel n'est cependant que d'une médiocre grandeur. C'est une remarque qu'on a pu déjà faire, et qui sera confirmée par la suite de cet ouvrage, que les édifices publics de Paris, sans même en excepter les palais des rois, n'ont presque jamais été le résultat d'un plan unique, exécuté par celui qui l'avoit conçu, mais le plus souvent ne furent achevés que difficilement et après de longs travaux sans cesse repris et interrompus; ce qui explique mieux que toute autre chose le mauvais goût de leur construction et l'incohérence de leurs diverses parties.

Cependant l'architecture de cette église n'est pas sans beautés. L'intérieur est orné d'un ordre corinthien dont on estime la belle proportion, et l'on cite sur-tout le chœur qui en forme le chevet, pour la parfaite exécution de son plan elliptique. Le portail, quoique d'un style peu sévère, mérite aussi quelques éloges : il donne sur la rue Saint-Honoré, dont il ne suit point l'alignement, mais où il se présente dans une ligne diagonale qui fait qu'on peut l'apercevoir à une certaine distance, en entrant par la rue de la Ferronnerie. Le rez-de-chaussée en est élevé de plusieurs marches. Il est composé d'un avant-corps dorique, dont les colonnes sont isolées. L'architecture des deux arrières-corps est en pilastres du même ordre. Les deux petites portes carrées de ces arrières-corps, sont surmontées de deux grands médaillons qui représentoient des sujets pieux, maintenant effacés ; au-dessus de cet ordre dorique s'élève un ordre corinthien qui porte sur l'avant-corps. Les deux entre-colonnements en étoient autrefois ornés de trophées en bas-relief ; le tout est terminé par un fronton d'une bonne proportion, et présente dans sa forme pyramidale un aspect assez imposant.

On vantoit beaucoup la décoration du maître-autel, dont la forme offroit le modèle d'un petit temple circulaire, d'une très belle exécution. Dans le retable de cet autel étoit un bas-relief de bronze doré représentant la sépulture de J.-C. Ce morceau, que l'on croyoit de Girardon, avoit été donné à cette église par madame de Montespan. Elle possédoit aussi, outre quelques tableaux de peintres du siècle dernier, lesquels méritoient peu l'attention, une suite de très belles peintures de Philippe de Champagne, excellent peintre qui vivoit sous Louis XIII et Louis XIV, et qui, bien supérieur à Lebrun, fut loin d'obtenir la même célébrité. Ces peintures étoient une Nativité, une Visitation, une Assomption, un Saint-Joseph reveillé par l'ange, une Annonciation. Vis-à-vis la chaire étoit un Christ du même peintre: on voyoit aussi près du chœur un Saint-Antoine, par Simon *Vouet*, fondateur de l'École française, et maître de Le Sueur.

Dans une des chapelles étoit le tombeau du fondateur (1). Sur un sarcophage de marbre noir, le cardinal de Bérulle est représenté à genoux, ayant devant lui un livre ouvert porté par un ange. Ce mausolée remarquable parmi les monuments de la sculpture française a été exécuté par François *Anguière*, un des plus habiles sculpteurs du siècle de Louis XIV, et se conserve encore au Musée de la rue des Petits-Augustins. Plusieurs autres personnages distingués ont eu leur sépulture dans la même église.

Cette congrégation, quoique formée sur le modèle de celle de la *Valli-celle* à Rome, n'en dépendoit en aucune manière; elle possédoit soixante et treize maisons en France et étoit gouvernée par un général à vie, lequel résidoit dans la maison attenante à cette église. Célèbre par le grand nombre de sujets excellents qu'elle a produits, elle compte des noms honorables dans presque toutes les parties des sciences divines et humaines, dans la théologie, la controverse, l'histoire sainte et profane, les belles-lettres, l'éloquence. Plusieurs de ses membres n'ont pas moins fait d'honneur à leur siècle qu'à leur congrégation, et souvent la dignité épiscopale a été la récompense de leur piété et de leurs travaux. Parmi ces hommes recommandables, nous citerons principalement le père Mallebranche, l'un des métaphysiciens les plus brillants et les plus ingénieux qui aient jamais existé, et sur-tout l'illustre Massillon, le prédicateur le plus éloquent, et l'un des plus grands écrivains que la France ait produits.

---

(1) Ce prélat, digne des anciens temps, mourut en disant la messe, et au moment qu'il prononçoit ces mots du canon : *hanc igitur oblationem ;* il fut ainsi lui-même la victime du sacrifice qu'il n'eut pas le temps d'achever. Cette circonstance est rappelée dans son épitaphe, et exprimée dans le distique suivant :

Cœpta sub extremis nequeo dùm sacra sacerdos
Perficere at saltem victima perficiam.

La bibliothèque, composée seulement de quarante-deux mille volumes, étoit une des plus curieuses de Paris, tant par le choix des livres et des éditions que par les précieux manuscrits qu'elle possédoit (1).

---

(1) L'église de l'Oratoire sert maintenant de magasin de décorations à l'un des principaux théâtres de Paris.

Portail de l'Oratoire.

L'EGLISE SAINT-HONORÉ.

Les fondations d'églises étoient encore regardées au treizième siècle comme une des œuvres les plus méritoires qu'il fût possible de faire pour opérer son salut, et de simples particuliers, poussés par ce louable motif, ne craignoient pas d'y consacrer la plus grande partie des biens qu'ils possédoient. C'est ainsi que fut fondée l'église Saint-Honoré. Renold *Chereins* ou *Cherei*, et *Sybille* sa femme, en conçurent le projet dès l'an 1204. Ils possédoient près des murs de Paris et sur le chemin qui conduit à Clichy neuf arpents de terre dont ils consacrèrent le fonds et les revenus à cette pieuse entreprise. Ayant obtenu en 1205 le consentement d'Eudes de Sully, évêque de Paris, et du curé de Saint-Germain-l'Auxerrois, ils y joignirent, la même année, un arpent qu'ils acquirent dans la censive de Saint-Martin-des-Champs, et de Saint-Denis-de-la-Chartre, et ce nouveau terrain fut employé à bâtir l'église, un cimetière et une maison pour le chapelain. En 1209, ils acquirent encore trois autres arpents, et l'église étant finie, ils déclarèrent que leur intention étoit d'y placer des chanoines, et de fonder des prébendes, pour lesquelles ils demandèrent le terme de sept années. L'évêque leur accorda encore leur demande, mais se réserva le droit de fixer le nombre de ces bénéfices. Par les mêmes lettres, datées du mois d'octobre 1208, il dispense de la résidence les premiers chanoines qui auront fondé eux-mêmes leurs prébendes. Il paroît par le même acte que la collation qui en fut laissée à Renold et à sa femme, tant qu'ils vivroient, devoit revenir après leur mort au doyen et au chapitre de Saint-Germain. En 1257, il y en avoit vingt-une de fondées ; Renaud, évêque de Paris, les réduisit à douze (1), et il fut convenu alors que la collation en appartiendroit alternativement à l'évêque et au chapitre, ainsi qu'il avoit été réglé par une sentence arbitrale de 1228. La même convention portoit plusieurs autres règlements dont l'effet étoit de prévenir toutes les contestations qui jusque-là s'étoient élevées au sujet de ces

______

(1) Huit sacerdotales, deux diaconales et deux sous-diaconales.

nominations. Le chantre étoit le seul dignitaire qu'il y eût dans cette collégiale, qui étoit une des *filles* de l'archevêché (1) ; mais, outre les douze chanoines, il y avoit deux chapelains, quatre vicaires, quatre chantres, et six enfants de chœur. Les membres de ce chapitre, dont les canonicats passoient pour être les meilleurs de Paris, desservoient tour à tour la cure, qui ne s'étendoit pas au-delà du cloître.

En 1579 on jugea à propos d'augmenter l'église Saint-Honoré, ce que l'on fit en ajoutant un peu à sa longueur, tant devant le clocher (2) que derrière, mais sans rien changer à l'ancienne élévation. Cette réparation imparfaite et de mauvais goût, qui même ne l'agrandit point suffisamment, la fit paroître alors beaucoup trop basse, et l'on se plaignoit qu'elle n'eût point la majesté convenable à une aussi riche collégiale. Le maître-autel étoit décoré d'un morceau d'architecture d'ordre corinthien, et d'un tableau de *Champagne* représentant Jésus-Christ au milieu des docteurs. Dans la troisième chapelle à gauche étoit une nativité par *Bourdon*.

La fondatrice Sybille avoit sa sépulture dans cette église, et l'on y voyoit l'épitaphe d'un factieux nommé Simon Morrier, grand partisan des Anglais sous Charles VII. Mais on y remarquoit principalement le tombeau du cardinal Dubois (3), ministre infâme et scandaleux d'un prince dont les vices et la funeste administration ont commencé la ruine de la France : son mausolée étoit placé dans la première chapelle à droite en entrant.

Dans ce monument, actuellement déposé au Musée des Petits-Augustins, cet homme trop fameux est représenté de grandeur naturelle, à genoux devant un Prie-Dieu sur lequel est posé le livre des Psaumes ouvert à ces mots : *Miserere mei, Deus,* etc. Cette figure est de Coustou, l'un des meilleurs sculpteurs du dernier siècle, et l'on prétend qu'il y a parfaitement saisi les traits et la physionomie de ce ministre. Il l'a

---

(1) Voyez page 152.

(2) Ce clocher fut construit vers l'an 1300, et l'abbé Lebeuf a trouvé dans un acte de 1424 que le chapitre acquit, moyennant seize sous de rente, un petit terrain dans la justice de l'évêque, et faisant le coin de la rue des Petits-Champs, pour y construire le portail. C'étoit ainsi que la plupart des anciennes églises se formoient de parties incohérentes, élevées successivement à de longs intervalles, ce qui d'ailleurs ne répugnoit point au système de l'architecture gothique. La représentation que nous donnons de celle-ci doit paroître d'autant plus curieuse, qu'elle provient d'un dessin original, lequel est unique, et n'a jamais été gravé.

(3) Il avoit été chanoine de cette église.

représenté, la tête et les yeux tournés vers l'épaule gauche, du côté du peuple, et la légère altération qu'il a mise dans ses traits semble indiquer le repentir. Il n'y a pas moins d'adresse et de circonspection dans l'épitaphe qui étoit encore plus difficile à traiter que la figure. Elle est de M. *Couture*, recteur de l'Université de Paris, et mérite d'être citée :

D. O. M.

AD ARAM MAJOREM.

In communi Canonicorum sepulcreto situs est GUILLELMUS DUBOIS, *S. R. E. cardinalis, archiepiscopus et Dux Cameracencis, S. Imperii princeps, regi à secretioribus consiliis, mandatis et legationibus, publicorum cursorum præfectus, primus regni administer, hujus Ecclesiæ canonicus honorarius. Quid autem hi tituli? nisi arcus coloratus, et fumus ad modicum pariens. Viator, stabiliora solidioraque bona mortuo apprecare. Obiit anno 1725. Heredes grati erga regem et summum pontificem animi monumentum posuére.*

St. Honoré.

BIBLIOTHÈQUE R. F.

HÔTELS ET MAISONS REMARQUABLES.

ANCIENS HÔTELS.

A l'époque où nos rois commencèrent à habiter le Louvre, les grands vassaux, déjà moins indépendants, venoient plus souvent dans la capitale, tant pour leur rendre des hommages que pour participer à leurs faveurs. Ces petits souverains, devenus courtisans, se logeoient autant qu'il leur étoit possible auprès des maisons royales, et le quartier où étoit située celle - ci fut bientôt rempli d'hôtels magnifiques, sur lesquels nous allons recueillir les traditions des historiens, car il ne reste presque plus de vestiges de ces anciens édifices.

Hôtel du Petit-Bourbon.

Il étoit situé dans la rue appelée d'*Autriche*, dont partie subsiste encore et forme celle qui étoit nommée dans le siècle dernier *Cul-de-sac de l'Oratoire*. Cette rue se prolongeoit alors jusqu'au bord de la rivière, et l'hôtel dont nous parlons s'étendoit par derrière jusqu'à la rue qui en a pris le nom, et qui faisoit alors la continuation de celle des Fossés-Saint-Germain. A côté de la chapelle de cet hôtel, il y avoit une autre rue qui alloit de celle d'*Autriche* au cloître de l'église, et formoit une équerre; cette rue qui n'existe plus portoit dans ses deux parties ce même nom du *Petit-Bourbon* (1).

Il paroît que cet hôtel fut bâti peu de temps après que Philippe-Auguste eut fait construire ou augmenter le Louvre. Sauval tombe à ce sujet dans une étrange contradiction : après avoir dit que les ducs de Bourbon y logèrent dès le temps de Philippe, il avance plus loin qu'il ne

---

(1) Elle fut ouverte en 1583.

fut construit que sous le règne de Charles V, et il en donne pour preuve les lettres C et V sculptées sur le portail de la chapelle. Il est évident que ces deux lettres ne prouvent autre chose, sinon que dans ce temps là il y fut fait quelques augmentations ou embellissements, et l'on a une foule d'exemples de chiffres placés sur des édifices à de semblables occasions ; il existe en effet des titres antérieurs à cette époque, qui constatent l'existence de cet hôtel, et d'autres prouvent également qu'il fut aggrandi sous Charles V. On trouve qu'en 1385 le duc de Bourbon acheta à cet effet la maison *du Noyer*, qui appartenoit au prieur et aux religieux de la Charité, et en 1390, la voirie de l'évêque. Sauval lui-même dit que, depuis 1303 jusqu'en 1404, les princes de cette famille achetèrent de plus de trois cents personnes les maisons qui couvroient l'espace sur lequel cet hôtel fut construit (1). Leur palais, ainsi augmenté et embelli de siècle en siècle, passoit pour un des plus vastes et des plus magnifiques qui fussent dans le royaume : du temps de l'écrivain que nous venons de citer, la galerie et la chapelle de cet hôtel existoient encore (2), et il les décrit comme les édifices de ce genre les plus considérables et les plus somptueux de Paris. La galerie sur-tout étoit d'une dimension telle, qu'on n'en connoissoit point de pareille dans tout le royaume, et qu'elle fut choisie pour la représentation des fêtes qui furent données à la cour à l'occasion du mariage de Louis XIII. Louis XIV s'en servit également dans les commencements de son règne pour les bals et les comédies qui faisoient alors son principal amusement. Ce fut aussi dans cette galerie que se tint l'assemblée des États du royaume en 1614 et 1615.

On abattit une partie des restes de cet immense édifice pour élever la colonnade du Louvre ; cependant, dans le siècle dernier il en subsistoit encore quelques portions, où étoient les écuries de la reine et le garde-

---

(1) Elles n'avoient pas sans doute dix toises chacune ; car tout l'emplacement du Petit-Bourbon n'en contenoit guère plus de deux mille huit cents. (JAILLOT.)

(2) Il avoit été en partie démoli en 1527, à l'occasion de la révolte et de l'évasion du fameux connétable de Bourbon. On sema du sel sur le sol qu'il occupoit ; les armoiries du coupable y furent brisées, et le bourreau barbouilla les fenêtres et les portes qui restoient encore de ce jaune infamant dont on barbouille les maisons des traîtres, et notamment des criminels de lèse-majesté. On prétend que c'étoit des fenêtres de cette maison que Charles IX, pendant le massacre de la Saint-Barthélemi, tiroit avec une longue arquebuse sur les huguenots qui essayoient de passer la rivière pour se sauver au faubourg Saint-Germain. On sait que le Pont-Neuf n'existoit point encore.

meuble de la couronne; la démolition en fut enfin achevée pour découvrir le beau monument élevé sur l'autre partie de ses ruines.

Hôtel de Clèves.

De l'autre côté de la rue d'Autriche (1) étoit l'hôtel de Clèves. Du temps de la Ligue il s'appeloit d'*Aumale*, et étoit occupé par Claude de Lorraine, duc d'Aumale, marquis de Mayenne; on ignore comment et à quelle époque il vint s'établir dans cette maison. Quant au temps où elle fut construite, on a trouvé une ancienne notice qui prouve que ce fut par les ordres de Louis de France, fils de Philippe-le-Hardi, et chef de la maison d'Evreux. Catherine de Clèves, duchesse-douairière de Clèves s'y retira après la mort de son mari. Il passa depuis aux ducs de Grammont.

Hôtel de Clermont.

Il étoit situé, dit Sauval, auprès de l'hôtel de Clèves, et servoit de demeure à Robert de France, comte de Clermont et sire de Bourbon. Il avoit appartenu auparavant à la comtesse de Xaintonge et au prevôt de Bruges. Valeran de Luxembourg, comte de Saint-Pol, connétable de France, l'acheta en 1396 : c'est sur l'emplacement qu'il occupoit, et sur celui des maisons adjacentes jusqu'à la rue du Coq, que furent bâties en partie l'église et la maison des pères de l'Oratoire.

Hôtel de Joyeuse.

Dans cette rue du Coq et dans celle du *Louvre* étoit situé l'hôtel de Joyeuse; il avoit autrefois appartenu à la maison de Montpensier dont il portoit le nom. Henri, dernier duc de Montpensier, le vendit à François de Joyeuse, cardinal, qui le nomma hôtel du *Bouchage*, du nom de sa famille. La proximité du Louvre engagea Gabrielle d'Estrées, duchesse de Beaufort, à louer cette maison, ce qui lui fit donner le nom d'hôtel *d'Estrées;* elle y demeuroit en 1594 (2). Cet édifice avoit repris le nom

---

(1) On la nommoit aussi rue du Louvre.

(2) Sauval, qui cite pour garant un registre de l'hôtel-de-ville, prétend que ce fut dans cet hôtel que Henri IV fut blessé par Jean Châtel. Le chancelier de Chiverni dit, dans ses mémoires, que ce malheur arriva dans l'hôtel de Schomberg, depuis hôtel d'Aligre. D'autres historiens avancent que ce fut au Louvre.

d'hôtel du *Bouchage* , et il le portoit en 1616 , lorsque Henriette-Catherine de Joyeuse, duchesse de Guise, nièce et héritière du cardinal de Joyeuse , le vendit à M. de Bérulle pour y placer sa congrégation.

Hôtel d'Alençon.

Cet ancien hôtel occupoit autrefois l'intervalle qui·sépare la rue des Poulies du cul-de-sac de l'Oratoire, alors rue *d'Autriche*. Parmi plusieurs traditions contradictoires sur son origine et ses diverses révolutions , voici ce que nous avons trouvé de plus vraisemblable. Il paroît qu'il fut bâti vers 1250 par les ordres d'Alphonse de France, comte de Poitiers , frère de saint Louis, et qu'il prit le nom *d'Osteriche* de la rue où il étoit situé. Ce prince l'agrandit si considérablement, au moyen de l'acquisition de dix maisons voisines, qu'après sa mort (1) Archambaud, comte de Périgord, en vendit la moitié à Pierre de France, comte d'Alençon et de Blois, cinquième fils de saint Louis. Ce fut alors que cet hôtel prit le nom d'Alençon. Enguerrand de Marigni en devint ensuite possesseur, on ignore à quel titre ; il y fit encore de grandes augmentations , en y joignant plusieurs maisons et jardins situés du côté de la rue des Poulies, et qui appartenoient au chapitre de Saint-Germain-l'Auxerrois. Après sa mort, cet hôtel devint propriété royale ; et quoique l'arrêt de sa condamnation eût ordonné que sa maison seroit démolie , il ne paroît pas que cet édifice ait été abattu. Il fut occupé depuis par Charles de Valois et Marie d'Espagne sa veuve, qui y demeuroit en 1347. On en distinguoit dès-lors les deux parties sous les noms de *grand hôtel d'Alençon* rue d'Autriche , et de *petit hôtel d'Alençon* rue des Poulies. En 1421, on voit, par un compte rapporté par Sauval, que cet hôtel étoit vide, ruiné et inhabitable ; il passa des ducs d'Alençon à M. de Villeroi, qui le vendit, en 1568, à Henri III, alors duc d'Anjou. Ce prince , appelé au trône de Pologne , le laissa à la reine son épouse, et cette princesse en fit don à Castelan son premier médecin. Albert de Gondi, duc de Retz et maréchal de France , l'acheta en 1578 des enfants de ce dernier, et lui donna son nom, qu'il porta encore plusieurs années (2) après. Malgré les démembrements qu'on en avoit faits précédemment, cet hôtel étoit encore si vaste, que Marie de Bourbon,

---

(1) En 1281.

(2) Ce fut dans cet hôtel de Retz que fut conduit l'exécrable Ravaillac après son attentat.

duchesse de Longueville, en acheta une partie en 1581, sur laquelle elle fit bâtir l'hôtel qui a porté son nom, et que depuis Henri de Longueville vendit à Louis XIV, qui vouloit agrandir la place du Louvre. Ce dessein n'ayant pas eu alors son exécution, l'hôtel de Longueville, loin d'être abattu, fut réparé en 1709, pour servir de logement au marquis d'Antin, directeur-général des bâtiments, ce qui le fit appeler *l'hôtel de la Surintendance.* En 1738, on en reconstruisit une partie, qu'on disposa pour le service général des postes, et l'on y joignit encore une portion de l'hôtel de Retz, dont il avoit d'abord été formé. La moitié de cet édifice fut depuis achetée par Louise de Lorraine, seconde femme du prince de Conti, qui la fit démolir, et sur l'emplacement fit construire un nouvel hôtel qui porta son nom; depuis le duc de Guise en vendit une partie au roi, l'autre fut acquise par M. de Villequer, et a porté le nom d'hôtel d'Aumont. Ces hôtels ont été depuis revendus, rebâtis, puis abattus dans le siècle dernier pour former la place du Louvre. Enfin une portion considérable de l'hôtel d'Alençon, du côté du Louvre, a formé, au milieu du siècle passé, l'hôtel de la Force et les jardins de l'hôtel Longueville, et est aujourd'hui représentée par les maisons qui font face à celle des pères de l'Oratoire (1).

Maison du Doyenné.

Elle étoit située dans le cloître Saint-Germain-l'Auxerrois (2), vis-à-vis du grand portail de l'église et au coin du passage qui conduisoit à la place du Louvre. Cette maison est célèbre par la mort presque tragique de Gabrielle d'Estrées, duchesse de Beaufort et maîtresse de Henri IV. Voici comment cette histoire est racontée dans Saint-Foix, et dans les Mémoires de Sully : « Elle vint loger chez *Zamet :* c'étoit un Italien fort riche, qui « s'étoit qualifié, dans le contrat de mariage de sa fille, *seigneur suzerain* « *de dix-sept cent mille écus ,* et qui s'étoit rendu agréable à Henri IV « par son caractère plaisant et enjoué. Se promenant dans son jardin, « après avoir mangé d'un citron, d'autres disent d'une salade, elle se « sentit tout à coup un feu dans le gosier, et des douleurs si aiguës dans

---

(1) Entre autres par l'hôtel d'Angiviller.

(2) Elle a été depuis abattue, ainsi que plusieurs maisons de la rue du Petit-Bourbon, contiguë à ce passage, pour former une place devant l'église.

« l'estomac qu'elle s'écria : *Qu'on m'ôte de cette maison* (1), *je suis*
« *empoisonnée*. On l'emporta chez elle (2); son mal y redoubla avec des
« crises et des convulsions si violentes, qu'on ne pouvoit regarder sans
« effroi cette tête si belle quelques heures auparavant (3). Elle expira la
« veille de Pâques 1599, vers les sept heures du matin : on l'ouvrit, et
« l'on trouva son enfant mort. Henri IV fit prendre le deuil à toute la
« cour, et le porta la première semaine en violet et la seconde en noir.
« La plupart des historiens, ajoute Saint-Foix, n'attribuent cette mort
« si frappante qu'aux effets d'une grossesse malheureuse. »

Les deux seuls hôtels remarquables qu'il y ait maintenant dans ce
quartier sont :

1° L'hôtel d'Aligre, ci-devant de Schomberg, situé rue Baillet et rue
Saint-Honoré. Le grand-conseil y a tenu long-temps ses séances.

2° L'hôtel d'Angiviller, situé rue de l'Oratoire, lequel sert maintenant
de dépôt principal au *Musée*.

---

(1) On avoit déjà parlé de marier Henri IV avec Marie de Médicis, et comme Zamet étoit né
sujet du duc de Florence, ses ennemis le soupçonnèrent d'un crime dont il n'y eut toutefois
aucune preuve.

(2) Dans cette maison du Doyenné qu'elle occupoit, sans doute pour être à la proximité du
Louvre et de sa tante la marquise de Sourdis, dont l'hôtel étoit situé dans un cul-de-sac rue
des Fossés-Saint-Germain.

(3) Sauval assure avoir connu des vieillards qui lui avoient dit qu'après sa mort on l'exposa dans
la grand'salle de sa maison; qu'elle étoit vêtue d'une robe de satin blanc, et couchée sur un lit de
parade de velours cramoisi enrichi de dentelles d'or et d'argent.

Saint-Foix dit qu'il n'est pas vraisemblable qu'on ait exposé à la vue du public une personne
à qui des symptômes terribles de mort avoient défiguré tous les traits et tourné la bouche jusque
derrière le cou.

RUES ET PLACES

DU QUARTIER DU LOUVRE.

Rue d'Angiviller. Elle va de la rue de l'Oratoire à celle des Poulies, et a été percée vers la fin du siècle dernier, sur le terrain occupé autrefois par l'hôtel de Créqui; elle doit son nom à l'hotel *d'Angiviller* dont elle est voisine.

Rue de l'Arbre-Sec. Elle aboutit à la place de l'École et à la rue Saint-Honoré. Guillot l'appelle de *l'Arbre-Sel;* mais son vrai nom est *Arbre-Sec*, et elle le portoit dès le treizième siècle, *vicus Arboris Siccæ.* Ce nom lui vient de l'enseigne d'une maison située près de l'église Saint-Germain, et qui existoit encore du temps de Sauval. L'évêque de Paris avoit dans cette rue une grange et un four, entre le cloître Saint-Germain et le cul-de-sac de Court-Bâton. Il étoit appelé dans le principe *le Four-l'Évêque*, *le Four-Franc.* En 1372 on le nommoit *le Four Gauquelin* (1).

A l'extrémité de cette rue, du côté de celle de Saint-Honoré, est une fontaine, et l'on y voyoit autrefois une croix vulgairement appelée du *Tiroir.* Parmi les anciens noms qui se trouvent dans la topographie de Paris, il n'en est aucun dont l'orthographe offre autant de variations. On le trouve écrit *Traihouer, Traihoir, Trayoir, Trahoir, Triouer; Trioir, Tiräuer, Tyroer, Tirouer, Tiroir, Tiroi.* Les uns le font venir du mot latin

---

(1) Il y a dans cette rue trois culs-de-sacs.

1° Celui des Provençaux. Il doit son nom à une enseigne qui subsistoit encore en 1772. On l'appeloit anciennement *Arnoul de Charonne*, du nom d'un particulier qui y demeuroit en 1293. Depuis, par altération, *Raoul de Charonne* et *Arnoul le Charron.*

2° Celui de *la Petite-Bastille.* En 1499, il étoit cité sans nom dans les censiers de l'évêché sous la seule dénomination de *Ruelle-sans-Bout.* En 1540 on le trouve nommé *Jean de Charonne.* Enfin il a reçu son dernier nom d'un cabaret qui en occupoit le fond.

3° Le cul-de-sac de *Court-Bâton* *. Il formoit autrefois, avec celui de *Sourdis*, une rue qui aboutissoit dans celle de l'Arbre-Sec et sur le fossé. On la nommoit *Chardeporc*, et elle devoit ce nom à *Adam Chardeporc*, qui, en 1251, possédoit plusieurs maisons sur le fossé Saint-Germain. Comme l'on appeloit anciennement un porc *bacco*, et *bacon* quand il étoit salé, on donna à cette rue le nom de *Bacon*, qu'elle portoit en 1340. On voit cependant, par le *dire* de Guillot et le rôle de 1313, que cette rue s'appeloit du *Col-de-Bacon*, vraisemblablement d'une enseigne. Il fut ensuite changé, par altération, en *Cop* ou *Coup-de-Bâton*; et c'est ainsi qu'elle est désignée dans la liste du quinzième siècle. On a dit ensuite de *Court-Bâton*, du nom d'une maison qui faisoit le coin de cette rue et de celle des Fossés.

* Il est maintenant fermé d'une grille.

trahere (tirer) ; d'autres de celui de *trier*. Ceux-ci prétendent qu'on y tiroit les draps, ceux-là que c'étoit un marché où l'on vendoit et où l'on tiroit les animaux. Sauval pense que ce nom venoit du fief de *Therouenne*, qu'on appeloit par corruption *Tiroie*, et un savant distingué (1), très versé dans nos antiquités, a adopté cette étymologie. Jaillot la rejette, en prouvant d'abord que le fief de Therouenne ne s'étendoit pas jusque-là, en observant ensuite (ce qui est plus décisif) que si son nom lui fût venu de ce fief, on lui eût donné la même dénomination en latin : or, *Therouenne* se dit *Tarvanna* et *Tarvenna* ; et la croix du Tiroir a toujours été nommée *Crux Tractorii*, *Crux Tiratorii*. Du reste, en combattant cette opinion, il ne trouve rien de satisfaisant à mettre à la place, et la même incertitude demeure sur la vraie signification de ce mot.

La place où se trouvoit la croix du Tiroir étoit beaucoup plus large autrefois qu'elle ne l'est aujourd'hui. François 1er y fit construire une fontaine en 1529.

Quelques bouchers placèrent des étaux à l'entour, et des fruitiers étalèrent leurs denrées sur les marches de cette croix. Comme la voie publique en étoit obstruée (2), et qu'on avoit plusieurs fois porté des plaintes à ce sujet, la croix fut ôtée en 1636, et replacée à l'angle d'un réservoir des eaux d'Arcueil, que le prévôt des marchands avoit fait construire en 1606, au coin de cette rue et de celle Saint-Honoré. Cette place étoit un lieu patibulaire où l'on exécutoit quelquefois des criminels dans l'étendue de la juridiction épiscopale.

Rue Baillet. Elle aboutit dans la rue de la Monnoie et dans celle de l'Arbre-Sec. En 1297, elle s'appeloit rue *Dame Gloriette*, et rue *Gloriette*. Le nom de *Baillet* est celui d'une famille très connue qui demeuroit dans cette rue.

Rue Bailleul. Elle traverse de la rue de l'Arbre-Sec dans celle des Poulies. En 1271, 1300, 1313, et même au siècle suivant, elle s'appeloit rue *d'Averon, d'Avron, Daveron*. On pense qu'elle doit son dernier nom à Robert *Bailleul*, clerc des comptes, qui y demeuroit en 1423, et dont la maison faisoit le coin de cette rue et de celle des Poulies.

Rue de Beauvais. Elle commence à la rue Froi-Manteau, et finit au bout de la rue Champ-Fleuri. Au milieu du treizième siècle, on disoit *en Byauvoir*, etc. ; *vicus de Byauvoir*, en 1372, *Beauvoir*. Dès 1450, on la trouve indiquée sous le nom de *Beauvais* ; elle se prolongeoit anciennement jusqu'à la rue du Coq (3).

Rue du Petit Bourbon. Elle commence au bout de la rue des Poulies, au coin de celle des Fossés-Saint-Germain, et aboutit aux quais de l'Ecole et de Bourbon. Au treizième siècle, ce quartier s'appeloit *Osteriche*. Le nom s'en est conservé long-temps dans la rue appelée *d'Autriche*, dont partie subsiste encore, et forme, comme nous l'avons dit, la

---

(1) M. Bonami.

(2) Cette place devint un lieu de rassemblement. En 1505 il y éclata une espèce de sédition, à l'occasion d'une marchande que le curé ne vouloit pas enterrer avant qu'on ne lui eût montré si dans son testament il existoit un legs pour l'église. Sous Charles VI il y avoit déjà eu au même endroit une émeute, à laquelle l'excès des contributions servit de prétexte.

(3) La portion de cette rue qui étoit du côté de la vieille place du Louvre a été abattue pour l'agrandir ; cette place est nommée maintenant place *d'Austerlitz*, et l'espace qui est devant la façade latérale du palais, du côté de la rue du Coq, se nomme place de *Marengo*.

rue de l'Oratoire. Cette dernière rue se prolongeoit jusqu'au quai de Bourbon, appelé simplement, ainsi que ceux de l'Ecole et du Louvre, *Grande rue sur la rivière.* C'étoit dans cette rue *d'Autriche* qu'étoit bâti le palais du petit Bourbon, lequel s'étendoit jusqu'à la rue qui en a pris le nom (1). (*V. p.* 368.)

Rue Champ-Fleuri. Elle commence à la rue Saint-Honoré, et finit à la rue de Beauvais. Du temps de Philippe-Auguste, elle étoit hors de la ville, et son nom vient sans doute de quelques jardins sur lesquels elle aura été ouverte ; elle portoit ce nom dès 1271, *vicus de Campo Florido.* On a dit ensuite rue de *Champ-Flori* et *Champ-Fleuri.*

Rue du Chantre. Elle aboutit dans la rue Saint-Honoré et dans la place du Vieux Louvre. Dès 1313 et jusqu'en 1386, elle se nommoit rue *au Chantre.* On présume qu'une maison de cette rue, dite *la maison au chantre,* lui a fait donner ce nom.

Rue du Coq. Elle commence à la rue Saint-Honoré et aboutit au Louvre. En 1271, et jusqu'à la fin du siècle suivant, elle s'appeloit rue de *Richebourc* et *Richebourg.* En 1376, on la trouve désignée sous les deux noms *du Coq* et *de Richebourg* ; elle les devoit à deux familles qui y ont demeuré.

Rue du Demi-Saint. Elle va du cloître Saint-Germain dans la rue des Fossés. Dans un acte de 1271, elle est nommée *vicus qui dicitur truncus Bernardi.* En 1300 et 1313, on avoit altéré ce nom et on l'appeloit *Trou-Bernard,* ce qui continua jusqu'à la fin du quinzième siècle. Depuis elle a reçu celui du *Demi-Saint,* parcequ'à son entrée on avoit mis une statue à moitié rompue pour en interdire le passage aux chevaux (2).

Place de l'École. Cette place et le quai qui commence au carrefour ou place des Trois-Maries, et finit à la rue du Petit-Bourbon (3), doivent ce nom aux écoles établies en cet endroit pour l'instruction des jeunes clercs de Saint-Germain-l'Auxerrois. Au treizième siècle ce quai s'appeloit *la grand-rue de l'Ecole, magnus vicus Scholæ S. Germani* 1290 ; *vicus qui dicitur Schola S. Germani* 1298. Il y avoit alors sur ce quai une rue qui aboutissoit devant l'église ; elle s'appeloit *ruelle de Fabrica S. Germani.* Quant à la place, elle s'appeloit anciennement *la place aux Marchands* (4) ; elle étoit encore ainsi nommée en 1369 et 1372 ; mais en 1413 on la trouve indiquée sous celui de place de l'École.

Le quai qui porte le même nom avoit été dressé, élargi et pavé sous le règne de François Ier. Il le fut de nouveau en 1719.

Rue Froi-Manteau. Elle va d'un côté à la rue Saint-Honoré et à la place du Palais-Royal, et de l'autre au quai du Louvre vers le premier guichet. Ce nom, dont on n'a pu découvrir l'étymologie, n'a varié que dans la prononciation ou dans l'orthographe. En 1290, on lit *vicus de Frementel* et *de Frigido Mantello.* Depuis 1313 jusqu'à présent,

---

(1) Elle fait maintenant partie de la place qui est devant la colonnade, et qu'on nomme place d'*Iéna.*

(2) Cette rue est maintenant fermée du côté du cloître.

(3) Voyez page 326.

(4) Devant cette place étoit un port qui servoit d'arrivage aux marchandises, et de dépôt de navigation. Avant la construction du Pont-Neuf, il y avoit encore sur cette place, comme sur d'autres points des rivages de la Seine, un nombre suffisant de bachoteurs ou passeurs d'eau pour la facilité des communications.

on a dit *Froit-Mantel*, *Froid-Manteau*, *Froit-Mantyau*, *Frémanteau*, et *Fromenteau*. Ces deux derniers noms sont les plus usités dans les actes et sur les plans de Paris.

Rue des Fossés-Saint Germain. Elle commence au coin des rues du Roule et de la Monnoie, et finit au bout des rues des Poulies et du Petit-Bourbon. Au milieu du treizième siècle, on disoit simplement *le Fossé, in Fossato*; dans les suivants, on a dit *rue des Fossés-Saint-Germain.* Ce nom vient des fossés que les Normands creusèrent autour de l'église Saint-Germain, lorsqu'ils y établirent leur camp en 886.

Cette rue ne s'étendoit que jusqu'à celle de l'Arbre-Sec, où commence la rue de Bethisi ; mais par la déclaration du roi de 1702, on a donné à celle-ci jusqu'à la rue du Roule le nom *des Fossés-Saint-Germain,* afin que la rue Bethisi ne se trouvât pas dans deux quartiers différents (1).

Rue des Prêtres et Cloître de Saint-Germain-l'Auxerrois. On entroit dans ce cloître, 1° par la rue de l'Arbre-Sec et du Petit-Bourbon ; 2° par celle des Prêtres (2) ; 3° par la rue du Demi-Saint et par la ruelle de la *Fabrique* dont nous avons parlé. La rue des Prêtres doit ce nom à ceux de Saint-Germain qui y demeuroient. Elle finissoit autrefois à la place de l'Ecole ; mais dans la division qui fut faite en 1702, on a donné son nom à une partie de la rue Saint-Germain jusqu'au carrefour des Trois-Maries, afin que cette dernière rue, comme celle de Bethisi, ne se trouvât pas divisée en deux quartiers (3).

Rue Saint-Honoré. La partie de cette rue qui dépend de ce quartier commence au coin de celle du Roule et des Prouvaires, et finit à celui des rues des Bons-Enfants et Froi-Manteau. Nous avons déjà remarqué (quartier Saint-Opportune) qu'une partie de cette rue jusqu'à celle de l'Arbre-Sec s'appeloit rue de *Château-Fétu.* De là jusqu'à la porte construite entre le cul-de-sac de l'Oratoire et la rue du Coq, on la nommoit aux treizième et quatorzième siècles, rue de *la Croix du Tirouèr,* et au-delà de la porte, *la Chauciée Saint-Honoré* (4). Les agrandissements de Paris et la nouvelle enceinte élévée par Charles V lui firent donner dans toute cette partie, jusqu'à la nouvelle porte qui étoit près les Quinze-Vingts, le nom de rue Saint-Honoré, et depuis cette porte, on l'appeloit *grand'rue Saint-Louis,* comme nous le dirons en son lieu. A l'égard du nom de *Château-Fétu,* dont l'étymologie a fort exercé les antiquaires, il est probable que c'étoit celui de quelque famille distinguée qui habitoit cette rue. Il y avoit encore en 1348, entre Saint-Landri et la rivière, une maison appelée le *Château-Fétu,* et dans le manuscrit des coutumes de la marchandise, il est fait mention à l'an 1268 de Jehan Popin de Château-Fétu comme d'un notable bourgeois alors membre du conseil de la ville, et depuis prévôt des marchands.

(1) Dans cette rue est un cul-de-sac appelé *de Sourdis.* Il doit ce nom à un hôtel qui subsistoit encore en 1772. Vis-à-vis ce cul-de-sac étoit autrefois la poste aux chevaux.

(2) On donnoit indifféremment à ces trois rues le nom de *rues ou ruelles du cloître* , ruelle par laquelle on va à l'église , et y aboutissant.

(3) Il y a dans le cloître un cul-de-sac que l'on nommoit, au quinzième siècle , rue *de la Treille,* ensuite, ruelle du *Puits du Chapitre.* Un titre de 1271 la désigne sous le nom de *ruella Guidonis de Ham.* Elle a repris le nom de *cul-de-sac de la Treille.*

(4) Elle a pris ce nom de l'église qui étoit sous l'invocation de saint Honoré, évêque d'Amiens.

Rue Jean-Saint-Denis. Elle commence à la rue Saint-Honoré, et aboutit à celle de Beauvais. On ne trouve point qu'elle ait porté d'autre nom. Dans plusieurs, et notamment l'acte de rédaction des prébendes de Saint-Honoré, du mois de décembre 1258, il est fait mention de Jacques de Saint-Denis, chanoine de cette église ; il est possible que sa famille ait donné le nom à cette rue (1).

Rue Jean-Tison. Elle donne d'un bout dans la rue des Fossés-Saint-Germain, et de l'autre dans la rue Bailleul. Elle doit son nom, comme la précédente, à une famille notable qui existoit déjà avant le treizième siècle. Dans la liste des rues de 1450, elle est appelée rue *Philippe Tyson.*

Place des Trois Maries. Elle est située au bout et en face du Pont-Neuf, ce qui la faisoit appeler au commencement du siècle passé *rue du Pont-Neuf.* Il y avoit anciennement en cet endroit un port où abordoient les bateaux chargés de foin ; une ruelle qui y aboutissoit en prit le nom de rue *au Fain,* et, du temps de Corrozet, on l'appeloit rue *du Port au Foin.* Elle a pris son nom actuel d'une maison qui, en 1564, avoit pour enseigne les Trois-Maries. C'est la troisième des cinq qui formoient la gauche de cette place, du côté de Saint-Germain-l'Auxerrois.

Rue de la Monnoie. Elle est située entre la rue du Roule et la place des Trois Maries, et doit son nom à l'hôtel de la Monnoie qui y étoit situé. Au treizième siècle on l'appeloit *rue o Cerf, vicus Cervi in censivâ S. Dyonisii de carcere.* On n'a pu découvrir en quel temps l'hôtel de la Monnoie y fut transporté, et lui fit prendre son dernier nom (2).

Rue de l'Oratoire. Elle étoit autrefois fermée, et se nommoit *Cul-de-sac des PP. de l'Oratoire.* Auparavant c'étoit la rue dont nous avons déjà plusieurs fois parlé, laquelle se prolongeoit jusqu'au quai, et s'appeloit rue *d'Autriche.* Les copistes ont bien défiguré ce nom. Dans Guillot on le trouve écrit *Osteriche* ; dans la liste des rues du quinzième siècle, *d'Autraiche* ; *d'Autruche* en 1421 et dans Corrozet ; *d'Austruce* sur le plan de l'abbaye Saint-Victor ; de *l'Autruche* ou du *Louvre* dans le procès-verbal de 1636 ; ensuite, suivant Sauval, rue du *Louvre* et *cul-de-sac de l'Oratoire.*

Rue des Poulies. Elle aboutit à la rue Saint-Honoré, à la nouvelle place du Louvre et au coin de la rue des Fossés-Saint-Germain-l'Auxerrois. Sauval prétend qu'elle doit son nom aux *poulies* de l'hôtel d'Alençon, et que ces poulies étoient un jeu ou exercice que l'on ne connoît plus, mais qui étoit encore en usage en 1343. Jaillot pense que ce nom peut venir d'Edmond de Poulie ou de quelqu'un de ses ancêtres, parcequ'il possédoit dans cette rue une grande maison et un jardin qu'il vendit à Alphonse, comte de Poitiers et frère de saint Louis.

Rue du Roule. Elle est située entre les rues des Prouvaires et de la Monnoie. Cette rue ne fut ouverte qu'au mois de juillet 1691, sur l'emplacement de quelques maisons vieilles et caduques, lesquelles faisoient partie d'un ancien fief appelé *le Roule,* de qui cette rue a pris son nom. Le chef-lieu de ce fief, situé au coin de cette rue et de celle des Fossés-Saint-Germain, étoit encore appelé *Maison ou hôtel du Roule* avant 1789.

---

(1) On la nomme maintenant rue de la *Bibliothèque.*

(2) Les anciens bâtiments qui subsistoient encore vers le milieu du dernier siècle annonçoient le règne de saint Louis, ou celui de Philippe-le-Hardi.

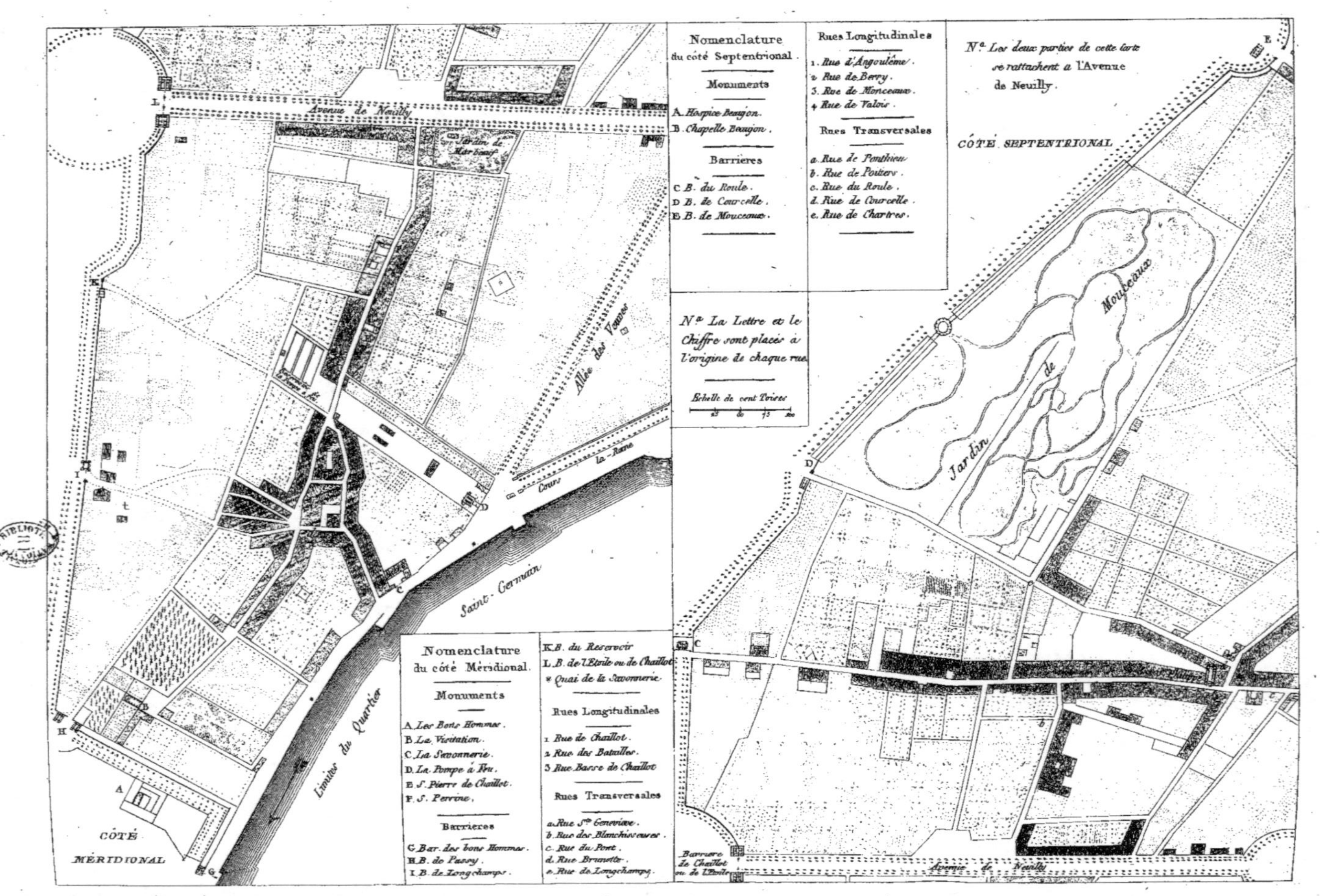

PLAN DU QUARTIER DU PALAIS ROYAL (2e Partie)
Nª Les deux parties de cette carte se rattachent a l'Avenue de Neuilly.
CÔTÉ SEPTENTRIONAL
Nomenclature du côté Septentrional.
Monuments
A. Hospice Beaujon.
B. Chapelle Beaujon.
Barrieres
C. B. du Roule.
D. B. de Courcelle.
E. B. de Monceaux.
Rues Longitudinales
1. Rue d'Angoulême.
2. Rue de Berry.
3. Rue de Monceaux.
4. Rue de Valois.
Rues Transversales
a. Rue de Ponthieu.
b. Rue de Poitiers.
c. Rue du Roule.
d. Rue de Courcelle.
e. Rue de Chartres.
Nª La Lettre et le Chiffre sont placés a l'origine de chaque rue.
Echelle de cent Toises
25 50 75 100
Nomenclature du côté Méridional.
Monuments
A. Les Bons Hommes.
B. La Visitation.
C. La Savonnerie.
D. La Pompe à Feu.
E. S. Pierre de Chaillot.
F. S. Perrine.
Barrieres
G. Bar. des bons Hommes.
H. B. de Passy.
I. B. de Longchamps.
K. B. du Reservoir.
L. B. de l'Etoile ou de Chaillot.
* Quai de la Savonnerie.
Rues Longitudinales
1. Rue de Chaillot.
2. Rue des Batailles.
3. Rue Basse de Chaillot.
Rues Transversales
a. Rue Ste Geneviève.
b. Rue des Blanchisseuses.
c. Rue du Port.
d. Rue Brunette.
e. Rue de Longchamps.
Jardin de Monceaux
Avenue de Neuilly
Jardin de Marbœuf
Allée des Veuves
Cours la Reine
Saint-Germain
Limite du Quartier
Barrière de Chaillot ou de l'Etoile
CÔTÉ MERIDIONAL

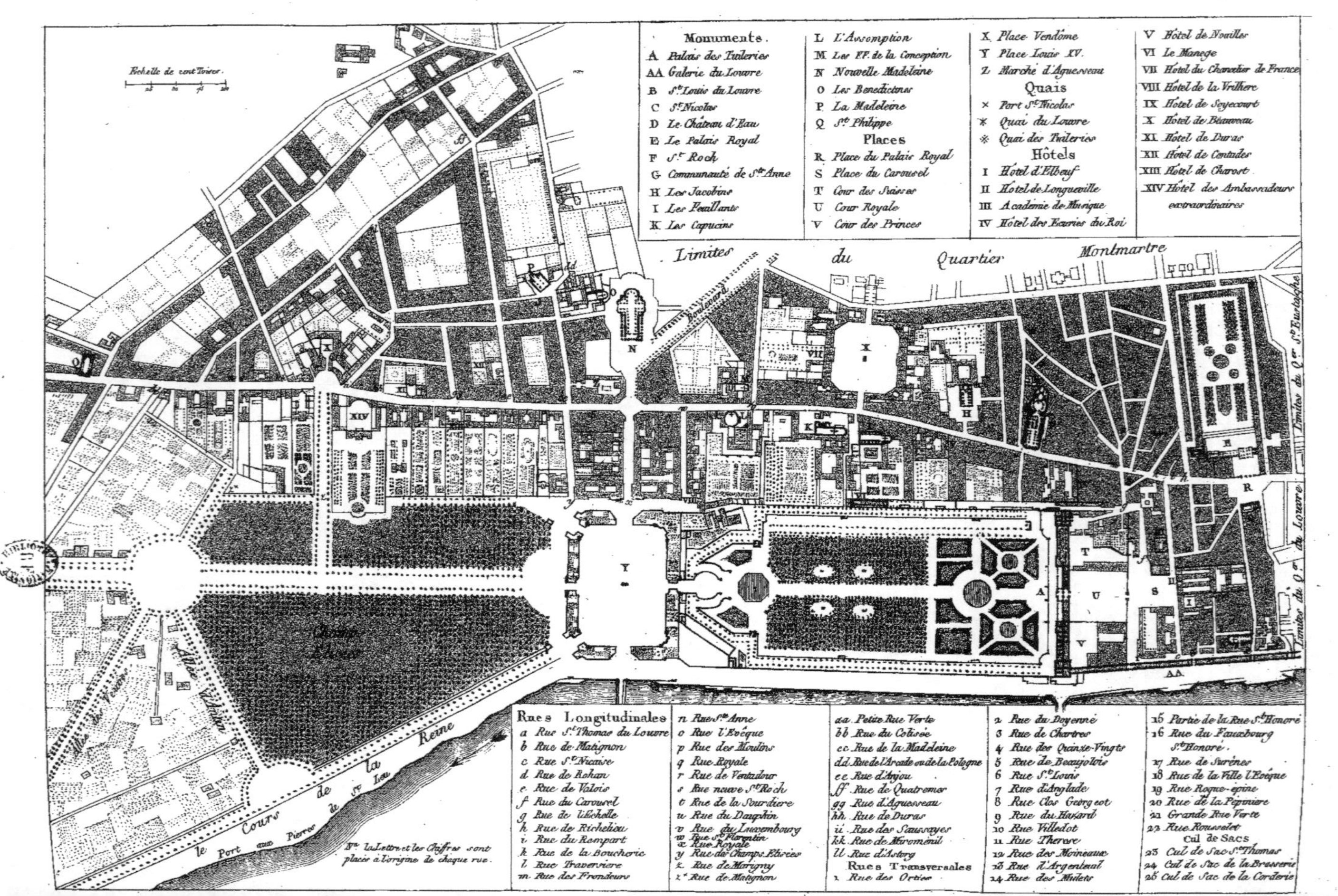

Echelle de cent Toises.

Monuments.
A Palais des Tuileries
AA Galerie du Louvre
B St Louis du Louvre
C St Nicolas
D Le Château d'Eau
E Le Palais Royal
F St Roch
G Communauté de Ste Anne
H Les Jacobins
I Les Feuillants
K Les Capucins
L L'Assomption
M Les FF. de la Conception
N Nouvelle Madeleine
O Les Benedictens
P La Madeleine
Q St Philippe
Places
R Place du Palais Royal
S Place du Carousel
T Cour des Suisses
U Cour Royale
V Cour des Princes
X Place Vendôme
Y Place Louis XV.
Z Marché d'Aguesseau
Quais
× Port St Nicolas
* Quai du Louvre
✳ Quai des Tuileries
Hôtels
I Hôtel d'Elbeuf
II Hôtel de Longueville
III Academie de Musique
IV Hôtel des Ecuries du Roi
V Hôtel de Nouilles
VI Le Manege
VII Hôtel du Chancelier de France
VIII Hôtel de la Vrilhere
IX Hôtel de Seyecourt
X Hôtel de Beauveau
XI Hôtel de Duras
XII Hôtel de Contades
XIII Hôtel de Charost
XIV Hôtel des Ambassadeurs extraordinaires

Limites du Quartier Montmartre

Rues Longitudinales
a Rue St Thomas du Louvre
b Rue de Matignon
c Rue St Nicaise
d Rue de Rohan
e Rue de Valois
f Rue du Carousel
g Rue de l'Echelle
h Rue de Richelieu
i Rue du Rempart
k Rue de la Boucherie
l Rue Traversiere
m Rue des Frondeurs
n Rue Ste Anne
o Rue l'Evêque
p Rue des Moulins
q Rue Royale
r Rue de Ventadour
s Rue neuve St Roch
t Rue de la Sourdiere
u Rue du Dauphin
v Rue du Luxembourg
w Rue St Florentin
x Rue Royale
y Rue des Champs Elisées
z Rue de Marigny
z* Rue de Matignon
aa Petite Rue Verte
bb Rue du Colisée
cc Rue de la Madeleine
dd Rue de l'Arcade ou de la Pologne
ee Rue d'Anjou
ff Rue de Quatremer
gg Rue d'Aguesseau
hh Rue de Duras
ii Rue des Saussayes
kk Rue de Miromenil
ll Rue d'Astorg
Rues Transversales
1 Rue des Orties
2 Rue du Doyenné
3 Rue de Chartres
4 Rue des Quinze-Vingts
5 Rue de Beaujolois
6 Rue St Louis
7 Rue d'Anglade
8 Rue Clos Georgeot
9 Rue du Hasard
10 Rue Villedot
11 Rue Therese
12 Rue des Moineaux
13 Rue d'Argenteuil
14 Rue des Mulets
15 Partie de la Rue St Honoré
16 Rue du Fauxbourg St Honoré
17 Rue de Surênes
18 Rue de la Ville l'Evêque
19 Rue Roque-epine
20 Rue de la Pepiniere
21 Grande Rue Verte
22 Rue Rousselet
Cul de Sacs
23 Cul de Sac St Thomas
24 Cul de Sac de la Brasserie
25 Cul de Sac de la Corderie

N.B. la Lettre et les Chiffres sont placés à l'origine de chaque rue.

QUARTIER

DU PALAIS ROYAL.

Ce quartier est borné , à l'orient, par les rues Froi-Manteau et des
Bons-Enfants exclusivement ; au septentrion , par la rue Neuve-
des-Petits-Champs aussi exclusivement ; à l'occident , par les
extrémités des faubourgs Saint-Honoré et du Roule inclusivement ;
et au midi , par les quais depuis le premier guichet du côté de la
place de l'École, aussi inclusivement.

On y comptoit, en 1789, soixante-quatorze rues , quatre culs-de-
sacs , trois places , deux palais , deux théâtres , un hospice , un
chapitre , quatre églises paroissiales , deux couvents d'hommes ,
trois couvents et une communauté de filles.

Le quartier de Paris que nous allons décrire est un des plus riches en
monuments , et celui peut-être qui a subi les plus grandes révolutions.

On a vu que sous Philippe-Auguste le Louvre et les édifices qui
l'environnoient étoient encore hors des murs de cette capitale. Les choses
étant restées en cet état jusqu'au règne de Charles V, il s'éleva pendant
cet intervalle des édifices nouveaux sur la partie de la culture l'évêque ,
qui étoit aux environs de l'église Saint-Honoré. Les vides qui existoient
encore dans le bourg Saint-Germain-l'Auxerrois et dans la terre de Champeaux (1) se remplirent insensiblement ; on bâtit également des maisons
sur les autres cultures qui restoient encore , soit au dedans des murs ,
soit dans les environs : ces dernières constructions commençoient toujours
par une rue qui prenoit naissance à chaque porte de la ville, et se terminoit
ensuite en pleine campagne. Bientôt d'autres rues traversoient celle-ci,
et il se formoit en peu de temps un nouveau faubourg.

La clôture faite par Charles V ayant renfermé du côté de *la ville* tous

---

(1) Le quartier des Halles.

les gros bourgs qui touchoient les anciennes fortifications, il se trouva que les édifices dont le Louvre étoit environné s'étendoient déjà jusqu'à la rue Saint-Nicaise. Les murs embrassèrent donc, de ce côté, tout cet espace, et dès ce moment, c'est-à-dire vers la fin du quatorzième siècle, l'église Saint-Honoré, celles de Saint-Thomas et de Saint-Nicolas du Louvre, et l'hôpital des Quinze-Vingts furent renfermés dans la ville de Paris. Quant à cette partie, qui s'étend jusqu'à Chaillot et à la barrière du Roule, elle n'étoit encore composée que de *cultures* dépendantes principalement de l'évêque de Paris et de Saint-Germain-l'Auxerrois.

En 1536, François Ier fit ouvrir sur les bords de la rivière, à l'extrémité de cette rue Saint-Nicaise, où finissoient les murs de la ville, une porte qui fut nommée porte Neuve.

Peu de temps après, Catherine de Médicis ayant fait bâtir, hors des murs, le château des Tuileries, il arriva ce qui étoit déjà arrivé pour le Louvre, que ses environs se couvrirent en peu de temps d'édifices, et que la rue qu'on nomme aujourd'hui *Saint-Honoré*, laquelle étoit alors le *faubourg Saint-Honoré*, se prolongea jusqu'à l'extrémité du jardin de ce château. Comme tous les environs de Paris s'accroissoient dans la même proportion sur cette rive septentrionale, on jugea nécessaire, sous Charles IX, d'en augmenter encore l'enceinte. Il fut décidé que les nouvelles murailles seroient attachées à la porte Neuve, dite de la Conférence, laquelle existoit déjà depuis long-temps à l'endroit où est maintenant le pont de Louis XVI; en conséquence, le 11 juillet 1566, le roi, accompagné de la reine mère, des princes du sang, du cardinal de Bourbon et de toute sa cour, mit la première pierre au bastion qui étoit proche de cette porte, et qui fut alors élevé pour prolonger la clôture derrière le nouveau palais.

Ces premières constructions ayant fait connoître le dessein où l'on étoit de renfermer le faubourg Saint-Honoré dans la ville, les édifices s'y multiplièrent tellement, qu'en 1578 il fallut y bâtir une succursale de Saint-Germain-l'Auxerrois. En 1581, Henri III fit commencer les nouveaux murs, et les poussa depuis le bastion de la porte *Neuve*, qu'on a nommée depuis porte de la Conférence, jusqu'à l'extrémité de ce faubourg.

Cependant l'ancienne enceinte subsistoit toujours, et le projet de renfermer dans la ville cette partie de terrain située entre les faubourgs Montmartre et Saint-Honoré, projet commencé sous Charles IX, n'avoit point été achevé par ses deux successeurs Henri III et Henri IV. Il fut enfin repris sous Louis XIII en 1631. Alors l'ancienne porte Saint-Honoré, qui étoit encore près des Quinze-Vingts, fut abattue, et l'on bâtit une boucherie à sa place. La nouvelle porte fut élevée au bout du faubourg (1), à quatre cents toises ou environ de l'ancienne. On termina aussi la nouvelle clôture, laquelle, partant du bord de la rivière, alla se joindre à celle de la porte Saint-Denis, agrandissant ainsi la ville d'un sixième de sa circonférence.

A peine cette clôture fut-elle achevée, que des particuliers firent bâtir de nouvelles maisons hors de la porte Saint-Honoré, et en si grande quantité, que le nouveau faubourg qui s'y forma se trouva joint au village du Roule. Cette passion de bâtir de tous côtés, et jusque dans la campagne des environs de Paris, fut même portée à un tel excès, que le roi jugea convenable d'y donner de nouveau des bornes, comme cela avoit été fait sous Henri II. Il parut donc un arrêt (2) du conseil, daté du 15 janvier 1638, par lequel les limites de la ville furent fixées. Par cette ordonnance, elles ne furent point changées du côté du quartier que nous décrivons, et vinrent encore aboutir à la porte de la Conférence. Cependant les habitants du faubourg Saint-Honoré représentèrent au roi que, ce côté étant l'abord de la province de Normandie et de plusieurs autres lieux d'un grand commerce, il étoit nécessaire d'accroître encore le faubourg, et d'y faire bâtir un

---

(1) Vis-à-vis la rue Royale, à l'endroit où commence aujourd'hui le nouveau faubourg qui porte le même nom.

(2) Cet arrêt avoit pour fondement six motifs qui regardoient la santé, la subsistance et la sûreté des citoyens. « Le premier, que la ville de Paris, portée à une grandeur excessive, seroit « plus susceptible de mauvais air ; le second, que cela rendroit le nettoiement de ses immondices « beaucoup plus difficile ; le troisième, que l'augmentation du nombre des habitants augmenteroit « à proportion le prix des vivres et autres denrées, ouvrages et marchandises ; le quatrième, que « l'on avoit depuis couvert de bâtiments les terres qui avoient autrefois servi d'agriculture pour « les légumes et les menus fruits nécessaires aux provisions de la ville : ce qui en causeroit imman- « quablement la disette si l'on continuoit d'y bâtir ; le cinquième, que les habitants des bourgs « et des villages voisins, attirés par les prérogatives des faubourgs de cette capitale, venoient s'y « habituer en si grand nombre, que, si cela continuoit, la campagne deviendroit déserte ; le « sixième enfin, que la difficulté de gouverner un si grand peuple donnoit lieu au dérèglement « de la police et aux meurtres, vols et larcins qui se commettoient fréquemment et impunément, de « jour et de nuit, en cette ville et ses faubourgs. »

Cependant l'on bâtit encore depuis, et hors des bornes qui avoient été plantées en 1638 ; ce qui provoqua, en 1672, un nouvel arrêt, qui ordonnoit qu'il seroit planté de nouvelles bornes aux extrémités des faubourgs pour en marquer l'enceinte, et faisoit de très expresses défenses de les passer à l'avenir par aucun bâtiment. (DELAMARRE.)

nombre d'hôtelleries suffisant pour la grande quantité de voituriers et de marchands qui y affluoient tous les jours. Le roi, ayant écouté favorablement leur demande, leur accorda des lettres-patentes, du mois de mai 1639, portant permission d'unir à ce faubourg le village de la Ville-l'Évêque, lequel fut érigé en paroisse.

En 1671, sous le règne de Louis XIV, les fortifications de Paris furent abattues de ce côté, depuis la porte Saint-Denis jusqu'à celle Saint-Honoré; alors les nouveaux faubourgs firent partie de la ville, et sous les règnes suivants on éleva dans ce quartier les riches monuments qui en ont fait l'entrée la plus magnifique de cette capitale, et l'un des plus beaux aspects qu'il y ait dans aucune ville du monde.

SAINT-LOUIS ET SAINT-NICOLAS DU LOUVRE.

Cette église royale, collégiale et paroissiale, est le premier édifice que l'on rencontre en sortant du quartier précédent. Elle est située à l'extrémité de la rue Saint-Thomas du Louvre, du côté de la galerie.

Si l'on ajoutoit foi à un ancien titre qui se conservoit autrefois dans les archives de cette église, elle seroit bien plus ancienne que tous les historiens de Paris ne l'ont pensé; cet acte, daté de 1020, contenoit une donation d'un setier de froment faite par Sibylle de Quesnay, veuve du sieur Pouget, aux *maîtres et écoliers de Saint-Thomas et de Saint-Nicolas du Louvre (de Lupera.)*

L'authenticité de ce titre a été contestée, ou, pour mieux dire, on a donné des preuves très solides qu'il étoit supposé. « Si l'on fait attention, dit Jaillot, que la donatrice y est qualifiée sous des noms et surnoms qui n'étoient pas en usage au commencement du onzième siècle; qu'elle n'explique aucun des motifs de sa libéralité, et qu'elle n'y met aucune condition; si l'on se rappelle qu'à cette époque les écoles n'étoient pas fort multipliées; qu'on n'en voyoit que dans les grandes basiliques et dans les monastères; que Saint-Germain-l'Auxerrois avoit les siennes à peu de distances; enfin, s'il est prouvé que les écoliers de Saint-Nicolas ne faisoient qu'un même corps et sous le même nom que ceux de Saint-Thomas avant leur désunion (1), alors il sera bien difficile de ne pas élever quelques doutes sur la certitude d'une donation dont il ne paroit pas même que les donataires aient profité. »

Ces preuves sont d'une grande force; mais il en est une dernière qui nous semble évidente et sans réplique. On ne voit dans aucun acte que le collège dont il s'agit ait été sous l'invocation de saint Thomas, apôtre; son titulaire étoit saint Thomas de Cantorbéry. Or, cet archevêque, martyrisé le 29

---

(1) On en trouvera plus loin la preuve.

Tome I.   5o *

décembre 1170, ne fut canonisé que le mercredi des Cendres de l'an 1173. Il est donc impossible qu'on ait donné son nom à aucun établissement pieux avant l'une ou l'autre de ces deux dernières époques.

Si le titre primitif de Saint-Thomas du Louvre ne se retrouve plus, on est du moins certain que cette maison existoit sous le règne de Philippe-Auguste. On voit par une bulle du pape Urbain III, datée de l'an 1187, que Robert, comte de Dreux, frère de Louis-le-Jeune, avoit donné des maisons et des revenus tant pour la subsistance des pauvres clercs que pour le logement et la nourriture des prêtres chargés d'y faire le service divin; qu'il avoit établi dans le même lieu un hôpital ou collège pour de pauvres étudiants; enfin que cette église étoit sous l'invocation de saint Thomas de Cantorbéry. Ce prince étant mort en 1188, Robert II, son fils, confirma ces fondations et les fit approuver par Philippe-Auguste, dont les lettres-patentes à ce sujet sont de 1192. Il y avoit alors dans cette église quatre chanoines prêtres; mais dès l'an 1209 on ne peut douter que le nombre n'en fût augmenté, car dans une contestation qui s'éleva alors sur la présentation entre l'évêque de Paris et les fils du fondateur, il fut stipulé que ceux-ci nommeroient pendant leur vie à *toutes les prébendes*, tant anciennes que *nouvelles*, et aux semi-prébendes *fondées* et à fonder; qu'après leur mort les nominations se partageroient entre les comtes de *Brie* (1) et l'évêque, de manière toutefois que les *quatre prébendes anciennes* seroient toujours dans la dépendance de ces seigneurs.

A peine cette contestation étoit-elle réglée, qu'il s'en éleva une nouvelle entre le proviseur et les écoliers d'une part, et les chanoines de l'autre, à l'occasion des biens fondés par Robert de Dreux et par ses enfants. A cette époque, tout étoit commun entre eux, les bâtiments et l'église. Le résultat de leurs démêlés fut un partage entre les chanoines et l'hôpital, dans lequel la rue Saint-Thomas du Louvre devint la limite des propriétés divisées. Alors les écoliers et le proviseur voulurent avoir une église particulière et un cimetière, ce qui leur fut accordé par l'évêque, sans préjudice des droits du curé de Saint-Germain. Dans les lettres qui leur furent expédiées à ce sujet, et qui sont de 1217, ils sont appelés *le recteur et les*

---

(1) La ville de *Brie* s'appeloit anciennement *Braie*, *Braia*. C'est des premiers comtes de Dreux qu'elle a été nommée depuis *Brie-comte-Robert*.

frères de l'hôpital Saint-Thomas du Louvre ; mais leur nouvelle maison prit le titre de *l'hôpital des pauvres écoliers de Saint - Nicolas du Louvre* (1). A la fin du treizième siècle cet établissement étoit composé d'un maître ou proviseur, d'un chapelain et de quinze boursiers ; on y ajouta un second chapelain ; et en 1350 on y fonda trois nouveaux boursiers. Il subsista dans cet état jusqu'au 25 juillet 1541, époque à laquelle Jean du Bellay, évêque de Paris, supprima le maître et les boursiers, et érigea ce collège en chapitre, composé d'un prevôt et de quinze chanoines, qui ont été réunis en 1740 à ceux de Saint-Thomas du Louvre. Sans entrer dans les contestations peu importantes qui se sont élevées entre les historiens de Paris sur les prébendes de cette dernière église et sur leurs fondations, il nous suffira de dire qu'en 1728 on comptoit, dans la collégiale de Saint-Thomas, onze canonicats, et que, lors de la réunion, les arrangemens nouveaux qui en résultèrent portèrent le nombre de ses membres à quatorze ; ce qui dura jusqu'en 1749.

Cette réunion et le changement de vocable adopté par la nouvelle collégiale furent causés par un évènement tragique dont nous allons rendre compte. La voûte du chœur de Saint-Thomas, qui n'étoit construite qu'en plâtre, et qui subsistoit depuis six cents ans, donnoit des signes évidents d'une ruine prochaine. Effrayé des progrès rapides de cette dégradation, le chapitre s'adressa à la cour en 1735 (2), et fit des représentations qui d'abord ne furent point écoutées. Ce ne fut qu'en 1738 qu'on obtint du roi, par le cardinal de Fleury, alors ministre, une somme de 150,000 livres à prendre en neuf années sur la ferme des poudres. Dès que le premier paiement en fut effectué, on se disposa à en faire usage ; les chanoines se retirèrent dans le bas de l'église pour y célébrer l'office divin ; et l'on éleva une cloison de charpente qui séparoit le chœur, qu'on étoit forcé d'abandonner, de la nef où l'on se réfugioit. Alors on s'empressa de démolir la partie opposée ; les fondements furent jetés du côté des rues Saint-Thomas et du Doyenné, et

---

(1) On disoit également dans ce temps-là, *les pauvres maîtres de Sorbonne.* On conserve, à la fin d'un petit cartulaire de l'évêque de Paris, les statuts de ce collège écrits en caractères du quinzième siècle. Selon ces statuts, le proviseur devoit donner à chaque écolier trois sous par jour pour sa nourriture, et ceux-ci étoient tenus de ne parler qu'en latin dans sa maison. (Lebeuf.)

(2) Il le fit comme étant de fondation *royale,* le roi ayant succédé aux droits des comtes de Dreux.

l'édifice commençoit déjà à s'élever, lorsque tout à coup, le 15 septembre 1739, vers onze heures du matin, au moment où l'on s'assembloit pour tenir le chapitre, le côté de l'église qui étoit sous le clocher voisin de la salle capitulaire tomba avec un fracas épouvantable, et ensevelit sous ses ruines presque tous les chanoines déjà assemblés. Ils étoient au nombre de huit : deux, qu'un hasard heureux avoit placés plus près de la porte, se sauvèrent, et en fuyant ils en repoussèrent un troisième qui étoit sur le point d'entrer. Les six autres périrent.

La réunion des deux chapitres ayant été résolue, comme nous l'avons dit, après cette malheureuse catastrophe, et les parties intéressées s'étant facilement conciliées le 20 mars 1740, les chanoines de Saint-Thomas prirent place, selon leur rang d'ancienneté, au chœur de Saint-Nicolas, en attendant que la nouvelle église fût achevée. Elle fut bénie et dédiée sous l'invocation de saint Louis ; les chanoines réunis en prirent le nom, et y firent l'office le jour même de cette dédicace, veille de la fête du saint roi, 24 août 1744 (1).

Le 23 avril 1749, le chapitre de Saint-Louis du Louvre fut encore augmenté par la réunion nouvelle qui s'y fit de celui de Saint-Maur-des-Fossés, près Paris.

Ce dernier chapitre étoit originairement une abbaye de Bénédictins, laquelle avoit été mise en commande au commencement du seizième siècle. Une bulle de Clément VII ayant supprimé la dignité abbatiale en 1533, les revenus furent réunis à l'évêché, et les moines sécularisés se formèrent en collégiale. Ces nouveaux chanoines portèrent dans le chapitre de Saint-Louis une dignité de grand-chantre, comme ceux de Saint-Nicolas y avoient introduit celle de prevôt ; et outre ces deux dignitaires, il y eut alors vingt-deux chanoines (2). L'archevêque de Paris en étoit le doyen, comme ayant remplacé l'abbé, et ensuite le doyen de Saint-Maur. Telle est la forme dans laquelle ce chapitre a existé jusqu'à sa suppression.

La nouvelle église, dont la construction est du plus mauvais goût, offre

---

(1) L'église de Saint-Nicolas fut dès ce moment totalement abandonnée. Depuis elle a été démolie, et il n'en reste plus aucuns vestiges ; mais nous ignorons à quelle époque. Elle existoit encore en 1780.

(2) Ces bénéfices étoient à la collation de l'archevêque, excepté les quatre royaux, et celui des *Gallichers*, ainsi appelé du nom de son fondateur, qui étoit un gentilhomme limousin.

cette particularité singulière, qu'elle a été construite sur les dessins du célèbre Germain, orfèvre du roi, lequel se mêloit aussi d'architecture (1). Les formes en sont bizarres, principalement celles du portail : il est composé d'un avant-corps à tour ronde, enrichi d'un ordre de pilastres ioniques, dont l'entablement est modillonnaire et couronné d'un fronton circulaire. Le milieu de cet avant-corps est percé d'une porte bombée surmontée d'une corniche, au-dessus de laquelle est un bas-relief. De chaque côté de cet avant-corps est une tour creuse qui vient rattacher aux deux extrémités de ce portail un pilastre aussi ionique. Au-dessus s'élève une espèce d'attique percé dans le milieu par un œil de bœuf, et couronné d'un fronton circulaire. Au-dessous est un autre fronton de la même forme ; et ces deux frontons, formant ainsi deux lignes courbes sur un plan en tour ronde, sont certainement ce qui a jamais été imaginé de plus ridicule. Les ornements ont été prodigués tant au dedans qu'au dehors du bâtiment, et y sont traités avec le même soin que dans une pièce d'orfèvrerie. Les connoisseurs applaudirent à la délicatesse et au fini précieux de toutes ces sculptures, mais l'architecte fut blâmé, même dans ces temps-là, d'en avoir trop chargé sa voûte. Il alla même jusqu'à employer dans la dorure le *bruni*, qui n'est d'usage que dans les ouvrages ciselés, et l'on reconnut l'orfèvre dans un monument d'architecture. Cependant on louoit l'heureuse proportion du grand ordre de pilastres corinthiens qui orne intérieurement le pourtour de cet édifice. Germain en avoit fait les chapiteaux à l'imitation de ceux du Val-de-Grace, qui passent pour des modèles en ce genre.

Le chapitre, qui devoit au cardinal de Fleury la réédification de son église, lui offrit en 1742, avant même qu'elle fût achevée, les deux principaux archivoltes qui sont en regard, pour y établir, d'un côté, une chapelle qui seroit dédiée à la Vierge, et de l'autre son mausolée et le lieu de sépulture de sa famille. Cette chapelle fut revêtue de marbres de diverses couleurs, et ornée d'un bas-relief représentant l'Annonciation de la Vierge, par Jean-Baptiste Le Moine.

Le même sculpteur fut chargé d'exécuter le mausolée de cette Éminence, lequel étoit placé sous l'arcade opposée. Ce ministre y est représenté

---

(1) Il a construit une autre église à Livourne.

expirant dans les bras de la religion. La France, désignée par son écusson, exprime le regret de la perte qu'elle va faire ; derrière le piédestal s'élève une pyramide chargée d'une urne ; du pied de cette urne descend une grande et lourde draperie qui couvre en partie le squelette de la mort, que l'artiste a jugé à propos d'offrir aux regards du mourant. Ce monument, mal conçu, est encore plus mal exécuté, et présente une image frappante de cette dégradation rapide où l'art étoit parvenu sous le règne de Louis XV.

Il y avoit encore dans cette église quelques peintures médiocres de Pierre, Restout, Louis Galloche. Le bas-rélief que l'on voit au-dessus du portail est de la main de Pigal.

Les chanoines faisoient exercer les fonctions curiales sur environ deux cent quarante paroissiens qui habitoient leur cloître et les environs de leur collégiale, et sur les officiers servants de leur chapitre, qui demeuroient dans le cloître ou prevôté de Saint-Nicolas du Louvre. Cette église a été accordée, il y a quelques années, aux protestants, qui jusqu'à ce moment y ont exercé leur culte. Il est probable qu'elle ne tardera pas à être abattue, et que sa démolition, ainsi que celle de tous les édifices placés entre le Louvre et les Tuileries, entre dans le grand plan qui doit lier ensemble ces deux monuments.

VUE de la NOUVELLE FAÇADE du PALAIS-ROYAL, bâtie en 1763.

LE PALAIS-ROYAL.

Quoique l'édifice qui porte ce nom n'ait été construit que dans le dix-septième siècle, cependant on rencontre encore des obscurités, lorsqu'il s'agit de bien établir son origine.

Sauval prétend qu'il fut bâti sur les ruines des hôtels de Luxembourg et de Rambouillet; Piganiol, qui vient après lui, croit être plus exact en disant que ce fut sur l'emplacement des hôtels de Rambouillet et de Mercœur. Jaillot, qui a si souvent et si heureusement critiqué ces deux auteurs, leur reproche de manquer ici d'exactitude. « Il est constant, dit-il, « que le connétable d'Armagnac possédoit rue Saint-Honoré, près les « murs, un hôtel considérable, et qu'une partie du Palais-Royal en occupe « l'emplacement. Le connétable ayant été sacrifié, en 1418, à la haine du « duc de Bourgogne, son hôtel fut confisqué et donné au comte de « Charolois. Au commencement du seizième siècle, cet hôtel appartenoit « aux ducs de Brabant et de Juliers. Je n'ai rien trouvé qui prouve qu'il ait « passé dans la maison de Luxembourg, etc. » Examinant ensuite l'opinion de Piganiol, il prouve que l'hôtel de Rambouillet et celui de Mercœur ne peuvent être distingués l'un de l'autre ; que c'est le même édifice auquel ces deux noms furent successivement donnés, parcequ'il passa d'une famille dans l'autre, le duc de Mercœur l'ayant acheté en 1602 pour agrandir celui qu'il avoit rue des Bons-Enfants. Ce fut donc de l'ancien hôtel du connétable d'Armagnac et de celui de Rambouillet que se composa l'emplacement des premières constructions du Palais-Royal.

Ce palais, bâti par le cardinal de Richelieu, fut loin d'être dans ses commencements aussi magnifique et aussi étendu que nous le voyons aujourd'hui. C'étoit, dans le principe, un simple hôtel, situé à l'extrémité de la ville, car l'enceinte élevée par Charles VI subsistoit encore à cette époque. La porte Saint-Honoré étoit alors placée près la rue Saint-Nicaise, et tous les édifices qui se prolongeoient au-delà, tant dans cette rue qu'autour des Tuileries et des rues adjacentes, étoient hors des murs. La maison du

cardinal, construite sous le titre modeste d'*Hôtel de Richelieu*, fut d'a-
bord entièrement renfermée dans l'enceinte : mais la fortune et la puissance
du ministre s'accroissant de jour en jour, son habitation s'agrandit avec la
même rapidité. Le mur d'enceinte de la ville qui en rendoit le terrain
irrégulier fut abattu, le fossé comblé, le jardin prolongé; le cardinal fit
de nouvelles acquisitions, tant du côté de la rue des Bons-Enfants que de
celle qu'il avoit fait percer et qui porte encore aujourd'hui son nom. De
ces opérations diverses, il résulta en peu d'années un palais magnifique,
mais sans symétrie, lequel étoit situé partie en dedans, partie en dehors de
la ville, et qui, dans ses additions successives, offroit une image assez frappante de la fortune de celui qui en étoit le possesseur. Commencé en 1629
sur les dessins de J. Mercier, il fut achevé en 1636; et, sur le terrain qui
n'avoit pu être compris dans le jardin et dans les bâtiments, furent bâties
les maisons des trois rues qui environnent cet édifice, lequel reçut alors le
titre de *Palais-Cardinal* (1).

Peu d'édifices ont subi d'aussi grands et d'aussi nombreux changements
dans l'espace d'un siècle et demi. Le bâtiment élevé par le cardinal de
Richelieu contenoit déjà plusieurs corps-de-logis séparés par des cours,
dont les deux principales étoient au milieu de ces constructions. La
première étoit la plus petite, comme elle l'est encore aujourd'hui. Dans
l'aile droite en entrant on avoit élevé une vaste salle de comédie (2); l'aile
gauche étoit occupée par une galerie, la plus magnifique de Paris, dont la
voûte avoit été peinte par Philippe de Champagne. Ce peintre favori
du cardinal y avoit représenté les principales actions de ce grand
ministre.

(1) Cette inscription fut vivement critiquée. Balzac prétendit qu'elle n'étoit ni grecque, ni latine,
ni française; il la trouvait d'ailleurs pleine de vanité: elle sembloit, selon lui, offrir ce sens absurde,
qu'il n'y avoit point en France d'autres cardinaux que le cardinal de Richelieu, ou bien qu'il
étoit le cardinal des cardinaux français. On réfuta l'opinion de Balzac, et on lui prouva que
c'étoit un gallicisme consacré par un ancien usage, et qui n'étoit pas plus ridicule que l'Hôtel-Dieu,
les Filles-Dieu, la place Maubert, la rue Bourg-l'Abbé, etc.

(2) Cette salle pouvoit contenir environ trois mille spectateurs. Le roi la donna à Molière en
1660; et après sa mort, arrivée le 17 février 1673, elle fut destinée aux représentations de
l'*opéra*. Ce spectacle a toujours été donné depuis sur ce théâtre jusqu'au 6 avril 1763, qu'il fut
consumé par un incendie. Il y avoit en outre dans le même emplacement un second théâtre également construit par les ordres du cardinal, et qui n'étoit fait que pour contenir cinq cents spectateurs choisis. La passion que ce ministre avoit pour les représentations dramatiques l'avoit porté
à ces dépenses.

On se rappelle encore quelle étoit la disposition et la décoration de la seconde cour : elle n'étoit entourée de bâtiments que de trois côtés. Le quatrième donnoit sur le jardin par une suite d'arcades qui soutenoient une galerie découverte, au moyen de laquelle les deux ailes communiquoient ensemble. L'architecture de cette partie de l'édifice étoit plus riche que celle de la première cour. Au premier étage régnoit un ordre dorique en pilastres, soutenu d'un premier à rez-de-chaussée, composé d'arcades, dans l'intervalle desquelles on avoit sculpté des proues de vaisseaux en relief, des ancres et autres attributs de marine; ce qui faisoit allusion à la charge de grand-maître et surintendant-général de la navigation dont ce ministre étoit revêtu (1). Toutefois cette cour manquoit de régularité : elle se présentoit sur sa largeur, et son axe n'étoit pas le même que celui de la première; disposition fâcheuse et irrémédiable, qui existe encore, et qui contrariera toujours l'architecte chargé de terminer ce palais.

Le cardinal ne négligea rien pour orner sa nouvelle demeure. Tout ce que l'opulence et les arts peuvent fournir de ressources y fut prodigué, et avec une telle magnificence, qu'il jugea qu'un tel séjour n'étoit point indigne d'être habité par les rois. Dans cette pensée, il crut ne pouvoir mieux faire éclater sa reconnoissance pour les faveurs extraordinaires qu'il avoit reçues de Louis XIII, qu'en lui cédant la propriété de cette superbe habitation. Dès l'année 1639, il en fit une donation entre-vifs à ce monarque (2), donation qu'il renouvela par son testament en 1642. Dans cet acte, il se réserve seulement l'usufruit des objets légués, et, pour ses successeurs ducs de Richelieu, la capitainerie ou conciergerie de ce

____

(1) Ces ornements ont été enlevés du Palais-Royal lors de sa dernière restauration.

(2) Le roi fit expédier un pouvoir à *Claude Bouthillier*, surintendant des finances, pour accepter cette donation. Comme ce pouvoir contient un détail assez curieux des choses que le cardinal donnoit au roi, nous croyons à propos de le rapporter ici :

« S. M. ayant très agréable la très humble supplication qui lui a été faite par M. le cardinal
« de Richelieu, d'accepter la donation de la propriété de l'hôtel de Richelieu au profit de S. M.
« et de ses successeurs rois de France, sans pouvoir être aliéné de la couronne, pour
« quelque cause que ce soit; ensemble sa chapelle de diamants, son grand buffet d'argent
« ciselé et son grand diamant, à la réserve de l'usufruit de ces choses, la vie durant du sieur
« cardinal, et à la réserve de la capitainerie et conciergerie dudit hôtel pour ses successeurs ducs
« de Richelieu, même la propriété des rentes de bail d'héritages constituées sur les places et
« maisons qui seront construites au-dehors et autour du jardin dudit hôtel : sadite Majesté a
« commandé au sieur Bouthillier, conseiller en son conseil d'état, et surintendant de ses finances,
« d'accepter, au nom de sadite Majesté, la donation, etc., etc. »

palais. Ce fut cette dernière clause qui l'engagea à leur faire bâtir un hôtel joignant le Palais-Cardinal, et qui en faisoit partie du côté de la rue de Richelieu.

Le ministre étant mort le 4 décembre 1642, et Louis XIII ne lui ayant survécu que jusqu'au 14 mai suivant, le roi, la reine régente et la famille royale vinrent le 7 octobre de la même année prendre possession de ce palais et y fixer leur demeure. L'inscription de *Palais-Cardinal* fut alors effacée, et l'on y substitua le nom de Palais *Royal*, qu'il a toujours porté depuis, quoique la reine mère, à la sollicitation de la famille de Richelieu, eût fait replacer l'ancienne inscription. Alors on détruisit la belle galerie bâtie par le cardinal, afin d'y pratiquer un appartement pour Philippe de France, frère unique de Louis XIV.

A la même époque fut formée la place qui donne sur la rue Saint-Honoré, et l'on rapporte aussi à ce temps-là la cession qui fut faite de ce palais par Louis XIV à son frère, pour en jouir sa vie durant. En 1692, le roi en fit donation entière à Philippe d'Orléans, duc de Chartres, son neveu, à l'occasion de son mariage avec Marie-Françoise de Bourbon. Alors fut réparé le grand corps de bâtiment qui se terminoit à la rue de Richelieu.

Pendant cet intervalle, le Palais-Royal avoit été fort agrandi : Louis XIV y avoit réuni l'ancien Palais-Brion, bâti rue de Richelieu par le duc de Danville, et dans lequel les académies de peinture et d'architecture avoient tenu leurs premières séances. Jules Hardouin Mansard avoit érigé sur cet emplacement une magnifique galerie, où Antoine Coypel avoit peint en quatorze tableaux les principaux sujets de l'Enéïde. Le duc d'Orléans régent y ajouta depuis le salon d'entrée, bâti sur les dessins d'*Oppenord*, architecte alors fort en vogue, et au mauvais goût duquel on a dû la propagation du genre bizarre d'ornement qui a régné si long-temps. Ce fut dans cette vaste galerie que ce prince plaça la précieuse collection de peintures de toutes les écoles, qu'il avoit rassemblée à grands frais de tous les coins de l'Europe, et qui passoit pour la plus riche qu'il y eût au monde.

Le long de l'aile gauche de la seconde cour régnoit une autre galerie bâtie long-temps auparavant par le cardinal de Richelieu, et consacrée par lui à la gloire des personnages les plus fameux de la monarchie. Il avoit ordonné que l'on y déployât la plus grande magnificence, et lui-même avoit choisi les héros qu'il vouloit voir figurer dans cette pièce, que l'on nommoit la Galerie *des Hommes illustres*. Ils étoient au nombre de vingt-cinq, et leurs portraits avoient été peints par *Philippe de Champagne*, *Simon Vouet*, *Juste d'Egmont* et *Poerson*. De plus petits tableaux représentoient les principales actions de ces grands hommes, avec leurs devises. Des bustes en marbre, dont la plupart étoient antiques, séparoient ces peintures et répandoient une agréable variété sur ce bel ensemble. Des distiques latins, faits par *Bourbon*, célèbre poëte latin de ce temps-là, accompagnoient les devises (1). Les grands appartements du duc d'Orléans étoient de plain-pied avec cette galerie.

L'escalier principal, exécuté, dit-on, sur les dessins de Desorgues, a toujours été vanté parmi les ouvrages de ce genre. Il a depuis été restauré, orné de peintures et mieux éclairé, et il présente aujourd'hui une sorte d'effet théâtral, ménagé sans doute à dessein de dissimuler le peu de profondeur de l'espace qu'il occupe. Son aspect plaît au premier coup-d'œil, quoiqu'un examen attentif puisse y faire découvrir plus d'un défaut de proportion. On cite la rampe en fer poli qui l'environne comme un ouvrage de serrurerie achevé.

Depuis la régence, ce palais a été successivement modifié et rebâti, au point qu'il ne reste presque plus rien des constructions faites par les premiers architectes.

La salle de spectacle que le cardinal avoit fait élever, ayant été détruite par un incendie en 1763, ce fut une occasion pour le duc d'Orléans d'alors de faire de grands embellissements dans la façade de son palais du côté de la rue Saint-Honoré. Le grand corps-de-logis de l'entrée et ses deux ailes furent alors entièrement changés et rebâtis dans un goût plus moderne.

L'ordre dorique règne dans toute l'étendue de la façade extérieure de ce palais, et forme terrasse au devant de la cour, dans laquelle on entre par trois portes, d'une belle menuiserie, couvertes de bronze et d'ornements d'une grande richesse. Un mur percé de portiques unit ces trois portes

---

(1) Cette galerie, construite avec tant de soins et de dépenses, fut dans la suite si négligée, qu'on se vit forcé de la détruire en 1727; des appartements furent pratiqués dans l'espace qu'elle occupoit. Nous en donnerons une description détaillée à la fin de cet article, ainsi que de la collection de tableaux et des autres choses curieuses que contenoit ce palais.

aux deux pavillons en retour qui composent les ailes du bâtiment. Ces pavillons sont ornés de deux ordres, l'un dorique au rez-de-chaussée, l'autre
ionique au premier étage, et couronnés de frontons triangulaires. Le corps-
de-logis qui forme la façade est composé de neuf croisées, y compris les trois
qui sont sur l'avant-corps du milieu. Cette partie est également décorée de
colonnes doriques et ioniques, que surmonte un fronton circulaire. Dans
ce fronton sont placées deux figures qui supportoient autrefois les armes
d'Orléans. Toutes ces constructions furent faites sur les dessins de
M. Moreau, architecte de la ville, lequel rebâtit aussi la salle de l'Opéra
qui venoit d'être brûlée (1). Ce même bâtiment présente, du côté de la
seconde cour, une autre façade exécutée à peu près dans le même goût.
L'avant-corps est décoré de huit colonnes ioniques cannelées, posées sur
un soubassement. Quatre statues de M. Pajou sont placées à l'aplomb
et au-devant de l'attique qui surmonte ces colonnes. Ces statues représentent le dieu Mars, Apollon, la Prudence et la Libéralité. Les ornements exécutés dans les cartouches et les frontons des deux pavillons
de l'entrée et des autres parties des nouvelles constructions étoient de
la main du même sculpteur.

Le vestibule qui sépare les deux cours est décoré de colonnes doriques.
A droite en entrant fut alors construit le nouvel escalier qui mène aux
appartements. Il est placé sous une espèce de dôme fort élevé et orné de
peintures. Les douze premières marches conduisent à un perron, et là
l'escalier se divise à droite et à gauche en deux parties qui se terminent au
pallier. — L'architecte (M. Constantin) a imaginé, pour diminuer l'effet
désagréable du mur de face qui est trop rapproché, d'y faire peindre une
perspective d'architecture qui a été exécutée par M. Machy. La serrurerie
de la rampe ne le cède point à celle de l'ancien escalier de Desorgues. —
Elle passe également pour un chef-d'œuvre dans ce genre.

Les appartements, maintenant dépouillés et déserts, étoient remarquables
par leur étendue et leur magnificence. Les galeries qui occupoient la gauche
du palais composoient environ quinze pièces, au nombre desquelles il faut
comprendre celle que Louis XIV avoit fait construire par Mansard, et

---

(1) Un nouvel incendie la consuma une seconde fois en 1781; alors ce spectacle fut transporté
sur le boulevard de la porte Saint-Martin.

le salon d'Oppenord. C'étoit dans cette suite d'appartements qu'étoient placées les belles peintures dont nous avons déjà parlé. On y voyoit aussi la précieuse collection de pierres gravées antiques, également formée par le régent. A ces richesses des arts les plus excellents se trouvoient réunis un magnifique cabinet d'histoire naturelle et de minéralogie, et une collection non moins curieuse des productions de tous les arts et métiers, avec les différents outils employés à leur fabrication. Ces modèles exécutés dans une grande perfection étoient tous réduits sur une échelle commune d'un pouce et demi pour pied.

On devoit aussi au duc d'Orléans, régent, le jardin de ce palais, jadis le rendez-vous de la meilleure compagnie de Paris, et la promenade la plus brillante et la plus fréquentée de cette capitale. Du temps du cardinal de Richelieu, c'étoit un terrain de la plus grande irrégularité, qui contenoit un mail, un manège et deux bassins, le tout disposé sans ordre et sans symétrie. Il ne fut replanté qu'en 1730, et ce fut un neveu de Le Nôtre (1) que l'on chargea de cette entreprise. Sans égaler le beau jardin des Tuileries, composé par cet homme célèbre, il mit dans l'ordonnance de celui-ci de la grandeur et de la simplicité. Deux belles pelouses bordées d'ormes en boules accompagnoient de chaque côté un grand bassin placé dans une demi-lune ornée de treillages et de statues en stuc, la plupart de la main de *Leremberg*. Au-dessus de cette demi-lune, régnoit un quinconce de tilleuls dont l'ombrage étoit charmant. La grande allée sur-tout formoit un berceau vraiment délicieux et impénétrable au soleil. Toutes les charmilles étoient taillées en portique. — C'étoit cette partie du jardin que les promeneurs fréquentoient de préférence.

L'ancien projet du cardinal avoit été de faire bâtir autour de ce jardin des maisons symétriques, et d'ouvrir trois principales entrées, l'une sur la rue de Richelieu, l'autre sur la rue des Petits-Champs, et la troisième sur celle des Bons-Enfants.

Le dernier duc d'Orléans exécuta en quelque sorte ce projet dans les dernières années qui ont précédé la révolution, mais il le conçut dans des vues indignes d'un prince, et fit une misérable spéculation de ce qui devoit être un nouveau monument de grandeur et de magnificence. On ima-

---

(1) Desgots, architecte du roi.

gina donc de bâtir autour du jardin un corps de bâtiments symétriques, et de prendre sur le terrain l'espace d'une rue nouvelle dans laquelle les maisons qui entouroient autrefois cette enceinte se trouvèrent alors triste-ment renfermées. Dans la seconde cour, un nouvel avant-corps fut élevé parallèlement et dans la même ordonnance que le premier, afin d'étendre la façade et de la raccorder avec les nouvelles galeries ; une partie des anciennes constructions fut démolie dans la même intention ; et pour développer l'aspect de celles qu'on élevoit, on détruisit dans le jardin (1) tous ces beaux ombrages qui en faisoient le principal agrément.

Le projet d'une aussi vaste enceinte, s'il eût été réalisé avec toutes les ressources d'une belle architecture, eût été mis sans doute au rang des plus grands monuments ; mais l'esprit de calcul et d'intérêt qui l'avoit fait entreprendre (2) ne pouvoit s'accorder avec la dépense qu'eût exigée une bâtisse proportionnée à l'étendue du plan. Tout cet ensemble a donc été trop légèrement construit : la décoration de cette immense galerie, qui consiste en petites arcades séparées par des pilastres corinthiens, est aussi mesquine que mal exécutée ; et l'avantage qu'a le public de s'y promener à couvert ne compense point l'inconvénient qui résulte de la grande diminution du jardin. L'idée d'élever un portique autour d'une promenade étoit sans doute heureuse, et pouvoit augmenter les agréments d'un si beau lieu ; mais du moment que chaque arcade est devenue une boutique, le lieu lui-même est devenu une foire et un marché, et toute sa noblesse et son élégance ont disparu. La bonne compagnie l'a déserté, parcequ'elle se trouvoit confondue, dans ces longs et étroits promenoirs, avec ce que Paris renfermoit de plus impur. Le vice fit bientôt de ce jardin fameux le principal théâtre de ses excès, et ils furent d'autant plus scandaleux que les nouvelles demeures dont on venoit de l'environner furent louées sans aucune difficulé à ses plus infâmes agents. La révolution, qui éclata peu de temps après, ne fit qu'augmenter le scandale de ce séjour ; et aux scènes de libertinage qui s'y renouveloient sans cesse se mêlèrent les

(1) On détruisit aussi l'orangerie, qui étoit placée au-dessous des anciennes galeries, et séparée du grand jardin par une grille de fer.

(2) Il y avoit, dès le principe, dans le Palais-Royal, sans compter une foule de cafés, de salles de restaurateurs, de maisons de jeu, de lieux de prostitutions, etc., un grand et un petit théâtre, deux spectacles d'ombres chinoises et de fantoccinis, trois clubs, une assemblée militaire, des bains, une loge de francs-maçons, des maisons de vente, etc., etc.

VUE DES GALERIES DU PALAIS ROYAL en 1789.

prédications atroces des anarchistes, les fêtes ignobles de la liberté , et souvent même ses violences et ses assassinats.

Les nouvelles constructions devoient se raccorder avec les ailes de la seconde cour du palais. Ce fut cette même révolution qui en arrêta l'achèvement : les dépenses criminelles dans lesquelles elle entraîna le duc d'Orléans ne lui permirent plus de fournir les fonds nécessaires pour l'entière exécution de ce projet, et le Palais-Royal resta à peu près dans l'état où nous le voyons aujourd'hui.

L'architecture de cette grande masse de bâtiments est de M. Louis. Le théâtre, bâti à l'extrémité du Palais-Royal, du côté de la rue St.-Honoré et de Richelieu, est aussi du même architecte (1). Du côté de la rue Neuve-des-Petits-Champs, et dans l'angle opposé, est une autre salle de comédie, occupée d'abord par les petits comédiens dits de Beaujolois (2), et depuis par la troupe des Variétés.

Deux galeries de bois ont été construites sur l'emplacement qui fait face à la seconde cour, et forment une espèce de barrière qui la sépare du jardin. Dans le plan primitif, cette quatrième façade du château, augmentée du nouveau corps-de-logis, devoit former aussi la quatrième façade du jardin. Son ordre d'architecture eût été le même que celui qui avoit servi pour les trois autres côtés, avec cette différence que des colonnes devoient y remplacer les pilastres ; qu'au lieu d'arcades et d'entresols, on destinoit toute la hauteur, jusqu'au premier étage, à des promenoirs publics, et qu'on ne prenoit qu'un seul étage dans le reste de l'ordre. Enfin le projet étoit d'élever au-dessus un second étage, décoré d'un attique dont la richesse eût été proportionnée à celle de la colonnade inférieure. D'autres promenoirs eussent été également pratiqués dans les parties conservées de l'ancien palais, dont on devoit détruire, pour cet effet, les logements du rez-de-chaussée et de l'entresol. On peut voir, dans l'intérieur du nouvel avant-corps, un commencement d'exécution de ce projet.

---

(1) Cette salle sert maintenant aux comédiens français. On en a depuis peu changé la décoration intérieure, laquelle étoit composée de loges coupées et saillantes en forme de balcons, ce qui faisoit l'effet le plus bizarre et le plus désagréable. Son architecture extérieure n'a d'ailleurs rien de remarquable.

(2) C'étoient des enfants qu'on avoit stylés à paroître sur la scène et à faire des gestes, tandis que des acteurs cachés dans les coulisses chantoient et parloient pour eux. Cette nouveauté attira dans le principe beaucoup de monde.

COLLECTIONS ET AUTRES CURIOSITÉS DU PALAIS-ROYAL.

COLLECTION DES TABLEAUX (1).

Grande salle à manger.

L'aventure de Philopœmen, par *Rubens.*

Un pair d'Angleterre, une princesse de Phalsbourg, un portrait d'un général espagnol, et un autre de femme : ces quatre tableaux sont de *Vandyck.*

Deux tableaux de *Martin de Vos*, représentant l'un le Nil, et l'autre Pan et Syrinx.

Une Vénus tenant l'arc de l'Amour qu'elle a désarmé, peinte par *Bronzino.*

Une Danaé, par *Annibal Carrache.*

Sallon de Madame.

Quatre dessus de porte, par *Vandyck*, portraits représentant Charles Ier, roi d'Angleterre, et la reine son épouse; le duc d'Yorck et sa femme.

La fuite de Jacob, par *Pietre de Cortone.*

Saint Jérôme et une sainte Famille, par *Annibal Carrache.*

Chambre appelée du Poussin.

Un tableau de *Léandre Bassan*, représentant une ferme.

L'apparition des anges à Abraham, par *Alexandre Véronèse.*

Sur la porte, un ange conduisant saint Roch, par *Le Guerchin.*

Les quatre Ages, par *Valentin.*

Trois paysages, par *Scorza.*

Un portrait de femme, par *Le Titien.*

Un philosophe tenant un manuscrit, par *Schiavon.*

La naissance de Bacchus, par *Jules Romain.*

L'adoration des rois, par *Albert Durer.*

Des animaux entrant dans l'arche de Noé, par *Léandre Bassan.*

L'enlèvement de Proserpine, par *Le Titien.*

Cabinet de la Lanterne.

Le portrait de Clément VII, par *Le Titien.*

Un concert, par *Valentin.*

Le martyre de saint Pierre, par *Gorgion.*

Jules II, par *Raphaël.*

Henri IV âgé de quatre ans, par *Porbus.*

Une frise, par *Jules Romain*, trait d'histoire romaine.

Le portrait d'une princesse veuve, par *Vandyck.*

Une descente de croix, d'*Augustin Carrache.*

Le paysage aux Bateliers, par *Annibal Carrache.*

Un concert, par *Le Titien.*

L'enlèvement de Proserpine, par *Nicolo del Abbate.*

Un consistoire, par *Le Tintoret.*

Des buveurs, par *Manfredy.*

---

(1) Nous suivons l'ordre dans lequel ces tableaux étoient placés à l'époque où ils ont été vendus par le dernier duc d'Orléans.

Un enfant qui dort, par *Annibal Carrache*, et le portrait de ce peintre, par lui-même.

Mars et Vénus, par *Rubens*.

Un siège, par *Jules Romain*.

La naissance de Bacchus, par le même.

Un prêtre italien, par *Le Titien*.

La Nativité, par *François Mola*.

Un général espagnol, par *Antoine Moor*.

Une naissance de Bacchus, attribuée au *Tintoret*.

Héraclite, par *l'Espagnolet*.

Un portrait de femme, par *Le Titien*.

Hérodias, par *Léonard de Vinci*.

Ganimède, par *Rubens*.

La naissance de Castor et Pollux, par *André del Sarte*.

Le portrait d'une femme, par *Holbein*.

Démocrite, par *l'Espagnolet*.

Cabinet rond.

Au-dessus de la porte du cabinet de la lanterne, deux portraits par *Le Titien*, représentant, l'un, ce peintre, peint par lui-même, et l'autre, le poëte Arétin.

Une descente de croix, par *Schiavon*.

Une sainte Famille, du *Parmesan*.

Un portrait, par *Albert Durer*.

Saint Jean dans le désert, par *Annibal Carrache*.

Deux portraits du *Tintoret*.

L'adoration des bergers, par *Lucas de Leyde*.

Un portrait, par *Le Titien*.

Un doge de Venise, par *Palme le vieux*.

Un sénateur vénitien, par *André Keyen*;

Sur la glace, une sainte Famille, du *Parmesan*.

Le Jugement de Pâris, par *Perrin-del-Vaga*.

Un jeune étudiant, par *le Cavalier Bernin*.

Une Vénus debout, par *Palme le vieux*.

Première grande pièce.

Une descente de croix, de *Perrugin*.

Saint Jean dans le désert, par *Louis de Vergas*.

Moïse foulant aux pieds la couronne de Pharaon, par *Le Poussin*.

La transfiguration, par *Michel-Ange de Caravage*.

Une descente de croix, du *Tintoret*.

Les sept sacrements, par *Le Poussin* (1).

L'enfant prodigue, par *Annibal Carrache*.

Les vendeurs chassés du temple, et la guérison du paralytique, par *Luc Jordaens*.

La résurrection du Lazare, par *Mutian*.

Notre-Seigneur au tombeau, par *Annibal Carrache*.

La naissance de Bacchus, par *Le Poussin*.

Le paralytique et l'enfant prodigue, par *Bassan*.

Un mulet, par *Le Corrège*.

Le crucifiement de saint Pierre, par le *Chevalier Calabrois*.

Salmacis et Hermaphrodite, par *Paul Mathey*.

Deuxième grande pièce.

Saint Paul et l'Enfant Jésus, par *Francia*.

Une sainte Famille, de *Louis Carrache*.

Le portrait de J. Gissen, négociant, par *Holbein*.

Le Baptême de N.-S., par *l'Albane*.

L'apparition de la Vierge à saint Jean Justinien, par le même.

Une Sibylle, par *le Dominiquin*.

Six esquisses de *Rubens*.

Vénus et Adonis, une mère de douleur, et Charles-Quint à cheval, par *Le Titien*.

---

(1) Ces merveilles de l'école française étoient sorties du royaume; le régent les fit racheter en Hollande pour la somme de 120,000 liv. Elles en sont sorties une seconde fois, probablement pour n'y jamais rentrer.

Un portrait de femme, par *Le Titien.*

Une mère de douleur, de *Guerchin.*

Un calvaire, par *Annibal Carrache.*

Une sainte Famille, d'*André-del-Sarte.*

David et Abigaïl, par *Le Guerchin.*

Une descente de croix, de *Daniel de Volterre.*

Le portrait d'un Espagnol, par *Antoine Moor.*

Un homme armé, par *Luc Joordans.*

Une annonciation, par *Lanfranc.*

Moïse exposé sur les eaux, par *Le Poussin.*

Saint Jérôme, par *Le Bassan.*

Un homme et un chat, par *Gentileschi.*

Moïse sauvé des eaux, par *Velasquez.*

David et Abigaïl, par *Le Guide.*

L'invention de la croix, par *Giorgion.*

Un paysage, de *Scorza.*

Une sainte Famille, de *Laurent Lotto.*

Une Magdeleine, du *Guide.*

Moïse sauvé des eaux, par *Paul Véronèse.*

Un bourguemestre, par *Rembrandt.*

Le portrait du comte d'Arundel, par *Vandyck.*

Une martyre, par *Guido Cagnacci.*

Une sainte Famille, de *Raphaël.*

Un tableau du *Caravage*, représentant un singe.

Troisième grande pièce.

L'enlèvement des Sabines, par *Salviati.*

L'éducation de l'Amour, par *Le Corrège.*

Une sainte Famille, par *Raphaël.*

Une autre, par *Le Bourdon.*

Jésus-Christ au milieu des docteurs, par *l'Espagnolet.*

La décollation de saint Jean, par *Le Guide.*

Saint Sébastien et saint Bonaventure, par le même.

L'adoration des bergers, par *Giorgion*, et Milon de Crotone, par le même.

Une esclavonne, l'éducation de l'Amour,

et Diane surprise au bain par Actéon, par *Le Titien.*

Philippe II et sa maîtresse, par le même.

La mort d'Abel, par *André Sacchi.*

La femme adultère, par *Pordenon.*

Achéloüs, par le même.

Suzanne et les deux vieillards, par *Louis Carrache.*

L'adoration des rois, par *Van-Eyck de Bruges.*

Une sainte Famille, par *Garofallo.*

La résurrection du Lazare, par *Sébastien-del-Piombo.*

Une descente de croix, de *Schiavon*, et Pilate se lavant les mains, par le même.

Vénus et l'Amour, par *Palme le vieux.*

La Prédication de saint Jean dans le désert, par *l'Albane.*

Des joueurs, par *Le Caravage.*

Les ducs de Ferrare, par *Le Tintoret*, et l'enlèvement d'Hercule, par le même.

Le massacre des innocents, par *Le Brun.*

Une tête de moine, par *le Cavalier Bernin.*

La maladie d'Alexandre, par *Eustache Le Sueur.*

L'apparition de la Vierge à saint Roch, par *Annibal Carrache.*

Grand salon à la Lanterne.

La continence de Scipion, par *Rubens.*

Une Madeleine, du *Guide.*

Un *Ecce Homo*, du même.

Saint Jean montrant le Messie, par *Annibal Carrache.*

Une procession de village, par le même.

Un Christ et le martyre de saint Etienne, par le même.

Trois esquisses de *Rubens.*

L'histoire de saint George, par le même.

La mort de Cyrus, par le même.

Joseph et Putiphar, par *Alexandre Véronèse.*

Saint Jérôme effrayé par la tempête, par *Le Guerchin.*

Un portement de croix, d'*André Sacchi.*

L'homme entre le vice et la vertu, par *Paul Véronèse.*

Un autre tableau du même maître; portrait de sa fille; Mars et Vénus liés par l'Amour, par le même.

Les disciples d'Emmaüs; Mercure et Hersé; l'enlèvement d'Europe, et la Sagesse compagne d'Hercule, par le même.

Andromède, par *Le Titien.*

L'enlèvement d'Europe, par le même.

Vénus et Adonis, par le même.

Actéon dévoré par ses chiens, par le même.

Le portrait de la maîtresse du *Titien*, peint par lui.

Lucrèce, par *André-del-Sarte.*

Hérodias, par *Palme le vieux.*

L'Amour façonnant son arc, par *Le Corrège.*

Deux études de têtes, du même.

Le portrait d'une femme, par *Paul Véronèse.*

Quatre dessus de porte, du même, représentant l'Infidélité, le Respect, le Dégoût et l'Amour heureux.

Une fileuse, par *Le Féti.*

Un paysage dit des bateliers, par *Le Dominiquin.*

Jésus-Christ portant sa croix, par le même.

Saint Jérôme, par le même.

Une circoncision, par *Bassan.*

La Vierge dite la Laveuse, par *l'Albane.*

Le portrait de la femme du *Bassan*, peint par lui, et son portrait, aussi par lui-même.

Le jugement universel, par *Léandre Bassan.*

Une copie de la transfiguration de Raphaël, par *Garofalo.*

Grande galerie.

Le tentateur, une sainte Famille, les quatre âges, une femme tenant une cas-sette, une tête de femme, et le portrait du *Titien*, peints par lui.

La Vierge qui montre à lire à l'Enfant-Jésus, par *Schidone.*

La belle Colombine, maîtresse de François Ier, par *Léonard de Vinci.*

Une tête de femme, par le même.

La Vierge et l'Enfant-Jésus, du *Corrège.*

Une Danaë et une sainte Famille, du même.

Une frise, trait d'histoire romaine, par *Jules Romain.*

Diane et Calysto, par *Annibal Carrache.*

La toilette de Vénus, par le même.

Le martyre de saint Etienne, et la vision de saint François, par le même.

La mort d'Adonis, par *Cangiage.*

Le portrait du duc de Valentinois, fils du pape Alexandre VI, par *Le Corrège.*

Le sacrifice d'Isaac, par *Le Dominiquin.*

Saint Jérôme, par le même.

Les portraits de Jean et Hubert de Bruges, par *Van-Eyck.*

Un repos en Egypte, de *François Mola.*

Une frise, trait d'histoire romaine, par *Jules Romain.*

Jupiter et Léda, par le même.

Moïse frappant le rocher, par *Le Poussin.*

La communion de la Madeleine dans le désert, par *l'Albane.*

La Samaritaine, par le même.

Une flagellation, de *Louis Carrache.*

Une sainte Famille, de *Palme le vieux.*

Une Vierge et l'Enfant-Jésus, par *Raphaël.*

Saint Jean dans le désert, par le même.

Une Vierge, dite la *belle*, par le même.

Une autre Vierge et l'Enfant-Jésus, par le même.

Une descente de croix, de *Sébastien-del-Piombo.*

Le ravissement de saint Paul, par *Le Poussin.*

Un page raccommodant l'armure de Gaston de Foix, par *Giorgion*.

Sainte Appolline, du *Guide*.

Un enfant qui dort sur la croix, par le même.

Une Madeleine, du *Titien*.

La Samaritaine, par *Annibal Carrache*.

La vision d'Ezéchiel, par *Raphaël*.

Le martyre de saint Barthélemi, par *Augustin Carrache*.

Une sainte Famille, de *Michel-Ange*.

La Circoncision, par *Jean Belin*.

La Vierge et l'Enfant-Jésus, par *Raphaël*.

Saint Jean l'Evangéliste, par *Le Dominiquin*.

Une descente de croix et un saint Jean avec une gloire, par *Annibal Carrache*.

Une sainte Famille, de *l'Albane*.

Un saint François en méditation devant la croix, par *Le Dominiquin*.

Le *noli me tangere*, par *Le Titien*.

Saint Joseph montrant son métier à l'Enfant-Jésus, par *Annibal Carrache*.

Une frise, trait d'histoire romaine, par *Jules Romain*.

Une sainte Famille, du *Baroche*.

Le jugement de Pâris, par *Rubens*.

La sainte Famille, par *François Annoti*.

Noli me tangere, par *l'Albane*.

Deux esquisses de *Rubens*.

Une autre frise, trait d'histoire romaine, par *Jules Romain*.

Une présentation au temple, par *Le Guerchin*.

Un repos en Égypte, par *Annibal Carrache*.

Noli me tangere, par *Le Corrège*.

La Madeleine, du *Guide*.

La prédication de saint Jean dans le désert, par *Mola*.

Un *Noli me tangere*, par *Cignani*.

Vénus sortant des ondes, par *Le Titien*.

Le mariage de sainte Catherine, par *Le Parmesan* (1).

CABINET DES MÉDAILLES ET PIERRES GRAVÉES.

Cette collection, vendue comme celle des tableaux, par le dernier duc d'Orléans, jouissoit également de la plus grande célébrité.

Ses commencements sont dus à Elisabeth-Charlotte Palatine, sœur de Charles II, électeur palatin, laquelle fut mariée à Monsieur, frère du roi. Cette princesse, venant en France, apporta avec elle une suite de médailles d'or et de pierres gravées, que son goût pour les arts lui avoit fait recueillir. Cette collection fut depuis augmentée par le régent, qui en devint propriétaire, et dont la passion pour tous les arts qui tiennent du dessin étoit la plus vive qu'il soit possible d'imaginer. Non seulement il l'enrichit par de nouvelles acquisitions, mais il la doubla, en quelque sorte, par les empreintes en pâte de verre, qu'il tiroit lui-même des plus belles pierres. On prétend même que le procédé de ces pâtes, dont la transparence et la couleur imitent l'éclat des pierres fines, est dû à ce prince, qui d'ailleurs pratiquoit ces arts qu'il aimoit si passionnément, mieux qu'il ne convient peut-être à un prince de le faire.

---

(1) Il y avoit deux chapelles dans ce palais; dans l'une étoit une apparition de J. C., par *Annibal Carrache*; dans l'autre, plusieurs peintures de *Vouet*.

Le duc d'Orléans, son fils, réunit à ce cabinet, déjà très considérable, la belle collection de M. Crozat, laquelle étoit composée de plus de quatorze cents pierres gravées. Peu s'en fallut cependant que ce prince, qui l'avoit tellement enrichie, n'en privât ensuite ses héritiers; car s'étant retiré à Sainte-Geneviève pour y consacrer entièrement à la piété les dernières années de sa vie, il jugea à propos de léguer à cette abbaye une foule d'objets précieux qui ornoient son palais, et entre autres la collection des pierres gravées. Elle fut rachetée par son successeur, moyennant une somme considérable.

La nomenclature de cette collection et sa description passe les bornes que nous nous sommes imposées dans cet ouvrage. Elle a été faite par MM. de La Chaux, garde de ce cabinet, et Le Blond, de l'académie des inscriptions et belles-lettres, en deux volumes in-folio, ornés de gravures, que les curieux peuvent consulter.

BIBLIOTHÈQUE.

Elle étoit peu considérable, parceque le duc d'Orléans, père du dernier, avoit légué tous ses livres aux Jacobins de la rue Saint-Jacques. Cependant on avoit fait depuis l'acquisition d'une nouvelle bibliothèque dans laquelle se trouvoit une collection complète et peut-être unique des théâtres de toutes les nations depuis leur origine jusqu'à nos jours. Cette collection qui avoit appartenu à M. de Pont-de-Vesle, frère de M. d'Argental, étoit, dit-on, composée de treize mille volumes imprimés, et de plus de cent porte-feuilles manuscrits.

CABINET D'HISTOIRE NATURELLE.

Il étoit sur-tout riche en échantillons de mines auxquels étoient jointes toutes les espèces de matières qui y sont ordinairement agrégées. On y conservoit aussi les différentes productions volcaniques de l'Europe et des Indes. La collection des *corps marins fossiles* y étoit immense, et l'on distinguoit dans la partie lithologique une suite rare des granites de France, etc.

GALERIE DES HOMMES ILLUSTRES.

Cette galerie qui, comme nous l'avons dit, fut détruite en 1727, mérite d'être connue, non seulement à cause de la célébrité dont elle a joui, mais encore parcequ'elle rappelle un assez grand nombre de noms chers à la France. Ce monument, élevé à leur mémoire, étoit très digne d'un ministre qui n'eut jamais d'autre pensée que le bonheur et la gloire de ce beau royaume, et peut-être eût-il été à souhaiter que dans cette France si féconde en grands hommes de tels honneurs eussent été rendus plus souvent à la vaillance et à la vertu. On y eût appris sans doute à ne pas préférer les héros de Rome et de la Grèce à ceux de son propre pays.

Les portraits qui composoient cette galerie, les bustes et les tableaux qui les accompagnoient, furent depuis transportés dans les galeries nouvelles élevées par les ducs d'Orléans, et s'y voyoient dans l'ordre suivant :

Suger, abbé de Saint-Denis, ministre, mort en 1152, âgé de soixante et dix ans. (Bustes.) *Marc-Aurèle, Déité grecque.*

Simon, comte de Montfort, le fléau des Albigeois, tué au siège de Toulouse, en 1218. (Bustes.) *Scipion, Julia Mæsa.*

Gaucher, seigneur de Châtillon, connétable de France sous six rois. Il mourut, âgé de quatre-vingts ans, l'année d'après la bataille que gagna Philippe de Valois à Montcassel l'an 1328; ce vieux guerrier y combattit avec l'ardeur d'un jeune homme, et sa valeur contribua beaucoup à décider la victoire. Ce portrait étoit le meilleur de ceux que *Vouet* avoit peints pour cette galerie. (Bustes.) *Crassus, Lucius-Verus.*

Bertrand du Guesclin, connétable de France en 1370, et mort au siège de Château-neuf-Randon, en Gévaudan, le 13 juillet 1380, âgé de soixante-six ans. Le roi Charles V voulut qu'il fût enterré à Saint-Denis. (Bustes.) *Henri II, Charles IX son fils.*

Olivier de Clisson, connétable de France en 1380, mort dans son château de Josselin le 24 avril 1407. (Bustes.) *Auguste, Adrien.*

Jean Le Meingre, dit *Boucicaut*, homme de guerre et de cabinet, maréchal de France le 23 décembre 1391, mort prisonnier en Angleterre l'an 1421. (Buste.) *Scipion.*

Jean, bâtard d'Orléans, comte de Dunois, et lieutenant-général du royaume sous Charles VII, mort en 1468 âgé de soixante-sept ans. (Bustes.) *Commode, Caracalla.*

Jeanne d'Arc, surnommée *la Pucelle d'Orléans* sous le règne de Charles VII. Un buste de *Louis XIV.*

Georges d'Amboise, cardinal et premier ministre sous Louis XII, mort à Lyon le 25 mai 1510. Ce portrait est un de ceux qui ont été peints par *Vouet.* (Bustes.) *Commode, Bacchus.*

Louis de La Trimouille, général des armées du roi sous Louis XII et François Iᵉʳ. Il mourut à la bataille de Pavie, âgé de quatre-vingts ans. Ce portrait étoit de *Champagne*, d'après une tête peinte du vivant de ce guerrier. Après le portrait de *Gaston de Foix*, celui-ci étoit le plus parfait de cette galerie. (Bustes.) *Une Muse, Jean de Boulogne.*

Gaston de Foix, duc de Nemours, vice-roi de Milan, et général des armées de Louis XII, tué le jour de Pâques, 11 avril 1512, à la bataille de Ravenne. Ce portrait a été copié par *Champagne*, d'après un portrait original peint par *Raphaël*, et qui appartenoit au duc *de Saint-Simon*. C'étoit sans contredit le plus excellent portrait de cette galerie. *Gaston* y étoit représenté debout, une tête armée, le bras droit étendu le long de son corps, et tenant assez négligemment une demi-pique de la main gauche; mais, à travers l'inaction et la simplicité apparente de cette figure, les traits du héros et la main du grand peintre s'y faisoient vivement sentir. (Bustes.) *Vitellius, Diane.*

Pierre du Terrail, seigneur de *Bayard*, surnommé le *Chevalier sans peur et sans reproche*, tué en Italie au mois d'avril de l'an 1524, âgé de quarante-huit ans. (Bustes.) *François Ier, Pétrarque.*

Au dessus de la porte de la chapelle, le cardinal de *Richelieu* est représenté donnant audience à des moines. *Un Faune, Faustine.*

Charles de Cossé, duc *de Brissac*, maréchal de France, et général des armées des rois Henri II, François II et Charles IX, fut un des grands capitaines de son temps, et mourut à Paris le 31 décembre de l'an 1563, âgé de cinquante-sept ans. (Buste.) *Jules-César.*

Anne de Montmorency, connétable de France sous François Ier, Henri II, François II et Charles IX. Il fut tué à la bataille de Saint-Denis, l'an 1567, âgé de quatre-vingts ans. (Bustes.) *Domitia, une Vénus.*

François de Lorraine, duc *de Guise*, un des plus grands hommes de son siècle, étoit né le 17 février de l'an 1519, et fut blessé devant Orléans, par *Poltrot*, le 18 février 1563, d'un coup de pistolet, dont il mourut six jours après. (Bustes.) *Henri III, Caligula.*

Charles, cardinal *de Lorraine*, archevêque de Reims, frère du précédent, eut comme lui grande part au gouvernement du royaume sous les règnes de Henri II, de François II, de Charles IX et de Henri III. Il mourut à Avignon en 1574. (Bustes.) *Lucine, Faustine.*

Blaise de Montluc, maréchal de France, étoit un gentilhomme gascon qui avoit servi dès l'âge de seize ans. C'étoit un vaillant homme, un grand capitaine, mais qui ternissoit ces belles qualités par son avarice et sa cruauté. Il ne fut fait maréchal de France qu'en 1574, et mourut en 1577, dans sa soixante et dix-huitième année. Il a laissé des Commentaires qui sont des monuments de sa valeur et de sa vanité. (Bustes.) *Junon, Vénus.*

Armand de Gontaut de Biron, maréchal de France, fut l'homme de son temps le plus employé dans les guerres et dans les négociations. Il étoit propre à tout, et connoissoit bien son mérite. Ce grand capitaine commanda en sept batailles, et fut dans toutes plus ou moins blessé : il eut enfin la tête emportée d'un coup de canon, en allant reconnoître la ville d'Epernai, le 26 juillet 1592, il étoit âgé de soixante-huit ans. (Bustes.) *Tite, Antonin.*

Henri de la Tour-d'Auvergne, vicomte *de Turenne*. (Bustes.) *Diane, Galeria.*

François de Bonne, duc de Lesdiguières, pair et connétable de France, fit la guerre pendant soixante ans avec tant de bonheur qu'il ne fut jamais ni vaincu ni blessé. Il parvint aux plus grands honneurs sans les avoir jamais demandés. Ses grands talents et sa réputation l'avoient rendu un homme absolument nécessaire au bien de l'État. Il fut fait maréchal de France en 1608, duc et pair en 1619, et connétable en 1622. (Bustes.) *Deux Déités grecques.*

Henri IV. (Buste.) *Philippes.*

Marie de Médicis, reine de France, son épouse, morte à Cologne le 3 juillet 1642, âgée de soixante-huit ans.

Armand-Jean Duplessis, cardinal, duc *de Richelieu et de Fronsac*, pair de France, et premier ministre sous Louis XIII. Il mourut à Paris le 5 décembre 1642. (Buste.) *Un Faune.*

Louis XIII, mort à Saint-Germain-en-Laye le 14 mai 1643. (Bustes.) *Trajan, Antoine.*

Anne d'Autriche, femme de Louis XIII, mère de Louis XIV, et régente du royaume, morte au Louvre, à Paris, le 20 janvier 1666, âgée de soixante-quatre ans et quelques mois.

Gaston (Jean-Baptiste) *de France*, duc *d'Orléans*, frère unique du roi Louis XIII, mort à Blois le 2 février 1660. (Buste). *Atys.*

Toutes les peintures de cette galerie ont été dessinées et gravées par *Hénice* et *Vignon*, peintres et graveurs ordinaires du roi.

Ancienne Façade du PALAIS-ROYAL, (côté de la Place.)

LA PLACE DU PALAIS-ROYAL

ET

LE CHÂTEAU D'EAU.

Vis-a-vis du Palais-Royal étoit, dans le principe, l'hôtel de Sillery, lequel appartenoit à Noël Brûlart de Sillery, prêtre, commandeur de l'ordre de Saint-Jean de Jérusalem, et du temple de Saint-Jean de Troyes. Le cardinal de Richelieu s'en rendit propriétaire en 1640 (1), pour la somme de 50,000 écus, dans l'intention de le faire abattre, et d'obtenir à ce moyen une place devant son palais, dont cet hôtel n'étoit séparé que par la largeur de la rue (2); mais ce projet n'étoit point encore entièrement exécuté quand il mourut. La cour étant venue occuper le palais Cardinal en 1643, on fit achever cette démolition, et l'on abattit en même temps quelques édifices voisins pour construire des corps-de-garde. Cette place n'étoit point alors aussi grande qu'elle l'est aujourd'hui, et de chétives maisons, d'un aspect désagréable, et placées sans symétrie, étoient la seule perspective qu'eût la demeure du souverain ; les choses demeurèrent cependant en cet état jusqu'en 1719, que le duc d'Orléans, régent, devenu propriétaire du Palais-Royal, fit détruire ces masures, et ensuite élever à leur place le grand corps de bâtiment qu'on nomme *Château-d'Eau*, lequel fut bâti sur les dessins de *Robert de Cotte*, premier architecte du roi. Ce monument ne manque point de mérite, et l'intention de l'auteur y est bien marquée. Son architecture, composée de bossages rustiques vermiculés, est flanquée de deux pavillons

______

(1) Ce fut M. Charles d'Escoubleau, marquis d'Alluye et de Sourdis, qui l'acheta le 22 mars de ladite année. Le même jour il en fit sa déclaration au profit du cardinal de Richelieu.

(2) Les historiens de Paris disent que la rue Saint-Thomas-du-Louvre étoit alors la seule avenue du Palais-Royal, d'où il s'ensuivroit que l'hôtel de Sillery auroit couvert toute la place, et que la rue Froid-Manteau auroit été prolongée sur ses ruines jusqu'à la rue Saint-Honoré, ce qui n'est pas exact; l'inspection seule du plan de Saint-Victor, publié par d'Heulland, suffit pour s'en convaincre. (JAILLOT.)

de même symétrie, le tout sur vingt toises de face. Au milieu est un avant-corps formé par quatre colonnes d'ordre toscan, qui portent un fronton, dans le tympan duquel étoient autrefois les armes de France. Au-dessus on a placé deux statues à demi couchées, par *Coustou* le jeune, dont l'une représente la Seine, et l'autre la nymphe de la fontaine d'Arcueil. C'est effectivement pour servir de réservoir aux eaux de la Seine et d'Arcueil que ce bâtiment a été élevé, mais il fut long-temps sans remplir sa destination; et la belle inscription qu'on lit au-dessus de la niche où est le robinet : *Quot et quantos effundit in usus !* sembloit offrir, jusqu'à la fin du siècle dernier, un sens épigrammatique. Cependant, depuis quelques années, il coule de l'eau de cette fontaine (1).

(1) A côté de ce monument, et dans le bâtiment qui fait l'angle des rues de Chartres et de Saint-Thomas-du-Louvre, est le théâtre du Vaudeville, lequel ne fut ouvert qu'en 1792.

Château d'Eau

HÔPITAL ROYAL DES QUINZE-VINGTS.

L'HÔPITAL des Quinze-Vingts étoit autrefois situé rue Saint-Honoré, vis-à-vis celle de Richelieu ; il fut transféré, en 1780, sur la demande du cardinal de Rohan, alors grand-aumônier, au faubourg Saint-Antoine, dans l'hôtel occupé précédemment par les Mousquetaires noirs.

Tout le monde sait que cette maison fut fondée par saint Louis. Quelques anciens auteurs ont avancé sans preuves, et d'autres ont répété sans examen (1), que ce pieux monarque avoit créé cet établissement pour servir d'asile à trois cents gentilshommes français, qu'il avoit, dit-on, laissés en otage en Egypte, et que les Sarrasins renvoyèrent en France, après leur avoir fait crever les yeux. Cette opinion, dénuée de tout fondement historique, a été rejetée avec raison par tous les historiens modernes, et Jaillot sur-tout la réfute victorieusement (2).

« On voit, dit-il, dans les premiers titres qui ont rapport à cette fon-
« dation, et dans les bulles qui la concernent, que c'est *la Maison des*
« *aveugles*, *la Congrégation*, *l'Hôpital des pauvres aveugles de*
« *Paris :* nulle mention de ces trois cents chevaliers, nul indice qu'ils

____

(1) Belleforest, Corrozet, Dubreul, Sauval.

(2) On en trouve aussi la réfutation dans des vers de *Rutebœuf*, poëte contemporain de saint Louis, dont Fauchet a conservé un fragment, où l'hôpital des Quinze-Vingts est peint avec des couleurs qui ne conviennent en aucune façon à des gentilshommes. Voici ce fragment :

> Li Roix a mis en un repaire,
> Mes je ne sais pas porquoi faire,
> Trois cents aveugles tote à rote.
> Parmi Paris en va trois paires,
> Tote ior ne finent de braire.
> As trois cents qui ne voient gote,
> Li uns sache, li autre bote,
> Si se donnent mainte secosse,
> Qu'il n'y a nul qui lor éclaire :
> Si feux y prent, ce n'est pas dote,
> L'ordre sera bruslée tote,
> S'aura li Roix plus à refere.

« aient donné lieu à cet établissement ; le silence des titres et des historiens
« contemporains détruit même toute idée qu'ils y aient eu la moindre part.
« Comment d'ailleurs présumer que saint Louis, ce prince judicieux
« et équitable, qui connoissoit le prix des services et savoit les récom-
« penser, eût borné sa générosité et sa reconnoissance, pour trois cents
« nobles qu'on suppose avoir perdu la vue pour son service, à leur pro-
« curer un simple asile, sans pourvoir à leurs besoins d'une manière
« convenable à leur naissance ? On voit que ces aveugles mendioient
« dans les rues et dans les églises, qu'on quêtoit pour eux dans les
« principales villes du royaume ; et que près de quinze ans après leur
« établissement (1) ils étoient encore si peu rentés, que Louis IX, par ses
« lettres données à Melun au mois de mars 1269, leur accorda 30 livres
« de rente pour avoir du potage. Ces faits, prouvés par les monuments
« les plus authentiques, sont, à ce que je crois, plus que suffisants
« pour détruire la fable des trois cents chevaliers aveugles, adoptée
« beaucoup trop légèrement par plusieurs historiens. »

Ces raisons nous semblent sans réplique, et il est plus simple de
croire que, dans la fondation de cet établissement, saint Louis eut seulement en vue de réunir dans un asile commun trois cents des plus pauvres
aveugles, dont on peut supposer que le nombre étoit considérablement augmenté en France depuis que nos rois avoient pris part aux expéditions pieuses
d'Égypte et de la Palestine (2). L'infortune de ces hommes, parmi lesquels
plusieurs avoient été sans doute ses compagnons d'armes, devoit émouvoir
vivement la compassion de ce grand monarque, si sensible d'ailleurs à
toutes les infortunes de ses sujets. Il conçut donc le projet de fonder cet
hôpital. Il acheta à cet effet, dans la censive de l'évêché, une partie du
terrain sur lequel il le fit construire. Le premier titre de cette fondation
n'a pu être retrouvé ; mais ceux qui la concernent, et qui nous restent, ne
permettent pas de douter que le projet de saint Louis n'ait eu son entière
exécution en 1260. On voit qu'en cette année le roi assigna 15 livres
de rente, sur la prevôté de Paris, à Jean Le Breton, qu'il avoit établi

---

(1) Saint Louis avoit formé le projet de fonder cet hôpital dès l'an 1254.

(2) On sait que, dans ces contrées brûlantes, le vent élève des tourbillons d'un sable extrêmement fin, qui, s'insinuant dans les yeux, attaque la vue de ceux qui ne prennent pas les précautions nécessaires pour s'en garantir.

chapelain dans cette maison; et que le pape Alexandre IV accorda également, en 1260, des indulgences à ceux qui visiteroient l'église de cet hôpital, bâtie sous l'invocation de saint Remi (1).

Cet établissement, si médiocrement doté dans son origine, fut néanmoins un grand bienfait pour ces infortunés, qui, avant le règne de saint Louis, formoient bien, à la vérité, une espèce de société ou congrégation, mais dont les membres vivoient en particulier des foibles ressources que leur procuroit la charité des fidèles. Il en résultoit que les secours leur manquoient presque totalement, lorsque l'âge ou les infirmités ne leur permettoient plus de les aller chercher.

Saint Louis voulut que son grand-aumônier eût la direction générale du temporel comme du spirituel de cette maison. C'étoit ce grand dignitaire qui nommoit à toutes les places vacantes, et les prêtres qui desservoient l'église étoient soumis à sa seule juridiction; juridiction qui lui fut souvent contestée par l'évêque de Paris, à qui elle sembloit devoir appartenir. Mais celui-ci en fut définitivement privé par une bulle du pape Jean XXIII, du 10 novembre 1412, laquelle confirma les droits du grand-aumônier, lui soumettant entièrement cet hôpital, quant au spirituel; et s'il n'étoit pas prêtre, au premier chapelain du roi; règlement qui s'est toujours observé depuis jusqu'au moment de la révolution.

L'hôpital et l'église avoient été bâtis par Eudes de Montreuil, et n'offroient rien de remarquable dans leur construction. Mais diverses donations faites, à différentes époques, à cette congrégation, lui avoient fourni les moyens d'acquérir successivement une grande partie des terrains dont son enclos étoit environné. L'économie qui régnoit dans son administration permit ensuite d'élever sur ces terrains des bâtiments immenses, dont le revenu assez considérable étoit d'autant plus sûr, que ces maisons étoient habitées par des marchands et des ouvriers qui vendoient et travailloient sous le privilège de la franchise, dont cette maison jouissoit depuis son premier établissement.

---

(1) Par un acte passé en 1282, entre la congrégation de la maison des pauvres aveugles et le chapitre de Saint-Germain-l'Auxerrois, cette congrégation cède au chapitre 10 liv. 15 s. de rente sur deux maisons près la Grande-Boucherie, et en échange le chapitre accorde aux Quinze-Vingts la permission d'avoir un cimetière et deux cloches du poids de cent livres chacune, leur abandonnant en outre la dîme qui lui appartenoit sur les terres de leur hôpital.

Le nombre des aveugles étoit si considérable à Paris dans le quatorzième siècle, qu'il devint impossible de les admettre tous dans cet hôpital; les aveugles exclus formoient d'autres congrégations, dont plusieurs même avoient une origine plus ancienne que celle-ci. Pour éviter la confusion qui pouvoit en résulter, Philippe-le-Bel fit, en 1309, un règlement, par lequel il fut ordonné que les Quinze-Vingts fondés par saint Louis porteroient une fleur de lis sur leur habit.

Cet hôpital, dès le commencement de son institution, se divisoit en *aveugles* et en *voyants* qui les conduisoient. L'église avoit été érigée en paroisse pour tous ceux qui habitoient son enceinte; et le service divin y étoit fait par plusieurs ecclésiastiques, dont les uns chantoient l'office et les autres alloient quêter dans toutes les paroisses de la ville (1). Dans les règlements concernant la police et la conduite de cette congrégation, les frères et sœurs étoient soumis à des pratiques religieuses qui entretenoient parmi eux l'ordre et la piété; et tous les dimanches on tenoit un chapitre où les frères avoient le droit d'assister et de prendre part aux délibérations.

On a vu par les vers de *Rutebœuf* qu'il y avoit, lors de la fondation, trois cents aveugles dans l'hôpital des Quinze-Vingts. Par les statuts qu'on dressa peu de temps après le nombre en fut diminué. L'on décida qu'il n'y auroit que cent quarante frères *aveugles*, soixante frères *voyants*, chargés de les conduire et de diriger les affaires de la maison; enfin, quatre-vingt-dix-huit femmes, tant *aveugles* que *voyantes*, ce qui, avec le maître et le portier, complétoit le nombre de trois cents. Ces trois cents personnes devoient être régnicoles, ou du moins avoir obtenu des lettres de naturalisation. Le grand-aumônier nommoit à ces places.

Les frères et sœurs pouvoient contracter entre eux des mariages; mais on y mettoit la condition qu'ils seroient faits entre *aveugle* et *voyant*. On n'y souffroit point d'alliance entre deux aveugles, ni entre deux personnes voyantes. Le maître seul et le portier étoient exempts de cette loi. Pour faire ces mariages, il falloit en demander la permission au chapitre, qui pouvoit la refuser. Si un frère vouloit épouser une personne du dehors, il

---

(1) Dans l'origine, le pape Clément IV avoit permis aux administrateurs de faire la quête par tout le royaume.

étoit nécessaire qu'il obtînt le consentement du grand-aumônier. Ceux qui se marioient sans ces permissions étoient renvoyés.

On avoit réglé avec beaucoup de sagesse et d'équité tout ce qui étoit relatif à la succession de ceux qui laissoient des héritiers par survivance ou autrement. Quant aux membres de la congrégation qui n'étoient point mariés, leur succession appartenoit entièrement à l'hôpital; et ce profit casuel servoit en partie à acquitter les charges de la maison, qui étoient très considérables; car on distribuoit régulièrement aux frères et sœurs du pain et de l'argent.

Outre ces distributions, les plus anciens jouissoient des maisons du cloître, qu'ils louoient à des particuliers, sans autre charge que de les entretenir de menues réparations; les autres alloient quêter dans les églises, permission qu'ils avoient obtenue de Louis XIV, par une ordonnance de l'année 1656.

Enfin, cet hôpital étoit si singulièrement favorisé, qu'il y avoit, dans son église, une confrérie royale sous le titre de la Sainte-Vierge, Saint-Sébastien et Saint-Roch. Elle avoit été instituée, il y a plus de deux cents ans; et en 1720 le roi s'en déclara solennellement le chef et le protecteur. A son exemple, la reine, les princes, les seigneurs, et tout ce qu'il y avoit de plus considérable à la cour et à la ville, se firent inscrire dans cette confrérie.

La seule chose digne d'attention qu'offroit la petite église des Quinze-Vingts étoit une statue de saint Louis placée au-dessus du portail. L'exécution en étoit très grossière; mais les antiquaires prétendoient, sur la foi d'une tradition que nous n'avons pu retrouver, qu'elle étoit très ressemblante. Si cela est vrai, il faut regretter la perte de ce monument; car tout ce qui a rapport à ce roi, le modèle des grands et des bons rois, est précieux aux yeux de tout Français qui aime son pays. Plusieurs degrés qu'il falloit descendre pour entrer dans cette église prouvoient que le terrain de Paris avoit été fort exhaussé, depuis quelques siècles, dans cette partie de la ville, comme l'état actuel de Notre-Dame, au niveau du Parvis, prouve l'exhaussement de celui de la Cité.

Le chemin ou rue qui se trouvoit au-delà de la porte Saint-Honoré, lorsque la ville étoit renfermée dans l'enceinte de Philippe-Auguste, s'appeloit *chaussée Saint-Honoré;* mais après la mort du saint roi qui avoit fondé cet hospice, cette rue et le chemin qui la continuoit prirent insensiblement le nom de *grand'rue Saint-Louis*.

De l'hôpital des Quinze-Vingts dépendoit une chapelle sous le titre de Saint-Nicaise. Elle fut abandonnée vers le milieu du siècle dernier (1).

---

(1) L'emplacement qu'occupoient les Quinze-Vingts forme maintenant un groupe de maisons et de rues, dont nous donnerons la nomenclature à la fin de ce quartier.

Hôpital des Quinze-Vingts.

PLACE DU CARROUSEL.

Cette place est située vis-à-vis le palais des Tuileries. C'étoit, dans le principe, un terrain vague qui s'étendoit depuis les murs jusqu'à ce palais. Il faut se rappeler qu'alors la clôture de la ville se prolongeoit le long de la rue Saint-Nicaise jusqu'à la rivière, et que par conséquent les Tuileries étoient hors de Paris.

Sur cette place vide, on avoit d'abord tracé une enceinte, qui fut destinée, en 1600, à faire un jardin. Au commencement du règne de Louis XIV, ce jardin, qui existoit encore, étoit appelé *jardin de Mademoiselle*, parceque cette princesse habitoit à cette époque le palais des Tuileries. Le roi ayant ordonné qu'on achevât ce monument, le jardin fut détruit; et ce fut sur son emplacement qu'il donna, les 5 et 6 juin 1662, le spectacle de ce carrousel fameux qui surpassa en magnificence toutes les fêtes publiques qu'on avoit données jusqu'alors. Depuis, cette place, qui contenoit non seulement l'espace qui lui restoit encore en 1789, mais encore les cours du château et la partie de la rue Saint-Nicaise qui étoit de ce côté (1), retint le nom de *place du Carrousel*, et le donna ensuite à la rue que formèrent les maisons bâties depuis sur l'emplacement des fossés.

Les carrousels, introduits en France sous le règne de Henri IV, et abandonnés depuis celui de Louis XIV, remplaçoient les tournois dangereux de l'ancienne chevalerie, et en étoient une agréable image. On s'y formoit en *quadrilles*, ou troupes de combattants qui se distinguoient les unes des autres par la forme des habits et la diversité des couleurs, qui souvent même prenoient chacune le nom de quelque peuple fameux. On y voyoit,

---

(1) Les maisons qui formoient cette partie de la rue ont été abattues depuis la révolution, et la place a repris ainsi de ce côté sa première dimension.

comme dans les tournois, des hérauts, des pages, des parrains, des juges, etc. Les quadrilles, en entrant dans la carrière, en faisoient d'abord le tour dans un ordre régulier et pour se faire voir aux spectateurs ; ensuite commençoient les différentes espèces de combats. Ils consistoient à rompre la lance, les uns contre les autres ou contre la *quintaine* (1) ; on couroit la bague ; on combattoit à cheval, l'épée à la main ; enfin, on faisoit *la foule*, c'est-à-dire que les combattants se poursuivoient sans interruption dans l'arène et cherchoient à se devancer. Dans le carrousel donné par Louis XIV, il y eut cinq quadrilles. Le roi étoit à la tête des Romains ; son frère, des Persans ; le prince de Condé, des Turcs ; le duc d'Enghien, son fils, des Indiens ; le duc de Guise, des Américains. Ce duc de Guise étoit petit-fils du Balafré. « Il étoit célèbre dans le monde, dit Voltaire, par l'audace malheureuse avec laquelle il avoit entrepris de se rendre maître de Naples. Sa prison, ses duels, ses amours romanesques, sa profusion, ses aventures, le rendoient singulier en tout. Il sembloit être d'un autre siècle. On disoit de lui, en le voyant courir avec le grand Condé : *Voilà les héros de l'Histoire et de la Fable.* »

LE PALAIS DES TUILERIES.

Ce palais a été ainsi nommé parcequ'il est situé sur un terrain où l'on avoit anciennement établi des tuileries. Il paroît par plusieurs monuments que la tuile qu'on employoit à Paris ne se faisoit dans le principe qu'au bourg Saint-Germain-des-Prés (2) ; par la suite on éleva des fabriques de ce genre de l'autre côté de la Seine, dans un endroit que les anciens titres

---

(1) C'étoit un poteau que l'on fichoit en terre, et contre lequel on s'exerçoit à rompre la lance ou à lancer des dards.

(2) Entre les rues dites des Grands et des Petits-Augustins, et dans l'endroit qui conserve encore le nom de rue *des Vieilles-Tuileries.*

désignent sous le nom de la Sablonnière (1). Il y en avoit déjà trois en
1372 ; depuis elles s'y multiplièrent considérablement.

Au quatorzième siècle, Pierre Desessarts et sa femme occupoient, près
des Quinze-Vingts (2), une maison appelée l'hôtel des Tuileries, qu'ils
donnèrent à cet hôpital, avec quarante-deux arpents de terres labourables
qui en dépendoient. Long-temps après, et vers le commencement du
seizième siècle, Nicolas de Neuville de Villeroy, secrétaire des finances
et audiencier de France, possédoit au même endroit, mais plus près
de la rivière, une grande maison avec des cours et jardins clos de murs.
Il arriva que la duchesse d'Angoulême, mère de François Ier, alors régnant,
se trouvant incommodée au palais des Tournelles, et voulant changer
d'air et d'habitation, jeta les yeux sur la maison de M. de Neuville,
laquelle étoit commode et agréablement située. Elle y recouvra la santé,
ce qui engagea le roi à en faire l'acquisition. Le propriétaire reçut en
échange le château de Chanteloup, près Arpajon. Le contrat est du 15
février 1518.

Six ans après, la duchesse d'Angoulême, alors régente, donna cette
maison à Jean Tiercelin, maître-d'hôtel du Dauphin, et à Julie du Trot,
en considération de leur mariage, et pour en jouir leur vie durant. Les
lettres qui constatent cette donation furent enregistrées à la chambre des
comptes, le 23 septembre 1527.

Telles sont les traditions qui nous sont restées sur l'état primitif des
lieux occupés maintenant par le château et le jardin des Tuileries.

Charles IX, par son édit du 28 janvier 1564, ayant ordonné la démolition
du palais des Tournelles, Catherine de Médicis résolut aussitôt d'en faire bâtir
un autre plus vaste et plus magnifique; la maison des Tuileries, dont la position étoit si belle, lui parut propre à ce dessein : elle acheta en conséquence les
bâtiments et les terres voisines, et fit commencer en même temps le palais et
les jardins. On en jeta les fondements dès le mois de mai de la même année,
et les jardins furent environnés d'un mur, à l'extrémité duquel furent commencées les nouvelles fortifications de la ville et construit le bastion (3)

---

(1) C'est le jardin des Tuileries.

(2) Il ne faut point oublier qu'a cette époque les Quinze-Vingts et tous les édifices environnants étoient
hors des murs de la ville.

(3) Voyez page 380.

dont nous avons déjà parlé. On travailloit avec une grande ardeur à ce superbe palais. Il étoit déjà composé du gros pavillon du milieu, des deux corps-de-logis qui l'accompagnent et des deux pavillons qui viennent immédiatement après , lorsque Catherine, saisie d'une crainte superstitieuse , fit cesser tout à coup les travaux (1). Un astrologue avoit prédit à cette princesse qu'elle mourroit auprès de Saint - Germain. « Aussitôt , dit Saint-Foix , on la vit fuir avec soin tous les lieux « et toutes les églises qui portoient ce nom ; elle n'alla plus à Saint- « Germain-en-Laye, et même, à cause que son palais des Tuileries se « trouvoit sur la paroisse de Saint-Germain-l'Auxerrois, elle en fit bâtir « un autre (l'hôtel de Soissons) , près de Saint-Eustache. Les gens infatués « de l'astrologie prétendirent que la prédiction avoit été accomplie , lors- « qu'on apprit que c'étoit Laurent de Saint-Germain , évêque de Nazareth , « qui l'avoit assistée à la mort. »

Philibert Delorme et Jean Bullant, les plus célèbres architectes de leur siècle, avoient été chargés par la reine de la construction du palais des Tuileries. On ne sait pas au juste quelle part eut chacun d'eux dans les premiers travaux de cette grande entreprise. Les changements qui y furent opérés depuis laissent la critique indécise sur ce qui doit appartenir en propre à Bullant. Quant à Philibert Delorme , on reconnoît encore son goût dans plus d'une ordonnance, et on lui fait assez communément l'honneur de la construction primitive de ce palais (2).

Les bâtiments commencés et abandonnés par Catherine de Médicis furent repris et continués sous Henri IV. Ils furent enfin achevés sous le règne de Louis XIII , sur les dessins de Ducerceau , qui , comme il arrive assez ordinairement , changea l'ordonnance et la décoration des premiers architectes. On attribue à ce dernier les deux corps de bâtiments d'ordonnance corinthienne ou composite qui suivent les deux pavillons déjà construits sous Catherine , et celle des deux pavillons d'angle qui terminent de chaque côté cette ligne de bâtiments.

Ce court historique suffit déjà pour expliquer cette multiplicité extraor-

-----

(1) Dans le quartier Saint-Eustache.

(2) D'après les plans et les dessins que Ducerceau nous en a conservés, son étendue devoit être bien supérieure à celle que présente aujourd'hui la ligne de bâtiments dont il est composé.

VUE du PALAIS des TUILERIES, (du côté du Jardin.)

dinaire de parties et d'ordonnances diverses, dont se trouve composée, tant
sur la face du jardin que sur celle de la cour du Carrousel, la masse totale
du palais des Tuileries. On y compte effectivement cinq espèces de dispositions et de décorations, cinq sortes de combles différents, et comme
cinq pavillons divers réunis l'un à l'autre, sans presque aucun rapport
extérieur entre eux de distribution, de style et de conception.

Le goût de ce temps étoit encore de diviser les édifices en pavillons, en
tours, en ailes flanquées de massifs plus élevés et écrasés par d'énormes toi-
tures. Ces toits démesurés avoient été jadis le luxe des châteaux forts et des
monuments de la féodalité, et le type s'en est conservé dans tous les palais
élevés pendant le siècle qui vit renaître en France la bonne architecture.
On le retrouve au Luxembourg, aux Tuileries, et il existoit encore au
Louvre, avant les dernières restaurations. Il faut avouer que ce genre de
composition offroit une espèce de contradiction avec ce mélange qu'on y faisoit des ordres grecs, et n'étoit guère propre à produire cette belle régularité
qu'ils exigent, et qui seule peut en développer toute la beauté. Quel aspect
imposant n'eût pas offert la façade des Tuileries sur une ligne de cent
soixante-deux toises, si elle eût pu être soumise à l'unité d'une grande
conception ! Mais les grandes conceptions en architecture sont rares chez
les nations modernes, et principalement en France. Nous l'avons déjà dit,
les plus vastes ouvrages de cet art y ont été ordinairement le résultat
d'entreprises avortées, de projets enfantés séparément, et qu'une circonstance heureuse ramène après coup, autant qu'il est possible, à une intention générale. C'est ce qui est arrivé au Louvre et aux Tuileries.

Louis XIV, choqué des disparates qu'offroit ce dernier palais, voulut mettre
de l'ensemble dans ses parties; et Levau fut chargé de ce raccordement.

Cet architecte commença par supprimer l'escalier bâti par Philibert
Delorme, chef-d'œuvre de construction et de disconvenance, lequel occupoit la place du vestibule actuel. Il changea la forme et la disposition du
corps élevé du pavillon du milieu, qui, dans le principe, étoit une coupole
circulaire (1). La restauration ne conserva de l'ancienne ordonnance que

---

(1) On en trouvera, à la fin de cette description, une représentation très curieuse, où ce palais est
vu du côté du jardin, dans le temps qu'il en étoit encore séparé par une rue et par un mur. Dans le
principe, cette coupole et les quatre corps de bâtiments qui l'accompagnoient n'avoient pas l'élévation
qu'ils ont maintenant.

le premier ordre à tambour de marbre. Deux ordonnances, l'une corinthienne, l'autre composite, surmontées d'un fronton et d'un attique,
remplacèrent la décoration de Delorme, et une sorte de dôme quadrangulaire prit la place de la coupole.

Les restaurateurs des Tuileries (car dans cet ouvrage on associe d'Orbay
à Levau) conservèrent en leur entier les deux galeries collatérales du
pavillon du milieu avec les terrasses qui les surmontent (1). Mais ils
jugèrent convenable de changer la devanture du corps de bâtiment qui
s'élève en retraite des terrasses. Cette partie étoit la moins heureuse de la
façade de Delorme. Aux mansardes et aux cartels qui s'y suivoient alternativement, ils substituèrent le rang de croisées et de trumeaux ornés de
gaînes qui subsiste aujourd'hui, avec un attique.

Les pavillons qui suivent de chaque côté ces deux galeries, et qui sont à
deux ordres de colonnes, ont été conservés en leur entier. On est assez porté
à en attribuer l'architecture à J. Bullant, dont le goût étoit en général plus
pur que celui de Delorme. On reconnoît en effet dans la disposition du
stylobate inférieur, dans la grace et l'heureuse proportion de l'ordre ionique,
des rapports frappants avec l'architecture du château d'Écouen. Ces pavillons
ne subirent, dans leur forme, d'autre changement que celui de l'attique
actuel substitué aux mansardes : leur décoration resta aussi la même, à
l'exception de la sculpture qui orne le fût des colonnes. Elle fut sans doute
imaginée par l'architecte restaurateur, car les dessins de la façade primitive
nous font voir ces colonnes lisses dans toute leur hauteur.

Ici commençoient les constructions de Ducerceau; et les deux corps de
batiments à pilastres corinthiens qui, de chaque côté, suivent immédiatement les pavillons qu'on vient de décrire, sont de son invention. C'est donc
lui seul que l'on doit accuser de la dissonance qui frappe dans cette association d'un ordre colossal placé à côté de deux ordres délicats et légers. Ici,
le passage devient brusque; les lignes principales manquent de rapports
harmonieux; et les restaurateurs n'auroient pu réparer ce défaut que par
une reconstruction totale. Il paroît que ce moyen extrême leur fut interdit.
Ils se contentèrent donc de supprimer des lanternes d'escaliers pratiquées
en dehors de ces façades, à la manière des édifices gothiques. Ils en conser-

____

(1) Il s'agit de la façade qui donne sur le jardin.

VUE DU PALAIS DES TUILERIES, prise du côté de la cour.

vèrent l'ordonnnance, y supprimèrent des ressauts dans l'entablement, des frontons qui anticipoient sur la frise et les mansardes du comble.

Les deux grands pavillons d'angle furent à peine touchés dans cette restauration. Il paroît qu'on se contenta d'en élaguer quelques légers détails.

Il reste donc dans cette façade beaucoup de disparates, tant dans l'ensemble que dans les diverses parties; et les auteurs de la restauration furent jugés avec beaucoup de sévérité pour ne les avoir pas fait disparoître : mais les architectes peuvent-ils être responsables de toutes les conditions qu'on leur impose, de toutes les sujétions auxquelles on les soumet? Or il paroît que la condition exigée par-dessus tout de Levau et de d'Orbay avoit été de conserver le plus possible des anciennes constructions et de leurs ordonnances.

Les moyens qui leur étoient confiés se trouvant ainsi limités, il seroit injuste d'apporter, dans l'examen de leurs travaux, la censure absolue qu'on pourroit exercer sur des architectes maîtres de leurs plans et entièrement libres dans l'exécution. On voit qu'ils visèrent d'abord à ramener, autant qu'il étoit possible, toutes les masses discordantes de ces bâtiments à une ligne d'entablement à peu près uniforme; moyen assez efficace de redonner une apparence d'unité à des parties détachées et incohérentes. Ils y parvinrent encore en assujettissant les croisées et les trumeaux, les pleins et les vides de toute la façade, à une disposition régulière.

Dans toute cette restauration, la partie du milieu est sans contredit la plus heureuse. Il y règne un accord de lignes bien entendu; et la variété des masses, des retraites et des saillies qu'on y remarque, semble moins être l'effet d'un raccordement fait après coup que du plan original d'un seul architecte.

Ce que nous venons de dire de la façade du côté du jardin s'applique au goût et au genre de la façade de la cour, dont toutes les parties, à quelques différences près, sont correspondantes à celles de la première. Le pavillon du milieu, considéré des deux côtés, est le morceau le plus riche de toutes ces constructions. Ce qu'on y a laissé subsister de Philibert Delorme, c'est-à-dire, l'ordonnance des colonnes à bandes de marbre, seroit ce qu'il est possible de faire de plus riche en architecture, si le goût pouvoit, dans cet art, admettre les superfluités au nombre des richesses. Pour que ce luxe fût par-tout le même, on a, du côté du Carrousel, employé dans les ordonnances supérieures des colonnes de marbre; genre de magnificence qu'il est rare de rencontrer en France sur les parties extérieures des monuments.

La décoration intérieure et les divisions des appartements de ce palais avoient éprouvé peu de changements depuis Louis XIV. Presque toutes les peintures de plafond et d'ornement exécutés par les peintres de son temps y existoient encore en 1789. Nous allons en donner la description, en évitant toutefois les détails fastidieux où sont tombés divers historiens: car nous regardons cette partie comme la moins intéressante de notre travail, lorsqu'il n'est question que d'ouvrages qui ne s'élèvent pas au-dessus de la médiocrité ; et malheureusement le plus grand nombre des productions des arts faites en France pour la décoration des monuments publics doit être rangé dans cette classe.

On entroit alors, comme aujourd'hui, dans les appartements de ce château par un grand vestibule qui est dans le pavillon du milieu, et dont le plafond, un peu bas, est soutenu d'arcades formées par des colonnes ioniques. A droite de ce vestibule, est placé un grand et bel escalier, dont la rampe de pierre étoit ornée de lyres entrelacées de serpents et autres ornements qui étoient allégoriques à la devise de Louis XIV et aux armes de Colbert, qui en ordonna la construction. Au premier palier se trouvoit la porte de la chapelle (1). Cette chapelle étoit extrêmement simple, n'ayant point été achevée, et n'offroit de remarquable que quelques bons tableaux: un Christ de *Le Brun*, un Saint-François de *Guide*, un Saint-Jean-Baptiste d'*Annibal Carrache* ; deux tableaux de *Lanfranc*, la nativité et le couronnement de la Vierge ; enfin une copie de la nativité du *Corrége*. Derrière l'autel étoit la sacristie ; au-dessus, la tribune des musiciens ; en face celle du roi.

Au palier de la chapelle, l'escalier, partagé en deux parties, conduisoit du côté opposé à la salle dite alors des *Cent Suisses*, et de là aux appartements disposés en enfilade.

La salle des *Cent Suisses*, située au-dessus du vestibule, occupoit

---

(1) Détruite pendant la révolution : elle vient d'être rétablie.

toute la hauteur du pavillon , et a servi long - temps pour le concert spirituel.

On entroit ensuite dans la salle des gardes , décorée de peintures par *Nicolas Loir.* Il y avoit représenté une Diane surprenant Endymion , des trophées d'armes et des bas-reliefs en grisaille, en bronze , en or ; le plafond offroit un ciel ouvert, et une allégorie relative aux récompenses destinées par le prince aux gens de guerre. Cette pièce occupoit de chaque côté l'espace de six croisées.

L'antichambre du roi, qui la suivoit, avoit été peinte en grande partie par le même artiste. Il l'avoit également remplie de sujets mythologiques et allégoriques. On y voyoit le Soleil sur son char, accompagné des Heures ; les Saisons , la Renommée , l'Aurore amoureuse de Céphale ; la métamorphose de Clitie ; la statue de Memnon animé par le Soleil ; Apollon se délassant de ses travaux chez Thétis ; les quatre parties du jour, etc. Un grand tableau placé sur la cheminée, et peint par *Mignard*, représentoit Louis XIV à cheval, couronné par Minerve.

La grande chambre du roi offroit des ornements en stuc sculptés par *Lerambert,* et des figures de *Girardon.* Le plafond, représentant la Religion et des trophées symboliques, tels que l'oriflamme , la sainte ampoule, l'épée , le casque, les fleurs de lis, étoit de *Bertholet Flaméel.* Les grotesques et les lambris avoient été peints par les deux *Lemoine.*

De cette pièce on entroit dans le grand cabinet, dont le plafond, richement sculpté et doré, étoit orné de figures de stuc, mais sans peintures ; les chambranles et les lambris étoient également chargés d'ornements. C'est dans ce cabinet que fut tenu le conseil de régence pendant la minorité de Louis XV.

Sur la droite de cette pièce, on trouvoit la chambre à coucher du roi et son cabinet, enrichis, sur les plafonds et les lambris, de peintures par *Noël Coypel.* Ces peintures représentoient divers sujets de la fable. Sur les lambris, *Francisque Millet,* excellent paysagiste flamand, avoit aussi exécuté plusieurs sujets.

On revenoit ensuite dans le cabinet du roi, pour entrer dans la galerie *des Ambassadeurs.* Le plafond de cette pièce, distribué en plusieurs compartiments, représentoit l'histoire de Psyché, copiée d'après la galerie

Farnèse d'*Annibal Carrache*, par *Pierre Mignard* et plusieurs autres peintres habiles.

Cette pièce, ainsi nommée parceque Louis XIV y donnoit ses audiences publiques aux ministres étrangers, avoit cent vingt-six pieds de longueur sur vingt-six de largeur. Elle étoit éclairée par six croisées donnant sur la cour. Le trône, placé dans fond, étoit élevé sur six degrés, qui subsistoient encore en 1789 (1).

A l'extrémité de cette galerie, sur la droite, étoit un escalier par lequel on communiquoit à l'appartement qu'avoit occupé la reine Marie-Thérèse d'Autriche.

Cet appartement, dont les vues donnoient sur le jardin, étoit composé de six pièces, adossées à la galerie des Ambassadeurs : ces diverses pièces étoient richement décorées de sculptures, de dorures, de tableaux, qui cependant n'offroient rien de remarquable sous le rapport de l'art. C'étoit ce même appartement qu'habitoit la malheureuse épouse de Louis XVI.

Les pièces du rez-de-chaussée, situées au-dessous de celles que nous venons de décrire, formoient l'appartement de Louis XIV. Les peintures en étoient de *Mignard :* ce peintre, faisant allusion à la devise de ce prince, laquelle représentoit un soleil, y avoit tracé toutes les aventures my-thologiques du dieu de la lumière ; *Francisque Milet* l'avoit secondé dans cette flatterie ingénieuse, en peignant sur les dessus de porte le lever et le coucher du soleil.

Dans un autre appartement, qui étoit de plain-pied avec celui-ci, on voyoit des peintures de *Philippe de Champagne* et de *Jean-Baptiste de Champagne* son neveu. Ils y avoient représenté toute l'éducation d'Achille (2).

De l'autre côté de ce palais, et derrière la chapelle, étoit le grand théâtre appelé *la Salle des machines*. Elle fut construite par ordre de

---

(1) Le séjour que les officiers de Louis XV firent dans cette galerie pendant sa minorité y causa de grandes dégradations ; elle fut alors séparée, dans toutes ses dimensions, par des cloisons, et depuis on n'a point pensé à réparer le dommage que ces arrangements passagers y avoient causé.

(2) Une grande partie des appartements de ce palais, et notamment le pavillon de Flore, étoient occupés depuis long-temps par diverses personnes de qualité. On avoit également accordé des logements aux Tuileries à des particuliers attachés au service de S. M., à des gens de lettres, à des artistes, etc. Il n'y avoit guère que l'appartement du roi et celui de la reine qui fussent restés intacts.

Louis XIV, sur les dessins et sous la direction de *Vigarani*, gentilhomme italien. Cette salle, qui avoit cinquante-un pieds de largeur dans œuvre, non compris les corridors, sur cinquante-cinq de hauteur sous plafond, étoit distribuée en trois rangs de loges, et pouvoit contenir environ six mille spectateurs. Sa décoration consistoit en deux ordres, corinthien et composite, posés l'un sur l'autre, à bases et à chapiteaux dorés, et de la plus belle exécution; le plafond, plus magnifique encore, étoit en compartiments composés de membres d'architecture, ornés de bas-reliefs sculptés et entremêlés de sujets coloriés peints par *Noël Coypel*, sur les dessins de *Le Brun*. Toute cette ordonnance, dont la richesse étoit poussée peut-être jusqu'à la prodigalité, dut présenter, dans son origine, le coup d'œil le plus éblouissant. Toutefois, cette salle, si vaste et si magnifique, offroit dans son immensité même des inconvénients qui contribuèrent à la faire abandonner, lorsque le temps lui eut ôté cet éclat qui d'abord avoit séduit les yeux : la voix des acteurs s'y perdoit, et pouvoit à peine s'y faire entendre. On cessa d'y jouer des pièces de théâtre; et ce fut alors que le chevalier *Servandoni*, peintre, architecte, décorateur, et supérieur dans toutes ces parties de l'art, obtint du roi (1) la permission d'y faire représenter des spectacles de simples décorations, qu'il avoit imaginés pour former des élèves dans ce genre. On n'a point encore perdu la mémoire de l'effet que produisirent ces tableaux vraiment merveilleux, où la mécanique et la peinture sembloient réaliser tous les prestiges de la féerie. On admira sur-tout la descente d'Énée aux enfers, la Forêt enchantée du Tasse, et la Boîte de Pandore.

Lors du premier incendie qui consuma, en 1763, la salle de l'opéra, le roi permit à l'Académie de musique de disposer de la salle des machines. L'emplacement seul du théâtre (2) suffit alors pour former une salle provisoire dans laquelle on joua l'opéra pendant près de six années; et

---

(1) De Louis XV.

(2) Ce théâtre avoit cent quarante pieds de longueur, et soixante-deux pieds et demi de largeur dans œuvre. Sa hauteur depuis le sol du théâtre jusqu'au premier *entrait* * étoit de cinquante-quatre pieds; celle de la mansarde, dans laquelle étoient placées les machines, les vols, les gloires, étoit de vingt-deux pieds, non compris le faux comble de la couverture. Les fondations destinées aux machines infernales avoient seize pieds de profondeur.

* L'*entrait* est une poutre sur laquelle portent les solives des galetas.

en 1770, lorsque l'Académie de musique la quitta, les comédiens français obtinrent la permission de s'y installer, et y donnèrent des représentations jusqu'en 1783, époque de l'ouverture de leur nouvelle salle au faubourg Saint-Germain.

Cette salle des machines, toujours réduite à la seule étendue du théâtre, a depuis servi au concert spirituel établi en 1725. Avant cette époque, il se donnoit, comme nous l'avons dit, dans la salle des *Cent Suisses* (1).

La chapelle et la salle des machines occupoient tous les pavillons et corps de logis depuis le dôme jusqu'au pavillon d'angle qui, de ce côté, termine le palais. Ce pavillon servoit de logement au grand écuyer, avant qu'on lui eût fait bâtir un hôtel à peu de distance des Tuileries. On y voyoit attachées les premières constructions d'une galerie qui devoit être parallèle à celle qui règne du côté de la rivière (2), et dans les mêmes proportions.

La grande écurie étoit aussi de ce côté, entre le pavillon où logeoit le grand écuyer, et la rue Saint-Honoré : c'étoit un vieux bâtiment qui n'avoit rien de remarquable. Au-dessus de la porte principale on voyoit une figure de cheval, très mutilée, de *Paul Ponce,* célèbre sculpteur florentin.

Entre les deux galeries est la grande cour des Tuileries, partagée autrefois en trois divisions, distinguées entre elles par les noms de *cour Royale, cour des Princes* et *cour des Suisses.*

Les changements, les augmentations, les embellissements opérés dans ce palais sont à peu près tout ce que son histoire offre d'intéressant. Jusqu'à l'époque de la révolution, il ne fut le théâtre d'aucun évènement remarquable, si l'on en excepte la fête que Catherine de Médicis y donna quatre jours avant le massacre de la Saint-Barthélemi. Mézerai dit succinctement qu'à l'occasion du mariage du roi de Navarre et de Marguerite de Valois il y eut beaucoup de divertissements, de tournois et de ballets; « et qu'entre autres il s'en fit un où l'on ne put s'empêcher de préfigurer « le malheur qui étoit près d'accabler les huguenots, le roi et ses frères « défendant le paradis contre le roi de Navarre et les siens, qui étoient

---

(1) C'est dans l'emplacement de ce théâtre que fut construite la seconde salle de la *Convention nationale,* et que l'on a depuis élevé la nouvelle salle des spectacles du château des Tuileries.

(2) Ces constructions ont été abattues, et la galerie commencée de nouveau, mais dans des dimensions différentes. Elle embrasse toute la largeur du pavillon.

« repoussés et relégués en enfer. Mais Saint-Foix cite des mémoires du
« temps qui donnent sur cette fête odieuse des détails extrêmement curieux.
« Premièrement, dit le chroniqueur, en ladite salle , à main droite, il y
« avoit le Paradis, l'entrée duquel étoit défendue par trois chevaliers
« armés de toutes pièces, qui étoient Charles IX. et ses frères. A main
« gauche étoit l'Enfer, dans lequel il y avoit un grand nombre de diables
« et petits diablotaux, faisant infinies singeries et tintamarres avec une
« grande roue tournant dans ledit Enfer, toute environnée de clochettes.
« Le Paradis et l'Enfer étoient séparés par une rivière qui étoit entre deux,
« dans laquelle il y avoit une barque conduite par Caron, nautonnier
« d'Enfer. A l'un des bouts de la salle , et derrière le Paradis, étoient les
« Champs-Elysées, à savoir un jardin embelli de verdure et de toutes
« sortes de fleurs ; et le ciel empyrée, qui étoit une grande roue avec les
« douze signes du zodiaque , les sept planètes et une infinité de petites
« étoiles faites à jour, rendant une grande lueur et clarté par le moyen
« des lampes et des flambeaux qui étoient artificiellement accommodés
« par derrière. Cette roue étoit en continuel mouvement, faisant aussi
« tourner ce jardin , dans lequel étoient douze nymphes fort richement
« parées. Dans la salle se présentèrent plusieurs troupes de chevaliers
« errants (c'étoient des seigneurs *de la religion* qu'on avoit choisis exprès).
« Ils étoient armés de toutes pièces, vêtus de diverses livrées , et conduits
« par leurs princes (le roi de Navarre et le prince de Condé), tous lesquels,
« tâchant de gagner le Paradis pour ensuite aller quérir ces nymphes au
« jardin , en étoient empêchés par les trois chevaliers qui en avoient la
« garde , lesquels l'un après l'autre se présentoient à la lice, et ayant
« rompu la pique contre lesdits assaillants, et donné le coup de coutelas,
« les renvoyoient vers l'Enfer, où ils étoient traînés par les diables et
« diablotaux. Cette forme de combat dura jusqu'à ce que les chevaliers
« errants eussent été combattus et traînés un à un dans l'Enfer, lequel
« fut ensuite clos et fermé. A l'instant descendirent du ciel Mercure et
« Cupidon, portés sur un coq. Le Mercure étoit cet Etienne Leroi,
« chantre tant renommé, lequel étant à terre se vint présenter aux trois
« chevaliers, et, après un chant mélodieux, leur fit une harangue, et
« remonta ensuite au ciel sur son coq, toujours chantant. Alors les trois
« chevaliers se levèrent de leurs sièges, traversèrent le Paradis, allèrent

« aux Champs-Elysées querir les douze nymphes, et les amenèrent au
« milieu de la salle, où elles se mirent à danser un ballet fort diversifié, et
« qui dura une grosse heure. Le ballet achevé, les chevaliers qui étoient
« en Enfer furent délivrés, et se mirent à combattre en foule et à rompre
« des piques. Le combat fini, on mit le feu à des traînées de poudre qui
« étoient autour d'une fontaine dressée presque au milieu de la salle,
« d'où s'éleva un bruit et une fumée qui fit retirer chacun. Tel fut le
« passement de ce jour, d'où l'on peut conjecturer quelles étoient les
« pensées du roi et du conseil secret parmi telles feintes. »

Vue du Palais des Tuileries tel qu'il étoit avant *Louis xiv*,
prise de la rue qui le séparoit du Jardin

VUE EXTÉRIEURE de la GRANDE GALERIE du Louvre en 1789.

LA GRANDE GALERIE.

Presque tous les historiens de Paris ont écrit que cette galerie avoit été commencée par ordre de Henri IV, du côté du pavillon d'angle des Tuileries. Etienne *du Perac* en fut, disent-ils, le premier architecte, et la conduisit jusqu'au premier guichet ; de là elle fut continuée sous Louis XIII par Clément *Metezeau* jusqu'au Louvre, où elle va se rattacher à la galerie d'Apollon.

Sauval est à peu près le seul qui soit d'un avis contraire ; et, par une singularité assez remarquable, cet écrivain dont les successeurs ont si souvent relevé les bévues, n'a point été suivi par eux dans une circonstance où il avance une opinion tellement incontestable, qu'il suffit d'ouvrir les yeux pour en reconnoître la vérité. « La galerie des Tuileries, dit-il, « est un ouvrage que Henri IV poussa tout le long de la rivière jusqu'au « palais des Tuileries (1), qui faisoit partie alors du faubourg Saint- « Honoré, afin, par ce moyen, d'être dehors et dedans la ville quand « il lui plairoit, et ne pas se voir enfermé dans les murailles où l'honneur « et la vie de Henri III avoient presque dépendu du caprice et de la frénésie « d'une populace irritée. »

Il suffiroit, nous le répétons, de jeter les yeux sur le genre d'ornements dont cette partie de l'édifice est couverte, de considérer avec quelque attention ces frises chargées de sculptures, ces trophées si multipliés et si minutieusement finis, les bossages vermiculés dont les murailles du rez-de-chaussée sont revêtues, enfin les colonnes à bandes que présentent les avant-corps pour reconnoître à tous ces caractères un genre d'architecture qui ne se retrouve que dans les monuments élevés sous Henri IV. Mais cette preuve n'est pas la seule que l'on puisse donner ; on sait, et les titres les plus authentiques en font foi, que ce prince, protecteur des

---

(1) Il se trompe cependant dans cette partie de son récit, puisqu'il est incontestable qu'elle ne fut achevée que sous Louis XIII.

lettres et des arts, autant que le permettoit l'époque malheureuse à laquelle il régnoit, avoit destiné les appartements du rez-de-chaussée de
cette galerie au logement des artistes les plus distingués de son temps (1).
Or, si l'on considère la construction et la distribution de la galerie du
Louvre, il sera facile de se convaincre qu'on n'a jamais pensé à établir
des divisions propres à loger des particuliers ailleurs que dans cette partie
qui avoisine le Louvre, et qu'elle est la seule qui soit disposée de manière
à remplir le but que Henri IV s'étoit proposé.

Enfin il est une circonstance qui, selon nous, donne à cette opinion
un degré d'évidence auquel il est impossible de résister; c'est que toute
cette partie, sur-tout du côté intérieur, offre le *chiffre* de Henri IV,
tellement multiplié, qu'on ne peut assez s'étonner qu'il ait échappé aux
regards de tant de gens intéressés à tout examiner avec la plus grande
attention, et que, s'ils l'ont aperçu, on s'étonne encore davantage qu'ils
se soient obstinés, comme ils l'ont fait, à soutenir le sentiment contraire.

Blondel, qui a fait un traité très savant sur l'architecture des monuments français, a partagé cette erreur, et lorsqu'il arrive à la description
de l'immense façade de cette galerie, il se plaint qu'on n'ait pas continué, dans toute sa longueur, l'ordonnance de l'aile commencée du côté
des Tuileries, plutôt que d'affecter un autre genre d'architecture d'une
proportion beaucoup plus petite, et tellement chargée de membres et
d'ornements, qu'à peine les aperçoit-on du pied de l'édifice. Il critique
d'ailleurs l'avant-corps, lequel est évidemment trop petit pour une

---

(1) Il donna à cet effet des lettres-patentes, datées du 2 décembre 1608, dont voici le texte :

« Comme entre les infinis biens qui sont causés par la paix, celui qui provient de la culture des arts
« n'est pas des moindres, se rendant grandement florissants par icelle, et dont le public reçoit une très
« grande commodité, nous avons eu aussi égard, en la construction de notre galerie du Louvre, d'en
« disposer le bâtiment en telle forme que nous y puissions commodément loger quantité des meilleurs
« ouvriers, et plus suffisants maîtres qui se pourroient recouvrer, tant de *peinture*, *sculpture*, *orfè-*
« *vrerie*, *horlogerie*, *insculpture en pierreries*, qu'autres de plusieurs et excellents arts, tant pour
« nous servir d'iceux, comme pour être, par ce même moyen, employés par nos sujets en ce qu'ils
« auroient besoin de leur industrie, et aussi pour faire comme une pépinière d'ouvriers, de laquelle,
« sous l'apprentissage de si bons maîtres, il en sortiroit plusieurs qui, par après, se répandroient par
« tout notre royaume, et qui sauroient très bien servir le public, etc. »

Par ces mêmes lettres-patentes, le roi donne à ces artistes le privilège de travailler pour le public,
sans pouvoir être inquiétés par les maîtres de Paris, ni autres, et de pouvoir faire des apprentis qui
auront ensuite le droit de s'établir dans tout endroit du royaume qu'il leur plaira de choisir.

étendue de bâtiment si considérable, sans compter qu'il se trouve accompagné de chaque côté d'une ordonnance d'architecture disparate : « Par-
« tout, dit-il, on voit que chaque architecte a préféré son opinion
« particulière à l'effet général, d'où il résulte que jamais il n'entre dans
« l'idée d'un étranger, qui considère l'aspect de cet édifice, qu'il a été élevé
« pour la même fin, ni que cette façade contienne dans son intérieur une
« seule et même pièce, et qu'on ait eu pour objet de réunir et de con-
« server le plain-pied du Louvre, au premier étage, avec celui des Tui-
« leries. »

Examinant ensuite en elle-même l'aile qui est du côté du Louvre, il fait
sur son architecture en général des critiques extrêmement judicieuses. « Nous
« trouverons, continue-t-il, un ordre toscan au rez-de-chaussée, qui, con-
« sidéré séparément, pourroit faire un soubassement convenable, mais qui
« fait d'autant moins bien ici, que non seulement il surpasse d'un module (1)
« la hauteur de l'ordre de dessus, mais encore qu'il est chargé d'une quan-
« tité si prodigieuse d'ornements (2), que l'ordre corinthien devient pauvre
« et chétif. D'ailleurs, ce toscan que nous avons nommé soubassement,
« parcequ'il est au rez-de-chaussée, n'est-il pas ridiculement surmonté par
« un étage de proportion attique, dans l'ordonnance duquel on aperçoit
« un mélange de petites parties inconsidérément alliées avec des largeurs
« de trumeaux considérables, et le peu de hauteur de cet étage ? »

Il observe ensuite que l'entablement d'ordre corinthien qui termine cette
façade étant de la même hauteur que celui de l'ordre composite qui règne
dans l'autre aile, c'étoit une nouvelle raison de continuer le même genre
d'architecture dans toute la longueur de ce bâtiment. Enfin, toujours
persuadé que *Metezeau* est l'auteur de cette dernière partie, il le blâme
sur-tout d'avoir imité les frontons de l'autre aile; imitation d'autant plus
monotone, qu'elle sert à faire apercevoir davantage la disparité de ces deux
genres d'ordonnance.

Cette décoration de frontons alternativement circulaires et triangulaires,
posés sur le devant d'un comble continu, et réitérée par une imitation

----

(1) Le module est une mesure en architecture qui se compose du diamètre, et plus souvent du demi-
diamètre de la colonne.

(2) En blâmant cette profusion d'ornements, Blondel loue avec raison la pureté et la délicatesse de
leur exécution.

bizarre sur toutes les croisées et sur toutes les niches de la façade, est sans contredit du plus mauvais goût ; mais encore un coup, ce n'est pas sur cette partie que l'imitation a été faite, c'est sur l'autre. Clément *Metezeau*, qui en est réellement l'auteur, jugea à propos d'abandonner l'ordonnance des premiers architectes, parcequ'en se rapprochant du pavillon des Tuileries auquel cette galerie devoit se rattacher, elle eût offert une disparate trop choquante avec l'architecture de ce corps de bâtiment. Il jugea donc convenable, pour mettre ces deux constructions dans un rapport de symétrie, d'employer pour la galerie l'ordonnance de pilastres composites qui décore le pavillon. Ces pilastres sont accouplés, et leurs chapiteaux sont d'une assez belle exécution ; mais cet ordre, auquel l'architecte a donné trois pieds sept pouces de diamètre, afin qu'il pût répondre au point de distance d'où il doit être aperçu, n'a pas une saillie suffisante pour produire complètement l'effet qu'on en attendoit. Cette saillie, si nécessaire, auroit d'ailleurs augmenté celle de l'entablement, qui, au lieu d'être interrompu au retour dans chaque entre-pilastre, comme on le voit ici, auroit dû être continué d'un accouplement à l'autre ; mais par une licence qu'on ne peut expliquer, et qu'on doit regarder comme la plus grande faute peut-être qu'il soit possible de commettre en architecture, Metezeau semble avoir pris plaisir à rendre la continuation de cette ligne impossible, en faisant monter les croisées jusqu'au-dessous des corniches. Si l'on ajoute à ces fautes grossières l'imitation des frontons qu'il faut également lui reprocher, de quelque côté qu'il ait commencé à construire, la dissemblance de l'avant-corps qui n'est pas même au milieu de l'aile, la dissonance des portes en plein ceintre de cet avant-corps avec les autres ouvertures de cette élévation, il paroîtra plus blâmable encore que *Duperac*, dont il étoit si facile d'éviter les défauts, et qui a sur lui l'avantage d'une exécution bien supérieure dans les détails de son architecture.

Cette galerie s'attache à un corps de bâtiment qui du côté du nord donne sur la place du Vieux-Louvre, et termine cette longue suite de constructions. Elles viennent ensuite se joindre en retour à la façade méridionale du Louvre, au moyen d'un petit corps-de-logis intermédiaire. C'étoit dans cette partie de ce dernier palais (1) qu'étoient les appartements de la

_____

(1) Voyez page 359.

reine, sur lesquels nous nous sommes réservé de donner ici quelques détails.

Ils occupoient le rez-de-chaussée, communiquoient de plain-pied avec la grande salle du Louvre, dite autrefois des *Cent-Suisses*, et se prolongeoient dans le bâtiment en retour jusqu'à la façade du bord de l'eau.

Le salon des bains, décoré de belles peintures de *Diego Velasquez*, étoit la première pièce remarquable du côté du Louvre. Ces peintures représentoient une suite de portraits des personnes les plus illustres de la maison d'Autriche, depuis Philippe Ier, père de Charles-Quint, jusqu'à Philippe IV, roi d'Espagne.

Dans les pièces en retour, la première, qui servoit de *vestibule*, étoit enrichie d'un plafond peint par *Francisco Romanelli ;* on passoit ensuite dans une *antichambre* décorée de peintures et de figures de stuc ; de là, dans *la chambre de la reine,* où l'on remarquoit des statues de la main de Girardon ; enfin dans le *cabinet sur l'eau,* où l'on retrouvoit encore de très belles fresques de *Romanelli.*

Après ce cabinet, on entroit par un dernier salon dans une vaste pièce où étoient conservées autrefois les statues antiques qui depuis ont orné la galerie de Versailles. Elle en avoit retenu le nom de *Salle des Antiques.*

Au-dessus de cet appartement, dont les distributions intérieures ont été entièrement changées depuis la révolution (1), est la *Galerie d'Apollon,* ainsi nommée parceque Le Brun (2) a représenté sur son plafond toute l'histoire de ce dieu, et le triomphe de *Neptune et Thétis.* Ces peintures sont mises au nombre des plus belles qui soient sorties de la main de ce peintre. On cite sur-tout ce dernier morceau, qui est peint à l'extrémité du plafond, du côté de l'eau. La plupart des sculptures étoient de la main de Girardon. C'étoit dans cette galerie qu'étoient placés les fameux tableaux de Le Brun, connus sous le nom de *batailles d'Alexandre* (3).

---

(1) On en a fait une suite de galeries où sont déposés les chefs-d'œuvres de sculpture antique apportés d'Italie.

(2) Cette galerie, presque entièrement détruite, en 1661, par un incendie, avoit été rétablie sur les dessins de ce peintre.

(3) Ces tableaux ont été transportés dans la grande galerie, et remplacés par des cartons de Jules Romain. Au-dessous de ces cartons est une exposition d'une partie des dessins de la collection du Muséum. *

* Ces dessins, qui étoient alors au nombre de dix mille, et dont le nombre a fort augmenté, sont maintenant déposés à l'hôtel d'Angevillier, rue de l'Oratoire.

Le salon d'exposition des tableaux (1) et la grande galerie sont de plain-pied avec la *Galerie d'Apollon*. La destination du salon n'a point changé ; mais on a réalisé le projet qui avoit déjà été conçu quelques années avant la révolution, de réunir dans la grande galerie tous les chefs-d'œuvres des peintres morts de toutes les écoles, qui formoient le cabinet du roi (2). Elle servoit auparavant de dépôt à une collection précieuse de plans en relief de toutes les places et forteresses de France, et de ses villes les plus considérables. Ces plans, qui furent transportés aux Invalides vers la fin du dernier siècle, avoient été exécutés par les plus habiles ingénieurs du royaume.

L'immense rez-de-chaussée qui règne sous cette galerie depuis le Louvre jusqu'à l'avant-dernier guichet, contenoit le cabinet des dessins du roi, l'imprimerie royale (3), la monnoie des médailles (4) et plusieurs appartements occupés par les artistes les plus distingués. L'autre aile, jusqu'au palais des Tuileries, formoit une partie des écuries du roi, et dans cet espace se trouvoit le guichet dit de Marigny (5).

Enfin, pour ne rien oublier dans une description dont nous avons supprimé une foule de détails fastidieux, il faut faire connoître quelle étoit la destination de ce corps-de-logis qui lie la galerie au Louvre, et qui fait le fond de la place du vieux Louvre. On sait déjà que le rez-de-chaussée de ce bâtiment formoit une partie de l'appartement de la reine : les salles du premier étage furent accordées par le roi à l'académie de peinture,

---

(1) On arrive à ce salon par un très bel escalier construit, quelques années avant la révolution, par ordre de M. le comte d'Angevillier. L'exposition des tableaux des peintres vivants s'y faisoit tous les deux ans.

(2) C'est ce fameux Muséum où sont maintenant presque toutes les merveilles que l'Italie possédoit encore en 1789.

(3) Elle étoit située près le troisième guichet. Son établissement remonte à François Ier. Vers 1630, Louis XIII la plaça dans le pavillon de la reine. En 1690 elle fut transportée dans les galeries du Louvre. Ce fut alors qu'on acheva l'immense collection de caractères dont elle étoit composée, et qui en faisoient l'établissement le plus riche et le plus complet que l'on connût en ce genre. Cette imprimerie n'étoit point soumise aux règlements de la librairie, mais dépendoit immédiatement du roi.

(4) La monnoie des médailles, transférée aux galeries du Louvre en 1689, étoit située au-dessus du troisième guichet. Elle contenoit une suite considérable de poinçons et de carrés composant l'histoire métallique des rois de France, histoire qui cependant ne remonte pas plus haut que François Ier. On y voyoit en outre les portraits de ces princes, depuis le commencement de la monarchie jusqu'à Louis XVI.

(5) Ce guichet fut ainsi nommé, parcequ'il fut ouvert par le marquis de Marigny, directeur-général des bâtiments de Louis XV.

et l'on y conservoit un grand nombre de tableaux, statues, bas-reliefs, dessins et gravures des académiciens, depuis l'établissement de cette compagnie.

Avant que la galerie du Louvre fût élevée, les murs de la ville, qui suivoient alors l'alignement de la rue Saint-Nicaise, venoient se terminer au bord de la rivière par une porte qu'on nommoit *Porte-Neuve*, et qui subsista encore long-temps après que la galerie eût été bâtie. Cette porte, qui ne fut abattue que sous Louis XIII, étoit située un peu au-dessus du premier guichet : auprès étoit l'hôtel du prevôt. Voici ce qu'on lit dans les mémoires écrits du temps des guerres civiles : « Henri III, « dit l'Étoille (1), voyant le peuple continuer dans sa furie, averti d'ailleurs « que les prédicateurs qui marchoient en tête, et ne tenoient d'autre lan- « gage, sinon *qu'il falloit aller prendre frère Henri de Valois dans « son Louvre*, avoient fait armer sept à huit cents écoliers et trois ou « quatre cents moines ; et ceux qui étoient auprès de ce prince ayant, « sur les cinq heures du soir, reçu avis par un de ses bons serviteurs, qui, « déguisé, se coula dans le Louvre, qu'il eût à en sortir plutôt tout seul, « sinon qu'il étoit perdu, sortit du Louvre à pied, tenant une baguette à « la main, suivant sa coutume, comme s'allant promener aux Tuileries. « Il n'étoit pas encore sorti la porte (la Porte-Neuve) qu'un bourgeois « l'avertit en diligence que le duc de Guise, avec douze cents hommes, « l'alloit venir prendre. Etant arrivé aux Tuileries, où étoit son écurie, il « monta à cheval avec ceux de sa suite qui eurent moyen d'y monter : *Du- « halde* le botta, et lui mettant son éperon à l'envers : « C'est tout « un, dit ce prince, je ne vais pas voir ma maîtresse. Étant à cheval, il « se tourna vers la ville, et jura de n'y rentrer que par la brèche. »

« Entre les cinq et six heures du soir, dit Cayet (2), Henri III sort de « Paris par la *Porte-Neuve ;* ceux qui étoient avec lui le suivirent, « aucuns desquels étoient bien étonnés ; car tel conseiller d'état l'étoit « allé trouver au Louvre avec sa robe longue, qui, sans bottes, montoit « pour le suivre sur le premier cheval de l'écurie ; et ainsi que ce prince « sortoit par la *Porte-Neuve*, quarante arquebusiers qu'on avoit mis

---

(1) En 1588.

(2) Chronologie novennaire.

« à la porte de Nesle (1) tirèrent vivement sur lui et sur ceux de sa
« suite. »

---

(1) Elle étoit située de l'autre côté de la rivière.

Porte Neuve.

VUE du JARDIN des TUILERIES du côté du PONT-TOURNANT.

LE JARDIN DES TUILERIES.

L'art des jardins fut dans une continuelle enfance parmi nous jusqu'au règne de Louis XIV. Dans la description que nous avons déjà donnée de quelques uns des enclos que nos rois avoient dans la ville ou dans ses environs, on a pu voir que tout y étoit sacrifié à une culture utile et grossière, sans qu'on eût jamais songé à profiter des richesses qu'offre la nature pour y répandre de la grace et de la majesté. Cette culture même, dans laquelle on n'avoit d'autre but que de se procurer des fruits et des légumes, n'avoit fait presque aucun progrès pendant une si longue suite de siècles; et la même époque qui porta en France l'art des jardins à un degré de grandeur et de magnificence qui depuis n'a point été égalé, apprit en même temps aux cultivateurs les moyens ingénieux par lesquels on peut augmenter la saveur et la beauté de ces dons de la terre. Deux hommes firent chez nous cette grande révolution, *La Quintinie* et *Le Nôtre*. Le premier, s'attachant principalement à ce que le jardinage a d'utile, donna sur la taille et la transplantation des arbres, sur la culture des fruits et des légumes, des préceptes fondés sur l'observation, et qui seront éternellement les règles fondamentales de cet art. *Le Nôtre*, doué d'un génie élevé et d'un goût exquis, s'occupa des jardins sous le rapport de la décoration, et l'on vit éclore sous sa main, comme par enchantement, mille compositions admirables, qui transformèrent en lieux de délices une foule de sites champêtres, jusque-là tristes et négligés; qui jetèrent sur-tout un grand éclat sur les maisons royales, en joignant à la magnificence des arts dont elles étoient décorées les beautés encore plus nobles et plus majestueuses de la nature.

Le jardin des Tuileries, qui passe pour le chef-d'œuvre de cet homme célèbre, étoit, dans son origine (1), mal distribué, dépourvu de tout agrément, et beaucoup moins étendu qu'il ne l'est aujourd'hui. Il ne tenoit pas même alors au château, dont il étoit séparé par une rue qui, régnant le

_____

(1) Il avoit été commencé sous Henri IV.

long de la façade, aboutissoit presqu'à la porte d'entrée actuelle, près le Pont-Royal. A l'autre extrémité s'étendoit une place vague depuis les murs de la ville (1) jusqu'à ceux du jardin. Ainsi resserré, cet espace contenoit cependant un étang, un bois, une volière, une orangerie, des allées, des parterres, un théâtre et un labyrinthe. La volière consistoit en plusieurs bâtiments, et étoit située vers le milieu du quai des Tuileries (2). L'écho étoit au bout de la grande allée, c'est-à-dire au bout du jardin. La muraille qui l'entouroit avoit deux toises de hauteur, et vingt-quatre pieds de diamètre. Sa forme étoit celle d'un demi-cercle, et elle étoit cachée par des palissades. A peu de distance de cet écho, du côté de la porte Saint-Honoré, étoit placée l'orangerie, et auprès s'élevoit une espèce de ménagerie où il y avoit des bêtes féroces. Dans le bastion qui tenoit à la porte de la Conférence, on avoit ménagé un grand terrain qui servoit de garenne, et à l'extrémité de ce terrain, entre la porte et la volière, étoit un chenil que le roi donna à *Renard* (3), par brevet du 20 avril 1630, sous plusieurs conditions, dont la principale étoit qu'il défricheroit ce terrain, et qu'il le rempliroit de plantes et de fleurs rares. Telle étoit la composition du jardin des Tuileries avant Le Nôtre ; il servoit déjà de promenade publique ; mais quoique Sauval vante beaucoup l'heureuse disposition du labyrinthe, signalé, dit-il, par *les prouesses des amants,*

---

(1) Ces murs étoient alors situés à peu près vis-à-vis la rue Royale ; la rue se nommoit rue des *Tuileries.*

(2) Voyez le plan de *Gomboust*, gravé en 1652.

(3) Ce Renard avoit été valet-de-chambre du commandeur de Souvré. C'étoit un homme d'un caractère souple et obligeant, qui ne manquoit point d'esprit, et se connoissoit fort bien en meubles et en tapisseries. Il faisoit de ces objets précieux une sorte de commerce avec les personnes de qualité, et le cardinal Mazarin, qui lui en achetoit quelquefois, s'amusoit de sa conversation. Dès que Louis XIII lui eut donné ce terrain, il en fit un jardin très proprement tenu, qui, par sa situation et par les manières honnêtes du maître, devint le rendez-vous ordinaire des seigneurs de la cour, et de tout ce qu'il y avoit alors de plus galant dans la ville. Il est souvent parlé de ce jardin dans les mémoires de la minorité de Louis XIV, et, du temps de la fronde, il devint même fameux par une aventure burlesque qui offre un nouveau coup de pinceau à ajouter au tableau de cette guerre ridicule. Quoique les frondeurs ne voulussent pas laisser entrer le roi dans Paris, les courtisans ne laissoient pas que d'aller en toute liberté aux Tuileries, et de là au jardin de Renard. Un jour que le duc de *Candale*, *Jarzay*, *Boutteville*, *Saint-Mesgrin* et quelques autres s'étoient réunis pour y souper et s'y divertir, les frondeurs commencèrent à craindre que, si le peuple voyoit souvent les seigneurs qui étoient dans le parti de la cour, il n'en prît insensiblement des dispositions favorables au jeune roi. En conséquence, ils y envoyèrent le duc de Beaufort, suivi d'une assez grosse troupe de gens. Ce prince chassa les violons, renversa les tables, mit tout en désordre dans le jardin, et cette belle expédition n'eut pas d'autres suites.

et qu'il s'extasie sur les merveilles de l'écho où ils se rendoient pour donner des concerts à leurs belles, cette description que nous en ont laissée les historiens du temps, ne présente rien à l'imagination qui ne soit incohérent et désagréable.

Les deux projets d'achever le palais des Tuileries et d'en embellir le jardin furent conçus et exécutés en même temps. Le mur et les édifices qui en faisoient la séparation furent abattus. On démolit également un hôtel qu'occupoit mademoiselle de Guise, la volière et toutes les maisons qui s'étendoient du côté de la rivière jusqu'à la porte de la *Conférence*. Le jardin de *Renard* fut enfermé dans le nouvel enclos, et sur ce terrain ainsi disposé, qui contenoit alors soixante-sept arpents, *Le Nôtre* commença l'exécution du plan magnifique dont il avoit déjà tracé le dessin.

Ce jardin, planté régulièrement, est entouré de terrasses qui en marquent les limites dans trois de ses côtés, mais dont la disposition est telle qu'elles laissent à l'extrémité occidentale une ouverture en fer à cheval, au moyen de laquelle la vue s'étend sur la grande allée des Champs-Elysées jusqu'à la barrière de Chaillot. Le terrain de ce jardin, considéré dans sa largeur, qui est de cent quarante-sept toises, a une pente de cinq pieds quatre pouces; une telle inégalité (1), qui sembloit offrir un obstacle insurmontable à la symétrie du plan, fut masquée avec un art admirable par un talus imperceptible, et au moyen de deux terrasses latérales, qui non seulement contribuèrent à détruire cette irrégularité, mais ajoutèrent encore à l'élégance de cette grande composition.

Considérant ensuite la vaste étendue de la façade des Tuileries, *Le Nôtre* sentit qu'une aussi longue ligne de bâtiments avoit besoin d'une esplanade qui lui fût proportionnée et qui en développât complètement toutes les parties. Il eut donc l'heureuse idée de ne commencer le couvert de ce jardin qu'à quatre-vingt-deux toises de la façade, et cette distance semble dans une proportion si parfaite avec le palais, qu'on n'imagine dans tout cet espace aucun autre point où cette masse d'arbres ne fût placée moins favorablement. Tout le sol de la partie découverte fut enrichi de

---

(1) Il eût fallu rapporter trois mille toises cubes de terre, ce qui eût coûté une somme considérable, sans rien ajouter à l'agrément de cette promenade.

parterres à compartiments, entremêlés de massifs de gazon, dont les dessins nobles et élégants ont été conservés jusqu'à nos jours.

Ces parterres sont disposés de manière qu'on a pu y placer trois bassins circulaires, qui forment une agréable variété. Au pied du palais est pratiquée une quatrième terrasse qui sert d'*empatement* (1) à l'édifice, et qui, avec les trois autres, paroît contenir le jardin entier dans une espèce de boulingrin ; chacune de ces terrasses est accompagnée d'escaliers en pierre d'un beau dessin. On y arrive par des pentes douces dont les murs de revêtissement sont remarquables pour leur belle exécution, principalement ceux qui sont placés à l'extrémité du jardin, de chaque côté de l'ouverture qui donne sur les Champs-Elysées.

En face des parterres, et dans l'alignement du milieu du grand avant-corps, est plantée une grande allée de marronniers de cent-quarante toises de longueur, qui dans le principe n'avoit que quarante-huit pieds de largeur. Les contre-allées en avoient chacune trente-trois. Aux deux côtés de ces dernieres étoient distribuées différentes pièces de verdure, telles que des boulingrins entourés d'arbres de haute tige, des bois plantés et disposés régulièrement, des bosquets, etc. Ces dispositions intérieures ont depuis éprouvé divers changements, et ne ressemblent plus à celles qui furent exécutées par *Le Nôtre* (2) ; mais la masse entière du couvert est restée toujours la même, et conserve l'aspect majestueux, les belles proportions que lui a donnés ce grand décorateur. Admirable du côté des Tuileries, ce bois offre peut-être un coup d'œil encore plus ravissant dans la partie opposée. Le jardin s'y termine également par une grande partie découverte, au milieu de laquelle est placé un bassin de trente toises de diamètre, dont la forme octogone, se trouve en un rapport symétrique avec les charmilles (3) et les parterres qui l'environnent. En considérant du haut du *fer à cheval* l'ensemble de toutes ces parties, il règne une telle variété dans le dessin, dans la disposition des plans et des niveaux, dans l'architecture des terrasses, des palissades, etc., le palais

---

(1) On donne ce nom à une épaisseur de maçonnerie qui sert de pied à un mur.

(2) Il y avoit dans un de ces bosquets une salle de comédie en verdure, qui subsistoit encore du temps de la minorité de Louis XV. A la place de ce théâtre on fit un jeu de mail pour le jeune roi, et dans le vide de ce mail, on éleva un pavillon où fut placé un billard également destiné à son amusement.

(3) Ces charmilles qui bordoient la lisière du bois ont été détruites.

des Tuileries, d'un côté, et la verdure des Champs-Elysées, de l'autre, y présentent des perspectives si agréables, qu'il est difficile que l'art et la nature réunis puissent jamais produire des effets plus riches et plus imposants.

La terrasse qui règne du côté de la rue Saint-Honoré étant beaucoup plus basse que celle du bord de l'eau, on avoit imaginé de pratiquer dans l'espace qui est au-dessous, et qui la sépare du couvert, de grands tapis de verdure entourés de plates-bandes de fleurs. Cette agréable variété ne nuisoit en rien à la symétrie, parceque la largeur du jardin étoit si considérable que les parties dissemblables ne pouvoient être embrassées du même coup d'œil. Ces plates-bandes furent détruites en 1793, et la Convention nationale décréta gravement qu'on y semeroit des pommes de terre *pour la nourriture du peuple.* Depuis elles n'ont point été rétablies.

Au milieu de tant de beautés, la critique la plus sévère ne trouvoit qu'un seul défaut extrêmement léger. La grande allée paroissoit trop étroite : on auroit désiré que les deux contre-allées y eussent été réunies, et qu'au lieu d'en faire une allée couverte, on l'eût taillée en palissade. Ouverte de cette manière, elle devoit offrir une percée plus étendue, et mettre le palais dans un rapport plus intime avec tous les monuments dont il est environné (1).

Au milieu du fer à cheval qui termine ce jardin, du côté des Champs-Elysées, on construisit en 1716 un pont tournant (2) d'un dessin très ingénieux, et qui établissoit la communication directe des Tuileries avec la nouvelle place Louis XV. Ce pont étoit de l'invention de frère *Nicolas Bourgeois,* augustin, habile mécanicien, connu par plusieurs ouvrages remarquables, et principalement par le pont de bateaux de Rouen.

On entroit dans ce jardin par six portes qui ont été conservées au milieu des changements considérables qui se sont faits dans le terrain qui l'environnoit (3). Entre la rue Saint-Honoré et la terrasse du nord, dite des

---

(1) Ce vœu des artistes, et généralement de tous les gens de goût, a été exécuté depuis la révolution.

(2) Il a été détruit pendant la révolution, et l'on a comblé le fossé.

(3) Une de ces portes est celle du pavillon du milieu ; les deux suivantes sont de chaque côté de la terrasse contigue au bâtiment ; il y en a une au milieu de la terrasse du nord ; la cinquième est à l'extrémité de l'orangerie ; et la sixième au pont tournant. On en a depuis ouvert une septième, encore au nord, et toute cette partie, fermée auparavant par un vieux mur, a été entourée d'une très belle grille.

Feuillants, étoient deux manèges qui furent construits lorsque Louis XV,
encore enfant, vint habiter le château des Tuileries (1).

Le bas peuple n'entroit autrefois dans le jardin que le jour de la Saint-
Louis.

STATUES ET AUTRES ORNEMENS

DU JARDIN DES TUILERIES EN 1789.

SUR LA TERRASSE QUI BORDE LE CHATEAU.

Six Statues et deux Vases; savoir,

Deux Nymphes chasseresses, par *Coustou* l'aîné.
Un chasseur assis, par le même.
Un Faune jouant de la flûte, par *Coyzevox.*
Une Hamadryade qui semble l'écouter, par le même.
Une Flore, par le même.
Un vase, par *Robert.*
Un autre, par *Le Gros.*

Le bassin du milieu étoit décoré de quatre Groupes; savoir,

Pluton enlevant Proserpine, par *Regnaudin.*
La mort de Lucrèce, commencée par *Théodon,* et finie par *Pierre Le Pautre.*
Enée portant son père Anchise, par le même.
L'enlèvement d'Orithye, commencé par *Marsy,* et terminé par *Flamen.*

*Au bout de la grande allée, en face du grand bassin, étoient huit Statues adossées au
treillage; savoir,*

Annibal comptant les anneaux des chevaliers romains tués à la bataille de Cannes, par
Sébastien Slootz.
L'Hiver et le Printemps, par *Le Gros.*
La Vestale, par le même.
Jules César, par *Nicolas Coustou.*
L'Automne et l'Été, la statue d'Agrippine, copiés d'après l'antique.

---

(1) L'un de ces deux manèges, qui étoit couvert, est devenu depuis fameux pour avoir servi de local
aux séances de l'assemblée nationale; il a été abattu, ainsi que les écuries et un grand nombre d'édifices
qui remplissoient cet espace. C'est maintenant une très belle rue qui va de la place du Carrousel à la place
Louis XV.

Sur quatre grands piédestaux posés au-delà du bassin :

Le Tibre et le Nil, figures colossales, copiées d'après l'antique.
La Seine et la Marne, par *Nicolas Coustou.*
La Loire et le Loiret, par *Vanclève.*

Sur deux jambages rustiques placés de chaque côté de l'entrée du Pont-Tournant.

Deux chevaux ailés, dont l'un est monté par une Renommée, et l'autre par un Mercure. Ces deux figures, de la main de *Coyzevox*, étoient autrefois à Marly (1).

---

(1) Toutes ces sculptures sont en marbre, et n'ont point été déplacées. Depuis, ce magnifique jardin a été enrichi d'un grand nombre d'autres figures, la plupart en bronze, et qui sont toutes des copies très précieuses des chefs-d'œuvres les plus parfaits de l'antiquité. On y distingue entre autres l'Apollon du Belvedère, le Laocoön, le Gladiateur, la Vénus à la coquille, le Rémouleur, l'Hercule-Commode, la Diane de Versailles, etc. etc.

Le Jardin de Renard.

PORTE DE LA CONFÉRENCE.

Elle étoit située à l'extrémité de la terrasse des Tuileries, du côté de la rivière, et terminoit la dernière enceinte, commencée sous Charles IX, et achevée sous Louis XIII.

Le nom de cette porte, qui n'a été démolie qu'en 1730, et la date de sa construction, ont fait naître des opinions contradictoires et de longs débats parmi les historiens de Paris. D. Félibien a prétendu d'abord qu'il n'y avoit de différence que dans le nom entre la porte *Neuve* et celle de la Conférence ; puis il dit dans un autre endroit qu'on bâtissoit cette porte en 1659, dans le temps des conférences entre les ministres de France et ceux d'Espagne, lesquelles furent suivies de la paix des Pyrénées. D'autres pensent qu'elle fut élevée sous François Ier, et reconstruite lors de ces dernières conférences (1). Sauval, après en avoir parlé quelque part comme d'un monument existant déjà du temps de Charles IX, semble ailleurs la confondre avec la porte *Neuve*. Le sixième plan de *Lamare* la présente également comme déjà bâtie sous le même règne. Enfin Piganiol, qui a cru être mieux instruit, dit « qu'il ne paroît pas, « par les historiens contemporains, que, pour lors, ni long-temps après, « il y eût ici une porte. » Et il ajoute : « Qu'il n'étoit pas difficile à nos « historiens d'éviter plusieurs fautes qu'ils ont faites à ce sujet ; qu'ils « n'avoient qu'à jeter les yeux sur l'estampe que Perelle en a faite, et « qu'ils auroient vu que cette porte fut élevée en 1633, et qu'il est assez « vraisemblable que le nom de porte de la Conférence lui a été donné à « l'occasion des conférences de Surène entre les députés du roi et ceux « de la Ligue, qui commencèrent le 29 avril 1593. »

Toutes ces assertions semblent peu exactes. 1° Il est impossible d'accorder que la porte *Neuve*, qui étoit presque dans l'alignement de la rue

---

(1) Nous avons nous-mêmes adopté cette opinion, que nous croyons devoir maintenant combattre.

Saint-Nicaise, et celle de la *Conférence*, située au bout des Tuileries, aient été la même porte. 2° Il n'est guère probable que cette dernière subsistât sous François Ier, ni même sous les deux règnes suivants, puisque le jardin des Tuileries n'existoit pas encore. 3° Il n'y a guère d'apparence qu'elle doive son nom aux conférences de Surène, puisque l'historien qui rapporte cette opinion prétend qu'elle ne fut bâtie que quarante ans après ces conférences, et du reste il est certain qu'elle ne peut l'avoir reçu de celles qui précédèrent en 1659 la paix des Pyrénées; car elle se trouve déjà figurée sur des plans qui ont été tracés en 1608 et 1620 (1), et désignée sous ce nom dans différents mémoires qui ont également paru avant cette époque; 4° Le raisonnement que l'on fait pour prouver qu'elle n'existoit pas sous Henri III, parcequ'il sortit de Paris par la porte *Neuve* (2), ne peut paroître valable, puisqu'il est dit que le roi, après être sorti par cette porte, *se rendit au jardin des Tuileries, aux Feuillants*, etc. Cette circonstance ne prouve clairement qu'une chose, c'est que la porte *Neuve* n'étoit pas la même que celle de la *Conférence*, située en-deçà du palais et du-jardin; et dire que les historiens qui ont rapporté ce fait n'ont pas parlé de cette dernière porte, ce n'est pas démontrer qu'elle ne fût pas déjà bâtie à cette époque.

Le commissaire Lamare a été la cause de cette dernière erreur, parcequ'il est le premier qui ait confondu ces deux portes ensemble, en disant « que la porte *Neuve*, proche le Louvre, fut reculée, en 1566, jusqu'au « lieu où elle est à présent. » Il est certain cependant qu'elles ont existé ensemble, comme on peut s'en convaincre par le plan de Boisseau, de 1643, celui de Gomboust, de 1652, et même le sixième plan que Lamare a donné. De tout ceci, on peut conclure que cette porte fut construite peu de temps après qu'on eut entouré de murs l'emplacement du jardin des Tuileries (3). En effet, il n'est pas vraisemblable que l'extrémité de ce jardin fût bordée, comme elle l'étoit, d'un fossé qui alloit jusqu'à la rivière, sans supposer en même temps une porte et un pont-levis pour empêcher

---

(1) Les plans de *Quesnel* et de *Mérian*.

(2) Voyez page 435.

(3) Ce jardin, d'abord tracé et entouré de murs par Catherine de Médicis, ensuite abandonné, fut continué et planté sous Henri IV; et c'est ainsi qu'il faut entendre la note de la page 437, qui en fixe les commencements au règne de ce dernier prince.

ou faciliter la communication du chemin qui régnoit le long de ce jardin, du côté de l'eau, et qui conduisoit à la porte *Neuve*, située au milieu de la galerie.

Porte de la Conférence.

L'ÉGLISE SAINT-ROCH.

Eₙ sortant des Tuileries par la porte du nord, et en rentrant dans la rue Saint-Honoré, le premier monument que l'on rencontre est l'église paroissiale de Saint-Roch.

Cette église est une de celles dont les commencements sont les plus connus. L'emplacement sur lequel elle est bâtie étoit anciennement occupé par une grande maison accompagnée de jardins; on l'appeloit l'hôtel *Gaillon*, et ce nom étoit devenu celui du quartier le long duquel elle étoit située. A côté de cet hôtel étoit une chapelle, sous l'invocation de *Sainte-Susanne*, dont on ignore l'origine et le fondateur. Auprès de ce petit monument, à l'endroit où on a construit depuis le portail et les marches de l'église, une autre chapelle avoit été bâtie, dès l'an 1521, sous le titre des *Cinq Plaies*, par *Jean Dinocheau*, marchand de bétail, et *Jeanne de Laval*, sa femme. Les habitants de ce quartier, qui étoit compris dans la circonscription de la paroisse de Saint-Germain-l'Auxerrois, s'étant considérablement multipliés, formèrent le dessein de faire construire une église succursale de cette paroisse (1), qu'ils trouvoient trop éloignée, et la chapelle des Cinq Plaies leur parut propre à remplir cet objet.

Étienne Dinocheau, fourrier ordinaire du roi, et neveu du fondateur, bien loin de s'opposer à ce dessein, en rendit l'exécution plus facile, tant par la générosité qu'il eut de renoncer aux droits qu'il pouvoit avoir sur cette chapelle, que par la cession qu'il fit, le 13 décembre 1577, d'un grand jardin et d'une place qui en dépendoit. Le 15 octobre suivant, les habitants achetèrent encore la chapelle de *Gaillon,* dite de *Sainte-Susanne,* avec ses dépendances; et ce fut sur ces divers terrains que fut

(1) Voyez page 380.

construite la succursale, dans des dimensions beaucoup plus petites et avec bien moins de magnificence que le monument qui existe à présent.

Les historiens de Paris ne sont pas d'accord sur l'année où l'on acheva de bâtir cette première église. Mais comme ils ne diffèrent entre eux que de deux ou trois ans, nous n'entrerons pas dans la discussion des raisons de cette différence, laquelle ne présenteroit aucun résultat intéressant. Ce qu'il y a de bien certain, c'est que la permission de l'official pour l'érection de cette succursale est du 15 août 1578; et l'on peut supposer que la construction de l'édifice dura deux ou trois ans. On la consacra sous l'invocation de Saint-Roch, parceque ce nom étoit celui d'un hôpital (1) que Jacques *Moyen* ou *Moyon*, Espagnol de nation, avoit commencé à établir sur cet emplacement, et qu'il céda également aux paroissiens.

L'église Saint-Roch resta pendant assez long-temps dépendante de Saint-Germain-l'Auxerrois, et, suivant l'usage observé dans la hiérarchie ecclésiastique, le curé de cette paroisse en nommoit le desservant. Cet état de choses dura jusqu'en 1633, où elle fut érigée en église paroissiale par François de Gondi, alors archevêque de Paris. A cette époque, le nombre de ses paroissiens étoit déjà considérablement augmenté, et comme il ne cessoit encore de s'accroître de jour en jour, il arriva, quelques années après, que cette église se trouva trop petite pour que le service divin pût s'y faire commodément; alors les marguilliers furent autorisés à acheter la totalité du terrain qui dépendoit de l'hôtel Gaillon; et, en 1653, on jeta les fondements de l'église que nous voyons aujourd'hui.

Elle fut commencée sur les dessins de *J. Le Mercier*, alors premier architecte du roi. Ce fut Louis XIV qui en posa la première pierre, dans laquelle on plaça deux médailles, dont l'une portoit le portrait de ce prince, l'autre celui d'Anne d'Autriche, et toutes les deux au revers l'image de saint Roch. Une inscription gravée sur cette pierre indiquoit le nom des fondateurs et la date de la fondation.

La situation du terrain ne permit pas de suivre l'antique usage, en tournant au levant le chevet de cette église; il est exposé au nord. Le bâtiment en resta long-temps imparfait, sans être voûté, et n'ayant qu'un simple

---

(1) Cet hôpital étoit destiné aux malades affligés d'écrouelles. Le fondateur le transporta dans le faubourg Saint-Jacques.

plafond de bois. Discontinué et repris plusieurs fois pendant le cours du dix-septième siècle, il fut enfin achevé dans le dix-huitième par les libéralités du roi et les dons généreux de plusieurs riches paroissiens.

Le grand portail qui donne sur la rue Saint-Honoré fut construit le dernier par *Jules-Robert de Cotte*, intendant-général des bâtiments du roi, et directeur-général de la monnoie et des médailles, d'après les dessins de *Robert de Cotte* son père, premier architecte de Louis XIV et de Louis XV. La première pierre en fut posée le 1er mars 1736. Ce portail, assez purement exécuté, a eu beaucoup de réputation, et semble avoir servi de modèle à la plupart de ceux qui ont été élevés depuis, quoiqu'il ne soit lui-même qu'une imitation du style peu sévère de Mansard (1) : c'est une décoration en bas-relief composée de deux ordres dorique et corinthien, où il règne une certaine harmonie, mais dans laquelle on chercheroit en vain cet effet imposant des péristyles dont les colonnes isolées non seulement présentent un utile abri, mais n'ont pas besoin, comme ces surfaces monotones, de cette multiplicité de ressauts et de profils, au moyen desquels on essaie d'offrir à l'œil quelques foibles projections d'ombres, et de rompre leur fatigante uniformité.

On a suppléé, par des groupes et des ornements très soigneusement finis, à ce manque d'effet ; et les connoisseurs ont pu distinguer dans ces travaux le passage du style usité au siècle de Louis XIV à celui dont la maigreur et l'affectation ont ensuite caractérisé les productions du règne de Louis XV. Les figures (2), sculptées par *Claude Francin*, de l'Académie royale de sculpture, représentoient, en deux groupes, les quatre pères de l'Église avec les attributs qui leur conviennent ; les armes du roi, qui remplissoient le fronton, et la croix qui le surmontoit, étoient de la main du même sculpteur. Les ornements ont été exécutés par *Louis de Montcau*, de l'Académie *des Maîtres* (3). Le style de ces divers morceaux étoit

---

(1) Lorsqu'on bâtit ce portail, on jugea à propos de placer la tour qui contient les cloches à droite, vers le rond-point de l'église, parceque, suivant une ancienne opinion, il n'y a que les cathédrales qui puissent en avoir deux. On remarque effectivement que la plupart des églises gothiques de Paris n'ont qu'un seul clocher, qui souvent même détruit la symétrie de leur portail. Nous reviendrons sur cette particularité en parlant de Saint-Sulpice et de quelques autres, qui semblent offrir une exception à la règle générale.

(2) Ces figures, cette croix et ces armes ont été détruites pendant la révolution.

(3) Voyez page 109.

tel, que si l'on n'y trouvoit pas toute la dépravation qui, dans les arts d'imitation, fut le caractère du siècle dernier, on y reconnoissoit du moins les premières traces du mauvais goût qui l'a si rapidement amenée.

Ce portail a quatorze toises de largeur sur treize toises trois pouces d'élévation, depuis le pilier du perron jusqu'à la pointe du fronton. Une heureuse disposition du terrain a obligé d'y placer un grand nombre de marches, ce qui produit un bon effet et annonce dignement un édifice consacré à la religion.

La distribution intérieure de cette église offre des singularités qu'on ne rencontre dans aucun autre monument du même genre à Paris. Elle est composée d'une nef et de trois chapelles, qui se suivent dans l'alignement du portail, et se prolongent ainsi en ligne droite jusqu'à l'extrémité de l'édifice. Les bas-côtés de la nef, également prolongés derrière la première chapelle, consacrée à *la Vierge*, tournent ensuite autour de la seconde, qui est celle de *la Communion* (1). La troisième, qu'on nomme chapelle du *Calvaire* (2), est une espèce de rotonde coupée que l'on a ajoutée depuis à l'église, et qui se rattache à ces constructions. Il résulte de cette disposition et de la forme du maître-autel, construit à la romaine et placé au rond-point du chœur, que, du portail de l'église, l'œil traversant la nef et l'arcade au bas de laquelle cet autel est posé, plonge dans la profondeur immense de cette enfilade de chapelles, qui, toutes les trois, sont éclairées par une lumière différente et dégradée à dessein, ce qui produit un effet presque théâtral, et peu convenable peut-être à un édifice sacré.

La nef de cette église, composée d'arcades d'une assez belle proportion, est décorée d'un ordre de pilastres doriques, couronné d'un entablement denticulaire, lequel se trouve aussi répété dans le pourtour de la croisée. Les deux chapelles qui la suivent offrent un ordre de pilastres corinthiens disposés de la même manière; et le long des bas-côtés, on a établi un assez grand nombre de petites chapelles, dont les autels sont placés de manière qu'on peut les apercevoir de la nef, à travers les percées de ces arcades.

---

(1) Ces deux chapelles furent bâties en 1709, au moyen d'une loterie que le roi accorda à la fabrique de cette église.

(2) Cette chapelle a été bâtie sur le terrain qui servoit anciennement de cimetière.

VUE INTÉRIEURE de l'Église S^T ROCH.

Cette église étoit très riche et peut-être trop riche en peintures et en sculptures; les archivoltes des arcades sont encore chargées de trophées et de figures; la même profusion d'ornements se fait remarquer dans les croisées, et malheureusement toutes ces décorations, faites dans une époque de décadence, sont du plus mauvais goût. Les statues et les tableaux qu'on y voyoit autrefois en très grand nombre ne s'élevoient guère au-dessus de la médiocrité; cependant, fidèles au plan que nous nous sommes tracé, nous allons donner une notice de ces divers objets, ainsi que des tombeaux remarquables que contenoit cette église. On y verra du moins une preuve de la piété des paroissiens opulents qu'elle possédoit, et à qui elle étoit redevable d'une splendeur dont elle conserve à peine aujourd'hui quelques foibles débris.

CURIOSITÉS DE L'ÉGLISE SAINT-ROCH EN 1789.

TABLEAUX.

Dans la seconde chapelle à gauche en entrant, une sainte Élisabeth, peinte par *Le Lorrain.*

Dans la troisième, une Nativité, par *Le Moine.*

Dans la sixième, le martyre de saint André, par *Jouvenet.*

Dans la dernière, un saint François d'Assise, par *Michel Corneille.*

Dans une chapelle à côté du chœur, un saint Louis mourant, donnant ses derniers conseils à son fils Philippe-le-Hardi, par *Antoine Coypel.*

Dans la chapelle de la croisée à gauche, un tableau de *Vien,* représentant saint Denis prêchant la foi en France.

Dans celle de la droite, un tableau de *Doyen,* sujet de *la guérison des ardents* (1).

La coupole de la chapelle de la Vierge offre une Assomption de la Vierge, peinte à fresque, par M. *Pierre,* ouvrage au-dessous du médiocre, et loué avec l'emphase la plus ridicule par tous les compilateurs qui ont donné des descriptions de Paris. Le même peintre a représenté sur la coupole de la chapelle suivante le triomphe de la religion.

SCULPTURES.

Aux deux côtés de la principale porte du chœur, dont la grille est d'une très belle exécution, étoient deux chapelles décorées en marbre, par *Coustou le jeune,* architecte.

---

(1) Voyez page 118. Ces deux tableaux, qui sont au nombre des moins mauvaises productions de l'École dégénérée du dernier siècle, viennent d'être rendus à cette église, et remis à leur place; tous les autres ont été détruits ou dispersés.

Chacune étoit surmontée d'une statue : la première, par *Falconnet*, représentoit J. C. au jardin des Olives ; la seconde, saint Roch, par *Nicolas Coustou* (1).

Les deux chapelles des croisées étoient également incrustées d'ornements en marbre, sur les dessins de *Coustou jeune*.

Dans la chapelle de la Communion étoit une Annonciation en marbre blanc, par *Falconnet*. Au-dessus, on avoit pratiqué une gloire céleste de cinquante pieds sur trente, dont les rayons, mêlés de nuages et de chérubins, partoient d'un transparent lumineux, ce qui produisoit une espèce d'illusion à peu près semblable à celles de l'Opéra (2).

Aux deux côtés de l'autel étoient deux statues en bronze doré, de huit pieds de proportion, représentant les prophètes David et Isaïe.

La chapelle du *Calvaire* offroit plusieurs groupes de figures qui composoient des scènes intéressantes. On y voyoit un Jésus crucifié et la Madeleine éplorée au pied de la croix, par *Anguier*. Ce groupe étoit placé au sommet de la montagne. Deux soldats préposés à la garde du Christ occupoient l'un des côtés. Du bas de la montagne on montoit à ce calvaire par deux portes taillées dans le roc. L'autel étoit en marbre bleu turquin, et les ornements qui le décoroient avoient été exécutés sur les dessins de MM. *Falconnet*, sculpteur, et *Boulée*, architecte (3).

PERSONNAGES ILLUSTRES ENTERRÉS DANS CETTE ÉGLISE.

Dans un caveau qui est devant la chapelle de la Vierge :

Marie-Anne de Bourbon de Conti, morte à Paris le 3 mai 1739 ; elle étoit fille naturelle de Louis XIV et de la duchesse de La Valière.

Dans la sixième chapelle à gauche :

André *Le Nôtre*, mort à Paris en 1700. Son buste, de la main de *Coyzevox*, est déposé au Musée des Petits-Augustins.

Dans la dernière chapelle :

Un petit monument en bronze pour le comte Ragony. Vis-à-vis étoit le tombeau du maréchal d'Asfeldt.

Au premier pilier de la nef à droite :

Le tombeau de *Nicolas Ménager*, habile négociateur, employé par Louis XIV. Ce monument étoit de *Mazurier*.

---

(1) Ces statues ont été détruites, ainsi que les chapelles. Un sculpteur moderne a exécuté deux statues nouvelles qui offrent les mêmes sujets, et qui remplacent les anciennes.

(2) Cette gloire subsiste encore, mais dans un état de dégradation qui lui a fait perdre quelque chose de cet effet un peu ridicule. A la place des statues de Falconnet on a mis une Vierge et un saint Joseph en adoration devant l'Enfant Jésus.

(3) On s'est efforcé de réparer, autant qu'il a été possible, les ravages que la révolution a faits dans cette église. Plusieurs chapelles sont déjà ornées de bas-reliefs représentant la vie de J. C. Ils sont de la main de M. Deseine, statuaire, membre de l'ancienne Académie. Le même artiste a également exécuté un très beau groupe du Christ au tombeau, qu'on a placé dans la chapelle du Calvaire. Les figures sont de proportion colossale.

Dans la nef ont été inhumés les deux frères *François et Michel Anguier*, habiles sculpteurs ; on y lisoit leur épitaphe.

Dans cette église étoit aussi déposée la dépouille mortelle du grand *Corneille;* mais ce qui semble presque incroyable, cet homme célèbre n'avoit ni tombeau, ni épitaphe.

Madame *Deshoulières*, sa fille, *Regnier Desmarais*, et *Alexandre Lainez*, avoient aussi leur sépulture dans cette église.

Sur un des piliers des bas-côtés on voyoit un cénotaphe élevée à la mémoire du mathématicien *Maupertuis.*

La circonscription de la paroisse de Saint-Roch commençoit à la partie de la rue Saint-Honoré où étoit autrefois la boucherie des Quinze-Vingts, c'est-à-dire au coin de la rue des Boucheries ; elle embrassoit ensuite les rues de l'Échelle et de Saint-Louis en totalité, les deux côtés de la rue Saint-Honoré jusqu'à la porte du même nom ; puis une partie de la rue du Luxembourg et des Capucines, la rue de Louis-le-Grand et la rue Neuve-Saint-Augustin en entier ; reprenant ensuite la rue de Richelieu à la rue de Menars, elle comprenoit les maisons à droite de cette rue jusqu'à celle Saint-Honoré, dont elle avoit également le côté droit jusqu'à la rue des Boucheries, point de départ (1).

COMMUNAUTÉ DE SAINTE-ANNE.

A côté de ce monument étoit placée une institution aussi importante qu'utile, connue sous le nom de communauté de Sainte-Anne, fondée par Nicolas Fromont, ou Frémont, grand-audiencier de France, en faveur des pauvres filles de la paroisse de Saint-Roch, à l'effet de leur procurer, avec une instruction chrétienne, une industrie suffisante pour leur faire gagner honnêtement leur vie. Pour l'exécution de ce dessein, ce charitable citoyen acheta un emplacement appartenant à la fabrique de Saint-Roch,

(1) L'église Saint-Roch a été rendue au culte.

y fit construire une maison convenable pour l'objet qu'il s'étoit proposé, et ajouta à ce premier bienfait une rente de quatre cents livres sur l'Hôtel-de-Ville. Plusieurs personnes pieuses concoururent, par leurs libéralités, au succès de cet établissement, qui fut confirmé par le roi et l'archevêque, au mois de mars 1686. Cette communauté, établie rue Neuve-Saint-Roch, étoit composée de quinze sœurs, qui, animées d'un zèle que la religion peut seule inspirer, enseignoient gratuitement aux filles pauvres de la paroisse la couture, la tapisserie, la dentelle, et tous les ouvrages qui conviennent à leur sexe. Cet établissement a été administré jusqu'au commencement de la révolution (1), conformément aux intentions de son pieux fondateur, dont le nom doit être cher aux amis de la religion et de l'humanité.

JACOBINS DE LA RUE SAINT-HONORÉ.

CE couvent, devenu si fameux depuis la révolution, étoit situé entre l'église Saint-Roch et la place Vendôme.

Il y avoit autrefois à Paris plusieurs couvents de l'ordre des *frères prêcheurs*, connus en France sous le nom de *Jacobins*, dénomination qu'ils prirent d'une chapelle sous l'invocation de Saint-Jacques, qui leur fut cédée, en 1217, lors de leur premier établissement en France. Le couvent dont il s'agit ici, situé rue Saint-Honoré, étoit d'une fondation beaucoup plus moderne, et habité par les Jacobins dits *réformés*. Voici ce qui donna lieu à cette réforme :

Il paroît que l'ordre des frères prêcheurs, institué au commencement du treizième siècle par saint Dominique, sans s'écarter entièrement des règles prescrites par son fondateur, commençoit cependant à se relâcher de sa première ferveur, lorsque le P. Sébastien *Michaelis* forma le dessein de rétablir la règle dans toute sa pureté, et d'en bannir le relâchement et tous les abus qui s'y étoient insensiblement introduits. Il commença par faire

______

(1) Il y a maintenant dans la même rue une communauté de *sœurs de la charité de Saint-Roch.*

adopter sa réforme dans quelques couvents du Languedoc et de la Provence. Le chapitre général de l'ordre des frères prêcheurs, qui se tint à Paris en 1611, et auquel le P. *Michaelis* fut député, parut à ce saint moine une occasion favorable pour y proposer le même règlement et l'introduire à la fois dans la capitale et dans les autres provinces du royaume. Cependant, quoique le général favorisât les vues du réformateur, les Jacobins du grand couvent de Paris s'opposèrent si fortement à tout projet d'innovation, que le chapitre ne crut pas devoir adopter le changement proposé. Trompé dans ses espérances, le P. Michaelis n'en poursuivit pas moins son dessein, et sentant redoubler son zèle par les obstacles mêmes qui lui étoient opposés, il ne craignit point de s'adresser au roi lui-même et à la reine régente (1), pour obtenir la permission de bâtir un couvent de frères prêcheurs de sa réforme; ce qui lui fut accordé par lettres patentes du mois de septembre 1611, enregistrées le 23 mars 1613. Henri de Gondi, évêque de Paris, ne se contenta pas d'approuver ce nouvel établissement par sa lettre du 8 avril 1612; il mérita d'en être regardé comme le principal fondateur par le don qu'il fit à ces religieux d'une somme de cinquante mille livres. Ce fut avec ce secours, et au moyen des libéralités du sieur *Tillet de La Bussière*, et de quelques autres personnes pieuses, qu'ils achetèrent un enclos de dix arpents, où ils firent construire leur église et leur couvent tels qu'ils existoient en 1789.

Ces bâtiments étoient d'une architecture extrêmement médiocre, mais ils contenoient quelques objets d'arts et des monuments dignes d'attention, dont nous allons donner une courte description.

TABLEAUX.

Au dessus du maître-autel, on voyoit un excellent tableau de *Porbus*, où ce peintre avoit représenté l'Annonciation, titre sous lequel cette église avoit été dédiée.

Il y avoit encore dans la seconde chapelle, à droite du portail, un saint François du même peintre. Dans la cinquième, un tableau de *Colombel*. Dans une autre, deux Apôtres, par *Rigaud*.

Deux tableaux attribués à *Mignard*, un *ecce homo* et une mère de douleur.

---

(1) Marie de Médicis.

Dans la salle du conseil.

Plusieurs portraits peints par Rigaud; savoir, ceux de Louis XIV, du dauphin, de la duchesse d'Orléans, douairière, de la comtesse de Toulouse, du cardinal de Fleury, etc.

SCULPTURES.

Dans une chapelle à gauche, richement décorée, étoit le mausolée de *François Blanchefort de Créqui,* maréchal de France. Ce monument avoit été exécuté sur les dessins de *Le Brun,* par *Coyzevox* et *Joly.* Le buste du maréchal, représenté à mi corps, cuirassé, et joignant les mains, avoit été fait par le premier de ces deux sculpteurs. Un grand bas-relief en bronze, de la main du second, offroit une image de la bataille de Kochersberg, en Alsace, gagnée par cet illustre capitaine (1).

Vis-à-vis la chaire étoit placé le tombeau de Pierre Mignard. Ce mausolée, ouvrage du sculpteur *Le Moine,* se voit en entier au Musée de la rue des Augustins. La comtesse de Feuquière, fille de ce peintre célèbre, y est représentée à genoux, et priant Dieu pour son père. Deux génies l'accompagnent. Au-dessus est le buste de *Mignard,* par *Desjardins.* C'est un monument mal conçu et encore plus mal exécuté, quoiqu'extrêmement vanté dans toutes les descriptions de cette église.

André Félibien, historiographe des bâtiments du roi, auteur de plusieurs ouvrages estimés, et son fils, *Nicolas-André Félibien,* prieur de Saint-Etienne de Virazel, avoient aussi leur sépulture dans cette église.

———

Cette maison possédoit un cabinet d'histoire naturelle très curieux, formé par les soins du P. Labat, connu par ses relations d'Afrique et d'Amérique; la bibliothèque, composée d'environ trente-deux mille volumes, contenoit des éditions rares et quelques manuscrits précieux (2).

C'est dans la salle de cette bibliothèque que se rassembla depuis cette horde de *frères prêcheurs* institués par le génie du mal, et dont les prédications ont eu des effets qui épouvantent encore le monde, et feront à jamais l'horreur de la postérité (3).

———

(1) On voit au Musée des monuments français quelques fragments de ce tombeau, qui, au total, est d'une exécution médiocre.

(2) On y conservoit soigneusement une chaise qui avoit servi, dit-on, à saint Thomas, dit l'*Ange de l'école.*

(3) L'église des Jacobins, les bâtiments et les jardins qui occupoient presque tout l'espace qui est entre la rue Saint-Honoré et la rue Neuve-des-Petits-Champs, ont été abattus, et l'on a transporté sur ce vaste emplacement le marché qui obstruoit auparavant la rue Traversière.

VUE de la PLACE VENDÔME en 1789.

PLACE VENDÔME.

Cette place, qui fut d'abord connue sous le nom de *Place des Conquêtes* et de *Louis-le-Grand*, a pris ensuite celui de *Vendôme*, parcequ'elle fut faite sur l'emplacement qu'occupoit l'hôtel de ce nom.

Lorsque Charles IX eut formé le dessein d'étendre l'enceinte de Paris, et d'y renfermer les Tuileries, chacun s'empressa de bâtir dans le faubourg Saint-Honoré, qui commençoit, à cette époque, à l'endroit où étoient les Quinze-Vingts. Sur l'emplacement qu'occupe actuellement la place Vendôme, les ducs de Rets avoient fait élever un hôtel assez vaste, accompagné de jardins (1). En 1603, la duchesse de Mercœur acheta cette habitation, et fit en même temps l'acquisition de plusieurs grands terrains qui l'environnoient, dans l'intention de faire abattre l'hôtel, pour en faire construire un plus considérable, et de fonder auprès une église et un couvent pour les Capucines nouvellement instituées. Ces deux projets furent exécutés à la fois, et elle posa elle-même la première pierre du couvent le 29 juin 1604. L'hôtel de Mercœur passa ensuite dans la maison de Vendôme, dont il prit le nom, par le mariage de Françoise de Lorraine, fille unique du duc de Mercœur, avec César, duc de Vendôme, fils légitimé de Henri IV.

Louvois, qui avoit succédé à Colbert dans la charge de surintendant général des bâtiments, voulant signaler son ministère par quelques monuments remarquables, inspira à Louis XIV le dessein de faire ouvrir une grande place, pour faciliter les communications entre la rue Saint-Honoré et la rue Neuve des Petits-Champs. Pour l'exécution de ce projet, il proposa au roi d'acheter (2) le vaste emplacement qu'occupoit l'hôtel

---

(1) Charles IX y logea en 1566 et en 1574.

(2) Cette acquisition fut faite par contrat du 4 juillet 1685, moyennant 660,000 liv., et adjugée par décret le 22 août 1687.

de Vendôme ; et comme le couvent des Capucines nuisoit à l'exécution de ce projet, on leur fit bâtir dans la rue Neuve des Petits-Champs l'église et le couvent qu'elles occupoient encore au commencement de la révolution. Elles y furent transférées en 1689, et l'on abattit les anciens bâtiments qu'elles avoient occupés.

Suivant le plan alors adopté pour cette place, elle devoit former un grand carré de soixante dix-huit toises de large sur quatre-vingt-six de long, et n'avoir que trois faces, l'entrée du côté de la rue Saint-Honoré restant ouverte dans toute sa largeur. Les bâtiments qui devoient l'environner étoient destinés à recevoir la bibliothèque du roi, les différentes académies, et à former les hôtels des monnoies et des ambassadeurs extraordinaires. La mort de Louvois suspendit l'exécution de ce grand projet, qui fut ensuite entièrement abandonné.

Quelques années après (le 7 avril 1699), le roi fit présent à la ville des emplacements acquis en 1685, et de tous les matériaux déjà rassemblés, avec la faculté de les vendre ; mais sous la condition qu'elle feroit construire au même endroit une nouvelle place d'après un autre plan, et en outre qu'elle se chargeroit de faire bâtir à ses frais, au faubourg Saint-Antoine, un hôtel pour la seconde compagnie des Mousquetaires. La ville accepta ce traité, et rétrocéda tous ses droits, le 10 mai suivant, au sieur *Masneuf*, moyennant la somme de 620,000 livres, à la charge par lui de faire démolir les constructions commencées, et d'exécuter pour l'érection de la place le nouveau plan adopté, lui fixant pour terme de cette opération le 1er du mois d'octobre 1701 ; ce qui fut exécuté.

Cette place, bâtie sur les dessins de *Jules-Hardouin Mansard*, a de diamètre soixante-quinze toises, sur soixante-dix. Sa coupe présente des pans dans les angles, et par conséquent huit façades. Un grand ordre corinthien élevé sur un soubassement qui a de hauteur les cinq huitièmes de l'ordre, forme la décoration de ces façades ; au-dessus de l'entablement corinthien sont des lucarnes en pierre de forme alternativement variée.

Les pans coupés des angles sont composés d'un avant-corps de trois arcades, et de deux arrières-corps qui en ont chacun une. Ces avant-corps ainsi que les pans, comparés avec le diamètre de la place, sont trop petits ; de telles lignes forment d'ailleurs un effet désagréable, et devroient toujours être exclues de l'architecture des grands édifices, dont une simplicité noble est le caractère essentiel.

Au milieu des grandes façades s'élèvent deux grands corps d'architecture symétrique. Ils présentent chacun cinq ouvertures, une de chaque côté en arrière-corps et trois en avant-corps, et sont couronnés de frontons, dont la grandeur est égale à celle des pans coupés. Ces deux constructions font un assez bel effet; cependant on y remarque des fautes impardonnables : par exemple, celle de les avoir ornées de colonnes *engagées*, tandis qu'il y avoit assez d'espace pour isoler ces colonnes, et que, dans le cas contraire, elles devoient être remplacées par des pilastres; une faute plus grande encore, est d'y avoir introduit des colonnes jumelles, qui, pénétrées mutuellement l'une par l'autre avec leurs chapiteaux, présentent un effet absurde et presque monstrueux que les bons architectes ont toujours évité. La hauteur de l'ordre comprend deux étages.

Enfin cette place étoit mal percée, et quoique vaste, et dans son ensemble d'une assez belle ordonnance, elle n'offroit encore, il y a quelques années, que deux issues, dont la disposition étoit même si mauvaise, qu'on ne pouvoit la découvrir que de côté, en passant dans la rue Saint-Honoré ou dans celle des Petits-Champs. Cependant personne n'ignore que le principal mérite d'une place publique est dans sa situation, et qu'elle doit être disposée de manière qu'on puisse l'apercevoir de très loin, et la traverser dans tous les sens (1).

Les hôtels qui l'environnent furent presque tous bâtis par des fermiers-généraux, et sous la conduite des meilleurs architectes (2). Cependant il restoit encore, en 1619, des places vides qui furent toutes achetées par *Law* avec les billets de banque qu'il avoit introduits.

Au milieu de cette enceinte, entièrement composée de somptueux édifices, étoit autrefois placée la statue équestre de Louis XIV. Cette statue, d'un très beau caractère, étoit de la main de *Girardon*, l'un des meilleurs sculpteurs du dix-septième siècle. Elle avoit vingt-un pieds de hauteur, et fut fondue d'un

---

(1) Deux rues qu'on a ouvertes, l'une sur le terrain des Capucines, l'autre sur celui des Feuillans, viennent de lui rendre ces points de perspective qui lui manquoient.

(2) Deux de ces hôtels, appartenant à deux traitants nommés Poisson de Bourvalais et Villemarec, furent saisis en 1717, et destinés à former le logement du chancelier de France.

Tome I.

seul jet (1), le 1er décembre 1692, par *Jean-Balthazar Keller*. Le 3 août 1699, ce monument colossal fut posé sur un piédestal de marbre blanc, de trente pieds de haut, sur vingt-quatre de long et treize de large, orné de cartels, de bas-reliefs et de trophées de bronze doré. Sur ses quatre faces étoient des inscriptions latines (2) relatives aux grandes actions du mo-

(1) Elle pesoit environ 60,000 livres, et pour la couler on fondit 83,753 livres de matière. Elle a été abattue, avec toutes les autres statues de nos rois, le 10 août 1792.

(2) Voici les plus remarquables de ces inscriptions :

Ludovico magno, decimo quarto, Francorum et Navarræ regi christianissimo, victori perpetuo, religionis vindici, justo, pio, felici, patri patriæ, erga urbem munificentissimo, quam arcubus, fontibus, plateis, ponte lapideo, vallo amplissimo arboribus consito decoravit, innumeris beneficiis cumulavit ; quo imperante securi vivimus, neminem timemus, statuam hanc equestrem quamdiu oblatam recusavit, et civium amori, omniumque votis indulgens, erigi tandem passus est, præfectus et ædiles, acclamante populo, posuére.

Jusqu'en 1730, le piédestal de cette statue équestre ne fut orné que des inscriptions données par l'académie des belles-lettres ; mais à cette époque on l'enrichit de cartels et de trophées de bronze doré, sculptés par *Coustou* le jeune, auxquels on ajouta les inscriptions suivantes :

Dans le cartel qui se trouvoit du côté de la chancellerie ;

Ludovicus XV, Franciæ et Navarræ rex optimus, magni pronepos, Europæ arbiter, suscepto è Mariâ Polonâ delphino, à prefecto et ædilibus, pro avo monumentum absolvi sivit, anno 1730.

Ce cartel étoit tenu par deux enfants, ayant pour symbole les attributs de Minerve, tels que le hibou, la branche d'olivier, le serpent, un livre, etc. Sous la corniche et sous cette inscription paroissoient des fragments de trophées convenables aux sciences et aux arts.

Sur le pilastre à droite de l'inscription étoit un trophée représentant l'Afrique, et sur le pilastre à gauche, un autre trophée représentoit l'Amérique.

A gauche de la statue, du côté opposé à la chancellerie, on avoit placé un autre cartel avec cette inscription :

Cippum cui equestris Ludovici Magni statua imposita est splendidis ordine uno late septum ædibus restitui, et ornari curárunt præfectus et ædiles, anno 1730.

Cette inscription, ainsi que la première, étoit portée par deux enfants ou génies, avec pilastres, trophées, etc.

Le piédestal, vis-à-vis le couvent des Feuillants offroit les armes de France, ornées de palmes et de lauriers ; de l'autre côté, et vis-à-vis l'église des Capucines, on voyoit les armes de la ville de Paris, dont le vaisseau étoit posé sur la tête d'un fleuve, accompagné de roseaux, d'armes, du livre, du caducée, de la bourse de Mercure, et couronné par le chapeau de ce dieu, attributs qui désignent le commerce.

Dans les pilastres qui étoient aux angles on avoit sculpté des agrafes soutenant des chutes de festons de chêne et de laurier qui tomboient le long de ces pilastres, comme symbole de la force et de la victoire.

Tout ce monument fut entouré d'une grille de fer dans la même année 1730. *

Jusqu'en 1775, la foire d'été, dite de *Saint-Ovide*, se tenoit sur la place Vendôme. Cette foire duroit un mois : on construisoit des boutiques sur la place, et les spectacles des boulevards étoient obligés de s'y établir.

* A la place qu'il occupoit on élève maintenant une colonne destinée à recevoir une statue.

narque, et exprimant particulièrement la reconnoissance de la ville de Paris pour les bienfaits dont il l'avoit comblée.

Statue équestre de Louis XIV.

LES FEUILLANS DE LA RUE SAINT-HONORÉ.

L E monastère des Feuillans étoit situé rue Saint-Honoré, vis-à-vis la place Vendôme. C'étoit une congrégation particulière de religieux réformés de l'ordre de Cîteaux, qui avoit pris son nom de l'abbaye de *Notre-Dame de Feuillans* dans le diocèse de Rieux, à quelques lieues de Toulouse. *Jean de La Barrière*, qui en étoit abbé commendataire en 1563, voulant consacrer le reste de ses jours à la pénitence, conçut le dessein d'y faire revivre dans toute sa rigueur l'ancienne observance de saint Benoît. En conséquence, il prit l'habit religieux, fit profession dans cet ordre le 12 mai 1573, et s'occupa dès ce moment à mettre à exécution le projet de réforme qu'il avoit médité. Malgré les austérités extraordinaires qu'il pratiquoit, il eut bientôt un nombre de disciples assez considérable pour pouvoir en former une communauté, dont il fut reconnu abbé régulier en 1577, et béni comme tel dans l'église de la Dorade, à Toulouse, le 14 septembre de la même année. Cet établissement fut définitivement constitué, et la nouvelle réforme adoptée, quoiqu'elle passât en plusieurs points la sévérité de la règle primitive de Cîteaux. Les religieux devoient partager tout leur temps entre l'oraison, la psalmodie et le travail des mains ; ils marchoient nu-pieds, la tête nue ; dormoient tout vêtus sur des planches, et leur nourriture n'étoit que du pain le plus grossier, quelques herbes cuites ou crues, et de l'eau pure. L'huile, le beurre, le poisson leur étoient interdits en tout temps, ainsi que la chair et le vin ; du reste ils gardoient une solitude exacte, et un silence perpétuel.

Les merveilles qu'on publioit par-tout de l'abbé de *Feuillans* et de sa nouvelle communauté excitèrent la curiosité de Henri III, naturellement porté à tout ce qui annonçoit un caractère de singularité. Ce prince, dont la dévotion et la conscience ont paru plus timides qu'éclairées, et qui croyoit pouvoir allier la pénitence et les plaisirs, voulut voir Jean de La Barrière, et lui écrivit lui-même le 20 mai 1583, pour lui ordonner

de se rendre à Paris. Le saint abbé obéit, et y arriva au mois d'août
suivant. Il prêcha devant le roi, et dans plusieurs églises, avec un succès
qui répondit à la haute estime que tout le monde avoit conçue de son
mérite. Henri III, charmé de son éloquence et touché de sa vie édifiante,
voulut le retenir auprès de sa personne, et ne lui permit de retourner à
Feuillans qu'à condition qu'il reviendroit dans la capitale, où il se pro-
posoit de lui faire bâtir un monastère. Toutefois les ordres donnés à cet
effet ne furent exécutés qu'en 1587. Alors Jean de La Barrière se mit
une seconde fois en chemin pour cette ville, accompagné de soixante-deux
religieux de sa réforme : ces pieux voyageurs partirent de Toulouse en procession, marchant deux à deux, la croix en tête, et pratiquant, pendant
vingt-cinq jours qu'ils mirent à faire cette longue route, tous les exercices
spirituels qu'ils étoient tenus de faire dans le cloître. Ils arrivèrent le 9
juillet de la même année.

Henri III, qui étoit alors à Vincennes avec toute sa cour, envoya
quelques seigneurs au-devant d'eux, jusqu'à Charenton, et sortit lui-même
de son château pour les recevoir; circonstances qui nous font connoître et
les mœurs du temps et le caractère particulier du monarque. Ces religieux
demeurèrent dans un prieuré de l'ordre de Grandmont, situé dans le bois
de Vincennes, jusqu'au 7 du mois de septembre suivant, qu'ils en sortirent pour prendre possession de l'église et du couvent que le roi leur
avoit fait bâtir au faubourg Saint-Honoré (1).

Cette nouvelle congrégation fut approuvée par le pape Sixte V, et érigée
en titre par sa bulle du 3 novembre 1587, sous le nom de *Congrégation
de Notre-Dame de Feuillans*. Elle fut distraite de la juridiction de
l'abbé de Cîteaux, par Clément VIII, le 4 septembre 1592. Peu de temps
après, ce souverain pontife jugea à propos de modérer la rigueur excessive et
presque incroyable de cette réforme par sa bulle du 8 novembre 1595,
et la rendit ainsi supportable en la rapprochant davantage de la règle de
saint Benoît (2).

______

(1) L'abbé Lebeuf ne s'est pas expliqué clairement, en disant, t. 1, page 124, que ces religieux
furent établis en 1577. Cette époque ne peut s'appliquer qu'à l'établissement de leur réforme, puisque
tous les actes attestent qu'ils ne vinrent à Paris qu'en 1587.

(2) Quatorze religieux avoient, dit-on, succombé, dans une semaine, sous la grande austérité de
cette règle.

Les monastères qui embrassèrent cette nouvelle institution s'étant considérablement multipliés, tant en Italie qu'en France, Urbain VIII, crut convenable, en 1630, de diviser les Français et les Italiens en deux congrégations différentes, gouvernées chacune par un général de leur nation. Celui de France étoit abbé né de *Notre-Dame de Feuillans*, et s'élisoit tous les trois ans dans le chapitre général, lequel pouvoit le continuer encore pendant trois autres années seulement. Ce général avoit le droit de visiter les maisons de son ordre, et d'y faire plus ou moins de séjour : mais, pendant les trois années de son généralat, il étoit obligé à dix-huit mois de résidence à *Feuillans*. Cet usage s'observoit très exactement.

Henri IV ne fut pas moins favorable à cette congrégation que l'avoit été son prédécesseur : non seulement il la confirma dans la propriété de tout ce qui lui avoit été donné par Henri III, mais encore il déclara qu'il vouloit partager avec ce prince le titre de son fondateur, et lui accorda tous les privilèges et prérogatives dont jouissoient les maisons de fondation royale.

La maison que Henri III avoit fait bâtir pour les Feuillans étoit petite et peu commode ; les libéralités de Henri IV et les dons que ces religieux obtinrent de la piété des fidèles (1) leur fournirent bientôt les moyens de faire construire un nouvel édifice plus spacieux et plus beau. Les bâtiments, auxquels le roi mit la première pierre en 1601, furent achevés en 1608, et le 5 août de la même année, l'église fut dédiée par le cardinal de Sourdis, sous l'invocation de saint Bernard.

Cependant le portail de ce dernier monument n'existoit point encore, et ce ne fut qu'en 1729, sous le règne de Louis XIII, qu'on pensa à l'exécuter. *François Mansard* en fut l'architecte ; et ce fut, dit-on, le coup d'essai de cet homme célèbre. Ce portail, qui a joui d'une grande réputation, mérite que nous en donnions une description un peu détaillée.

Il étoit composé de deux ordres de colonnes, l'un ionique, l'autre corinthien. Les colonnes de l'avant-corps étoient isolées, et celles des extrémités engagées. L'entablement de ces ordres retournoit sur chaque

______

(1) Ces dons leur furent faits à l'occasion d'un jubilé ; M. de Gondy, évêque de Paris, ayant indiqué, dans cette vue, une station dans leur église.

accouplement, et ces retours, faits pour donner à cette décoration un caractère de légèreté, produisoient une foule de petites parties qui nuisoient à l'effet général.

L'ordre ionique étoit d'une belle exécution, riche de détails parfaitement finis, mais qui par cela même sembloient trop recherchés, lorsqu'on les comparoit avec ceux de l'ordre supérieur. Celui-ci étoit d'une proportion relative beaucoup trop courte, ayant deux modules et un tiers de moins dans sa hauteur, ce qui lui donnoit une apparence chétive et contraire à la progression (1) que l'on doit observer entre les ordres élevés les uns sur les autres. Cet ordre supérieur étoit surmonté d'un fronton circulaire sur lequel étoient assises deux figures d'une proportion trop forte, ce qui ajoutoit encore au défaut d'harmonie qu'on remarquoit dans l'ensemble de cette décoration.

Deux pyramides s'élevoient de chaque côté de ce frontispice; et cet ornement bizarre, l'amortissement circulaire qu'on remarquoit au-dessus du fronton, les consoles renversées ou arcs-boutants, les cartels du dessus des portes, étoient encore des restes de la barbarie gothique. Les figures exécutées par un sculpteur nommé *Guillin* étoient de la plus grande médiocrité.

On estimoit davantage la porte d'entrée du monastère, laquelle étoit située en face de la place Vendôme. Elle avoit été construite par le même architecte, mais à une époque où son talent étoit mûri par l'étude et une longue pratique. Cette décoration, qui n'étoit composée que d'une porte carrée surmontée d'un fronton et accompagnée de quatre colonnes corinthiennes, offroit dans ses proportions la justesse et la noble simplicité qui fait le caractère de la bonne architecture. Au-dessus de cette porte à plate-bande on voyoit un bas-relief d'une assez belle exécution, renfermé dans une table carrée. Il représentoit Henri III recevant l'abbé *Jean de La Barrière* et ses compagnons (2). Cette porte ne fut construite qu'en 1676.

(1) On ne leur donne ordinairement qu'un module de moins hauteur.

(2) La vie de ce saint abbé avoit été peinte sur verre dans le cloître de ce monastère, en peinture dite d'*apprêt* *, par un peintre flamand nommé *Sempi*. On voit encore quelques uns de ces tableaux au Musée des Monuments français.

* La peinture d'*apprêt* diffère de l'ancienne peinture sur verre, en ce que par celle-ci on coloroit d'une teinte uniforme la substance entière du verre mis en fusion, tandis que dans le nouveau procédé la couleur est appliquée avec le pinceau, et fixée sur le verre au moyen d'un feu assez fort pour l'amollir, et non pour le liquéfier entièrement. Par cette manière d'opérer on se procure des teintes qui donnent du relief aux figures, mais aussi la couleur n'est pas, comme dans l'autre, inaltérable.

Dans l'intérieur de la cour, et en face du frontispice dont nous venons de parler, étoit une porte en voussure et ornée de refends d'un dessin assez élégant. L'intérieur de l'église n'avoit rien de remarquable.

Le passage qui communiquoit aux Tuileries avoit été ouvert pendant la minorité de Louis XV, pour donner au jeune roi la facilité de venir à l'office à ce couvent.

CURIOSITÉS DU MONASTÈRE DES FEUILLANS.

TABLEAUX.

Sur le maître-autel, une Assomption, par *Bunel*.

Dans le rond, deux Anges, par *La Fosse*.

Sur l'autel de la sixième chapelle à droite, une Visitation, par *Michel Corneille*.

Dans la sixième chapelle à gauche, plusieurs peintures de *Simon Vouet*, entre autres le plafond représentant un saint Michel, lequel passoit pour un des chefs-d'œuvre de ce peintre.

Dans le vestibule d'entrée, un seigneur descendant de cheval, et recevant l'habit de Feuillans, par *Loyr*.

Dans le réfectoire, quatre sujets tirés de l'histoire d'Esther, par *Restout* père.

Dans le chapitre, une Résurrection du Lazare, par *Vien*.

Dans la salle du roi, près l'église, les portraits des rois et reines de France depuis Henri III jusqu'à Louis XV inclusivement, ainsi que ceux des dauphins, fils et petits-fils de ce dernier roi.

Les chapelles, au nombre de quatorze, la nef et les diverses autres parties de l'église étoient décorées d'un grand nombre d'autres tableaux sans noms d'auteurs.

STATUES ET TOMBEAUX.

Dans la troisième chapelle du côté gauche,

Une statue de la Vierge en bois doré, par *Jacques Sarazin*.

Dans la deuxième chapelle à droite, sous la croisée, étoit le mausolée de Claude-Marie de l'Aubespine, épouse de Médéric Barbezières, seigneur de Chemerault, morte en 1613. Elle étoit représentée à genoux devant un prie-dieu.

La troisième chapelle, richement décorée, appartenoit à la famille de Rostaing, et étoit fermée d'une grille ; elle contenoit plusieu s tombeaux de ses membres les plus distingués. Sous la croisée étoient représentés à genoux Tristan de Rostaing, mort en 1591, et Charles de Rostaing, son fils, mort en 1660. Une urne portée sur une colonne de marbre reufermoit le cœur d'Anne Hurault, fille du chancelier Chiverni, et femme de Charles de Rostaing, dont nous venons de parler. On y voyoit aussi les bustes de quatre autres seigneurs de cette maison qui y avoient été inhumés.

La sixième chapelle appartenoit à la maison de Béringhen.

La septième servoit de sépulture à la famille de Rohan-Guémenée. En face de l'autel étoit un sarcophage de marbre blanc qui contenoit les cendres de Jeanne-Armande de Schomberg, femme de Charles de Rohan, second du nom, morte en 1706.

La première chapelle, à droite étoit celle des *Phelippeaux*. Sous la croisée une figure de marbre blanc, agenouillée devant un prie-dieu, représentoit Raymond de Phélippeaux, secrétaire d'état sous Louis XIII, mort en 1629 (1).

Dans la quatrième chapelle du même côté étoit le buste en marbre blanc et le tombeau de Guillaume de Montholon, conseiller d'état et ambassadeur en Suisse, mort en 1621.

Dans la cinquième, vis-à-vis l'autel, se voyoit le mausolée du maréchal de Marillac, condamné à mort et exécuté le 10 mai 1632, et de Catherine de Médicis, son épouse (2). Plusieurs autres personnes de la même famille y avoient été enterrées.

La bibliothèque de ce couvent pouvoit contenir environ 24,000 volumes.

---

(1) Ce monument, ceux des Rostaing et de Marie Barbezières sont déposés au Musée des monuments français. On y voit aussi celui du maréchal de Marillac.

(2) Elle étoit alliée à la famille des grands-ducs de ce nom. Elle mourut de douleur pendant qu'on instruisoit le procès de son mari.

Eglise et couvent des Feuillans.

LES CAPUCINS DE LA RUE SAINT-HONORÉ.

Au commencement du seizième siècle, plusieurs ordres religieux, institués dans les âges précédents, s'étoient plus ou moins écartés des règles prescrites par leurs saints fondateurs, et l'ordre de saint François n'avoit pas été exempt de ce relâchement. En 1525, *Mathieu de Baschi*, religieux de cette observance, fut le premier qui, non content de pratiquer sa règle dans toute son austérité, crut devoir entreprendre d'y ramener ses confrères par ses exhortations et ses exemples. Ses soins et son zèle ne furent pas sans succès, et il parvint bientôt à rassembler auprès de lui quelques imitateurs de sa pauvreté et de sa pénitence. Pour se distinguer de leurs anciens confrères, ces nouveaux religieux prirent un habit particulier (1) : c'étoit une longue robe de bure surmontée d'un capuce, ou capuchon pointu, qui fit donner le nom de *Capucins* à ceux qui embrassèrent cette nouvelle réforme. Ils portoient aussi une longue barbe, marchoient nu-pieds, et ne vivoient que d'aumônes. Cependant cet institut ne prit une forme régulière qu'en 1529, époque à laquelle le chapitre fut assemblé pour la première fois. On y fit des constitutions (2) qui furent approuvées, ainsi que l'ordre, par une bulle de Paul III, du 25 août 1536. Alors ces religieux furent adoptés et reconnus par l'église entière, sous le nom de *Frères mineurs Capucins*, et leur nombre s'accrut assez rapidement. Mais ils n'obtinrent point dans ces premiers temps la permission de s'étendre au-delà de l'Italie, et le cardinal Charles de Lorraine, qui avoit connu des Capucins au concile de Trente, et qui en avoit fait venir quatre qu'il logea dans son parc de Meudon, fut obligé de solliciter une bulle pour autoriser leur établissement en France. Tels furent, dans ce royaume, les foibles commencements de cet ordre fameux.

---

(1) Il leur fallut pour cela une permission du pape, qui leur fut accordée par une bulle du 13 juillet 1528.

(2) Par ces constitutions il leur fut accordé un vicaire-général ; mais en 1619 Paul V lui donna le titre de *général*, et le rendit indépendant de celui des frères mineurs.

Quelques historiens pensent qu'après la mort du cardinal, décédé le 26 décembre 1574, ces religieux s'en retournèrent en Italie. Quoi qu'il en soit, il paroît certain que les vues de ce prélat pour l'établissement des Capucins en France furent remplies avant sa mort ; car nous voyons que, dès 1572, le père Pierre Deschamps, Cordelier français, ayant embrassé cette réforme, le désir de mener une vie plus régulière, et peut-être aussi l'amour de la nouveauté, lui procurèrent bientôt quelques compagnons qui se logèrent avec lui à Picpus (1). Il eut alors recours au pape Grégoire XIII, qui, par sa bulle du 10 mai 1574, lui permit d'établir en France l'ordre des frères mineurs Capucins, permission qui déjà lui avoit été accordée par Charles IX (2).

Pour consolider cet établissement, le général de l'ordre envoya en France un commissaire-général, avec douze religieux. Catherine de Médicis se déclara sur-le-champ protectrice de cette nouvelle communauté, et lui fit obtenir un emplacement pour bâtir une église et un couvent, don qui fut confirmé par lettres-patentes du mois de juillet 1576, enregistrées le 6 septembre suivant. Ainsi les Capucins s'établirent cette année même au lieu qu'ils ont occupé jusqu'au moment de la révolution. Henri IV et ses successeurs, animés du même esprit, ne cessèrent point d'accorder une protection toute particulière à ces nouveaux enfants de saint François, qui, en 1789, comptoient en France plus de trois cents couvents de leur ordre.

Les bâtiments réguliers des Capucins de la rue Saint-Honoré étoient moins simples que ceux des autres couvents du même ordre (3), et d'ailleurs si vastes qu'ils pouvoient contenir une communauté de 150 religieux. On leur avoit accordé cette grande étendue de terrain, parceque, lors de leur établissement, il n'y avoit aucune raison de le ménager dans un lieu qui

---

(1) L'abbé Lebeuf recule l'établissement des Capucins jusqu'en 1515. Cette date manque d'exactitude sous tous les rapports, puisqu'ils ne furent établis en Italie qu'en 1525, et en France en 1574. — Sauval n'est pas plus exact lorsqu'il dit que leur première maison fut fondée et bâtie à Meudon en, 1585, par le cardinal de Lorraine (mort en 1574); que quelques uns furent installés en même temps à Picpus, ce qui arriva en 1572; enfin que Henri III leur fit bâtir, vers l'an 1603, leur couvent près les Tuileries, tandis que ce prince est mort à Saint-Cloud en 1589.

(2) Les registres du parlement, au 11 juillet 1574, nous apprennent que onze de ces religieux assistèrent au convoi de Charles IX, décédé le 30 mai précédent.

(3) Il faut toutefois en excepter le nouveau couvent de la Chaussée-d'Antin, dont nous ne tarderons pas à parler.

étoit encore peu habité et hors de la ville. Ces bâtiments furent renouvelés en 1722. En 1731 ces pères firent rebâtir le portail et le mur du cloître, qui suivoient l'alignement de la rue Saint-Honoré ; le chœur de leur église fut également reconstruit en 1735. C'est sur-tout dans ces dernières constructions, qu'ils se sont un peu écartés de la simplicité uniforme constamment adoptée dans tous les couvents de leur ordre.

Jaillot a trouvé dans un mémoire manuscrit, que cette église, qui, dans le principe, n'étoit qu'une simple chapelle, avoit été dédiée le 28 novembre 1575. Elle fut sans doute rebâtie peu de temps après, car on a un autre acte de dédicace, daté de 1583, lequel est, de même que le premier, sous le titre de l'*Assomption de la Vierge*. Ce bâtiment n'étant pas assez vaste, et l'ordre prenant de jour en jour plus de consistance, on jeta les fondements de l'église qui subsistoit encore de nos jours. Commencée en 1603, elle fut finie en 1610, et dédiée le 1er novembre de la même année ; l'architecture en étoit médiocre.

Cette maison, la plus considérable en France d'un ordre qu'un siècle absurde et frivole accabloit d'un injuste et sot mépris, a produit un grand nombre de sujets distingués par leur naissance ou par leurs talents (1), et dont les noms ont passé même avec gloire à la postérité. Mais ce qui rendoit ces religieux vraiment recommandables, c'étoit la régularité avec laquelle ils remplissoient tous les devoirs d'un état austère, leur zèle infatigable dans les fonctions les plus pénibles du saint ministère, sur-tout une charité qu'aucun obstacle, aucun danger ne pouvoient effrayer ni ralentir. Un temps viendra peut-être où l'on regrettera, où l'on sentira l'utilité de ces saintes réunions dont les membres, au milieu de la corruption des

---

(1) Nous citerons entre autres le P. *Ange de Joyeuse*, fameux par son inconstance, son courage et sa dévotion * ; le P. *Joseph Le Clerc*, autre Capucin célèbre, le confident et l'un des principaux agents du cardinal de Richelieu ; le P. *Athanase Molé*, frère du président *Mathieu Molé* ; le P. *J. B. Brulart*, frère du chancelier de ce nom ; le P. *Séraphin, de Paris*, l'un des prédicateurs ordinaires de Louis XIV, « orateur, dit La Bruyère, qui, avec un style nourri des saintes Écritures, expliquoit la parole « divine uniment et familièrement », ce qu'il n'osoit espérer de son siècle. Le P. *Michel Marillac*, fils du garde des sceaux, etc., etc. Les jeunes religieux de cette maison s'étoient appliqués, vers la fin du dernier siècle, à l'étude des langues savantes, et ils y avoient fait des progrès tels, qu'on pouvoit espérer beaucoup de leurs travaux et de leurs lumières, lorsque la révolution est venue tout détruire et tout disperser.

* C'est de lui que Voltaire a dit :
« Il prit, quitta, reprit la cuirasse et la haire. »

grandes villes, offroient des exemples frappants, ou, pour mieux dire, des leçons vivantes de toutes les vertus chrétiennes, les prêchoient publiquement dans les temples en même temps qu'ils les pratiquoient aux yeux de tous; et, s'ils ne parvenoient pas à détruire entièrement les mauvaises mœurs, contribuoient du moins à en arrêter le débordement qui bientôt ne trouvera plus de frein que dans la terreur des supplices.

CURIOSITÉS DE L'ÉGLISE DES CAPUCINS.

TABLEAUX.

Sur le maître autel, une Assomption, par *La Hyre*.

Dans le rond, un portement de croix, par le même.

Dans le haut de l'autel, vingt-quatre vieillards prosternés devant le trône de l'Agneau, par *Dumont*.

Derrière l'autel, du côté du cloître, un beau Christ mourant, par *Le Sueur*.

Dans la sacristie, Moïse serrant la manne dans l'arche, par *Collin de Vermont*.

Dans la dernière chapelle, près la porte, le martyre du P. Fidel, Capucin à la Chine, par *Robert*.

STATUES ET TOMBEAUX.

Dans un des corridors du rez-de-chaussée étoit une statue de saint Augustin.

Dans la nef étoient les tombeaux des *PP. Ange de Joyeuse* et *Joseph Le Clerc du Tremblay*, dont nous avons déjà parlé.

La bibliothèque de cette maison contenoit environ vingt-quatre mille volumes. On y voyoit un modèle (1) en nacre de perles de l'église du Saint-Sépulcre à Jérusalem, et deux beaux globes céleste et terrestre, faits par *Coronelly* en 1693 (2).

Près de la porte de ce monastère on construisit en 1718 une fontaine qui existe encore et dont l'architecture ne mérite aucune attention. On y lit cette inscription composée par Santeuil.

Tot loca sacra inter, pura est quœ labitur unda.
Hanc non impuro quisquis es ore bibas.

(1) Ce modèle leur avoit été donné par M. de Vergennes, ministre des affaires étrangères, qui l'avoit lui-même reçu des Turcs, chez qui il avoit été en ambassade.

(2) Tous les bâtimens des Capucins ainsi que ceux des Feuillans, qui étoient situés vis-à-vis, ont été démolis, et sur ces vastes emplacements ont été percées plusieurs rues nouvelles, dont il n'entre point dans notre plan de parler.

LES RELIGIEUSES DE L'ASSOMPTION.

DERRIÈRE les bâtiments des Capucins étoit le couvent de l'Assomption, dont il ne reste plus aujourd'hui que l'église. C'étoit la demeure d'une communauté de religieuses de l'ordre de saint Augustin, qui y avoient été établies en 1632 par le cardinal François de La Rochefoucauld. Ces religieuses, connues avant cette époque sous le nom d'*Haudriettes*, avoient alors leur maison à l'entrée de la rue de la Mortellerie, près la Grève. Nous parlerons en son lieu de l'origine de cette communauté ou hospice; il ne sera question ici que de l'évènement qui causa la translation de la plupart d'entre elles à la rue Saint-Honoré, translation qui excita dans le temps de vives réclamations, sur la justice desquelles les historiens sont partagés. L'exposition des faits, constatés par des actes et des titres authentiques, mettra le lecteur en état de fixer son opinion.

La maison, fondée par Etienne *Haudri*, pour y recevoir de pauvres filles ou veuves, n'étoit pas dans son origine regardée comme un couvent régulier; mais il paroît certain que dans la suite, les *bonnes femmes* de la chapelle des Haudriettes (c'est ainsi qu'elles sont qualifiées dans les actes du temps) formèrent une communauté régulière, assujettie, par le fait, aux lois et observances auxquelles étoient soumises les maisons religieuses. Cet état de choses duroit depuis plus de deux cents ans, lorsque les Haudriettes, considérant que leurs anciennes constitutions n'étoient point conformes à l'état religieux qu'elles avoient embrassé, sollicitèrent le cardinal de La Rochefoucauld d'y faire les changements que les circonstances exigeoient. Ce prélat qui, en qualité de grand-aumônier, avoit juridiction sur cet hospice, acquiesça à leur demande, et jugea convenable de leur faire embrasser la règle de saint Augustin. Les religieuses s'y soumirent avec joie, et s'y engagèrent par des vœux solennels, le 27 novembre 1620. Ces changements furent aussitôt autorisés par le roi Louis XIII, et ensuite confirmés par une bulle de Grégoire XV, du 5 décembre 1622.

Deux ans après cette réforme, c'est-à-dire le 20 juillet de cette même année, les Haudriettes présentèrent requête au cardinal, à l'effet d'être transférées dans une autre maison, se plaignant que celle qu'elles occupoient étoit située dans un endroit malsain, trop voisin de la rivière, exposé souvent aux inondations, et par cela même peu propre aux exercices paisibles de la vie religieuse. Le réformateur ayant visité en personne l'ancien couvent, et vérifié la justice de ces plaintes, autorisa la translation dans un lieu plus salubre. On n'en trouva point qui fût plus commode à l'exécution de ce dessein que la maison même que ce cardinal occupoit au faubourg Saint-Honoré. *Six religieuses, qui seules*, selon Jaillot, *composoient* alors toute la communauté des Haudriettes furent, d'après leurs propres demandes, transférées dans l'hôtel du cardinal, où elles firent aussitôt construire et distribuer les logements d'une manière convenable à une communauté. Cette demeure nouvelle prit alors le nom de couvent de l'Assomption. Le titre de l'hôpital d'Etienne Haudri fut éteint et supprimé; on en réunit les revenus au nouveau monastère du faubourg Saint-Honoré, et l'emplacement qu'il occupoit fut destiné à des usages profanes, à l'exception de la chapelle.

Telle est l'exposition des faits sur lesquels les historiens sont à peu près d'accord ; mais ils sont loin de l'être sur les motifs et l'utilité du changement des Haudriettes en religieuses de l'Assomption.

D'abord Sauval, et ceux qui l'ont aveuglément copié, ont hasardé, sans le moindre examen, une opinion injurieuse à la mémoire du cardinal de La Rochefoucauld, en lui supposant, dans cette réforme, des vues d'intérêt personnel pour la vente de son hôtel. Jaillot repousse avec chaleur un soupçon aussi avilissant, et justifie ce prélat par un fait matériel qui tranche toute discussion. C'est que, dès le 16 août 1605, il avoit vendu son hôtel aux Jésuites, et que ce fut d'eux que les religieuses de l'Assomption l'achetèrent par contrat du 16 février 1623.

Sauval, qui montre contre le cardinal de La Rochefoucauld et les religieuses de l'Assomption une animosité qui fait suspecter sa bonne foi, prétend que « de quarante religieuses formant la communauté des Haudriettes, six « seulement consentirent à être transférées au faubourg Saint-Honoré, et « que les religieuses restées à la maison de la rue de la Mortellerie for- « mèrent des oppositions tant à la bulle qu'aux lettres-patentes du roi;

« qu'elles obtinrent même, au grand conseil, un arrêt du 13 décembre
« 1624, qui ordonna qu'elles seroient rétablies dans leur hôpital, et
« qu'elles rentreroient en possession de tous leurs biens et revenus. » Nous
avons vu que Jaillot avance que les six religieuses transférées formoient
alors toute la communauté; il répond à l'objection de l'arrêt du 13 décembre 1624, « que ce furent quelques pauvres filles, lesquelles cachoient
« dans le faubourg Saint-Marcel leur misère et leur paresse, qui, sous
« le nom d'Haudriettes, se pourvurent au grand conseil, et obtinrent
« l'arrêt en question. »

Comme ni l'un ni l'autre historien n'appuie son assertion d'aucune
autorité, il nous semble qu'on approcheroit beaucoup de la vérité en
disant que la translation et la réforme ne se firent pas d'un consentement
unanime, et qu'un petit nombre de religieuses, auxquelles se joignirent
peut-être quelques filles ou veuves qui recevoient des secours dans cet
hôpital, obtinrent l'arrêt dont il est parlé. Quoi qu'il en soit, cet arrêt
fut cassé par celui du conseil d'état, du 19 du même mois de décembre.

Ces contradictions ne furent pas les seules que les religieuses de l'Assomption eurent à éprouver dans leur nouvel établissement. Les héritiers de Jean
Haudri les attaquèrent par les voies juridiques, comme ayant détourné les
biens de la fondation du véritable objet auquel ils avoient été destinés par le
fondateur. Les administrateurs des hôpitaux revéndiquèrent aussi, de
leur côté, les revenus de l'ancienne maison des Haudriettes, comme faisant
partie du bien des pauvres. Nonobstant toutes ces réclamations et oppositions, le conseil d'état persista dans ses arrêts précédemment rendus,
confirma les changements faits par le cardinal de La Rochefoucauld, et
ordonna l'enregistrement, au grand conseil, de la bulle, des lettres-patentes
et des statuts faits pour la réforme des Haudriettes.

Jusqu'en 1670, les religieuses de l'Assomption n'eurent dans leur maison
qu'une très petite chapelle. Leur communauté étant devenue plus nombreuse, elles firent bâtir l'église et le dôme qui existent aujourd'hui, sur
les dessins d'*Errard*, peintre du roi et premier directeur de l'académie
de France à Rome. Les travaux, commencés en 1670, furent achevés six
ans après, et le 14 août 1676, l'église fut bénite par M. Poncet, archevêque
de Bourges.

Ce monument a la forme d'une tour élevée, surmontée d'une calotte sphérique de soixante-deux pieds de diamètre. Elle est ornée de caissons et de peintures à fresque, par Charles de La Fosse, représentant l'Assomption de la Vierge.

« On peut justement reprocher à ce petit édifice, dit M. Legrand, d'être beaucoup trop élevé pour son diamètre, ce qui donne à son intérieur l'apparence d'un puits profond plutôt que la grace d'une coupole bien proportionnée. Cette élévation intérieure qui sans doute n'eût pas été trop forte si la coupole eût été soutenue sur des arcades et pendentifs au milieu d'une nef, d'un chœur et des bras d'une croix grecque ou latine, devient excessive lorsqu'elle se trouve bornée de toutes parts par un mur circulaire; et le spectateur, ne pouvant avoir une reculée suffisante, ne parvient à considérer la voûte qu'avec une très grande gêne. Cette tour, qui monte également de fond par dehors, sans presque aucun empatement, n'a point d'effet pyramidal ni l'élégance qu'elle eût acquise par des retraites bien ménagées. »

« Le seul portail, placé dans la cour de ce monastère et décoré de colonnes corinthiennes couronnées d'un fronton, dans une forme approchant de celle du portique du Panthéon, est assez agréable, considéré à part; mais il est beaucoup trop petit pour l'ensemble général, et se trouve écrasé par le dôme (1) ».

CURIOSITÉS DE L'ÉGLISE DE L'ASSOMPTION.

TABLEAUX.

Sur le maître-autel, une Nativité, par *Houasse.*
Vis-à-vis la porte d'entrée, un Christ, par *Noël Coypel.*
Au-dessus de la porte, la Conception de la Vierge, par *Antoine Coypel.*
Dans une des chapelles derrière le chœur, un saint Pierre délivré de prison, par *La Fosse.*

Entre les vitraux qui éclairent le dôme ,

La Présentation de la Vierge au temple, par *Bon Boulogne.*

(1) Il est question, dit-on, d'un plan de restauration pour cet édifice, dans lequel on ajoute aux constructions déjà existantes une nef spacieuse en forme de basilique, et le dôme, qui maintenant compose seul toute l'église, est réservé uniquement pour le chœur. Si ce plan étoit exécuté, le nom de l'habile architecte qui l'a conçu (M. Molinos) nous donne l'assurance qu'alors l'église de l'Assomption deviendroit un monument digne d'être remarqué.

Le Mariage de la Vierge, par le même.

L'Annonciation, par *Stella*.

La Visitation et la Purification, par *Antoine Coypel*.

Une fuite en Égypte, par *François Lemoyne*.

Sur le plafond du chœur des religieuses, la Trinité, par *La Fosse*.

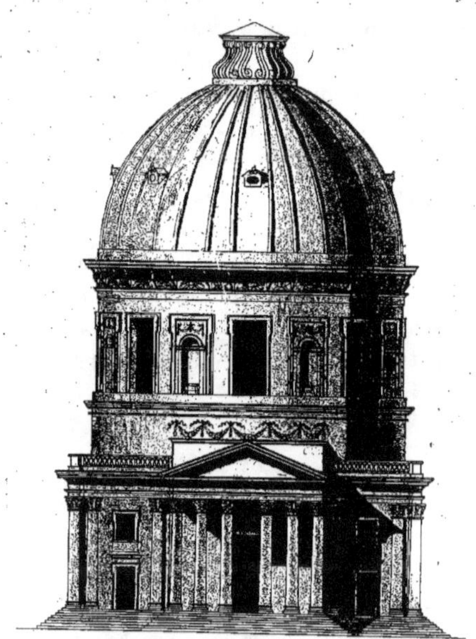

Église de l'Assomption.

BIBLIOTHÈQUE NATIONALE

LES FILLES DE LA CONCEPTION.

Les filles de la Conception étoient des religieuses qui suivoient la règle du tiers-ordre de Saint-François, et occupoient un couvent situé dans la rue Saint-Honoré, vis-à-vis de celui de l'Assomption. Les historiens de Paris né nous apprennent presque rien touchant ce monastère, qui fut fondé, en 1635, par les soins de madame Anne Petau, veuve de Réné Regnault de Traversé, conseiller au parlement de Paris. Cette dame, ayant conçu le pieux dessein de procurer à la capitale une communauté de l'observance du tiers-ordre de Saint-François, parvint à engager treize religieuses d'un couvent de Toulouse à se rendre à Paris dans une maison qu'elle leur avoit destinée. Elles y arrivèrent au mois de septembre 1635, et leur fondatrice pourvut à leurs besoins essentiels en donnant, à cet effet, une somme de 45,000 livres, devant produire 3,000 livres de rente. Ces actes n'avoient été faits que d'après le consentement et l'autorisation de l'archevêque de Paris ; et, dès le mois de février de cette même année, ces religieuses avoient obtenu, avec les lettres patentes qui permettoient leur établissement, une bulle d'Urbain VIII qui le confirmoit. Elles éprouvèrent cependant quelques obstacles de la part des religieuses de Sainte-Elisabeth, qui étoient du même ordre, quoique quelques uns de leurs statuts fussent différents (1). Mais les difficultés furent presque aussitôt terminées, au moyen d'une transaction consentie, le 25 juillet, par les supérieures des deux communautés ; en conséquence, les lettres patentes portant l'établissement à Paris des filles de la Conception furent enregistrées au parlement le 4 août de la même année 1635.

Il paroit qu'à cette époque les couvents et autres établissements religieux étoient dans une certaine dépendance de la paroisse sur laquelle ils

___

(1) Histoire de Paris de dom Félibien, t. 2, p. 1254.

(2) Les religieuses de Sainte-Élisabeth étoient dirigées par des religieux de leur congrégation, et celles de la Conception faisoient profession d'être soumises aux supérieurs ecclésiastiques ordinaires.

étoient établis; car on lit dans Sauval qu'en 1635 il fut fait une convention entre les religieuses de la Conception et le curé de Saint-Roch, portant qu'elles célèbreront les fêtes de la paroisse, et présenteront à l'offrande, le jour de la fête des Cinq Plaies, un cierge d'une livre et un écu d'or.

Ce couvent ne fut jamais dans un état bien florissant, les dépenses que ces religieuses avoient été obligées de faire successivement étant beaucoup trop fortes pour leur modique revenu, que diminuoit encore l'augmentation progressive des choses nécessaires à la vie. Toutefois elles se soutinrent pendant près d'un siècle, par une économie sévère et les libéralités de quelques personnes charitables. Mais, en 1713, leur pauvreté étoit telle, qu'elles eussent été forcées d'abandonner leur couvent, si M. d'Argenson, touché de la triste situation de ces saintes filles, n'en eût fait à Louis XIV un tableau dont ce prince fut touché. Par un arrêt du 29 mars 1713, il leur fut accordé une loterie d'un million quatre-vingt mille livres de capital, dont le bénéfice calculé à 15 pour 100 produisit une somme suffisante pour rétablir les affaires de cette communauté.

Ce couvent n'avoit rien dans ses bâtiments qui fût digne d'être remarqué. Son église, médiocrement décorée, ne possédoit que deux tableaux, par *Boulogne l'aîné* et *Louis Boulogne*. L'un représentoit la Conception de la Vierge, l'autre sainte Geneviève recevant la médaille des mains de saint Germain (1).

LA PLACE LOUIS XV

ET LE GARDE-MEUBLE.

A peu de distance du couvent des filles de la Conception se termine la rue Saint-Honoré et commence celle du faubourg du même nom. Ces deux rues sont séparées l'une de l'autre, à droite par l'ancien boulevard qui

---

(1) Ce couvent a été entièrement détruit, et sur son emplacement on a ouvert une rue nouvelle qui communique avec le boulevard.

commence à cet endroit, à gauche par la rue Royale, laquelle sert d'entrée
à la place Louis XV: En arrivant sur cette place, on se retrouve vis-à-vis
du jardin des Tuileries, du côté du Pont-Tournant. Ce jardin est alors
situé à l'orient du spectateur; il a devant lui le beau pont Louis XVI; à l'occident, son œil se repose sur les masses imposantes de verdure que forment
le Cours-la-Reine et les Champs-Élysées, d'où ses regards peuvent s'étendre
par la grande allée jusqu'à la barrière de l'Etoile; enfin, s'il se retourne
au nord, cette partie lui offre la décoration imposante des deux colonnades
du Garde-Meuble et de l'édifice correspondant; et dans le fond du tableau,
par-delà la rue Royale, la nouvelle église de la Magdelaine, non encore
achevée.

La place dont nous parlons étoit, dans l'origine, une esplanade entourée
d'un fossé, laquelle séparoit le jardin des Tuileries du Cours-la-Reine, et
dont une partie servoit de magasin aux marbres du roi. La vaste étendue
de ce terrain le fit juger propre à recevoir la statue équestre que, dès
l'an 1748, la ville avoit décidé de faire élever à Louis XV. Le roi en ayant
agréé le projet, des lettres patentes furent expédiées à ce sujet le 21 juin
1757. Cependant dès le 22 avril 1754 la première pierre en avoit été
posée avec une grande solennité.

Cette place, qui a cent vingt-cinq toises de long sur quatre-vingt-sept de
large entre les constructions intérieures, forme une enceinte octogone,
entourée de fossés de onze à douze toises de largeur sur quatorze pieds de
profondeur. Ces fossés communiquent entre eux par des ponts de pierre avec
archivoltes, et sont bordés par des balustrades, le long desquelles règne un
trottoir élevé de quelques degrés au-dessus du sol, et qui se prolonge dans
tout le contour de la place.

Composée d'abord de quatre grandes pièces de gazon maintenant en
friche, la place Louis XV est divisée en quatre parties par le chemin qui
conduit du boulevard au pont Louis XVI, et des Tuileries aux Champs-
Élysées. Les quatre trottoirs qui remplissent l'espace intermédiaire sont
terminés par de petits pavillons qui ont pour amortissement des socles
décorés de guirlandes, et destinés à porter des figures qui n'ont point été
exécutées.

Telle est cette place, qui, découverte entièrement de trois côtés,
présente dans la seule partie du nord une ligne de bâtiments qui la

termine. Ce caractère, si différent de celui de toutes les autres places de Paris, ne lui a point été donné sans raison : ceux qui en conçurent le plan voulurent que, dans la position unique où elle est située, la place Louis XV, environnée, dans tous ses aspects, d'objets ou imposants ou agréables, de monuments existants ou projetés, fût plutôt un centre de tous ces points de vue si variés qu'un ensemble de constructions conçues sur un plan symétrique. Les divers travaux qui, depuis son origine, ont été exécutés dans les espaces environnants, ceux qui se préparent ou s'exécutent encore aujourd'hui, ont justifié et justifient de plus en plus cette conception nouvelle, qui fut extrêmement critiquée dans le principe, et que critiquent encore tous ceux qui veulent que les règles l'emportent toujours sur les convenances, principe dont l'extrême rigueur peut avoir de grands inconvénients et jeter même dans les fautes les plus graves.

La statue en bronze de Louis XV étoit placée au milieu de l'intersection des quatre chemins qui traversent cette place, en face de la grande allée des Tuileries et de la grande route de Neuilly. Le monarque y étoit représenté à cheval, en costume romain, et couronné de lauriers. Cette figure, qui n'étoit pas sans élégance, mais qui manquoit de style, et sur-tout de ce caractère héroïque qu'on exige dans les monuments de ce genre, avoit été modelée par *Edme Bouchardon,* sculpteur du roi, et fondue d'un seul jet, en 1760. Cet artiste, étant mort deux ans après, n'eut pas la satisfaction de voir à sa place un ouvrage qu'il regardoit comme son chef-d'œuvre (1) et comme le gage de son immortalité. La statue ne fut élevée qu'en 1763. Aux quatre angles du piédestal étoient placées quatre figures colossales exécutées par *Pigalle* (2), et représentant des vertus caractérisées par leurs attributs : des guirlandes de laurier, des cornes d'abondance, etc., ornoient la corniche du piédestal dont la hauteur étoit de vingt-deux pieds. Des tables de marbre chargées d'inscriptions (3), des bas-reliefs en

---

(1) Il y avoit travaillé pendant douze années consécutives.

(2) C'étoit *Bouchardon* lui-même qui l'avoit demandé pour son successeur. Ces quatre figures, d'un style maniéré et mesquin, représentoient *la Force, la Paix, la Prudence* et *la Justice.*

(3) Les inscriptions étoient placées sur les deux faces qui regardoient les Tuileries et les Champs-Élysées. La première étoit ainsi conçue :

Ludovico XV. Optimo principi, quod ad Scaldim, Mosam; Rhenum victor, pacem armis, pace, et suorum et Europæ, felicitatem quæsivit.

bronze (1) en couvroient les quatre surfaces, et sur le socle étoient posés deux grands trophées, offrant un mélange de boucliers, de casques, d'épées et de piques antiques, également jetés en bronze.

Une magnifique balustrade de marbre blanc entouroit ce monument (2).

Les deux batiments qui terminent cette place du côté du boulevard présentent deux façades de quarante-huit toises de longueur chacune, sur soixante-quinze pieds de hauteur, placées à seize toises de distance de la balustrade des fossés et séparées l'une de l'autre par la rue *Royale* dont nous venons de parler. Des avant-corps couronnés de frontons en forment les extrémités, et, dans l'espace qui sépare ces constructions, une suite d'arcades décorées de bossages et formant galeries, sert de soubassement à un péristyle de colonnes isolées d'ordre corinthien ; au-dessus règne une balustrade dans toute la longueur de chaque édifice.

Ces deux monuments ont été exécutés sur les dessins de M. Gabriel ; et, comme nous l'avons dit, leur objet principal fut de terminer de ce côté la place par une architecture pittoresque et somptueuse ; on voit évidemment, dans la disposition des colonnades qui en occupent la partie supérieur, que l'architecte a eu l'intention de rivaliser avec celles que Perrault a élevées sur la façade du Louvre ; mais, de l'aveu de tous les connoisseurs, la palme est encore restée au dernier. En voulant éviter ce qu'on a quelquefois appelé un défaut dans l'ouvrage de Perrault, c'est-à-dire l'accouplement des colonnes, l'artiste moderne, par l'infériorité de son travail, a donné une preuve nouvelle qu'il existe dans l'architecture un beau relatif indépendant de tous les principes , d'où il peut résulter des effets supérieurs à la marche régulière qu'ils ont consacrée, et dont la régularité n'est quelquefois que l'absence des défauts. M. Gabriel auroit peut-être réussi à faire condamner Perrault s'il eût donné à ses ordonnances plus

---

On lisoit sur la seconde :

Hoc pietatis publicæ monumentum, *Præfectus et œdiles decreverunt, anno M. DCC. XLVIII, posuerunt anno M. DCC. LXIII.*

(1) Ces bas-reliefs, de sept pieds et demi de long sur cinq de haut, offroient, du côté de la rivière, le roi dans un quadrige, couronné par la Victoire et conduit par la Renommée ; de l'autre, le même prince assis sur un trophée, et donnant la paix à ses peuples.

(2) Il a été renversé le 10 août 1792. C'est devant le piédestal mutilé de cette statue que fut consommé l'assassinat juridique de Louis XVI le 21 janvier 1793, et que coula, sur un échafaud permanent, le sang le plus pur de la France.

de gravité, moins de maigreur aux colonnes, moins de largeur aux entre-
colonnements, plus de caractère aux profils et aux objets de décoration, et
s'il eût fait choix d'un plus heureux soubassement. Du reste cette architecture
a de l'éclat, de la magnificence et présente un riche point de vue (1).

(1) Le bâtiment de la gauche étoit et est encore occupé par des particuliers ; célui de la droite servoit
de garde-meuble de la couronne. On y voyoit les grands meubles, comme lits, dais, etc., servant au
sacre de nos rois ; les bijoux de la couronne, la chapelle d'or du cardinal de Richelieu, la nef d'or qui
servoit dans les grandes cérémonies, des tapisseries magnifiques des Gobelins et de la Savonnerie ; une
quantité innombrable de vases de jaspe, agate, cristal de roche, etc. ; des armures anciennes et
étrangères, etc., etc.

Statue équestre de Louis XV.

VUE des CHAMPS-ELYSÉES en 1789.

COURS-LA-REINE ET CHAMPS-ÉLYSÉES.

Nous allons achever de décrire successivement les différents aspects ou monuments que l'œil embrasse du milieu de la place immense qu'ils environnent ; et, pour suivre une sorte d'ordre qui nous ramène dans l'itinéraire du quartier, nous parlerons d'abord des *Champs-Élisées* et du *Cours-la-Reine*, qui se présentent en face du jardin des Tuileries.

Le vaste emplacement où se trouvent aujourd'hui ces belles promenades étoit anciennement couvert de petites maisons irrégulières et isolées, accompagnées de jardins, de prés et de terres labourables. Dans l'année 1616, la reine mère, Marie de Médicis, ayant acheté une partie de ce terrain, y fit planter trois allées formées par quatre rangs d'arbres, et fermées aux deux extrémités par des grilles de fer. Cette promenade étoit réservée uniquement pour cette princesse et pour sa cour, lorsqu'elle vouloit prendre l'air en carrosse ; et ce fut cette destination particulière qui lui fit donner le nom de *Cours-la-Reine*. Ce cours régnoit comme aujourd'hui le long de la rivière, dont il étoit séparé par la chaussée de la grande route de Versailles. De l'autre côté, des fossés le séparoient d'une plaine dans laquelle on passoit sur un petit pont de pierre. En 1670, cette plaine, qui s'étendoit jusqu'au Roule, fut plantée d'arbres formant plusieurs allées, au milieu desquelles on ménagea des tapis de gazon, et cette nouvelle promenade prit dès-lors le nom de *Champs-Élysées*. L'allée du milieu, plus spacieuse que les autres, aboutissoit, dès ce temps-là, d'un côté à l'esplanade où est actuellement la place Louis XV, et de l'autre à l'endroit qu'on appelle aujourd'hui l'*Étoile*, par-delà la barrière. Les arbres du Cours-la-Reine qui avoient été plantés en 1616 furent arrachés en 1723, par l'ordre du duc d'Antin, alors surintendant général des bâtiments, qui en fit replanter d'autres dans l'arrangement où ils sont encore aujourd'hui. En 1764, M. de Marigny, autre surintendant des bâtiments, fit aussi replanter les Champs-Élisées. Les allées, tracées et distribuées alors suivant un nouveau plan et dans une nouvelle symétrie, en ont fait une des promenades les plus agréables de Paris, et l'entrée la plus magnifique de cette belle capitale (1).

PONT-LOUIS XVI.

Dès 1722, la ville de Paris avoit été autorisée par lettres patentes à faire un emprunt pour l'établissement d'un pont vis-à-vis la place Louis XV. La grande quantité d'hôtels et de maisons qui s'élevoient de tous côtés dans le faubourg Saint-Germain faisoit sentir davantage de jour en jour la nécessité de cette communication nouvelle entre les deux rives, qu'il n'étoit alors possible de traverser qu'en allant chercher le Pont-Royal, ou en se servant du moyen lent et incommode d'un bac établi vis-à-vis les Invalides. Ce ne fut cependant qu'en 1786 que, par un édit du roi qui permit un emprunt de trente millions destinés aux embellissements de Paris, il fut affecté 1,200,000 livres pour les frais des premières constructions de ce monument : commencé en 1787, il ne fut fini qu'en 1790.

Ce pont, le plus estimé de tous ceux qui ornent Paris, est composé de cinq arches qui diminuent graduellement de largeur. L'arche du milieu a quatre-vingt seize pieds d'ouverture ; les deux qui lui sont collatérales, quatre-vingt sept pieds, et celles qui touchent les culées soixante-dix-huit. Ces arches offrent dans leur courbure surbaissée une portion de cercle dont le centre seroit fort au-dessous du niveau de l'eau, de manière que la ligne totale du pont ne s'écarte de la ligne droite que par une courbe presque insensible et de la plus grande élégance.

L'architecte de ce beau monument, M. Perronnet, en imaginant cette

---

(1) A l'entrée de la grande allée des Champs-Élysées, on a placé deux beaux grouppes en marbre qui se voyoient autrefois dans le parc du château de Marly. Ces grouppes, exécutés par *Coustou* jeune, représentent deux chevaux fougueux retenus par deux hommes nuds.

forme hardie, fit une innovation heureuse, et exécuta ce qui jusqú'alors avoit semblé impraticable. Des arcs ainsi surbaissés ne sembloient pas devoir offrir une résistance suffisante, et eussent été effectivement trop foibles, si l'habile ingénieur n'eût trouvé la solution du problème dans la force prodigieuse qu'il donna aux culées, laquelle est incomparablement plus grande que celle qu'on juge nécessaire aux culées des ponts en plein cintre. Il avoit déjà fait l'expérience de cette belle et audacieuse construction dans le magnifique pont de Neuilly (1).

Les piles, qui s'élèvent en ligne droite, n'ont que neuf pieds d'épaisseur, et présentent à l'avant-bec et à l'arrière-bec des colonnes engagées qui soutiennent une corniche de cinq pieds et demi de hauteur. Les parapets, formés en balustrades, ajoutent encore à la grace et à la richesse de ce monument.

---

(1) Ce pont, commencé en 1768, fut achevé en 1772. Il est composé de cinq arches également en voûtes surbaissées, de 120 pieds d'ouverture et de 30 pieds de hauteur sous la clef; il a environ 750 pieds de long. La largeur des piles est de 13 pieds.

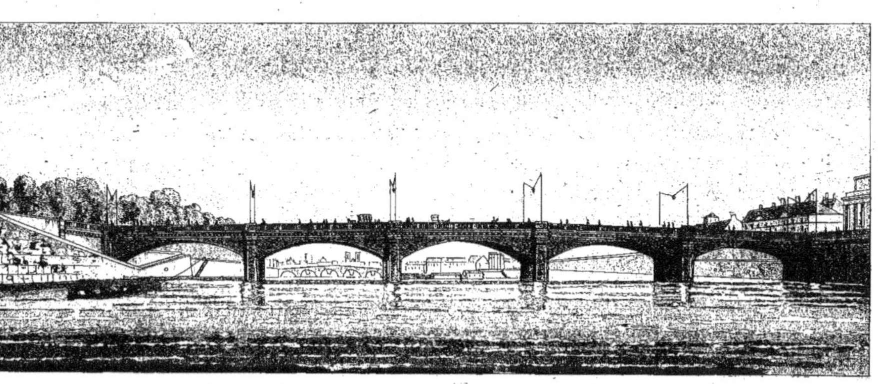

Pont Louis XVI.

L'ÉGLISE DE LA MAGDELEINE.

Il faut revenir maintenant à cette église paroissiale, dont le nouveau bâtiment forme le dernier point de perspective de la place Louis XV.

Elle étoit primitivement, comme plusieurs autres, un démembrement de la paroisse de Saint-Germain-l'Auxerrois, laquelle comprenoit alors dans sa circonscription tout le territoire situé depuis le chemin de Saint-Denis, hors de la ville, jusqu'aux environs du bourg de Saint-Cloud. La plupart des historiens de Paris, sur la foi du commissaire Delamare, qu'ils ont successivement copié, ont avancé que l'église de la Magdeleine, devenue paroisse en 1639, n'étoit avant cette époque qu'une chapelle fondée par Charles VIII en 1487 ; mais l'abbé Lebeuf démontre, par des titres authentiques, que l'origine de cette église est d'une antiquité beaucoup plus reculée ; et Jaillot, qui a vérifié et développé les preuves sur lesquelles ce savant appuie son opinion, nous semble avoir éclairci cette question avec toute l'exactitude et la sagacité qui le caractérisent.—
« On sera convaincu, dit-il, par plusieurs raisons, qu'il existoit une église à la Ville-l'Évêque bien antérieurement à l'année 1487. 1° Si l'on fait attention que de temps immémorial la Ville-l'Évêque étoit un bourg, que les évêques de Paris y avoient un *séjour* ou maison de plaisance, des granges, un port, des dîmes, etc., on ne peut guère douter qu'il n'y eût une *église* ou chapelle pour le secours des habitants, quoique leur nombre ne fût pas considérable ; 2° la nouvelle clôture de la ville sous Philippe Auguste mettoit dans la nécessité d'avoir une paroisse dans le faubourg ; 3° ces conjectures dégénèrent en preuves à la vue des titres, qui font mention d'un prêtre ou curé de la Ville-l'Évêque. Indépendamment du *Pouillé* (1) du treizième siècle et des suivants, et d'un titre de 1238, dans lequel est nommé le prêtre de *Villa-Episcopi*, on trouve que le mercredi, avant la Pen-

---

(1) On appelle ainsi le catalogue, registre ou inventaire de tous les bénéfices d'un diocèse.

tecôte 1284, le chapitre de Saint-Germain avoit nommé *Étienne de Saint-Germain* vicaire perpétuel de l'église de la Ville-l'Évêque : on peut y ajouter la table des cures du diocèse, dans laquelle celle de la Ville-l'Évêque est indiquée ; et le contrat du 13 mai 1386, par lequel M. Le Coq, avocat général, donne à cette église 30 livres, à la charge par le curé de célébrer tous les jeudis une messe du Saint-Sacrement ; enfin une sentence de l'official de Paris, du 16 mars 1407, en faveur du chapitre de Saint-Germain, dans laquelle est énoncé son droit, comme curé primitif, sur les églises de Sainte-Opportune, de Saint-Honoré et de la *Ville-l'Évêque*, dont il jouit de temps immémorial, *a tali et tanto tempore cujus initii hominum memoria non existit.* »

Il y a lieu de croire, d'après cela, que la chapelle bâtie par les ordres de Charles VIII en remplaça une autre qui existoit auparavant. Ce prince y ayant établi en même temps la confrérie de Sainte-Marie-Magdeleine (1), l'église aura été, par cette raison, dédiée sous l'invocation de cette sainte ; et il ne faut point chercher d'autre origine à ce nom. L'église de la Ville-l'Évêque ne fut effectivement érigée en paroisse avec un curé titulaire qu'en 1639. Le chapitre de Saint-Germain voulut d'abord y mettre opposition et faire valoir ses droits (2) sur cette cure ; mais il paroît que ses prétentions furent aussitôt rejetées, et c'est à tort que l'abbé Lebeuf prétend que les chanoines y ont eu juridiction jusqu'à leur réunion au chapitre de la cathédrale.

Quelques années après que la chapelle de la Magdeleine eut été érigée en paroisse, elle se trouva trop petite pour le nombre toujours croissant de ses paroissiens. On songea donc à bâtir une église plus spacieuse, et la première pierre en fut posée, le 8 juillet 1659, par Anne-Marie-Louise d'Orléans, connue sous le nom de Mademoiselle. Ce fut cette nouvelle église qui reçut publiquement le nom de Sainte-Magdeleine ; car, dans tous les actes antérieurs à cette époque, on ne la trouve désignée que sous le nom d'église de la Ville-l'Évêque.

---

(1) La confrérie de Sainte-Marie-Magdeleine fut établie le 20 novembre 1491. Le roi Charles VIII s'en déclara le fondateur, et s'y fit recevoir, ainsi que la reine son épouse.

(2) Les chanoines prétendoient, pour maintenir ce droit de curé primitif, avoir celui de venir officier à l'église de la Ville-l'Évêque, le jour de la fête de la patronne.

Peu de temps après, il s'éleva quelques différents entre les curés de Saint-Roch et de la nouvelle paroisse, au sujet des limites respectives de leurs juridictions ; mais ces débats de peu d'importance furent terminés par un arrêt du parlement du 26 février 1671, qui ordonna que les clôtures de la ville, telles qu'elles existoient alors, serviroient de bornes aux deux paroisses (1).

Le quartier de la Ville-l'Évêque s'étant considérablement accru dans l'espace d'un siècle qui s'étoit écoulé depuis la construction de l'église de la Magdeleine (2), on pensa encore à en bâtir une nouvelle proportionnée au nombre de ses paroissiens. On voulut même qu'elle fût construite avec une certaine magnificence, comme devant concourir à l'ornement de la place Louis XV, en face de laquelle on en avoit choisi l'emplacement, à l'angle du boulevard. M. Constant d'Ivry, architecte de M. le duc d'Orléans, fut choisi pour mettre à exécution ce grand projet. Ses plans et dessins furent acceptés, et l'on posa la première pierre le 13 avril 1764. Cet architecte avoit jeté les fondements de cet édifice ; il l'avoit élevé à quinze pieds au-dessus du sol, lorsqu'il mourut en 1777. M. Couture, qui avoit été associé à ses travaux, l'ayant remplacé seul dans la direction de cette entreprise, crut devoir modifier le plan et changer l'élévation de l'édifice ; en conséquence une partie de ce qui avoit été bâti fut démoli, et l'entrée fut décorée d'un péristyle corinthien, dont la proportion est belle et l'ordonnance sage. Les colonnes, au nombre de douze, étoient déjà élevées jusqu'aux chapiteaux, lorsque la révolution arriva et fit cesser entièrement ces travaux, qui auparavant avoient été plusieurs fois suspendus. Il n'existe donc que le péristyle, le portail principal et les deux murs latéraux, sans voûte ni couverture. Nous ignorons si ce monument, nécessaire pour

---

(1) Toutefois le curé et les marguilliers de Saint-Roch n'acquiescèrent à ce jugement qu'à condition que ces limites ne pourroient préjudicier à leurs droits, en cas que, dans la suite, la clôture de la ville fût reculée ou avancée.

(2) L'ancienne église de la Magdeleine n'a point cessé de servir au culte jusqu'au commencement de la révolution, pendant laquelle elle a été abattue. Il n'existe aucune gravure de ce petit monument, et celle que nous donnons est copiée d'après un ancien dessin, qui, sans doute, est unique. Nous croyons inutile de faire remarquer combien est précieuse cette suite de monuments détruits qu'offre notre ouvrage, et qui, sans lui, n'auroient laissé, avant peu, que des traductions confuses et bientôt effacées.

VUE de la **NOUVELLE EGLISE** de la **MAGDELEINE**

compléter les beaux aspects que nous venons de parcourir, sera achevé,
et s'il conservera la même destination.

Ancienne Eglise de la Magdeleine.

LES BÉNÉDICTINES DE LA VILLE-L'ÉVÊQUE.

Les religieuses de ce couvent, situé près de l'église de la Magdeleine, vivoient, comme leur nom l'indique, sous la règle de Saint-Benoît. Elles avoient été établies dans ce monastère, en 1613, par Catherine d'Orléans-Longueville et Marguerite d'Orléans-d'Estouteville, sa sœur. Ces deux princesses ayant conçu le dessein de fonder une communauté de filles, et obtenu l'agrément du roi pour son exécution, destinèrent à cet établissement deux maisons avec jardins, formant un enclos à peu près de treize arpents, qu'elles avoient acquises à la Ville-l'Évêque. Ayant fait disposer l'intérieur de ces édifices d'une manière convenable aux exercices et à la vie religieuse, elles s'adressèrent à l'abbesse de Montmartre, et lui demandèrent, pour peupler ce nouveau couvent, des sujets de son monastère. Celle-ci envoya dix religieuses, qui en prirent possession le 2 avril 1613.

Deux ans après, ces saintes filles, encouragées par les exemples et les exhortations de leur supérieure *Marguerite de Veiny-d'Arbouze* (1), formèrent le dessein d'embrasser une règle plus austère que celle qui étoit pratiquée dans l'abbaye de Montmartre. Ayant obtenu le consentement de l'abbesse dont elles dépendoient encore à cette époque, elles commencèrent le jour de Pâques 1615 à observer les jeûnes, les abstinences et les austérités de la règle de Saint-Benoît. Cet exemple fut, peu de temps après, imité par les religieuses de l'abbaye de Montmartre, et cette observance a continué d'être suivie dans ces deux monastères jusqu'au moment de leur destruction.

Ce monastère des Bénédictines de la Ville-l'Évêque avoit d'abord été érigé en prieuré dépendant de l'abbaye de Montmartre, ce qui le fit appeler *le petit Montmartre,* quoique son véritable nom fût celui de *Notre-Dame*

---

(1) Elle fut depuis abbesse et réformatrice du Val-de-Grace.

de Grace. Quelques contestations s'étant élevées depuis entre ces deux maisons, il parut convenable et même nécessaire de les désunir. En conséquence, le 20 mai 1647, l'abbesse de Montmartre céda tous les droits et prétentions qu'elle avoit, en cette qualité, sur le prieuré de Notre-Dame de Grace; et une somme de 36,000 livres lui fut accordée, en dédommagement des frais qui avoient été faits pour l'établissement, les bâtiments et la *manutention* de ce prieuré, qui, par ce concordat, devint tout-à-fait indépendant de l'autre communauté, et fut soumis, quant à sa discipline intérieure, à l'archevêque de Paris. Alors les religieuses de la Ville-l'Évêque se pourvurent au parlement le 7 septembre de la même année 1647, et y firent enregistrer les lettres patentes accordées en 1612 à leurs fondatrices.

ÉGLISE PAROISSIALE

DE SAINT-PHILIPPE DU ROULE.

Cette église paroissiale est située dans la rue du Faubourg-du-Roule, à peu de distance de la barrière. Son territoire, qui comprend tout ce faubourg, dépendoit autrefois de la paroisse de Villiers-la-Garenne et de celle de Clichy. Jusqu'en 1699, il n'y eut, dans cet endroit, qu'une petite chapelle, servant à l'usage d'un hôpital établi pour les lépreux. L'époque de la fondation et le nom du fondateur de cette léproserie sont également inconnus. Mais comme cet établissement avoit pour objet de procurer une retraite et des secours aux ouvriers monnoyeurs de Paris, on peut conjecturer avec quelque raison qu'il fut fondé par les chefs et directeurs des monnoies; et la permission pour la construction de la chapelle étant du mois d'avril 1217, il y a lieu de croire que la fondation de l'hôpital n'est pas de beaucoup antérieure à cette époque; car la religion s'empressoit toujours de joindre ses consolations spirituelles aux secours que la charité préparoit pour les malades et les infortunés. Nous voyons dans les anciens titres que l'évêque, par un accord fait entre lui et les *ouvriers monnoyeurs,* avoit la nomination de quatre places dans cet hôpital; droit qu'il se réserva apparemment comme une indemnité des terrains qu'il avoit accordés ou des acquisitions qu'il avoit amorties sur le Roule, dont le territoire étoit un fief de l'évêché.

Cet hôpital subsista jusque vers la fin du seizième siècle; mais insensiblement la maladie pour laquelle il avoit été fondé diminuant en France, il arriva qu'on n'y reçut plus personne et que les bâtiments tombèrent en ruine. Enfin, vers l'an 1699, sur la demande des habitants, dont le nombre s'étoit beaucoup augmenté, le territoire du Roule, réuni à celui de la Ville-l'Évêque, fut érigé en faubourg, et la chapelle en paroisse, sous l'invocation de saint Jacques et de saint Philippe (1).

Cette chapelle étoit petite et d'une construction gothique (2). Le nombre toujours croissant des paroissiens fit bientôt sentir la nécessité de faire construire une église plus vaste; et, sur la demande des marguilliers, Louis XV ordonna que les travaux en fussent commencés en 1769. Elle ne fut achevée qu'en 1784, et bénite le 30 avril de la même année.

Cette église, bâtie sur les dessins de M. Chalgrin, de l'ancienne Académie, est une des plus belles de Paris, et celle, sans contredit, qui se rapproche le plus du bon goût de l'architecture antique.

Le plan en est simple et dans la forme des anciennes basiliques chré-

---

(1) L'érection d'une chapelle en paroisse nous paroît aujourd'hui une chose extrémement simple et facile dans son exécution, sur-tout quand les autorités ecclésiastiques et civiles ont donné leur approbation. Il n'en étoit pas de même autrefois, où ce changement pouvoit blesser une infinité d'intérêts qu'il falloit concilier. Nous ne croyons pas nous écarter de notre sujet, en mettant sous les yeux de nos lecteurs la liste des personnes et des corps qui avoient droit de juridiction sur le territoire du Roule, et dont il fallut requérir le consentement pour l'érection de cette paroisse.

Le décret ne fut arrêté qu'après avoir ouï les dames de Saint-Cyr, dames de Villiers-la-Garenne, du Pont de Neuilly et de partie du Roule; les religieux de Saint-Denis, hauts-moyens, et bas justiciers de ces lieux, et du fief des Mathurins et de Socoly (la dame de Vaubrun, dame de Clichy, défaillante); les prevôts, lieutènants, ouvriers monnoyeurs de Paris; Jacques Rioul, secrétaire du roi, seigneur de Villiers-la-Garenne; le chapitre de Saint-Honoré, gros décimateur de Villiers, celui de Saint-Benoît, gros décimateur de Clichy. Ceux de Saint-Honoré demandèrent à continuer d'aller en procession à cette église le premier mai. L'archevêque retint la collation pure de la cure, et statua qu'on paieroit quarante livres, chaque année, au curé de Villiers, et cinq livres à la fabrique. François Socoly, écuyer, seigneur de Villiers, se conserva en la nouvelle paroisse le droit d'une part de pain bénit, et d'un bouquet le premier de mai, jour de la fête patronale. (*L'abbé Lebeuf, t. 3, p. 94.*)

(2) Elle a été détruite: la représentation que nous en donnons provient d'un dessin que nous croyons unique, et qui n'a jamais été gravé.

tiennes. Sans être habile connoisseur en architecture, il est facile de juger combien cette disposition a d'avantages sur ces piliers massifs que chargent des pilastres ployés en tout sens, dont se composoit autrefois la décoration de nos églises, avant que le système des anciens eût prévalu sur celui des modernes.

Le porche de cette église s'annonce par quatre colonnes de l'ordre dorique, surmontées d'un fronton. Deux rangs de colonnes ioniques, d'un diamètre moins fort que celles du portique, se prolongent intérieurement dans toute la longueur de l'édifice, et séparent la nef des bas-côtés par un péristyle de dix-huit pieds de largeur. La nef est large de trente-six pieds; ce qui donne pour largeur totale soixante-seize pieds. La profondeur de cette basilique est de plus du double, depuis les colonnes extérieures jusqu'à celles qui décorent la niche du fond du sanctuaire, au milieu duquel s'élève, sur quelques marches, l'autel principal, isolé à la romaine. Toute cette ordonnance a beaucoup d'élégance et de majesté.

La voûte présente une singularité dont il n'y a qu'un seul autre exemple à Paris. Elle est construite en bois, d'après un procédé particulier, découvert dans le seizième siècle par Philibert Delorme (1). Cette construction, beaucoup moins dispendieuse que les voûtes en pierre et presque aussi solide, est composée de plats-bords de sapin, dont l'assemblage est très ingénieux parcequ'il est très simple. Celle-ci est d'une parfaite exécution ; décorée de caissons et peinte en ton de pierre, elle en offre l'apparence au point de tromper l'œil le plus exercé.

A l'extrémité des péristyles intérieurs qui forment les bas-côtés, sont deux chapelles, dont l'une est dédiée à la Vierge et l'autre à saint Philippe, patron de l'église. On voit par la solidité de leurs masses qu'elles étoient destinées, dans l'origine, à supporter deux tours qui devoient servir de clocher. Les raisons d'économie qui avoient déterminé la fabrique à faire construire la voûte en bois, la portèrent à substituer à ces tours un petit campanille situé au chevet de l'église.

On se plaint avec raison qu'un si bel édifice ne soit pas isolé au milieu des habitations qui l'environnent. Nous ne pouvons nous empêcher de remarquer à cette occasion que Paris est peut-être la ville de l'Europe où

---

(1) Nous en parlerons avec plus de détail à l'article de la Halle-aux-Blés.

les monuments publics sont le plus fréquemment obstrués par des édifices particuliers, qui leur ôtent toute leur majesté, et nuisent même à leur conservation. Avant la révolution, on ne pouvoit excepter de ce défaut général que l'église de Notre-Dame, le dôme des Invalides, la Sorbonne, les Jésuites de la rue Saint-Antoine, et quelques couvents de femmes, tels que le Val-de-Grace, les Carmélites, etc., etc. Depuis les nouveaux embellissements, quelques églises ont été dégagées, et nous espérons qu'un monument aussi remarquable que Saint-Philippe-du-Roule obtiendra quelque jour le même honneur, et se présentera au milieu de deux rues latérales, qui sans doute étoient entrées dans le plan de l'architecte qui l'a élevé.

Ancienne Eglise de S.ᵗ Jacques et S.ᵗ Philippe.

CHAPELLE BEAUJON,

DÉDIÉE A SAINT NICOLAS.

M. Beaujon, conseiller d'état, et receveur général des finances, fit bâtir, il y a environ trente ans, ce joli monument, avec le projet d'en faire à la fois une succursale de Saint-Philippe du Roule et le lieu de sa sépulture. Cet homme opulent, et qui faisoit un noble usage de ses richesses, avoit fait choix, pour ériger tous ses bâtiments, d'un architecte plein de talents, nommé *Girardin*, lequel parut se surpasser lui-même dans cette occasion.

La disposition heureuse de cette chapelle, la parfaite exécution de tous ses détails, la richesse et le bon goût de sa décoration, où rien n'est épargné, tout concourt à placer ce petit monument au nombre des productions les plus agréables de notre architecture. La nef est soutenue par deux rangs de colonnes isolées, formant galeries latérales ; des murs ornés de niches au-dessus d'un *stylobate* (1) leur servent de fond.

La voûte de cette nef, décorée de caissons, reçoit le jour par en haut, au moyen d'une lanterne carrée. A son extrémité est une rotonde également ornée d'un péristyle corinthien et qui est éclairée de la même manière. L'autel circulaire est placé au centre. Cette distribution de lumières, qui n'étoit point alors aussi usitée qu'elle l'est devenue depuis, produit un effet séduisant, et fait singulièrement valoir les formes de cette architecture, à laquelle on ne peut reprocher que d'être employée sur une trop petite échelle, et de présenter trop d'objets dans un petit espace. Si le propriétaire et l'artiste eussent vécu quelques années de plus, on assure que leur

---

(1) C'est un corps carré avec base et corniche, qui porte ordinairement une colonne et lui sert de soubassement. Ce mot est synonyme de *piédestal*.

projet étoit d'exécuter, une seconde fois, ce plan dans les dimensions plus vastes d'une église paroissiale; en effet, on ne peut s'empêcher de penser, en considérant cette composition, et en songeant au talent supérieur, au goût excellent de l'artiste qui l'a conçue, qu'elle étoit destinée à recevoir une seconde exécution, et qu'en l'élevant, à la fois, sur un dessin aussi majestueux, et dans d'aussi petites proportions, il ne l'ait pas uniquement regardée comme le modèle d'un plus grand édifice; si ce projet eût pu être réalisé, on auroit eu alors un monument également admirable par la noblesse, la richesse et l'élégance.

Quoi qu'il en soit, l'église de Saint-Philippe du Roule et cette chapelle de Saint-Nicolas, bâties à peu près à la même époque et dans le même quartier, peuvent être regardées, après l'église Sainte-Geneviève, comme les premiers triomphes publics remportés par le bon goût dans la lutte déjà établie en France entre l'architecture moderne et l'architecture antique. Depuis long-temps l'art avoit franchi, dans sa théorie, les limites où une ancienne routine s'efforçoit de le contenir; on rappeloit sans cesse, dans les compositions académiques, les temples grecs et romains, et l'on rejetoit avec une sorte d'horreur ce système de piliers, d'arcades et de niches carrées qui sembloit auparavant pouvoir seul constituer l'ordonnance des édifices sacrés. Girardin eut le bonheur d'exécuter, des premiers, et dans le même projet, deux pensées puisées dans l'antique : une basilique et un temple rond *périptère* (1); il le fit aux applaudissements unanimes de tous les jeunes artistes, dont les portefeuilles étoient remplis d'études puisées à la même source, études qu'ils opposoient sans cesse au style maniéré des architectes du siècle de Louis XIV. La révolution en architecture fut dès-lors complète et sans retour.

On ne peut trop regretter qu'elle ne se soit pas opérée un siècle plus tôt; les édifices vastes et nombreux qui s'élevèrent dans ce long intervalle n'auroient pas eu ce caractère mesquin et bizarre qu'on leur a si justement reproché. Les conceptions de cette époque fameuse sont grandes, mais les détails en sont petits et de mauvais goût; et, dans la plus belle des capitales, l'œil est affligé de ne rencontrer par-tout que des décorations factices qui contrastent désagréablement avec la majesté et la grandeur des monuments;

____

(1) Ce mot signifie un lieu environné de colonnes, et qui a une *aile* autour de son ordonnance.

il en résulte que Paris, si remarquable sous tant de rapports, n'offre souvent qu'un intérêt médiocre sous celui de l'architecture.

Portail de la Chapelle Beaujon.

HOSPICE BEAUJON.

Cet hospice, situé dans le faubourg du Roule, fut créé, en 1784, par le même M. de Beaujon, fondateur de la jolie chapelle dont nous venons de parler. Il eut pour but, en formant cet établissement, de pourvoir à l'éducation des pauvres enfants de ce quartier. En effet, cet hospice, doté par lui de 25,000 liv. de rentes, étoit destiné à recevoir douze garçons et douze filles, orphelins et nés dans le faubourg. Ils y étoient nourris, vêtus, instruits, depuis l'âge de six ans jusqu'à douze, époque à laquelle on leur donnoit 400 livres pour payer l'apprentissage du métier qu'ils avoient choisi.

Cette maison, dont l'architecture offroit une distribution heureuse et sur-tout très propre à un édifice de ce genre, étoit gouvernée par des sœurs de la Charité; des frères des Écoles chrétiennes dirigeoient l'éducation des garçons, et des ecclésiastiques étoient chargés du spirituel (1).

PAROISSE DE SAINT-PIERRE DE CHAILLOT.

En traversant la rue *Neuve de Berri*, située à peu de distance de la chapelle Saint-Nicolas, on se retrouve en face des Tuileries, au milieu de la grande allée des Champs-Élisées, et de là on découvre à droite le village de Chaillot.

Ce village fut pendant long-temps hors de la ville, qui, par ses accroissements successifs, s'en rapprochoit de jour en jour davantage. Enfin il

______

(1) Cet hospice porte maintenant le titre d'hôpital, et est administré par le gouvernement.

arriva en 1659 que leurs extrémités se confondirent, et alors il fut déclaré faubourg de Paris, sous le nom de faubourg de la Conférence. Depuis cette époque, ce village fait partie de la capitale, et à ce titre son histoire doit trouver place dans cet ouvrage.

Il n'y avoit anciennement sur la côte qui commence à Chaillot, et qui règne jusqu'au-delà du Bois de Boulogne, qu'un seul village qui, au septième siècle, s'appeloit en latin *Nimio*, dont on fit en français *Nijon*. Nous en trouvons la preuve dans le testament de saint *Bertram*, évêque du Mans, qui mourut en 623, testament par lequel il lègue à l'église de Paris ce village de *Nimio* dont il étoit devenu propriétaire, tant par acquisition que par donation de Clotaire II. Il est vraisemblable que, dans la suite des temps, les habitants du village de *Nijon* s'écartèrent sur les deux côtés de la colline. Les uns, se dirigeant vers l'occident, y formèrent peu à peu un nouveau village, qui prit le nom d'*Auteuil*, lequel étoit celui du canton; les autres s'établirent un peu plus près de Paris sur la partie orientale de la côte dans un endroit où l'on venoit d'abattre une forêt nommée de *Rouvret*, dont le bois de Boulogne actuel faisoit partie : ce second village prit le nom de *Chál* (1), et par la suite celui de *Chaillot*.

Ces deux villages formés des débris de celui de *Nijon*, qui perdit ainsi son territoire et même son nom (2), s'étant peuplés considérablement furent quelques siècles après érigés en paroisse. Il y a lieu de croire que cette érection eut lieu vers la fin du onzième siècle, car il n'est nulle part

---

(1) *Auteuil* signifioit dans l'ancien langage un lieu couvert de prés et de marais, et le mot *chal*, *chail*, *cal* est traduit dans des titres du quatorzième siècle par *destructio arborum*. L'abbé Lebeuf pense que c'est de là que vient notre mot *échalas*.

(2) Ce nom même seroit probablement tombé tout-à-fait dans l'oubli, s'il n'y avoit eu dans ce lieu une maison de plaisance appartenant à nos rois. Les ducs de Bretagne y possédoient aussi au quatorzième siècle un domaine, dit pour cette raison le *manoir de Nigeon*, ou l'hôtel de Bretagne. Gui de Bretagne, comte de Penthièvre, y mourut en 1321. Marie de Bretagne, fille de Charles de Châtillon, jouissoit de cette maison en 1360, et la porta en mariage à Louis, duc d'Anjou, frère du roi Charles V. Cet hôtel, ou châtelet, qui appartenoit encore en 1427 au duc de Bretagne, composa une partie des biens situés à Chaillot, que le roi d'Angleterre donna, le 28 avril de la même année, au comte de Salisbury, avec un autre hôtel et des terres qui appartenoient à un nommé *Jean Tarenne*. Ce don n'étoit que pour sa vie ; ainsi le comte de Salisbury étant mort le 3 novembre 1428, le duc de Bretagne rentra dans la possession de ce domaine, et en jouit jusqu'à son décès. *L'abbé Lebeuf*, t. 3, p. 54. — *Sauval*, t. 2. *Ibid.* t. 3.

Tome I. 65

fait mention de l'église de Chaillot avant cette époque. Le premier titre qui en parle est une bulle du pape Urbain II, de l'an 1097, dans laquelle cette église est désignée sous le nom de *Ecclesia de Calloio* et le lieu sous celui de *Caloilum*. Dans les titres où il n'est pas latinisé, il se trouve écrit *Challoël*. Dans les quatorzième et quinzième siècles on écrivit *Chailluyau*, *Chailleau*, *Chaleau* et *Challiau*.

Chaillot étoit un des villages qui faisoient partie du domaine du roi, et avant l'affranchissement des serfs, c'est-à-dire au douzième siècle, il y régnoit une coutume nommée *Béfert* qui mérite d'être connue. Elle consistoit en ce que, contre l'usage ordinaire, la femme et les enfants suivoient le sort du mari, quant à la servitude ; ainsi, en vertu de cette coutume, une femme de Chaillot, *serve* du roi par sa naissance, épousant un homme *serf* de Sainte-Geneviève à Auteuil, devenoit *serve* de l'abbaye de Sainte-Geneviève, aussi-bien que tous les enfants qu'elle mettoit au monde, et réciproquement, si c'étoit une femme d'Auteuil qui épousât un homme serf de Chaillot, la femme et les enfants devenoient esclaves du roi (1).

L'église de ce village étoit, dès l'an 1097, dans la dépendance du prieuré de Saint-Martin-des-Champs, comme on le voit dans la bulle d'Urbain II, dont nous avons parlé, et cette dépendance fut confirmée par les papes ses successeurs. Les lettres de Thibaud, évêque de Paris vers l'an 1150, assurent à ces religieux *decimam de Challoio et altare*. Le pouillé parisien du treizième siècle, à l'article de l'église de Chaillot, la désigne sous le nom de *Chailoël*, à la nomination du prieur de Saint-Martin, ce qui est suivi dans les pouillés postérieurs ; elle est aussi marquée dans l'archiprêtré de Paris, *in archipresbyteratu Parisiensi*, appelé depuis l'archiprêtré de la Magdeleine.

(1) Les chanoines de Sainte-Geneviève et les habitants des deux villages se trouvant très bien de cette coutume, le roi Louis-le-Gros accorda, en 1124, qu'elle seroit conservée à perpétuité dans la terre de Chaillot.

Il paroît que l'abbaye de Saint-Germain-des-Prés possédoit aussi très anciennement quelques fiefs dans ce village ; car Dubreul parle d'une redevance à laquelle les habitants de Chaillot étoient assujettis à l'égard de cette abbaye ; redevance qui, par sa nature, semble avoir pris naissance dans un siècle assez reculé. « Les habitants de Chaillot doivent, dit-il, chaque année, pour hommage à l'abbé de Saint-« Germain-des-Prés, ou en son absence, à son receveur, deux grands bouquets à mettre sur le dres-« soir, et demi-douzaine de petits, avec un fromage gras fait du lait de leurs vaches qui viennent « paître à l'île *de la Maquerelle*, au-deçà de la Seine, et un denier parisis pour chaque vache. »

L'église paroissiale est sous le titre de Saint-Pierre; c'est un bâtiment moderne, à l'exception du sanctuaire terminé en demi-cercle sur la pente de la montagne, lequel peut avoir été construit il y a cent cinquante ans. Il est supporté de ce côté par une tour solidement bâtie. Cette église a deux ailes de chaque côté, dont la construction a cela de particulier, qu'elles ne se rejoignent pas derrière le grand autel.

Ce grand autel est décoré d'un tableau peint par l'*Ange*, représentant saint Pierre délivré de prison.

On voyoit dans le chœur la sépulture d'*Amaury-Henri-Gouyon de Matignon*, comte de *Beaufort*, décédé le 8 août 1701.

Ce village est remarquable par sa situation pittoresque sur une colline qui domine la rivière, et par les jolies habitations dont il est couvert (1). Il s'étend jusqu'à la barrière dite des *Bons Hommes*, et offre dans cet espace plusieurs fondations et monuments publics qui sont les derniers dont il nous reste à parler pour terminer la description de cet immense quartier.

ABBAYE DE SAINTE-PERRINE.

Cette abbaye, située dans la partie la plus élevée de Chaillot, étoit occupée par des chanoinesses de l'ordre de Saint-Augustin. Établies d'abord à Nanterre en 1638, par Claudine *Beurrier*, sœur de Paul *Beurrier*, chanoine régulier et curé de Nanterre, elles furent transférées, dès 1659, à Chaillot; quoique les lettres patentes pour l'autorisation de leur établissement ne soient que du mois de juillet 1671, et qu'elles n'aient été enregistrées au parlement que le 3 août 1673.

Ces religieuses n'avoient été gouvernées, dans les commencements, que par une prieure triennale; mais depuis l'an 1682 elles eurent une abbesse, sous la juridiction de l'ordinaire, entretenant cependant confraternité avec les chanoines réguliers de la congrégation gallicane.

____

(1) Le célèbre *Mezeray*, historiographe de France, avoit une maison de campagne à Chaillot.

Leur monastère, long-temps connu sous le nom de *Notre-Dame de la Paix*, prit le nom de *Sainte-Perrine de Chaillot*, lorsqu'en 1746 on y réunit l'abbaye de Sainte-Perrine de la Villette. Cette communauté étoit ordinairement composée de quarante à quarante-cinq religieuses. Elles portoient l'aumuce noire mouchetée de blanc, ce qui fut remarqué comme une nouveauté très extraordinaire, parceque les aumuces avoient été autrefois données aux hommes pour couvrir leurs têtes, et que les religieuses ont toujours eu des voiles pour cet usage.

L'église de ce monastère ne pouvoit pas être considérée comme un monument; on voyoit sur le maître-autel une adoration des rois, par *Monnier*.

POMPE A FEU.

En descendant des hauteurs de Chaillot, on se retrouve sur le bord de la rivière, à l'extrémité du Cours-la-Reine. Suivant ensuite le quai jusqu'à la barrière dite *des Bons Hommes*, on rencontre encore deux établissements publics : la pompe à feu et la manufacture de tapis de la Savonnerie.

Un petit bâtiment carré d'une forme très élégante et ombragé de peupliers et d'acacias contient tout l'appareil de la pompe à feu, dont nous allons donner une courte description.

Cet établissement a été formé par MM. *Perrier frères*, habiles mécaniciens, qui en ont été long-temps les propriétaires (1). Un canal de sept pieds de large, construit sous le chemin de Versailles, introduisoit d'abord l'eau de la Seine dans un bassin bâti en pierres de taille, et dans ce bassin étoit plongé le tuyau d'aspiration des pompes. Depuis on a comblé le bassin, et abandonné le canal qu'on a remplacé par des tuyaux à embouchures recourbées qui se prolongent jusqu'au milieu de la rivière. La

____

(1) Il est maintenant administré par le gouvernement lui-même.

machine à feu, laquelle est de la plus grande proportion connue, placée dans l'édifice dont nous venons de parler, communique avec ces tuyaux, et fait monter en vingt-quatre heures environ quatre cent mille pieds cubes d'eau (1) dans des réservoirs construits sur la montagne de Chaillot, laquelle est élevée d'environ cent dix pieds au-dessus du niveau de la rivière. Ces réservoirs dominent ainsi les quartiers du nord de la ville, et l'eau qu'ils fournissent peut y être distribuée dans tous les édifices qu'ils contiennent, sans exception.

On reçoit ces eaux, qui sont très salubres, au moyen d'un abonnement assez modique. Elles coulent à des heures réglées par un nombre infini de canaux dans l'intérieur des maisons, et s'élèvent dans la plupart des quartiers à douze et quinze pieds au-dessus du pavé. Des robinets de décharge placés dans les rues où sont les canaux de distribution y font jaillir à volonté la quantité d'eau nécessaire pour les nettoyer dans toutes les saisons: des réservoirs ont été établis dans les principaux quartiers à l'effet de fournir avec rapidité une abondance d'eau suffisante pour éteindre les plus violents incendies ; enfin il a été construit des fontaines de distribution pour les porteurs d'eau, et au total, cet établissement, administré avec zèle et intelligence, peut être considéré comme un des plus utiles de Paris (2).

---

(1) Ce qui fait quarante-huit mille six cents muids d'eau.

(2) Il existe de l'autre côté de la rivière une seconde pompe à feu, qui fournit de l'eau au faubourg Saint-Germain. Il en avoit été commencé une troisième près de la Salpétrière : elle n'a point été achevée.

Pompe à Feu.

MANUFACTURE ROYALE DE LA SAVONNERIE.

Cette manufacture est placée dans un grand et vieux bâtiment, à peu de distance de la barrière. On y fabrique, à la façon de Perse, des tapis qui sont très renommés, et dont on faisoit autrefois un usage habituel chez les princes et dans les maisons royales. Ce n'étoit, jusqu'en 1604, qu'une simple fabrique, laquelle fut érigée, à cette époque, en manufacture royale par Marie de Médicis, en faveur de *Pierre Dupont*, inventeur des procédés employés dans la confection de ces tapis. Il fut mis à la tête de cet établissement avec le titre de directeur. *Simon Lourdet* lui succéda en 1626, et l'un et l'autre réussirent si bien dans les ouvrages exécutés sous leur direction, que cette industrie leur mérita la faveur insigne d'obtenir des lettres de noblesse.

Les ateliers de cette manufacture avoient d'abord été établis au Louvre; ce fut par un ordre de Louis XIII qu'ils furent transférés à Chaillot, dans une maison dite *de la Savonnerie* (1), parcequ'auparavant on y faisoit du savon. Cette translation se fit en 1615.

C'est le seul établissement de cette espèce qu'il y ait en France, et, sous plusieurs rapports, il mérite d'être vu. La chaîne des ouvrages qu'on y fabrique est posée perpendiculairement, comme aux tapisseries de *haute lisse;* mais avec cette différence qu'à ces dernières, l'ouvrier travaille du côté de l'*envers*, tandis qu'à la Savonnerie il a devant lui le côté de l'*endroit*, comme dans les ouvrages de *basse lisse*.

Les bâtiments de cette manufacture ont été réparés en 1713 par ordre du duc d'Antin, alors directeur des bâtiments et manufactures du roi. Une

(1) La représentation que nous en donnons est rare, et date de ces premiers temps. Le bâtiment, en lui-même, n'a rien qui mérite l'attention, mais il est curieux de voir quel étoit alors l'état d'un endroit aujourd'hui très peuplé et couvert de maisons. La manufacture de la Savonnerie y paroît isolée dans une vaste plaine : on aperçoit derrière, à une certaine distance, le village de Chaillot, et à droite les derniers arbres du Cours-la-Reine, qui étoit encore hors de la ville. Il paroît que les quais se prolongeoient déjà jusqu'à cette distance au-delà des murs.

inscription gravée sur un marbre noir placé au-dessus de la porte d'entrée rappeloit l'époque de cette réparation.

La chapelle de *la Savonnerie* étoit fort simple, et sous l'invocation de saint Nicolas : elle offroit aussi sur son portail l'inscription suivante, qui nous a semblé singulière :

« La très auguste Marie de Médicis, mère de Louis XIII, pour avoir, par sa chari-
« table munificence, des couronnes au ciel comme en la terre, par ses mérites a établi
« ce lieu de charité, pour y être reçus, alimentés, entretenus et instruits les enfants tirés
« des hôpitaux des pauvres enfermés ; le tout à la gloire de Dieu, l'an de grace 1615. »

La Savonnerie.

MONASTÈRE DE LA VISITATION, DE CHAILLOT.

Ce couvent, situé à mi-côte de Chaillot, et à l'extrémité de ce village, étoit le dernier établissement public que l'on rencontrât dans le quartier que nous décrivons.

Il avoit été fondé par Henriette-Marie de France, fille de Henri IV et veuve de Charles Ier, roi d'Angleterre. Cette princesse ayant obtenu, par lettres patentes, enregistrées au parlement le 19 janvier 1652, l'autorisation nécessaire pour établir dans la paroisse de Chaillot un couvent de religieuses de la Visitation, y fit, à cet effet, l'acquisition d'une grande maison, bâtie par la reine Catherine de Médicis, et qui avoit appartenu, après sa mort, au maréchal de Bassompierre (1). Les mémoires du temps disent, qu'après y avoir installé ces saintes filles, Henriette demeura quelque temps avec elles, se soumettant à toutes les pratiques de la vie religieuse, et édifiant la communauté entière par la sainteté de sa vie.

Quelques années après leur établissement à Chaillot, les religieuses de la Visitation, déjà reconnues dames du lieu, obtinrent l'amortissement du château de ce village, de la maison du jardinier, jardin et bois clos de murs, avec la haute justice, sans être tenues de payer finances (2). Ces droits leur furent accordés par lettres du mois de septembre 1656.

Leur maison fut depuis considérablement augmentée ; et dans l'année 1704 Nicolas *Fremond*, garde du trésor royal, et Geneviève *Damond*, sa femme, firent rebâtir entièrement l'église (3). Le cœur de cette dame y étoit déposé.

---

(1) Sous Henri IV on la nommoit la maison de *Grammont*.

(2) L'abbé Lebeuf ajoute : *mais seulement homme vivant et mourant pour cette haute justice.* Cette phrase, de style de jurisprudence, signifie que l'acquéreur *main-mortable*, lorsqu'il achetoit un immeuble pour lequel on ne vouloit pas qu'il jouît des avantages de la *main-morte*, étoit alors obligé de fournir un homme qui payoit les droits de mutation, et étoit censé le propriétaire de l'acquisition. A sa mort, on en substituoit un autre à l'effet de perpétuer le paiement des mêmes droits.

(3) Cette église étoit d'une très mauvaise architecture ; le comble n'avoit aucune proportion avec le reste du bâtiment, ce qui produisoit un effet d'autant plus choquant, que, par sa situation, on l'apercevoit de très loin.

Dans la chapelle dite de Saint-François de Sales , étoit un tableau de *Restout* , représentant madame de Chantal et ses religieuses en prières devant l'image de ce saint.

Dans le chœur de l'église étoient déposés le cœur de Henriette de France, reine d'Angleterre , fondatrice de cette maison ; ceux de son fils, Jacques Stuart II , roi d'Angleterre, et de Louise-Marie Stuart, fille de ce prince, morte au château de Saint-Germain-en-Laye le 7 mai 1718 (1).

MONASTÈRE DES MINIMES DE CHAILLOT.

Ce monastère, situé à mi-côte de la montagne de Passy , à peu de distance du couvent de la Visitation , étoit hors des murs de Paris. Cependant nous croyons devoir en faire mention dans cet ouvrage, non seulement parcequ'il dépendoit de la paroisse de Chaillot , renfermée dans la ville , mais encore parcequ'il fut la première maison qu'ait possédée en France l'ordre des Minimes, et que par conséquent son histoire se rattache à celle des religieux de cette observance , qui avoient leur habitation près de la Place-Royale.

L'ordre dont nous parlons fut institué dans la Calabre par François *Marotille* , vers l'an 1346 , sous le nom d'*Ermites* de Saint - François d'Assise. Ce saint fondateur, connu depuis lui - même sous le nom de *François de Paule* , du lieu de sa naissance, avoit voulu, par celui de *Minimes* qu'il donna à ces religieux , leur rappeler sans cesse l'humilité dont ils devoient faire profession (2).

Louis XI, instruit par la renommée des vertus apostoliques et de la vie édifiante de François de Paule , le fit venir en France en 1482 , espérant , dans les terreurs superstitieuses qui l'agitoient à ses derniers mo-

(1) Ce couvent a été entièrement détruit pendant la révolution.

(2) Ces religieux étoient aussi connus sous le nom de Bons-Hommes. Quelques uns pensent que ce nom leur fut donné parceque Louis XI appeloit François de Paule le *Bon-Homme*. D'autres

ments, obtenir par les prières d'un si saint personnage la guérison de la maladie dont il étoit affligé. Il le reçut avec un respect qui ressembloit à une espèce de culte (1), et lui donna dans le château du Plessis-lès-Tours, où il faisoit sa résidence, un logement pour lui et pour les religieux qui l'avoient accompagné. Charles VIII honora également les Minimes de son estime et de sa protection, et leur fit bâtir à Tours un couvent, où le saint fondateur mourut le 2 avril 1507. Il fut canonisé par Léon X le 1er mai 1519.

Anne de Bretagne, épouse des rois Charles VIII et Louis XII, voulant fonder un couvent de cet ordre, fit don aux disciples de Saint-François de Paule de la maison royale située à Chaillot, qu'elle tenoit de ses ancêtres les ducs de Bretagne, laquelle étoit appelée manoir de *Nijon*, ou hôtel de Bretagne (2). Cette fondation fut faite en 1493. Peu de temps après (en 1496) elle y ajouta un hôtel contigu, contenant un enclos de sept arpents, et une chapelle sous le titre de *Notre-Dame de toutes graces*. Enfin, voulant mettre le comble aux faveurs qu'elle leur avoit accordées, cette princesse donna les premiers fonds nécessaires pour la construction de l'église qui existoit encore avant la révolution. Cet édifice, commencé à cette époque, ne fut terminé que vers l'an 1578, sous le règne de Henri III, et dédié sous le même titre que l'ancienne chapelle.

C'étoit un bâtiment assez grand, orné de boiseries et de pilastres ioniques. Le monastère, très vaste et bien situé, pouvoit contenir cent religieux.

---

croient que c'étoit une dénomination commune à tous les *Ermites*. En effet, Louis VII avoit déjà fondé, en 1164, et établi dans le bois de Vincennes, un monastère de l'ordre de *Grandmont*, dont les religieux étoient vulgairement appelés *Ermites* ou *Bons-Hommes*. Cette maison, richement dotée par les libéralités de ce prince et de plusieurs autres illustres personnages, passa, par un échange, aux Minimes du couvent de Nijon, qui y envoyèrent, en 1585, un certain nombre de religieux, lesquels prirent alors le nom de *Minimes de Vincennes*.

(1) En l'abordant il se jeta à ses pieds, et lui dit : *Saint homme, si vous voulez, vous pouvez me guérir.* François de Paule l'exhorta à mettre sa confiance dans la Providence divine, et promit le secours de ses prières; toutefois, malgré les vives instances du roi, il ne voulut jamais faire d'autre prière à Dieu, sinon que son adorable volonté fût accomplie. Ce saint moine, sachant ce que ce monarque attendoit de lui, avoit long-temps refusé de quitter sa solitude; il répondit au roi de Naples, dont Louis XI avoit employé la médiation, qu'il n'iroit pas trouver un prince qui commenceroit par lui demander un miracle. Enfin il fallut un ordre du pape pour le déterminer à faire un tel voyage.

(2) Voyez page 499.

CURIOSITÉS DU MONASTÈRE DES MINIMES DE CHAILLOT.

TABLEAUX.

Dans l'avant-chœur étoient quatre tableaux de *Sébastien Bourdon*, représentant :
Le premier à droite, la Décollation de saint Jean. — Sur l'autel à côté, le Baptême
de N. S. — Dans la chapelle à gauche, une sainte Geneviève repoussant, avec l'aide d'un
Ange, le démon qui veut éteindre son cierge. — Sur le lambris qui étoit auprès, la même
sainte prosternée aux pieds de saint Germain, évêque d'Auxerre, qui lui donne une médaille.
Dans la chapelle de la Vierge, étoit une Assomption. — Dans celle de Sainte-Marthe,
Louis XI recevant saint François de Paule, sans nom d'auteur. — Parmi plusieurs tableaux
qui se trouvoient dans la sacristie, on remarquoit une très belle adoration des bergers,
par *La Hyre*.

TOMBEAUX ET SÉPULTURES.

Dans la chapelle de la Vierge étoit le mausolée du maréchal et vice-amiral Jean d'Estrées,
mort en 1707. Sur le sarcophage terminé des deux côtés en proue de vaisseau, on voyoit
un Génie appuyé sur des palmes et des trophées, et tenant un médaillon contenant le
portrait de ce maréchal et celui de son épouse, Marie-Marguerite Morin, morte en 1714.
Le cœur de cette dame étoit déposé dans le même tombeau.

Dans la chapelle de Sainte-Marthe, on voyoit le mausolée de Françoise de Veynes, ou
Veyni, épouse du fameux chancelier et cardinal Antoine Duprat.

Les autres personnages remarquables enterrés dans cette église étoient :

Jean d'Alesso, petit-neveu de saint François de Paule, mort en 1572.

Marie de La Saussaye, son épouse.

Magdeleine d'Alesso, femme de Pierre Chaillou, secrétaire de la chambre du roi,
morte en 1583. Il y avoit dans cette église une chapelle destinée à la sépulture de cette
famille.

Olivier Lefebvre, seigneur d'Ormesson et d'Eaubonne, mort en 1600.

Anne d'Alesso, son épouse, morte en 1590.

François Jourdan, Angevin, professeur royal en hébreu dans le dix-septième siècle (1).

---

(1) L'église a été détruite, et le couvent changé en manufacture.

HÔTELS.

Les quartiers neufs, où l'on pouvoit disposer plus facilement de vastes emplacements, et sur-tout ceux où étoient situées les maisons royales, furent bientôt couverts, comme nous l'avons dit, d'hôtels magnifiques, habités par les personnages que leur rang et leur opulence appeloient aux premières charges de l'État, et obligeoient à une grande représentation. Un nombre considérable d'habitations de ce genre s'élevèrent autour du palais des Tuileries dès son origine, et plusieurs même devinrent célèbres dans l'histoire de Paris. Nous avons rassemblé ce qui reste de traditions curieuses sur ces anciens édifices, dont plusieurs ont été détruits, et nous donnerons en même temps une nomenclature exacte, et quelquefois la description de ceux qui ont été successivement élevés jusqu'aux derniers temps de la monarchie.

ANCIENS HÔTELS DÉTRUITS.

Hôtel de Rambouillet.

Dans les treizième et quatorzième siècles, les seigneurs de Rambouillet avoient déjà à Paris plusieurs hôtels qui portoient leur nom. Deux sont particulièrement connus et remarquables. Le premier, habité par leur famille jusqu'en 1606, et situé dans l'endroit même où le cardinal de Richelieu fit construire depuis le Palais-Royal, avoit sa principale porte placée précisément à l'endroit où est maintenant le grand portail de ce palais. Cet édifice, sans régularité et sans symétrie, étoit très vaste, et s'étendoit jusqu'aux anciennes murailles de la ville.

Plusieurs personnages illustres de la famille d'Angennes de Rambouillet, cardinaux, évêques, gouverneurs de provinces, chevaliers des ordres du roi, habitèrent successivement dans cet hôtel, depuis la fin du quatorzième siècle, jusqu'à celle du dix-septième. Il fut vendu en 1624 pour la somme de trente mille écus au cardinal de Richelieu, qui le fit abattre pour bâtir le Palais-Royal.

Le second hôtel de Rambouillet (1), situé dans la rue Saint-Thomas du Louvre, près de l'hôtel Longueville, s'étendoit de là jusqu'au jardin de l'hôpital des Quinze-Vingts. Cet hôtel, qui avoit été connu successivement sous les noms d'hôtel d'O, de Noirmoutiers, de Pisani, prit celui de Rambouillet, lorsque Charles d'Angennes, marquis de Rambouillet, qui avoit épousé mademoiselle de Vivonne, fille du marquis de Pisani, vint s'y établir après la mort de son beau-père. Il le fit depuis rebâtir presque entièrement.

L'esprit, les graces, les connoissances variées de Catherine de Vivonne, son goût pour tout ce qui étoit relatif aux sciences et aux belles-lettres, attirèrent dans son hôtel tous les gens d'esprit de la cour et de la ville. Il s'y forma une espèce d'académie ; les poëtes, les romanciers du temps s'empressèrent de célébrer cette illustre dame et de chanter les lieux qu'elle embellissoit de sa présence. Mademoiselle Scudéry, dans son roman de *Cyrus*, donna la description exacte de l'hôtel de Rambouillet, qu'on y reconnoît sous le nom de palais de Cléonime ; ailleurs il est appelé le palais d'Arthenice. Ce nom, dont Malherbe étoit l'auteur, formoit l'anagramme de celui de Catherine, nom de baptême de la marquise. Enfin, la maison de cette dame étoit si renommée dans la république des lettres, qu'elle fut long-temps appelée le Parnasse français. Ceux qui n'y étoient pas admis auroient prétendu en vain à la célébrité, et il suffisoit d'y avoir entrée pour être compté parmi les beaux esprits du siècle.

La société de l'hôtel de Rambouillet ne fut pas exempte des défauts inhérents pour ainsi dire à ces sortes de réunions ; elle donna dans le pédantisme et dans une ridicule affectation de bel esprit, qui passa des écrits dans le langage ; travers dont Molière fit justice dans sa comédie des *Précieuses ridicules*. Néanmoins on convient généralement que cette société, en réveillant le goût des lettres, prépara les voies aux célèbres auteurs du grand siècle. Il n'est pas de notre sujet de nous étendre

---

(1) Jaillot semble avoir confondu ces deux hôtels, du moins ce qu'il en dit est si succinct et si embrouillé, qu'il est difficile de le comprendre.

davantage sur les assemblées littéraires qui donnèrent tant d'éclat à cet hôtel. Nous revenons à sa description.

Cet édifice, construit en briques, étoit décoré d'embrasures, de corniches, de frises, d'architraves et de pilastres de pierre (1). Le corps du bâtiment formoit quatre grands appartements ; le plus considérable étoit occupé par la marquise, qui y recevoit sa savante compagnie dans un superbe salon, dont la tenture étoit en velours bleu rehaussé d'or et d'argent. (Il est souvent parlé de cette salle dans les œuvres de Voiture, sous le nom de *la chambre bleue*.) Les fenêtres, dont l'ouverture prenoit depuis le plafond jusqu'en bas, laissoient jouir sans obstacle de l'air, de la vue et de la promenade du jardin, qui se trouvoit de niveau et contigu à cet appartement. Ce genre de croisées étoit sur-tout ce qui excitoit l'admiration ; car, si nous en croyons Sauval, c'étoit la marquise de Rambouillet qui avoit fourni aux architectes l'idée de cet embellissement inconnu jusqu'alors ; on devoit également à ses dessins la distribution aussi élégante que commode des appartéments, distribution qui servit depuis de modèle à une infinité de palais et de châteaux.

Cet hôtel passa ensuite dans la maison de Sainte-Maure-Montauzier, par le mariage de Charles de Sainte-Maure, duc de Montauzier, avec la célèbre Julie d'Angennes, fille de la marquise : il fut enfin possédé par les ducs d'Uzès, dont l'un avoit épousé la fille unique et seule héritière du duc de Montauzier et de Julie d'Angennes (2).

Hôtel de Sillery.

Cet hôtel, bâti par le commandeur Brûlart de Sillery, étoit situé sur

---

(1) A cette époque, la brique et la pierre étoient les seuls matériaux que l'on employât dans les grands bâtiments. C'est ainsi que furent bâtis la Place-Royale, Fontainebleau et plusieurs autres édifices publics. La rougeur de la brique, la noirceur de l'ardoise et la blancheur de la pierre formoient des nuances de couleur qui passoient alors pour très agréables. Des édifices publics cette construction passa dans les maisons particulières, mais on se dégoûta bientôt de cette bigarrure de mauvais goût ; elle fut même critiquée dès ce temps-là, et l'on trouvoit, avec quelque raison, qu'elle rendoit les maisons semblables à des châteaux de cartes.

(2) Sur une partie de l'emplacement qu'occupoit cet hôtel ont été élevés le bâtiment des écuries d'Orléans et le Vauxhall d'hiver ou Panthéon. Les écuries d'Orléans ont été construites sur les dessins de M. Poyet, architecte. Cet édifice a le caractère qui lui convient. Le Vauxhall étoit une salle de danse bâtie en 1784, pour remplacer l'ancien Vauxhall de la foire Saint-Germain, que l'on venoit d'abattre. On en a fait depuis le théâtre du Vaudeville.

l'emplacement de la place du Palais-Royal, et fut détruit peu de temps après la construction de ce palais (1).

Hôtel de Vendôme.

Nous en avons parlé en donnant la description de la place qui en a pris le nom, et qui a été élevée sur ses ruines (2).

Hôtel de la Petite-Bretagne.

Cet hôtel ou *manoir*, qui avoit appartenu aux ducs de Bretagne, étoit situé sur le terrain qu'occupe actuellement la rue de *Matignon* (3). Il fut donné, en 1428, au chapitre de Saint-Thomas-du-Louvre. En 1500, il y avoit en ce même endroit un hôtel appartenant à M. Jacques de Matignon, comte de Thorigni. Henri IV en fit depuis l'acquisition; et Louis XIII en fit présent, en 1615, au président Jeannin, contrôleur des finances, pour y ouvrir une rue.

Il y avoit encore dans ce quartier :
L'hôtel Chevilli, rue Basse-du-Rempart;
L'hôtel de Luxembourg, rue de Luxembourg;
L'hôtel de Roquelaure, rue Saint-Nicaise.
Ces trois hôtels n'existent plus.

HÔTELS EXISTANTS EN 1789.

Hôtel de Longueville.

Cet hôtel, qui existe encore, est situé de manière que l'une de ses façades donne sur la rue Saint-Thomas-du-Louvre, et l'autre sur la place du Carrousel. Construit sur les dessins de *Metezeau*, il offre beaucoup de mauvais goût dans son architecture, et, si l'on en excepte quelques peintures assez belles de *Mignard*, il ne renfermoit autrefois rien de bien

---

(1) Voyez page 407.
(2) Voyez page 457.
(3) Il ne faut pas confondre cette rue de Matignon avec la prolongation de la petite rue Verte, qui a reçu depuis peu le même nom. Celle-ci étoit voisine de la rue des Orties et de celle de Saint-Thomas-du-Louvre. Sur l'hôtel de la Petite-Bretagne, il faut consulter le 1er et le 2e plan de Paris.
(4) Voyez page 447.

curieux dans son intérieur; la seule circonstance qui le rende digne de remarque, c'est qu'il a servi de demeure à plusieurs personnages illustres : il en est souvent fait mention dans les mémoires du cardinal de Retz, et dans les historiens qui nous ont transmis les évènements de la minorité de Louis XIV (1).

Cet hôtel qui, dans le dix-septième siècle, appartenoit à M. de La Vieuville, fut acquis successivement par les ducs de Luynes, de Chevreuse, d'Epernon et de Longueville; il passa ensuite à Louis de Bourbon, comte de Soissons; et, par le mariage de sa fille, rentra depuis dans la maison de Luynes et de Chevreuse. Cette suite de princes et de grands seigneurs qui ont habité cet hôtel, et dont il a porté successivement le nom, sembloit lui promettre une destinée plus brillante que celle qu'il a éprouvée. En effet, après avoir servi pendant quelques années de remise pour les voitures de la cour, il fut vendu, en 1749, aux fermiers généraux, qui en firent le magasin et le bureau général du tabac (2).

Hôtel de Noailles.

Cet hôtel, situé rue Saint-Honoré, fut bâti pour Henri Pussort, conseiller d'état, et oncle du fameux Colbert. Il fut ensuite acheté par Pierre-Vincent Bertin, receveur général des parties casuelles, et revendu depuis par ses héritiers à Adrien Maurice, duc de Noailles. La grande porte est décorée de deux colonnes ioniques qui soutiennent un balcon, l'attique et l'entablement. Au fond de la cour est un péristyle, composé de six colonnes d'ordre dorique et orné de quatre niches.

Dans cet hôtel, remarquable par la beauté de ses appartements, on voyoit, avant la révolution, un superbe cabinet de tableaux, dont la collection, formée par le maréchal duc de Noailles, étoit une des plus précieuses de la capitale. On y trouvoit des morceaux de toutes les écoles, et, parmi ces peintures, plusieurs chefs-d'œuvre des plus grands maîtres.

---

(1) Il étoit alors un des principaux rendez-vous de la Fronde.

(2) Après la suppression des fermiers généraux cet hôtel fut acheté par une société particulière de négociants, qui y continuèrent la fabrication et la vente du tabac. Il appartient, depuis quelques années, au gouvernement, qui l'a fait démolir en partie : sa démolition entière entre dans le plan des travaux qui doivent réunir le Louvre aux Tuileries.

Hôtel de Beaujon.

Cet hôtel, situé rue du Faubourg-Saint-Honoré, est un des plus remarquables de Paris, tant par son architecture, que par sa magnificence et sa belle situation. Le comte d'Évreux le fit élever, en 1718, sur les dessins et sous la conduite de *Molet*, célèbre architecte. Madame de Pompadour l'ayant acquis, y fit faire plusieurs augmentations et embellissements, et l'occupa jusqu'à sa mort. Quelque temps après, Louis XV l'acheta du marquis de Marigni, pour en faire l'hôtel des ambassadeurs extraordinaires. On changea ensuite cette destination, et cet hôtel servit au garde-meuble de la couronne, en attendant qu'on eût achevé celui qu'on lui destinoit dans un des bâtiments de la place Louis XV. Enfin, il passa, en 1773, entre les mains de M. Beaujon, qui en fit sa demeure ordinaire, et dépensa des sommes énormes pour y réunir tout ce que les arts et le luxe pouvoient produire de plus rare, de plus exquis et de plus magnifique.

Ces hôtels sont les plus remarquables de ce quartier ; nous nous contenterons de donner la nomenclature des autres édifices de ce genre, qui y sont répandus en grand nombre, et principalement dans le faubourg Saint-Honoré.

Hôtel d'Andlau, rue des Champs-Elysées.
—— d'Armaillé, rue d'Aguesseau.
—— de Beauveau, rue des Saussayes.
—— de Beaufremont, rue d'Anjou.
—— de la Belinaye, même rue.
—— de Créqui, rue d'Anjou.
—— de Charost, faubourg Saint-Honoré.
—— de Contades, rue d'Anjou.
—— de Chastenaye, faubourg St-Honoré.
—— de Duras, rue de Duras.
—— d'Elbœuf (1), place du Carrousel.
—— de Fodoas, rue des Saussayes.

Hôtel de la Marck, rue d'Aguesseau.
—— de Nicolaï, rue d'Anjou.
—— de Mont-Bazon, faub. Saint-Honoré.
—— de la Rivière, rue d'Anjou.
—— de Rouault, même rue.
—— de Ray, faubourg Saint-Honoré.
—— de Soyecourt, rue de la Pologne.
—— de la Trimouille, même faubourg.
—— de la Vrillière, rue Saint-Florentin.
—— de Villequier-d'Aumont, rue Neuve de Luxembourg.
—— de la Vaupalière, faub. Saint-Honoré.

---

(1) Il vient d'être abattu.

Tome I. 67

JARDIN DE MOUCEAUX.

Avant l'époque de la dernière enceinte élevée sous Louis XVI, Mouceaux étoit un hameau situé hors de Paris, à l'extrémité septentrionale du quartier que nous décrivons, entre l'église paroissiale de Clichy et les dernières maisons de la ville. Il y avoit en cet endroit un château nommé *Belair*, appartenant à M. Grimod de La Reynière, fermier général ; à ce château étoit attachée une petite chapelle, dédiée sous l'invocation de saint Étienne, et qui servoit de succursale à l'église de Clichy.

C'est dans cet endroit que le dernier duc d'Orléans fit planter, en 1778, le jardin anglais connu aujourd'hui sous le nom de *jardin de Mouceaux*. Le dessinateur de ce délicieux paysage a trouvé le moyen de réunir dans un espace peu étendu tous les prestiges et tous les effets pittoresques qu'on peut désirer dans ce genre de plantations. Ce jardin n'a point cessé d'être entretenu avec le plus grand soin.

PÉPINIÈRES DU ROI.

Elles occupoient un terrain considérable que séparoit en deux la rue de Courcelles. On y cultivoit, en pleine terre, les arbres étrangers des espèces les plus rares.

ÉCURIES DU COMTE D'ARTOIS.

Elles sont situées sur les terrains de l'ancienne pépinière du roi (1), que ce prince avoit achetés. Commencées peu de temps avant la révolution, sur les dessins et sous la conduite de M. Bellanger son architecte, elles n'ont point été achevées et méritoient de l'être. La partie gauche, qui seule est terminée, offre des constructions très élégantes, qui font regretter de ne pouvoir jouir de l'ensemble d'un aussi joli monument.

---

(1) Au coin de la rue Neuve-de-Berri et de celle du Faubourg du Roule.

BARRIÈRES.

Les limites du quartier du Palais-Royal, du côté du couchant, terminent la ville de Paris dans un espace qui s'étend depuis le bord de la rivière jusqu'au-delà du jardin de Mouceaux. Il y a dans cette partie des nouvelles murailles élevées sous Louis XVI, huit barrières qui se présentent dans l'ordre suivant :

1. Barrière des Bons-Hommes.		5. Barrière de Chaillot.	
2. ——— de Passy.		6. ——— du Roule.	
3. ——— de Longchamps.		7. ——— de Courcelles.	
4. ——— du Réservoir,		8. ——— de Montmartre (1).	

(1) On trouvera à la fin de cet ouvrage une description détaillée des barrières de Paris, qui sont au nombre de cinquante, et dont plusieurs sont remarquables par l'élégance et le bon style de leur architecture.

RUES ET PLACES
DU QUARTIER DU PALAIS-ROYAL.

Rue d'Anglade. Elle va de la rue Traversière à la rue Sainte-Anne ; elle doit son nom à un maître cartier, nommé Gilbert d'*Anglade*, qui, en 1639, acheta un emplacement rue des Moulins, sur lequel celle-ci a été ouverte. Dans un censier de l'archevêché, de 1663, elle est nommée *Anglas* par altération, et cette erreur a porté Sauval à lui chercher de fausses étymologies, et à rejeter la véritable.

Rue d'Angoulême. Cette rue, percée depuis 1780, aboutit d'un côté dans la rue du Faubourg du Roule, et de l'autre dans celle de Ponthieu.

Rue d'Anjou. Elle aboutit à la rue du Faubourg-Saint-Honoré, et à celle de la Ville-l'Evêque ; elle étoit bâtie et connue sous ce nom dès l'an 1649. Elle est nommée dans un plan manuscrit *rue des Morfondus,* dite *d'Anjou.*

Rue Sainte-Anne. La partie de cette rue qui dépend de ce quartier commence au carrefour *des Quatre Cheminées,* et finit à la rue Neuve-des-Petits-Champs. Cette rue, percée en 1633, prit le nom de Sainte-Anne, en l'honneur d'Anne d'Autriche, épouse de Louis XIII. Elle n'alloit encore, en 1663, que jusqu'à la rue Clos-Georgeot, au-dessus de laquelle étoient deux moulins qui l'avoient fait appeler *rue des Moulins,* et du *Terrain aux Moulins.* Auparavant, cet endroit est nommé dans les anciens titres de l'archevêché *la Place au Sang* et la *Basse-Voirie.* C'étoit à l'entrée de cette rue qu'étoit le marché aux pourceaux, qu'on y avoit placé en 1528, et qui subsistoit encore en 1609.

Rue de l'Arcade, ou *de la Pologne.* Elle va de la rue de la Magdeleine à celle de Saint-Lazare, vulgairement dite des Porcherons. Elle doit le premier nom à une arcade ou voûte qui servoit à faciliter la communication des jardins des religieuses de la Ville-l'Evêque ; le second à une maison et terrain appelé la Petite Pologne (1), où elle conduisoit. Cette rue se trouve indiquée dans quelques titres de l'archevêché, sous le nom d'*Argenteuil.*

Rue d'Argenteuil. Elle aboutit d'un côté rue des Frondeurs, de l'autre à la rue Neuve-Saint-Roch, et est ainsi nommée parcequ'elle est bâtie sur l'ancien chemin qui conduit à Argenteuil.

---

(1) La rue *sans nom** qui fait suite à celle de l'Arcade, et se prolonge jusqu'à la barrière de Mouceaux, se nomme maintenant rue du *Rocher* ; la rue des *Grésillons* y aboutit d'un côté, et plus loin il y a une autre rue aussi transversale, ou plutôt un chemin que l'on nomme rue de *la Bienfaisance.*

* Il ne faut pas oublier que les plans que nous donnons ne vont que jusqu'en 1789

Entre cette rue et celle des Moineaux et des Orties, étoit placé au dix-septième siècle le marché aux chevaux. Il y est resté jusqu'en 1667. Anciennement cet endroit s'appeloit *la Haute-Voirie du faubourg Saint-Honoré*. Il est ainsi désigné dans un titre du 12 mars 1564.

Il y a dans la rue d'Argenteuil un passage qui communique à la rue Saint-Honoré. Il règne le long de l'église Saint-Roch et y conduit. C'étoit anciennement un cul-de-sac sous le nom de Saint-Roch, qui aboutissoit à une des portes de l'église avant sa reconstruction. Il y en avoit un semblable du côté de la rue Saint-Honoré.

Rue d'Astorg. Cette rue située dans le faubourg Saint-Honoré, et ouverte depuis 1779, donne d'un bout dans la rue Roquepine, et finit de l'autre à un carrefour où viennent aboutir les rues des Saussayes, de Surêne et de la Ville-l'Evêque. Elle doit son nom à une famille distinguée qui y avoit un hôtel (1).

Rue aux Bassins. C'est une ruelle sans maisons, située dans Chaillot, vis-à-vis la barrière de Longchamps.

Rue des Batailles. Cette rue, située dans Chaillot, n'a fait partie de la ville qu'à l'époque où ce village y a été renfermé. Elle fait la continuation de la grande rue de Chaillot jusqu'à la barrière de Passy, où étoit autrefois situé le couvent de la Visitation (2).

Rue de Beaujolois. Elle a été percée depuis 1780 sur l'ancien emplacement des Quinze-Vingts. Elle donne d'un bout dans la rue de Chartres, et de l'autre dans celle de Valois.

Rue de Berri. Cette rue, également ouverte depuis 1780, donne d'un côté dans la rue du Faubourg du Roule, et de l'autre dans celle de Ponthieu, et sur l'avenue de Neuilly. Elle se nomme maintenant rue *Neuve de Berri*.

Rue des Blanchisseuses. C'est une ruelle de Chaillot qui sépare des jardins, et aboutit d'un côté à la grande rue de ce village, de l'autre à l'allée des Veuves (3).

Rue des Boucheries. Elle va de la rue Saint-Honoré dans celle de Richelieu ; elle

---

(1) Vis-à-vis la rue d'Astorg, et dans la même direction, il a été percé, depuis 1789, une rue qu'on nomme *Maisonneuve ;* elle aboutit à la rue de la Pépinière. A gauche de cette rue est une autre rue de traverse aussi nouvellement percée, et qu'on nomme rue *Saint-Michel*.

La rue Maisonneuve se prolonge par-delà la rue de la Pépinière, qu'elle traverse jusqu'à une rue qu'on nomme de la *Petite-Voirie*. Dans cette partie elle est traversée par deux autres rues, dont l'une se nomme des *Grésillons*, et l'autre de *la Voirie*. On y jette des immondices.

(2) Au bout de la rue des Batailles, du côté de la barrière, est la ruelle *Sainte-Marie*.

Il y a une autre rue qui communique de la rue des Batailles dans la rue Nouvelle de Lubeck, laquelle se nomme aussi rue *Sainte-Marie*.

La première ruelle *sans nom*, à droite de la rue des Batailles, en descendant vers la rue de Chaillot, se nomme aujourd'hui rue de *Magdebourg*.

Il y a de plus, entre cette rue des Batailles et celle de Chaillot, trois petites rues transversales, dont une, qui est fermée, se nomme rue *des Champs ;* les deux autres sont *sans nom*.

(3) L'allée des Veuves, qui termine les Champs-Élysées de ce côté, donne d'un bout dans la grande allée, et de l'autre sur le quai, à l'extrémité du Cours-la-Reine.

fut bâtie vers l'an 1638. Son nom lui vient de la boucherie des Quinze-Vingts, qui fut construite vis-à-vis, lorsqu'on démolit la porte Saint-Honoré pour la reporter plus loin.

Rue Brunette. Cette rue donne d'un côté dans la grande rue de Chaillot et la rue des Batailles, de l'autre dans la rue basse de Chaillot. Elle se nomme aujourd'hui rue *Gasté*.

Rue du Carrousel. Elle étoit ainsi nommée de la place qui est devant le château des Tuileries, et aboutissoit à la rue l'Echelle. Elle avoit été bâtie sur l'emplacement des fossés qui régnoient le long des murailles de la ville, lorsque l'enceinte de ces murailles suivoit la rue Saint-Nicaise.

Grande rue de Chaillot. Cette rue, qui traverse presque tout le village de ce nom, donne d'un côté dans l'avenue de Neuilly, de l'autre dans celle des Batailles (1).

Rue Basse de Chaillot. Elle donne d'un côté dans la grande rue de Chaillot, de l'autre sur le quai de la Savonnerie (2).

Rue des Champs-Élysées. Elle conduit du Faubourg-Saint-Honoré aux Champs-Élysées et à la place Louis XV. Ce n'étoit jadis qu'un simple chemin sur lequel on a bâti quelques maisons au commencement de ce siècle. On la nommoit anciennement, ainsi que la rue de la Magdeleine, *l'Abreuvoir-l'Évêque*. Le plan de La Caille, de 1714, est le premier qui l'indique sous le nom de la *Bonne-Morue*, qu'elle a conservé jusqu'en 1769, où celui qu'elle porte aujourd'hui lui fut donné.

Rue de Chartres. Cette rue, percée depuis 1780, sur l'ancien emplacement des Quinze-Vingts, aboutit d'un côté à la place du Palais-Royal, de l'autre à la rue Saint-Nicaise (3).

Rue du Chemin Vert, ou *Rue Verte.* Elle aboutit à la rue du Faubourg-Saint-Honoré et à celle de la Ville-l'Evêque. Ce nom lui vient sans doute de l'herbe qui croissoit des deux côtés du chemin sur lequel elle a été bâtie. On l'appeloit anciennement *rue des Marais;* elle est connue plus généralement aujourd'hui sous le nom de *Rue Verte.* Il y a dans cette rue une caserne d'infanterie.

Rue Clos-Georgeot. Elle donne d'un bout dans la rue Saint-Anne, de l'autre dans la rue Traversière. Quand on commença à bâtir sur la pente de la butte Saint-Roch, on ouvrit cette rue sur le jardin d'un particulier dont elle prit le nom. Plusieurs titres font mention de ce clos qui est nommé *Jargeau* dans les archives de l'archevêché.

Rue du Colisée. C'étoit un chemin qui conduisoit à une espèce d'amphithéâtre bâti vers l'an 1772, où se donnoient des fêtes et où l'on tiroit des feux d'artifice. Cet édifice

---

(1) Le premier chemin *sans nom* qui aboutit dans cette rue, à droite en entrant par l'avenue, se nomme aujourd'hui rue *des Vignes*.

(2) Vis-à-vis cette rue est une rue *sans nom*, où sont les réservoirs de la pompe à feu.

(3) Il y a une autre rue de Chartres qui fait suite à celle de Courcelles, jusqu'à la barrière du même nom; on la nomme aujourd'hui rue *de Mantoue*. Près de cette barrière est une rue *sans nom* en 1789, qui s'appelle aujourd'hui rue *de Milan*.

a été détruit, mais la rue existe toujours. Elle donne d'un côté dans la rue du Faubourg-Saint-Honoré, de l'autre dans l'avenue des Champs-Élysées (1).

Rue de Courcelles ou *de Villiers*. On donnoit autrefois ces deux noms à cette rue, qui n'a conservé que le premier. C'étoit alors un simple chemin qui conduisoit du faubourg Saint-Honoré près l'église du Roule à Villiers-la-Garenne et à Courcelles.

Rue d'Aguesseau. Elle aboutit d'un côté dans la rue de Surêne, et de l'autre dans celle du Faubourg-Saint-Honoré, et doit son nom à M. d'Aguesseau, conseiller au parlement, qui la fit percer pour communiquer à un marché qu'il avoit eu la permission d'établir en cet endroit, et qui a été transféré depuis dans la rue du Chemin du Rempart.

Rue du Dauphin. Elle donne d'un bout rue Saint-Honoré, vis-à-vis Saint-Roch, de l'autre à la porte du jardin des Tuileries. Cette rue s'appeloit autrefois *rue de Saint-Vincent*. Elle est ainsi indiquée en 1575. On l'a ensuite appelée cul-de-sac Saint-Vincent, parcequ'on la fermoit toutes les nuits du côté des Tuileries. Elle a porté ce nom jusqu'au mois de novembre 1744, que Louis XV, à son retour de Metz, étant venu habiter quelques jours les Tuileries, le dauphin son fils passa par cette rue pour aller entendre la messe à Saint-Roch. Pendant le peu de temps qu'il resta à l'église, on enleva l'inscription de cul-de-sac de Saint-Vincent, pour y substituer celle de cul-de-sac du Dauphin, qu'elle a conservé jusqu'en 1789.

Rue du Doyenné. Elle aboutit dans la rue Saint-Thomas-du-Louvre et dans le cul-de-sac du même nom. On l'a nommée rue du Doyenné, parcequ'elle a été ouverte au milieu de la maison et de la cour du doyen de Saint-Thomas, depuis Saint-Louis du Louvre.

Rue de Duras. Elle commence à la rue du Faubourg-Saint-Honoré, et aboutit à l'ancien marché d'Aguesseau. Elle a pris son nom de l'hôtel de Duras, le long duquel elle est située.

Rue de l'Echelle. Elle va de la rue Saint-Honoré à la place du Carrousel. Quelques uns ont pensé que cette rue avoit pris son nom de l'échelle patibulaire que les évêques de Paris avoient eue dans cet endroit: quoiqu'il n'y ait point de preuves suffisantes pour appuyer cette opinion, cependant il est certain qu'au milieu du 17e siècle la barrière des Sergents du For-l'Evêque étoit placée au coin de cette rue.

Rue l'Évêque. Elle va d'un bout au carrefour des Quatre Cheminées, de l'autre à celui que forment les rues des Moineaux, des Moulins et des Orties. On présume que son nom lui vient de ce qu'elle a été ouverte sur la haute *voirie* qui appartenoit à l'évêque de Paris. Plusieurs titres qui remontent au commencement du règne de Louis XIII parlent de cette rue, et quelques uns nous apprennent qu'elle s'appeloit anciennement rue du *Culloir*, sans nous donner l'étymologie de ce nom.

Rue Saint-Florentin. Elle va de la rue Saint-Honoré aux Tuileries; elle s'appeloit auparavant *Cul-de-sac de l'Orangerie*, et devoit ce nom à l'orangerie du roi qui se

---

(1) On a percé depuis peu une rue nouvelle qui fait angle avec celle du Colisée, et se nomme *Rue Montagne.*

trouvoit au bout. Il paroît, par les titres de Saint-Eloi, que l'alignement en fut pris en 1640, et que, dès 1651, on la nommoit rue de l'Orangerie. Cependant Gomboust et Bullet ne lui donnent que le nom de *cul-de-sac*. Le duc de La Vrillière, ministre et secrétaire d'état, ayant fait bâtir un hôtel dans cette rue, elle changea de nom, et prit, le 26 janvier 1767, celui de rue Saint-Florentin, sous lequel ce ministre étoit alors connu.

Rue des Frondeurs. Elle aboutit à la rue Saint-Honoré et au carrefour des Quatre Cheminées. On ignore le nom que cette rue portoit anciennement; car s'il est vrai que le mot *Frondeurs* vienne des troubles connus dans notre histoire sous le nom de *Fronde*, elle n'a pu être appelée ainsi que depuis 1648.

Rue du Hasard. Elle va de la rue Traversière à la rue Sainte-Anne; on ignore à quelle occasion elle a pris ce nom, sous lequel elle est déjà indiquée, en 1622, dans un censier de l'archevêché.

Rue Hébert. Nous ignorons l'étymologie du nom de ce chemin, qui aboutit d'un côté à la grande rue de Chaillot, et de l'autre au terrain vague qui sépare ce village des murs de la ville. On le nomme maintenant rue Sainte-Geneviève (1).

Rue Saint-Honoré. La partie de cette rue qui dépend de ce quartier, commence au coin de la rue des Bons-Enfants, et finit au boulevard (2).

Rue du Faubourg-Saint-Honoré. Elle commence au boulevard, et finit à celle du Roule; on l'appeloit en 1635 la chaussée du Roule, parcequ'elle conduisoit à ce village.

Rue de Longchamps. C'est un chemin qui donne, comme la rue Hébert, dans la grande rue de Chaillot, et se prolonge à travers les champs jusqu'à la barrière du même nom.

Rue Saint-Louis. Elle donne d'un bout dans la rue Saint-Honoré, et de l'autre dans celle de l'Echelle. On présume qu'elle doit son nom au voisinage de l'hôpital des Quinze-Vingts, fondé par saint Louis, ou à la rue Saint-Honoré, qui, comme nous l'avons dit, s'appeloit anciennement, dans cet endroit, *Grande Rue Saint-Louis.* Gomboust et Bullet nous apprennent, dans leur plan, que cette rue se nommoit anciennement rue de *l'Échaudé.*

Rue Neuve de Luxembourg. Elle donne d'un bout dans la rue Saint-Honoré, de l'autre sur le boulevard. Elle doit son nom au maréchal duc de Luxembourg, qui avoit son hôtel sur le terrain qui forme aujourd'hui cette rue.

Rue de la Magdeleine. Elle commence à la rue du Faubourg-Saint-Honoré, et aboutissoit en 1789 à celle de l'Arcade et à l'église paroissiale dont elle a pris le nom. On l'a aussi appelée rue de *l'Évêque* et de *l'Abreuvoir-l'Évêque.* Elle est ainsi indiquée dans les procès-verbaux de 1637 et de 1642 (3).

---

(1) Le chemin *sans nom* qui descend de la barrière de Passy à la rue *Hebert* se nomme maintenant rue de *Lubeck.*

(2) Sur les changements de nom qu'elle a éprouvés, voyez page 413.

(3) Cette rue, se prolongeant maintenant à travers les jardins qui avoisinoient l'église, vient aboutir à celle de l'Arcade, vis-à-vis la rue des Mathurins. Dans ce prolongement elle a une communication *sans nom* avec la rue d'Anjou, laquelle est située à son couchant.

Rue du Marché. Cette rue conduisoit à un marché qui a été transféré près la porte Saint-Honoré, et c'est de là qu'elle avoit pris son nom ; elle a son entrée dans la rue d'Aguesseau et dans celle de Surène.

Rue de Marigny. On donne ce nom à une avenue plantée d'arbres, qui aboutit d'un côté à la rue du Faubourg-Saint-Honoré, de l'autre aux Champs-Élysées ; elle est située en face de l'hôtel Beauveau, et se prolonge le long de celui que fit bâtir la marquise de Pompadour, et qui appartint depuis à son frère le marquis de Marigny. Elle fut ouverte lors des nouvelles plantations qui furent faites par ordre de ce directeur général des bâtiments, jardins, etc.

1ʳᵉ *Rue de Matignon.* Elle aboutit d'un côté dans la rue des Orties, de l'autre, par un retour d'équerre, dans le cul-de-sac de Saint-Thomas-du-Louvre. Cet emplacement formoit au quinzième siècle l'hôtel, la place et les jardins de la Petite-Bretagne, qui avoient appartenu aux ducs de Bretagne. Elle doit son nom à M. Jacques de Matignon, comte de Thorigny, qui y fit bâtir un hôtel. C'étoit au bout de cette rue qu'étoit située la prevôté de l'hôtel, ou l'hôtel du grand-prevôt.

2ᵉ *Rue de Matignon.* Elle aboutit d'un côté à la rue du Faubourg-Saint-Honoré, de l'autre aux Champs-Élysées, vis-à-vis l'allée des Veuves. C'étoit autrefois une prolongation de la petite rue Verte.

Rue de Miromesnil. Elle a été ouverte en 1779, et aboutit d'un côté à la rue du Faubourg-Saint-Honoré, et de l'autre à celle de la Pépinière ; elle doit son nom au chancelier Maupeou, qui étoit de cette famille.

Rue des Moineaux. Elle a une de ses extrémités dans la rue Neuve-Saint-Roch, l'autre dans celle des Orties. Elle étoit connue sous ce nom dès l'an 1561.

Rue de Mouceaux. C'est une rue percée depuis 1780, qui donne d'un côté dans la rue du Faubourg du Roule, de l'autre dans celle de Courcelles (1).

Rue des Moulins. Elle donne, d'un bout, à l'extrémité de la rue l'Evêque, de l'autre dans la rue Thérèse, et doit son nom à deux moulins situés sur la butte Saint-Roch, auxquels elle conduisoit, et qu'on a détruits, lorsqu'après avoir aplani cette butte, on a couvert de maisons l'espace qu'elle occupoit.

Rue des Mulets. Elle traverse de la rue d'Argenteuil dans celle des Moineaux. Le voisinage des moulins pourroit bien lui avoir fait donner le nom qu'elle porte, à cause des mulets qui portoient le blé et rapportoient la farine ; elle est indiquée dans le censier de l'archevêché de 1663.

Rue Saint-Nicaise. Elle va de la rue Saint-Honoré dans celle des Orties, et occupe l'emplacement du rempart de l'enceinte de Charles V. Elle doit son nom à une chapelle de Saint-Nicaise qui servoit à l'usage de l'hôpital des Quinze-Vingts vers le milieu du quinzième siècle (2).

---

(1) Vis-à-vis cette rue est une rue *sans nom* avant 1789, maintenant nommée rue *de l'Oratoire.*

(2) Il y avoit dans cette rue plusieurs hôtels remarquables ; l'école de l'Académie de Musique y étoit autrefois située. Tous ces édifices ont été abattus, et la place du Carrousel a été agrandie de près de la moitié de la rue Saint-Nicaise.

1re *Rue des Orties.* Elle règne le long des galeries du Louvre; elle a porté le nom de *Saint-Nicolas-du-Louvre, de rue des Galeries.* On appeloit aussi cet endroit le rempart du Louvre. Jaillot dit que c'étoit anciennement un mur qui régnoit le long du quai, et qui pouvoit être garni d'orties, d'où cette rue ainsi que la suivante auront reçu leur nom (1).

2e *Rue des Orties.* Elle va de la rue Sainte-Anne à celle d'Argenteuil. Elle se trouve mentionnée sous ce nom dans le censier de l'archevêché de 1623.

Rue de la Pépinière. Cette rue, qui se prolonge le long de l'espace qu'occupoit, avant la révolution, la pépinière du roi, n'a pris le nom qu'elle porte que depuis 1780. Avant cette époque, c'étoit un chemin sans dénomination fixe. Elle donne d'un côté dans la rue de Courcelles, de l'autre, dans celle des Porcherons, située hors du quartier (2).

Rue de Poitiers. Cette rue nouvelle, percée depuis 1780, aboutit d'un côté dans la rue Neuve-de-Berri, de l'autre dans celle d'Angoulême.

Rue du Pont. Cette petite ruelle est située entre la grande rue de Chaillot et la rue Basse du même nom.

Rue de Ponthieu. Cette rue, percée en même temps que la rue de Poitiers, est située dans la même direction, mais plus près de l'avenue de Neuilly; elle communique également dans les rues Neuve-de-Berri et d'Angoulême.

Rue Quatremère. Cette rue, qui doit son nom à une famille connue de Paris, a été aussi ouverte à travers les champs qui bornoient auparavant la rue d'Anjou. Elle fait la continuation de cette rue, et va aboutir à celle de la Pépinière (3).

Rue du Rempart. Elle va d'un bout dans la rue Saint-Honoré, de l'autre dans celle de Richelieu; elle doit son nom à une partie de l'enceinte de Charles VI sur laquelle elle est située. En 1636, elle s'appeloit rue *Champin.*

Rue du Chemin du Rempart. Elle commence au coin de la rue de Surène, et règne le long du rempart jusqu'à l'entrée du faubourg Saint-Honoré; c'est ce qui lui en a fait donner le nom. Elle portoit anciennement celui de Chevilly. La partie opposée se nomme rue Basse du Rempart, parcequ'elle est effectivement plus basse que le boulevard (4).

Rue de Richelieu. La partie de cette rue qui se trouve dans ce quartier commence à la rue Saint-Honoré et finit à la rue Neuve-des-Petits-Champs. Le cardinal de Richelieu

---

(1) Quelques auteurs font terminer cette rue au second guichet, et, depuis cet endroit jusqu'à la cour des Tuileries, l'appellent rue *de la Monnoie, de la Monnoie-du-Louvre* et *de la Petite-Monnoie.*

(2) Il y a une caserne d'infanterie dans cette rue. On a percé sur son côté septentrional une rue nouvelle qui va aboutir à celle de *Saint-Michel,* et qu'on nomme rue de *Saint-Jean-Baptiste.*

(3) La rue *Quatremère* a maintenant perdu son nom, et fait suite à la rue d'Anjou.

(4) C'est dans cette rue qu'est la principale entrée du marché d'Aguesseau, lequel fut établi dans cet endroit pour la commodité des habitants du faubourg Saint-Honoré et du Roule, par les soins de Joseph-Antoine d'Aguesseau, conseiller honoraire au parlement. Il l'avoit d'abord placé, en 1723, sur un terrain plus éloigné qu'il avoit obtenu par échange de madame de Duras. Depuis on jugea qu'il étoit avantageux de rapprocher ce marché de la ville; et des lettres-patentes ayant été obtenues à cet effet en 1745, il fut ouvert, le 2 juillet 1746, sur l'emplacement qu'il occupe encore aujourd'hui, lequel appartenoit à *André Mol de Lurieux,* avocat au conseil.

ayant fait bâtir le Palais-Royal, et abattre à cet effet les anciens murs de la clôture de Charles V, on ouvrit cette rue. Elle fut d'abord nommée *Royale ;* mais, peu après, elle prit le nom de Richelieu.

Rue Neuve-Saint-Roch. Elle donne d'un côté dans la rue Saint-Honoré, et de l'autre dans la rue Neuve-des-Petits-Champs ; elle doit son nom à l'église Saint-Roch, dont la principale entrée y étoit située avant qu'on l'eût rebâtie. Elle s'appeloit auparavant rue de *Gaillon. Sauval* dit qu'on la nommoit, en 1495, la ruelle *Michaut-Riegnaut,* en 1521 *Michaut-Regnaut ,* et en 1578 rue de *Gaillon,* du nom de l'hôtel qui en faisoit le coin.

Rue de Rohan. Cette rue, située en face de celle de Richelieu, sur l'ancien terrain des Quinze-Vingts, communique d'un côté avec la rue Saint-Honoré, de l'autre aboutit à la rue de Chartres.

Rue Roquépine. La rue Roquépine a été percée en même temps que la rue d'Astorg, et donne d'un côté dans la rue Verte, de l'autre à la jonction des rues d'Anjou et Quatremère (1).

Rue du Roule. C'est la continuation de la rue du Faubourg-Saint-Honoré. Elle doit son nom au petit village du Roule, réuni à celui de la Ville-l'Évêque, et déclaré ensuite faubourg de Paris. Ce village a porté anciennement les noms de *Rollus* ou *Rotulus,* et étoit distingué en haut et bas Roule.

Rue Rousselet. Cette rue, percée le long de l'emplacement de l'ancien Colisée, donne d'un côté dans les Champs-Élysées, de l'autre dans la rue du Colisée (2).

Première rue Royale. Elle va de la rue Neuve-des-Petits-Champs dans la rue Thérèse. On l'a nommée d'abord rue Neuve-de-Richelieu. On lui donna ensuite le nom de Royale, lorsqu'on fit porter le nom de la Reine à celle dans laquelle elle aboutit.

Deuxième rue Royale. Elle va de la rue Saint-Honoré à la place de Louis XV, à laquelle elle sert de principale entrée de ce côté ; elle a été tracée en même temps que cette place (3).

Rue des Saussaies. Elle aboutit d'un côté à la rue du Faubourg-Saint-Honoré, et de l'autre aux extrémités des rues de Surène et de la Ville-l'Évêque. Elle a porté les noms de rue des *Carrières ,* de la *Couldraie ,* des *Saussaies ,* de *Chemin de la Saussaie ,* vraisemblablement parcequ'il y avoit dans ce terrain des carrières, des coudres et des saules. Plus anciennement elle fut appelée *ruelle Baudet.*

---

(1) Elle se prolongeoit autrefois jusqu'à la rue de l'Arcade : ce passage a été fermé.

(2) Sur le parallèle de cette rue, qui n'est encore qu'un chemin garni de murs, sont jalonnées deux rues faisant face aux Champs-Élisées, l'une sous le nom de *Le Nôtre ,* l'autre sous celui de *Ponthieu ,* parcequ'elle fait suite à la rue de ce nom, dont nous avons déjà parlé.

(3) Cette rue est fameuse par l'évènement désastreux arrivé le 30 mai 1770, au milieu des fêtes données à l'occasion du mariage du dauphin. On venoit de tirer un feu d'artifice sur la place Louis XV ; la foule des spectateurs, se portant dans la rue Royale, y rencontra une foule non moins nombreuse qui venoit du côté opposé ; et de la violence de ces deux masses qui s'entre-choquoient, il résulta un tel désordre, une presse si horrible, que plus de 300 personnes restèrent mortes sur la place, sans compter un grand nombre qui moururent après des suites de leurs blessures.

Rue de la Sourdière. Elle va de la rue Saint-Honoré au cul-de-sac de la Corderie; elle doit son nom à M. de La Faye, sieur de La Sourdière, qui avoit sa maison dans cet endroit. Ce n'étoit, au milieu du dix-septième siècle, qu'une longue allée qui régnoit le long de cette maison et de ses jardins. On voit, par un procès-verbal de 1640, qu'il y avoit trois maisons contiguës qui passèrent au sieur *Guiet de l'Épine,* et le passage ayant été élargi, prit le nom de *l'Épine-Guiet,* et de *Guiet-l'Épine.* Il est ainsi désigné en 1663 ; mais dès l'année suivante on le voit sous le nom de la *Sourdière,* qu'il a conservé (1).

Le passage qui conduisoit de cette rue aux Jacobins étoit une ruelle ou cul-de-sac nommé le cul-de-sac de Saint-Hyacinthe, du nom d'un des saints de cet ordre.

Rue de Surène. Elle aboutit à la rue des Saussaies et au boulevard. C'étoit anciennement un simple chemin qui conduisoit au village de Surène. C'étoit dans cet endroit qu'on avoit d'abord placé le marché d'Aguesseau dont nous venons de parler.

Rue Thérèse. Elle va de la rue Sainte-Anne à la rue Ventadour. On l'ouvrit lorsqu'on aplanit la butte Saint-Roch. Le nom qu'elle porte lui fut donné en l'honneur de Marie-Thérèse d'Autriche, épouse de Louis XIV. Il paroît cependant qu'il ne lui fut donné qu'après la mort de cette princesse ; car ce n'est que depuis 1692 qu'on la trouve distinguée de la rue du Hasard, et indiquée sous le nom de rue Thérèse.

Rue Saint-Thomas-du-Louvre. Elle aboutit d'un côté à la rue Saint-Honoré et à la place du Palais-Royal ; de l'autre à la rue des Orties et aux galeries du Louvre. Ce nom lui vient d'une église de Saint-Thomas, située dans cette rue, et que depuis sa reconstruction on appela Saint-Louis-du-Louvre. On la nommoit anciennement la rue des Chanoines, *Strata Canonicorum.* On lui donna ensuite le nom qu'elle porte aujourd'hui, *Vicus S. Thomæ de Lupera.*

Rue Traversière. Elle est ainsi nommée parcequ'elle traverse de la rue Saint-Honoré dans celle de Richelieu. Dans quelques titres qui remontent jusqu'à 1623, elle est appelée rue *Traversante, de la Brasserie* et *du Bâton Royal* (2).

Rue de Valois. Elle a été percée sur l'emplacement des Quinze-Vingts, et donne d'un côté dans la rue Saint-Honoré, de l'autre dans celle de Rohan.

Il y a une autre *rue de Valois,* située devant le jardin de Mouceaux, qui aboutit d'un côté à la rue de Courcelles, et se prolonge jusqu'à la barrière qui porte aussi le nom de Mouceaux.

Rue de Ventadour. Elle aboutit d'un côté dans la rue Neuve-des-Petits-Champs, et de l'autre dans la rue Thérèse. On la nommoit autrefois *rue Saint-Victor,* ensuite elle s'est prolongée jusqu'à la rue des Moineaux, et sous le nom de *Ventadour* ou de *Lionne,*

---

(1) A l'extrémité de cette rue se trouve le cul-de-sac *de la Corderie.* On l'a aussi appelé autrefois cul-de-sac *Peronelle,* dénomination prise de son emplacement, qu'on nommoit ainsi. On y entre par la rue Neuve-Saint-Roch.

(2) Dans cette rue est un cul-de-sac nommé le cul-de-sac *de la Brasserie,* qui doit ce nom à une maison dite de la Brasserie qui en faisoit le coin en 1668.

elle se continuoit au-delà de la rue Neuve-des-Petits-Champs. Elle tient le nom qu'elle porte maintenant de la famille de Ventadour.

Petite rue Verte. Elle donne d'un bout dans la rue du Faubourg-Saint-Honoré, de l'autre dans la rue Verte.

Rue Villedo. Elle traverse de la rue Sainte-Anne dans la rue de Richelieu ; elle doit son nom aux sieurs Guillaume et François *Villedo*, intendants généraux des bâtiments du roi et des ponts-et-chaussées, qui avoient, en 1667, plusieurs possessions à la butte Saint-Roch, sur lesquelles cette rue a été ouverte.

Rue de la Ville-l'Évêque. Elle commence à la rue de l'Arcade, à l'ancienne extrémité de la rue de la Magdelaine, et finit à la rue des Saussaies. Son nom lui vient du territoire sur lequel elle est située, qui appartenoit à l'évêque et au chapitre de Notre-Dame, et dont plusieurs titres du treizième siècle font mention sous le même nom de *Villa Episcopi*.

Quais.

Quai des galeries du Louvre. Il commence au premier guichet, appelé *de la rue Froi-Manteau*, et finit au bout du Pont-Royal. A l'entrée de ce quai est le port *Saint-Nicolas*, lequel a pris son nom de l'église collégiale qui en étoit voisine; c'est à ce port qu'abordoient, avant la révolution, les marchandises qui venoient des pays étrangers, en remontant la Seine. C'est encore là que l'on décharge aujourd'hui les barques qui apportent les productions de la Normandie, etc. Avant la construction du nouveau pont, dit *Pont des Arts*, on passoit la rivière à cet endroit dans des bateaux.

Quai des Tuileries ou *de la Conférence.* Il commence au bout du Pont-Royal, et finit à l'endroit où étoit anciennement la porte dont il a pris le nom. C'est de l'entrée de ce quai que partent, tous les jours, les galiotes de Saint-Cloud et de Sève.

Port aux Pierres. Il est situé vis-à-vis le Cours-la-Reine.

Quai de la Savonnerie. Il commence à l'extrémité du Cours-la-Reine, et finit à la barrière des Bons-Hommes. On le nomme maintenant quai *de Billy* et *de la Conférence*.

Nota. A l'angle que forme la jonction des rues *de l'Échelle* et *Saint-Louis* est une fontaine nommée *Fontaine du Diable*.

FIN DU TOME PREMIER.

TABLE DES MATIÈRES

CONTENUES DANS LE PREMIER VOLUME

DU TABLEAU HISTORIQUE ET PITTORESQUE DE PARIS,

DEPUIS LES GAULOIS JUSQU'A NOS JOURS.

QUARTIER DE SAINT-JACQUES-DE-LA-BOUCHERIE.

(Histoire de Paris depuis Hugues-Capet jusqu'à Philippe-Auguste.)

QUARTIER SAINTE-OPPORTUNE.

QUARTIER DU LOUVRE OU SAINT-GERMAIN-L'AUXERROIS.

(*Histoire de Paris, depuis Louis VIII jusqu'au roi Jean.*)

QUARTIER DU PALAIS-ROYAL.

FIN DE LA TABLE DU TOME PREMIER.

BIBLIOTHÈQUE NATIONALE — Don Nº 55586 — IMPRIMÉS

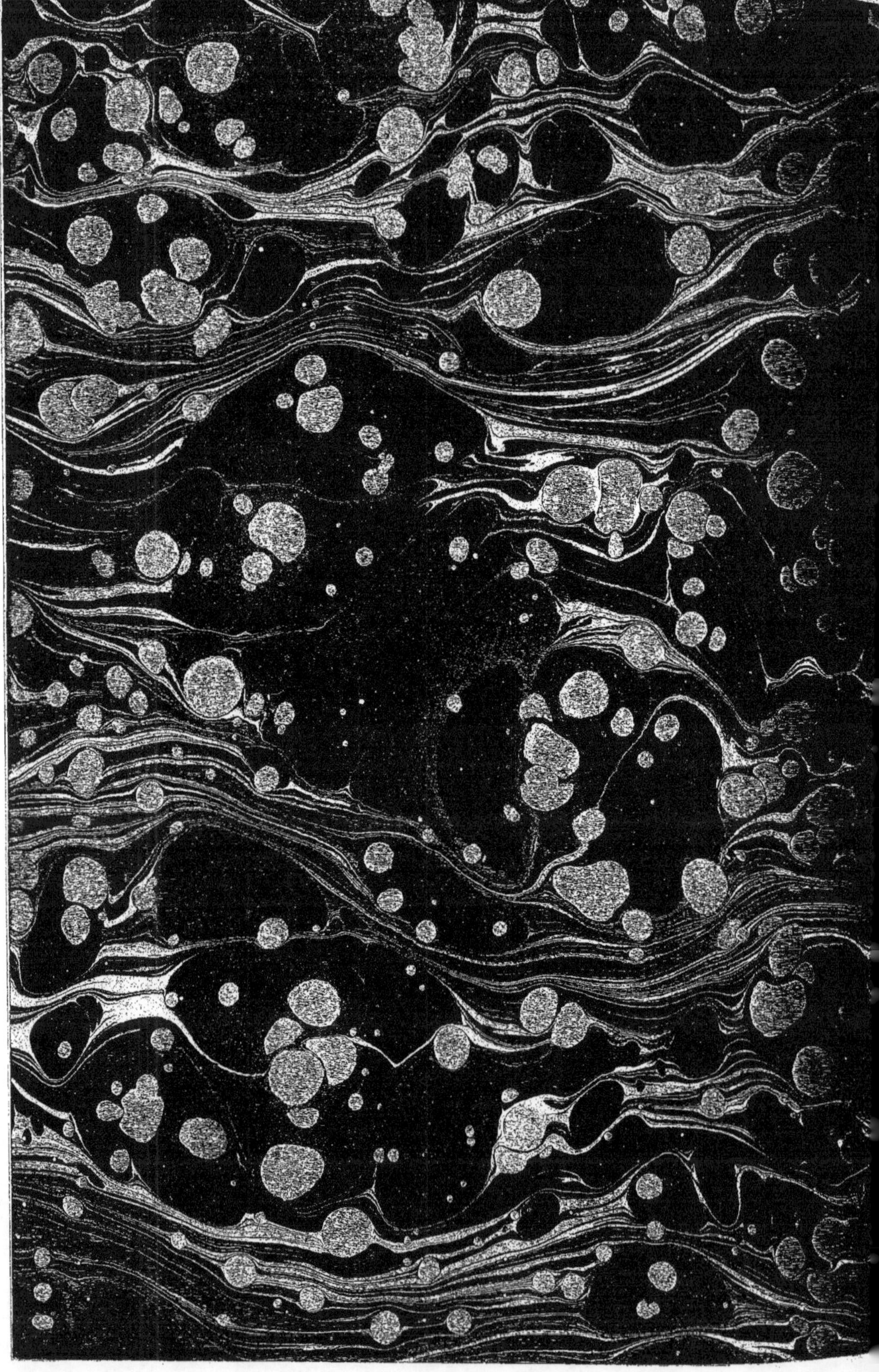

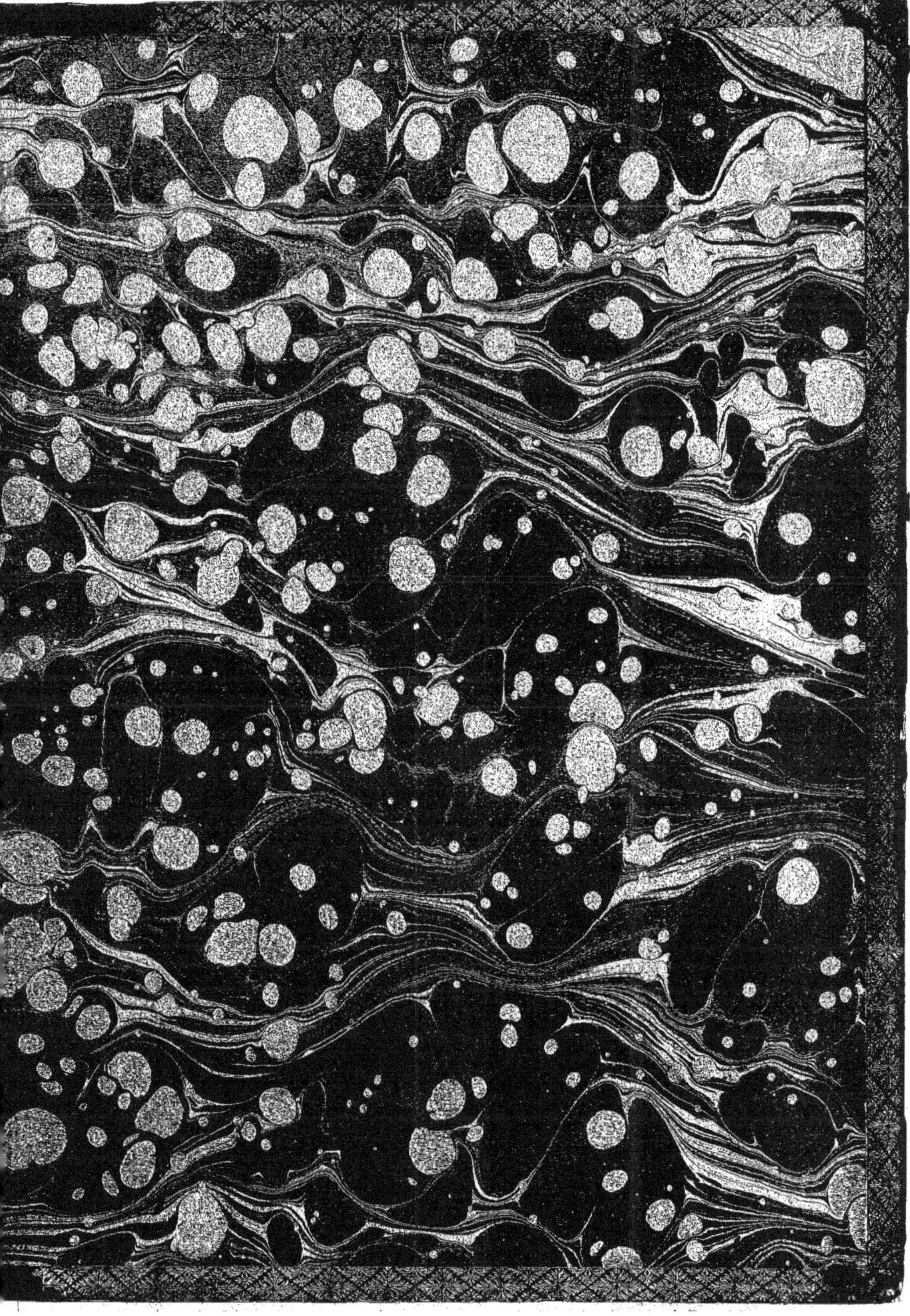

www.ingramcontent.com/pod-product-compliance
Lightning Source LLC
Chambersburg PA
CBHW070709100726
47907CB00001B/107